GUIDO DIECKMANN

DIE SIEBEN TEMPLER

atb aufbau taschenbuch

GUIDO DIECKMANN, Jahrgang 1969, lebt als freier Autor in der Pfalz. Er hat sich durch zahlreiche historische Romane einen Namen gemacht. Sein Roman zum Film »Luther« wurde ein Bestsellererfolg und ist im Aufbau Taschenbuch lieferbar.
Mehr zum Autor unter www.guido-dieckmann.de

Berlin-Tempelhof im frühen 14. Jahrhundert. Einst überlebten Thomas Lermond und sieben weitere Tempelritter Verfolgung und Inquisition. Lermonds Ordensbrüder führen seither in Erfurt, Speyer, Luxemburg, Paris, Marienburg und dem schottischen Argyll ein zurückgezogenes Leben und hüten gemeinsam ein Mysterium, das die Zukunft der Welt verändern könnte. Sieben Jahre später ist Lermond erneut alarmiert, denn die Inquisition ruht nicht und ist ihnen dicht auf den Fersen. Um das Geheimnis des Ordens in Sicherheit zu bringen, beschließen die Templer, Lermonds Ruf zu folgen und die gefährliche Reise zum Tempelhof auf sich zu nehmen. In Berlin treffen die Männer aufeinander, und auch eine junge Jüdin hat sich auf den Weg gemacht, um das Vermächtnis ihres Vaters zu erfüllen.

GUIDO DIECKMANN

DIE SIEBEN TEMPLER

HISTORISCHER ROMAN

atb aufbau taschenbuch

MIX
Papier aus verantwortungsvollen Quellen
FSC® C083411

ISBN 978-3-7466-3174-5

Aufbau Taschenbuch ist eine Marke
der Aufbau Verlag GmbH & Co. KG

2. Auflage 2015

Umschlaggestaltung www.buerosued.de, München
unter Verwendung eines Motivs von © Nik Keevil/Arcangel Images
Gesetzt in der Aldus durch Greiner & Reichel, Köln
Druck und Binden CPI books GmbH, Leck, Germany
Printed in Germany

www.aufbau-verlag.de

Non nobis Domine, non nobis,
sed nomini tuo da gloriam

Nicht uns Herr, nicht uns,
sondern deinem Namen gib
die Ehre

WAHLSPRUCH DER TEMPLER

Prolog

TEMPELHOF IM JAHR 1314

Thomas Lermond stand am Fenster und hob müde die Hand zum Gruß, als der letzte Bote, ein blonder hochgewachsener Bursche, durch das Tor des Handelshofes ritt. Lächelnd schaute der Junge zu ihm auf und winkte fröhlich, als hätte er nur einen kurzen, harmlosen Ausflug vor sich. Wie die sechs Boten vor ihm ahnte auch er nicht, auf welch waghalsiges Abenteuer er sich eingelassen hatte. Thomas Lermond hatte geschworen, niemals einen anderen Menschen einzuweihen, daher wussten auch die Boten nicht mehr über ihre Mission als nötig. Schließlich hatte Lermond einst einen Eid geleistet, das Geheimnis, das ihm einst anvertraut worden war, mit seinem Leben zu verteidigen.

Der Bote verschwand unter dem Torbogen, aber Thomas Lermond blieb noch ein Weilchen am Fenster stehen, um die feuchte Luft des kühlen Februartages in seine Lungen zu lassen. Er war alt geworden, zu alt für den Kampf, aber nun war der erste Teil seiner Aufgabe erfüllt: Sieben Münzen waren auf dem Weg – sieben Münzen, wie es sonst keine auf der Welt gab, als Zeichen dafür, dass sein Schatz in Gefahr war und geborgen werden musste.

Thomas Lermond beobachtete mit regloser Miene, wie der Bote auf die Straße abbog, die mit ihren Furchen und Unebenheiten kaum als solche zu bezeichnen war. Tempelhof lag abgelegen, tief im Osten, inmitten dunkler, unwirtlicher Wälder. Ein besseres Versteck hatten sie nicht finden können, als sie vor sieben Jahren Hals über Kopf aus Frankreich geflohen waren. Jacques de Molay, der letzte Großmeister des Ordens – Gott mochte sich seiner Seele erbarmen –, hatte recht gehabt. »Reitet nach Osten«, hatte er gesagt, bevor sie ihn in Ketten legten, »nicht nach England oder Spanien. Nach Osten! Dort wird niemand nach euch suchen.« Nach vielen Wochen unter freiem Himmel und in ständiger Gefahr vor Verfolgern waren sie am Ende ihrer Kräfte gewesen, Thomas Lermond und seine sieben Gefährten, und auch wenn in diesem abgelegenen Flecken einige Dinge in Unordnung geraten waren, so hatten sie doch den Schatz in Sicherheit bringen können. Es schmerzte Thomas Lermond, dass der Orden den Tempelhof verloren hatte. Gemäß einem Dekret des Papstes sollte die Komturei in den Besitz der Johanniter übergehen, doch bislang war es diesen nicht gelungen, ihre neuen Ansprüche durchzusetzen. Markgraf Waldemar von Brandenburg oblag daher die undankbare Aufgabe, die ehemalige Komturei zu verwalten, doch weder er noch seine Ritter hatten sich jemals hier draußen blicken lassen. Was kümmerte es den Grafen, ob es auf seinem Grund und Boden noch ein paar versprengte Templer gab? Aus dem Ordenshaus, einem befestigten Gebäude aus Stein, war eine gewöhnliche Handelsniederlassung geworden – für Fisch von der Ostsee und feines Leinen aus Sachsen. Nicht mal der sonst so misstrauische Bischof von Magdeburg, der überall Feinde seiner heiligen Kirche witterte, hatte Verdacht geschöpft. Für ihn waren die Templer entweder geflohen, oder sie saßen im Kerker. Diejenigen, die weder gestehen noch widerrufen wollten, waren längst tot.

Thomas konnte sich ein Lächeln nicht verkneifen. Wenn der fromme Bischof wüsste, was sich gewissermaßen unter seinen Augen abgespielt hatte …

Nachdem sie den Schatz in Sicherheit gebracht hatten, waren die sieben anderen Ritter in die Welt gezogen. Sie waren sich einig, dass es zu gefährlich wäre, wenn sie blieben. Nur Thomas Lermond hatte seinen einsamen Posten bezogen. Es war ein seltsames Leben gewesen, in das er sich notgedrungen hatte einfinden müssen. Tagsüber hatte er die Bücher geführt, hatte mit Fisch, Tuch und Gewürzen gehandelt, und nachts hatte er gebetet und manchmal sogar sein altes, stumpf gewordenes Schwert hervorgeholt – und immer hatte er sein Geheimnis gehütet und die Augen offen gehalten. Niemals hatte sich der Feind gezeigt, niemals, bis vor zwei Wochen zwei Fremde im Tempelhof aufgetaucht waren, junge Mönche aus Frankreich, die ein seltsam gestelztes Deutsch gesprochen hatten. Sie hatten vorgegeben, fromme Dominikaner auf dem Weg nach Osten, ins Gebiet des Deutschen Ritterordens, zu sein, aber für Thomas Lermond hatten die beiden eindeutig zu viele Fragen gestellt. Nur eine, die naheliegende Frage, war ihnen scheinbar nicht eingefallen: Hatte es hier nicht früher einmal Templer gegeben?

Manchmal verrieten einen erst die nicht gestellten Fragen.

Von Westen brach die Dunkelheit über die Wälder herein. Schwere dunkle Wolken zogen am Himmel entlang, als suchten sie einen Ruheplatz für die Nacht. Die Luft war kühl und roch nach Regen. Noch einmal warf Thomas einen Blick aus dem Fenster. In dem einen Moment war der letzte Bote noch als vager Schemen auf der Straße zu erkennen, im nächsten wurde er von der Finsternis verschluckt wie von einem gierigen Raubtier. Thomas zitterte bei dem Gedanken, einer der Boten könnte sein Ziel nicht erreichen. Dann nämlich wäre alles verloren. Nur zusammen konnten sie retten, was noch zu retten war. Sieben Templer gemeinsam. Er gönnte sich einen Schluck Wein, den er sich aus Frankreich kommen ließ. Er wusste, dass alles, was mit Frankreich zu tun hatte, gefährlich war, doch nur so ließ sich seine Sehnsucht nach der Heimat bekämpfen. Mit Schrecken sah er, wie sehr seine Hände im Schoß bebten. Hatte die Angst vor seinen Feinden ihn schon erfasst? Ihn, der einst das Schwert geführt hatte wie kaum ein anderer? Er war zweiundfünfzig Jahre alt und würde vermutlich bald sterben, doch zuvor musste er die Rückkehr seiner sieben Gefährten abwarten und ihnen helfen, den Schatz zu bergen. Das Vermächtnis des Ordens musste um jeden Preis in Sicherheit gebracht werden.

Er leerte den Becher, dann kniete er auf dem kalten Fußboden nieder, obwohl der Schmerz in seinen morschen Gelenken ihm beinahe den Atem nahm. Seine Augen suchten das Kreuz mit dem Heiland über seinem Bett, aber er hätte eine Kerze anzünden müssen, um mehr als nur die Umrisse wahrnehmen zu können. Wenn er ehrlich war, zürnte er manchmal seinem Gott, für dessen Ruhm und Herrlichkeit er im Heiligen Land so viele Schlachten geschlagen und sein Blut geopfert hatte. Wieso hatte der Allmächtige es zugelassen, dass der Orden vernichtet und sein Ansehen in den Staub getreten worden war? Alle Anschuldigungen gegen ihn waren falsch gewesen. Verleumdungen, böse Gerüchte, vom französischen König aus Habgier in die Welt gesetzt und vom Papst hastig abgesegnet. In Wahrheit hatte niemals einer von ihnen Gott gelästert, einen dämonischen Götzenkopf angebetet oder einen anderen Mann unsittlich berührt. Warum also hatte Lermond mitansehen müssen, wie seine Kameraden entweder auf der Stelle getötet oder zu Dutzenden in die Kerker des Königs getrieben worden waren? Wäre er selbst nicht so geistesgegenwärtig gewesen, beim Überfall auf das Pariser Ordenshaus aus dem Fenster zu springen, hätte er die Stadt niemals lebend verlassen können. Und hätte Marie, die Frau, die er heimlich liebte, ihn nicht versteckt und mit Essen und Kleidern versorgt …

Lermond vertrieb die quälenden Erinnerungen aus seinem Kopf, weil er plötzlich fürchtete, der Teufel könnte sie ihm eingegeben haben. Wer war er schon, dass er Gottes Ratschluss in Frage stellte? Der Allmächtige hatte ihn und die sieben anderen leben lassen und zu Wächtern eines Geheimnisses gemacht, das unter dem Himmel seinesgleichen suchte.

Als es vollends dunkel geworden war, legte er sich auf sein Bett und schloss die Augen. Die letzten Geräusche vom Handelshof verklangen harmlos. Ein paar Hühner gackerten, ein Knecht pfiff eine Melodie, als könnte nirgendwo auf der Welt eine Gefahr lauern. Müdigkeit schlich in Thomas' steife Glieder, und er hoffte, dass er nach dem Wein, der ihm zu Kopf gestiegen war, ohne Alpträume würde schlafen können. Keine schreienden Kameraden sollten ihn heute Nacht plagen, auch nicht die Erinnerung an Maries hübsche, blitzende Augen.

Wie weit mochten seine Boten schon gekommen sein? Wann würden sie ihr Ziel erreichen, und wann würden die ersten Brüder eintreffen, um ihm beizustehen?

Thomas Lermond hatte keine Ahnung, wie viel Zeit ihm noch blieb. Wie jede Nacht, seit er aus Frankreich geflohen war, sah er kurz vor dem Einschlafen Maries weißen nackten Leib vor sich. Sie flüsterte ihm etwas zu, das lieblicher und reiner klang als das Gelächter der Dämonen aus seinen Träumen.

Er spürte den Luftzug wie die Berührung einer sanften Hand. Endlich war es so weit. Marie kam, um ihn aus seinen Ängsten und Zweifeln zu erlösen. Sie führte ihn fort vom Tempelhof, in ein neues Leben, wo er weder Ordensritter noch Händler und heimlicher Wächter auf einem gottverlassenen Außenposten war, sondern nur ein Mann, der sich zu seiner Liebe bekennen durfte.

Als Thomas Lermond die Augen aufschlug, klopfte sein Herz vor Verlangen bis zum Hals. Gleichzeitig fühlte er sich lebendig. Warum nur war er in letzter Zeit so verzagt gewesen und hatte überall Feinde und Gespenster gesehen? Bekam ihm der Wein nicht mehr?

Noch als die Tür zu seiner Schlafkammer ganz langsam aufschwang, dachte er an Marie. Für einen Moment war er sogar ganz sicher, dass sie eintreten und ihn anlächeln würde, so wie damals in seinem Versteck in Paris.

Doch dann erkannte er, dass der Schatten, der sich in die Kammer schob, nicht zu einer Frau, sondern zu einem Mann gehörte. War etwa einer der Boten zurückgekehrt? Oder gar der erste Templer? Unmöglich, befand Lermond. Nicht nach so kurzer Zeit.

Mit einem Mal war er hellwach, und noch ehe er aus dem Bett springen konnte, beugte sich eine Gestalt über ihn. Ihr bleiches Gesicht erinnerte an eine Totenmaske, durch deren Schlitze kalte Augen starrten. Augen, die er spüren, aber nicht erkennen konnte. Ein Dämon? Der Teufel?

Sein Herz begann ihm abermals bis zum Hals zu pochen, doch dieses Mal schlug es vor Panik. Er war dem Feind also trotz all seiner Bemühungen nicht zuvorgekommen. Seine Widersacher, die beiden französischen Mönche, hatten auf der Lauer gelegen und jeden seiner Schritte beobachtet.

Und seine Boten? Waren sie den Verfolgern ins Netz gegangen? Unwillkürlich lauschte Thomas, ob er unten auf dem Hof das Geklirr von Schwertern oder das Geschrei von Knechten und Mägden hörte, die zusammengetrieben wurden. Aber alles war still. Es waren keine Bewaffneten im Haus, und wenn, so hatten sie noch nicht zugeschlagen.

»Was wollt ihr?«, fragte Lermond den Eindringling mit dem maskenartigen Gesicht, bemüht, seine Stimme forsch und selbstsicher klingen zu lassen. Er durfte keine Angst zeigen, sonst war er verloren. »Seid Ihr ein Dieb? Wollt Ihr mich ausrauben?«

Sein Gegenüber sog die Luft ein und lachte dann leise. »Ausrauben? Ich?« Der Fremde schien das komisch zu finden. Sein Gelächter wurde lauter; es klang fast wie der Gesang eines Mönches im Kloster. Dann hörte er schlagartig auf zu lachen und seine Miene füllte sich mit Wut und Hass.

»Der Dieb bist doch wohl du, Thomas Lermond! Du hast etwas gestohlen, was nicht euch Templern, sondern dem Papst gehört. Aber keine Angst, ich werde es finden. Und wenn ich den Tempelhof, mit allen, die hier leben, in Flammen aufgehen lassen muss!«

I.

ERFURT, FEBRUAR 1314

Seinen wahren Namen kannte niemand, nicht einmal er selbst. Manchmal bedauerte er das, denn ohne Namen war man in dieser Welt ein Nichts. Wer vertraute schon einem Burschen, der keine Ahnung hatte, woher er eigentlich kam und auf welchen Namen er getauft worden war? Falls er das Sakrament überhaupt jemals empfangen hatte. Auf dem abgeschiedenen Handelshof, wo er seine Bleibe hatte, wurde jedes Pferd mit Namen gerufen, was bewies, dass es für seinen Besitzer von Wert war.

Er jedoch hatte nie für jemanden einen Wert gehabt. Nicht umsonst rief man ihn, seit er laufen konnte, nur Primus. Als Junge hatte er das gern gehört, denn immerhin stammte dieser Name aus dem Lateinischen, der Sprache, die der Priester bei der heiligen Messe verwendete. Doch dann hatte der versoffene Bürstenbinder im Dorf ihm beigebracht, dass die frommen Tempelherren ihn am Morgen des ersten Januar auf der Türschwelle der ehemaligen Templerkomturei gefunden hatten. Die Ritter mit den blutroten Kreuzen auf ihren Mänteln hatten wenig Aufhebens um das ungewollte Findelkind gemacht und ihm der Einfachheit halber eine Nummer zugewiesen. Er war der erste überflüssige Fresser des Jahres: also Primus. Seine Eltern sollte Primus nie kennenlernen. Möglicherweise war seine Mutter eine Hörige gewesen, die von irgendeinem dahergelaufenen Schuft geschwängert worden war. Oder sie gehörte dem bettelarmen fahrenden Volk an und hatte die erstbeste Gelegenheit genutzt, sich ihres Bastards zu entledigen. Im Grunde hatte es Primus nie viel ausgemacht, sich allein durchzuschlagen. Die Tempelritter, in deren Komturei ein ständiger Bedarf an Arbeitskräften herrschte, hatten entschieden, den kleinen Waisenjungen nicht erfrieren zu lassen, sondern ihrem Gesinde zu übergeben. Obwohl Primus dort ohne besondere Zuneigung und Hilfe hatte aufwachsen müssen, war er den Ordensrittern dankbar, dass sie ihn am Leben gelassen hatten. Er war ein Knecht ohne Namen und ohne Vergangenheit, aber bedeutete das auch, dass es für ihn keine Zukunft geben konnte? Keine Hoffnung auf ein anderes Leben? Als Junge hatte er den Ordensrittern heimlich dabei zugesehen, wie sie sich auf der Wiese am schwarzen Teich im Schwertkampf geübt hatten. Dann hatte er davon geträumt, eines Tages zu ihnen zu gehören und mit den Rittern ins Heilige Land zurückzukehren, um Jerusalem endgültig zu befreien. Aber natürlich war dies unmöglich. Nur ein freier Ritter konnte in den Templerorden aufgenommen werden. Primus war kein Ritter, und frei war er auch nicht. Er war kaum mehr als ein Leibeigener, der Ställe ausmistete, die Schweine fütterte und sich von den anderen Knechten herumschubsen ließ. Dafür verfügte Primus über Ausdauer, eine vortreffliche Beobachtungsgabe und einen wachen Verstand. Mit acht Jahren hatte er sich einmal heimlich in die Kleiderkammer der Ordensbrüder geschlichen und einen ihrer Umhänge gestohlen. Einen weißen Mantel, auf dem das blutrote Tatzenkreuz prangte. Gewiss wäre es leichter gewesen, das Haus mit einem braunen oder schwarzen Mantel zu verlassen, aber diese Farben wurden nur von dienenden Brüdern getragen, und diese interessierten ihn nicht. Ein Diener war er selbst, aber nur das Leben als kämpfender Tempelritter versprach einem Mann Freiheit und Ansehen.

Noch am selben Abend bemerkte man das Fehlen des Gewandes, und der Meister schickte Bewaffnete aus, um die armseligen

Unterkünfte der Lohnarbeiter nach dem verschwundenen Kleidungsstück abzusuchen. Primus erinnerte sich noch genau, wie er zitternd vor Angst in der Reihe der schwitzenden, besorgt dreinblickenden Männer stand, die sich der Befragung durch einen Kaplan unterziehen mussten. Seit es die Komturei in den Wäldern gab, hatte es noch keiner gewagt, sie zu überfallen oder auch nur etwas daraus zu stehlen. Jedermann wusste, dass ein Raub grausame Strafen nach sich zog.

Als es schließlich an Primus war, Rede und Antwort zu stehen, beteuerte er, nichts von dem verschwundenen Mantel zu wissen. Er log überzeugend, aber er fühlte sich miserabel dabei. Ihm, der die Templer bewunderte und so sein wollte wie sie, war nichts Besseres eingefallen, als einen ihrer Umhänge zu stehlen und danach im Wald zu verscharren wie ein Hund einen Knochen. Primus erkannte, dass er das Objekt seiner Begierde nie wieder würde anschauen können, ohne sich dabei wie ein Schuft und Feigling zu fühlen.

Im Morgengrauen grub er den Mantel wieder aus, reinigte ihn notdürftig und trug ihn dann mit klopfendem Herzen hinüber zur Komturei.

»Ich kann dich nicht straflos gehen lassen«, erklärte ihm der Wächter der Kleiderkammer, obwohl er offensichtlich von dem Mut des kleinen Missetäters beeindruckt war. »Dessen warst du dir doch hoffentlich bewusst, bevor du den Mantel zurückgebracht hast?«

Primus schlug die Augen nieder. Wurde ein Dieb überführt, so schlug man ihm die Hand ab oder verpasste ihm ein Schandmal mit dem glühenden Eisen. Dabei spielte es keine Rolle, ob der Überführte schon erwachsen war oder noch ein Kind. Den Templern sagte man nach, bei den Ungläubigen Hinrichtungsmethoden erlernt zu haben, die jedem Christenmenschen im Abendland das Blut in den Adern gefrieren ließen.

»Verrätst du mir noch, was du mit dem Mantel eines Tempelritters vorhattest? Wolltest du das Kreuz darauf bespucken? Das Gewand in den Staub treten?«

Primus riss empört die Augen auf. Wie um alles in der Welt konnte der Mann ihn nur so etwas fragen? Ausgerechnet ihn, der sich nichts auf der Welt so sehr wünschte, wie dem Orden der Mönchsritter anzugehören. Er unterdrückte die aufsteigenden Tränen, biss sich auf die Unterlippe und gab sich im Angesicht des bärtigen Mannes, der in der Komturei wegen seiner Härte gefürchtet war, so tapfer, wie er nur konnte.

Der Templer fesselte ihn und trieb ihn vor sich her die Treppen der Komturei hinauf, bis sie in einen finsteren Gang gelangten. Trotz seiner Angst sah Primus sich neugierig um. Er war noch nie hier oben gewesen, vermutete aber, dass sich hinter den Türen entlang des Flurs die Schlafkammern der Brüder befanden. Sein Herz schlug ihm bis zum Hals, als sein Bewacher mit dem Griff seines Langdolches dreimal an jede einzelne Tür schlug, bis auch der letzte Templer neugierig auf den Flur trat. Primus erhaschte einen Blick in eine der Kammern und staunte darüber, wie kärglich sie eingerichtet war. Außer einer Bettstatt mit Strohsack, Leintuch und Wolldecke gab es darin nur einen Betschemel aus wurmstichigem Holz und ein Kreuz an der Wand gen Osten. Wie es aussah, verfügte der Mann, der hier hauste, trotz seines Standes über kaum mehr Annehmlichkeiten als Primus oder die anderen Diener in der Gesindestube.

Der Wächter der Kleiderkammer erklärte schließlich mit tiefer Stimme, dass er einen jungen Taugenichts im Haus erwischt habe, der eine gerechte Strafe verdiene. Dann wandte er sich Primus zu: »Siehst du die Pforte, die am Ende des Ganges liegt? Die Tür ist nicht verschlossen, nur angelehnt. Du wirst mit verbundenen Augen auf sie zugehen, sie öffnen und eintreten. Dahinter findest du entweder den Himmel oder die Hölle. Vielleicht lernst du so aus deinem Fehler und legst den Stolz ab, der dich zu deiner Tat getrieben hat. Weigerst du dich, werden dich die Brüder des Tempels auf der Stelle einen Kopf kürzer machen!«

Primus spürte Panik in sich aufsteigen. Von der geheimnisvollen Pforte hatte er bereits im Gesindehaus erzählen hören. Es hieß, dass sie niemals geöffnet werden dürfe, weil dahinter der Teufel mit seinen Dämonen hause.

Primus' Herz raste, als ihm plötzlich jemand von hinten die Augen verband. Dann spürte er einen derben Stoß im Rücken, der ihn beinahe von den Füßen riss. Aber es gelang ihm, sich aufrecht zu halten. Kein Laut entwich seinen Lippen, nicht einmal als er hörte, wie ein Schwert aus der Scheide gezogen wurde. Er hatte keine Wahl. Wollte er nicht auf der Stelle sterben, musste er es wagen, sich bis zur Pforte vorzutasten. Die Genugtuung, ihn schreien oder um sein Leben betteln zu hören, würde er den Männern jedenfalls nicht geben. Er streckte beide Arme nach vorn und begann, sich Schritt um Schritt vorwärtszubewegen. Die Templer schwiegen. Keiner der Männer, die ihm zusahen, sagte auch nur ein Wort, aber Primus wusste, dass sie ihm stumm folgten. Er hörte, wie ihre Gewänder über den zerkratzten Dielenboden schleiften.

Würden sie ihm einen Stoß geben, wenn er am Ende des Korridors angelangt war und vor der Pforte stehen blieb, anstatt sie zu öffnen?

Der Gang schien schon nach wenigen Schritten nicht nur schmäler zu werden, sondern auch niedriger. Als Primus die Hand nach oben ausstreckte, berührte er den Deckenbalken. Er war klein genug, um nicht den Kopf einziehen zu müssen. Die großen Männer, die ihm lautlos folgten, mussten sich wahrscheinlich ducken. Das verschaffte ihm eine leise Genugtuung. Die stolzen Ritter begleiteten ihn buckelnd in den Tod.

Plötzlich endete der Gang. Primus fühlte die Tür vor sich. Wie der Templer gesagt hatte, war sie unverschlossen und nur angelehnt. Durch den groben Stofffetzen, mit dem man seine Augen verbunden hatte, nahm Primus einen diffusen Lichtschein wahr, der von draußen in den Gang fiel. Auf seinen Wangen fühlte er die kühle Luft des erwachenden Morgens. Ganz in der Nähe gurrten ein paar Tauben, die unterhalb des kleinen hölzernen Wehrgangs ihr Nest gebaut hatten.

»Nun, worauf wartest du?«, fuhr ihn einer der Templer an. »Öffne die Tür und empfange das Urteil Gottes!«

Das Urteil Gottes, dachte Primus. Hastig schlug er ein Kreuz, wie es ihm der alte Priester der Dorfkirche beigebracht hatte. So also sah die wahre Strafe der Templer aus. Nicht nur der Tod, auch ewige Qual warteten auf denjenigen, der es gewagt hatte, einen Angehörigen des Ordens zu bestehlen. Mit bebenden Fingern suchte er nach dem eisernen Ring an der Tür und zog kräftig daran, bis die Tür mit einem hässlichen Quietschen aufsprang. Primus atmete ein letztes Mal tief durch, bevor er sich in Bewegung setzte. Das einsetzende Gelächter der Männer in den Ohren, machte er einen Schritt vor. Der nächste traf keinen festen Grund mehr. Primus verlor das Gleichgewicht und stürzte, dem hellen Licht entgegen. Es gab keinen Raum hinter der Tür, keinen Teufel, der ihn triumphierend empfing. Die Pforte führte einfach ins Leere, ins Nichts.

Dass er weder sterben würde noch sich das Rückgrat gebrochen hatte, begriff Primus, als sein Körper, statt auf Stein oder festgestampften Lehm aufzuschlagen, in einer weichen Masse versank. Um ihn herum erklangen das Gackern von Hühnern und das Schnattern von Gänsen, in das sich nur Augenblicke später die Stimmen einiger Männer und Frauen mischte. Da Primus sich nicht traute, Arme und Beine zu bewegen oder auch nur die Augenbinde abzunehmen, blieb er auf dem Rücken liegen und überlegte, ob er im Fegefeuer gelandet war. Immerhin brannte sein ganzer Körper. Doch da packte ihn jemand unsanft am Arm und zerrte ihm den Stofffetzen von den Augen. Vor ihm stand der Wächter der Kleiderkammer und grinste ihn an. Primus' Blick glitt an dem breitschultrigen Mann vorbei, die Mauer empor, bis hinauf zu der Pforte, die hoch über ihm in der Luft zu schweben schien. Stroh. Er war auf einen großen Haufen Stroh gefallen. Und er hätte schwören können, dass dieser Haufen tags zuvor noch nicht an dieser Stelle gewesen war.

Der Templer, zu dem sich nun auch noch andere Ordensangehörige gesellt hatten, reichte Primus grinsend die Hand und half ihm beim Aufstehen. »Damit wollen wir Gnade vor Recht ergehen lassen«, flüsterte er dem Jungen zu, als dieser sich das Stroh vom Kittel klopfte. »Du hast bewiesen, dass du kein Feigling bist. Damit ist dein Vergehen gesühnt. Ich glaube, ein Bursche wie du kann uns noch von Nutzen sein. Allerdings nur, wenn er noch beide Hände besitzt.«

Nach diesem Vorfall wurde Primus von Zeit zu Zeit in die Komturei gerufen, wenn es galt, kleinere Botengänge zu erledigen. Man brachte ihm bei, sich auf einem Pferd zu halten und mit einem Langdolch zu verteidigen, wenn er im Auftrag des Ordensmeisters unterwegs war. Die einsamen Straßen der Mark zogen allerlei Räuber an, daher war es von Nutzen, auf Reisen gut vorbereitet zu sein.

Primus hatte nichts von dem vergessen, was ihm die Templer einst beigebracht hatten. Als er sein Packpferd über die Krämerbrücke von Erfurt führte, erkundete er mit einigen gezielten Blicken die Häuser und Türme, an denen sein Weg ihn vorüberführte. Er war daran gewöhnt, die Menschen, die ihm begegneten, genau zu beobachten. In jeder dunklen Gasse konnte ein Hinterhalt auf ihn lauern, jedes freundliche Gesicht konnte sich im nächsten Moment in eine Mörderfratze verwandeln. Daher war es angebracht, auf der Hut zu sein.

Die Krämerbrücke war aus Holzbalken gezimmert und knarrte bei jedem seiner Schritte. Unter ihm gurgelte die Gera. Als sein Blick auf die zahlreichen Krämerbuden fiel, die zu beiden Seiten der Brücke standen, bemerkte er, wie hungrig er war. Seit Tagen schon hatte er nichts Vernünftiges mehr in den Magen bekommen, denn sein Auftraggeber hatte Primus geraten, Schenken und Herbergen aus dem Weg zu gehen. Dort trieb sich in diesen Tagen ebenso viel undurchsichtiges Pack herum wie in den Wäldern.

»Heute kann ich Euch aber nur eine Pastete gefüllt mit Stockfisch anbieten.« Der spitzbärtige Händler, auf dessen hölzerner Lade eine Auswahl von Gebäckstücken auslag, musterte Primus ungeniert von Kopf bis Fuß. Vermutlich fragte er sich, was einen Fremden bei einem derart ungemütlichen Wetter in die Stadt führte. Primus war daran gewöhnt, dass sein Aussehen und Auftreten neugierige Fragen nach sich zogen. Die harte Arbeit auf den Gütern der Templer hatte ihm breite Schultern verschafft und seine Muskeln gestählt. Er war hoch gewachsen und ließ mit seinen schulterlangen blonden Locken manches Frauenherz höher schlagen. Um für einen Ritter gehalten zu werden, mochten seine Bewegungen nicht gewandt genug sein, aber die feinen Stiefel, sein besticktes Wams und die auf ihn zugeschnittene Hose aus Hirschleder ließen keinen Zweifel daran, dass er genügend Geld im Beutel hatte, um in Erfurt ein anständiges Gasthaus zu beziehen. Dabei verdankte Primus Pferd und Ausrüstung nur der Großzügigkeit seines Herrn. Der hatte darauf bestanden, jeden seiner Boten aufs Vornehmste einzukleiden. Keinesfalls sollten die Männer wie zerlumpte Bettler an ihrem Bestimmungsort ankommen.

Ein wenig wehmütig dachte Primus an die Zeit auf dem Tempelhof, und seine Gedanken wanderten zu den Männern zurück, denen er bis zur Zerschlagung des Ordens gedient hatte. Manchmal hegte er den Verdacht, Thomas Lermond, der nun im Handelshof das Sagen hatte, könnte selbst einmal ein Templer gewesen sein, aber er hatte sich nie getraut, den wortkargen Mann darauf anzusprechen. Nun, da die Inquisition die Brüder in ganz Europa hetzte, war es gefährlich, sein Herz auf der Zunge zu tragen. Spitzel, die für ein paar lumpige Heller zum Judas wurden und ehemalige Tempelritter aus Profitgier ans Messer lieferten, lauerten in jedem Winkel. Primus, der nach dem Auszug der Ritter auf dem Gutsbesitz geblieben war, hatte nichts für Leute übrig, die zu viele Fragen stellten. Vor allem, wenn es sich dabei um Geistliche handelte. Man erzählte sich, der französische König Philipp habe den Pariser Tempel mit allen Komtureien seines Reiches an einem einzigen Tag besetzen und die überraschten Brüder auf der Stelle einkerkern lassen. Dabei sei er kaum auf Gegenwehr gestoßen, was Primus verwunderte. Warum um alles in der Welt hatten sich die Ritter nicht gewehrt? Warum hatten sie sich entwaffnen und einsperren lassen? Die Verfolgung der Ritter war auch bald auf die deutschen Lande übergegangen. Primus erinnerte sich mit Schaudern an die bangen Stunden, in denen der frühere Ordensmeister von Tempelhof versucht hatte, seine Leute zu beruhigen. Ohne Erfolg. Sie alle waren verschwunden und hatten ein einsames Haus zurückgelassen. Dann war wie aus dem Nichts Thomas Lermond aufgetaucht, ein düsterer, in sich gekehrter Mann, der Primus seit seiner Ankunft im Tempelhof Rätsel aufgab. Und nun, zu allem Überfluss, beanspruchte auch noch der Orden der Johanniter die Ländereien, die Herr Thomas verwaltete. Das hatte der Nachfolger des alten Dorfpriesters, Vater Silvester, Primus erzählt und ihn dabei ermahnt, den neuen Herren zu gehorchen, sobald ihre Abgesandten auf dem Tempelhof eintrafen. Doch Primus wusste, dass er das niemals tun würde. Lieber lief er davon, mochte er leibeigen sein oder nicht. Wenn er den Templern nicht mehr dienen durfte, würde er auch für keinen anderen den Finger krümmen. Umso größer war Primus' Staunen gewesen, als Thomas Lermond ihn eines Morgens zu sich gerufen und ihm eine Münze in die Hand gedrückt hatte. Er sollte auf schnellstem Wege in die Stadt Erfurt reiten und einen Mann ausfindig machen, der ihnen in ihrer Not angeblich helfen konnte.

»Was ist denn nun, junger Herr?«, brachte sich der Händler mit der Fischpastete wieder in Erinnerung. Seinen Worten folgte ein krampfartiger Hustenanfall, den er mit einem Schluck aus einem Lederbecher linderte. »Wollt Ihr meine Pastete kaufen oder nicht?«

»Ein saftiges Stück Schinken wäre mir lieber gewesen«, gab Primus zu, suchte dann aber zwei kleine Münzen aus seinem Lederbeutel, die er dem Brückenkrämer zuwarf.

»Schweineschinken am Tag der Darstellung des Herrn?«, murmelte der Alte kopfschüttelnd. »Wo kommt Ihr denn her? Aus dem Heidenland? Hier werden heute in den Kirchen die Kerzen geweiht. Zudem bereiten wir uns auf den Festtag des heiligen Blasius vor.«

Der heilige Blasius? Primus machte ein verdutztes Gesicht. Er war nie ein großer Kirchgänger gewesen, obwohl die Tempelherren damals darauf bestanden hatten, dass er wie das übrige Gesinde zur Beichte ging und die Messe hörte. Ganz dunkel erinnerte er sich nun wieder daran, dass die Frau des Hufschmieds eines eisigen Winters wiederholt den Namen dieses Heiligen angerufen und ihn angefleht hatte, ihr die verlorene Stimme wiederzugeben. Allem Anschein nach half Blasius bei Halsbeschwerden.

»St. Blasius zog einmal einem Kind eine Fischgräte aus dem Hals und rettete es so vor dem Ersticken«, erklärte der Krämer eifrig, während er Primus mit fettigen Fingern eine unförmige, in Fett schwimmende Teigtasche reichte, die zu allem Überfluss nach ranzigem Fischtran roch. »Morgen ist sein Feiertag. Daher verzichten mein Weib und ich auf Fleisch.«

»Wie fromm von dir, Krämer«, sagte Primus trocken. Der Fischgeruch, der nun auch an seinen Händen haftete, hätte selbst dem heiligen Blasius Übelkeit beschert, aber sein Hunger zwang Primus, einen Bissen von dem Gebäck zu nehmen. Es schmeckte schauderhaft.

»Nun? Noch eines?«, fragte der Krämer, aber Primus schüttelte den Kopf. Am liebsten hätte er dem Alten den fetttriefenden Teig vor die Füße gespuckt. Aber er wollte kein Aufsehen erregen.

»Wo denkst du hin?«, sagte er stattdessen. »Es wäre doch eine Sünde, sich am Vortag zu St. Blasius der Völlerei hinzugeben, nicht wahr?« Primus holte einen Fetzen Papier aus seinem Wams, auf dem ein paar Wörter standen. »Ich suche das Haus zum Eisenstern«, sagte er nach einigem Zögern.

»Ach, zum Statthalter des Mainzer Erzbischofs wollt Ihr?« Der Krämer wurde hellhörig, ein lauerndes Lächeln öffnete seinen fast zahnlosen Mund.

Primus ließ sich seine Überraschung nicht anmerken. Zwar hatte er damit gerechnet, dass sein Weg ihn zu einer hochgestellten Persönlichkeit führen würde, doch dabei hatte er nicht an den Vicedominus gedacht. Am liebsten wäre er gleich weitergeritten, denn der neugierige Krämer machte keinen vertrauenswürdigen Eindruck, aber er brauchte einen Einheimischen, der ihm den Weg erklärte. Um sich allein durchzuschlagen, war die Stadt zu groß.

Die Auskunft kostete Primus eine weitere Fischpastete, die er ein Stück weiter, nahe der Ruine der niedergebrannten Ägidiuskirche, in die Gera warf. Doch wenigstens wusste er nun, wie er zu dem Haus gelangte, das Thomas Lermond ihm beschrieben hatte. Glockengeläut begleitete seinen Weg über den Fischmarkt mit seinem prächtigen Rathaus und den stolzen Wohnhäusern der Wohlhabenden. Auf dem Platz herrschte geschäftiges Treiben, trotz des Feiertags, von dem der Brückenkrämer so ehrfurchtsvoll gesprochen hatte. Gänse liefen über das schmutzige Pflaster. Schweine grunzten. Aus den Verkaufsbuden brüllten Händler heraus, um Käufer auf ihr reichhaltiges Warenangebot aufmerksam zu machen. Inmitten des Umtriebs standen verbissen dreinblickende Klosterbrüder auf Weinfässern und wetterten gegen den sittenlosen Rat der Stadt, der es billigte, dass Erfurts fromme Bürger auf dem Marktplatz herumlungerten, sich amüsierten und tranken, anstatt der Kerzenweihe im Dom oder in der Barfüßerkirche beizuwohnen.

»Solltest du nicht selbst in der Kirche sein, Bruder?«, rief Primus einem der lautesten Mönche zu. Das war vorwitzig und vielleicht auch unklug, aber Primus ärgerte sich so sehr über die anmaßende Haltung der Ordensleute, dass er seine Zunge einfach nicht im Zaum halten konnte. Der Mann bedachte ihn dafür mit einem zornigen Blick, dann schimpfte er weiter über die gottlose Stadt, über die in Kürze gewiss wieder Feuer und Asche regnen werde.

»Der Bettelmönch spielt auf den großen Stadtbrand an«, wurde Primus von einem halbwüchsigen Jungen in einem zerlumpten Kittel aufgeklärt, der neben seinem Pferd auftauchte. Dem Burschen schien seine Bemerkung gefallen zu haben, denn er grinste über das ganze Gesicht. »Damals brannten viele Häuser, sogar einige Kirchen nieder. Die Augustiner prophezeien seither, dass uns ein großes Unheil droht. Vielleicht sogar das Jüngste Gericht.«

Primus runzelte die Stirn. »Und wie kommen sie zu dieser Annahme?«

»Ach, der Rat soll angeblich Ketzern Unterschlupf gewähren, die von der Kirche verdammt wurden.« Der Junge zögerte einen

Augenblick, bevor er verstohlen flüsternd hinzufügte: »Habt Ihr nie von den Rittern gehört, die blutrote Kreuze auf ihren Waffenröcken trugen? Sie sollen es in ihren Burgen miteinander getrieben haben wie mit Frauen, und ein Götzenbild haben sie auch verehrt.«

»Na, zum Glück habt ihr die Bettelmönche, die eure Stadt vor diesen Ketzern beschützen«, sagte Primus trocken und setzte seinen Weg durch das Getümmel fort.

Das große, aus Stein erbaute Haus zum Eisenstern lag in unmittelbarer Nachbarschaft einer Kirche und war nur über einen schmalen Verbindungsgang zwischen dem ausladenden Turm des Gotteshauses und einem schattigen Hof zu erreichen. Eine hohe Mauer umgab den Besitz. Über dem Portal prangte eine Wappentafel, die den Bewohner des Anwesens als Vicedominus von Erfurt auswies. Eine halbe Ewigkeit starrte Primus auf das Wappen, ehe er beherzt an die mächtige Eichentür klopfte.

Konnte es sein, dass ausgerechnet ein Statthalter des Erzbischofs von Mainz der Mann war, den er suchte? Unwillkürlich berührte er die Münze durch den Stoff seines Wamses, die er auf Lermonds Befehl hier abliefern sollte.

Ein Diener führte Primus ins Studierzimmer des Statthalters, wo zwei Männer beim Essen saßen und dabei verschiedene Schriftstücke studierten.

»Vergebung, Herr, aber dieser junge Mann möchte Euch sprechen!« Der Diener entfernte sich unter Verbeugungen.

Verwundert erhoben sich die Männer von ihren Stühlen und gingen Primus entgegen. Der ältere, ein untersetzter Kahlkopf, steckte in der einfachen Kutte der Augustinermönche, die sich im Norden der Stadt angesiedelt hatten. Sie gehörten zu den Bettelorden und nahmen das Gelübde der Armut ernst. Umso mehr überraschte es Primus, dass der Mönch hier so verschwenderisch bewirtet wurde. Beim Anblick der Schüsseln mit Hammelbratenstücken in goldgelber Buttersoße sowie der Platten mit Roggenbrot, Käse und geräuchertem Fisch lief auch ihm das Wasser im Mund zusammen.

Der Gastgeber des Augustiners, ein blasser Mann in Primus' Alter, gehörte gewiss nicht dem geistlichen Stand an. Sein Hausgewand war aus Seide geschneidert, und an seiner rechten Hand blitzte ein schwerer goldener Siegelring. Primus suchte nach dem Wappen darauf, doch als der Mann seinen Blicken folgte, verbarg er seine Hand brüsk hinter dem Rücken.

»Mit wem habe ich die Ehre?«, begrüßte der junge Mann Primus mit einem kühlen Lächeln. Obwohl er seine Worte höflich wählte, ließ sein Tonfall keinen Zweifel daran, dass er über den unerwarteten Gast nicht besonders erfreut war. Er war so groß wie Primus und kaum weniger breitschultrig. Seine muskulösen Arme und die Gewandtheit, mit der er sich bewegte, ließen darauf schließen, dass er kein Belesener war, sondern dem Ritterstand angehörte.

Primus errötete vor Verlegenheit. Es war nicht gerade einfach, sich vorzustellen, wenn man keinen Namen hatte. Nicht weniger schwierig gestaltete es sich, nach einem Mann zu fragen, von dem man so gut wie gar nichts wusste. Thomas Lermond hatte ihn ins Haus zum Eisenstern geschickt, aber nicht verraten, wem er die kostbare Münze anvertrauen durfte und wem nicht. Primus war fälschlicherweise von der Annahme ausgegangen, es würde genügen, an die Tür des Hauses zu klopfen und dem Hausherrn die Münze zu überreichen. Doch angesichts des schmatzenden Klosterbruders und des ihn aus kalten blauen Augen anstarrenden jungen Ritters dämmerte es ihm, dass er auf ungeahnte Schwierigkeiten stoßen würde.

»Nun, junger Freund?«

Primus, dem die Ungeduld in der Stimme seines Gegenübers nicht entging, entschied sich für eine Gegenfrage. »Gehe ich recht in der Annahme, vor dem Edlen von Apolda zu stehen?«, fragte er, wobei er unschuldig den Blick senkte. Im Hintergrund schenkte sich der Mönch roten Wein aus einer Kanne ein.

Der Ritter hob forschend die Augenbrauen. War er über Primus' forsches Benehmen erbost, so ließ er es sich nicht anmerken. Stattdessen lud er Primus mit einer knappen Handbewegung ein, ihm an die Tafel zu folgen. Dort hatte der Augustiner inzwischen die Schriftstücke, die er und der junge Mann so aufmerksam studiert hatten, in einer Schatulle verschwinden lassen.

»Ich bin Peter von Raulanden«, gab der junge Mann schließlich nicht ohne Stolz Auskunft, nachdem Primus auch den Mönch am Tisch begrüßt hatte. Er stemmte die Hände in die Hüften. »Wenn Ihr den Vicedominus von Apolda sucht, seid Ihr leider umsonst gekommen. Mein Onkel speist heute gemeinsam mit den Ratsherren der Stadt auf dem Petersberg. Und morgen wird er in aller Frühe eine Reise antreten.« Er lächelte breit, ohne den Ausdruck seiner Augen zu verändern. »Aber keine Sorge, ich genieße das Vertrauen meines Onkels und werde Euch gern weiterhelfen, sofern es in meiner Macht liegt.« Ein prüfender Blick glitt über Primus' Kleidung. »Ihr seid Kaufmann? Woher kommt Ihr und was führt Euch nach Erfurt?«

Versuch nur, mich auszuhorchen, du Wicht, dachte Primus, während er mit einem Nicken den Becher Wein annahm, den ein Diener ihm anbot. Wie die Dinge lagen, musste er sich schleunigst eine glaubwürdige Geschichte ausdenken. Dabei durfte er unter keinen Umständen den Tempelhof erwähnen, ebenso wenig Lermond und die Umstände, die zu seinem Auftrag geführt hatten. Der dicke Mönch wirkte beileibe nicht wie mit allen Wassern gewaschen, dafür legten die Blicke des jungen Mannes sowie der entschlossene Zug um seinen Mund den Verdacht nahe, dass er nicht mit sich spaßen ließ. Aus den Augenwinkeln sah sich

Primus in dem Raum um. Zu seiner Rechten brannte ein Feuer in einem gemauerten Kamin. Durch zwei Fenster fiel diffuses Licht, doch beide lagen so hoch, dass sie im Notfall kaum einen Fluchtweg boten. Außer der breiten Tür, durch die Primus gekommen war, sah er keinen weiteren Ausgang. Dafür bemerkte er an der linken Wand der Stube einen Schild sowie zwei Schwerter. Primus schluckte. Mit seinem Dolch konnte er einigermaßen umgehen, aber die Tempelritter hatten es stets abgelehnt, ihn auch im Schwertkampf zu unterrichten, da sich diese Art des Kampfes auch für einen aufgeweckten Leibeigenen nicht schickte.

»Ich bin in der Tat Kaufmann«, sagte Primus, nachdem er den Wein gekostet und gelobt hatte. »Mein Name ist Reus Kornthaler, und ich befinde mich auf der Heimreise nach Leipzig. Mein Vater bat mich, in Erfurt seinen alten Freund, den bischöflichen Statthalter, aufzusuchen und nach dem Stand der Ratsverhandlungen bezüglich des Messeprivilegs zu fragen.« Er lächelte höflich. Es ging doch nichts über ein gutes Erinnerungsvermögen. Am Stadttor hatte er ein paar Händler über das Vorhaben sprechen hören, in Erfurt künftig Messen abhalten zu dürfen. Ein ehrgeiziges Unterfangen, das mit großem Aufwand verbunden war.

Peter von Raulanden wechselte einen kurzen Blick mit dem Mönch, der sich Primus als Prior Mathias vorgestellt hatte. »Merkwürdig. Da bin ich seit fast sieben Jahren die rechte Hand meines Onkels, aber von einer Kaufmannsfamilie Kornthaler habe ich noch nie gehört.«

»Es ist wohl viel Zeit vergangen, seit Euer Vater und der Vicedominus einander sahen«, ließ sich zu Primus' Überraschung die Stimme des Augustiners vernehmen. »Vermutlich lernten sie sich noch vor dem schrecklichen Unfall kennen, den Peters Onkel in jungen Jahren hatte, nicht wahr?«

Primus atmete tief durch. Ein Unfall? Da es keinen Kaufmannsvater gab, hatte er auch keine Ahnung, wovon der Mönch sprach. »Mein Vater redet mit mir über geschäftliche Belange, aber nie über seine Vergangenheit«, erklärte er ausweichend. »Seit dem Tod meiner Mutter ist er sehr verschlossen und vertraut sich nur noch seinem Beichtvater an.«

»Eine gottwohlgefällige Haltung, mein Sohn. Nicht umsonst lesen wir in der Heiligen Schrift: Sei nicht zu schnell mit dem Mund, ja selbst innerlich fiebere nicht.«

»Habt Ihr eine Bleibe für die Nacht?«, erkundigte sich Peter von Raulanden. »Ich würde Euch gern einladen, aber unglücklicherweise wird unser Gästequartier schon seit einiger Zeit von einem weiteren Freund meines Onkels in Anspruch genommen.«

Primus wurde hellhörig. »Etwa ein Kaufmann wie ich?«

»Nein, kein Kaufmann. Der Mann ist Baumeister, sogar ein ziemlich guter. Mein Onkel sagt, er habe in französischen und italienischen Dombauhütten gearbeitet und dort von den besten Meistern gelernt. Sogar der Heilige Vater in Avignon soll ihn beschäftigt haben.«

»Umso dankbarer müssen wir Meister Stüplin sein, dass er hier in Erfurt die Umbauarbeiten unseres Augustinerklosters beaufsichtigt«, ergänzte Bruder Mathias. »Der Mann könnte das himmlische Jerusalem bauen, so brillant sind seine Pläne und Skizzen. Kurz bevor Ihr kamt, zeigte mir Herr Peter, wie sich Meister Stüplin die Erweiterung dieses Hauses vorstellt. Ihr habt bestimmt gesehen, wie unvorteilhaft es im Schatten von St. Bartholomäus wirkt. Zwar haben die Edlen von Apolda einen eigenen Zugang zur Kirche und darin sogar eine eigene Kapelle für ihre Gebete, doch dafür dringt in diesen Teil des Hauses kaum ein Sonnenstrahl. Es ist finster wie in Jonas Fischbauch. Stüplin versprach dem Vicedominus, hierbei Abhilfe zu schaffen und das Haus aufzustocken. Aus diesem Grund darf er hier wohnen, solange er will.«

»Bedauerlicherweise scheint der Alte den Roten Ochsen als Wirtshaus vorzuziehen«, meinte Peter von Raulanden mit einem verächtlichen Schnauben. Obwohl er sich anerkennend über die Fähigkeiten des Baumeisters geäußert hatte, schien der junge Mann mit dem Gast seines Onkels nur wenig anfangen zu können.

Meister Andreas Stüplin. Der Mann, der für den Papst gebaut hatte.

Primus prägte sich den Namen gut ein, bevor er aus der behaglichen Wärme des Hauses zum Eisenstern in die Dunkelheit der Nacht trat. Peter von Raulanden und der Augustiner, der sich offensichtlich mit Vergnügen vom Vicedominus und dessen Neffen einladen ließ, hatten sich offensichtlich als die Falschen erwiesen. Sie konnte Thomas Lermond nicht gemeint haben. Primus blieb also nichts anderes übrig, als mit seiner Münze den Roten Ochsen aufzusuchen. Er hoffte nur, dass er den Baumeister dort in einigermaßen nüchternem Zustand antraf.

»Was sollte die Bemerkung über den angeblichen Unfall meines Onkels?«, stellte Peter von Raulanden den Augustiner zur Rede, kaum dass ihr Besucher die Statthalterei verlassen hatte. Dem jungen Mann war die Verwirrung darüber ins Gesicht geschrieben, doch da er Vater Mathias kannte, hatte er sich gehütet, ihm ins Wort zu fallen. Der Mönch war nicht umsonst rasch zum Prior aufgestiegen, obwohl es ältere und demütigere Klosterbrüder gab. Doch Mathias war für seinen Ehrgeiz bekannt und stand in dem Ruf, zu bekommen, was er sich in den Kopf gesetzt hatte. Nun blickte er den jungen Mann streng an.

»Manchmal kann ich nicht glauben, dass du mein Patensohn bist. Natürlich hat dein Onkel keinen Unfall erlitten. Ich wollte abschätzen, wie dieser angebliche Kaufmannssohn aus Wittenberg auf meine Worte reagiert.« Er griff nach seinem Becher und nahm einen Schluck Wein. »Leider hat er sich von mir nicht aufs Glatteis führen lassen. Seine Antwort war brillant. Fast zu schlagfertig für einen Kerl, der nur sein Rechenbrett im Kopf hat. Ich frage mich, wer ihm beigebracht hat, in Gegenwart eines Mannes von Stand und eines Geistlichen derart gelassen zu bleiben.«

Ein Diener näherte sich unter Verbeugungen, weil er wissen wollte, ob er Holz im Kamin nachlegen sollte. Doch Peter von Raulanden jagte ihn mit einer groben Handbewegung hinaus. »Ihr meint, der Bursche hat uns belogen«, sagte er, als er wieder mit seinem Paten allein war. Sein Blick fiel auf das Langschwert seines Onkels an der Wand. »Vielleicht sollte ich ihm zum Roten Ochsen folgen und aus ihm herausprügeln, was ihn wirklich nach Erfurt führt. Es wäre doch möglich, dass der alte Vicedominus misstrauisch geworden ist und seinen Freund, den Landgrafen, um Hilfe gebeten hat.«

Vater Mathias schnaubte. »Dieser Kerl gehört ebenso wenig zu Landgraf Friedrichs Männern wie sein Name Reus Kornthaler ist. Außerdem sollte Eurem Onkel klar sein, dass er momentan keine Hilfe von der Wartburg erwarten kann, um seine Position in der Stadt zu festigen. Der Landgraf mag der letzte Staufenspross sein, aber er ist auch ein alter Mann geworden. Es schmerzt ihn, dass seine Fehde mit der Mark Brandenburg ihn 32 000 Mark Silber und den Verlust einiger Städte gekostet hat. Auch wenn Euer Onkel ihm bei der Unterwerfung Erfurts von Nutzen war, glaube ich nicht, dass er Männer entbehren kann, um sie zum Schutz des Statthalters nach Erfurt zu entsenden.« Er schob die Unterlippe vor und dachte nach. »Nein, mein junger Freund. Der Besuch dieses Burschen dient einem anderen Zweck. Habt Ihr nicht bemerkt, wie dieser Kornthaler aufgehorcht hat, als die Rede auf unseren guten Baumeister kam?«

»Eben dieses Interesse hat mich stutzig gemacht«, pflichtete der Ritter seinem Paten bei. »Schließlich beobachten wir diesen Stüplin schon eine ganze Weile. Wenn Euer Verdacht sich erhärtet und die heilige Inquisition sich des Falles annimmt, wird sich mein Onkel nicht länger in der Stadt halten können.« Unvermittelt ließ der junge Mann seine Faust auf die Tischplatte donnern. »Dann nehme ich hier das Heft in die Hand. Weder der Rat von Erfurt noch Landgraf Friedrich werden sich hüten, einen Mann zu unterstützen, der mit Ketzern und Hochverrätern paktiert. Die Gesetze, die der Kaiser diesbezüglich erlassen hat, sind unmissverständlich!«

Vater Mathias wischte seine fettigen Finger am Leintuch ab. »Ich wünschte, alle Ritter des Reiches wären so einsichtig wie Ihr, mein Sohn. Wie mir zu Ohren gekommen ist, muss Papst Clemens sogar die von Gottes Gnaden Herrschenden von Zeit zu Zeit energisch mahnen, dass sie in der Verfolgung der entflohenen Templerherren nicht nachlässig werden. Einige scheinen den Ketzern aus alter Anhänglichkeit und wegen der zweifelhaften Verdienste, die sich ihr Orden im Kampf gegen die Ungläubigen erwarb, helfen zu wollen.«

»Woher wisst Ihr das?«

Der Prior schob seinen dicken Bauch aus dem Lehnstuhl und faltete die Hände wie ein Magister, der einem Scholaren etwas beizubringen versucht. Er schien zu zögern, ob er seinen Patensohn ins Vertrauen ziehen sollte, besann sich dann jedoch. Es gab nicht viele Männer in Erfurt, die ihm bei seinem ehrgeizigen Vorhaben Unterstützung zugesagt hatten. Daher erklärte er Peter mit wichtiger Miene: »Ich habe mit einem Abgesandten des Heiligen Vaters in Avignon gesprochen, als ich kürzlich auf Wallfahrt war. Der Mann verfolgt eine Spur, die ihn möglicherweise bald zum Versteck eines riesigen Vermögens führen könnte.«

Peter von Raulanden schnappte nach Luft. Vor Jahren, nach

der Verhaftung der Templer in Paris, waren Gerüchte durch die Lande gezogen, die besagten, dass einigen Ordensrittern mit den Geldtruhen des Tempels die Flucht gelungen sei, doch er hatte das stets als Märchen abgetan. Wenn aber ein Mann wie Prior Mathias von einem versteckten Vermögen sprach, hinter dem sogar der Papst in Avignon her war, schien an der Sache etwas dran zu sein.

»König Philipp von Frankreich ist besessen von dem Wunsch, diesen Schatz in die Finger zu bekommen«, fuhr der Augustiner ungerührt fort. »Er hat es nie verwunden, dass seine Leute nach der Erstürmung des Pariser Ordenshauses nicht die Kostbarkeiten gefunden haben, die er dort vermutet hatte. Das muss für einen so machtverliebten Mann eine herbe Enttäuschung gewesen sein. Seit Jahren hält er den letzten Großmeister der Templer, Jacques de Molay, im Kerker gefangen, aber wie ich von meinem Gewährsmann weiß, hat sich Papst Clemens nun endlich aufgerafft, über die vier letzten verbliebenen Würdenträger ein Urteil zu sprechen.« Er grinste. »Das Todesurteil!«

»Warum die plötzliche Eile, nachdem er so viele Jahre gezögert hat?«, fragte Peter von Raulanden begriffsstutzig. »Der gefangene Großmeister ist sicher der Einzige, der weiß, wohin die geflohenen Templer das Vermögen des Ordens geschafft haben. Schließlich war er einst der mächtigste Ordensritter der Christenheit.« Er zog seinen Dolch aus dem Gürtel und spießte ein Stück Hammelfleisch auf, das er anschließend in seinem Mund verschwinden ließ. »Der König sollte mich mal mit seinem Gefangenen allein lassen«, meinte er kauend. »Nur ein halbes Stündchen. Ich schwöre Euch beim faulen Zahn der heiligen Agnes, dass der Alte mich anflehen würde, mir sein Geheimnis verraten zu dürfen.«

Schwachkopf, dachte der Prior, sprach es aber nicht aus. An dem Großmeister der Templer hatten sich schon ganz andere die Zähne ausgebissen als sein weinerlicher Patensohn, der hier seinem Onkel den Weinkeller aussoff, anstatt als junger Ritter Ruhm und Ehre zu suchen. Allerdings ahnte er, dass Peters Habgier ihm noch nützlich sein konnte.

»Wenn der Papst beabsichtigt, den Fall Jacques de Molay ad acta zu legen, sagt mir das, dass der Großmeister nicht mehr gebraucht wird«, erklärte er seinem Patensohn. »Entweder haben er und König Philipp die Hoffnung aufgegeben, doch noch an das Templergeld zu kommen – was ich nicht glaube –, oder aber es gibt stichhaltige Hinweise auf das Versteck des Schatzes. Es ist kein Zufall, dass der Heilige Vater seine Abgesandten ausgerechnet in diesen Winkel des Heiligen Römischen Reiches schickt.«

»Dann ist es sicher auch kein Zufall, dass dieser merkwürdige Kornthaler hier hereinschneit, uns einen Bären aufbindet, was seine Herkunft angeht, und zudem neugierige Fragen stellt«, murmelte Raulanden. »Glaubt Ihr, er könnte einer der Päpstlichen sein?«

Der Prior dachte über diese Frage nach, schüttelte dann aber den Kopf. »Unwahrscheinlich. Allerdings nehme ich an, dass die in Kürze anberaumte Verurteilung des Großmeisters in Paris die versteckten Templer aufgeschreckt hat. Sie werden wohl in Kürze wie Maden aus ihren Verstecken kriechen, um sich gemeinsam zu beraten.« Er lachte gehässig. »Und wir werden zur Stelle sein, um sie gebührend zu empfangen.«

In der Schenke zum Roten Ochsen hatten die Schankmägde an diesem Abend alle Hände voll zu tun. Es schien, als habe sich die halbe Stadt dort versammelt, um dünnen Wein zu trinken und Neuigkeiten auszutauschen. Es roch nach verkochten Linsen mit Speck und dem Schweiß der Männer, der Rauch von Kienspänen und das Fett der Lampen, die dem Schankraum sein Licht gaben, machten die Luft in der Taverne zum Schneiden dick. Der Fußboden war mit Stroh bedeckt, das schmutzig war und dringend erneuert gehörte.

Primus kämpfte sich ein wenig ratlos durch die Menge der Zecher, wobei er sich bemühte, die Männer, die an langen Holztischen saßen, mit einem einzigen Blick einzuschätzen. Im Kopf sortierte er all jene aus, die zu jung oder zu alt waren, um der Beschreibung des gesuchten Baumeisters zu entsprechen. Doch selbst dann blieben noch gut zwei Dutzend Männer übrig. Als eine der Schankmägde mit einem Tablett voller Becher an ihm vorbeikam, packte er das Mädchen mit einem Lächeln am Arm. »Du kennst gewiss Stüplin, den Baumeister? Kannst du mich zu ihm führen?«

Misstrauisch hob die Schankmagd den Blick, der aber sogleich weicher wurde, als sie sich den gutaussehenden Fremden näher betrachtete, der ihr den Weg verstellte. Was sie sah, schien ihr zu gefallen. Mit einem koketten Augenaufschlag wies sie in einen Winkel jenseits der Stützbalken, die den Schankraum in zwei Hälften teilten. »Stüplin hockt dort hinten! Aber was willst du von dem alten Griesgram? Der redet doch mit niemandem.« Sie zwinkerte ihm zu, wobei sie ihre hübsch gerundeten Lippen mit der Zunge befeuchtete. »Ich habe eine Kammer ganz für mich allein. Gleich über dem Hühnerstall. Sie ist warm und sogar gemütlich, sobald man sich erst einmal an den strengen Geruch gewöhnt hat. Vielleicht leistest du mir dort ja später ein wenig Gesellschaft? Den Wirt stört es nicht, solange ich ihm morgen ein paar Heller auf den Schanktisch lege.«

Primus hob erstaunt die Augenbrauen. Eine so unverblümte Einladung hatte er noch nie erhalten. Vermutlich legten die Mädchen in der Stadt ein anderes Tempo vor als die, die er vom Tempelhof her kannte und die er für gewöhnlich lange anbetteln musste, bis sie sich mit ihm zu einem Stelldichein in einem der Ställe trafen. Gegen ein warmes Plätzchen hätte Primus gar nichts einzuwenden gehabt, doch nach einem kurzen Moment der Versuchung siegte sein Pflichtgefühl. Mit einigem Bedauern ließ er die Magd davonziehen und wandte sich dem Tisch zu, den das Mädchen ihm gezeigt hatte. Tatsächlich saß dort ein bärtiger, etwa fünfzig Sommer zählender Mann in einem abgetragenen, mehrfach geflickten Kittel, der trübselig auf die Reste einer Mahlzeit stierte: ein Stück Fisch, Brot und ein Tontöpfchen mit eingekochten Steckrüben. Der Mann schien keinen großen Appetit zu haben, sprach dafür aber dem Wein umso mehr zu. Sooft eine Magd in seine Nähe kam, verlangte er mit tiefer Stimme, dass sie ihm nachschenkte.

Primus stutzte. Die Annahme, dass der stets korrekte und stocksteife Thomas Lermond, der wie ein Mönch nur Beten und Arbeiten im Kopf hatte, mit einem solchen Trunkenbold bekannt war, erschien ihm reichlich absurd. Er konnte nur hoffen, dass seine Ahnung ihn nicht trog, denn falls der Baumeister nicht der Mann war, den Lermond meinte, war Primus mit seinem Latein am Ende. Ohne auf eine Einladung zu warten, trat er an den Tisch des Bärtigen und nahm auf einem Schemel ihm gegenüber Platz.

Überrumpelt von Primus' Dreistigkeit riss Stüplin die Augen auf. »Habe ich dir erlaubt, dich hier niederzulassen?«, knurrte er. »Ich bezahle dem Ochsenwirt ein hübsches Sümmchen Geld, dass er mir die jungen Saufköpfe vom Leibe hält. Also lass mich in Ruhe und verschwinde.«

»Wie wollt Ihr an diesem Ort Eure Ruhe finden?«, gab Primus mit einem treuherzigen Blick zu bedenken. »Aber ich komme in guter Absicht. Man sagte mir im Haus zum Eisenstern, dass ich Euch hier finden würde. Vorausgesetzt, Ihr seid der Baumeister Stüplin?«

Überrascht horchte der Mann auf. »Du hast dich in der Statthalterei nach mir erkundigt? Warum? Wer zum Teufel bist du?«

»Nur ein treuer Diener meines Herrn, der mich mit einer Botschaft zu Euch sendet. Genau genommen, bin ich nach Erfurt gekommen, weil der ehrenwerte Handelsherr …«

»Sprich nicht so laut, Bursche«, schnitt Stüplin ihm das Wort ab. Er schien plötzlich unsicher zu werden. Mit zitternden Fingern ergriff er seinen Becher und leerte ihn, ohne abzusetzen. Dass der Wein ihm in Rinnsalen das Kinn hinablief und in seinem ergrauten Bart versickerte, schien ihn nicht zu stören. Währenddessen trennte Primus eine Naht auf der Innenseite seines gepolsterten Wamses auf und holte die Münze hervor, die Thomas Lermond ihm mit auf die Reise gegeben hatte. Ohne Kommentar legte er sie vor Stüplin auf den Tisch.

»Beim Drachen des heiligen Georg«, keuchte der Mann fassungslos, als sein Blick auf das blank polierte Goldstück fiel. »Das Zeichen des Tempels. Ich hätte nicht gedacht, dass ich es in diesem Leben noch einmal sehen würde.« Mit einem verstohlenen Blick auf die Männer, die an den Nachbartischen saßen, legte er seine zitternde Hand über die Münze und atmete erleichtert auf, als er feststellte, dass niemand seine unüberlegt ausgestoßenen Worte gehört hatte. »Bist du völlig übergeschnappt, diese Münze so offen zu zeigen?«, fauchte er.

»Dann ist es also wirklich wahr?«, flüsterte Primus, dessen Herz wild zu klopfen begann.

Der bärtige Mann, der reglos vor sich hin brütete, hatte einst dem Orden angehört. Primus konnte das Glücksgefühl, das seinen Körper und seine Sinne durchströmte, kaum beschreiben. Er hatte immer geahnt, dass die Templer sich nicht von Verleumdungen und übler Nachrede eines Königs oder des Papstes vom Angesicht der Erde treiben lassen würden. Es gab sie noch immer. Vermutlich war ihm und den anderen Boten ahnungslos die wunderbare Aufgabe zugefallen, die Ritter des Tempels zu vereinen. Sie würden die Bruderschaft wiederbeleben und für ihr Recht kämpfen. Endlich. Noch war nicht alles verloren, schließlich lebten der alte Großmeister und einige seiner engsten Vertrauten noch. Sie waren Gefangene der französischen Krone, ja, aber bislang war es weder König Philipp dem Schönen noch seinem gefürchteten Berater Nogaret gelungen, die letzten Templer abzuurteilen. Primus überlegte, welche geheime Botschaft die kleine Münze wohl barg. Rief sie Männer wie den Baumeister auf, wieder ihr Schwert zu führen? Vielleicht gab es einen geheimen Plan, den Großmeister zu befreien und an die Spitze eines Templerheeres zu stellen? Möglicherweise sammelten sich in diesem Augenblick die ersten Kämpfer, um gegen Paris zu ziehen.

»Ich weiß, dass Ihr nicht über Euren Auftrag reden dürft, Herr«, unterbrach Primus seinen Tagtraum. »Ich habe mein ganzes bisheriges Leben auf Gütern verbracht, die zu einer alten Templerkomturei gehörten. Ich kannte den Kommandeur und alle Brüder, die dort lebten. Als wir die Nachricht bekamen, dass der Orden aufgelöst wird, und alle anderen flohen, bin ich geblieben, weil ich im Herzen gespürt habe, dass dies nicht das Ende sein kann. Nicht nach einer langen Geschichte von Ruhm und Ehre. Aber nun …«

»Hast du auf deinen Gütern auch gelernt, die Klappe zu halten?«, brummte der Baumeister streng. »Ich muss nachdenken. Das ist schließlich alles nicht so einfach.«

Primus verstummte sofort. Er hatte verstanden und würde selbstverständlich schweigen, damit Stüplin sich sammeln konnte. Gewiss galt es nun, Vorbereitungen zu treffen. Andreas Stüplin hatte sich viele Jahre verstecken müssen. Getarnt als biederer Baumeister hatte er vorgegeben, sein ganzer Lebenszweck bestehe darin, Kirchen, Klöster und Häuser für reiche Pfeffersäcke zu bauen. Darin schien er sich einen guten Ruf erworben zu haben. Primus sah ein, dass er nicht einfach den alten Waffenrock anlegen und mit einem Kriegsruf auf den Lippen davongaloppieren konnte.

Während Primus seinen Wein trank, beschloss er, Stüplin seine Hilfe anzubieten. Falls er ihn denn haben wollte. Den Befehlen eines Templers war selbstverständlich Folge zu leisten, aber Primus würde dem Mann schon klarmachen, dass er von seiner Begleitung nur Vorteile hatte. An Andreas Stüplin schienen die Jahre des Exils und der Entbehrungen nicht spurlos vorübergegangen zu sein. Seine Bewegungen waren schwerfällig und entsprachen so gar nicht dem gewandten Auftreten, das Primus als Kind immer an den Brüdern im Tempelhof bewundert hatte. Wie es aussah, hatte das Leben, das der ältliche Mann hier im Schutz der Stadtmauern von Erfurt führte, ihn weich und unentschlossen gemacht. Wie war es ansonsten zu erklären, dass er fortwährend Primus' Blicken auswich und mit totenblassem Gesicht Unverständliches in seinen Bart murmelte? Primus überlegte, ob dieses merkwürdige Verhalten zu der Tarnung gehörte, die Stüplin gewählt hatte, um in der Stadt keinen Verdacht zu erregen. Sogleich fielen ihm der Neffe des Vicedominus und dieser Prior ein. Die beiden waren mit hoher Wahrscheinlichkeit keine Freunde des Templerordens und würden nicht zögern, ein verstecktes Mitglied ans Messer zu liefern. Dass Stüplin im Haus des Vicedominus lebte, war daher schon tollkühn. Aber das alles würde schon bald der Vergangenheit angehören.

»Wann habt Ihr vor aufzubrechen?«, erkundigte er sich bei Stüplin, dessen Hand noch immer auf der Münze lag. »Ich bitte Euch, Herr, lasst mich bei den Vorbereitungen für Eure Abreise helfen. Wir könnten uns morgen auf den Weg machen, sobald die Tore geöffnet werden.«

Als Stüplin sich endlich aus seiner Starre löste und den Blick hob, sah er unglaublich müde aus. Sein linkes Auge zuckte. »Abreise? Wohin zum Teufel sollte ich um diese Jahreszeit reisen wollen? Ich habe keine Ahnung, wovon du eigentlich redest, Bursche!« Er schüttelte den Kopf, wobei er die Münze jedoch unbemerkt vom Tisch in die Lederbörse gleiten ließ.

»Du tauchst hier auf und erzählst mir etwas von deinem Leben in irgendeiner Komturei. Was habe ich damit zu schaffen? Ich bin Baumeister und in der Stadt hoch geachtet. Der Statthalter seiner erzbischöflichen Gnaden in Erfurt schätzt meine Ideen. Auch bei den Herren Klerikern bin ich beliebt. Ich habe beim Bau von St. Severi mitgewirkt. Meinen statischen Berechnungen ist es zu verdanken, dass dort seit sechs Jahren die Messe gelesen werden kann, obwohl das Langhaus noch nicht einmal fertiggestellt ist. Außerdem beaufsichtige ich die Baustellen der Barfüßerkirche und des Augustinerklosters im Norden. Und nun möchte der Vicedominus aus seinem bescheidenen Haus einen Palast machen, der seiner Sippe würdig ist. Eine Aufgabe, die er natürlich auch mir übertragen hat.« Er stand auf. »Du siehst, dass ich in Erfurt gebraucht werde. Wer auch immer dein Herr sein mag, ich fürchte, du musst ihm mitteilen, dass ihm der Baumeister Andreas Stüplin nicht zur Verfügung steht.«

Primus brauchte einen Moment, um seine Enttäuschung hinunterzuschlucken. Mit allem hatte er gerechnet, nicht aber damit, dass ein früherer Tempelritter sich schlichtweg weigern würde, dem Aufruf eines Mitbruders Folge zu leisten.

»Aber … aber die Münze …«, begann er.

»Du hast keine Ahnung, wie gefährlich es ist, sie bei sich zu haben«, fuhr ihm der Bärtige über den Mund. »Wie unüberlegt, sie einem grünen Burschen wie dir zu überlassen. Lermond muss den Verstand verloren haben. Hätte man sie am Tor bei dir gefunden und die Prägung erkannt, hätte man dich vielleicht gefoltert, um herauszufinden, was du weißt.« Er überlegte kurz, worauf sich ein Lächeln auf seine Lippen legte. »Aber deinem langen Gesicht entnehme ich, dass dir die Bedeutung dieser Münze völlig unbekannt ist. Du hättest auf der Folterbank gar nicht viel erzählen können.«

»Ich weiß nur, dass mit diesen Münzen alle Ritter des Templerordens, die noch auf freiem Fuß sind, aufgefordert werden, sich ein letztes Mal zu versammeln.«

Stüplin schüttelte den Kopf. »Auch ich dachte einmal, das Leben sei genau wie in den Liedern der Minnesänger, die von Burg zu Burg ziehen, um deren Bewohner an kühlen Abenden mit abenteuerlichen Geschichten über Heldenmut, Ruhm und Ritterehre zu unterhalten. Aber die Wirklichkeit hat mich mehrmals eingeholt. Ich war dabei, als vor dreiundzwanzig Jahren Akkon fiel und wir das Heilige Land endgültig aufgeben mussten. Ich sah den damaligen Großmeister sterben, er verblutete in meinen Armen, unmittelbar vor den Mauern, die ich gebaut hatte. Ja, du hast richtig gehört. Ich wurde nicht erst hier Baumeister. Mein Handwerk verdanke ich nicht zuletzt muslimischen Handwerkern, die mich in die Geheimnisse der Statik und der Geometrie einweihten, obwohl ich eigentlich ihr Feind hätte sein müssen. Ich war unter den Brüdern, die von den Mamelucken aus unserer letzten Festung in Ruad, einer kleinen Insel vor Tortosa, geschleppt wurden. Auch diese Zitadelle habe ich im Auftrag unseres Großmeisters errichtet. Aber trotz der starken Befestigungsanlagen, die ich die Brüder habe errichten lassen, mussten wir vor der Übermacht zurückweichen. Wir hatten nicht genügend Schiffe, um die Angreifer am Anlegen zu hindern, und als sie erst einmal auf der Insel waren, gab es keine Rettung mehr. Wir wurden in Schimpf und Schande nach Ägypten verschleppt, wo viele von uns jämmerlich umkamen. Ich überlebte den Hunger, die Hitze und die Peitschenhiebe, aber ich sollte nie wieder für den Orden bauen. Die Zeit unserer Macht war schon damals vorbei. Das kann sich jemand, der in einer kleinen, von Gott und allen Heiligen vergessenen Komturei in den Wäldern gelebt hat, wohl nicht vorstellen.«

Primus legte die Stirn in Falten und durchsuchte sein Gedächtnis nach Erinnerungen an den Mann. Er schien sich schon einmal auf dem Tempelhof aufgehalten zu haben. Vermutlich war das zu der Zeit gewesen, als Thomas Lermond bei ihnen aufgetaucht war, um im Auftrag des Magdeburger Bischofs eine Handelsniederlassung aufzubauen.

»Gib dir keine Mühe«, spottete Stüplin, als habe er Primus' Gedanken erraten. »Wir waren sehr diskret, als wir uns zum ersten und einzigen Mal auf dem Tempelhof zusammengefunden haben.«

»Wir? Also haben die anderen Boten, die ausgesandt wurden, auch Münzen und sollen …«

Stüplin hob warnend die Hand. Wieder spähte er zu den Männern, die in der Nähe den Krug kreisen ließen. Inzwischen war es in der Schenke so laut geworden, dass man kaum noch sein eigenes Wort verstand. Einige Männer waren schon betrunken und grölten lauthals zur Musik eines Spielmanns, der auf der untersten Sprosse einer Leiter stand und die Leier zupfte. Stüplin bedeutete Primus, ihm nach draußen zu folgen. Kurz darauf standen die beiden Männer in einem winzigen Hinterhof, der zu den Pferdeställen führte. Es war ziemlich frostig hier, der Wind pfiff durch die Fugen der niedrigen Lehmkaten, deren hölzerne Läden heftig klapperten.

»Ich muss nach Hause«, sagte Stüplin, während er sich zum Schutz vor der Kälte eine braune Lederkappe über den fast kahlen Schädel stülpte. »Der Vicedominus ist ein nachsichtiger Mann, der Verständnis dafür hat, dass ein hart arbeitender Kerl auch mal einen Schluck Wein und eine Frau braucht. Aber seinem Neffen, diesem Raulanden, möchte ich heute nicht mehr über den Weg laufen. Der Bursche stellt mir schon seit Wochen unnötige Fragen über meine Herkunft.«

»Ich hatte heute die Ehre, den edlen Ritter kennenzulernen«, sagte Primus und verzog den Mund. »Auch ich hätte liebend gern darauf verzichtet. Mir kommt der Bursche merkwürdig vor.

Er war höflich und zuvorkommend, aber auf eine verschlagene Weise.«

Stüplin schnaubte verdrossen. »Es schmerzt mich, mir einen solchen Rüpel als Angehörigen des Ritterstandes vorzustellen, während unsereiner sich verstecken muss, um nicht als Ketzer auf dem Scheiterhaufen zu enden.«

»Dann besinnt Euch, Herr«, bat Primus, der eine winzige Chance witterte, den Baumeister doch noch umstimmen zu können. »Im Grunde Eures Herzens wisst Ihr doch, wer Eure wahren Freunde sind. Sie verlassen sich darauf, dass Ihr sie nicht im Stich lasst. Trotz Eurer Erfolge als geachteter Baumeister von Erfurt habt Ihr doch nur auf diesen Tag gewartet, nicht wahr? Ihr habt gewusst, dass Euch jemand die Münze überbringen würde.«

Stüplin nickte. »Ja, und ich habe geduldig auf diesen Tag gewartet wie auf die Wiederkunft des Herrn. Doch irgendwann habe ich die Hoffnung aufgegeben, noch einmal gerufen zu werden. Und dann, vor zwei Jahren, die Fastenzeit hatte gerade begonnen …« Er verstummte, stand auf und verließ die Schenke. Er durchquerte das Tor zur Straße und bog in eine enge, finstere Gasse ein, die zu betreten Primus schon bei hellem Tageslicht unangenehm gewesen wäre. Doch er folgte ihm, denn was blieb ihm auch anderes übrig?

»Was geschah vor zwei Jahren?«, hakte der junge Mann nach, als Stüplin unvermittelt vor einem Kirchenportal stehen blieb.

»Ich wurde krank«, sagte Stüplin leise. »Schwer krank. Glaubte schon, es gehe zu Ende mit mir. In meiner Not legte ich vor einem Barfüßermönch die Beichte ab. Ich entlastete meine Seele und erzählte ihm, dass ich zum Templerorden gehört hatte und mit einigen Kameraden aus dem Pariser Ordenshaus geflohen war. Du glaubst nicht, wie gut das tat.«

»Demnach kennt außer uns beiden noch jemand Eure wahre Identität«, sagte Primus. Noch dazu ein Pfaffe, der seinem Bischof und letztendlich auch dem Papst Rechenschaft schuldete. »Vater Stefan hätte niemals das Beichtgeheimnis verletzt«, erwiderte der Baumeister. »Davon abgesehen lebt er nicht mehr. Ironie des Schicksals. Ich kam wieder zu Kräften, während er kurze Zeit später vom Fieber dahingerafft wurde. Aber als ich noch davon überzeugt war, bald vor das Angesicht unseres Schöpfers zu treten, fasste ich einen Entschluss. Ich folgte dem Rat meines Beichtvaters und entledigte mich aller Habseligkeiten, die an mein früheres Leben als Angehöriger der armen Ritter Christi erinnerten: meines Schwerts und meines Siegelrings.«

Primus wurde ungeduldig. Er fragte sich, warum der Templer ihm das alles erzählte. Wollte er ihm etwa schonend beibringen, dass er sich mit seiner Ausrüstung auch unwiderruflich von seinem alten Leben getrennt hatte? Als er Stüplin nach einigem Zögern mit seiner Vermutung konfrontierte, schüttelte dieser empört den Kopf.

»Es ist viel komplizierter, Junge. Natürlich hätte es mich den Kopf kosten können, wenn man unter meinen Sachen den Templermantel, mein Schwert und meinen Ring mit dem Wappen des Tempels darauf gefunden hätte. Aber viel wichtiger als das alles war der Stein.«

»Der Stein? Welcher Stein?«

Stüplin machte ein gequältes Gesicht. Mit einer energischen Handbewegung riss er sich die Kappe vom Kopf und wischte mit dem Leder über seine Stirn, auf der sich trotz der Kälte der Februarnacht Schweißperlen gebildet hatten. »Ich darf nicht darüber sprechen. Ich habe vor langer Zeit geschworen, das Geheimnis zu bewahren. Nur so viel darf ich dir verraten: Ohne diesen Stein kann es für mich keine Rückkehr zum Tempelhof geben.« Stüplin klang regelrecht verzweifelt, als er hinzufügte: »Der Stein ist viel wichtiger als jeder Ritter. Mit ihm könnte der Templerorden wenigstens für eine kleine Weile wiederauferstehen. Aber ohne ihn können wir unsere Hoffnungen an Ort und Stelle begraben. Ich wünschte, ich wäre damals gestorben, als die Krankheit mich heimsuchte. Dann müsste ich meinen Brüdern nicht als Versager gegenübertreten.«

Primus dachte angestrengt nach. Er konnte sich ohne weiteres vorstellen, dass der Orden Geld brauchte. Mit Gold konnte man ein Söldnerheer anwerben, Truppen aufstellen, Bischöfe kaufen und Königreiche stürzen. Doch warum ein Stein für das Überleben der Bruderschaft so wichtig sein sollte, leuchtete ihm nicht ein. Es sei denn, es handelte sich um eine machtvolle Reliquie.

»Gibt es außer Eurem noch weitere Steine?«, fragte er verwirrt.

Stüplin nickte eifrig. »Sieben Templer. Sieben Steine. Die Zahl wurde nicht zufällig gewählt, denn ihr wohnt eine Kraft inne, derer sich die Großmeister des Templerordens bedient haben, seit sie vor Jahrhunderten zum ersten Mal in Jerusalem heiligen Boden betraten. Denke daran, dass die Zahl sieben sich aus der Summe von drei und vier zusammensetzt. Drei steht für die unsterbliche Seele, vier für die Anzahl der Elemente, also alles Materielle. Wir Templer stehen als Männer des Geistes und des Schwertes gleichermaßen auch für Seele und Materie. Daher können nur sieben von uns das Geheimnis des Templerordens retten. Vorausgesetzt, die Auserwählten leben noch, was mir nach all den Jahren der Verfolgung fraglich erscheint.«

»Mein Herr hat außer mir noch sechs weitere Boten auf den Weg geschickt. Er scheint der Meinung zu sein, dass die Männer noch am Leben sind. Ihr seid es ja auch noch.«

»So? Bin ich das wirklich?« Stüplins Blicke gingen ins Leere. Primus folgte ihm ins Innere der Kirche und wartete, bis er vor dem Bildnis der Jungfrau Maria ein Gebet gesprochen und eine Kerze angezündet hatte. Eine Ewigkeit verging, bevor der Mann sich von den Knien erhob und Primus zuwandte.

»Mag ja sein, dass meine ehemaligen Kameraden noch leben. Ich weiß nicht, wohin es sie verschlagen hat. Um ehrlich zu sein, wollte ich es auch gar nicht wissen. Es ging um unser aller Sicherheit. Allerdings scheinen nur wenige von uns im Deutschen Reich geblieben zu sein. Die nämlich, die sich nicht durch mangelnde Sprachkenntnisse verdächtig machten. Die meisten Brüder kamen aus Frankreich und verstanden kaum Deutsch.« Stüplin fasste Primus scharf ins Auge. »Und du irrst dich auch nicht, Junge? Wurden wirklich sieben Boten ausgesandt, um uns zum Tempelhof zurückzurufen?«

Primus nickte. »Ihr sagtet, ohne den Stein bräuchtet Ihr Euch gar nicht erst auf den Weg zu machen?«

»So ist es auch. Der Stein wurde mir anvertraut. Er führt zum Versteck eines Mysteriums aus alter Zeit, über das ich aber mit niemandem sprechen darf.«

»Und es gibt keine Möglichkeit, diesen Stein wiederzubeschaffen? Ich meine, was habt Ihr nur damit angestellt? Ihr habt ihn doch nicht in den Fluss geworfen?«

Unter den mitleidigen Steinaugen der Marienskulptur stöhnte Stüplin auf. »Viel schlimmer, Junge. Viel schlimmer.«

TEMPELHOF, FEBRUAR 1314

Thomas Lermond wurde beinahe wahnsinnig bei dem Gedanken, wie ein Gefangener im eigenen Haus behandelt zu werden. Dabei hatte man ihn weder in Ketten gelegt noch in den Keller gesperrt. Nein, er durfte sich auf dem Tempelhof frei bewegen, solange er keinen Fuß vor das Tor setzte. Ihm war sogar erlaubt worden, seinem Tagwerk wie gewohnt nachzugehen. Niemand hinderte ihn daran, seinen Knechten Aufträge zu geben oder Wagenladungen von Bienenwachs und getrocknetem Fisch auf den Weg zu schicken, die Speicher zu füllen und die Bücher zu führen. Und doch gab er sich nicht der Illusion hin, noch länger ein freier Mann zu sein. Der unheilvolle Schatten des Besuchers, der ihn an jenem Wintermorgen in seiner Schlafkammer überrascht hatte, schien mit seinem eigenen verschmolzen zu sein. Er war allgegenwärtig, und Lermond konnte kaum noch Luft holen, ohne dass sein ungebetener Gast den Blick hob und ihn forschend ansah. Nun wusste Thomas auch, dass die beiden Mönche, die er einige Wochen zuvor auf dem Gut bewirtet hatte, Kundschafter gewesen waren. Sie hatten ihren Verdacht, dass die Templer den einsamen Ort in den Wäldern der Mark Brandenburg nicht vollständig verlassen hatten, dem Bischof von Magdeburg zugetragen, der wiederum keine Zeit verloren und Lermond einen Gesandten der Inquisition auf den Hof geschickt hatte.

Adam von Pirrlingen gehörte dem Dominikanerorden an, den ›Hunden des Herrn‹, wie die Mönche auch genannt wurden. Er stand mit Männern wie Bernard Gui, einem für seine Unerbittlichkeit gefürchteten Inquisitor und Vertrauten des Papstes, in regem Briefkontakt. Begleitet wurde Bruder Adam von einem guten Dutzend Bewaffneter, allesamt Männer des Magdeburger Bischofs, die Lermond zu allem Überfluss aus den eigenen Vorratshäusern verpflegen musste. Adam von Pirrlingen kümmerte es nicht, dass die Magdeburger Waffenknechte den Handelshof wie eine Eroberung behandelten und sich Frechheiten herausnahmen, die Lermond gern mit Peitschenhieben geahndet hätte. Aber eben das durfte er sich nicht erlauben. Der Mönch schnüffelte herum wie ein Bluthund, stellte seinen Knechten und Mägden unangenehme Fragen und durchwühlte ohne jede Scham Truhen und Kisten im Gebäude der ehemaligen Templerkomturei. Doch bislang hatte er nichts gefunden, was Lermond hätte gefährlich werden können.

Bei den Mahlzeiten, die Lermond am Tisch des Dominikaners einnehmen musste, gab er auf jedes Wort Acht, das er sprach. Nichts, keine auch noch so unschuldige Bemerkung, durfte ihn in Verbindung mit dem Templerorden bringen. Lermond zitterte bei dem Gedanken, sich aus Versehen zu verraten und damit auch den Plan zu gefährden, den er ersonnen hatte, um den Schatz der Templer in Sicherheit zu bringen. Und noch etwas quälte ihn. Hatte er die Ankunft seiner früheren Kameraden auf dem Tempelhof herbeigesehnt, so wünschte er sich jetzt, sie würden fortbleiben. Wenigstens so lange, bis Adam von Pirrlingen wieder nach Magdeburg verschwand.

Wenn er abends die Tür seiner Schlafkammer hinter sich ins Schloss zog, zermarterte er sich den Kopf, wie er die Boten vor einer Rückkehr auf den Handelshof warnen konnte. Aber ihm wurde rasch klar, dass dies ein Ding der Unmöglichkeit war. Ihm selbst war es unmöglich, das Gut zu verlassen, denn vor seiner Kammer und dem Fenster, das nach draußen führte, hatte Adam von Pirrlingen Wachen aufgestellt. Jeder Brief, den er schrieb, wurde von dem Mönch kontrolliert. Lermond unterhielt Kontakt zum Abt eines Klosters, dessen kostbares Wachs er aufkaufte, um es an die Hanseherren zu veräußern, doch diese Bekanntschaft nutzte ihm im Moment auch nichts.

Wenn es mir nur gelänge, Primus eine Nachricht zukommen zu lassen, überlegte er, als er eine am Vortag eingetroffene Lieferung von Pelzen in die Handelsbücher aufnahm. Die Arbeit ging ihm nicht leicht von der Hand, immer wieder glitt ihm der Federkiel aus. Kein Wunder, dass ich mich nicht konzentrieren kann, dachte er und schüttete so viel Sand über die Zeile, bis sie vor seinen Augen verschwamm. Solange dieser Mönch dort draußen auf mich lauert und nur darauf wartet, dass ich einen Fehler mache, kann ich auch gleich die Bücher schließen und mich ins Bett legen.

Aber er blieb am Schreibpult stehen, denn für gewöhnlich unterbrach ihn Bruder Adam nicht bei der Arbeit. Das schien ihm der Bischof, der den Johannitern kein heruntergewirtschaftetes Gut übertragen wollte, verboten zu haben. Rasch kehrten seine Gedanken zu Primus zurück. Anders als die Boten, die das Deutsche Reich hatten verlassen müssen, um ihre Münzen zu überbringen, hatte er Primus nur bis nach Erfurt geschickt. Möglicherweise hatte der Junge den Bruder, der sich dort unter falschem Namen verbarg, längst gefunden und befand sich auf dem Heimweg.

Wie schaffe ich es nur, ihn abzufangen, dachte er. Verdammt, er hatte an alles gedacht, jede Vorsichtsmaßnahme getroffen, aber nicht damit gerechnet, dass sich die Inquisition hier wie eine fette Spinne ihr Netz spann.

Am nächsten Morgen klopfte Adam von Pirrlingen überraschend höflich an seine Tür. »Ich habe ein paar Erkundigungen eingeholt«, eröffnete er das Gespräch. Wie immer sprach er ruhig und so besonnen, als sei er nur gekommen, um Lermond einen guten Morgen zu wünschen.

»Erkundigungen? Was Ihr nicht sagt, Bruder!« Lermond streifte sich das verschwitzte Hemd vom Leib. Splitternackt durchquerte er die muffige Kammer, ergriff seine Waschschüssel und leerte sich deren kalten Inhalt prustend über den Kopf. Der Mönch schlug verschämt den Blick nieder, was Lermond diebisches Vergnügen bereitete.

»Wenn ich Euch ansehe, erinnert Ihr mich an gewisse Männer, die noch vor einigen Jahren voller Hochmut behaupteten, die Speerspitze der Christenheit zu sein. Übermütige Ketzer, die schrecklicher Gräueltaten überführt wurden. Auch sie spazierten gern unbekleidet durch ihre Hallen und Säle und machten in ihren Ausschweifungen nicht einmal davor Halt, unschuldigen Knaben nachzustellen.«

»Wenn Ihr damit Eure Klöster meint, so seht Ihr mich überrascht, Bruder Adam«, erwiderte Lermond finster. Er zog ein frisches Hemd vom Haken neben seinem Strohsack und zog es sich über den Kopf, denn auf einmal fühlte er sich so ganz ohne Kleidung angreifbar. »Ich hoffe, Ihr geht mit den Mönchen Eures Ordens nicht zu streng ins Gericht.«

Die Mundwinkel des Dominikaners senkten sich und sein eisiger Blick verriet Lermond, dass er zu weit gegangen war. Einen Mann wie Adam von Pirrlingen reizte man nicht. »Ich gehe mit jedem ins Gericht, der meinen Weg kreuzt, das darf ich Euch versprechen, Meister Thomas«, wies ihn der Mönch scharf zurecht.

»Was wollt Ihr eigentlich?«, rief Lermond ärgerlich. »Habt Ihr meine Gastfreundschaft nicht lange genug in Anspruch genommen? Inzwischen solltet Ihr doch herausgefunden haben, dass diese Handelsniederlassung nur rechtschaffene, fromme Menschen beherbergt. Wir haben nichts zu verbergen, und bislang hatte der Bischof keinen Grund, sich über uns zu beschweren.«

»Oh, das bestreitet auch niemand. Ihr führt Eure Bücher auf vorbildliche Weise, fast besser als die Pfeffersäcke im Norden.

Euer Handel wirft von Jahr zu Jahr größere Gewinne ab. Ihr habt eine glückliche Hand für Geschäfte, Meister Lermond, und scheint den Handelshof für den Bischof mit Weisheit und großer Umsicht zu führen. Aber ich frage mich, warum hier in letzter Zeit mehrere Menschen unversehens spurlos verschwunden sind.«

»Verschwunden?« Lermond runzelte die Stirn, wich dem Blick des Mannes in der dunklen Kutte jedoch verlegen aus. »Das ist doch absurd. Wer hat Euch das erzählt?«

Adam von Pirrlingen lachte humorlos auf. »Sagte ich nicht, dass ich Erkundigungen eingeholt habe? Bei den Ausreißern handelt es sich um sieben junge Männer, die Ihr, Thomas, persönlich mit Pferden, festen Stiefeln und Zehrpfennig ausgerüstet haben sollt.« Er machte einen Schritt auf Thomas Lermond zu und tippte ihm mit seinem dürren Zeigefinger mehrmals gegen die Brust. »Wer sind diese Männer, und wohin habt Ihr sie geschickt?«

Lermond bereute zutiefst, dass er den Fehler gemacht hatte, den Mönch zu unterschätzen. Pirrlingen hatte als Angehöriger der Inquisition Erfahrung darin, Menschen auszuhorchen und ihnen ihre tiefsten Geheimnisse zu entlocken. Lermond hatte es versäumt, die Leute im Dorf vor ihm zu warnen. Andererseits war er für die meisten, die hier im Tempelhof lebten, noch immer ein Fremder, ein Außenseiter, der sich niemals bemüht hatte, die Bauern und kleinen Handwerker, die Handelsknechte und Lohnarbeiter zu verstehen. Er hatte sieben Jahre lang in der Vergangenheit gelebt, ohne an die Gegenwart zu denken. Vielleicht hatten die Dorfleute die Fragen des Dominikaners ja bereitwillig beantwortet, da dieser ihnen als Mann der Kirche größere Anteilnahme entgegengebracht hatte als Lermond.

»Ich warte noch immer auf Eure Antwort, Meister«, drängte von Pirrlingen. Die Augen des Mannes blitzten triumphierend auf, wie so oft, wenn er ein Opfer in die Enge getrieben hatte. »Wohin habt Ihr diese sieben Männer geschickt? Was ist aus ihnen geworden?«

Lermonds Fuß berührte die knarrende Bodendiele, unter der er sein altes Schwert versteckt hatte. Unbegreiflicherweise hatten es Pirrlingens Bewaffnete dort bislang nicht gefunden. In diesem Augenblick hätte Lermond alles dafür gegeben, das Schwert noch ein einziges Mal zu schwingen, und wenn auch nur zu dem Zweck, dem frechen Mönch eine neue Tonsur zu verpassen. Er wollte den verfluchten Schwarzrock lehren, was dem geschah, der einen Ritter des Templerordens beleidigte. Aber im letzten Moment gelang es ihm, sein Temperament zu zügeln. Er war kein Krieger mehr, sondern ein Händler, ein Mann des Bischofs von Magdeburg. Er durfte unter keinen Umständen aus der Rolle fallen, sosehr ihn der Dominikaner auch zu provozieren versuchte. Verlor er die Fassung, war alles verloren.

»Die sieben Männer sind alle Handelsknechte, die in meinem Auftrag Geschäftspartner in verschiedenen Städten des Reiches aufsuchen sollen, um neue Verbindungen zu knüpfen.«

»Ach, und warum habt Ihr Seine Gnaden, den Bischof, nicht darüber informiert?« Adam von Pirrlingen grinste Lermond höhnisch an. »Vielleicht, weil Ihr mich belogen habt? Ja, Ihr habt richtig gehört, Meister Thomas. Ihr seid ein erbärmlicher Lügner. Kein Kaufmann, der etwas auf sich hält, wäre so töricht, im Winter Leute auszuschicken, um neue Handelsbeziehungen zu knüpfen. Dafür sind die Straßen viel zu schlecht. Nein, er würde bis zum Frühling warten, und er würde sich auch nicht in Unkosten stürzen, um die jungen Burschen neu einzukleiden. Ich bin davon überzeugt, dass die Reise der sieben Männer andere Hintergründe hat, und die werdet Ihr mir nun verraten!«

Lermond spürte erneut Panik in sich aufsteigen, doch ungeachtet der drohenden Gebärde, mit der sich der spindeldürre

Mönch vor ihm aufgebaut hatte, gab er als Antwort einen Laut von sich, in den er seine ganze Verachtung legte.

»Aus mir bekommt Ihr nichts heraus, Mönch«, knurrte er. »Meine Lippen sind versiegelt!«

»Oh, ich kann warten!« Ehe Lermond noch etwas erwidern konnte, riss der Mönch die Tür auf und rief einen Wachsoldaten herein, der draußen gewartet hatte. Er teilte dem Mann mit knappen Worten mit, dass der Kaufmann Thomas Lermond auf der Stelle in Ketten zu legen und zur Burg des Bischofs von Magdeburg zu schaffen sei.

»Was sagt Ihr nun, Templer?«, rief Adam von Pirrlingen höhnisch.

Lermond sagte gar nichts. Seine Tarnung war aufgeflogen, so viel stand fest. Mit einem wütenden Kampfruf, den er vor Gefechten in Palästina oft ausgestoßen hatte, ergriff er den Wasserkrug und schleuderte ihn dem Wachmann entgegen, der zwar so geistesgegenwärtig war, den Kopf einzuziehen, aber dennoch an der Schulter getroffen wurde. Stöhnend stieß der Mann gegen Bruder Adam, der vor Schmerz aufheulte.

Lermond schnellte mit der Geschmeidigkeit eines Löwen zur Seite und trat dabei auf die lose Bodendiele. Nur einen Augenblick später hielt er sein Schwert in der Hand und drang auf den Söldner ein, der nun seinerseits das Schwert zog und sich wehrte. Scharf klang das Klirren des Metalls, das in dem folgenden Kampf aufeinanderschlug. Lermond mochte alt geworden sein, doch er hatte nicht vergessen, was ihn sein früherer Waffenmeister in Akkon einst gelehrt hatte. Er parierte die unkoordinierten Schläge des Söldners mühelos und verschaffte sich sogar einen Vorteil, indem er ihn auf den Flur drängte. Das Glücksgefühl, das ihn dabei beseelte, gab ihm die Kraft, den Schwertarm nicht sinken zu lassen. Mit einem wilden Schrei drehte er sich um die eigene Achse und schlug dem Bischöflichen das Schwert aus der

Hand. Scheppernd fiel es vor dem Mann zu Boden, und als dieser sich danach bücken wollte, donnerte Lermond ihm den Knauf seines eigenen Schwertes in den Nacken, sodass er betäubt zu Boden sank.

»Damit habt Ihr Euch verraten«, kreischte Adam von Pirrlingen schrill. Der Mönch war vor Angst erblasst. Doch trotz seines Entsetzens gelang es ihm, flink an Lermonds Schwert vorbeizuschlüpfen. Nun stob er mit wehender Kutte davon, um die Wachen zu rufen.

Das Schwert noch in der Rechten, blickte Thomas Lermond ihm nach, unschlüssig, ob er die Verfolgung des Mannes aufnehmen oder besser verschwinden sollte. Ein aussichtsloser Kampf machte aus jedem Tapferen einen Narren. Sein Herz pochte vor Anstrengung und Erregung, als er die Tür hinter sich zuzog. Mit einem knappen Seitenblick auf das Kreuz über seinem Strohsack dankte er Gott dafür, dass er doch noch einmal hatte kämpfen dürfen. Doch nun galt es, keine kostbare Zeit mehr zu vergeuden. In wenigen Augenblicken würde es hier oben vor Bewaffneten nur so wimmeln. Einen oder zwei traute er sich wohl zu, zur Hölle zu schicken, aber einer Übermacht von zehn Bischöflichen war er schwerlich gewachsen. Sie würden ihn überwältigen oder gleich in Stücke hauen. Das Geschrei des Mönchs hallte in seinen Ohren, als er den Fensterladen aufstieß und sich über die Brüstung beugte. Auf dem Hof war niemand zu sehen, nicht einmal die Schweine suhlten sich in den matschigen Pfützen, die der lange Regen hinterlassen hatte. Eine Flucht über die Dächer war riskant, doch blieb er hier, gab es keine Hoffnung mehr für ihn und den Schatz. Adam von Pirrlingen wollte ihn entlarven, und er war blind in seine Falle getappt.

Langsam und schwerfällig schob er seinen Körper durch die Fensteröffnung und verfluchte dabei den Baumeister, der die Luke nicht ein wenig breiter in den Stein hatte stemmen lassen.

Als Nächstes hörte er schwere Schritte auf der Stiege. Das Schnaufen von Männern im vollen Harnisch, die näherkamen. Ihre Flüche klangen grausam. Er konnte jetzt nur hoffen, sich beim Sprung aus dem Fenster nicht die Beine zu brechen. Gelang es ihm, vor den Männern des Bischofs den Wald zu erreichen, fand er möglicherweise ein Versteck.

Thomas Lermond warf sein Schwert hinunter und rutschte ein Stück weiter vor. Ein letztes Mal blickte er zurück, auf das Leben, das er sieben Jahre lang geführt hatte: ein armseliges Dasein. Warten auf das Unvermeidliche. Auf dem Fußboden bewegte sich der Bewaffnete, dem er einen Schlag verpasst hatte. Er kam wieder zu sich. Von fern erklang die unheilvolle Stimme des Dominikaners, der seine Schergen zur Eile antrieb: »Macht schon, er darf uns nicht entkommen!«

Lermond bekreuzigte sich. Und sprang.

MAGDEBURG, FEBRUAR 1314

Ihr wagt es, hierherzukommen und mir mitten ins Gesicht zu sagen, dass Euch dieser Schuft entkommen ist?«

Mit einer ungnädigen Handbewegung verscheuchte Bischof Burchard von Magdeburg seine Diener, die im Bischofspalast allabendlich die Kerzen entzündeten. Burchard war anmaßend genug, keinen Menschen in seiner Nähe zu fürchten, aber die Dunkelheit flößte ihm so große Angst ein, dass er Unsummen für Wachskerzen, Feuerkörbe und Öllampen ausgab, um jeden Winkel seiner Residenz nahe dem Dom zu beleuchten. Auch das Feuer im Kamin des großen Saals, wo der Bischof für gewöhnlich Hof hielt, durfte niemals erlöschen.

Adam von Pirrlingen faltete die Hände und senkte in einer demutsvollen Geste den Kopf. Er war nur widerstrebend nach Magdeburg geritten, um den Bischof, der in der Stadt nur Lappe genannt wurde, von der Flucht des Verwalters Lermond in Kenntnis zu setzen. Obwohl Adam sogleich eine wahre Treibjagd veranstaltet hatte, um den Mann wieder einzufangen, befand dieser sich nach wie vor auf freiem Fuß. Das war schlecht, denn er hatte dem Bischof nicht nur versprochen, Thomas Lermond als hochrangiges Mitglied des verbotenen Templerordens zu überführen, sondern er war sich auch sicher gewesen, hinter dessen Geheimnis zu kommen. Dies hatte Bischof Burchard, dessen Geld stets knapp war, nicht vergessen. Mit grimmiger Miene forderte er den Mönch auf, näherzutreten, aber er bot ihm keinen Platz an, sondern ließ ihn vor seinem herrschaftlichen Bischofsstuhl stehen wie einen Bittsteller.

»Die ehemaligen Besitzungen der Templer unterstehen seit

vier Jahren der Verwaltung des Grafen Waldemar«, sagte der Bischof nach einem Moment des Schweigens. »Papst Clemens hat mich aber beauftragt, dafür zu sorgen, dass es gut bewirtschaftet bleibt. Was glaubt Ihr eigentlich, wie peinlich es für mich ist, wenn dem Heiligen Vater zugetragen wird, dass dort ein Templer schalten und walten konnte, wie es ihm beliebte? Ich frage mich, warum ich Euch mit Vollmachten und einem Dutzend bewaffneter Reiter zum Tempelhof geschickt habe. Den Aufwand hätte ich mir sparen können. Von den Kosten ganz zu schweigen. Ich bin ein armer Mann, und Ihr habt mich keinen Heller reicher gemacht!«

»Lermond hat uns getäuscht wie Luzifer die Eva«, gab Adam von Pirrlingen zu bedenken. »Er behauptete, ein harmloser Kaufmann zu sein, aber als ich ihm auf den Kopf zu sagte, dass ich seine Lügen durchschaue, ging er auf mich los wie ein wild gewordener Eber. Er griff mich an, einen Diener der heiligen Inquisition. Es hätte nicht viel gefehlt, und er hätte mich erschlagen.« Burchard schnaubte verächtlich. »Wundert Euch das? Bedenkt doch, welche schockierenden Einzelheiten bei den Prozessen gegen den Orden in Paris zutage getreten sind. Die Templer behaupteten, fromme Kämpfer für die Sache Christi zu sein. So gelang es ihnen, den Päpsten Privilegien abzuschwatzen, die sie reich und mächtig gemacht haben. Doch nachdem sie das Heilige Land verspielt und den Ungläubigen in den Rachen geworfen haben, gingen sie einen Pakt mit finsteren Dämonen ein, um ihre Macht nicht zu verlieren. Sie beteten Götzen an und betrieben schwarze Magie. So sind sie nicht nur an Burgen und Güter gekommen, sie konnten auch ihre Widersacher aus dem Weg räumen. Das haben einige dieser Templer sogar unter Folter zugegeben.«

»Ihr habt recht, die Macht dieser Leute ist groß!«

Der Bischof küsste erschrocken das mit Edelsteinen besetzte Kreuz, das an einer Kette um seinen Hals hing. Er war ein kleiner, feister Mann mit schlaffen Wangen, der zu viel aß und zu wenig schlief. Ungeachtet seiner enormen Leibesfülle steckte in ihm jedoch ein gehöriges Maß an Energie und Durchsetzungskraft. Seine Diener und Höflinge wussten von schrecklichen Wutausbrüchen zu berichten, die von Zeit zu Zeit die dicken Mauern der alten Bischofsburg erzittern ließen. Burchard war, wie der Dominikaner in Erfahrung gebracht hatte, nicht gerade beliebt in Magdeburg. Sein Ehrgeiz, das Erzstift zu einem der reichsten innerhalb des Heiligen Römischen Reichs zu machen, hatte ihn in zahlreiche heftige Konflikte mit den Bürgern der Stadt gestürzt. Es hieß, er plündere nach Herzenslust Güter und Dörfer, die seiner Verwaltung unterstanden, und schrecke auch nicht davor zurück, Bürger, die sich gegen ihn auflehnten, in den Kerkern seiner Burg gefangen zu halten, um von ihren Familien Lösegeld zu erpressen. Erst zwei Jahre waren vergangen, seit die Magdeburger gegen die bischöflichen Erlasse Sturm gelaufen waren: eine Steuer aufs Bier und eine weitere auf das Sieden und die Ausfuhr von Salz. Damals hatte es Aufruhr gegeben. Die Handwerker und Händler waren durch die Gassen gezogen, um den verhassten Bischof aus der Stadt zu treiben. Burchards Ritter hatten den Aufstand brutal niedergeschlagen. Dennoch traute sich der Bischof seit diesem Tag nur noch in Begleitung seiner Leibwachen vor die Tür seines Palasts.

Mit einer Glocke rief er nun seinen Schreiber herein, einen ältlichen Ordensbruder, unter dessen Arm Schreibtafel und Griffel klemmten. Offensichtlich hatte der Mann in der Annahme, er werde noch gebraucht, vor der Tür gewartet.

»Ich will, dass die Wälder und Sümpfe rund um den Tempelhof durchkämmt werden, bis der Erzketzer Thomas Lermond gefunden ist«, verkündete Bischof Burchard streng. »Wer ihm hilft, soll mit dem Tode und der Einziehung seines Vermögens bestraft werden. Wer Bruder Adam die Auskunft verweigert, soll ebenfalls seinen Besitz ans Bistum verlieren. Doch kein Wort davon an den Markgrafen. Einen süßen Kuchen teile ich nicht gern.«

Und vermutlich fallen dir just in diesem Moment die Namen einiger Unruhestifter in deiner Stadt ein, die angeblich so kühn waren, dem Templer Beistand zu leisten, dachte Adam von Pirrlingen fasziniert. Ihr Unglück kann schon morgen deine Kassen füllen.

Stumm beobachtete er, wie der bucklige Schreiber mit seiner Tafel davonzog, um den Erlass seines Herrn unverzüglich dessen Hauptleuten zu überbringen. Dann wandte er sich wieder dem Bischofsstuhl zu. Obwohl Burchard ihn reichlich herablassend behandelt hatte, beschloss Adam von Pirrlingen, sich mit dem Verlauf des Gesprächs zufriedenzugeben. Es freute ihn vor allem, dass er den geistlichen Hirten von Magdeburg richtig eingeschätzt hatte. Burchard war ein Einfaltspinsel, der wegen seiner Habgier und Rücksichtslosigkeit vermutlich leicht zu steuern war. Was er sich erhoffte, waren jedoch nur Staubkörner im Vergleich zu dem, was das Geheimnis der Templer in Wahrheit wert war. Adam von Pirrlingen war nicht so dumm, dem Bischof auch nur ein Sterbenswörtchen davon zu verraten. Auch von den sieben Männern, die Lermond ausgesandt hatte, hatte er Burchard nicht erzählt.

»Noch ein Wort an Euch, Bruder Adam!« Der Bischof lehnte sich zurück und knetete dabei nachdenklich seine Unterlippe, als suchte er noch nach den richtigen Worten.

»Vielleicht habt Ihr gehört, dass vor einiger Zeit eine junge Frau Zuflucht unter meinem Dach fand, eine weitläufige Verwandte aus der Linie der edelfreien Herren von Querfurt. Ihr Name ist Agnes von Vitzenburg.«

Bruder Adam tat so, als hörte er den Namen dieser Frau zum ersten Mal. Dabei war er mit ihrem Schicksal wohlvertraut, denn auch in Klöstern gab es zuweilen Klatsch und Tratsch. Agnes von

Vitzenburg war fünfzehn und Waise gewesen, als Burchard sie zu seiner Geliebten gemacht hatte, und obwohl sie heute nicht mehr jung und zart wie damals war, holte er sie in sein Bett, sooft ihm danach war. Nun aber begannen Agnes' Verwandte, darunter die einflussreichen Grafen von Mansfeld, unbequeme Fragen zu stellen. Es wunderte sie, dass Burchard das Mädchen nach all den Jahren noch nicht verheiratet hatte. Gerüchte wurden laut, Bischof Burchard habe ihren Ruf ruiniert und finde deshalb keinen passenden Ehemann für sie. In diesem Fall blieb ihr nur der Eintritt in ein Nonnenkloster. Eine entfernte Tante des Mädchens, die Äbtissin von Grimma, hatte diesbezüglich schon vorgefühlt, weil die reiche Mitgift der Vitzenburgerin ihr Interesse weckte. Aber auch den Mansfeldern käme das Geld der jungen Verwandten mehr als gelegen.

Adam von Pirrlingen hasste es, in Familiengeheimnisse pikanter Natur verstrickt zu werden, konnte sich aber nicht weigern, dem Bischof zuzuhören. Zähneknirschend fragte er, wie er ihm helfen könne.

Der Bischof versuchte, Adam von Pirrlingen ein verschwörerisches Lächeln zuzuwerfen, das jedoch mehr als unbeholfen ausfiel. »So unverschämt wie der Rat der Stadt mir gegenüber neuerdings auftritt, kann ich nicht mehr die Sicherheit meiner Schutzbefohlenen garantieren. Zumal ich die Stadt für einige Tage zu verlassen gedenke. Ich möchte daher, dass Ihr Agnes mitnehmt, wenn Ihr wieder abreist. Bringt sie zum Tempelhof. Nun, da die ehemalige Komturei leer steht, kann sie dort in aller Abgeschiedenheit leben, bis wir entschieden haben, was aus ihr werden soll. Einem blutjungen Ding wie Agnes, das nur Flausen im Kopf hat, wird die Einsamkeit der Mark guttun.«

Adam von Pirrlingen gelang es nur mit Mühe, seine Wut zu unterdrücken. Wie konnte dieser Fettsack es wagen, ihm seine Hure aufzuhalsen?

»Haltet Ihr es für eine gute Idee, eine Edelfreie ausgerechnet in einer ehemaligen Komturei des Templerordens einzuquartieren?«, protestierte er. »Die Befestigung des Gutes lässt zu wünschen übrig. Es gibt nur noch wenige Knechte, die den Handelshof vor Raubgesindel schützen könnten. Und was, wenn dieser Thomas Lermond es doch wagt, zurückzukehren, und Eure Verwandte wehrlos vorfindet? Der Mann ist gerissen, schlau wie ein Fuchs. Er würde nicht zögern …« Der Mönch verzichtete darauf, seinen Satz zu beenden, denn das boshafte Funkeln in Burchards Augen verriet genau, woran der Mann dachte. Er wollte, dass Agnes von Vitzenburg in der Einöde auf Nimmerwiedersehen verschwand, damit ihre Verwandten sie nicht über ihre Beziehung zu Burchard ausfragen konnten. Wurde sie unterwegs von einem geächteten Ketzer erschlagen, umso besser. Burchard würde für ihre Seele eine Messe lesen und sich dann eine neue Hure in sein Bett holen.

Als Adam von Pirrlingen eine Stunde später sein Quartier im Dominikanerkloster bezog, hatte er Agnes längst vergessen. Was kümmerten ihn die Weibergeschichten des Bischofs? Sein einziges Ziel waren die Jagd auf die Tempelritter und das Geheimnis, das sie vor ihm verbargen. Mit weiteren Vollmachten in der Tasche und einer größeren Schar Bewaffneter würde er das Versteck des flüchtigen Ketzers bald aufspüren, und dieses Mal würde er nicht zulassen, dass der Bursche ihm ein Schnippchen schlug.

Allerdings galt es auch zu verhindern, dass die Bischöflichen ihn zu Burchard schleppten und in dessen Kerkern folterten. Was Lermond zu gestehen hatte, war nur für Adams Ohren und keine anderen bestimmt.

Gedankenversunken folgte er dem Zug seiner Mitbrüder in die Klosterkirche, wo er in den Gesang der Mönche einstimmte, ohne den Sinn der lateinischen Worte zu erfassen. Immerzu musste er an die sieben Männer denken, die Tempelhof verlassen hatten.

»Sieben«, murmelte er monoton vor sich hin. »*Septem milites.* Warum hast du ausgerechnet sieben Boten ausgewählt, Lermond?«

Andreas Stüplin saß bereits seit den frühen Morgenstunden am Tisch seiner Bauhütte und führte mit Zirkel und Winkelmaß Berechnungen durch. Die Chorweihe der Franziskanerkirche stand bevor. Umso ärgerlicher, dass sich an der Ostwand des Chors ein deutlich erkennbarer Riss gezeigt hatte. Risse bedeuteten Fehler, und Fehler konnte er sich nicht leisten. Erschöpft ging der Baumeister alle Aufzeichnungen und Skizzen durch, die er während der vergangenen Monate angefertigt hatte. Wo zum Teufel lag der *Lapsus*? Warum entdeckte er ihn nicht?

Eine Stunde später gab er es auf, sich zu konzentrieren, und genehmigte sich einen Schluck Ziegenmilch. Das Hämmern und Klopfen der Steinmetze, die an den Kapitellen arbeiteten, drang in seinen Schädel, als würden die Männer auch auf ihn mit einem Hammer eindreschen.

Doch wenn er ehrlich war, so war es nicht der Lärm der Baustelle, der ihm Kopfschmerzen bereitete, sondern sein Gewissen. Stüplin vergewisserte sich, dass niemand ihn beobachtete, dann holte er die Goldmünze aus der Börse, die der junge Bursche ihm überbracht hatte. Nachdenklich starrte er auf die feine Prägung, das Bildnis, das er in den verschiedenen Komtureien und Ordenshäusern so oft gesehen hatte. Er hatte Schuld auf sich geladen, so viel stand fest. Anstatt auch im Verborgenen weiterhin treu nach der Regel des Ordens zu leben, hatte er alles getan, um sein früheres Leben zu vergessen. Er hatte sich von Äbten und Grafen feiern lassen, aber seinen alten Eid vergessen.

Als er sah, wie der junge Primus die staubige Bauhütte betrat, schwor er sich, nicht länger vor seiner Vergangenheit davonzulaufen. »Na, gut geschlafen?«, fragte er ihn.

Der Bote seines alten Freundes Thomas Lermond schlotterte, denn in der Nacht war Schnee gefallen, und die feuchte Kälte der vergangenen Tage war einem grimmigen Frost gewichen. Primus, der die Nacht im Pferdestall des Statthalters verbracht hatte, hustete und schniefte zum Gotterbarmen. Seine Glieder waren steifgefroren, die Nase rot geschwollen. Mit einem Seufzer der Erleichterung hielt er beide Hände über das glühende Kohlebecken, das dem zugigen Verschlag des Baumeisters wenigstens etwas Wärme spendete.

»Du solltest einen heißen Kräutersud trinken«, riet ihm Stüplin. »Aber ich kann dir nur einen Schluck Milch anbieten.« Er dankte allen Heiligen, dass er so gut wie nie krank wurde, bis auf damals, als es ihn wirklich schwer traf. Von den Gesellen, die heute die Wand des Chors abklopfen sollten, fehlte immerhin fast die Hälfte.

»Ich habe als Unfreier nicht das Recht, Euch zu bedrängen«, brachte Primus mit verstopfter Nase hervor. »Aber gestern Abend habt Ihr mich in der Kirche einfach stehenlassen, ohne mir zu sagen, wo der Stein abgeblieben ist.«

Stüplin kratzte die grauen Bartstoppeln, die auf seiner Wange zu sprießen begannen. Es war ein Wagnis, den Boten einzuweihen. Schließlich wusste er so gut wie nichts über ihn. Dass der Junge im Besitz der Münze gewesen war, vertrieb Stüplins Misstrauen nicht völlig. Die konnte ihm ja auch ein Häscher der Inquisition zugesteckt haben.

Wenn Stüplin sich recht erinnerte, hatte Lermond es ihm und den anderen verboten, jemanden ins Vertrauen zu ziehen. Diese Regel galt sogar für jene Brüder des Ordens, die sich wie sie der Verhaftung durch die Männer des Königs hatten entziehen können.

»Für den Fall, dass ich eure Hilfe brauche, werde ich Boten zu euch schicken«, hatte Lermond jedem Einzelnen zum Abschied eingeschärft. »Schickt sie sogleich fort, sobald sie ihren Auftrag ausgeführt haben.«

Der junge Bursche machte nicht den Eindruck, als würde er sich von ihm davonjagen lassen.

Stüplin seufzte. Na schön. Wie es aussah, würde er sowieso Hilfe brauchen, wenn er sich zum Tempelhof aufmachte. In der Stadt gab es kaum jemanden, den er ins Vertrauen ziehen konnte. Nicht einmal den Herrn des Hauses zum Eisenstern, denn der gehörte zur Gefolgschaft des Mainzer Erzbischofs Peter von Aspelt und konnte es sich nicht leisten, mit den verfolgten Templern in Verbindung gebracht zu werden. Sein Gefühl sagte ihm, dass Primus es ehrlich meinte. Einiges von dem, was er ihm am Abend zuvor erzählt hatte, konnte er nur wissen, wenn er tatsächlich auf einem Templergut aufgewachsen war. Immer noch schwankend, trat er zu Primus an das Kohlebecken und erklärte mit gesenkter Stimme: »Den Stein gibt es noch. Ich habe ihn nicht vernichtet, das hätte ich nicht fertiggebracht. Aber ich besitze ihn nicht mehr.«

Primus machte ein entsetztes Gesicht. »Gott steh uns bei, wo ist er?«

»Vor einigen Jahren arbeitete ich als Baumeister am Kloster der Augustiner, im Norden der Stadt. Du hast den Prior kennengelernt, nicht wahr? Er war ganz erpicht darauf, dass ich den Kreuzgang sowie den Flügel plante, in dem heute seine Gemächer liegen. Also tat ich ihm den Gefallen.«

»Heißt das, der Stein befindet sich nun im Kloster?«, fuhr Primus hitzig auf.

Stüplin nickte. »Damals hielt ich das Augustinerkloster für den sichersten Ort in Erfurt. Daher mauerte ich den Stein in einer Nische des Westflügels ein.« Er lachte brummig. »Wenn der gute Prior Mathias das wüsste, würde ihn glatt der Schlag niederstrecken. Der Schlüssel zum Geheimnis der verhassten Templer befindet sich nur zehn Schritte von seinem Bett entfernt.« Er rückte einen Schemel vor das Kohlebecken, ließ sich darauf fallen und vergrub seinen Kopf zwischen den Händen.

Primus räusperte sich. Sein Atem bildete kleine weiße Wölkchen in der Luft. »Und wie wollt Ihr den Stein wieder zurückholen? Man spaziert nicht in das Kloster eines Bettelordens, dringt in die Räume des Priors ein und klopft dort mal eben eine Wand auf. Das wäre Selbstmord.«

Stüplin seufzte. »Ich war damals krank, und kranke Menschen haben kranke Gedanken. Ich fühlte mich verfolgt, bedroht und von allen beobachtet. Täglich musste ich damit rechnen, dass Bewaffnete in die Bauhütte stürmen, um mich in Ketten zu legen.«

»Aber warum?«

Stüplin verdrehte die Augen. »Weil alle Empfehlungen, die ich den Herren der Stadt und auch den kirchlichen Würdenträgern vorlegte, nichts als Fälschungen waren. Zudem berief ich mich auf einige Edelleute, die damals ihre schützende Hand über mich hielten. Aber die Politik der Mächtigen im Reich ist ein Ränkespiel. Diejenigen, die dir heute noch Treue schwören, könnten dich morgen schon neuen Interessen opfern.« Er richtete sich zu seiner vollen Größe auf und fasste Primus so scharf ins Auge, dass dieser instinktiv einen Schritt zurückwich und sich die Finger an dem glühenden Becken verbrannte.

»Willst du mich etwa dafür verurteilen, dass ich einen ungewöhnlichen Weg wählte, um den Stein zu schützen?«

»Aber nein«, stotterte Primus. »Dazu habe ich kein Recht. Ihr habt getan, was Ihr für richtig hieltet. Wenn Ihr mich fortschickt, werde ich Eurem Befehl gehorchen. Aber …«

»Was?«

Primus kühlte seine pochende Fingerkuppe mit etwas Schnee, der durch einen Spalt im Dach des Bretterverschlags drang. »Ich würde mich freuen, wenn ich Euch helfen dürfte.«

»Wir brauchen einen Plan«, murmelte Stüplin. Müde klopfte er sich den Staub von seinem Umhang. Der war mit wärmenden Pelzen gefüttert und legte Zeugnis von dem angenehmen Leben ab, das der vermeintliche Dombaumeister in Erfurt geführt hatte. Doch diese Zeit neigte sich dem Ende zu. In Kürze würde Stüplin wieder ein Gejagter sein, der im Wald schlafen und mit Schwert und Schild ums tägliche Überleben kämpfen musste.

»Könnte ich mich nicht als Novize ausgeben, um Zutritt zum Kloster zu erhalten?«, schlug Primus vor. »Ihr beschreibt mir den Weg zu den Gemächern des Priors, und wenn die frommen Brüder sich zum Gebet versammeln, schleiche ich mich aus der Kapelle und hole den Stein.«

»Darauf würde der Prior nie hereinfallen«, brauste der Baumeister auf. »Schließlich hat er dich im Haus des Statthalters kennengelernt. Wie hast du dich vorgestellt? Als Sohn eines Kaufherrn? Wieso sollte der plötzlich einem Bettelorden beitreten wollen? Nein, der Prior würde einem unternehmungslustigen jungen Burschen wie dir nicht abkaufen, dass er sich berufen fühlt, sein Leben fortan in Armut, Keuschheit und Gehorsam zu führen. Allerdings …« Stüplin kam auf eine Idee. Zielstrebig steuerte er auf seinen Tisch zu, der nur aus einem starken Brett bestand, das auf zwei Böcken ruhte, und begann in einem Federkasten zu wühlen. Mit einer verschnürten Rolle, die er triumphierend in der Hand schwenkte, kehrte er zu Primus zurück.

»In drei Tagen gibt der Bischof von Magdeburg ein Gastmahl, zu dem auch unser guter Prior eingeladen ist. Der Vicedominus wird ihn mit einigen bewaffneten Reitern begleiten, und ich soll ebenfalls mitkommen. Wie man mir mitteilte, hat Bischof Burchard von mir gehört und brennt geradezu darauf, mich kennenzulernen. Vermutlich gedenkt er seinen Bischofspalast umzubauen. Eigentlich hatte ich vor, die Einladung abzulehnen, da ich mit diesem Bischof nichts zu tun haben will. Er soll im Auftrag des Papstes die Untersuchung gegen die deutschen Tempelherren geleitet und einige Brüder auch gefoltert haben. Aber vielleicht sollte ich doch nach Magdeburg reiten. Ich hätte ein Auge auf Vater Mathias und könnte dafür sorgen, dass dich niemand stört, wenn du heimlich ins Kloster eindringst.« Er senkte die Stimme zu einem Flüstern, als er hinzufügte: »Es gibt da nämlich eine Pforte, die von der Kirche St. Philippi und Jacobi geradewegs ins Refektorium des Klosters führt. Die ganze Anlage ist noch eine Baustelle, und die Mönche hausen in dem einzigen Gebäudetrakt, der einigermaßen bewohnbar ist. Ich könnte dir beschreiben, wie du zu der Nische mit dem Stein findest. Aber du musst mir mit einem heiligen Eid schwören, dass du mir den Stein so rasch wie möglich übergibst. In deinen Händen ist er wertlos. Ich selbst muss ihn zu unserer ehemaligen Komturei bringen. Daher werde ich nach meinem Besuch in Magdeburg nicht mehr nach Erfurt zurückkehren, sondern heimlich verschwinden.«

Primus nickte. Was er dachte, gab er nicht preis, aber Stüplin konnte es sich schon denken. Zum ersten Mal in seinem Leben fühlte der Junge sich gebraucht, und dieses Gefühl tat ihm wohl.

Sachte legte er Primus die Hand auf die Schulter; mit einem Blick durch den dicken Vorhang überzeugte er sich davon, dass sich keiner der Handwerksgesellen in der Nähe des Eingangs aufhielt. »Nun gut, wenn es dein Wunsch ist, den armen Rittern Christi in diesen Tagen der Bedrängnis zur Seite zu stehen, werde ich dir nun im Namen des Herrn, dem wir immer gedient haben, einen heiligen Eid abnehmen.«

Primus sank auf die Knie und senkte den Kopf. Diesen Schwur würde er gern leisten.

Als Primus am nächsten Morgen den Baumeister aufsuchte, um mit ihm die Einzelheiten ihres Plans zu besprechen, empfing Stüplin ihn mit einer schlechten Nachricht.

»Die Pläne des Priors haben sich geändert! Er wird Erfurt nicht verlassen.« Die Arme auf dem Rücken verschränkt, lief Stüplin unruhig auf und ab. Primus fragte sich, ob der Baumeister die ganze Nacht in seiner zugigen Bauhütte verbracht hatte, denn Stüplin trug denselben knielangen Kittel, den er auch tags zuvor angehabt hatte. Er war weder beim Barbier gewesen noch hatte er sich den feinen Steinstaub aus dem Bart gekämmt. Dafür schien er reichlich Wein getrunken zu haben, denn in dem kalten Verschlag am Bartholomäusturm roch es wie in einer billigen Taverne. »Stattdessen will Bischof Burchard hierherkommen.« Stüplin stieß einen Fluch auf Französisch aus, biss sich aber gleich darauf erschrocken auf die Lippen und schaute zum Eingang. Es war nicht klug, sich ausgerechnet hier der bevorzugten Sprache der Templer zu bedienen.

Doch auch Primus war die Enttäuschung über die plötzliche Wendung anzusehen. »Warum mögen sich ihre Pläne geändert haben? Weiß der Statthalter etwas darüber?«

»Mein Freund hat es mir nicht gesagt, aber es ist mir gelungen, ein Gespräch zwischen ihm und seinem großmäuligen Neffen zu belauschen. In zwei Tagen wird der sächsische Kurfürst Rudolf mit seinem Gefolge auf dem Petersberg erwartet. Die Sache wird als Jagdausflug mit Einkehr bei den frommen Benediktinermönchen getarnt, aber ich rieche den Braten. Es geht um die Stimme Sachsens bei der nächsten Königswahl. Wie du vielleicht weißt, beanspruchen zwei Fürsten die Krone des Reichs: der Habsburger Friedrich und Herzog Ludwig aus dem Haus Wittelsbach. Die Zukunft des Reiches liegt in den Händen der sieben Kurfürsten, aber die sind zerstritten und können sich nicht einigen, wem sie ihre Stimme geben sollen. Wie ich hörte, hat sich Burchard auf die Seite des Wittelsbachers geschlagen.«

»Wollt Ihr damit sagen, der Bischof von Magdeburg reist eigens an, um Rudolf von Sachsen dazu zu bewegen, sich ihm anzuschließen?«

Stüplin stieß scharf die Luft aus. »Ich habe ein schlechtes Gefühl, was diesen Mann betrifft. Burchard hasst den Templerorden und verfolgt seine Anhänger bis aufs Blut. Solange er und der Prior hier herumschleichen, müssen wir auf der Hut sein. Die beiden sollen befreundet sein, daher wird Vater Mathias ihm anbieten, im Kloster zu nächtigen.« Hastig warf er eine Handvoll Kohlen in das glühende Becken. »Ich spüre es in jedem meiner alten Knochen, dass etwas Schreckliches bevorsteht. Der Vicedominus verlangt von mir, dass ich anwesend bin, wenn der Magdeburger empfangen wird. Sie werden mich im Auge behalten. Nun liegt es an dir, mein Freund.«

Primus nickte. Die Umstände machten es erforderlich, noch vorsichtiger vorzugehen, aber er würde sich von diesem Bischof nicht abhalten lassen, ins Kloster zu schleichen und den Stein zu holen.

Die Zeit bis zur Ankunft der hohen weltlichen und geistlichen Würdenträger verbrachte Primus auf Anraten Stüplins damit, die Stadt zu erkunden, insbesondere die Tore, die aus der Stadt hinausführten. Er prägte sich auch die Anzahl der Stadtwächter ein, die auf den Mauern und Wehrgängen ihren Dienst verrichteten. Sollten Stüplin und er gezwungen sein, noch in der Nacht zu fliehen, so gab es nur eine einzige Möglichkeit, sich abzusetzen: eine Pforte im östlichen Mauerabschnitt, die nach Stüplins Einschätzung allerdings von reichlich Schutt und Unrat verdeckt wurde. Stüplin hatte vor, einen unbeobachteten Moment zu nutzen, um sich vom Gastmahl zu entfernen. Primus wollte er dann bei der Pforte treffen.

Scheinbar gelangweilt ließ sich Primus durch die Gassen treiben, in denen es bereits sehr lebhaft zuging. Nur gelegentlich blieb er stehen, um sich Straßendreck vom Schuh zu kratzen oder hungrig den Duft einer frischen Semmel einzuatmen, der ihm in die Nase stieg. Angesprochen wurde er selten, und wenn doch, so gab er vor, sich verlaufen zu haben und nach dem Haus zum Eisenstern zu suchen. Auf diese Weise dauerte es nicht lange, bis er in die ärmeren Viertel kam, die sich an die Stadtmauern drängten. Hier waren die Hütten aus morschem Holz und Lehm erbaut. Balken stützten die mit Binsen gedeckten Dächer, damit sie nicht über den Köpfen ihrer Bewohner zusammenbrachen. Ein trübes, schmutziges Rinnsal sickerte an den Hütten vorüber und hinterließ einen unerträglichen Gestank auf der schmutzigen Gasse, der von dem Vieh, das sich die Behausungen mit seinen Besitzern teilte, noch vermehrt wurde. Fast überall türmte sich Schutt in den verwinkelten, von Gestrüpp überwucherten Ecken zwischen den Hütten und der Mauer. Primus fluchte leise, als er bemerkte, dass er aus zahlreichen Hauseingängen und Fensteröffnungen beobachtet wurde. Gewiss war es möglich, dass ein gutgekleideter junger Kaufmann auf seinem Weg durch eine fremde Stadt auch einmal die Orientierung verlor. Doch wenn er länger als nötig hier herumlungerte und auch noch mit neugierigen Blicken den Mauerabschnitt nach einer Pforte absuchte, würde er sich nur verdächtig machen. Er hatte Glück, dass nur wenige Menschen auf der Gasse waren; die meisten hatte die Kälte ins Innere ihrer Katen getrieben. Nur etwa fünfzig Schritte von ihm entfernt standen ein paar abgerissene Gestalten frierend um einen Zunderkorb herum, in dem ein kleines Feuer brannte. Die kleine Schar, die aus drei halbwüchsigen Knaben und einem Mädchen bestand, bemühte sich, die schwächlichen Flammen vor dem Wind zu schützen, der über die geduckten, mit Schnee gepuderten Strohdächer und Gatter strich.

Während Primus sich noch fragte, wie Stüplin auf die Idee kam, hier eine Pforte zu suchen, sah er eine der Gestalten vom Zunderkorb auf sich zukommen. Es war das Mädchen. Mit einer energischen Bewegung straffte sie ihr zerrissenes Schultertuch. Sie war so klein, dass sie den Kopf in den Nacken legen musste, um mit Primus Blickkontakt aufzunehmen, doch das schien ihr nichts auszumachen.

»Falls du hier eine Unterkunft suchst, gebe ich dir einen guten Rat: Lass es bleiben! Aber in meinem Stübchen ist immer noch ein Platz für dich frei«, sprach sie Primus ohne Scheu an.

Der riss erstaunt die Augen auf. Die Kleine kam ihm bekannt vor. Natürlich, er hatte sie im Roten Ochsen gesehen, wo sie ihm kurz nach seiner Ankunft den Tisch des Baumeisters gezeigt hatte.

»Wer bist du?«, fragte er ein wenig überrumpelt. Die Schankmagd schien sich über seine Verlegenheit zu amüsieren, doch als die abgerissenen Gestalten, die noch immer um das Feuer herumstanden, höhnisch lachten, drehte sie sich mit einem strengen Blick zu ihnen um.

»Mein Name ist Ursula«, sagte das Mädchen knapp und deutete auf eine der windschiefen Hütten, die, anders als die meisten Nachbarhäuser, immerhin über einen intakten Dachstuhl und einen angebauten Stall für das Vieh verfügte. Die Bewohner der Behausung schienen sich nach Kräften zu bemühen, gegen den Schmutz des Viertels anzukämpfen, wovon auch das gepflegte kleine Gemüsegärtchen neben der Stallung zeugte.

»Ich dachte, du wohnst im Roten Ochsen?« Primus hob fragend die Augenbrauen. Eigentlich hätte er sich schon längst auf den Rückweg machen sollen. Stüplin fragte sich bestimmt, wo er sich so lange herumtrieb. Andererseits musste er zugeben, dass die kecke Art der jungen Magd ihm gefiel. Sie scherte sich nicht darum, dass ihre Nachbarn sie beobachteten. Als sie das grobgewebte Kopftuch abnahm, fielen Schneeflocken auf ihr hellbraunes Haar wie Perlen, die einen kostbaren Stirnreif schmückten.

»Nun ja, ich habe Glück, dass ich im Ochsen meine Kammer habe, aber ich komme trotzdem jeden Tag ins Mauerviertel, um nach meiner Großmutter zu sehen, bei der ich aufgewachsen bin. Sie würde verhungern, wenn ich ihr nicht manchmal einen Brocken Brot oder etwas Käse und Rauchfleisch mitbringen würde.« Das sanfte Lächeln verschwand aus ihrem milchweißen Gesicht, und einen Herzschlag lang wirkte sie bekümmert. »Die Nachbarn würden natürlich helfen, wenn sie selbst was zu beißen hätten. Aber hier an der Mauer sind Hunger und Not Gäste, die häufig an die Türen klopfen, wenn du verstehst, was ich meine. Und um auch noch die Witwe eines Totengräbers mitzuversorgen, reicht es nun mal nicht. Gut, dass wenigstens die Franziskaner Suppe und Brot austeilen.«

Primus nickte. »Ich muss gehen«, sagte er schließlich und bedauerte, dass es so war. Tatsächlich ertappte er sich bei dem Wunsch, noch ein Weilchen zu bleiben und mehr über Ursula in Erfahrung zu bringen. Sie schien sich im Viertel Achtung oder zumindest Respekt erkämpft zu haben, was nicht selbstverständlich war, da sie als Enkelin eines Totengräbers zu den Unehrenhaften gehörte, denen ehrbare Bürger aus dem Weg gingen. Dass sie es geschafft hatte, eine Anstellung als Schankmagd und ein Dach über dem Kopf zu finden, ohne ihre Herkunft zu verleugnen, fand Primus bewundernswert. Gleichzeitig wurde er daran erinnert, dass er selbst nicht einmal sagen konnte, von wem er abstammte. Plötzlich schämte er sich seiner guten Kleider, die ihn als etwas auswiesen, was er gar nicht war.

»Du hast mir noch nicht gesagt, was du hier zu suchen hast«, drang Ursulas Stimme in sein Bewusstsein. »Du bist doch nicht schon wieder auf der Suche nach Stüplin, dem Baumeister?« Sie lachte, wobei sie eine Reihe blitzender weißer Zähne zeigte.

»Nein, das heißt, doch. Irgendwie schon. Meister Stüplin hat mir einen Auftrag erteilt. Ich sollte in der Stadt etwas für ihn erledigen, aber …« Er zuckte seufzend die Achseln. »Ich bin wohl ein bisschen zu weit gelaufen. Der Dom ist …« Er hob den Blick, gab vor, sich orientieren zu müssen.

»Der Dom ist nicht zu übersehen«, spottete Ursula, während sie ihren Kopf wieder mit dem Tuch bedeckte. »Die hohen schlanken Türme, die du jenseits der Dächer siehst, sind keine Zuckerstangen. Aber komm mal mit, ich will dir noch etwas anderes zeigen.«

Und ich weiß genau, dass ich es mir ansehen will, dachte Primus, als die junge Magd ihn unvermittelt an der Hand nahm und durch einen schmalen Pferch zu dem Häuschen mit dem Ziegenstall führte. Die Pfiffe der Burschen am Feuer ignorierte sie.

Das Innere der Behausung bestand aus einem einzigen spärlich ausgestatteten Raum, in dem zwei Funzeln Schatten an die Lehmwände warfen. Gleich hinter der Haustür führte eine Leiter hinauf zu einem Heuspeicher, und durch die Wand war das Meckern einer Ziege zu hören. Der Fußboden der Kate war festgestampfter Lehm, jedoch mit trockenem, sauberem Stroh bedeckt. Primus sah eine hölzerne Bettstatt hinter einem gerafften Vorhang, der aus allerlei bunten Wollresten gewebt war. Über einer gemauerten Herdstelle hingen Töpfe und Pfannen neben ganzen Bündeln getrockneter Kräuter. Ein mächtiger Stützbalken in der Mitte der Behausung diente ihren Bewohnern als Aufbewahrungsort fast all ihrer Habe, die an tief ins Holz getriebenen Nägeln hing: Lederschläuche für Wasser und Ziegenmilch, ein paar abgetragene Röcke, Hauben und Schnürkittel, Kopf- und Schultertücher. Die meisten Kleidungsstücke waren gestopft, aber sauber. Einen Tisch fand Primus nicht, nur zwei niedrige Schemel, die unter einem auffallend kunstvoll geschnitzten Kreuz, dem einzigen kostbaren Stück im Haus, jenseits des Stützbalkens standen. Die alte Frau schien ihre Mahlzeiten im Bett oder auf einem Schemel sitzend einzunehmen.

»Keine Sorge, meine Großmutter ist nicht da«, sagte Ursula, als habe sie Primus' Gedanken aufgefangen. »Sie ist zum Spital am Fischmarkt gegangen, um eine entfernte Verwandte zu besuchen. Es kann Stunden dauern, bis sie zurück ist.«

Sie hängte ihr Tuch an einen hervorstehenden Nagel am Balken. »So, dann werde ich dir einmal zeigen, was ich …«

Weiter kam sie nicht, denn Primus umfasste ihre Taille und verschloss ihre Lippen mit einem innigen, leidenschaftlichen Kuss, der ihr ein überraschtes Aufstöhnen entlockte. Sofort stellte sie sich auf die Zehenspitzen, um ihm den Weg zu erleichtern. Ohne seine Lippen aus ihrem Dienst zu entlassen, rieb sie ihren zierlichen Körper an seinem. Primus spürte ihren Herzschlag durch das Mieder. Das wilde Pochen bestätigte, dass sie ihn wollte. Ihm ging es nicht anders. Als er ihr das vom Schnee feuchte Haar aus der Stirn strich, traf ihn ein Blick aus ihren wasserblauen Augen, der ihn nicht nur einlud, sondern geradezu aufforderte, sie zu nehmen wie eine Frucht, die ihm unverdient in den Schoß gefallen war.

Unter einer Flut aus weiteren Küssen schob er Ursula vor sich her, bis sie vor dem einfachen Bett angekommen waren. Dort aber schüttelte Ursula lächelnd den Kopf.

»Nicht hier, junger Kaufherr«, sagte sie und deutete auf die Leiter hinter der Tür. »Auf dem Boden beginnt mein Reich. Dort gibt es jede Menge weiches Stroh!«

Primus dachte an Lermond und Stüplin, verdrängte den Gedanken an die beiden jedoch aus seinem Kopf. »Ich habe schließlich keine Keuschheit gelobt«, sagte er mehr zu sich selbst.

»Na, das will ich doch hoffen«, kicherte Ursula. »Wie ein Klosterbruder siehst du auch nicht aus.« Sie nahm eine Tranlampe vom Herd und gab Primus ein Zeichen, ihr zu folgen.

Primus stieg hinter ihr die Sprossen hinauf, wobei der Anblick ihres wippenden Hinterteils vor seiner Nase seine Vorfreude auf das Schäferstündchen nur noch steigerte. Der Dachboden hielt, was Ursula ihm versprochen hatte. Zwar konnte er bei seiner Größe hier nicht aufrecht stehen, aber dafür gab es Stroh und weiches Trockengras im Überfluss.

Wie im Fieber beobachtete er, wie Ursula ihr langes Haar über die Schultern warf. Es duftete verführerisch nach Minze und Kamille. Wie es schien, legte das Mädchen großen Wert darauf, es zu pflegen, vermutlich, weil es der einzige Schmuck war, den sie besaß. Als sie sich vor seinen Augen ins Stroh sinken ließ, um sich an ihren Strumpfbändern zu schaffen zu machen, spürte er, wie sich ein loderndes Feuer in seiner Brust ausbreitete. Er vergaß, wo er sich befand. In diesem Moment zählte nur, dass er ihr willkommen war. Überwältigt von seinem heftigen Verlangen, ließ er Ursula kaum Zeit, sich Strümpfe, Rock und Kittel abzustreifen. Er selbst benötigte nicht mehr als zwei Herzschläge, um Wams und Gürtel zu öffnen, dann war er schon über ihr. Ihre Wärme stieg ihm zu Kopf wie Wein, und als sein Mund ihre honigsüßen Lippen öffnete, glaubte er, die Pforte des Paradieses gefunden zu haben. Er war lange nicht mehr bei einer Frau gewesen. Zu lange, doch die Angst, zu versagen, löste sich in nichts auf, als Ursulas Finger über seine Brust glitten, sich in seine Haare krallten und seinen Kopf schließlich mit sanfter Gewalt hinab zu ihren Brüsten dirigierten. Diese waren weiß wie der Schnee auf dem Hof und viel üppiger, als Primus erwartet hatte. Als seine Zunge mit ihren knospenartigen Warzen spielte, breitete Ursula die Arme aus und zitterte wie ein Vogel, der sich in einem Netz verfangen hatte. Anstatt sich zu befreien, zog sie ihn nun ganz auf sich, bis er sie mit seinem Gewicht tief ins Stroh drückte. Ihre Küsse wurden immer wilder, und während sich Primus wie im Rausch bewegte, erkundeten Ursulas Hände, was sie den

Rücken abwärts zu fassen bekam. Dabei hörte er, wie sie ihm immerzu die gleichen Liebesschwüre ins Ohr flüsterte: dass sie ihn begehrte und sich wünschte, er würde bei ihr bleiben.

Nassgeschwitzt rollte sich Primus schließlich zur Seite und stützte sich mit dem Arm so auf, dass er Ursulas Profil im Blick hatte. Sie war schön, und er mochte sogar schwören, dass er bislang keine schönere Frau gesehen hatte. In der Schenke, als sie ihr glänzendes Haar unter einer grauen Haube versteckt hielt, war ihm das nicht aufgefallen. Bei dem Gedanken, dass sie schon in wenigen Stunden wieder in den Ochsen zurückkehren und sich am Ausschank anzügliche Männerblicke gefallen lassen musste, geriet sein Blut in Wallung.

Was, wenn ich Meister Stüplin bäte, Ursula mitzunehmen, überlegte er fieberhaft, während ihre kleine Hand mit seiner Brustbehaarung spielte.

Würde sie überhaupt mit ihm gehen? Alles zurücklassen? Er hätte ihr gern die Frage gestellt, aber er traute sich nicht. Für ihn selbst kam es nicht in Frage, in Erfurt zu bleiben. Er war kein Kaufmann, wie sie vielleicht annahm, nicht einmal ein Handelsknecht. Falls sie nach einem Mann suchte, der sie ungeachtet ihrer Armut zur Frau nahm, war er der falsche. Er besaß nichts, nicht einmal einen ordentlichen Namen. Und ein anständiges Handwerk hatte er auch nicht gelernt. Er stellte sich vor, wie sie ihn verfluchen würde, wenn sie mit ihm ging, nur um später auf dem Tempelhof Gänse zu hüten oder den Waschmägden zur Hand zu gehen.

Einen Moment zögerte er, dann stand er auf und raffte seine Sachen zusammen.

»Wo willst du hin? Ich wollte dir doch noch etwas zeigen.« Ursula richtete sich im Stroh auf.

»Ich kann nicht bleiben«, sagte er ein wenig zu schroff. »Ich bin nicht Reus Kornthaler. Ich bin überhaupt kein Kaufmann, sondern einer, der von der Hand in den Mund lebt. Und gesucht habe ich hier nicht dich, sondern eine Pforte, die angeblich hinaus aus der Stadt führt.«

Er blickte in Ursulas enttäuschtes Gesicht. Dann hob er seinen Gürtel mitsamt der Geldbörse auf und zählte ein paar kleine Münzen ab. Erst als er ihren fassungslosen Blick bemerkte, wurde ihm klar, welch unverzeihlichen Fehler er mit dieser gedankenlosen Geste begangen hatte.

Ursulas Augen füllten sich mit Tränen, die sie jedoch tapfer zu unterdrücken versuchte. Mit einer blitzschnellen Bewegung ergriff sie ihren Kittel und bedeckte ihren Körper.

»Ich wollte dich nicht beleidigen, ich dachte nur …«

Die junge Frau wich mit einem Ausdruck des Abscheus vor ihm zurück und verkroch sich mit angewinkelten Beinen in eine Ecke. »Du dachtest, ich hätte es auf dein Geld abgesehen wie eine Hure. Ich brauche aber weder einen Kerl, der sich einfach davonmacht, noch sein Geld. Und nun pack dein Zeug zusammen und verschwinde, ich will dich nicht mehr sehen!«

Die Begegnung mit Ursula lag Primus auch am folgenden Tag noch schwer auf dem Magen. Obwohl er sich immer wieder sagte, dass er das Mädchen schließlich kaum kannte und daher auch keine Gewissensbisse haben musste, fühlte er sich von den Worten verfolgt, die sie ihm im Zorn an den Kopf geworfen hatte. Der Versuch, sich einzureden, sie sei in der Stadt besser aufgehoben als bei ihm, machte es nicht besser. So verwunderte es ihn auch nicht, dass Stüplin sich über seine Begriffsstutzigkeit aufregte, weil es ihm einfach nicht gelingen mochte, dem Mann zuzuhören.

Eines aber war ihm doch noch gelungen, etwas, womit er gar nicht mehr gerechnet hatte. Auf seinem kläglichen Rückzug aus dem Mauerviertel war er auf Stüplins unbewachte Pforte gestoßen. Es gab sie also doch. Versteckt hinter dem Gerümpel eines Abdeckers, zu dessen Hof sie offensichtlich gehörte. Primus hatte bis zum Einbruch der Dunkelheit hinter einem zerklüfteten Mauervorsprung gewartet und sich, erst nachdem auf der Gasse jedes Geräusch verklungen war, an der kleinen Tür zu schaffen gemacht. Wie Stüplin gesagt hatte, war sie leicht zu öffnen. Primus hatte sich davon überzeugt, dass sie tatsächlich vor die Stadtmauer führte, doch alles, was er in der Dunkelheit erkennen konnte, waren schneebedeckte Felder, über die Krähen auf der Suche nach Nahrung hüpften. Etwa zweihundert Schritte weiter sah er einen Feuerschein, der von einem der Wachttürme herrührte. Der Mauerabschnitt, an dem er sich befand, lag jedoch im Dunkeln. Niemand hielt es für nötig, hier draußen Wachen zu postieren.

»Hast du mir eigentlich zugehört, Junge?« Stüplin rollte ungnädig mit den Augen. Auf seinen Vorschlag hin hatten sie sich nicht wie sonst in der Bauhütte am Bartholomäusturm getroffen, sondern in einer verschwiegenen Schenke unweit der Krämerbrücke, in der um diese Zeit noch nicht viel los war. Stüplin hatte darauf gedrungen, Primus noch einmal einzuschärfen, was er zu tun hatte, nachdem er sich Zutritt zum Augustinerkloster verschafft hatte.

Anstelle einer Antwort stürzte Primus seinen Becher hinunter und verzog das Gesicht. Im Goldenen Ochsen war der Wein eindeutig besser als in diesem Mauseloch, dennoch war er froh, dass Stüplin nicht darauf bestanden hatte, mit ihm dorthin zu gehen. Ausgerechnet an diesem Abend Ursula über den Weg zu laufen und die Enttäuschung in ihren Augen zu sehen, wäre zu viel für ihn gewesen. Vielleicht war es besser, er konzentrierte sich einfach ganz und gar auf seinen Auftrag. Wenigstens Meister Stüplin sollte mit ihm zufrieden sein. Vielleicht nahm er ihn ja eines Tages in seine Dienste, sobald der Templerorden von den

Verleumdungen reingewaschen war und der Papst seine schändliche Bulle *vox in excelso* aufgehoben hatte.

Stüplin trug bereits das Festgewand, in dem er später zum Gastmahl erscheinen wollte: ein knielanges Wams aus nachtblauem Samt, auf dessen Kragen mit Gold- und Silbergarn kleine Blüten gestickt waren. Seine Lederstiefel glänzten von dem Gänsefett, mit dem der Diener des Vicedominus sie am Nachmittag poliert hatte, und an dem breiten Ledergürtel hing nicht nur der übliche Beutel, sondern auch ein geschliffener Dolch. Nüchtern, das Gesicht blass, aber glatt rasiert, erinnerte er Primus zum ersten Mal an die stolzen Tempelherren aus seiner Kindheit. Auch sprach und bewegte Stüplin sich in diesen vornehmen Kleidern viel hoheitsvoller als im Staub seiner Bauhütte. Gewandt erhob sich der Baumeister schließlich, dann warf er eine Münze auf den schmutzigen Tisch und hüllte sich in seinen Umhang. An der Tür warf er Primus einen letzten Blick zu, bevor er in der Dunkelheit verschwand. Doch kein Wort fiel mehr zwischen den beiden Männern.

Primus starrte ihm mit einem flauen Gefühl im Magen nach. Was, wenn Stüplin zu viel trank und sich selbst verriet? Es war ein Wagnis, am Tisch eines Bischofs zu speisen, der überall nach den letzten Mitgliedern des Templerordens fahnden ließ.

Und was, wenn er selbst dabei aufgegriffen wurde, wie er durch die Klostergänge schlich? Stüplin hatte in Erfahrung gebracht, dass der Prior sich schon kurz nach der *Laudes*, dem Gebet nach Sonnenaufgang, auf den Weg zu den Benediktinern gemacht hatte, um sich mit deren Abt und einigen anderen geistlichen Würdenträgern der Stadt auf den Besuch des Bischofs von Magdeburg und des sächsischen Kurfürsten einzustimmen. Stüplin selbst hatte dem Zug der Mönche hinauf zum Petersberg beigewohnt und sich davon überzeugt, dass Vater Mathias bei ihnen gewesen war.

Wie besprochen, bestellte Primus noch zwei Becher Wein, von denen er allerdings nur einen trank. Es fehlte gerade noch, dass das essigsaure Gesöff ihm auch noch zu Kopf stieg und die Gedanken vernebelte. Nebel herrschte indessen draußen auf der Gasse mehr als genug. Seit den frühen Nachmittagsstunden quollen gespenstische Schleier wie vom Himmel verstoßene Seelen durch die Stadt. Bis zum Vesperläuten hatten sie sämtliche Gassen und Plätze erobert und ließen selbst diejenigen, die mit Fackeln oder Tranfunzeln unterwegs waren, kaum genug Sicht, um die Hand vor Augen zu erkennen.

Auf seinem Weg zum Kloster fluchte Primus, sooft er im Nebel gegen eine Person prallte, die unvermittelt um eine Ecke bog. Zweimal stolperte er auf der Gasse, weil er das Hindernis zu seinen Füßen in dem Brei aus feuchter Luft und nächtlicher Schwärze zu spät erkannte. Obwohl er den Nebel als unerwarteten Helfershelfer betrachtete, kam er so nur viel langsamer voran, als er gehofft hatte. Dabei gab es für ihn keinen Augenblick zu verschenken. Mit der Präzision, die Stüplin bei der Berechnung geometrischer Probleme an den Tag legte, hatte er jeden Schritt, den er und Primus an diesem Abend zurücklegen mussten, exakt einkalkuliert. Primus hatte er die wenige Zeit eingeschärft, die er hatte, um Vater Mathias' Räume im Kloster zu finden, den Stein aus der Nische zu klopfen und sich dann hinaus zum Mauerviertel zu begeben, das nur hundert Schritte vom Kloster entfernt lag. Stüplins Plan sah vor, die Tafel des Bischofs und des Fürsten um die zehnte Stunde zu verlassen und im Schutze des Nebels in die Stadt zu reiten. Für ihn stand außer Frage, dass der Magdeburger bei einem Gastmahl mit dem Kurfürsten und zahlreichen Edelleuten des Reiches andere Dinge im Kopf hatte, als sich mit einem Baumeister über die Verschönerung seines Bischofspalastes zu unterhalten.

Unauffällig zog Primus die Kapuze über den Kopf und eilte

auf schnellstem Wege zur Kirche von St. Philippi und Jacobi. Wenn Stüplins Vorhersage sich erfüllte, so versammelten sich die Mönche zu dieser Stunde in der Kirche. Primus durfte sie auf keinen Fall verpassen. Im immer dichter werdenden Nebel legte er den Mantel ab und beschwerte ihn mit einem Stein. Darunter zum Vorschein kam die schlichte Kutte eines Augustinerbruders, die Stüplin für ihn aufgetrieben hatte. Sie war Primus viel zu kurz und roch sauer nach ungewaschenem Körper, doch das galt es nun auszuhalten. Wenigstens musste er nicht allzu lange warten, denn nur kurz nachdem die melodiösen Gesänge der Brüder verklungen waren, ging die Tür auf und die ersten Mönche verließen das Gotteshaus. Primus zählte jeden Einzelnen der Männer, die lautlos an seinem Versteck vorüberzogen. Erst als er die Kirchentür ins Schloss fallen hörte, verließ er seine Deckung und reihte sich als Schlusslicht in den stummen Zug der Männer ein. Dieser durchquerte einen von hohen Bäumen bewachsenen Innenhof, an dessen Ende ein längliches Haus stand. Primus folgte den Mönchen mit gesenktem Kopf und gefalteten Händen und betete stumm, sich nicht zu verraten.

Aus den Augenwinkeln beobachtete er das Gelände des Klosters. Wie Stüplin ihm erklärt hatte, wurde der Sitz der Erfurter Augustiner erst seit einigen Jahren bewirtschaftet, weshalb es auch noch keinen ordentlichen Kreuzgang gab. Um die ehemalige Pfarrkirche herum hatten die Mönche angefangen, den Boden umzupflügen und in einem mit Feldsteinen umfriedeten Bereich einen Garten mit einigen Hütten anzulegen. Das eigentliche Klostergebäude, an dem die Maurer, Steinmetze und Zimmerleute schon seit über zwanzig Jahren bauten, bestand aus einem länglichen Steinhaus ohne Turm. Zum Hof hin, wo nach Stüplins Worten ein Kreuzgang entstehen sollte, besaß das Bauwerk eine Reihe von Fenstern im gotischen Stil, doch davon abgesehen wirkte die Fassade abweisend. Eine Mauer zum Schutz von Kloster, Garten und Kirche war nicht zu entdecken. Ein Umstand, für den Primus mehr als dankbar war. Allerdings wiesen die Baugerüste, die sich über den gesamten Westflügel zogen, darauf hin, dass der Prior ein Mann mit ehrgeizigen Plänen war. Nach allem, was Stüplin berichtet hatte, genügte es Vater Mathias nicht, einer Schar Bettelmönche vorzustehen, die mit Taschen und Binsenkörbchen durch die Gassen der Stadt zogen, um Spenden zu erbetteln. Vater Mathias' ehrgeizige Pläne sahen nicht nur die Einrichtung eines Skriptoriums vor, in dem die besten Schreiber und Buchmaler des Abendlandes wirken sollten, sondern auch eine umfassende Bibliothek. Es hieß sogar, die Augustiner drängten auf die Gründung einer Universität in Erfurt, um den französischen Schulen von Avignon, Angers und Orléans Konkurrenz zu machen. Doch ein Projekt dieser Größe verschlang mehr Silber, als ein Orden wie der der Augustinereremiten in Jahrzehnten auftreiben konnte.

Kein Wunder, dass der Prior lieber die Gesellschaft von Bischöfen und Fürsten sucht, als mit seinen Mönchen gemeinsam die Gebete zu sprechen, dachte Primus.

Inzwischen hatte er die Tür zum Refektorium erreicht, die aus massiver Eiche bestand und eiserne Beschläge aufwies. Einer der Mönche, ein Greis mit buschigen weißen Augenbrauen und dürren Händen, den Primus ganz an der Spitze laufen gesehen hatte, scherte nun wie auf Kommando aus. Er stellte sich neben die weit geöffnete Tür und wartete geduldig, bis auch der letzte seiner Brüder eingetreten war. Offensichtlich versah der Alte die Aufgaben des Pförtners und war dafür zuständig, die Tür zu verriegeln. Primus wagte nicht, sich nach dem Mann umzudrehen, doch ein dumpf widerhallendes Geräusch, dem ein Knirschen folgte, verriet ihm, dass der Mönch die Tür mit einem Balken und einem zusätzlichen Riegel verschlossen hatte. Zu allem Überfluss hörte er zuletzt, wie ein Schlüssel im Schloss umgedreht wurde.

Primus unterdrückte einen Fluch. Damit, dass die Tür dermaßen gesichert wurde, hatte er nicht gerechnet. Während die Mönche – Primus hatte vierundzwanzig Männer gezählt – durch einen Seitengang verschwanden, der wohl zum Dormitorium führte, blieb er absichtlich zurück und versteckte sich bei der ersten sich bietenden Gelegenheit in einer finsteren Nische. Obwohl er noch keine Ahnung hatte, wie er an den Schlüssel zur Pforte kommen sollte, war er froh, dass ihn niemand bemerkt hatte. Die Klosterbrüder waren schon lange daran gewöhnt, sich nur um ihren eigenen Kram zu kümmern, so war keinem von ihnen aufgefallen, dass ein ungebetener Gast mit ihnen ins Ordenshaus geschlüpft war.

Der alte Pförtner schlurfte an ihm vorbei, ohne ihn zu bemerken. Einige Male hustete er krächzend, wobei der Schlüsselbund am Gürtelstrick seiner Kutte klapperte.

Wenige Augenblicke später war Primus allein. Vorsichtig spähte er aus seinem Versteck. Durch eines der Fenster, das er schon von draußen gesehen hatte, fiel ein wenig Licht in den schmalen Gang mit den weiß gekalkten, von Fachwerkbalken durchzogenen Wänden. Doch das reichte kaum aus, um sich zurechtzufinden. Primus zwang sich, das in ihm aufsteigende Gefühl von Panik niederzuringen. Stüplin hat dieses Haus hundertmal betreten, beruhigte er sich. Und er hat mir jede Einzelheit darin so genau beschrieben, dass er sich gewiss zu den Räumen des Priors tasten konnte. Er atmete tief durch, dann machte er sich auf den Weg.

Während das Refektorium des Augustinerklosters in völliger Dunkelheit lag, badete die große Halle auf dem Petersberg an diesem Abend im Glanz Dutzender Wachskerzen, die auf eiserne Dornen gespießt worden waren oder in mehrarmigen Kandelabern aus purem Gold steckten. Eine lange T-förmige Tafel zog sich quer durch den von prächtig verzierten Säulen getragenen Raum, wobei die hohen Besucher des Abtes, darunter auch Bischof Burchard von Magdeburg, mit bequemen Polsterstühlen an der Stirnseite geehrt wurden.

Stüplin war ein Platz weit unten an der Tafel zugewiesen worden, was ihm sehr zustattenkam, da ihm hier, weit entfernt von den kirchlichen Würdenträgern bestimmt keine Beachtung geschenkt werden würde. Eingekeilt zwischen einigen Rittern, die zum Gefolge des Bischofs gehörten, ließ er sich von den Dienern auflegen, die flink mit Platten, Schüsseln und Krügen umhersprangen, um die Wünsche der Anwesenden zu erfüllen. Noch hatte die vierzigtägige Fastenzeit nicht begonnen, was der Vicedominus, der auch an diesem Abend die Interessen des Mainzer Bischofs vertrat, zum Anlass nahm, den Herren nicht nur Fischgerichte, sondern auch Wild in Fülle, Gänsekeulen und goldbraun gebratene Spanferkel zu bieten.

Stüplin aß mit wenig Appetit, zumal er sich die Schüssel mit einem grobschlächtigen Mann teilen musste, der nur ein Auge hatte und dessen wirrer Bart fortwährend im Essen hing. Dem Wein zuzusprechen traute er sich allerdings auch nicht, obwohl der Vicedominus, der in seiner Nähe saß, ihn mit Blicken aufforderte, kein sauertöpfisches Gesicht zu machen, sondern sich ordentlich den Becher füllen zu lassen.

Galt das Refektorium für gewöhnlich als Ort der Stille, wo die Mahlzeiten schweigend und nur von Lesungen aus der Schrift oder der Ordensregel unterbrochen wurden, so herrschte zu dieser Stunde ein Lärm, der Stüplin scharf in den Ohren brannte. Dabei wurde er an die lange zurückliegenden Mahlzeiten erinnert, die er einst gemeinsam mit seinen Templerbrüdern in den verschiedenen Ordenshäusern eingenommen hatte. Auch dort war es zunächst üblich gewesen, sich mit einem Bruder die Schüssel zu teilen, bevor jedem Ritter ein eigener Napf sowie ein Trinkhorn, Löffel und Humpen zugestanden worden waren. Doch das hatte Stüplin nie als Ärgernis oder Last empfunden. Er hatte auch keinen Anstoß am Tischsegen des Kaplans und dem Schweigegebot der Templer während des Essens genommen, und auf die doppelte Ration Fleisch am Sonntag hatte er sich immer gefreut. Selbstverständlich wäre kein Ritter auf die Idee gekommen, anders gekleidet als im weißen Templermantel zum Essen zu erscheinen oder aufzustehen, bevor der Präzeptor sich erhob.

Stüplin lächelte versonnen. Niemals hätte ein Kommandant des Tempels ein solches Getöse in seinem Refektorium geduldet, und den fetten Bischof, der sich eine Rehkeule nach der anderen einverleibte, hätte er mit bloßen Händen gepackt und aus dem Fenster geworfen. Stüplins Gedanken kehrten ins Heilige Land zurück, nach Jaffa, wo er und seine Kameraden Bekanntschaft mit sonderbaren, berauschenden Früchten gemacht hatten, die einen das Heimweh schneller vergessen ließen als ein Krug Rotwein. Und der war in so manchen sternenklaren Nächten, die sie in der Hitze der Wüste zugebracht hatten, natürlich auch in Strömen geflossen. Kein Wunder, dass beim Volk rasch Gerüchte über die Trinkfestigkeit der Brüder in Umlauf gekommen waren.

Mit einem unterdrückten Seufzer legte Stüplin die Hand auf den Zinnbecher, als ein Diener ihn nachfüllen wollte. Nein, er hatte genug gehabt für diese Nacht. Und von dem bärtigen Haudrauf an seiner Seite, der ihm den Ellbogen in die Rippen stieß und von den Vorzügen der Waschmägde auf seiner Burg schwärmte, hatte er zweifach die Nase voll.

Ob Primus schon in die Kammer des Priors eingedrungen war? Der Bursche war nicht auf den Kopf gefallen. Hatte er sich an seine Anweisungen gehalten, hielt er den Stein in diesem Moment vielleicht schon in Händen. Die Hoffnung, Erfurt mit dem Stein noch heute Nacht verlassen zu können, schenkte ihm neuen Mut. Wenn es Gottes Willen entsprach, dass er den Stein zum Tempelhof zurückbrachte, würde er nicht zögern, noch einmal das weiße Gewand anzulegen. Stüplins Blicke wanderten über die Köpfe der prassenden Menge hinweg zum Tisch der hohen Gäste. Er erschrak, als er bemerkte, dass der Bischof von Magdeburg ihn anstarrte. Gebückt hinter dem Mann stand Vater Mathias und flüsterte ihm etwas ins Ohr.

Stüplin spürte, wie sein Mund austrocknete; seine Hand schloss sich um den leeren Becher.

»Wie ich höre, seid Ihr der bekannte Baumeister Andreas Stüplin?«, drang da auch schon die hohe Stimme des Magdeburgers durch die Halle. Im Nu erstarb jedes Geräusch am Tisch. Nur der Kerl mit dem Bart neben Stüplin, der schwerhörig zu sein schien, amüsierte sich noch unbekümmert über seine eigenen Scherze. Alle übrigen Augen richteten sich auf Stüplin, der aufstand und eine knappe Verbeugung andeutete.

»Ich habe schon viel von Euch und Eurem Talent gehört«, sagte Burchard von Magdeburg höflich. »Würde es Euch etwas ausmachen, zu mir zu kommen, ich schreie ungern über die ganze Tafel hinweg.«

Das hatte Stüplin gerade noch gefehlt. Aber natürlich durfte er sich der Aufforderung des Kirchenfürsten nicht verweigern, der, ohne mit der Wimper zu zucken, auf Vater Mathias' Platz am Tisch deutete und Stüplin aufforderte, sich ganz in seiner Nähe niederzulassen.

»Ein Bote brachte mir neulich erst einige Skizzen, die Euch zugeschrieben werden, Meister«, fuhr der Bischof fort, nachdem Stüplin schräg gegenüber Platz genommen hatte.

»Skizzen?«, fragte Stüplin verwirrt. »Wie kommt ein Bote an meine Bauzeichnungen?«

»Das tut hier nichts zur Sache, Meister. Sagt uns lieber, wer Eure Lehrmeister gewesen sind. Nicht einmal in französischen Dombauhütten werden die außergewöhnlichen geometrischen

Figuren, die auf Euren Skizzen zu sehen sind, angewandt. Ein wenig erinnerten mich Eure Türme und Bastionen an die Gebetshäuser der Ungläubigen, die uns das Heilige Land entrissen haben. Wie nennt man sie doch gleich? Moscheen?«

Der Baumeister drückte den Rücken durch, jeder Muskel in seinem Körper spannte sich an. Er hatte wohl bemerkt, dass der Bischof sich nicht anerkennend über seine Arbeit äußerte. Vielmehr hatte er es darauf abgesehen, ihm eine Falle zu stellen. Als er Burchards gedrungene Gestalt näher in Augenschein nahm, musste er sich zusammennehmen, um seine Verachtung nicht offen herauszuschreien. Diesem groben Klotz, dem sein riesiger Bauch augenscheinlich wichtiger war als Weihrauch und Altar, hatte der Papst Vollmacht erteilt, im Deutschen Reich die Templer auszurotten?

Er sah zu den anderen Männern an der Tafel. Warum spitzten die Ritter, ja selbst der junge Fürst Rudolf, der sich in seinem bescheidenen braunen Jagdgewand kaum von seinen Rittern abhob, plötzlich die Ohren wie Füchse, die einer Fährte nachgingen? Und wo zum Teufel war der Neffe des Vicedominus abgeblieben? Zu Beginn der Huldigungen und Trinksprüche hatte Stüplin den jungen Mann noch an der Tafel gesehen, nun aber war der Platz neben seinem Onkel leer. Verdammt, fluchte Stüplin stumm.

»Nun?«, hakte der Bischof nach. »Ich hoffe, Ihr könnt meine Neugier befriedigen. Sind es nicht insbesondere die als Ketzer und Teufelsanbeter entlarvten Templer gewesen, deren Baumeister sich des byzantinischen Stils bedienten und Symbole der Sarazenen und Juden in die Mauern ihrer Kapellen und Komtureien eingearbeitet haben, um ihren heimlichen Pakt mit dem Teufel ohne Scheu zu präsentieren?«

In Burchards hohe Stimme kroch Ungeduld. Aber er klang nicht nur herausfordernd; da war noch etwas anderes, das Stüplin in Alarmbereitschaft versetzte. Gewiss kam es nicht von ungefähr, dass der Bischof den Orden im Zusammenhang mit seinen Bauskizzen erwähnte. Ein Seitenblick auf Vater Mathias' selbstgefälliges Grinsen verriet ihm unmissverständlich, wer es war, der den Argwohn des Magdeburgers geweckt hatte. Bevor Stüplin eine Antwort einfiel, ergriff der Prior das Wort. Er bedankte sich bei Burchard und dem jungen Fürsten für die Ehre, Gast an ihrer Tafel gewesen zu sein, und verabschiedete sich.

»Wohin wollt Ihr?«, entfuhr es Stüplin und hätte sich dafür ohrfeigen können. Es war zu früh. Der Prior durfte noch nicht zum Kloster zurückkehren. Traf er vorzeitig ein, würde er Primus überraschen und ... Stüplin spürte ein heißes Kribbeln auf seiner Haut, gleichzeitig begann er zu frieren. Doch es war nicht die Kälte, die trotz der zahlreichen glühenden Eisenkörbe in der Halle herrschte, sondern die Angst um den Stein, die ihm die Luft abschnürte.

Der Bischof lachte. »Der gute Mann scheint sich um das Wohlergehen seiner Mönche Sorgen zu machen«, sagte er. »Außerdem gibt es für ihn noch vor dem Morgengrauen eine dringende Angelegenheit zu erledigen, die leider keinen Aufschub duldet. Genauso, wie wir beiden etwas zu besprechen haben.« Mit diesen Worten gab er Vater Mathias ein Zeichen. »Lasst Euch nicht aufhalten, ehrwürdiger Prior. Ein Pferd und vier meiner besten Wachsoldaten stehen Euch zur Verfügung! Schickt einen von ihnen mit einer Botschaft zurück, sobald Ihr im Kloster angekommen seid.«

Stüplin schnappte nach Luft. Burchard wusste Bescheid; irgendjemand hatte ihn verraten. Oder der Prior war ihm auf die Schliche gekommen und hatte ihn zum Gastmahl laden lassen, um seinen Triumph über ihn voll auszukosten. Zweifellos würde man ihn noch heute Abend festnehmen und in Ketten legen lassen. Doch das war nicht das Schlimmste. Verließ der Klostervorsteher jetzt die Halle, lag es nicht mehr in Stüplins Macht, das Unheil aufzuhalten. Geriet der Stein in falsche Hände, konnte das das Ende von allem bedeuten, wofür die Männer des Tempels gelitten hatten.

Er dachte an Primus und die kleine Apsis der Klosterzelle. Auch wenn dem Templerboten die Flucht mit dem Stein rechtzeitig gelang, war damit nichts gewonnen. Der Stein war ein Werkzeug, doch entscheidend war das Wissen, wie man ihn gemeinsam mit dem anderen Stein einsetzte. Ohne entsprechende Anleitung konnten weder Primus noch Thomas Lermond etwas mit seinem Stein anfangen. Soweit Stüplin wusste, kannte außer ihm nur noch der alte Großmeister Jacques das Geheimnis des Steins, aber der saß in einem Pariser Kerker. Stüplin atmete tief durch. Egal, ob er hier lebend herauskam oder nicht, er durfte nicht zulassen, dass Primus und der Stein seinen Feinden in die Hände fielen. Daher galt es, Zeit zu schinden.

»Halt, bleibt stehen!«, rief er Vater Mathias zu, der sich soeben anschickte, das Refektorium zu verlassen. »Ich gestehe, was Ihr hören wollt!«

Ein Raunen zog durch den Saal. An der Tafel wurden Köpfe zusammengesteckt, während Stüplin aus den Augenwinkeln beobachtete, wie bewaffnete Söldner des Magdeburgers an den Ausgängen Stellung bezogen. Dies entging auch dem jungen Kurfürsten Rudolf nicht, der mit vor Schreck offenem Mund nach seinen eigenen Rittern Ausschau hielt. »Was soll dieser Aufruhr bedeuten, Bischof? Wer zum Teufel ist dieser Mann?«

Der Prior drehte sich langsam um. Er schien nicht erstaunt darüber, dass Stüplin ihn aufhielt. »Ihr gesteht also?«, frohlockte er, während er langsam zur Tafel zurückkehrte. »Einfach so?«

Stüplins Miene nahm einen hochmütigen Ausdruck an. »Habe ich das nicht gesagt, Mönch?«

Vater Mathias zuckte zusammen, fing sich aber sofort wieder.

»Ehrwürdigster Bischof, wie ich Euch versprochen habe, seid Ihr nicht umsonst nach Erfurt gekommen. Ihr werdet die Stadt morgen mit einem Gefangenen verlassen, einem gefährlichen Ketzer, der auf der Flucht vor der heiligen Inquisition in dieser Stadt untergetaucht war, um im Geheimen weiter an seinem unheilvollen Netz zu weben. Dabei haben ihm einige Herren geholfen, die in Erfurt hohes Ansehen genießen, aber den magischen Verführungskünsten des Ketzers nicht widerstehen konnten. Sogar Obdach haben sie ihm gewährt.«

Dieser Vorwurf war an den erzbischöflichen Statthalter gerichtet, der sich fassungslos von seiner Bank erhob, aber viel zu durcheinander war, um lautstark zu protestieren.

»Festnehmen«, befahl der Bischof seinen Wachen, die sich bislang im Hintergrund gehalten hatten. Er zeigte zuerst auf Stüplin, dann auf den erschrockenen Vicedominus, der sogleich wieder auf seine Bank sackte. »Wie könnt Ihr so etwas sagen, Eure Gnaden«, jammerte Graf von Gleichen, von dem unvermittelt alle an der Tafel abrückten. »Ihr seid unser Gast!«

»Oh, glaubt nicht, ich wäre undankbar und wüsste Gastfreundschaft nicht zu schätzen. Aber muss ich Euch erinnern, dass ich im Auftrag des Papstes unterwegs bin? Der Templerorden wurde vor zwei Jahren aufgelöst, seitdem droht allen, die den flüchtigen Ketzern beistehen, Kerker und Einzug ihres Vermögens.«

Burchard von Magdeburg zog sich am Tisch auf die Beine und warf einen drohenden Blick in die Runde. »Damit Ihr es wisst: Vor wenigen Tagen ist mir ein Ketzer davongelaufen, der sich auf einem ehemaligen Templergut in der Mark Brandenburg als Kaufmann getarnt hat. Aber vielleicht wird unser guter Baumeister uns helfen, ihn wiedereinzufangen?«

Stüplin schüttelte den Kopf. Konnte der Mann, auf den Bischof Burchard anspielte, sein alter Kamerad Lermond sein?

Wenn diesem wirklich die Flucht gelungen war, gab es vielleicht doch noch einen Funken Hoffnung.

»Ihr schweigt lieber, anstatt mir zu antworten? Warum wundert mich das nicht? Allerdings haben sich einige Eurer Ketzerbrüder unter der Folter doch noch als gesprächig erwiesen.« Burchard befahl nun ausgerechnet den Einäugigen herbei, der an der Tafel neben Stüplin gesessen hatte. »Schafft mir den Kerl nach Magdeburg, Botho, und sorgt dafür, dass seine Zunge sich dort ein wenig lockert!«

Stüplin zuckte zusammen, als sich eine prankenartige Hand auf seine Schulter legte. »Mach keine Schwierigkeiten, Kerl, sonst schlitze ich dir gleich hier und jetzt den Wanst auf«, hörte er die Stimme des Einäugigen an seinem Ohr. Sie klang drohend und kein bisschen mehr angeheitert. Während der Mann Stüplins Arm packte, um ihn hinauszuführen, sah er, wie sich die bischöfliche Garde näherte. Die Knechte des Vicedominus stellten sich schützend vor ihren Herrn. Dies alles vollzog sich unter den Augen des Abts vom Petersberg, der kreidebleich auf den jungen Fürsten Rudolf einredete.

»Nun komm, Erzketzer«, brummte der Einäugige. »In Magdeburg wird es dir warm unterm Hintern werden.« Er zerrte Stüplin am Arm. In diesem Moment entschied er, dass er sich nicht lebend in Burchards Hände begeben würde. Er würde kämpfen bis zum letzten Blutstropfen, so wie er es vor Jahrzehnten in Palästina getan hatte. Mit einem wilden Aufschrei zog er seinen Dolch, wirbelte auf dem Absatz herum und funkelte den Einäugigen an. »Du nennst einen Kämpfer Christi nicht noch einmal Erzketzer!«

Primus war erleichtert, als er nach mehrmaligen Misserfolgen endlich in der richtigen Kammer stand. Stüplin hatte ihm einen Grundriss des Raumes aufgezeichnet, den der Prior bewohnte. Mit einer einfachen Klosterzelle hatte dieser nichts gemein. Im Gegenteil, er war so groß wie das Empfangszimmer des erzbischöflichen Statthalters und ebenso kostbar eingerichtet. Doch Primus war nicht gekommen, um die aus blank poliertem Kirschbaumholz gezimmerten Möbel des Klostervorstehers zu bewundern, auch nicht die Qualität seiner Wandbehänge und der prachtvollen Kniebank, die mit Motiven aus der Bibel verziert war. Sein ganzes Interesse galt der Apsis, einer halbrunden Aushöhlung in der gekalkten Wand hinter dem Schreibpult des Priors, mit der Steinskulptur des Evangelisten Johannes.

Ohne zu zögern, band Primus den Hanfstrick von seiner Kutte und maß damit die Länge der Skulptur, ebenso, wie Stüplin es ihm eingeschärft hatte. Als er das Maß ermittelt hatte, schlang er rasch einen Knoten an der entsprechenden Stelle des Stricks und setzte dessen Ende nun am Kopf des Heiligen an und verband diesen mit der höchsten Stelle an der Wand der Apsis. Dort, wo der Strick den Stein berührte, ritzte er mit einem Griffel ein Zeichen ein. Den zweiten, entscheidenden Punkt sollte ihm der ausgestreckte Zeigefinger des Evangelisten weisen. Nur einen Augenblick später fand er einen zweiten Stein, der, sobald man ein wenig Druck auf ihn ausübte, den höheren über dem Kopf der Skulptur ein Stück nach vorne schob.

Primus lächelte, während er den Ziegel vorsichtig aus der Verankerung löste. Was geheime Verstecke anging, so konnte wohl niemand den Templern das Wasser reichen. Allerdings hatte sie das nicht vor der Inquisition gerettet.

Als Primus seine Hand in die schmale Öffnung steckte, stieß er auf einen kleinen Beutel, in dem sich ein harter Gegenstand befand. Erleichtert schüttelte er ein wenig Staub von dem Beutel, widerstand aber dem Drang, sich den sonderbaren Templerstein an Ort und Stelle anzusehen. Dazu blieb noch Zeit, sobald er in Sicherheit war. Zunächst galt es, dafür zu sorgen, dass weder Vater Mathias noch einer seiner Brüder eine Spur ihres ungebetenen Besuchers fanden. Primus schob den gelösten Ziegel, so gut es ging, wieder in die Mauer zurück und beseitigte mit dem Fuß den Sand und Staub, der von der Mauer zu Boden gefallen war. Dann legte er den Griffel auf das Pult zurück und band sich den Strick wieder als Gürtel um die Hüften. Lautlos schlich er auf Zehenspitzen zur Tür, wo er sich noch einmal prüfend umdrehte.

Der Prior wird niemals herausfinden, dass es einmal ein geheimes Versteck in der Apsis gab, dachte er zufrieden. Und selbst wenn, bleibt ihm nicht mehr, als sich darüber zu wundern. Der Stein ist jedenfalls schon bald wieder in den Händen der Templer.

Von ferne hörte er die Stimme eines Nachtwächters, der die zehnte Stunde ausrief und die Leute davor warnte, im Nebel noch mal vor die Tür zu treten.

»Hoffentlich konntest du dich von deinem Festmahl loseisen, Stüplin«, flüsterte Primus. Er schob die Tür zum Flur auf und wollte soeben durch den Spalt hinausschlüpfen, als ein Licht ihm in die Augen fiel. Keuchend machte er einen Satz rückwärts und hob die Hand.

Einer der Mönche hat mich gehört, dachte Primus entsetzt. Aber es war kein Mönch, der ihn mit einer drohenden Gebärde und einem auf ihn gerichteten Schwert in die Kammer des Priors zurückdrängte. Vor ihm stand Peter von Raulanden.

»Ich weiß, was du vorhast«, sagte der junge Mann. Er schüttelte den Kopf. »Tut mir leid, aber dein Baumeister wird nicht kommen, um dir zu helfen. Der Vicedominus ebenso wenig.«

Primus kniff die Augen zusammen. Peter von Raulanden streckte die Hand mit der Fackel aus; die Hitze der Flammen versengte Primus fast die Augenbrauen. »Auf sie beide wartet der Richtblock, und du hast die Ehre, mit dem künftigen Statthalter des Erzbischofs von Mainz in der Stadt Erfurt zu sprechen.« Er lachte auf. »Ein gutes Geschäft, oder etwa nicht? Der Prior bekommt das Geld, um sein Kloster reich und berühmt zu machen, und ich kontrolliere bald die Stadt. Und das alles verdanken wir meinem Onkel, der so dumm war, einem Feind der heiligen Kirche Unterschlupf zu gewähren. Nach dem Gesetz ist jeder, der einen Abtrünnigen unterstützt, ebenfalls ein Ketzer.« Er machte einen weiteren Schritt auf Primus zu, wobei er mit den Augen die Kammer absuchte. Seiner Miene nach zu urteilen, war er sich nicht klar darüber, was Primus hier tat. Doch er musste ihn beobachtet haben und ihm gefolgt sein. Vermutlich im Auftrag seines Patenonkels, mit dem er den Plan ausgeheckt hatte, sich den Vicedominus vom Halse zu schaffen.

Was waren wir nur für Narren, schalt sich Primus voller Reue. Wir hätten nicht versäumen dürfen, ein Auge auf Raulanden zu haben.

»Und nun gib her, was du hier gestohlen hast«, forderte Peter von Raulanden in strengem Ton. »Wenn du beim Prozess gegen den Templer aussagst, dass er dich überredet hat, in ein Kloster einzudringen, um es zu entweihen, kann ich vielleicht dafür sorgen, dass du nicht auf den Scheiterhaufen musst, sondern gehängt wirst.«

Diese Aussicht erschien Primus als wenig erstrebenswert. Er fragte sich, ob Raulanden ihm nur Angst einjagen wollte, um ihn auszuhorchen. Möglicherweise log er, und der Baumeister befand sich auf freiem Fuß. Dennoch stand mit dem Ritter eine ernstzunehmende Gefahr vor ihm. Raulanden würde gewiss nicht zögern, ihn zu erschlagen. So weit durfte es nicht kommen. »Also schön, Ihr habt gewonnen«, sagte Primus scheinbar geschlagen. »Aber bitte erspart mir das Feuer. Ich bin nur ein kleiner Gauner, und mein Name ist nicht Reus Kornthaler, sondern Andreas Stüplin der Jüngere. Ich bin der Sohn des Baumeisters!«

Auf dem Gesicht seines Gegenübers machte sich Überraschung breit. »Du bist sein Sohn? Aber die Templer ...«

»… haben Keuschheit gelobt, ja ja, das weiß ich.« Primus zog das Säckchen aus seiner Kutte und wog es in seiner Hand. »Der Baumeister wird deinem Prior kaum etwas einbringen und dem Bischof von Magdeburg noch weniger, denn er wurde schon vor vielen Jahren aus dem Templerorden ausgestoßen. Nicht aus Furcht vor dem Papst, sondern vor seinen ehemaligen Brüdern, die ihn als Verräter betrachteten, versteckte er sich in Erfurt. Er hat ihnen nämlich den Schlüssel zu einem riesigen Vermögen entwendet.«

Primus sah mit Genugtuung, wie still Peter von Raulanden plötzlich geworden war. Dabei bat er Stüplin insgeheim um Verzeihung dafür, dass er die Wahrheit ein wenig bog. Ob er damit die Neugier des Ritters weckte, wusste er nicht, dennoch fuhr er fort: »Stüplin wird alles gestehen, was die Inquisition hören will, weil er weiß, dass sein Sohn das Geheimnis nun in den Händen hält. Aber reuige Sünder werden nicht mit dem Tod bestraft, das wisst Ihr so gut wie ich. Er wird schon bald wieder auf freiem Fuß sein und nach mir suchen.« Er hob die Hand mit dem Säckchen. Einen Atemzug lang hätte er schwören können, in seiner Hand eine Art Zucken zu spüren, als besäße der Stein im Leinenstoff einen Herzschlag.

»Und warum hast du diesen Schlüssel, wie du ihn nennst, ausgerechnet hier im Kloster gesucht?« Raulanden war kein rasanter Denker, doch allmählich begann die Saat, die Primus ausstreute, in seinem Kopf zu keimen. Wütend machte er einen Schritt vor und setzte Primus die Schwertspitze auf die Brust. »Warum hier?«, schrie er ihn an.

»Das liegt doch auf der Hand, Ritter«, stöhnte Primus, der schon wieder die Hitze der Fackel auf seinen Wangen spürte. »Mit Eurer Erlaubnis kann ich Euch das Versteck zeigen, in dem der Prior den Wegweiser zum Schatz der Templer aufbewahrt hat. Er befindet sich dort drüben in der kleinen Apsis, über dem

Kopf des Evangelisten Johannes. Mein Vater musste das geheime Versteck für den Prior anlegen. Zum Dank dafür stahl Vater Mathias ihm sein Geheimnis. Das hat er Euch aber nicht erzählt, nicht wahr? Euch wollte er mit der Ehre abspeisen, künftig dem Mainzer zu dienen. Ihm selbst aber ging es um einen Schatz, der ihm den Kardinalshut, ja sogar den Stuhl Petri einbringen kann.«

»Schweig«, herrschte Raulanden ihn an. »Oder ich bringe dich um!« Er senkte sein Schwert und wandte sich der Apsis zu. Mit der Fackel leuchtete er die Steinwand ab, dann sah er den nur notdürftig weggewischten Sand auf dem Fußboden. Primus konnte förmlich hören, wie der Ritter innerlich aufschrie.

»Versteht Ihr jetzt, warum der Prior so versessen darauf ist, Stüplin loszuwerden? Nicht, weil dieser vor langer Zeit den Templern angehört hat, sondern weil er für ihn eine Gefahr darstellt. Mein Vater weiß, dass der Prior den Schlüssel weder der Inquisition noch dem Heiligen Vater in Avignon ausgehändigt hat ...«

Peter von Raulanden schrie kurz auf. Glaubte er Primus? Wie es aussah, schon. Die Saat war aufgegangen. Erschüttert, aber von dem vermeintlichen Verrat nicht restlos überzeugt, zwang er Primus, das Versteck in der Wand zu öffnen.

»Mit Vergnügen«, stimmte dieser zu. »In dem Fach habe ich noch einige Urkunden gesehen, die Euch interessieren dürften, da sie das Siegel Eures Onkels tragen.«

»Wenn du die Wahrheit gesagt hast, lass ich dich vielleicht laufen«, knurrte Raulanden böse. »Zunächst wird mir jedenfalls dieser verlogene Klosterbruder erklären müssen, warum er mich über den Tisch ziehen wollte.«

Primus verzog das Gesicht; mit vor Anstrengung feuerrotem Gesicht ruckelte er an dem Stein, der sich aber kaum bewegte. »Er muss sich verklemmt haben, als ich ihn vorhin wieder einsetzte. Ich brauche Eure Hilfe, Ritter!«

»Verdammt noch mal, zur Seite mit dir, du Schwächling«, brummte Raulanden. Er legte die Fackel zwischen seinen Füßen ab, dann stemmte er sich mit aller Kraft gegen die Wand, wobei er seine Schwertklinge wie einen Hebel in die Spalte zwischen den Ziegelsteinen rammte. So dauerte es gar nicht lange, bis der Sandstein mit lautem Gepolter zu Boden schlug. Raulanden wich zurück und hustete. Der Sandstaub reizte seine Kehle. Auf diesen Moment hatte Primus gewartet. Er streckte seinen Arm aus und schob ihn tief in das dunkle Loch in der Wand.

»Keine Angst, ich werde die Urkunden für Euch herausholen«, sagte er mit gespieltem Eifer. »Ich habe sie gleich!«

»Scher dich weg, das mache ich selbst!«

Blitzschnell sprang Primus zurück und warf dem verdutzten Raulanden eine Handvoll Sand in die Augen. Dieser brüllte wie am Spieß. Einen Arm vor das Gesicht gelegt, drang er mit dem Schwert auf Primus ein, zerschnitt aber in dem Versuch, diesen blind zu erwischen, nur die Luft. Primus nahm die Fackel auf und hielt den Rasenden mit ihr auf Abstand. Sein Ziel war es, an Raulanden vorbei durch die Tür zu entwischen, doch damit schien der Ritter zu rechnen. Im Kampf erprobter als Primus, sah er den Fluchtversuch vorher und schnitt ihm den Weg ab. Nun standen sich die beiden Männer Auge in Auge gegenüber. Raulanden konnte noch immer nicht viel sehen, doch sein maßloser Zorn schien ihn diesen Nachteil vergessen zu lassen. Ungestüm teilte er Schläge nach allen Seiten aus, während Primus nach wie vor verzweifelt versuchte, seinen Hieben auszuweichen. Da durchzuckte ihn ein Schmerz an der Schulter, der so wehtat, dass er ihm ein Stöhnen aus den Lippen presste. Doch erst als er Raulandens Triumphgeheul hörte und das Blut, das aus seinem Arm floss, sah, begriff er, dass er getroffen war.

Er taumelte und ging erschöpft in die Knie, die ihm plötzlich weich wie Butter erschienen.

Du musst aufstehen, befahl er sich. So bietest du seinem Schwert ein gutes Ziel. Benommen hob er den Kopf und sah Raulanden, der auf ihn zukam, um ihm den Todesstoß zu versetzen. Während der Neffe des Statthalters das Schwert erhob, schleppte sich Primus mit letzter Kraft hinter das Stehpult des Priors, das er mit einem gezielten Fußtritt umstürzte. Raulanden musste zur Seite springen. Diesen Moment nutzte Primus, um seinem Gegner mit der Fackel einen Schlag auf den Ellbogen zu verpassen. Seine Rechnung ging auf. Raulanden schrie auf, ließ das Schwert aber nicht sinken. Den sicheren Tod vor Augen, warf sich Primus auf den Ritter und rammte ihm seinen Kopf in den Magen. Die Wucht des Angriffs beförderte Raulanden rücklings gegen die Wand. Sein Schwert entglitt ihm und fiel zu Boden. Aber noch gab er sich nicht geschlagen. Raulanden streckte die Hand aus und packte Primus hart an der Kehle. Primus kämpfte um sein Leben, doch seine Gegenwehr erlahmte zusehends. Der Schmerz in seiner Schulter machte einem Gefühl von Taubheit Platz, das allmählich seine gesamte rechte Körperhälfte lähmte. Er verlor die Pechfackel, die vor seinen Augen quer durch die Kammer rollte und erst vor dem Bett des Priors liegen blieb.

Im Nu brannten die Vorhänge, und es dauerte nicht lange, bis die ausgehungerten Flammen auch nach dem trockenen Holz der Bettpfosten leckten. Ein immer dichter werdender Qualm machte sich in der Kammer breit und kroch den beiden Männern in die Lungen.

Primus röchelte; vor seinen Augen zerplatzten Funken wie Sterne, die vom Himmel fielen. Zu dem Gefühl, keine Luft mehr zu bekommen, gesellte sich der pochende Schmerz in seiner rechten Schulter, der bald auch von der linken Seite seines Körpers Besitz ergriff. Raulanden schien dies instinktiv zu spüren, denn obwohl er noch immer wie ein Besessener kämpfte, schien er nicht mehr mit Primus' Gegenwehr zu rechnen. Schnaubend warf er sich auf Primus und riss ihn zu Boden, um das letzte Quäntchen Atem aus ihm herauszupressen. Dass sich das Feuer im Raum ausbreitete, schien ihn in seiner Wut ebenso wenig zu scheren wie die Glocke, die plötzlich zu läuten begann, und die aufgeregten Stimmen von Männern, die immer näher kamen. Unter Aufbietung all seiner Kräfte gelang es Primus, seine Beine anzuwinkeln und den Ritter zurückzustoßen. Raulanden griff nach seinem Schwert und fand es trotz der um ihn herumwabernden Rauchschwaden auf Anhieb. »Jetzt schicke ich dich in die Hölle«, brüllte er mit wutverzerrtem Gesicht.

Dass Primus nicht niedergestreckt wurde, verdankte er drei Gestalten in Mönchskutten, die ganz plötzlich hinter dem Ritter auftauchten. Sie schleppten Wassereimer, um das Feuer in der Kammer des Priors zu löschen, das offenbar bereits das ganze Kloster in helle Aufregung versetzt hatte. Geistesgegenwärtig holte einer der Klosterbrüder aus und donnerte, in der Annahme, einen seiner Brüder vor dem Brandstifter retten zu müssen, Raulanden von hinten den Eimer gegen den Schädel. Mit einem Pfeifen ging er zu Boden.

»Was ist hier geschehen, Bruder?«, fragte der Mönch mit furchtsamer Stimme, während er Primus die Hand anbot, um ihm aufzuhelfen.

»Heilige Maria, du blutest! Hat dieser Strauchdieb dich angegriffen? Möge er in einem See von Feuer und Schwefel schmoren.«

Der dritte Mönch, in dem Primus sogleich den alten Pförtner wiedererkannte, schüttelte missbilligend den Kopf. »Aber Bruder Armin, so etwas sagt man nicht. Los, schleppt den Mann hinaus auf den Flur, und dann löscht, bevor sich das Feuer ausbreitet.«

Primus kämpfte sich mit Hilfe des Mönchs auf die Füße. Er zog die Kapuze über den Kopf, vorgeblich, um sich gegen den beißenden Qualm zu schützen. Er konnte sein Glück kaum in

Worte fassen. Die Mönchskutte hatte ihn gerettet. Doch wie lange noch? Er musste von hier verschwinden, am besten bevor Raulanden wieder zu sich kam.

Raulanden lag betäubt auf dem Flur und gab keinen Mucks von sich; aus einer Platzwunde am Kopf, wo ihn der Eimer getroffen hatte, tropfte Blut auf die steinernen Bodenplatten. Aber er würde nicht ewig bewusstlos sein. Jede Minute konnte er die Augen aufschlagen und ihn als falschen Mönch entlarven.

Da fiel Primus das Säckchen mit dem Stein wieder ein. Jäh fuhr er mit der Hand unter die Kutte. Er hatte es doch wieder eingesteckt, oder nicht? Nein, es war nicht da. Er musste es während des Kampfes mit dem Neffen des Vicedominus verloren haben. In Panik sah er, wie die Mönche eine Kette bildeten und sich die Wassereimer zureichten. Das Bimmeln der Brandglocke hallte in seinen Ohren nach.

»Was ist los mit dir, Bruder?«, fragte ihn der Pförtner. In seiner Stimme schwang Argwohn mit. »Du bist verletzt, Bruder Sebastian muss sich um deine Schulter kümmern.«

Primus antwortete nicht. Sein Blick wanderte zur Kammer, aus der weißer Qualm drang. Es half nichts, er musste zurück. Ohne auf den Protest des Pförtners einzugehen, riss er einem der Mönche den Eimer aus der Hand, leerte dessen Inhalt über seinem Kopf aus und tauchte in die Rauchschwaden ein.

II.

SPEYER AM RHEIN, FEBRUAR 1314

Prisca schob vorsichtig den Fensterladen ein Stück auf, damit sie durch einen Spalt hinaus auf die Gasse vor ihrem Haus spähen konnte. Dort regte sich nichts, die meisten ihrer Nachbarn hatten sich in ihre Häuser verzogen, nachdem der Lärm in der Stadt immer lauter geworden war. Für die Juden von Speyer bedeutete es selten etwas Gutes, wenn ein neuer Bischof in die Stadt einzog, auch wenn dieser sich dazu verpflichtete, die Gesetze des Königs zu achten und als Schutzherr ihres Viertels aufzutreten. Die Erfahrung hatte gezeigt, dass man sich aus den Angelegenheiten der Bürger tunlichst heraushielt und sich, statt Partei zu ergreifen, so gut es eben ging, unsichtbar machte. Es würde ohnehin nicht lange dauern, bis der Bischof nach ihnen schickte, um ihnen seine Forderungen zu unterbreiten.

Prisca schloss den Laden wieder, aber wirklich sicher fühlte sie sich nicht. Sie rief nach ihrem Onkel, dem Bruder ihrer Mutter, in dessen Haus sie seit sieben Jahren lebte, bekam jedoch keine Antwort. Im Haus war es still, nicht einmal die Katze, die es sich vor dem Herd gemütlich gemacht hatte, gab einen Laut von sich. War der Onkel etwa ausgegangen? Prisca hatte ihn am Vorabend mit einem heißen Stein und einem Kräutersud ins Bett gesteckt, weil seine Stirn ganz heiß gewesen war. Sie fand es unvernünftig, dass er schon wieder auf den Beinen war. In seinem Alter spaßte man nicht mit fiebrigen Erkältungen. Es fehlte ihr gerade noch, dass sie ihn ins Spital neben der Synagoge schaffen lassen musste.

Mit einem Seufzer kehrte sie an ihre Arbeit zurück. Obwohl der zwölfköpfige Rat der Juden von Speyer ihr vor zwei Jahren erlaubt hatte, im Viertel als Ärztin und Beistand gebärender Frauen tätig zu sein, spannte die Frau ihres Onkels sie im Haushalt ein, sobald sie ihren Fuß über die Schwelle ihrer Wohnung setzte. Die Tante hatte nichts dagegen, dass sie sich um kranke Glaubensgenossen kümmerte, sie besuchte, pflegte und ihnen Mut zusprach. Aber sie mochte es nicht, dass Prisca im Spital arbeitete und sogar manchmal in die Häuser der Christen am Domplatz ging, wenn einer von denen krank war und nach der Judenärztin rief. Am schlimmsten fand sie, dass Prisca sich in zähen Verhandlungen mit den Ältesten durchgesetzt und im Spital eine zusätzliche Kammer hatte anbauen lassen. Diese war durch einen Garten mit der Frauensynagoge verbunden und durfte außer von Prisca nur noch vom Rabbi betreten werden. Den Schlüssel zu dem Raum hütete Prisca wie einen Schatz, Tag und Nacht trug sie ihn an einer Kette um den Hals. Schon oft hatte die Tante Prisca deswegen Geheimniskrämerei und Eitelkeit vorgeworfen.

»Glaubst du, etwas Besseres zu sein?« Diese Frage hörte Prisca immer wieder, und dass sie die Familie in Verruf bringen würde, weil sie nicht still und fügsam war, sondern hoch hinauswolle, so wie schon vor ihr ihre Mutter. Doch was habe es dieser eingebracht? Ein Dasein in Schimpf und Schande. Ein Kind ohne Vater. Oft bekam Prisca von ihren Verwandten zu spüren, wie froh und dankbar sie sein könne, dass sie sie nach dem Tod der Mutter in ihr Haus geholt hatten. Ein wenig Entgegenkommen sei da doch nicht zu viel verlangt.

An die schöne Sara, wie Priscas Mutter noch heute im Viertel genannt wurde, konnte sich Prisca nur noch dunkel erinnern. Sooft sie an ihre Mutter dachte, schlich sich das Bild einer hübschen Frau mit langen, dunklen Haaren und fröhlichen Augen in ihre Gedanken, die sich zu ihr auf den Fußboden gesetzt und mit einem Kohlestift Bilder von Tieren auf die Dielen gemalt hatte, die im Deutschen Reich nicht einmal weitgereiste Kaufleute mit eigenen Augen gesehen hatten. Ihre Mutter, davon ließ Prisca sich nicht abbringen, war jedem dieser Tiere begegnet. Als Mädchen war sie nämlich nach Palästina gereist, wo sie, wie sich die Verwandten erzählten, die Bekanntschaft des Mannes gemacht hatte, über den im Haus des Onkels nicht gesprochen werden durfte. Von Sara schien Prisca auch die Liebe zu seltenen Blumen und Heilkräutern geerbt zu haben. Wenigstens vermutete Prisca das, weil sich unter den wenigen Habseligkeiten, die Sara ihr hinterlassen hatte, auch ein Korb mit getrockneten Heilkräutern, Arzneidöschen und einem Buch des berühmten persischen Arztes Avicenna befunden hatte. Die Seiten dieser Schrift waren so verblasst und abgegriffen, dass sie kaum noch zu entziffern waren, und doch hatten die Ausführungen des Gelehrten Prisca einen Weg eröffnet, wie sie das Vermächtnis ihrer Mutter ehren konnte. Sie war überzeugt davon, dass Sara sie verstehen und stolz auf sie sein würde. Insbesondere, wenn sie wüsste, wen sie in der kleinen Kammer hinter dem Spital verbarg.

Prisca war gerade damit beschäftigt, einen Korb mit verschiedenen Salben und Tinkturen zu füllen, um damit ins Spital zu gehen, als ein heftiges Klopfen an der Tür sie aufschreckte.

»Mach auf, Heilerin! Deine Dienste werden gebraucht!«

Prisca zögerte, denn die Stimme des Mannes, der dort draußen nach ihr rief, kam ihr nicht bekannt vor. Dem barschen Ton nach konnte es sich nur um einen Stadtknecht handeln. Dann war es gefährlich, nicht zu öffnen. Schließlich hatte sie gelobt, für Kranke jedweder Herkunft da zu sein, was bedeutete, dass sie sich nicht weigern durfte, auch außerhalb der schützenden Mauern ihrer Gasse tätig zu sein.

Das Klopfen wurde lauter. Der Kerl würde noch alle Nachbarn neugierig machen. Das konnte Prisca gar nicht gebrauchen. Mit einem tiefen Seufzer ging sie zur Tür und zog den schweren Riegel zurück.

»Was gibt es?«, fragte sie den baumlangen Burschen, der sogleich einen Schritt zurücktrat und sie skeptisch von Kopf bis Fuß musterte. Entgegen Priscas Vermutung gehörte er nicht zu den Knechten des städtischen Rats, denn auf seiner Brust prangte unübersehbar das Wappen des neuen Bischofs, der heute zum ersten Mal in den Dom Einzug halten wollte.

»Ich bin Rodeger und stehe im Dienste des Bischofs Emich«, sagte der Mann kühl. »Wenn du Prisca, die Judenärztin, bist, folge mir ohne viel Aufhebens. Vor dem Dom ist es zu einem Handgemenge gekommen. Es gibt ein paar Verletzte, darunter Bischofsknechte!«

»Warte, ich komme!« Prisca nahm ihren Arzneikorb und folgte dem langen Waffenknecht, der ihr mit so schnellen Schritten vorauseilte, dass sie Mühe hatte, Schritt zu halten.

Wenigstens den Korb hätte er mir ja abnehmen können, dachte sie schnaufend, als sie durch die Gasse der Weber hetzte. Prisca wünschte sich oft, im Aussehen mehr nach ihrer Mutter geraten zu sein. Die war auffallend groß und schlank gewesen. Sie selbst war kaum größer als ein zehnjähriges Mädchen, dafür polsterten zu ihrem Leidwesen einige überflüssige Pfunde ihre Hüften, die zweifellos ihrer Leidenschaft für die leckeren Brötchen und das Schmalzgebäck ihrer Tante geschuldet waren. Prisca hatte kein glattes, dunkles Haar wie der Rest der Familie, sondern war blondgelockt. Eine Seltenheit, wie sie oft zu hören bekam. Nur eine Verwandte, die alte Rebecca neben dem Tanzhaus, die mit Gänsefedern handelte, hatte angeblich in ihrer Jugend blondes Haar gehabt. Das behauptete sie zumindest, während Priscas Tante schwor, die Alte sei brünett mit einem Stich ins Rötliche gewesen.

Noch vor der Grenze zur Domstadt hörte Prisca das wüste Geschrei der Menge. Es waren gut sechs Dutzend Männer, die mit erhobenen Fäusten, Hacken, Äxten und Knüppeln auf das Portal des mächtigen Gotteshauses zuliefen, während die Domwachen sie mit Spießen zurückzudrängen versuchten. Prisca blieb stehen. Als sie sah, dass auch Steine und Fackeln durch die Luft flogen, suchte sie Schutz unter dem Vordach eines der Klosterhöfe, die schon zum Bezirk der Domgeistlichkeit gehörten. Dort wohnten die Kapitelherren, die ebenfalls mit dem neuen Bischof im Streit lagen. Dessen Knecht war schon ein Stück vorausgeeilt, drehte sich nun aber stirnrunzelnd nach ihr um.

»Der Bischof ist in den Dom geflüchtet«, rief er mit rauer Stimme. »Die Städtischen wollten ihm den Zutritt verweigern, deshalb mussten wir die Menge auseinandertreiben.«

»Was euch aber nicht gelungen zu sein scheint!« Mit Herzklopfen beobachtete Prisca, wie eine Gruppe von Männern nur wenige Hundert Schritte von ihr entfernt mit Sauspießen auf einen zu Boden gegangenen Waffenknecht einprügelten. Der Angegriffene war kaum älter als ein Knappe. Schreiend versuchte er, sein bleiches Gesicht vor den Hieben zu schützen. Der Aufruhr war noch in vollem Gange, als vom westlichen Stadttor Reiter heranpreschten und wild in die Menge hieben.

Prisca schlug die Hand vor den Mund. Hatte schon der kürzlich verstorbene Bischof Sigibodo in ständigem Zank und Streit mit den Ratsherren und Zünften von Speyer gelegen, so schien die Wahl Emichs von Leiningen, die der Erzbischof von Mainz in Windeseile abgesegnet hatte, nicht gerade zur Entschärfung des Konflikts beizutragen.

Prisca wusste nicht, was sie von Emich halten sollte. Die jüdische Gemeinde misstraute den Leiningern, da ein Mitglied ihrer weitverzweigten Sippe zu Beginn des ersten Kreuzzugs unter den Juden am Rhein ein furchtbares Blutbad angerichtet hatte.

Bischof Emich war der jüngere Sohn des Landvogts vom Speyergau, der als königstreu galt. Nach dem Wunsch des Erzbischofs sollte er den Einfluss der Habsburger im Reich zurückdrängen und der Stadt Speyer bei der nahenden Königswahl den Wittelsbacher Kandidaten schmackhaft machen. Doch der Rat der Stadt hatte längst entschieden, sich Emichs Kontrolle zu entziehen. Noch bevor der Bischof in die Stadt eingezogen war, hatten die Patrizier Gilden und Zünfte aufgefordert, dem Leininger nur unter der Bedingung die Tore zum Dom zu öffnen, dass dieser ihnen feierlich schwor, die alten Rechte der Stadt nicht anzutasten.

Emich muss sich geweigert haben, den Eid zu leisten, dachte Prisca. Nur so ließ sich die Wut der Leute erklären.

»Trödel nicht, oder hast du vor, es dir beim Bischof zu verscherzen?«, drängte sie der Hüne. Ihm war anzusehen, dass er viel lieber gegen die Radaubrüder gezogen wäre, als Prisca Schutz zu gewähren. Unglückseligerweise hatte sein Herr ihm aber den Auftrag erteilt, zuallererst das störrische Judenweib mit seinen Arzneien und Verbänden zu ihm zu bringen.

»Ich gehe nicht in den Dom!« Prisca verschränkte trotzig die Arme vor der Brust.

Der Waffenknecht starrte sie an, als wäre sie eine Schabe auf seinem Stiefel. »Was soll das schon wieder?«, knurrte er. »Habe ich dir nicht versprochen, auf dich aufzupassen? Es wird dir nichts geschehen. Durchs Hauptportal kommen wir zwar nicht hinein, aber die Seitenpforte zum Rhein hin wird von meinen Männern gehalten. Sie ist absolut sicher.«

»Mag sein, aber ich betrete den Dom trotzdem nicht.« Ihre Gründe dafür wollte sie lieber für sich behalten. Was gingen diesen Rodeger auch die bedrückenden Gefühle und das beinahe schmerzhafte Herzklopfen an, das ihr zusetzte, wann immer sie auf ihrem Weg in die Stadt an dem riesigen Gebetshaus der

Christen vorüberkam? Schon als kleines Mädchen hatte man ihr Schauergeschichten von jüdischen Kindern erzählt, die dem Portal des Doms zu nahe gekommen, daraufhin von Priestern ins Innere gezogen und dort unter dem Kreuz ihres Gottes gemartert worden waren. Obwohl sie inzwischen wusste, dass das Gesetz des Königs Zwangstaufen an ihren Brüdern unter Strafe stellte, war ihre Beklemmung beim Anblick des Doms niemals ganz gewichen.

Sie würde diesen Dom nie betreten.

Ehe sie sich versah, fasste der Waffenknecht mit seinen langen Armen um ihre Taille, hob sie hoch und warf sie sich über die Schulter.

»Bist du verrückt geworden?«, keuchte sie voller Angst. »Lass mich sofort runter!«

»Gern, sobald wir im Dom angekommen sind!«

Priscas Versuche, dem festen Griff des Soldaten zu entkommen, waren zwecklos. Der Mann lachte lediglich und schleppte sie wie einen Sack voll Mehl durch das Getümmel. Einige seiner Kameraden, die soeben ein paar Handwerksgesellen in die Flucht geschlagen hatten, sprangen herbei und gaben ihm mit ihren Lanzen Geleitschutz.

»Na, wohin willst du mit dieser Wildkatze?«, hörte Prisca einen von ihnen rufen, worauf die anderen Knechte in Gelächter ausbrachen. »Hast wohl Beute gemacht, Rodeger?«

»Wo denkst du hin, das ist die Ärztin, die ich holen sollte«, gab der Lange zur Antwort. »Abel Georgen hat es erwischt. Ich hoffe für das Weib, dass er inzwischen nicht verblutet ist.«

Prisca biss sich auf die Lippen, um ihre Wut nicht in den grau verhangenen Winterhimmel zu schreien. Nie zuvor hatte sie sich so geschämt. Nicht nur, weil ihre Nase nur einen Fingerbreit über dem Gesäß des groben Klotzes schaukelte, sondern weil sie vergessen hatte, warum sie eine Heilerin hatte werden wollen: um für jeden da zu sein, der ihre Hilfe brauchte. War es da nicht kindisch, sich vor einem Kreuz an der Mauer und einem Weihwasserbecken zu fürchten? Und die unten in der Krypta bestatteten Kaiser des Römischen Reiches würden gewiss nicht ihren Sarkophagen entsteigen, nur weil eine Jüdin ihre geweihte Stätte betrat.

Als sie im Inneren des Doms angekommen waren, setzte der Knecht sie ab. Grollend ließ sie sich von ihm durch das gewaltige Kirchenschiff führen, wobei jeder ihrer Schritte von den hohen Wänden widerhallte. Prisca schaute sich neugierig um. Sie hatte zwar beschlossen, sich nicht von der imposanten Architektur des fremden Gotteshauses beeindrucken zu lassen, doch da sie noch nie in einem so riesigen Gebäude gewesen war, fiel ihr das schwer. Ein wenig erinnerte die romanische Strenge und Nüchternheit des Ortes sie an die Mauern der *Schul*, in der ihr Onkel betete. Man erzählte sich im Viertel, dass die Synagoge einst von den Dombaumeistern und deren Handwerkern geplant und errichtet worden sei. Ungewohnt war für sie jedoch der würzige Geruch, der hier in der Luft lag.

Weihrauch, folgerte Prisca und unterdrückte den Drang, einen tiefen Atemzug zu nehmen. Sie hatte in Avicennas medizinischem Werk etwas über das kostbare Harz gelesen und wusste daher, dass der berühmte Arzt es zur Behandlung verschiedener Leiden empfahl. Zu ihrem Bedauern reichten ihre Mittel nicht aus, um sich eine Kostprobe davon zu beschaffen. Sie blieb stehen. Wo mochten die Christen das Harz wohl verwahren? Hier im Dom?

»Dort rüber«, befahl der Waffenknecht plötzlich und deutete auf eine Seitenkapelle, vor der ein blonder Mann im wallenden Gewand eines Kapitelherrn betend auf und ab lief. Als er Priscas Schritte hörte, drehte er sich jäh um und bedachte sie mit einem wütenden Blick.

»Warum hat das so lange gedauert? Fünfzehn Vaterunser habe ich inzwischen gesprochen und alle Heiligen angerufen, die den Blutfluss aufhalten. Einschließlich der heiligen Cäcilie und des heiligen Jakob.« Der Geistliche war noch jung, Prisca schätzte ihn auf etwa fünfundzwanzig Jahre, doch sah er mit seinen abstehenden Ohren und dem struppigen Haar, das um die Tonsur nach allen Seiten abstand, wie ein vorwitziger Klosterschüler aus. Diesen für ihn sicher unglückseligen Umstand suchte er durch fortwährendes Stirnrunzeln und hektische Gebärden auszugleichen.

»Verzeiht, Herr Dechant«, sagte der Waffenknecht mit einer leichten Verbeugung. »Es war nicht leicht, die Ärztin zu überreden, mir zu folgen. In der Stadt herrscht schließlich Aufruhr.«

»Wen der ehrwürdige Bischof zu sich bestellt, hat sich zu fügen, denn wir alle sind in Gottes Hand«, verkündete der Domherr wichtigtuerisch. »Ich bin übrigens Aribert von Bühel. Du hast meinen Namen gewiss schon gehört, Mädchen. Er hat Gewicht in Speyer.«

»Man sagte mir, dass Ihr meine Hilfe braucht«, erwiderte Prisca, entschlossen, sich von dem Dechanten nicht einschüchtern zu lassen.

»Der Leibarzt unseres neuen Bischofs hält sich noch in Mainz auf und wird erst in drei Tagen in Speyer erwartet. Einen städtischen zu rufen kommt nicht in Frage. Folge mir, Tochter!«

Prisca mochte den Mann nicht, aber eine innere Stimme riet ihr, ihn sich nicht zum Feind zu machen. Wie es aussah, hatte der Dechant in diesen kalten, zugigen Räumen wirklich etwas zu sagen, obwohl er nicht der Bischof war. Wusste sie sich ausgerechnet im Heiligtum der christlichen Männer nicht zu benehmen, würde man sie rascher einsperren, als sie brauchte, um sich das Mieder zu schnüren. Wer sollte sich dann um ihren heimlichen Patienten in der Kammer hinter dem Judenspital kümmern?

Die Verwundeten, zu denen man sie schließlich brachte, lagen hinter einem Rundbogen der kleinen Kapelle, in der eine Handvoll Wachskerzen auf spitzen Eisendornen dem Bildnis einer Steinfigur Licht schenkte. Prisca fühlte sich beklommen unter dem Blick dieser leblosen Frau. Wer mochte sie sein? Eine der sogenannten Heiligen? Oder gar die Mutter des Christengottes? Angeblich war die eine Jüdin wie sie gewesen. Vielleicht machte es ihr dann nichts aus, wenn Prisca zu ihren Füßen die Wunden dieser Männer behandelte.

In ruhigem Ton bat sie den Waffenknecht, der an der Tür der Kapelle stehen geblieben war, um eine Schüssel Wasser und saubere Tücher.

»Warum habt ihr die beiden nicht längst aus dem Dom geschafft?«, nörgelte der Dechant, der mit gefalteten Händen vor dem Marienbildnis kniete. »*Ecclesia abhorret a sanguine!* Aber ich darf wohl nicht damit rechnen, dass eine Jüdin Latein versteht.«

»Die Kirche schreckt vor Blutvergießen zurück«, übersetzte Prisca. »Die lateinische Sprache wurde mir schon als kleines Mädchen beigebracht, weil ich …« Sie sprach nicht weiter. Der Mann begann ihr auf die Nerven zu gehen, daher wollte sie ihm nichts von Avicennas *Canon Medicinae* verraten, der einst in irgendeinem Kloster abgeschrieben worden war. Prisca hatte keine Ahnung, wer es ihrer Mutter gegeben hatte, aber das war auch nicht wichtig. Nun gehörte es ihr allein.

»Ich finde es übrigens höchst ehrenwert, dass die Kirche vor Blutvergießen zurückschreckt«, sagte sie schließlich. »Als Heilkundige wünsche auch ich mir, dass die Verwundeten nicht verbluten.« Sie nahm eine Kerze vom Altar und stellte sie zwischen die verletzten Männer, die vor Erschöpfung und Blutverlust das Bewusstsein verloren hatten. Dem älteren, einem stämmigen Burschen mit grauem Vollbart, hatte der Hieb einer Sense Harnisch und Wams zerfetzt und eine Schnittwunde schräg unterhalb des Brustbeins geschlagen. Prisca biss sich auf die Lippe. Sie würde für den Ohnmächtigen tun, was in ihrer Macht lag. Viel war das leider nicht. Ein fester Druckverband hielt möglicherweise die Blutung auf. Packte den Mann aber das Wundfieber, halfen nur noch Gebete.

Größere Hoffnung hatte sie für den anderen Verwundeten, der zwar auch nicht auf ihren Zuruf reagierte, dafür aber nur aus einer einzigen Stichwunde am linken Oberschenkel blutete, den sie sogleich abband. Auf seiner Stirn schwoll eine dicke Beule in Form eines Tropfens an, die den Jungen Priscas Einschätzung nach jedoch kaum umbringen würde. Eine Verletzung des Genicks und Rückgrats durfte sie zum jetzigen Zeitpunkt jedoch nicht ausschließen, das wäre ebenso unverantwortlich gewesen, wie den schmächtigen Körper zu bewegen. Die beiden Männer hatten sich auf der Flucht vor dem wütenden Pöbel mit letzter Kraft in den Dom geschleppt, so verdienten sie auch, an Ort und Stelle verarztet zu werden. Diese Meinung schien auch der Bischof zu teilen, warum sonst sollte er seinen Knecht ausgeschickt haben, um eine jüdische Ärztin in den Dom zu holen.

Da der bärtige Waffenknecht ihre vordringliche Hilfe benötigte, nahm sie ein kleines Messer aus ihrem Korb und schnitt damit das Wams auf. Inzwischen war der Waffenknecht Rodeger mit einer Schüssel aufgetaucht, die er neben Prisca auf dem Boden abstellte. Behutsam wusch sie die Wunde mit Wasser und Wein, bevor sie sie näher in Augenschein nahm. Sie konnte nur hoffen, dass die Brustschlagader nicht verletzt war, denn dann bestünde die Gefahr, dass der Mann innerlich verblutete. Prisca holte einen weiteren Schwamm aus ihrem Arzneikorb, den sie mit etwas Wasser befeuchtete und auf das Gesicht des Verletzten legte.

»Was machst du da, Weib?«, wollte der Domherr wissen. Er hatte sich von seinem Betstuhl erhoben. Seine Augen weiteten sich vor Schreck, als er ihr über die Schulter blickte.

»Keine Sorge, die Dämpfe des Opiums, vermischt mit einem Hauch von Schierling und der Mandragorawurzel, werden den Schmerz in seiner Brust lindern und verhindern, dass er zu sich kommt, während ich die Wunde zunähe.«

»Nähen willst du?« Aribert von Bühel wandte sich ab und bekreuzigte sich. All das Blut setzte ihm zu. Dazu die Ausdünstungen. Sich mit einer Hand Luft zufächelnd und die andere vor den Mund gepresst, hastete er zur Tür, wo er fast mit einem hünenhaften Mann zusammenstieß, der ihn unter dem Spott seiner Begleiter aus der Kapelle beförderte.

»Kotzt um Himmels willen nicht den Dom unserer verehrungswürdigen Jungfrau Maria voll«, schickte der Mann Aribert von Bühel hinterher, der die Kutte lüpfte und ächzend die schmalen Stufen zum Chor hinabeilte.

»Und ausgerechnet dieser Waschlappen steht dem Speyrer Domkapitel vor?« Bischof Emich betrat erhobenen Hauptes den Raum, beugte sein Knie flüchtig vor dem Altar und wandte sich dann den Verletzten zu. »Gott allein weiß, was werden wird, nicht wahr?«

Prisca glaubte nicht, dass die Frage ihr galt, beantwortete sie aber mit einem schüchternen Schulterzucken. Sie hatte sich nie darüber den Kopf zerbrochen, ob ein christlicher Bischof jung und schön sein durfte oder wie er sich zu benehmen hatte. Der verstorbene Sigibodo war ein magerer Greis voller Runzeln und brauner Flecke im Gesicht gewesen, dessen schlaffe Haut sie an bläuliches Ziegenleder erinnert hatte. Emich aber war ein Mann, den sich Prisca ohne jede Mühe auch mit Schwert und Schild in der Hand vorstellen konnte. Er stand in der Blüte seiner Jahre, schien vor Gesundheit zu strotzen und stellte seine Körperkraft ebenso zur Schau wie seine Männlichkeit. Mehr als seinen athletischen Körperbau beeindruckten Prisca jedoch seine weichen, vollen Lippen und die Lachfältchen um die Augen herum. Auf

Prunk schien der neue Bischof von Speyer wenig Wert zu legen. Zwar trug er am Finger den Ring als Zeichen seiner Bischofswürde, doch seine Tunika war ebenso schmucklos wie Mantel und Stiefel.

»Wenigstens war Dechant Aribert so klug, das Domkapitel zu beschwichtigen und uns den Dom zu öffnen«, gab ein weißbärtiger Greis zu bedenken, der offensichtlich zu Emichs engsten Vertrauten gehörte. »Der Mann mag mit der Sünde des Stolzes kämpfen, aber ich hörte, auf ihn sei Verlass. Er ist der Sohn eines einflussreichen Ritters.« Der Alte seufzte. »Ihr braucht Verbündete im Domkapitel, Herr, vergesst das nicht. Die Nachrichten aus anderen Bistümern sind nicht gerade ermutigend. Überall im Reich entzweien sich die Bürger der Städte und ihre geistlichen Hirten. Auch in Magdeburg, wo der ehrenwerte Burchard das Stift verwaltet, soll es zu heftigen Auseinandersetzungen zwischen ihm und den städtischen Patriziern gekommen sein. Falls Ihr Euch also entscheidet, den Weg des verstorbenen Sigibodo einzuschlagen, und bei der Wahl des neuen Königs Partei ergreift, könnten bald ähnliche Probleme auch auf Euch warten.«

Prisca hob den Blick und beobachtete, wie der Bischof seine Hand auf die Schulter des alten Mannes legte. Er schien über dessen Worte nachzudenken, schätzte die Lage aber anders ein. »Wir werden die Leute von Speyer überzeugen, dass sie nichts von mir zu befürchten haben«, sagte er freundlich. »Im Gegensatz zu Bischof Burchard liegt mir etwas daran, die Menschen und ihre Nöte kennenzulernen, so wie Christus und der heilige Franz von Assisi es uns lehren. Daher betrübt es mich, dass meine Ankunft die Bürger derart aufgebracht hat.« Er deutete auf die beiden Männer am Boden. »Dies hier ist ein schlechtes Omen, mein Freund. Wir hätten unser Recht, den Dom zu betreten, nicht mit Waffengewalt erzwingen dürfen.«

»Dann rate ich Euch, sofort das Domkapitel einzuberufen und

ihm vor Augen zu führen, dass Sigibodos Geist nicht länger durch die Flure und Hallen des Bischofspalasts geistert«, empfahl der Alte. »Macht dem Rat der Stadt ein Geschenk. Ihr wisst, dass er wütend auf Euch ist, weil er annimmt, Ihr würdet der hiesigen Geistlichkeit weiterhin den Handel mit Wein erlauben.«

Der Bischof bückte sich zu Prisca hinunter. Aufmerksam beobachtete er, wie sie aus einem schmalen Tonfläschchen Wein über einen Faden aus Pferdehaar schüttete und dessen Enden dann beidseitig durch die Öhre zweier spitzer Nadeln schob. Auch diese reinigte sie mit Wein. Den kritischen Blicken der um sie herumstehenden Männer ausgesetzt, begann sie, die Wunde mit flinken Stichen zu vernähen. Dabei prüfte sie von Zeit zu Zeit, ob die Augen des Mannes nach wie vor geschlossen waren.

»Kann ich vielleicht etwas tun, um mich nützlich zu machen?«, fragte der Bischof. Er schien ehrlich besorgt um seinen alten Waffenmeister.

»Betet für ihn«, empfahl Prisca und wünschte gleich darauf, sie hätte den Mund gehalten. Mit einem Bischof redete man nicht so. Das war respektlos und konnte zu Peitschenhieben führen. Emich von Leiningen schien jedoch keineswegs beleidigt zu sein.

»Du hast wohl recht, mein Kind. Jedermann sollte bei dem Handwerk bleiben, das er gelernt hat. *Episcopus in ecclesiam orat, sed medica laborat!* Der Bischof betet und lässt die Ärztin in Ruhe arbeiten.«

Prisca errötete. »So habe ich das … nicht gemeint«, stammelte sie. »Vielleicht fühlt Ihr den Puls Eures Dieners, während ich die Nadeln entferne und ein Wundpflaster auflege?«

»Gern. Abel hat mir so lange treu gedient, da halte ich es für meine Pflicht, bei ihm zu bleiben. Wer weiß, ob ich noch am Leben wäre, wenn er sich vorhin auf der Schwelle des Portals nicht vor mich geworfen hätte, als der Kerl mit der Sense auf uns eindrang. Er hat mich gerettet und du ihn.«

»Ob er wieder gesund wird, liegt in Gottes Händen, nicht in meinen«, wehrte Prisca ab und erschrak von neuem, weil sie es schon wieder gewagt hatte, den Bischof zu belehren. Doch auch dieses Mal gab Emich sich gleichmütig.

»Der Puls ist schwach, aber zu spüren.« Behutsam faltete er die Hände des Waffenmeisters, dann erhob er sich und rief den Mann herbei, der Prisca zum Dom gebracht hatte. »Wurde der Pöbel schon zerstreut, Rodeger?«, fragte er den Soldaten. »Können wir es wagen, zu meinem Haus zu gehen? Ich möchte die Männer ungern länger hier auf dem Steinboden liegen lassen. Sie sollen sich im Bischofspalast erholen.«

Rodeger neigte den Kopf. »Wenn Ihr erlaubt, Herr, werde ich ein paar Knechte mit Tragen kommen lassen. Vorausgesetzt, wir dürfen die Verwundeten schon transportieren.«

Die Frage galt Prisca, die mit einer blank geriebenen Zinnscheibe die Atmung ihres Patienten kontrollierte. Der Schlafschwamm war nur schwach dosiert gewesen, dennoch hatte er seinen Zweck erfüllt. Ihren Berechnungen nach musste der Ohnmächtige in Kürze wieder bei sich sein. Um seine Schmerzen zu lindern, suchte sie in ihrem Korb Kräuter zusammen, die sie auf ihren Spaziergängen am Rhein gesammelt hatte. Sie gab getrocknete Blüten und Blätter von Blutwurz, Hirtentäschel und Ehrenpreis auf einen Streifen weißes Leintuch, das sie vorher mit einer dünnen Schicht Harz eingestrichen hatte, und legte das Pflaster vorsichtig über die Naht.

»Hast du einen Wunsch, den ich dir für deine Hilfe erfüllen kann?«, fragte der Bischof, als sein Waffenmeister schließlich verbunden war. »Ich stehe tief in deiner Schuld.«

Prisca wollte schon den Kopf schütteln, als ihr plötzlich ein Einfall kam. »Weihrauch«, sagte sie schüchtern. »Ein wenig Weihrauch, so wie es unten vor Eurem Altar verbrannt wird.«

Emichs Berater nahm den Dorn mit der Wachskerze vom Boden auf und stellte sie zurück auf den Seitenaltar. »Ich warne Euch, ehrwürdiger Herr, Ihr riskiert Euer Seelenheil, wenn Ihr der Jüdin ein Stück des heiligen Olibanum gebt«, raunte er seinem Herrn zu. »Wer weiß, was das Weib damit anstellt. Vielleicht braucht sie es, um gemeinsam mit ihren Leuten die heilige Messe zu verspotten? Sonderbar genug, dass ein junges Ding sich nicht scheut, ein blutiges Handwerk auszuüben, das unsere studierten Ärzte den Knochenrichtern und Steinschneidern überlassen.«

Bischof Emich spielte mit dem goldenen Ring an seinem Finger. Seine Miene verdüsterte sich. »Wofür brauchst du den Weihrauch?«

»Der große griechische Medicus Hippokrates schreibt dem Harz des Weihrauchbaums eine heilsame Wirkung bei der Wundheilung zu. Auch Frau Hildegard, die ehrenwerte Klosterfrau, die sich um die Heilkunde in diesem Land verdient gemacht hat, hat es bei Behandlungen mit Erfolg angewandt.« Prisca lockerte ihr Gebende, das viel zu straff unter ihrem Kinn saß. Wie alle Jüdinnen in Speyer trug sie den Schleier mit zwei eingewebten blauen Streifen, sobald sie das Haus verließ. Während die Anordnungen des päpstlichen Konzils aus dem Jahre 1215 zur Kenntlichmachung von Nichtchristen in vielen Teilen des Reiches nur nachlässig gehandhabt wurden, hatte der verstorbene Bischof Sigibodo stets großen Wert darauf gelegt, sie in seiner Stadt durchzusetzen. Weniger Eifer hatte er bei der Rückzahlung seiner Schulden an die jüdischen Pfandleiher an den Tag gelegt.

»Wirst du wieder nach meinem Waffenmeister sehen? Und auch nach dem anderen Mann? Ich kenne ihn nicht. Er ist ein Bote, der sich unserem Zug, aus Mainz kommend, angeschlossen hat, aber er geriet durch unsere Schuld mitten in das Handgemenge und verdient daher auch unsere Pflege!«

Prisca zögerte. Nach dem Dom sollte sie nun auch noch in den Bischofspalast gehen? Ihre Verwandten würden ihr Vorwürfe machen, wenn sie sich dem neuen Bischof andiente. Sowohl der Rabbi als auch ihr Onkel vertraten die Ansicht, dass es für die Juden von Speyer von Vorteil war, sich künftig nicht mehr auf die Seite des Bischofs, sondern auf die der Ratsherren zu schlagen. Prisca kannte die Zeit der blutigen Angriffe auf das Viertel von Altspeyer nur aus den Erzählungen der Alten. Zweiunddreißig Jahre waren vergangen, seit der Mob das letzte Mal die Häuser ihrer jüdischen Nachbarn und die Synagoge niedergebrannt hatte, aber noch immer stand in den Augen vieler von Priscas Glaubensgenossen die Angst, dass nur ein kleiner Funke genügte, um die mörderischen Gewalten von neuem zu entfesseln. Die Macht der Bischöfe, das hatte der heutige Aufruhr Prisca vor Augen geführt, reichte nicht mehr aus, um die Juden zu schützen. Mochten sie den geistlichen Herren auch noch so viele Geschenke machen oder ihnen Kredite gewähren – wo waren ihre Bewaffneten, wenn es gegen die Juden ging? Ja, vielleicht war es vernünftiger, sich stattdessen mit den Gilden der Kaufleute und den Zünften der Handwerker zu verbünden. Deren Einfluss wuchs, weil die Städte selbstbewusster wurden.

Andererseits waren die Augen des neuen Bischofs so sanft und schön, dass Prisca beinahe das Herz schmolz.

»Ich werde mich um die Verwundeten kümmern, solange Ihr das wünscht«, versprach Prisca schließlich.

»Na prächtig, dann wäre ja alles geklärt!« Bischof Emich lächelte zufrieden, als habe er alle Probleme seiner Amtszeit auf einmal beseitigt. »Dann sollst du deinen Weihrauch bekommen. Ich werde den Domdechanten anweisen, dir eine ausreichende Menge zukommen zu lassen.«

»Aribert von Bühel?«, warf Emichs Berater ein. Der Alte seufzte. »Er wirkte verärgert, weil Ihr eine Jüdin in seinen Dom geholt habt, Herr. Warum wollt Ihr ihn noch einmal demütigen?«

»In *seinen* Dom?« Zum ersten Mal, seit er die Kapelle betreten hatte, erhob der Bischof die Stimme. »Dieses Gotteshaus gehört weder dem Dechanten noch sonst irgendjemandem«, rief er zornig. »Es gehört den Gläubigen und allen, die Schutz und Beistand brauchen. Je eher der stolze Herr begreift, dass das Domkapitel sich seinem Bischof nicht widersetzen darf, desto besser.«

Stumm sah der hochgewachsene Mann zu, wie Prisca ihre Sachen zusammenpackte. Als sie sich vor ihm verbeugte, sagte er: »In einem Punkt muss ich dem alten Griesgram zustimmen. Du bist eine eigenartige Frau. Eine andere hätte sich vermutlich Geld gewünscht, Stoffe oder einen kostbaren Ring. Von wem hast du die ärztliche Kunst gelernt? Von deinem Vater? Lebt er in Speyer?«

Prisca erschrak, weil sie auf diese Frage nicht gefasst gewesen war. In der Siedlung Altspeyer fragte schon längst niemand mehr nach dem Unbekannten, mit dem die schöne Sara sich einst eingelassen hatte. Und die hatte das Geheimnis um Priscas Vater mit in ihr Grab genommen. Prisca war nichts anderes übriggeblieben als sich damit abzufinden, dass über ihrer Geburt ein Makel lag. Das Interesse des Bischofs kam ihr dennoch ungelegen.

Wieder musste sie an die verschlossene Kammer hinter dem Spital denken.

»Ich habe meine Kenntnisse im Haus des ehrenwerten Gelehrten Kalonymos ben Eliezer erworben, der vor Jahren einen reisenden Heilkundigen bei sich wohnen ließ«, sagte sie nach kurzem Zögern. »Er hat mir alles beigebracht, was er selbst in Granada über die Behandlung von Wunden und das Heilen mit Kräutern und Tinkturen gelernt hat. Den Rest fand ich in Büchern.«

Der Bischof machte ein nachdenkliches Gesicht, schien sich

aber mit ihrer Erklärung zufriedenzugeben, denn er stellte keine weiteren Fragen. Stattdessen hörte Prisca, wie er seinem Knecht Rodeger auftrug, den steinernen Napf vor dem Dom zum Zeichen seines Einzugs in die Stadt und als Geste der Versöhnung bis zum Rand mit Wein zu füllen.

»Das wird alle freuen, bis auf die Gastwirte«, brummte der Knecht.

Als Prisca sich gerade verabschieden wollte, schlug der schmächtige junge Mann mit der Beule am Kopf die Augen auf. Ein klägliches Stöhnen hallte durch die Kapelle.

»Schaut mich an«, bat Prisca mit sanfter Stimme. »Aber bewegt Euch nicht. Ihr habt einen Schlag auf den Kopf bekommen.« Rasch entkorkte sie eine Flasche aus ihrem Korb und flößte dem Benommenen einen kräftigen Schluck ein. Der junge Mann trank gehorsam, wobei Prisca aufpasste, dass er weder etwas verschüttete noch sich verschluckte.

»Kannst du uns deinen Namen nennen, Junge?«, fragte der Bischof sanft. Er war geblieben, um sich davon zu überzeugen, dass der Fremde außer Gefahr war.

»Wie ich hörte, führt dich ein Botendienst an den Rhein. Woher kamst du doch gleich?« Er überlegte kurz, dann schnippte er mit den Fingern. »Aus dem Osten, nicht wahr?«

Der junge Mann zögerte; er schien noch nicht bei sich zu sein, dennoch sagte er schließlich: »Nennt mich Secundus, ehrwürdiger Herr.«

»Secundus?« Er lachte amüsiert.

Prisca setzte dem Burschen noch einmal die Flasche mit dem schmerzlindernden Saft an die Lippen. Secundus. Einen so verrückten Namen hätte sie noch nie gehört. Vielleicht phantasierte der Junge ja doch, obwohl nichts darauf hindeutete, dass er Fieber hatte. Sein Blick war nicht glasig, und er reagierte, sobald er angesprochen wurde. So weit, so gut.

»Zu wem in der Stadt wolltest du, junger Freund?« Bischof Emich verschränkte die Arme vor der Brust. »Da du vor dem Dom verletzt wurdest, möchte ich dich gern entschädigen.«

Secundus winkte ab, wobei er sich gleichzeitig abmühte, auf die Beine zu kommen. Er stieß einen Schrei aus. »Mein Bein, heiliger Sebastian, steh mir bei! Ich kann es kaum bewegen!«

Prisca und der bischöfliche Waffenknecht sprangen sogleich herbei, um ihn zu stützen, ehe er wieder umfiel.

»Jammerlappen«, nörgelte der Waffenknecht. »So ein kleiner Kratzer!«

»Dein Bein wird schon heilen«, versprach Prisca, während sie den aufgelösten jungen Mann auf eine Steinbank drückte. »Ich habe die Stichwunde gesäubert, Kräuter aufgelegt und das Bein fest verbunden. Du solltest dir nun eine Herberge suchen und dort bleiben, bis die Wunde sich geschlossen hat.«

»Eine Herberge ist nicht sicher genug«, widersprach Emich von Leiningen. »Schließlich hat dieser junge Mann während des Handgemenges mit dem Pöbel zu den Bischöflichen gehalten. Es fehlte noch, dass ihm daraus in der Stadt ein Strick gedreht wird. Mein Waffenknecht wird ihn unter seine Fittiche nehmen und ihm einen Platz zum Schlafen geben, nicht wahr, Rodeger?«

»Wenn Ihr das sagt, Herr!« Rodeger wirkte nicht gerade begeistert.

»Ich muss meinen Auftrag erfüllen«, jammerte Secundus. »Danach verlasse ich die Stadt. Ich habe keine Zeit, mein Bein auszukurieren, denn mein Herr erwartet mich dringend zurück auf seinem Hof. Sagt mir doch bitte, wie ich zur Judengasse finde. Dort muss ich nämlich hin.«

Prisca glaubte, sich verhört zu haben. Hatte der junge Bursche tatsächlich nach dem Weg zum jüdischen Viertel gefragt? Was hatte er dort verloren? Ein Jude war er nicht. Der Bischof schien ebenfalls überrascht zu sein, denn er hob kurz die Augenbrauen.

»Mein Herr steht bei einem gewissen Abraham von Zabern in der Schuld, die er heute durch mich auf Heller und Pfennig zurückzahlen will, bevor das eingesetzte Pfand verfällt. Wenn Ihr also so gütig wäret, mir Abrahams Haus zu zeigen, wäre ich mehr als belohnt.«

Prisca atmete tief durch. »Zu Abraham von Zabern kann ich dich führen, denn ich wohne in seinem Haus«, sagte sie. »Er ist mein Onkel.«

Eine halbe Stunde später lieferte Rodeger sie und Secundus vor dem Fachwerkhaus ab, das Priscas Onkel gehörte. Es wurde im ganzen Viertel nur das Haus zum starken Stier genannt, weil ein gehörnter Ochsenkopf über dem Türsturz prangte. Durch die Läden fiel ein schwacher Lichtschein hinaus auf die Gasse. Eine Katze sprang fauchend auf das Butterfass des Nachbarn, eines Schlachters, und von dort auf dessen Vordach. Ein harter Wind brachte die Bäume jenseits der Mauer zur Synagoge zum Rauschen. Diese Nacht würde kalt werden, frostiger als die vorangegangenen. Vermutlich fiel bald Schnee.

»Mein Onkel hat den Namen Secundus nie erwähnt«, sagte Prisca. Fröstelnd hauchte sie in ihre Hände, die nach dem kurzen Fußmarsch durch die Gassen steif gefroren waren. Eigentlich fehlte ihr die Zeit, sich länger mit dem sonderbaren Fremden auseinanderzusetzen. Sie hätte längst im Spital sein müssen. Es gab zwar eine ältere Witwe namens Esther, die das Essen an die Kranken ausgab, doch die Zuverlässigste war sie nicht. Es war schon vorgekommen, dass Prisca sie schnarchend vor dem Herdfeuer vorgefunden hatte. Außerdem schlich Esther seit Wochen um die verschlossene Kammer herum, ja manchmal rüttelte und klopfte sie sogar leise an die Tür und lauschte, ob sich darinnen etwas regte. Dass Prisca in der Kammer einen Mann wohnen ließ, hatte sich inzwischen herumgesprochen. Der Rabbi und Priscas Onkel, dessen Geld das kleine Spital am Leben hielt, hatten Esther ins Gebet genommen und sie ermahnt, sich nur um ihre Arbeit zu kümmern. Aber Prisca ahnte, dass die Witwe ihre Neugier nicht mehr lange würde unterdrücken können. Sooft sie gezwungen war, das Spital zu verlassen, zitterte sie bei dem Gedanken, die Tür zur Kammer nach ihrer Rückkehr aufgebrochen vorzufinden. Sie hatte geschworen, dies zu verhindern, durfte sich aber nichts vormachen. Ihr Einfluss war begrenzt. Die Ältesten beschuldigten sie, Unruhe in die Gemeinde zu tragen. Ohne die Hilfe und die Verschwiegenheit ihres Onkels hätte sie die Kammer längst räumen müssen. Doch wie lange er sich noch gedulden würde, konnte sie nicht sagen.

Unbehagen und Kälte sorgten dafür, dass ihre Augen sich mit Tränen füllten. War es möglich, dass dieser Secundus ihretwegen nach Speyer gekommen war und nicht, um ein Pfand auszulösen? Als Rodeger gegangen war, half sie Secundus von seinem Gaul herunter. Plötzlich griff der nach ihrem Arm und sah sie eindringlich an.

»Ich habe Euch vorhin nicht die ganze Wahrheit gesagt!«

»Natürlich nicht!« Prisca zitterte. »Ich führe meinem Onkel die Bücher, seit ich lesen und schreiben kann. Darin steht nichts von einem angenommenen Pfand für einen Herrn aus dem Osten des Reichs. Ich weiß genau, warum Ihr gekommen seid. Habt Ihr sie bei Euch? Ich meine die … Münze?«

Secundus starrte sie an wie vom Donner gerührt. Gewiss hatte er nicht damit gerechnet, so unumwunden von einem fremden Mädchen auf seinen Botendienst angesprochen zu werden. »Ich darf die Münze nicht irgendjemandem geben«, raunte er ihr zu. »Und schon gar nicht auf der Gasse, wo uns jeder sehen kann.«

Das klang plausibel. Priscas Herz klopfte, und sie fühlte sich, als würde ein Märchen wahr. Wie oft hatte sie während des langen Winters am Bett des Mannes von der Münze gehört, die ihm eines Tages geschickt werden würde. Zunächst hatte sie die Geschichte nicht geglaubt. Sie hatte gedacht, er rede im Fiebertraum, doch dann wurden seine Worte deutlicher. Als er erwachte und das Fieber sank, stritt er ab, von der Münze jemals etwas gewusst zu haben, aber sie hatte immer wieder davon angefangen. Zuletzt hatte er sie ins Vertrauen gezogen und sie gebeten, Augen und Ohren offenzuhalten.

»Sobald ein Bote in die Judengasse kommt, der dir sonderbar vorkommt, führe ihn zu mir«, hatte er Prisca aufgetragen. »Aber kein Wort an die Sippschaft, das musst du mir schwören.« Prisca hatte es geschworen und dafür gesorgt, dass ihr heimlicher Gast im Spital bleiben durfte. Nun sah es so aus, als ob die Zeit des Wartens und Bangens zu Ende war.

Prisca überredete Secundus, das Pferd zurückzulassen und sich auf sie zu stützen, um die wenigen Schritte vom Haus des Abraham von Zabern hinüber zum Spital zurückzulegen. Das war beschwerlich, dafür blieben sie unauffällig. Niemand kreuzte ihren Weg. Die Läden der meisten Fenster waren zugeschlagen, einige gar vernagelt. Die Nachricht vom Aufruhr auf dem Domplatz hatte die Judengasse wie ein Lauffeuer erfasst, daher hatten die meisten Bewohner ihre Verkaufs- und Rechentische in die Stuben gebracht und die Türen verrammelt. Wer konnte schon wissen, ob der Ärger der Leute vom Wein des Bischofs besänftigt werden oder nicht vielleicht nach anderen Opfern Ausschau halten würde.

Im Spital war es still, nur eine einsame Kerze brannte in der Krankenstube. Soweit Prisca wusste, waren zwei Betten belegt, was ungewöhnlich wenig war bei diesem feuchten, kalten Wetter. Der kleine Aaron, Sohn eines entfernten Vetters vom unteren Tor, lag seit dem letzten Sabbat mit heftigen Leibkrämpfen danieder, und eine ältere Frau von auswärts, die mit Garn handelte, klagte über einen Husten in der Brust, der einfach nicht von ihr weichen wollte. Da sie allein lebte, zog sie das Spital neben dem Bethaus ihrer ungeheizten Hütte vor.

Auf Zehenspitzen winkte Prisca den Boten durch die kleine Kräuterkammer, wo das Feuer nur noch schwach in der Asche glühte. Unter ihren Füßen raschelte Stroh, das heute eigentlich gegen frisches hätte ausgewechselt werden sollen.

Esther hat wieder vergessen einzuheizen, dachte Prisca grimmig. Oder sie hatte die dafür vorgesehenen Klafter Brennholz mit nach Hause genommen. Saubergemacht hatte sie auch nicht, nicht einmal die Eimer und Schüsseln waren geleert. Wann, bei Moses Stab, schafften ihr die Ältesten nur dieses pflichtvergessene Weib vom Hals? Es gab andere im Viertel, die diese Arbeit liebend gern übernommen hätten. Prisca nahm sich vor, die Vorratskammer des Spitals zu kontrollieren, sobald sie dafür Zeit fand.

Vor der Tür des kleinen Anbaus aus Lehmziegeln blieb sie stehen, weil sich in ihr plötzlich Zweifel regten. Hätte sie den Boten nicht erst einmal drüben im Haus warten lassen und allein in die Kammer gehen sollen? Was, wenn sie sich doch in diesem Secundus irrte?

Wie um ihre Zweifel zu zerstreuen, griff der junge Mann plötzlich in sein Wams und trennte mit einem heftigen Ruck den Stoff auf. Als er seine Faust öffnete, lag darin eine Goldmünze.

»Überzeugt dich das, Ärztin?«, fragte er. »Glaub mir doch, ich wurde wirklich von Thomas Lermond in diese Stadt geschickt. Das schwöre ich beim heiligen Damian, der den Ärzten hilft.«

Prisca gab sich geschlagen. Es hatte wohl doch alles seine Ordnung. Sie hob die Hand, um fünfmal anzuklopfen, so wie sie es verabredet hatten, damit der Mann in der Kammer wusste, wer vor seiner Tür stand. War jemand bei ihr, sollte ein zusätzlicher Schlag gegen das Holz ihn warnen. Doch Secundus war schneller und packte ihren Arm. Überrascht starrte sie ihn an. Was hatte das nun bedeuten?

»Bevor ich eintrete, will ich wissen, was der Mann, dem ich die Münze überbringen soll, bei euch Juden zu schaffen hat.« Sein Griff wurde härter. Um Prisca am Schreien zu hindern, legte er ihr die andere Hand auf den Mund.

»Du willst ihn doch retten, nicht wahr? Du willst ihn vor seinen Feinden schützen?«

Prisca antwortete mit einem Augenblinzeln.

»Warum? Warum ausgerechnet du?« Er nahm seine Hand von ihrem Mund, doch sie war gewarnt und schrie nicht. Stattdessen funkelte sie ihn nur wütend an. Was glaubte dieser Kerl, wer er war? Sie hatte ihn verarztet, und zum Dank dafür spielte er sich hier auf.

»Du willst wissen, warum ich ihn hier verstecke?«, zischte sie. »Einen Templer, der von seiner eigenen Kirche verraten und verkauft wurde?« Sie holte tief Luft. »Sei froh, dass er zu schwach ist, um dir für deine Frechheit sein Schwert in den Bauch zu rammen. Er würde es, ohne mit der Wimper zu zucken, tun, um mich zu verteidigen. Weil ich …«

»Weil du …was?«

Sie drehte sich um und klopfte fünfmal an die Tür.

»Weil ich seine Tochter bin!«, sagte sie und schlug krachend den Riegel zurück.

MARK BRANDENBURG, FEBRUAR 1314

Adam von Pirrlingen machte gute Miene zum bösen Spiel, innerlich aber schäumte er vor Wut. Seit er mit den Bewaffneten des Bischofs von Magdeburg aufgebrochen war, ging ihm die junge Agnes von Vitzenburg mit ihren tausend Befindlichkeiten auf die Nerven.

Das erste Mal hatte sie ihren Reisewagen hinter Groß Ammensleben anhalten lassen, mitten in der Magdeburger Börde, weil ihr von der Schaukelei über die schlechten Landstraßen übel geworden war. Aus der Herberge war sie am Abend schreiend geflüchtet, weil sie im Bett eine Wanze gesehen haben wollte. Am nächsten Morgen hatte sie die Bischofsknechte nach einer verschwundenen Brosche suchen lassen, bis ihr eingefallen war, dass sie sie in Magdeburg gelassen hatte. Nun machte sie die Männer wegen eines angeblich drohenden Achsenbruchs scheu.

»Das Rad wird nicht brechen«, erhob Adam von Pirrlingen Einspruch, als Agnes ein Pferd für sich verlangte. Zum Beweis trat er wutentbrannt gegen die Achse. »Seht Ihr, alles heil. So, wie es sein sollte.«

»Was versteht Ihr davon?« Agnes von Vitzenburg schüttelte ungnädig den Kopf. »Ihr seid Mönch und kein Stellmacher.«

»Und Ihr, meine Liebe, versteht Euch nur auf eine einzige Sache, und die sollte eigentlich dem Ehestand vorbehalten sein.«

Einen Augenblick lang verschlug es Agnes die Sprache. Dann kochte der Ärger in ihr über. »In Magdeburg würde ich Euch Stockhiebe geben lassen. Wie kann ein dahergelaufener Pfaffe es wagen, so mit einer Edelfreien zu sprechen?«

»Beschwert Euch doch beim Bischof über mich«, schlug Bruder Adam ungerührt vor. »Aber das könnt Ihr nicht, habe ich recht? Weil er Euch nämlich satthat. Was glaubt Ihr, warum er Euch in diese Einöde verbannt? Er will Euch nicht mehr sehen, und je länger ich Eure Gegenwart ertragen muss, desto besser verstehe ich auch, warum.«

Agnes wurde blass. Die Jahre im Bischofspalast mochten sie verwöhnt haben, doch sie war nicht so dumm zu glauben, dass Burchard sie in die Mark Brandenburg schickte, damit sie dort ihrem künftigen Gemahl begegnete. Hilflos blickte sie sich nach ihren Dienerinnen um, die sich bei den ersten Anzeichen des Streits mit dem Mönch ins Innere des Wagens verzogen hatten. Hier draußen in der Wildnis gab es keine Menschenseele, die zu ihr hielt.

»Ich will nicht auf diesem Gutshof versauern«, sagte sie schließlich kleinlaut. »Das kann mein Verwandter mir nicht antun.«

Adam von Pirrlingen verzog abschätzig den Mund. Na bitte, nun hatte er das freche Weib am Ende doch noch weichgeklopft. Sie würde gehorchen lernen, dafür würde er sorgen. Zum ersten Mal seit ihrer Abreise nahm er sich Zeit, die junge Frau zu mustern. Sie war hübsch, das musste er zugeben. Ihr schwarzes Haar war zu einem dicken Zopf geflochten, der über Schulter und linke Brust fiel. Ein vornehmer Mantel mit weiter Kapuze aus Biberpelz schützte sie vor der grimmigen Kälte. Als er an all die mit Perlen und Goldfäden bestickten Cotten und Surcots in Agnes' Truhe dachte, an die Wandbehänge, Silberkelche und Brokatkissen, die sie aus der Magdeburger Bischofsburg mit auf die Reise genommen hatte, überkam ihn ein so heftiger Groll gegen die junge Frau, dass er sie am liebsten geschlagen hätte. Doch er rührte sie nicht an. Es gab andere Mittel, den Hochmut einer Frau zu brechen. In der alten Komturei der Templer gab es meilenweit niemanden, der ihn dabei stören würde, wenn er diese

Frau in die Knie zwang. Zu diesem Zweck musste er sie zunächst aber in Sicherheit wiegen.

»Ihr solltet Euch besser in Euer Schicksal fügen, meine Tochter«, sagte er in sanftem Tonfall. »Das Gut, das Euer Vormund für Euch auswählte, liegt zwar recht einsam in den Wäldern, aber dafür könnt Ihr Euch dort ganz Euren neuen Pflichten widmen.«

Agnes runzelte argwöhnisch die Stirn. »Welchen Pflichten?«

»Ich spreche von der Buße, die Euch auferlegt wurde, Agnes.« Adam von Pirrlingen lächelte. »Bischof Burchard, dem Eure Seele am Herzen liegt, hat mich angewiesen, persönlich darüber zu wachen, dass Ihr den Weg der bußfertigen Sünderin ebenso geduldig beschreitet wie einst die reuige Maria Magdalena.«

Agnes entglitten die Gesichtszüge. »Als Sünderin bezeichnet er mich? Ausgerechnet er?«

»Wie würdet Ihr ein Weib nennen, das einen frommen geistlichen Herrn verführt und damit seine unsterbliche Seele an den Abgrund der Hölle geführt hat?«, höhnte Adam ohne Mitleid. »Wenn Ihr bereut, könnt Ihr eines Tages Vergebung empfangen. Nur dann werden der Bischof und Eure Familie Euch wieder in Gnaden aufnehmen und standesgemäß verheiraten. Weigert Ihr Euch aber, die Buße anzunehmen, werden Eure Verwandten für Euch die Totenmesse lesen lassen. Dann seid Ihr nämlich für sie und für den Bischof gestorben und könnt Euer Glück von mir aus bei Spielleuten oder in einem Hurenpferch suchen.«

»Heilige Muttergottes, nur das nicht!«

»Es liegt an Euch.« Zufrieden beobachtete Bruder Adam, wie Agnes von Vitzenburg in ihrem Biberpelz versank. Sollte sie sich ruhig noch ein Weilchen an dem kostbaren Stück erfreuen. Er würde es ihr nehmen, sobald sie auf dem Tempelhof angekommen waren. Den Mantel wie auch den übrigen Tand, den sie bei sich hatte. Die Sachen würde er verkaufen, den Erlös großzügig den Armen geben. Dafür würde das hungernde Volk ihn lieben und ihm alles über den Mann sagen, den er suchte. Bruder Adam grinste. Mit Speck fing man bekanntlich Mäuse.

Stumm stand Agnes vor dem großen Wagenrad und sah zu, wie die bischöflichen Knechte den Bierkrug kreisen ließen. Die Burschen waren froh über die Rast, die Agnes ihnen verschafft hatte. Aber wie dankten sie es ihr? Frech grinsten sie sie an und machten obszöne Gesten in ihre Richtung. Sie witterten ihre Machtlosigkeit wie Füchse die Gans. Erst als Agnes eine ihrer Dienerinnen in höchster Not schreien hörte, zerbrach die Schale aus Angst und Verzweiflung, in die Adam von Pirrlingens düstere Prophezeiung sie gesperrt hatte. Sie raffte den Saum ihres Gewandes und lief um den Wagen herum. Entsetzt sah sie, wie zwei Bischofsknechte über ihre Zofe herfielen. Die Männer zerrten sie an den Haaren vom Wagen und schleiften sie grob auf den Waldrand zu. Agnes von Vitzenburg blickte sich hilfesuchend nach dem Mönch um.

Das darf nicht sein, dachte sie. Ich träume das. Niemals würde ein Bevollmächtigter des Bischofs eine Schandtat dulden. Doch Adam von Pirrlingen war wie vom Erdboden verschluckt. Dann musste sie eben selbst handeln.

Außer sich vor Wut nahm Agnes eine Reitpeitsche und stürmte damit den Knechten und ihrem zappelnden Opfer hinterher, geradewegs über das brachliegende Feld. Vielleicht rechnete der Herrgott es ihr an, wenn sie sich schützend vor die Zofe stellte.

»Lasst das Mädchen los«, schrie sie die Männer an, als sie sie endlich eingeholt hatte. Sie holte weit aus und zog einem der Knechte die Peitsche über das Gesicht. Ein Schmerzensschrei hallte über das kahle Feld.

»Das war ein Fehler, Metze«, drohte er. Mit den Fingern tupfte er sich über den feuerroten Striemen, der seine Wange in zwei Hälften teilte. »Siehst du, was du getan hast? Dafür wirst du bezahlen!«

Sein Kamerad hielt Agnes' Dienerin fest und befahl ihr flüsternd, dabei zuzusehen, wie sich sein Freund ihre Herrin vornahm.

»Wag es nicht, mich anzurühren!« Agnes' Hand zitterte, als sie die Peitsche schwang. Sie war bereit, sich zu verteidigen, doch gegen einen im Kampf erprobten Soldaten kam sie nicht an. Nach einem kurzen Handgemenge riss der Angreifer ihr die Peitsche aus der Hand und warf sie seinem Kameraden vor die Füße. Der hob sie mit einem schmierigen Grinsen auf.

»Na, was meinst du? Hat die Bischofshure nicht eine kleine Abreibung verdient? Ich habe gehört, wie der Mönch zu ihr sagte, sie solle Buße für ihre Sünden tun. Dazu gehört auch, dass sie gezüchtigt wird. Wir können ja gleich einmal damit anfangen!« Sein Griff um die Peitsche in seiner Hand wurde fester.

»Auspeitschen? Aber sie ist eine Edelfreie. Sie hat mächtige Verwandte …«

»Die sind heilfroh, wenn die feine Dame ihnen nicht mehr auf der Tasche und dem Gewissen liegt.« Er zog prüfend am Leder der Reitpeitsche. Dann befahl er seinem Begleiter, Agnes den Mantel herunterzureißen und ihr mit ihrem eigenen Gürtel die Hände zu fesseln.

Agnes versuchte sich auf ein Gebet zu besinnen. Ich habe nur helfen wollen, dachte sie. Warum werde ich so gestraft? Sie war wie gelähmt, als der Bischofsknecht auf sie zukam. Sie kannte ihn seit Jahren. In der Magdeburger Burg war er stets höflich und respektvoll zu ihr gewesen, wenn sie ihm auf der Treppe oder im großen Saal begegnet war.

»Bitte nicht«, presste sie voller Angst hervor. »Ich gebe dir Geld, wenn du mich gehen lässt. So viel du willst. Oder Schmuck? Einen Ring aus purem Gold habe ich. Und eine Halskette mit Edelsteinen besetzt. Sie ist noch wertvoller …«

»Spar dir das Gewinsel, Weib«, spottete der Knecht mit der Peitsche. »Wir wissen, dass dein Hurenlohn dir nicht mehr gehört. Auf Befehl des Bischofs wird jedes einzelne Stück, das er dir gab, zurück nach Magdeburg gebracht, sobald du auf dem Tempelhof bist.« Er lachte gehässig. »Du bist bettelarm, edle Frau.«

Agnes wurde schwarz vor Augen. Was behauptete der Kerl? Arm sollte sie sein? Der Bischof, der ihr die Jugend gestohlen, ihren Namen entehrt und sie zuletzt auch noch unter einem Vorwand aus der Stadt vertrieben hatte, ließ ihr offensichtlich nicht einmal die Habseligkeiten, für die sie mit ihrer Ehre und ihrem Gewissen bezahlt hatte. Anstatt ihr Schutz zu bieten, überließ er sie nun auch noch Männern wie dem Mönch von Pirrlingen und seinen heimtückischen Schergen. Agnes presste die Lippen zusammen. Nie zuvor hatte sie Burchard mehr gehasst als in diesem Moment. Gott vergib mir, aber ich werde ihn töten, dachte sie. Eines Tages werde ich nach Magdeburg zurückkehren und ihn töten.

Langsam sank sie auf die Knie und streckte die Hände aus. Es hatte keinen Sinn, sich zu wehren. Hilfe würde nicht kommen.

Ihre Dienerin begann zu schluchzen. Vermutlich dachte sie daran, was ihr blühte, sobald die Männer von ihrer Herrin abgelassen hatten.

»Mach schon«, drängte der Kerl mit der Peitsche ungeduldig. »Und sieh zu, dass du die Cotte des Weibs nicht zerreißt. Fehlt noch, dass Bruder Adam misstrauisch wird.«

Kaum hatte er ausgesprochen, wurde sein Freund mit Wucht von den Füßen gerissen. Mit einem erstickten Laut fiel er auf den Rücken; Blut spritzte in hohem Bogen aus seinem Mund. Agnes blickte auf und sah den Bolzen einer Armbrust aus dem Leib des Knechts ragen. Er zuckte noch einige Male, dann rührte er sich nicht mehr.

»Räuber«, brüllte der andere überrumpelt. Er warf die Peitsche davon, zog sein Schwert und drehte sich, die Umgebung absuchend, im Kreis.

Agnes' Dienerin kreischte wie von Sinnen, als sich das Gebüsch, vor dem sie kauerte, teilte und ein hochgewachsener Mann in einem zerrissenen Kittel an ihr vorbeilief. Sein Gesicht war voller Schlamm, am Körper hafteten Zweige und Blätter. Rasch drückte Agnes das Mädchen gegen einen Baum und schlang die Arme um sie. Dann sah sie zu, wie der Fremde, der auch mit einem Schwert bewaffnet war, zielstrebig auf den Bischofsknecht zuging und ihn zum Kampf herausforderte. Seinem verfilzten Haar nach, dem ungepflegten Bart und dem geschwärzten Gesicht, war er ein Köhler oder Waldbauer. Agnes hielt die Luft an; ihre Nägel bohrten sich vor Aufregung tief ins eigene Fleisch. Wer bei allen himmlischen Engeln war dieser Mann, und warum half er ihr?

Der Fremde schien etliche Jahre älter als der Bischofsknecht, und vermutlich hatte er lange nicht gekämpft, denn er schnaufte bei jedem Schlag, den er parierte, und der Schweiß floss ihm in Strömen die Schläfen herunter. Dafür verstand er es besser als sein Gegner, seine Kräfte zu schonen, und er schien Finten und Kniffe zu kennen, die ihm bald schon einen gewissen Vorteil bescherten. Unnachgiebig schwang er sein Schwert, vollführte Drehungen und Ausfallschritte und drängte den Waffenknecht so Stück um Stück zurück, tiefer in den Wald hinein.

Von fern zerriss ein Horn den Klang der aufeinandertreffenden Schwerter. Es mahnte zum Aufbruch. Gleichzeitig hörte Agnes Männerstimmen. Man rief nach ihr. Heilige Jungfrau Maria, betete sie stumm, lass den Fremden siegen, sonst wird der Knecht mich töten. Im nächsten Moment sah sie den Fremden rücklings über eine Wurzel stolpern. Er verlor den Halt und fiel zu Boden. Der Waffenknecht zögerte nicht und sprang auf seinen Gegner zu, um ihm den Todesstoß zu versetzen. Doch im letzten Augenblick schnellte der Oberkörper des Fremden hoch und jagte seinem Angreifer das Schwert bis zum Heft in den Leib.

Agnes schlug die Hand vor den Mund, als der Mann nur zwei Schritte von seinem Kameraden entfernt zusammenbrach. Hastig sprang der Fremde auf. Ein flüchtiger Blick streifte Agnes, die in Gedanken der Gottesmutter eine Kerze von zwei Pfund für ihre Rettung versprach.

»Wer seid Ihr?« Hastig säuberte er sein Schwert im Gras. »Und warum wollten diese Hunde Euch ans Leder?« Die Stimmen der Männer, die mit Fackeln über die Felder eilten, sagten ihm, dass es hier von Bewaffneten bald nur so wimmeln würde. Agnes konnte gut verstehen, dass ihr Retter nur wenig Lust verspürte, ihnen zu begegnen.

»Ich bin Agnes von Vitzenburg, unterwegs zu einem Flecken, der Tempelhof genannt wird.« Der Mann hob erstaunt die Augenbrauen.

»Kennt Ihr den Tempelhof?«

»Eine Handelsniederlassung, um die Markgraf Waldemar von Brandenburg und der Bischof von Magdeburg streiten. Ich habe dort einst gelebt.« Er deutete mit dem Schwert auf die toten Knechte. »Das da sind Bischöfliche, nicht wahr? Der Teufel soll sie holen.«

Dem konnte Agnes nicht widersprechen, dennoch bekreuzigte sie sich. Was würde Bruder Adam sagen, wenn er sie ohne Mantel zwischen den Leichen fand? Erfreut würde er nicht sein. Sicher hätte er es lieber gesehen, wenn sie sich als Zeichen der Bußfertigkeit von den Rüpeln hätte erschlagen lassen. Dann würde sie ihm nicht mehr zur Last fallen.

»Wie können die Ritter von Vitzenburg und Mansfeld eine Angehörige ihres Geschlechts nur ohne Schutz über Land reisen lassen? Noch dazu um Mariä Lichtmess herum, wenn es nachts noch gefriert und sich düstere Gestalten herumtreiben?«

Agnes öffnete erstaunt den Mund. Der Mann mochte zum Fürchten aussehen, aber er besaß höfische Manieren, die auf eine ritterliche Abkunft hindeuteten. Noch dazu kannte er sich mit den edelfreien Geschlechtern des Landes aus. Also, wer war er?

Plötzlich fiel es ihr wie Schuppen von den Augen.

»Ihr seid der geflohene Tempelritter, den Burchard und der Mönch überall suchen. Ein Feind des Papstes!«

Der Fremde machte keine Anstalten, es abzustreiten. »Vielleicht kommt Ihr besser mit mir, es könnte ungemütlich für Euch und Eure Magd werden, wenn sie Euch finden.«

Agnes' Dienerin begann zu weinen. »In die Wälder sollen wir? Wie die Hasen in Erdlöchern hausen? Noch dazu in Gesellschaft eines geächteten Totschlägers? Das wäre unser Tod!«

»Still, Else«, fauchte Agnes das Mädchen an. Sie musste nachdenken. Der Templer mochte alt sein und wie ein Strauchdieb aussehen, aber er hatte bewiesen, dass er mit dem Schwert noch immer umzugehen verstand. Vermutlich besaß er irgendwo in den Wäldern ein Versteck, in das er sich zurückziehen konnte, sobald Gefahr drohte. Ja, so musste es sein. Deshalb hatten ihn die Männer des Bischofs auch noch nicht aufspüren können. Getarnt mit Schmutz im Gesicht und Blättern am Wams blieb er für ihre Augen praktisch unsichtbar. Wenn sie mit ihm ging, würde er sie vor Bruder Adams Grausamkeit beschützen. Er würde sie mit dem Schwert verteidigen, so wie er es gerade schon getan hatte. Andererseits blühte ihr dann genau das, wovor der Mönch sie gewarnt hatte: ein Leben als Landstreicherin. Oder als Ketzerin, denn hatte Bischof Burchard nicht überall im Bistum verkünden lassen, dass es üble Ketzerei sei, einem flüchtigen Tempelritter Beistand zu leisten?

»Geht rasch«, bat sie mit Bedauern in der Stimme. »Sie dürfen Euch nicht finden, sonst seid Ihr verloren. Der Mann, der mich zum Tempelhof bringt, ist ein Inquisitor. Er jagt Euch.«

»Adam von Pirrlingen«, knurrte der Templer mit bitterer Miene. »Ich wusste genau, dass er eines Tages zurückkehren würde.«

Agnes bückte sich nach ihrem Mantel und schüttelte ihn kräftig aus. Sie begriff nicht, warum der Templer sich immer noch in der Gegend herumtrieb. Zum Tempelhof war es nicht mehr weit, aber gerade dort war es für einen wie ihn doch am gefährlichsten. Warum floh er nicht weiter in den Osten, zu den heidnischen Slawen?

Mit einem Lächeln reichte sie ihm den Pelz. »Hier, der soll Euch warmhalten.«

Der Mann zögerte.

»Ich bestehe darauf, dass Ihr ihn nehmt. Keine Widerrede! Man sagt mir nach, ich sei ein eigensinniges Weib.«

Der Ritter verneigte sich höflich. »Ich bemerke nur, dass Ihr ein gutes Herz habt, Herrin. Ich werde den Tempelhof im Auge behalten. Sollte dieser Bruder Adam es wagen, Euch wehzutun, werde ich ihm eigenhändig das Genick brechen.«

Agnes' Wangen brannten, als sie den alten Ritter zwischen den Büschen verschwinden sah. In ihrem Mantel war er kaum von Bäumen und Sträuchern zu unterscheiden. Gott gebe, dass ihm die Flucht gelingt, dachte sie, und verspürte dabei zum ersten Mal seit ihrer Abreise aus Magdeburg wieder ein klein wenig Hoffnung für sich selbst.

Geduldig wartete sie die Dauer von drei Ave-Maria ab, dann rief sie laut um Hilfe.

»Räuber sollen das gewesen sein?«, tobte Adam von Pirrlingen, als er sich wenig später die beiden Leichen im Wald ansah. »Merkwürdige Räuber sind das, die über zwei bedauernswerte bischöfliche Waffenknechte herfallen, bei denen nichts zu holen ist.« Er fasste Agnes streng ins Auge. »Eure goldene Spange und der Ring am Finger waren den Halunken wohl zu schäbig? Sind anscheinend Besseres gewöhnt.«

»Sieht ganz so aus, Bruder«, sagte Agnes ungerührt. »Aber

dafür haben sie meinen Biberpelz mitgehen lassen. Ich habe um Hilfe gerufen, aber keiner der Knechte ließ sich blicken. Es war einfach schrecklich. Wir dachten, es sei aus mit uns.« Ein warnender Seitenblick mahnte die Magd Else, den Mund zu halten.

»Soso.«

Adam von Pirrlingen gab Befehl, die Leichen der Erschlagenen fortzuschaffen. Danach baute er sich mit gefalteten Händen vor Agnes auf. Aus seinen Augen sprühten Funken.

»Ihr verschweigt mir etwas, junge Frau, das spüre ich.« Seine Blicke wanderten hinüber zum Unterholz, wo es verräterisch raschelte. »Jemand beobachtet uns«, flüsterte er. »Eure Räuber? Sollte ich erfahren, dass Ihr mich hintergeht, werde ich dafür sorgen, dass Ihr im Tempelhof einen Vorgeschmack aufs Fegefeuer bekommt. Habt Ihr mich verstanden?«

Anstelle einer Antwort schritt Agnes hoch erhobenen Hauptes an dem Mönch vorüber auf den wartenden Reisewagen zu. Ihre Angst war verflogen. Sie hatte nun einen Beschützer.

SPEYER, FEBRUAR 1314

Es war zum Verrücktwerden. Die Männer redeten die ganze Nacht über, ohne dass Prisca, die von Zeit zu Zeit an der Tür lauschte, auch nur eine Silbe davon verstand. Erst im Morgengrauen verließ der Bote die Kammer. Er war todmüde, das war nicht zu übersehen.

»Euer Vater wünscht Euch zu sprechen!«

»Zu gütig«, grollte Prisca. Im eigenen Spital wurde sie wie ein dummes Kind behandelt, das hinaus zum Spielen geschickt worden war. Und nun, aus heiterem Himmel, wünschte man sie zu sehen.

Sorge und Neugier siegten schließlich über Priscas Wut. Mit geschultem Auge begutachtete sie den Verband an Secundus' Wade.

»Wie fühlst du dich? Schmerzen im Bein? Schädelbrummen? Übelkeit? Du hättest nicht die ganze Nacht schwatzen, sondern dich ausruhen sollen. Mit einem Schlag auf den Kopf ist nicht zu spaßen.« Sie wies auf die Tür zur Krankenstube. »Dort drinnen ist es warm, und es gibt auch ein sauberes Bett für dich. Falls es dir nichts ausmacht, neben einem kleinen Judenjungen zu schlafen.«

Secundus schüttelte seufzend den Kopf. »Ich muss weiter. Mein Auftrag ist ausgeführt. Euer … Vater hat die Münze genommen. Nun liegt es an ihm, was er damit anfängt. Ich reite zurück in die Mark Brandenburg, um meinem Herrn Bericht zu erstatten.«

»Wie du willst«, erwiderte Prisca. »Schwalben soll man bekanntlich nicht die Flügel stutzen. Aber warte im Vorraum, ich gebe dir noch eine schmerzstillende Arznei mit. Die nimmst du, wenn dich unterwegs die Wunde quält, verstanden?«

Am Tor drehte er sich noch einmal nach ihr um und grinste, als sie rasch eine Haarsträhne unter den zerknitterten Leinenschleier schob. Sie war in dieser Nacht ebenso wenig aus den Kleidern gekommen wie er.

»Ich habe gesehen, wie der Bischof Emich dich angeschaut hat. Und du ihn. Deinem Vater würde das nicht gefallen.«

Empört stemmte Prisca die Hände in die Hüften. Was sagte der Kerl da? Als ob ihr etwas an Emich von Leiningen liegen würde. Absurd. Gewiss, der neue Bischof war teilnahmsvoll und freundlich zu ihr gewesen. Er wusste ihre Dienste als Ärztin zu schätzen und verachtete sie nicht, nur weil sie in der Judengasse lebte. Das rechnete Prisca ihm hoch an. Mehr nicht. Die Bischöfe von Speyer hatten schon immer den Kontakt zu den einfachen Menschen gescheut. Als Angehörige alter adeliger Familien war es ihnen darum gegangen, den Einfluss ihrer Sippen im Reich zu stärken. Inwieweit sich Emich den Interessen der Leininger Grafen verpflichtet sah, vermochte Prisca nicht zu sagen, aber seine Sorge um das Wohl der Stadt schien ihr nicht geheuchelt, sondern aufrichtig gewesen zu sein.

»Pass auf dich auf, Mädchen!« Secundus hob noch einmal die Hand zum Gruß, dann ritt er in Richtung Webergasse davon und ließ Prisca mit gemischten Gefühlen zurück. Wenn sie ganz ehrlich war, hatte sie während der vergangenen Nacht häufiger an den Bischof gedacht, als ihr lieb war.

Nachdem sie fünfmal an die Tür des Spitalanbaus geklopft hatte, ließ ihr Vater sie eintreten. Er war blass und so mager, dass die Nase ihm spitz wie ein Gänsekiel aus dem Gesicht stach. Wie gewöhnlich saß er gegen die Wand gelehnt auf seinem Bett, nur eine leichte Decke über den Knien, und schärfte sein Schwert mit einem Schleifstein.

»Das Gefühl kommt nicht mehr in die Beine«, klagte er, ohne den Blick von seiner Klinge zu nehmen. »Sie sind wie aus Holz geschnitzt. Du hast gesagt, ich würde sie eines Tages wieder spüren. Aber wann?« Er stieß einen ärgerlichen Laut aus. »Wann ist dieser Tag?«

Prisca zuckte mit den Schultern. »Mit Gottes Hilfe wirst du wieder gehen können. Du musst nur daran glauben und dafür kämpfen.«

Ihr Vater zog eine Grimasse. »Was weißt du vom ritterlichen Kampf?« Mit dem Kinn deutete er auf eine Schüssel Wasser und ein Rasiermesser. »Los, stutze mir den Bart. Könnte doch sein, dass bald wieder Besuch kommt, oder? Ich möchte gut aussehen, wenn deine Leute mich hier rauswerfen!«

Gehorsam erhob sich Prisca. Aus einem Fläschchen, das an ihrem Gürtelband hing, träufelte sie Wein auf die scharfe Klinge, um sie zu reinigen. Dann begann sie, ihren Vater zu rasieren. »Du warst halbtot, als ich damals deine Nachricht bekam und dich in die Stadt holte«, sagte sie. »Das Fieber hätte dich beinahe verbrannt in deinem Heuschober. Die Säfte in deinem Körper waren faulig. Du solltest dem Ewigen danken, dass es dir nun besser geht.«

»Wer sagt, dass dem so ist?«

»Zumindest bist du am Leben. Anders als der Kerl, der dir mit der Axt auflauerte. Es war nicht leicht, ihn unbemerkt zu verscharren und alle Spuren zu beseitigen.«

»Aber ich kann nicht laufen!«, schrie er sie an. Er schnappte nach ihrem Handgelenk und hielt es fest. »Hast du bei diesem Kurpfuscher von Arzt mehr als nur kluge Sprüche gelernt? Wenn ja, so beweise es mir, indem du endlich meine Beine heilst.«

»Gott macht gesund, oder er lässt es bleiben«, gab sie zurück. »In deinem Fall scheint er noch unentschlossen zu sein.«

Sicherheitshalber legte Prisca das scharfe Rasiermesser außer Reichweite. Ihr Vater konnte zwar seine Beine nicht bewegen, doch wenn er sich in einer so trübseligen Stimmung befand und seinen Hass auf die Welt zum Fenster hinausschrie, war Vorsicht geboten. Seit Wochen redete sie ihm gut zu, die Fortschritte anzuerkennen, die er in ihrer Obhut gemacht hatte. Sie war trotz aller Mühen froh, dass er bei ihr war. Sie freute sich, wenn er mit Appetit aß, und war bekümmert, wenn er ihre Speisen zurückwies. Wiederholt bat sie ihn, sich nicht aufzugeben. Sie behandelte ihn mit Arzneien, die seine Gliedmaßen kräftigen sollten, und massierte jeden Morgen seine lahmen Beine mit teurem Branntwein. Dank verlangte sie dafür ebenso wenig wie Lohn. Alles, was sie von dem Mann, den ihre Mutter geliebt hatte, verlangte, war ein wenig Geduld. Doch die aufzubringen fiel ihm offenbar schwer. Immer öfter hockte er einfach nur da und starrte die Wände an.

Es macht ihn krank, den ganzen Tag eingesperrt zu sein, beruhigte sie sich selbst, während sie wie üblich seine Unterschenkel auf Schwellungen untersuchte. Ich kann vor die Tür, sooft mir danach ist. Ich kann hinunter zum Rhein und zusehen, wie die Kähne beladen werden, oder über den Markt streifen und dem Geschrei der Krämer und Bauern zuhören. Dem Vater ist das alles verboten. Nicht nur, weil seine Beine ihm nicht gehorchen, sondern auch, weil es für einen ehemaligen Tempelritter zu gefährlich wäre, sich frei in der Stadt zu bewegen.

Zum Abschluss der Untersuchung zog sie eine dünne Bronzenadel aus ihrem Gürtelband. »Stich ruhig ordentlich zu«, ermunterte sie ihr Vater. »Du brauchst keine Angst zu haben, mir weh zu tun. Ich spüre das Ding ja doch nicht.«

Wenn er nur schreien würde, dachte Prisca und stach die Nadel in den Schenkel. Ein ganz klein wenig muss er es doch spüren, wenn die Nadel ins Fleisch eindringt. Warum zuckt er nicht wenigstens? Bei Gott, dem Ewigen, das wäre der glücklichste Tag meines Lebens.

Nichts. Enttäuscht verstaute sie die Nadel, zwang sich aber ein Lächeln ab. »Morgen, Vater. Vielleicht auch nächste Woche. Ich glaube fest daran. Weißt du, ich habe einem Arzt in Köln geschrieben, der meinte, dass es in deinem Fall eigentlich keinen Grund gibt, warum du nicht wieder auf die Beine kommen solltest. Du musst nur kräftiger werden. Ich lasse dir eine Brühe kochen.«

Als sie sich über ihn beugte, berührte er kurz ihre Wange. Das kam nicht oft vor, meistens ging er grob und abweisend mit ihr um. Einmal hatte er sie sogar zum Weinen gebracht, weil er sie so hässlich angefahren hatte. Umso mehr genoss sie nun die liebevolle Geste.

»Payen de Gros, ehemaliger Präzeptor des Ordens der armen Brüder Christi, verschmachtet im Kerker des eigenen Körpers, und seine Kerkermeisterin ist eine Ungläubige, die er selbst in einem Augenblick der Schwäche zeugte«, flüsterte er mit rauer Stimme. »Aber weißt du was? Ich bereue nicht mehr, dass ich mein Ordensgelübde mit einer Jüdin gebrochen habe. Es ist nur schade, dass sie diese Welt so früh verlassen musste und ich sie, nicht noch ein letztes Mal sehen konnte.«

»Dieser Bote, Secundus, erzählte mir etwas von einer Münze, die er dir geben wollte.« Prisca schüttelte das Kissen auf. Sie wollte jetzt nicht über ihre Mutter sprechen, daher versuchte sie, Payen abzulenken. »Woher wusste er, dass er dich hier im Judenviertel finden würde? Und was hat es mit dieser Münze auf sich?«

Payen streckte sich nach seiner Laute, der er manchmal, wenn er in Stimmung war, ein paar melancholische Töne entlockte. Gedankenverloren griff er in die Saiten.

»Ein alter Freund und Waffenbruder namens Thomas Lermond braucht dringend meine Hilfe. Er ist ein schlauer Fuchs. Er ahnte wohl, dass ich mich auf der Flucht vor den Häschern des Papstes nicht auf meiner Burg, sondern bei meiner Tochter verstecken würde.«

Prisca hob überrascht den Blick. »Dieser Lermond weiß demnach, dass es mich gibt?«

»Ja, er war damals sogar dabei, als ich deiner Mutter begegnete. Lermond erfuhr, dass ich mich in sie verliebt hatte, und half uns, so gut er nur konnte. Aber er beschwor mich, den Orden nicht zu verlassen, weil ich zu einem Hüter berufen worden war.«

»Zu einem Hüter? Hat das etwas mit dieser Templermünze zu tun?«

Payen de Gros ließ die Saiten der Laute schwingen und trällerte dazu wie die Spielleute, die manchmal auf dem Domplatz oder in den Schenken zu hören waren.

»Ich muss fort, Prisca«, erklärte er in schleppendem Tonfall. »Bald. In meinem Wams steckt eine Gemme, ein wertvoller Stein, der himmelblau leuchtet, wenn man ihn in die Sonne hält. Den muss ich nach Osten bringen. An einen Ort, der Tempelhof genannt wird.«

»Vater, ich …«

»Unterbrich mich nicht, Kind, es eilt. Die Münze ist nicht mehr als ein Hilferuf. Sie sagt mir, dass etwas in Gefahr ist, was wir vor langer Zeit auf dem Tempelhof versteckt haben, damit es den Männern der Inquisition nicht in die Hände fällt.« Payen legte die Laute zur Seite. Seine Augen nahmen einen so glasigen Ausdruck an, dass Prisca befürchtete, er könnte wieder Fieber bekommen.

»Großer Gott, die anderen sechs Brüder sind bestimmt schon unterwegs. Vielleicht sind sie schon in der Mark und warten, dass ich zu ihnen stoße. Aber wie sollte ich das? Verdammte Pest, die mir in die Glieder gefahren ist! Ich kann mich ja nicht mal rühren, um zu pissen.«

Prisca ging zu dem kleinen Fenster und öffnete es einen Spalt, damit ein wenig frische Luft in die Kammer ziehen konnte. Schräg gegenüber lag die Synagoge, aus der weihevoller Gesang zu hören war. Der alte Klopfer Saul ben Mordechai, ein fast blinder Nachbar, der sich im Haus des Rabbis ein paar Heller verdiente, war bereits wie jeden Morgen durch die Gasse gegangen, um die erwachsenen Männer des Viertels zum *Schachrit*, dem Gebet in der Frühe, zu rufen.

»Sie sind schon bei den Lobpreisungen angelangt«, sagte Priscas Vater. In den Monaten, die er in dieser Kammer lag, hatte er die rituellen jüdischen Gebete so oft aus der Ferne gehört, dass er sie mühelos mitsprechen konnte. Aber Prisca wusste, dass er als junger Ritter in Palästina gewesen war, wo er nicht nur Hebräisch, sondern auch genügend arabische Wörter aufgeschnappt hatte, um sich verständlich zu machen. Nur aufgrund dieser Kenntnisse war es Prisca anfangs überhaupt gelungen, die Ältesten der Gemeinde von Speyer zu täuschen und für Payen einen Platz im Spital zu bekommen. Es hatte allerdings nicht lange gedauert, bis ihr Onkel Abraham ihr auf die Schliche gekommen war. Er hatte ihr Vorwürfe gemacht, weil sie einen kranken Christen aufgenommen hatte, und ihr befohlen, ihn in die Obhut eines Speyrer Klosters zu geben. Doch davon hatte Prisca nichts hören wollen. Payen war ihr Vater, mochte es Abraham gefallen oder nicht. Zähneknirschend hatte ihr Onkel geschwiegen, nicht nur ihr zuliebe, sondern auch, weil er sich vor dem Strafgericht des alten Bischofs Sigibodo gefürchtet hatte. Hätte dieser nämlich herausgefunden, dass ausgerechnet die Juden von Speyer einen Tempelritter bei sich versteckten, wären sie alle des Todes gewesen. Doch nun war Sigibodo tot und begraben.

Prisca erschrak bei dem Gedanken, ihr Onkel und die anderen könnten Payen ausliefern, um dem neuen Bischof ihre Ergebenheit zu zeigen.

»Ich muss fort, sieh es ein«, drängte Payen unnachgiebig. »Und dafür brauche ich deine Hilfe. Ich muss den Stein zum Tempelhof zurückbringen.«

Erschöpft schlug Prisca das Fenster zu. Dann rieb sie sich die Augen. Wie sehr sehnte sie sich nach ein wenig Ruhe. Doch schon bald würden die ersten Kranken an ihre Tür klopfen. Zum Mittagsläuten war sie mit ihrer Freundin Lea verabredet, die in der Nacht des christlichen Jahreswechsels mit ihrer Hilfe Zwillinge zur Welt gebracht hatte, und zu Hause wartete auch noch jede Menge Arbeit auf sie.

»Warum konntest du den Stein nicht diesem Secundus mitgeben?« Prisca nahm das Wams aus dem Kasten, in dem sie Payen einst blutend und schwach in einer Scheuer vor den Toren Speyers gefunden hatte, und klopfte es vorsichtig ab. Obwohl es vor Schmutz starrte, hatte er ihr verboten, es zu waschen und zu flicken. Tatsächlich, da steckte etwas im Futter.

Ein Stein, wie er gesagt hatte.

»Ich darf einen Fremden nicht in das Geheimnis des Steins einweihen«, beantwortete Payen ihre Frage. »Unser alter Großmeister hat es uns verboten, als er uns die Steine anvertraute. Außer mir sind es noch sechs weitere Ritter, die alle treu dem Orden gedient haben.« Er lachte auf. »Warum Jacques de Molay *mich* auswählte, ist mir allerdings noch heute ein Rätsel. Ich war mein Leben lang mehr Kämpfer als Beter. Und mit manchen der zweiundsiebzig Templerregeln hatte ich auch so meine Probleme. Es gab wohl kaum einen Bruder, der vom Präzeptor seiner Komturei so oft wegen Ungehorsams bestraft werden musste wie ich.«

Prisca lächelte, denn sie wusste genau, was er ihr verschwieg. Payen war nicht nur wegen fehlenden Gehorsams gemaßregelt worden, sondern auch wegen seiner Schwäche für hübsche Frauen. An denen hatte er einfach nie vorübergehen können, ohne ihnen nicht wenigstens einen schmachtenden Blick oder ein paar in die Luft gehauchte Küsse zuzuwerfen. Um sich vorzustellen, dass er als junger Ritter so manches Frauenherz gebrochen hatte, musste Prisca ihn ja nur ansehen. Obwohl sein Körper von Krankheit und Auszehrung mager und sein Gesicht schmal geworden war, fand sie, dass er nichts von seinem guten Aussehen eingebüßt hatte. Sein Haar war noch immer voll und glänzte im Sonnenlicht wie Seide, seine Haut war glatt und rein.

»Ich könnte Rabbi Ezechiel in Worms schreiben und ihn bitten, uns zu besuchen«, schlug sie vor. »Vielleicht kennt er ja eine Medizin, die dir helfen kann.«

»Nein, dazu reicht die Zeit nicht. Außerdem glaube ich nicht mehr an Wunder. Gäbe es sie, so wäre es dem französischen König nicht gelungen, den Templerorden zu zerstören.«

»Und das Geheimnis, das du und deine Freunde hüten? Welchen Sinn sollte es haben, es zu bewahren, wenn du doch keine Hoffnung mehr hast, dass es dem Tempel etwas nützt?«

Payen dachte einen Moment lang nach. »Der Spruch hätte auch von deiner Mutter kommen können. Aber du hast recht. Solange ich noch einen Funken Kraft in mir spüre, sollte ich gegen die Feinde des Tempels kämpfen. Das Schwert kann ich als Krüppel nicht mehr führen, aber ich kenne die Worte, die dem Stein in meinem Wams Macht verleihen.«

Prisca freute sich über den wiedererwachenden Lebensmut ihres Vaters. Doch als sie ihn eifrig Pläne schmieden hörte, schmerzte ihr Herz. Als Ärztin war ihr klar, dass die Strapazen einer Reise in die Mark Brandenburg ihren Vater töten würden. Als sie ihn vorsichtig darauf hinwies, fuhr er verärgert auf.

»Lass das meine Sorge sein, Prisca. Ich muss mich morgen auf den Weg machen. Und wenn du mir keinen Wagen beschaffst, wird es ein anderer tun. Dein Onkel Abraham wird froh sein, mich loszuwerden.«

Prisca machte sich auf den Weg ins Spital, um sich mit Arbeit abzulenken. Abwesend hörte sie sich die Klagen der Kranken an, verordnete dem einen Kamillen- und Salbeisud gegen Schmerzen im Rachen und strich Ringelblumensalbe auf ein entzündetes Bein.

Nach dem Besuch bei ihrer Freundin, deren Säuglinge zu ihrer Erleichterung gut gediehen, wurde sie in den Versammlungsraum neben der Synagoge gerufen. Das kam von Zeit zu Zeit vor, doch in der Regel ging es nur um die Abrechnungen des Spitals oder um die Frage nach neuen Hilfskräften. Prisca ahnte, dass die Vorladung heute andere Gründe hatte. Ihr blieb nur wenig Zeit, um sich die Hände zu waschen und in ein sauberes Schnürkleid zu schlüpfen.

»Wir wollen hören, wie es Payen de Gros geht«, eröffnete der alte Rabbi Moses die Sitzung. »Du hast ihn lange genug auf unsere Kosten beherbergt. Wir sind zu dem Schluss gelangt, dass er uns jetzt verlassen muss. Schließlich gehört er nicht hierher. Er ist Christ. Seine Anwesenheit bringt uns alle in Gefahr.«

Prisca stand mit gesenktem Haupt vor den Ältesten der Gemeinde, zwölf an der Zahl, die ihr gegenüber in einem Halbkreis saßen. Auch ihr Onkel Abraham war unter ihnen. Als Prisca beharrlich schwieg, stand er auf und kam mit gerunzelter Stirn auf sie zu. Er war ein mittelgroßer, stämmiger Mann, dessen kräftige Hände andeuteten, dass er sich vor keiner Arbeit scheute.

»Hast du nicht gehört, was der Rabbi gesagt hat?«

»Doch«, antwortete Prisca. »Ich habe es gehört. Aber Payen kann immer noch nicht gehen. Und das heilige Gesetz, das *Mosche Rabbenu,* unser Lehrer Moses, dem Volk Israel vom Sinai mitbrachte, besagt, dass es ein Gebot der Gottes- und Nächstenliebe ist, dem Fremdling, der krank ist und um Obdach bittet, zu helfen.« Dass Payen selbst es nicht erwarten konnte, das Viertel endlich zu verlassen, erwähnte Prisca nicht. Zu sehr hoffte sie, er würde es sich noch anders überlegen.

Rabbi Moses strich sich hüstelnd über den grauen Bart. Er war bemüht, ein strenges Gesicht zu machen, doch das feine Lächeln, das seine Lippen umspielte, strafte diesen Versuch Lügen. Seit Prisca angefangen hatte, die Kunst des Heilens im Viertel auszuüben, wurde sie von Moses unterstützt. Er sorgte dafür, dass das Spital mit mildtätigen Gaben bedacht wurde, und griff zuweilen in die eigene Tasche, wenn es mal wieder an Arzneien, Verbandsstoffen, Brennholz und Nahrungsmitteln fehlte. Er mochte Prisca. Die Klagen seiner Gemeinde durfte er jedoch trotz aller Sympathie für ihre Arbeit nicht übergehen. Gerade dafür achtete sie ihn.

»So weit kommt es noch, dass ein Weib das Gesetz des Moses auslegt«, knurrte Abraham. »Außerdem gibt es etliche Stimmen in dieser Gasse, die in Zweifel ziehen, dass du wirklich dem Volk Israels angehörst, Nichte.«

»Warum?«, gab Prisca zurück. »Weil Payen mein leiblicher Vater ist? Ein Ritter?«

Verhaltenes Gemurmel zog durch den kleinen Raum. Köpfe wurden geschüttelt. Der blinde Saul klopfte mit einem bronzenen Hämmerchen auf den Tisch und bat um Ruhe.

»Wir werden in Kürze darüber entscheiden müssen, ob wir unser Schicksal in die Hände des neuen Bischofs legen oder in die der Stadtgemeinschaft«, sagte Abraham. »In keinem Fall aber dürfen wir den Verdacht der Christen auf uns ziehen. Als ich gestern in der Flachsgasse Garn kaufte, trug der Krämer mir das Gerücht zu, wir Juden hielten einen der Ihren gefangen.«

Rabbi Moses schlug die Hand gegen die Brust. »Was sagst du da, Abraham von Zabern? Das kann doch nicht wahr sein. Wer verbreitet solche Lügen?«

Abraham zuckte mit den Schultern. »Du solltest meine Nichte

fragen, wer der junge Bursche war, den sie gestern im Schutz der Dämmerung ins Spital brachte, Rabbi. Meine Frau hat ihn gesehen, und die alte Esther, die bei den Kranken aushilft, ebenfalls. Die Schwätzerin hat es sogleich herumerzählt.«

»Raus mit der Sprache, Mädchen!« Rabbi Moses erhob sich von seinem Stuhl. Er sah besorgt aus. Blass. »Wer war dieser Fremde?«

Prisca starrte auf einen kleinen Rußfleck an der Wand gegenüber. Der alte Mann tat ihr leid, aber warum begriffen er und Onkel Abraham nicht, dass sie auch Payen Gehorsam schuldete? Sie hatte ihm versprochen, mit niemandem über die Angelegenheiten des Templerordens zu sprechen, und verstand es als Ehrensache, dieses Versprechen zu halten.

»Payen hat um einen Reisewagen gebeten«, gab sie schließlich zu. »Er will Speyer so rasch wie möglich verlassen.« Nun hatte sie es doch gesagt.

»Hat diese plötzliche Eile etwas mit deinem Besuch beim Bischof zu tun?«, wollte einer der Ältesten wissen. »Wie man hört, sollst du den halben Tag im Dom zugebracht haben. Die ganze Gasse zerreißt sich schon darüber das Maul. Hast du dich am Ende gar taufen lassen? Vielleicht hat dein christlicher Vater das von dir verlangt? Sag schon, trägst du das Kreuz um den Hals?«

Prisca schüttelte energisch den Kopf. Sie war entsetzt. Natürlich hatte sie damit gerechnet, dass es Gerede geben würde. Aber schon so früh? Wie konnten die Männer annehmen, dass sie dem Glauben der Väter untreu werden könnte? Sie war doch gar nicht auf eigenen Wunsch im Dom gewesen, sondern man hatte sie als Ärztin zu einem Verwundeten gerufen.

»Keiner der Priester hat auch nur den Versuch unternommen, mich zum Gott der Christen zu bekehren«, sagte sie ärgerlich. »Mein Vater schon gar nicht.«

Abraham hob skeptisch die buschigen Augenbrauen. »Das sollen wir dir glauben? Payen de Gros gehörte doch zu den Tempelrittern. Darf ich den Rat der Ältesten daran erinnern, dass diese Männer nur ein Ziel kannten, nämlich Menschen zu unterwerfen, die sie für Ungläubige hielten. Wäre es den Ismaeliten nicht gelungen, sie aus unserem einstigen Gelobten Land zu treiben, säßen sie noch heute in ihren Festungen im Fürstentum Antiochia, dem Königreich Jerusalem oder der Grafschaft Tripolis, und kein Jude wäre vor ihrem Schwert sicher. Seit der Papst zum ersten Mal dazu aufrief, die angebliche Grabstätte seines Gottes im Land Israel zu befreien, hat unser Volk mit diesen Rittern nichts als Ärger gehabt. Aber anstatt uns von ihnen fernzuhalten, haben wir zugelassen, dass die Tochter meiner unseligen Schwester einen von ihnen in unsere Mitte gebracht hat wie ein Trojanisches Pferd.«

Prisca errötete. Was war nur in ihren Onkel gefahren? Früher hatte er nicht so abfällig über ihren Vater geredet. War es die Angst vor dem, was geschehen könnte, wenn die Männer des Bischofs Payen im Spital fanden? Bischof Sigibodo hatte von den Juden von Speyer viel Geld verlangt, sie aber ansonsten weitgehend in Ruhe gelassen. Der neue Bischof hingegen hatte versucht, Prisca auszuhorchen. Er wollte mehr über sie und ihre Familie in Erfahrung bringen. So ungern sie zugab, dass Abraham recht hatte, seine Bedenken klangen überzeugend.

Noch während sie sich bemühte, ihre Gedanken zu ordnen, hob ein weiteres Mitglied des Rates, ein reicher Wollhändler namens Symond, die Hand und bat ums Wort.

»Abraham hat uns soeben eindrücklich daran erinnert, dass wir Juden keinen Grund haben, den Templer zu schützen. Sein Orden war uns zu keiner Zeit freundlich gesinnt, im Gegenteil. Wegen der Geld- und Kreditgeschäfte der Tempelherren mussten wir nicht nur im Deutschen Reich schwere Verluste hinnehmen. Dabei dürfen die Christen doch angeblich gar keine Zinsen berechnen, das hat ihnen ihr Papst verboten. Aber natürlich galt das nicht für die hochmütigen Templer. Sie sind selbst schuld daran, dass ihr Orden aufgelöst wurde. Und was wissen wir von diesem Payen de Gros? Er hat eines unserer Mädchen verführt und der Schande preisgegeben, und nun entweiht er frech das Spital, das von den Frommen der Gemeinde bezahlt wird. Dabei spielt es keine Rolle, dass er in einem abgetrennten Teil haust oder auf geweihtem Grund.« Angriffslustig blickte er in die Runde. »Ich frage daher: Warum liefern wir den Tempelritter nicht dem neuen Bischof aus? Als Willkommensgeschenk und Zeichen unserer Ergebenheit? Schließlich wusste der Rat bis vor kurzem noch nicht, wen Abrahams Nichte da versteckt. Wenn wir ihn zum Bischof bringen, kommen wir bestimmt mit einem blauen Auge davon.«

»Mein Vater hat den Juden dieser Stadt niemals etwas zuleide getan«, verteidigte Prisca Payen. »Obwohl er sich um mein Seelenheil Sorgen macht, achtet er den Glauben Israels, so wie es viele seiner Ordensbrüder taten, die ins Heilige Land geschickt wurden. Außerdem wäre es grausam, einen Mann, der nicht einmal ohne fremde Hilfe gehen kann, dem sicheren Tod zu überantworten. Habt ihr vergessen, welche Vorurteile gegen uns herrschen? Heute sind es die Templer, denen der Papst Gotteslästerung und Zauberei vorwirft, schon morgen können wir es sein.«

Rabbi Moses nahm dem Blinden das Hämmerchen aus der Hand und klopfte nun selbst auf den Tisch, um die aufgebrachten Ratsmitglieder zur Ordnung zu rufen. Nachdem wieder Ruhe eingekehrt war, einigte man sich darauf, Payen vorerst nicht an den Bischof auszuliefern. Zu ihrem Schutz sollte er jedoch auf schnellstem Wege aus der Stadt verschwinden.

»Es wäre zu gefährlich, einen Wagen von einem unserer Leute zu nehmen«, sagte Abraham am Abend, als er sich mit seiner Frau und Prisca zu Hause in seiner Stube beriet. Im Haus zum starken Stier hing ein feiner Duft von frischem Gebäck in der Luft. Priscas Tante hatte den Tag damit verbracht, Hamantaschen zu backen, eine süße Köstlichkeit, von der Prisca gar nicht genug bekommen konnte. Das Purimfest stand bevor, das in der Gasse meist ausgelassen gefeiert wurde. In der Synagoge durfte bei der Lesung der Geschichte, die von der schönen Königin Esther in Persien handelte, mit Ratschen, Klappern und Kochlöffeln Krach gemacht werden, sooft der Name des Judenfeinds Haman fiel. Prisca wurde das Herz schwer, als sie daran dachte, dass ihr Vater zu Purim nicht mehr in der Stadt sein würde. Sie hatte ihm doch noch so viel zu sagen, so viele Fragen zu stellen. Das hatte sie während seiner langen Krankheit von Tag zu Tag aufgeschoben, ohne einen Gedanken daran zu verschwenden, dass er nicht für immer bei ihr bleiben würde.

»Es ist auf jeden Fall besser, wenn er uns verlässt«, erinnerte sie ihr Onkel. »Oder willst du, dass der Wollhändler seinen Willen bekommt und Payen ausgeliefert wird?«

Nein, das wollte Prisca nicht. Gedankenverloren löffelte sie die Suppe, die Abrahams Frau ihr kommentarlos vorgesetzt hatte. Aus den Angelegenheiten der Männer hielt sie sich stets heraus. Aber auch aus ihrem Onkel wurde Prisca nicht schlau. Bei der Versammlung hatte er sie und Payen scharf angegriffen, ja sogar in Zweifel gezogen, dass sie zur Gemeinde gehörte, obwohl er doch als einer der Gemeindeältesten wissen musste, dass sie als Saras Tochter Jüdin war. Die Herkunft ihres Vaters spielte dabei gar keine Rolle, so wollte es das geschriebene Gesetz.

»Ich kenne einen Mann, der Payen aus der Stadt schaffen wird, ohne Fragen zu stellen«, sagte Priscas Onkel. »Er hat hohe Schulden bei mir, die werde ich ihm erlassen, wenn er deinen Vater dorthin bringt, wo immer er hinwill. Hauptsache, weit weg von Speyer.« Abraham nahm eine der goldgelben Teigtaschen seiner Frau und biss kräftig hinein. Zuckerkrümel klebten an seinem

Bart. »Und du hältst dich künftig von Bischof Emich fern. Er darf nicht erfahren, dass du die Tochter eines Christen bist, sonst werden er und seine Priester darauf dringen, dich von hier wegzuholen.«

»Vielleicht taufen sie dich dann und sperren dich in eines dieser Nonnenklöster«, gab Priscas Tante zu bedenken. »Ich würde sterben vor Scham.«

Bevor Prisca etwas darauf erwidern konnte, klopfte jemand an die Tür. Es war Rodeger, der Knecht Bischof Emichs, der Prisca am Vortag in den Dom gebracht hatte. Unter den entsetzten Blicken Abrahams und von dessen Frau forderte er Prisca auf, ihn zu begleiten.

»Was ist denn jetzt schon wieder? Geht es deinem Kameraden etwa schlechter?«

Rodeger entblößte grinsend sein Gebiss. »Ach was, der Kerl säuft schon wieder Würzwein wie ein Loch. Aber der Domherr Aribert hat etwas für dich. Ich sagte zu ihm: ›Gebt es mir doch, Herr, ich renne ja neuerdings täglich in die Judengasse. Auf einen Gang mehr oder weniger kommt es nicht an.‹ Aber nein, der ehrwürdige Dechant besteht darauf, dir dein Geschenk persönlich zu überreichen. Ich soll dich also zum Domherrn begleiten und fein achtgeben, dass du auch heute noch ankommst.«

Priscas Onkel fuhr erbost auf. »Habe ich dir nicht eben noch eingeschärft, dich von diesen Leuten fernzuhalten?«

Prisca zuckte resigniert die Achseln. Doch wenn sie daran zurückdachte, wie hochnäsig ihr Aribert von Bühel im Dom begegnet war, verspürte sie nicht die geringste Lust, ihn wiederzusehen. Bei Bischof Emich sah das ganz anders aus. Wie schade, dass nicht er mich gerufen hat, dachte sie und schalt sich gleich darauf für diesen Wunsch. Dann straffte sie die Schultern. »Ich hole mein Geschenk ab. Der Bischof hat darauf bestanden, mir für meine Dienste eine Gefälligkeit zu erweisen. Das ist alles.«

Flüchtig hauchte sie ihrem Onkel einen Kuss auf die Wange und warf sich in ihren Mantel. Das Jammern ihrer Tante war noch zu hören, als sie die Gasse längst verlassen hatte.

Im Domherrenhof zur Goldweide, einem zweistöckigen Steinhaus, das nur einen Steinwurf vom Palast des Bischofs entfernt am Rande der Via triumphalis lag, musste Prisca erst einmal warten, während Rodeger hinter einem Vorhang verschwand, um ihre Ankunft zu melden.

Um sich ein wenig abzulenken, ging sie auf dem kalten Gang, dessen Wände mit einer Reihe steinerner Reliefs geschmückt waren, auf und ab. Es handelte sich um biblische Motive, die Prisca allesamt bekannt vorkamen. Sie erkannte einen bärtigen Daniel, kniend im Gebet und umgeben von einem Rudel Löwen. Ein Stück weiter hielt ein kriegerisches Weib den abgetrennten Kopf eines Mannes in die Höhe. Judith. Hatte die sich nicht ins Lager der Feinde Israels geschlichen, um deren grausamen Befehlshaber zu töten? Durch die blutige Tat war aus ihr eine Heldin und Befreierin ihres Volkes geworden, und doch hatte es Prisca schon als Kind vor ihr gegraut. Ihrer Ansicht nach sollten Frauen kein Blut vergießen, es genügte doch schon, wenn die Männer das taten.

»Unsere Judenärztin bewundert die schöne Judith, die den Holofernes erst verführt und dann erschlagen hat.« Wie aus dem Nichts stand plötzlich der Domdechant hinter ihr. Prisca erschrak; sie hatte weder eine Tür aufgehen noch seine Schritte auf den Steinplatten gehört.

»Verzeiht, Herr«, sagte sie, als wäre sie bei etwas Verbotenem ertappt worden.

Aribert von Bühel lächelte. »Ich vergleiche ihre Geschichte gern mit der des jungen David, der sich dem Riesen stellt. Beide sind klug. Sie retten ihr Volk vor dem Untergang. Aber David tritt dem Goliath offen entgegen, Mann gegen Mann, während

Judith natürlich die Waffen der Frau ausspielt. Sie beherrscht den Betrug, die Täuschung, die List. Sie lässt den ahnungslosen Feldherrn glauben, dass sie sich unsterblich in ihn verliebt hat. Erst als er betrunken und wehrlos vor ihr liegt, greift sie zum Schwert.«

Aribert von Bühel berührte fast zärtlich das in Stein erstarrte Gesicht der biblischen Figur.

»Kleine, betrügerische Judith. Hast du geahnt, dass kein Mann, nicht einmal der mächtigste, einer schönen Frau widerstehen kann?« Er wandte sich von dem Relief an der Wand ab und musterte Prisca von Kopf bis Fuß. Sein Lächeln wurde schmierig.

Prisca sandte einen stummen Dank an ihre Tante, die stets dafür sorgte, dass sie das Haus nicht ohne ihren Schleier verließ. Das Tuch bot ihr wenigstens ein bisschen Schutz vor den zudringlichen Blicken des Domherrn. Noch mehr aber wünschte sie sich, Rodeger wäre bei ihr geblieben. Doch der Waffenknecht war in den Bischofspalast zurückgekehrt. Prisca machte einen Schritt zurück, mit der Hand suchte sie Halt am Geländer. Tief unter ihr befand sich ein Innenhof, der dem Anwesen eines Kaufmanns ähnelte. In jedem freien Winkel stapelten sich Kisten und prall gefüllte Säcke, an einem Baum mit knorrigen Ästen hingen Seile von verschiedener Stärke. Aus einem Scheunentor lugte der vordere Teil eines Fuhrwerks hervor. Es gab Pferdeställe und kleinere für Vieh.

Aribert von Bühel forderte Prisca auf, ihm in sein Gemach zu folgen und die Tür zu schließen. Prisca fühlte sich unwohl dabei, doch der Tonfall des Mannes sagte ihr, dass es unklug war, mit einem so mächtigen Mann einen Streit vom Zaun zu brechen. Verstohlen sah sie sich um. An den Wänden hingen kunstvoll gewebte, wenngleich auch etwas verstaubte Wandbehänge. Ein achtarmiger Kerzenleuchter im Alkoven spendete Licht. Außerdem war es warm und trocken.

»Der Bischof bat mich, dir als Zeichen seines Dankes diesen Weihrauch zu übergeben«, sagte Aribert und reichte Prisca eine silberne Schale, über der ein besticktes weißes Leintuch lag. »Er versicherte mir, du hättest ausschließlich medizinisches Interesse daran.«

Prisca nickte. Rasch bedankte sie sich und schickte sich an, das Zimmer des Dechanten zu verlassen. Sie war schon an der Tür, als Aribert sie mit scharfer Stimme aufforderte, noch bei ihm zu bleiben.

»Nicht so eilig, Prisca. So war doch dein Name, nicht wahr?« Er glättete seinen knöchellangen Talar und nahm Platz auf einem mit Ziegenfell bespannten Scherenstuhl.

»Ein hübscher Name, der angenehm in den Ohren klingt. Vielleicht ein wenig ungewöhnlich für eine Angehörige der verstockten Kinder Israels. Hat dein Vater ihn ausgesucht?«

Prisca stockte der Atem. Schon wieder fragte jemand nach ihrem Vater. Die Warnung Rabbi Moses' und ihres Onkels, nicht über ihn zu sprechen, ging wie ein Rauschen durch ihre Sinne. »Nein, ehrwürdiger Herr«, gab sie widerwillig Auskunft. »Soweit mir bekannt ist, traf meine Mutter diese Entscheidung ganz allein. Sie muss den Namen einmal irgendwo gehört haben.« Aribert von Bühel deutete auf ein Regal, das mit einer Reihe schwerer, in Leder gebundener Werke bestückt war. »In einem dieser Bücher steht, wer Prisca gewesen ist. Sie lebte in Rom und wurde von Petrus, dem ersten Apostel unseres Herrn Jesus Christus, getauft. Als sie sich weigerte, den römischen Göttern ein Weihrauchopfer darzubringen, ließ der heidnische Kaiser sie enthaupten. Damit wurde sie zu einer verehrungswürdigen Märtyrerin der Kirche.«

Prisca starrte auf die Schale mit Weihrauch, die in ihrer Hand zusehends schwerer wurde. Warum ließ Aribert sie nicht endlich gehen? Merkte er denn gar nicht, wie unwohl sie sich in seinem

Haus fühlte? Unwillkürlich glitt ihr Blick an ihm vorbei aus dem spitzbogigen Fenster und über den Domplatz hinweg zum ummauerten Bischofspalast. Jener lag zu dieser Stunde bereits völlig im Dunkeln, nur aus einem einzigen Raum im Obergeschoss fiel der dünne Schein einer Kerze. Prisca war davon überzeugt, dass der Bischof nicht schlief, sondern ruhelos durch sein Gemach lief und sich über sein schwieriges neues Amt den Kopf zerbrach. Sie ertappte sich bei dem Wunsch, ihm dabei Gesellschaft zu leisten und seiner angenehmen Stimme zu lauschen. Stattdessen stand sie vor Aribert und ließ höflich dessen Geschichten über listige Heldinnen und christliche Märtyrerinnen über sich ergehen. Dabei mahnte sie jeder Glockenschlag vom nahen Dom, ihre Zeit nicht zu vertrödeln. Sie musste zusehen, dass sie ihren Vater aus der Stadt schaffte, bevor es brenzlig wurde. Abraham wollte sich um den Fuhrknecht kümmern, doch Payen brauchte auch Geld, Proviant und Arzneien für die lange Reise nach Osten. Dies alles musste sie auftreiben.

»Wenn Ihr mich nun entschuldigen würdet, es ist spät geworden!« Prisca verneigte sich und murmelte noch einige Dankesworte wegen des Weihrauchs. Das nächste Mal würde sie einen Heller als Bezahlung für ihre medizinischen Dienste verlangen, das war weniger kompliziert.

»Würde es dich nicht reizen, in Judiths Fußstapfen zu treten und eine Heldentat für diese Stadt zu vollbringen?«, fragte der Dechant unvermittelt.

Prisca glaubte, sich verhört zu haben. Eine Heldentat? Machte der Domdechant Scherze? Sie atmete tief durch. Allmählich ging der Mann ihr mit seinen Andeutungen mächtig auf die Nerven. »Ich habe nicht die geringste Ahnung, wovon Ihr redet, und ich weiß auch nicht, ob ich es wissen möchte.«

Aribert stand auf. Eine drohende Handbewegung ließ Prisca verharren. Ich hätte mich zurückhalten sollen, dachte sie reumütig. Warum hatte sie nur nicht auf Onkel Abraham gehört? Was, wenn Aribert sie gar nicht gehen lassen wollte, sondern unter einem Vorwand verschwinden ließ? Sein Haus mochte kleiner sein als der Bischofspalast, aber zweifellos gab es tief unten in den Kellergewölben Orte, an denen niemand sie jemals suchen oder ihre Schreie hören würde. Sie würde verschmachten, ohne ihren Vater noch einmal wiederzusehen. Wieder blickte sie zum Palast neben dem Dom, wo sich aber außer dem Flackern einer Kerze nichts rührte.

»Hör zu«, sagte Aribert von Bühel, während er mit einer flinken Bewegung den Fensterladen schloss. Seine Freundlichkeit war wie weggeblasen. Stattdessen klang er einschüchternd und drohend. »Ich habe einen Auftrag für dich. Führst du ihn zu meiner Zufriedenheit aus, werde ich dafür sorgen, dass dir nichts geschieht. Weigerst du dich …« Sein jähes Verstummen verriet Prisca, dass ihr das schlecht bekommen würde.

»Was ist das für ein Auftrag, Herr?« Er braucht mein Geschick als Ärztin. Bestimmt ist es das, versuchte sie sich zu beruhigen.

Ariberts Augen begannen zu glänzen. Mit einem Mal war er wie umgewandelt, seine Stimme warm und sanft wie ein Frühlingsmorgen. Plaudernd schenkte er sich und Prisca aus einem hübschen Zinnkrug Wein ein. Sie rührte ihren Becher jedoch nicht an, stattdessen wiederholte sie ihre Frage.

»Ich habe mir sagen lassen, wie umsichtig du den Waffenknecht unseres Bischofs verarztet hast. Du verstehst etwas von der Heilkunde. Doch wer Kräuter kennt, die gesund machen, der kennt auch solche, die den Tod bringen, nicht wahr?«

Prisca spürte, wie eine unsichtbare Faust sich in ihren Magen grub. Ihr Mund wurde trocken. »Ihr meint … Gift?«

»Unsere Judith begreift schnell«, sagte er anerkennend. »Jawohl, Gift, am besten eines, das langsam wirkt. Es muss nach einer plötzlichen Krankheit aussehen.«

Prisca unterdrückte einen Aufschrei. »Es geht um den Bischof, nicht wahr? Ihr … Ihr plant, ihn zu vergiften!«

»Falsch«, widersprach Aribert von Bühel kalt. »*Du* wirst Emich von Leiningen vergiften, bevor er im Bistum den barmherzigen Samariter spielt und Dinge einführt, die das Domkapitel nicht gutheißen kann. Vor allem darf er Speyer nicht dem Wittelsbacher Ludwig in die Arme treiben.«

Prisca begriff. Aribert von Bühels Sorge um die Zukunft des Bistums war nur vorgeschoben. In Wahrheit ging es ihm um politische Ziele. Er gehörte zu den Gefolgsleuten des Habsburgers Friedrich, der König werden wollte. Bischof Emich war aber kein Freund der Habsburger, deshalb sollte er sterben, bevor er ganz im Sinne des Erzbischofs von Mainz offen Partei ergreifen konnte.

Prisca hätte dem Dechanten zu gern an den Kopf geworfen, wie widerlich sie ihn und seine feigen Mordpläne fand, aber sie riss sich zusammen. Dem Bischof half sie nicht, wenn sie sich nun gehenließ. Davon abgesehen glaubte sie, dass sie den Raum nicht lebend verlassen würde, wenn sie Aribert zu verstehen gab, wie sehr es sie vor ihm grauste.

»Es wird nicht schwierig für dich werden, an Emich heranzukommen, denn er scheint deine ärztliche Kunst sehr zu schätzen«, sagte Aribert von Bühel ungerührt. »Vielleicht hat er sogar eine Schwäche für dich. Zutrauen würde ich es ihm, denn er scheint sich mit Dienstboten und Söldnern besser zu verstehen als mit seinesgleichen. Ich habe dafür gesorgt, dass sein Leibarzt aus Mainz nicht nachkommen wird. Der arme Mann erlitt einen bedauernswerten Reitunfall. Emich wird stattdessen dich rufen lassen, wenn er sich nicht wohlfühlt.«

»Mag sein, aber ich werde den Bischof bestimmt nicht vergiften! Ich bin Heilkundige, keine Mörderin!«

Aribert trank einen Schluck Wein; Priscas Einwand überging er. »Oh doch, du wirst es tun. Und lass dir bloß nicht einfallen, ohne meine Erlaubnis die Stadt zu verlassen. Von heute an werden Wachen an allen Ein- und Ausgängen zur Judengasse stehen. Haben die Marktweiber nicht erst heute früh auf dem Flachsmarkt darüber geredet, ihr Juden hättet einen fremden christlichen Pilger in eurer Gewalt, den ihr nun nicht mehr gehen lassen wollt?«

»Dieses Gerede ist nicht wahr«, widersprach Prisca leidenschaftlich. Payen. Die Gerüchte wurden lauter. Er konnte und durfte nicht länger in der Stadt bleiben.

Aribert hob in gespielter Ahnungslosigkeit die Schultern. »In jedem Gerücht steckt ein Funke Wahrheit. Weigerst du dich, den Bischof aufzusuchen, werden meine Waffenknechte eurem Viertel einen kleinen Besuch abstatten und überprüfen, ob an dem Vorwurf nicht doch etwas dran ist! Was das für deine Leute bedeuten wird, brauche ich dir nicht zu sagen.«

ERFURT, FEBRUAR 1314

Primus' Augen brannten und tränten so stark, dass er sich wie ein Blinder durch den feuchten Nebel Erfurts tastete. Seine Faust umschloss den Stein. Den würde er festhalten, solange noch Leben in ihm war.

In einem Winkel zwischen zwei Häusern blieb er stehen, weil ein Hustenreiz ihn schüttelte. Hinter ihm läutete die Brandglocke des Klosters Sturm. Ein rotglühender Himmel verschmolz über den Dächern mit Rauch und Nebelschwaden zu einem einzigen Brei.

Als Primus unter seiner Kapuze hervorspähte, sah er, wie Männer, vom Geläut alarmiert, mit Eimern in Richtung Kloster liefen. Offensichtlich wollten sie helfen, den Brand zu löschen. In einer Stadt konnte jedes Feuer auch das eigene Leben bedrohen, sobald die Flammen auf die Nachbarschaft übergriffen. Primus wischte sich über die Augen und betete, dass keinem der mit Eimern an ihm Vorbeieilenden sein geschwärztes Gesicht, die roten Augen und die Rußflecke auf seiner Kleidung auffielen. Brachte man ihn mit dem Feuer in Verbindung, war es aus mit ihm. Die Menge würde ihn an Ort und Stelle erschlagen wie einen räudigen Hund.

Am unverdächtigsten wäre es gewesen, sich unter die Helfer zu mischen, aber Primus traute sich nicht, ihnen zu nahe zu kommen. Es glich ohnehin einem Wunder, dass er in der lichterloh brennenden Kammer des Priors den Stein gefunden hatte, der bei seinem Kampf mit Peter von Raulanden zu Boden gefallen war. Im letzten Augenblick hatte Primus ihn unter dem Bett gefunden. Dass er daruntergekrochen war, um das kostbare

Stück zu holen, hatte ihm sogar das Leben gerettet, denn in dem Moment war einer der Balken, die Feuer gefangen hatten, von der Decke gebrochen.

Primus war auf schnellstem Weg aus dem Kloster getaumelt, ohne auf die verblüfften Rufe der Mönche zu reagieren. Niemand hatte ihn aufgehalten, während er den Hof durchquert hatte. Er trug noch immer die Kutte der Augustiner am Leib. Vielleicht wurde er ja deswegen nicht angesprochen.

Es verging eine ganze Weile, bis Primus den Eingang zum Mauergassenviertel wiederfand. Bei Nacht sahen die schmalen Winkel zwischen den ärmlichen Behausungen alle gleich aus. Hinzu kam die eingeschränkte Sicht. Verdammt. Vor einem hohen Eckhaus, an dessen Fassade ein Zunftzeichen zu sehen war, blieb er stehen, um sich zu orientieren. Die Glocke hörte er nur noch ganz schwach, was bedeutete, dass das Kloster bereits in weiter Ferne lag.

Vorsichtig setzte er seinen Weg durch die finstere Stadt fort. Der Baumeister fiel ihm ein. Gewiss wartete Stüplin schon ungeduldig vor der Pforte auf ihn. Ahnte er, dass das Läuten der Brandglocke auch ihnen galt? Primus konnte nicht genau sagen, ob Peter von Raulanden das Feuer überlebt hatte. Wenn dem so war, hatte er womöglich schon die Verfolgung aufgenommen. Primus musste die Kutte loswerden, bevor sie ihn doch noch verriet. Ohne zu zögern, streifte er sie sich über den Kopf und verbarg sie zusammengeknüllt hinter einer Regentonne. Dann setzte er seinen Weg fort. Eine halbe Ewigkeit verging, bis er endlich die richtige Gasse fand. Ja, nun erinnerte er sich an die geduckten Häuser, deren schmale Fensterschlitze nach jedem Sonnenstrahl hungerten, an den Matsch, in dem die Füße versanken, und an die Feuerkörbe, an denen sich Bettler und Gassenjungen tagsüber die Hände wärmten. Einige davon glühten noch schwach, aber kein Mensch war hier zu entdecken. Die Leute, die nicht von der Glocke zum Kloster gerufen worden waren, hatten Türen und Läden verrammelt und zogen sich die Decken über den Kopf.

Vorsichtig schlich Primus ein Stück an der Mauer entlang, bis er auf die Pforte stieß. Seine Erleichterung verwandelte sich jedoch jäh in Enttäuschung, als er Meister Stüplin nirgendwo sah. Der Baumeister war noch nicht da.

Primus presste aufgeregt die Luft aus den Wangen. Und nun? Was sollte er tun? Warten? Vermutlich suchte man schon nach ihm, dem Brandstifter. Als solchen würden Raulanden und der Prior ihn beschuldigen, da ging er jede Wette ein.

Was hatte Raulanden ihm im Kloster voller Hohn an den Kopf geworfen? Nun fiel es ihm wieder ein. Der Baumeister wird nicht kommen, hatte er gesagt.

Er wird nicht kommen.

Primus wurde blass. Natürlich. Während Raulanden ihm aufgelauert hatte, musste der Prior sich den Templer vorgenommen haben. Langsam öffnete er seine Faust und sah sich den Stein an, für den er sein Leben riskiert hatte. Stüplin hatte nicht übertrieben. Einen prachtvolleren Stein hatte Primus noch nie gesehen. Sogar in der Dunkelheit der stinkenden Gasse schien er ein wenig zu funkeln, fast wie Rotwein in einem gläsernen Becher. Verfing sich die Morgenröte in seiner glatten Oberfläche, oder breitete sich der Feuerschein vom Kloster aus? Nein, es fiel kein Licht auf den Stein, und dennoch glühte er. Primus brauchte eine Weile, bis ihm klar wurde, dass er nicht mehr fror. Seine Augen brannten nicht mehr, ja sogar der Schmerz in seiner Schulter war verschwunden.

Stüplin hat es nicht geschafft, begann die traurige Gewissheit in ihm Gestalt anzunehmen. Und nun? Sollte er den Stein trotzdem zurück zum Tempelhof bringen? War er ohne Stüplin überhaupt noch von Wert?

Primus entschied, dass er den Stein Thomas Lermond aushändigen würde. Möglicherweise fand der ja doch eine Verwendung für ihn.

Dafür aber musste er auf der Stelle hinaus aus der Stadt. Seine Hand schloss sich wieder fest um den Stein. Dann erstarrte er, als die Stille der Gasse plötzlich erstarb.

Stimmen waren zu hören. Pfiffe. Barsche Kommandos übertönten das Glockengeläut. Er vernahm Hundegebell, es war nicht mehr fern.

Von Angst getrieben, stürzte Primus zur Pforte.

Raulanden. Er lebt. Und er sucht mich. Er durchkämmt alle Gassen, bis er mich aufgestöbert hat. Ohne zu zögern, ergriff er den Ring an der Pforte und zog, so kräftig er konnte, daran.

Die Tür bewegte sich nicht. Primus versuchte es noch einmal, wobei er einen Blick über die Schulter warf. War dort hinten nicht ein Fackelschein? Sie würden gleich hier sein. Gnade ihm Gott, wenn er Raulanden in die Hände fiel.

Erneut rüttelte er. Vielleicht hatte sich etwas verklemmt? Nein, die Tür bewegte sich kein Stück. Es war aussichtslos. Der Fluchtweg aus der Stadt war ihm versperrt. Hier kam er nicht über die Mauer. Aber woanders auch nicht. Die Stadttore waren geschlossen und wurden gut bewacht. Primus wandte sich um. Die sonderbare Wirkung, die der Stein auf sein Gemüt gehabt hatte, war wie weggeblasen. Seine Schulter pochte und klopfte schlimmer als vorher, und in den Augen sammelten sich Tränen.

Er brauchte ein Versteck. Auf der Stelle. Irgendwo musste es doch ein Schlupfloch geben, in dem er ausharren konnte, bis es Tag wurde.

Und dann? Primus spielte fieberhaft die Möglichkeiten durch, die ihm noch blieben. Er hatte in Erfurt weder Freunde, noch kannte er jemanden, der für ihn sein Leben aufs Spiel setzen würde. Der Baumeister war verschwunden, und im Haus des Vicedominus lief er Raulanden geradewegs in die Arme. Getrieben von Hoffnungslosigkeit machte er kehrt. Seine einzige Chance war, im Mauerviertel ein Versteck zu finden.

Aber es gibt doch jemanden, bei dem du dich verstecken könntest, raunte ihm eine innere Stimme zu.

Ursula? Unmöglich. Er schüttelte den Gedanken so schnell ab, wie er gekommen war. Hatte die junge Magd ihm nicht deutlich zu verstehen gegeben, dass er sie beleidigt hatte und sich nun von ihr fernhalten sollte? Selbst wenn sie mir nicht die Tür vor der Nase zuschlüge, wäre es alles andere als ehrenhaft, sie durch seine Anwesenheit in Gefahr zu bringen. Was, wenn Raulanden ihr das Dach über dem Kopf anzündete, weil sie einem Klosterbrandstifter Unterkunft gewährte? Außerdem bewohnte sie doch eine Kammer im Ochsen am Marktplatz, warum sollte sie dann zu Hause schlafen?

Als Primus bemerkte, dass er schließlich doch vor Ursulas Hütte stand, war es zu spät, um umzukehren. Das Gebrüll der Menge, die einen Schuldigen an dem Brand suchte, wurde lauter. Primus glaubte sogar, Raulandens Stimme zu hören, die seinen Kopf forderte.

Ursula war nicht im Roten Ochsen, sondern tatsächlich in der Hütte.

»Du?« Sie sperrte überrascht die Augen auf, als sie erkannte, wer vor ihrer Tür stand. Mit einem ungnädigen Nicken ließ sie Primus eintreten.

»Was ist das für ein Geschrei?«

»Im Augustinerkloster brennt es.«

»Hast du etwas damit zu tun?«

Primus' Blick wanderte durch das Halbdunkel, bis zum Bett, in dem jemand heftig schnaufte. Ursulas Großmutter. Sie war nicht aufgewacht, stöhnte aber im Schlaf. Als hätte Ursula seine

Gedanken erraten, legte sie einen Finger über die Lippen. »Weck sie bloß nicht auf!«

Primus hob abwehrend beide Hände. Nein, das hatte er auch nicht vor.

»Ich weiß nicht, warum ich dich hereingelassen habe«, flüsterte Ursula mit rauer Stimme. »Nach der Enttäuschung von neulich.« Sie nahm ein Eisen und stocherte damit in der Glut des Herdes. Primus verfolgte gebannt jede ihrer Bewegungen, sagte aber nichts. Es genügte ihm, sie bei der Arbeit zu beobachten. Sie trug ein waidgefärbtes Kleid, das ihr etwas zu groß war, und Holzpantinen an den Füßen. Ihr langes Haar hatte sie zu einem Zopf zusammengebunden. Geschlafen hatte sie offensichtlich noch nicht, denn Primus bemerkte eine Näharbeit neben dem Herd. Vermutlich beabsichtigte sie, die Nacht im Mauerviertel zu verbringen, um ihrer Großmutter zur Hand zu gehen.

»Ich bin froh, dass du es getan hast.« Primus lächelte. »Ich wollte dich unbedingt noch einmal sehen. Neulich habe ich mich schlecht benommen. Dabei wollte ich dich nicht kränken, das musst du mir glauben.«

Ursula zuckte mit den Achseln, mied aber Primus' Blick. »Es spielt keine Rolle, was ich glaube oder nicht glaube«, sagte sie. »Aber du solltest dich für mich freuen. Ich verbringe heute die letzte Nacht in dieser ärmlichen Hütte.«

»Wie soll ich das verstehen?« Im ersten Moment dachte er, die junge Frau würde ihm nicht antworten, denn sie starrte abwesend in die Kohlenglut. Dann drehte sie sich zu ihm um. »Der Wirt vom Roten Ochsen will mich heiraten. Da staunst du, was? Aber ich kann's ja selbst noch nicht glauben. Als er mir den Antrag machte, war ich wie gelähmt. Ich hielt es für einen Scherz, weil er doch das beste Gasthaus Erfurts führt und außerdem mit seinem Kumpan Jost, dem die Backstube am Fischersand gehört, die halbe Nacht gezecht hatte. Aber nein, am Morgen hat er es noch einmal wiederholt. Vor Zeugen sogar. Er braucht jemanden, der seine vier Bälger großzieht. Es macht ihm nichts aus, dass ich nur eine Schankmagd bin. Und die Großmutter soll auch ein Plätzchen im Ochsen finden, hat er gesagt. Sie darf nur niemandem auf die Nase binden, dass ihr Mann die Toten unter die Erde gebracht hat. Das wäre schlecht für den Ausschank.«

Während Ursula scheinbar ungezwungen weiterplapperte, spürte Primus Eifersucht in sich aufsteigen, ein Gefühl, das absolut fehl am Platz war, gegen das er sich aber auch nicht wehren konnte. Er suchte nach Anzeichen von Freude in Ursulas Gesicht: blitzende Augen, gerötete Wangen. Aber ihre Miene wollte nicht so recht zu ihren begeisterten Worten passen.

»Warum heiratet der Ochsenwirt nicht deine Großmutter?«, erlaubte er sich zu fragen und ärgerte sich, dass seine Stimme zitterte. »Vom Alter her müssten die beiden doch viel besser zusammenpassen.«

»Ach, soll ich lieber auf einen jungen Taugenichts warten, der nur an seine Aufträge denkt und mich gar nicht haben will?«, gab sie schnippisch zurück. »Einen Herumtreiber mit falschem Namen? Wo wir beim Thema sind: Was geschieht wohl, wenn ich die Tür öffne und die Männer herbeirufe, die mit Pechfackeln durch das Viertel laufen? Nehmen sie dich dann gefangen?«

Primus nickte widerwillig. »Du kennst doch den Ritter von Raulanden?«

»Den, der neben der Barfüßerkirche wohnt?«

»Er versucht mich zu töten, weil er und der Prior der Augustiner annehmen, dass ich einem verfolgten Tempelritter Beistand leiste.«

Ursula legte die Stirn in Falten. Ihrer skeptischen Miene nach war sie noch unentschlossen, ob sie Primus Mitgefühl entgegenbringen oder ihn zum Teufel jagen sollte. Zu seinem Glück entschied sie sich nicht für Letzteres.

»Der Baumeister Stüplin?«, fragte sie leise. »Gehört er etwa zu den Templern? Ich dachte, die gibt es nicht mehr?«

Anstelle einer Antwort holte Primus den Stein aus seiner Tasche und zeigte ihn der jungen Frau, worauf diese staunend durch die Zähne pfiff.

»Großer Gott, der ist ja wunderschön. Ich glaube, ich habe nie zuvor eine Gemme gesehen, die so gefunkelt hat.« Sie lachte auf. »Wo auch? Das ist etwas für die Reichen. Sie sieht aus, als hätte sie einmal die Krone des Kaisers geschmückt.« Vorsichtig hielt sie den Stein ins Licht der Öllampe und drehte ihn nach allen Seiten. »Was ist das für eine Gravur? Es sieht aus, als hätte jemand etwas eingeritzt. Ein Tierbild.«

»Zeig her!« Primus schnappte nach dem Stein und begann, ihn zu untersuchen. Tatsächlich, Ursula hatte recht. Die feinen Kerben im Stein waren keine Kratzer. Außer dem mit einigen ungelenken Strichen angedeuteten Bild erkannte er nun auch einige Zahlen und Buchstaben. Er atmete tief durch. Davon hatte der Baumeister ihm nichts gesagt.

»Was ist das bloß?« Voller Abscheu schlug Ursula die Hand vor den Mund. »Bei der Mutter Gottes, das ist kein Tier, sondern ein … Monstrum. Es hat den Rumpf eines Menschen, aber auf dem Hals sitzt der Kopf eines Vogels oder eines Hahns. In einer Hand hält die Kreatur eine Peitsche, in der anderen ein Schild.« Sie wandte sich ab und rieb sich die Hände mit einem Tuch ab, als fühlte sie sich durch die Berührung des Steins beschmutzt.

»Dann sind die Templer doch Hexenmeister und Satansanbeter, wie die Predigermönche auf dem Markt sagen? Und mit solchen Leuten treibst du dich rum?«

In Primus stieg Panik auf, die seine Kehle zuschnürte. Erschüttert blickte er von Ursula auf den rot schimmernden Stein in seiner Hand, der ganz unvermittelt seine Unschuld verloren hatte.

War er wirklich getäuscht worden? Gab er sich dafür her, etwas unsagbar Böses in die Welt zu tragen und seine Seele damit dem Teufel zu verschreiben? Warum waren die Templer so hinter diesen Steinen her? Versprachen sie ihnen Macht? Dämonische Macht, mit deren Hilfe sie sich für die erlittenen Demütigungen an Papst und König rächen wollen?

Ein kalter Schauer durchfuhr Primus. Gleichzeitig dachte er an Stüplin, der auf ihn nicht den Eindruck eines heimtückischen Schwarzkünstlers gemacht hatte.

Nein, er durfte sich jetzt nicht verunsichern lassen. Was den Tempelrittern vorgeworfen wurde, war eine Lüge. Primus hätte es doch längst gemerkt, wenn die Herren, die er seit seiner Kindheit bewunderte, in ihrem Haus im Tempelhof Geister beschworen und schwarze Messen gefeiert hätten.

Und doch gab es diese Gemme, die ein Zeichen trug, das keinesfalls zu den Symbolen des christlichen Glaubens gehörte.

Ob auf den Steinen der übrigen Templer ähnliche heidnische Abbildungen zu sehen waren? Stüplin hatte davon gesprochen, dass die Gemmen dem Zweck dienten, ein Mysterium zu hüten, mehr darüber aber nicht verraten.

»Ein Rätsel des Himmels oder der Hölle«, flüsterte Primus müde. Tränen schossen ihm in die Augen. »Vielleicht sollte ich den Stein in die Gera werfen. Doch wer sagt mir, ob ich mich damit nicht versündige? Ich habe auf das Kreuz Christi geschworen, dass ich meinen Auftrag erfüllen werde.«

Ursula legte ihm behutsam die Hand auf die Schulter. Sie schien sich inzwischen beruhigt zu haben, zumindest verzichtete sie darauf, ihre Vorwürfe wegen des Steins zu wiederholen. Mit einer Kopfbewegung wies sie auf die Schlafende hinter dem Vorhang. »Sie kennt jede Menge Sprüche, auch solche, die heute nicht mehr gern gehört werden, weil sie noch aus einer Zeit stammen, in der unsere Vorfahren an den Donnerschleuderer mit dem Raben auf der Schulter glaubten. Als ich klein war, hat sie sie jedes Mal aufgesagt, wenn ich krank war und das Fieber stieg.« Sie lächelte scheu. »Nun ja, geschadet haben sie mir offensichtlich nicht, denn es geht mir gut.«

Primus ließ den Stein in seinem Wams verschwinden. Dann wandte er sich zu Ursula um und ergriff ihre Hand. Sein Wunsch, sie zu küssen und im Arm zu halten, wurde übermächtig. Aber er gab ihm nicht nach. Nicht, weil Ursula ihm von ihrer Verlobung mit dem Wirt erzählt hatte, sondern weil er nicht wollte, dass sie es ihm als Schwäche ohne weiteres Gefühl auslegte. Wie aber sollte es nun mit ihm weitergehen? Sollte er abwarten, bis sich die Leute zerstreut hatten, und dann abermals einen Versuch wagen, die Pforte in der Mauer zu öffnen?

Sein Kopf war schwer vor Müdigkeit und der Furcht, hier wie eine Ratte in der Falle zu sitzen. Tief in Gedanken schrak er auf, als ganz in der Nähe ein Hund anschlug. Nur einen Augenblick später folgten raue Stimmen dem wütenden Gebell. Jemand hämmerte gegen die Tür.

Sie waren da. Ursula hob warnend die Hand und bedeute Primus, keinen Laut von sich zu geben. Er deutete auf die Leiter zum Boden, wo er und Ursula sich geliebt hatten, aber Ursula schüttelte den Kopf. »Dort oben finden sie dich. Gib mir deine Schuhe, rasch!«

»Aufmachen, wird's bald«, drang da auch schon eine dumpf verzerrte Stimme durch die Tür. Primus folgte Ursula durch den Raum bis zu einem Winkel gegenüber der Herdstelle und entfernte dort hastig ein wenig Stroh und Gras vom Fußboden.

»Ein Keller?« Dort sollte er sich verstecken?

»Er ist nicht groß und vollgestopft mit allerlei Kram, aber wenn du dich flach auf den Boden kauerst, wird es schon gehen. Ich versuche, die Burschen da draußen loszuwerden.«

Die Schläge gegen die Tür wurden lauter und fordernder. Die Männer vor dem Haus würden sie, ohne mit der Wimper zu zucken, aufbrechen, wenn Ursula jetzt nicht schleunigst öffnete. Obwohl es Primus davor schauderte, in das finstere Loch hinunterzusteigen, öffnete er die Falltür. Eine andere Möglichkeit, mit heiler Haut davonzukommen, gab es nicht.

»Lass mir den Stein«, verlangte Ursula, wobei sie es vermied, Primus in die Augen zu blicken. Starr fixierte sie die Eingangstür, als erwartete sie, das Holz jeden Moment in tausend Stücke zersplittern zu sehen.

»Was?« Primus' Hand schnellte unter sein Wams und tastete nach der Gemme der Templer. »Aber warum?«

»Keine Sorge, ich werde ihn woanders verstecken. Falls du doch entdeckt wirst …« Sie sprach nicht weiter, weil plötzlich hinter dem Vorhang das Bett knarrte. Die alte Frau war aufgewacht und begann erschrocken nach Luft zu schnappen. »Ursula?«, krächzte sie, begleitet von einem heftigen Hustenanfall. »Wer ist da?«

Primus biss sich auf die Lippen. Er hatte keine Ahnung, warum Ursula, die den Stein doch als Hexenwerk verdächtigte, ihn nun auf einmal von ihm forderte. Doch ihm blieb wohl keine andere Wahl, als ihr zu vertrauen. Zögernd gab er ihr den Stein, dann ließ er sich in das muffige Kellerloch hinab. Bleischwarze Finsternis schlug wie eine Welle über ihn, als Ursula die Klappe schloss und das Stroh über ihr verteilte. Starr jede Bewegung vermeidend hörte er, wie sie zur Tür lief, den Riegel zurückschob und mit einem unterdrückten Aufschrei zurücksprang.

»Hast du auf den Ohren gelegen, Weib?«, brüllte ein Mann Ursula an, dessen Stimme Primus sogleich wiedererkannte. Es war Raulanden. Er schien sich von dem Schlag auf den Kopf rasch erholt zu haben. Warum hatte der Mönch mit seinem

Eimer nicht kräftiger ausgeholt? Bei dem Gedanken an den Verrat, den der Neffe des Statthalters und sein Patenonkel ersonnen hatten, stieg heißer Zorn in ihm auf. Wie gern wäre er aufgesprungen, um Raulanden zum Zweikampf zu fordern. Doch er wusste auch, dass dies einen grausamen Tod nach sich gezogen hätte.

»Verzeiht, Herr, aber wir haben bereits geschlafen«, hörte er Ursula sagen. »Es ist mitten in der Nacht, und meiner Großmutter geht es nicht gut.«

Ein humorloses Lachen war die Antwort. »Willst du mir weismachen, dass ihr nicht einmal die Brandglocke vom Kloster der Augustiner gehört habt? Die würde selbst Tote aufwecken!«

Schwere Schritte polterten durch die Stube. Dann war das Geräusch von zerspringenden Schüsseln und Bechern zu hören. Raulanden schien eine größere Anzahl von Bewaffneten bei sich zu haben. Mit schneidender Stimme gab er den Befehl, zum Heuboden hinaufzusteigen. »Was habe ich mit dem Feuer bei den Bettelmönchen zu tun?«, beschwerte sich Ursula. Ihre Stimme klang ärgerlich, verriet aber kein Anzeichen von Furcht. »Die haben doch bestimmt bei ihren Psalmengesängen vergessen, alle Kerzen zu löschen.«

»Ich suche einen Brandstifter und Dieb, der mich angegriffen hat, als ich ihn in den Räumen des ehrwürdigen Priors beim Stehlen erwischte.«

»Und was habt Ihr im Kloster zu suchen gehabt? Wie ein Mönch seht Ihr gar nicht aus?« Sie hatte kaum ausgesprochen, als Primus sie aufschreien hörte. Er ballte die Faust. Raulanden musste sie geschlagen haben. Meinetwegen, dachte er reuevoll. Dass dieser Mistkerl sie misshandelt, ist allein meine Schuld. Er konnte den Gedanken kaum ertragen, dass Ursula seinetwegen gequält wurde.

Hinter dem Vorhang hustete die alte Frau. Kurz darauf huschte jemand schimpfend über die Dielen. Primus vermutete, dass Raulanden Ursulas Großmutter von ihrer Strohschütte gejagt hatte und nun auch ihren Alkoven durchsuchte. Er hörte eine Reihe hässliche Geräusche, die darauf hinwiesen, dass Raulandens Schwert das bescheidene Bettzeug der Alten zerfetzte.

»Ihr sucht Euren Brandstifter im falschen Haus, Herr Ritter!« Ursula klang plötzlich kleinlaut. »Hier ist heute niemand hereingekommen.«

»Die Schlammspur, die sich bis zu deiner Hütte zieht, sagt mir aber etwas anderes«, spottete Raulanden. Er ging im Raum auf und ab, wobei er dem Winkel über dem Kellerabgang näher kam. Primus hielt die Luft an und presste die Lippen aufeinander. Zu seinen Füßen spürte er eine Bewegung. Eine Ratte.

Nun schien der Mann direkt über ihm zu stehen. Primus spürte, wie sein Herz gegen die Rippen trommelte. Nun war es so weit. Jeden Moment würde Raulanden das Stroh zur Seite schieben und mit einem triumphierenden Aufschrei die Falltür aufschlagen.

»Die Spur vor dem Haus?« Ursulas Schritte näherten sich. »Die habe ich hinterlassen, als ich heute vom Roten Ochsen heimkam, um nach der Kranken zu sehen. Dort neben der Herdstelle stehen meine Schuhe. Mein Verlobter hat sie mir geliehen, weil meine eigenen so feucht und durchlöchert waren. Sie sind völlig beschmutzt, ich kam nur noch nicht dazu, sie zu reinigen.«

Eine Weile blieb es still in der Stube. Raulandens Atem ging schleppend, während seine Füße unruhig über die Dielen scharrten.

Primus spürte, wie ihm Staub in die Nase drang. Luft, schoss es ihm durch den Kopf. Ich brauche Luft, sonst ersticke ich.

»Falls du einen Burschen siehst, der in der Nähe an der Stadtmauer herumschleicht, hast du Meldung zu machen, verstanden?«, brummte Raulanden von oben auf ihn herab.

»Und wer kommt für den Schaden auf, den Eure Leute hier angerichtet haben?«

Raulanden fuhr mit einem ärgerlichen Laut auf. »Du willst dir wohl noch eine Ohrfeige fangen, du freches Luder?«

Er rief seine Männer zusammen und stapfte mit schnellen Schritten zur Tür hinaus. Ursula wartete einen Moment, bevor sie den Riegel wieder vorlegte.

»Ich hätte ihn umbringen sollen«, fauchte Primus, als er wenig später wieder aus dem Keller kam und sah, wie sich Ursula mit einem feuchten Tuch Blut aus dem Gesicht wischte. »Es ist nicht so schlimm«, versuchte sie ihn zu beschwichtigen. »Da habe ich schon ganz andere Hiebe eingesteckt. Wenigstens ist Großmutter trotz der Aufregung gleich wieder eingeschlafen.« Ein liebevoller Blick streifte den Alkoven. Ursula hatte das Lager der alten Frau notdürftig mit ein paar heil gebliebenen Wolldecken bezogen und ihr dann ins Bett geholfen.

»Hast du dir unseren Vorratskeller genau angesehen?«, wollte sie wissen, nachdem Primus' Zorn sich gelegt hatte.

»Den Keller? Warum fragst du?«

Ursula lächelte verschmitzt. »Ich wollte ihn dir schon vor ein paar Tagen zeigen, erinnerst du dich? Aber da …« Abermals zog sie an der Lederschlaufe, mit deren Hilfe sich die schmale Falltür öffnen ließ, und leuchtete mit der Öllampe hinunter. »Vermutlich hast du geglaubt, der Keller bestehe nur aus einer engen Vertiefung, die ins Erdreich gegraben wurde, kaum größer, als darin ein paar Krüge Öl und einige Malter Korn und Hirse zu lagern. Aber die Häuser hier grenzen fast alle an die Stadtmauer, einige sind sogar an sie angebaut.« Sie hob den Blick, der weich wurde, als Primus ihr sanft durchs Haar fuhr.

»Willst du damit sagen, dass ich durch euren Keller aus der Stadt hinauskomme?«

Sie nickte nur, während sich Tränen in ihren Wimpern verfingen. Es waren Tränen, die nicht vergossen werden wollten.

»Ich werde nicht mit dem Wirt vom Roten Ochsen vor den Altar treten«, sagte sie voller Entschlossenheit. Primus sah sie überrascht an. Hatte er sich nicht genau das gewünscht? Dass Ursula keine Ehe mit einem anderen einging? Aber welches Recht hatte er, ihr das auszureden? Sie hatte ihn vor Raulanden gerettet, hieß das auch, dass sie verpflichtet war, auf ein Leben in Wohlstand und Geborgenheit zu verzichten? Wenn sie es geschickt anfing, würde sie noch vor Martini zu den geachtetsten Frauen Erfurts zählen.

Sie gab ihm den Stein zurück, den sie vor Raulandens Männern in einem ihrer Holzpantinen versteckt hatte.

»Willst du mit mir kommen?« Nun hatte Primus die Frage gestellt, die ihm auf den Nägeln brannte.

»Auf die andere Seite der Mauer?«, fragte sie langsam. »Aber was erwartet mich dort?«

Primus hob ein wenig hilflos die Hand, weil nichts, was er darauf erwidern konnte, für sie überzeugend klingen würde. »Antworten«, sagte er schließlich, wobei er den roten Stein noch einmal im Licht der Lampe funkeln ließ.

»Ich würde dich begleiten, aber ich kann meine Großmutter nicht allein lassen. Sie ist krank. Ohne mich würde sie sterben.« Sie schlug die Augen nieder und machte einen Schritt zurück, damit Primus sich in den Kellerverschlag hinunterlassen konnte. »Geh jetzt, bevor ich mich vergesse und dir folge. Wenn Gott will, sehen wir einander eines Tages wieder. Bis es so weit ist, werde ich die Augen nach deinem Baumeister offenhalten. Der Mann schuldet uns noch eine Erklärung, nicht wahr?«

Vielleicht bekommen wir die niemals, dachte Primus. Ein letzter Blick hinauf zu Ursula, bis von ihr nur noch eine Silhouette im Kerzenlicht übrigblieb. Dann räumte er vorsichtig einige der Säcke zur Seite und sah den Durchschlupf in der Wand, hinter dem sich ein dunkler Gang auftat.

SPEYER, FEBRUAR 1314

Priscas Kopf fühlte sich schwer an, jeder ihrer Schritte wurde von einem dumpfen Schmerz im Magen begleitet. Kraftlos schleppte sie sich über den Domplatz, dem sie jedoch nicht mehr Beachtung schenkte als dem Haus des Bischofs. Irgendetwas tief in ihrem Innern mahnte sie, den Blick starr auf ihre Füße zu richten, wenn sie nicht wie Lots Frau zur Salzsäule erstarren oder zumindest auf offener Straße weinend zusammenbrechen wollte. Verzweiflung trieb ihr die Tränen in die Augen, und ihr einziger Wunsch war, die Tür ihrer Kammer hinter sich ins Schloss fallen zu hören. Und doch traute sie sich nicht nach Hause. Einerseits, weil sie befürchtete, dass tatsächlich schon Bewaffnete vor der Judengasse standen, andererseits, weil sie ihren Verwandten heute nicht mehr begegnen wollte.

Sie hatte versagt. Geriet die Gemeinde in Gefahr, war das allein ihre Schuld.

Und ihr Vater? An Payen wagte sie nicht einmal zu denken. Er würde toben, wenn er erfuhr, dass er seinen Schwur nicht würde erfüllen können.

Mit letzter Kraft schlug sie den morastigen Weg ein, der zum Rheinufer führte, und setzte sich dort, der eisigen Kälte trotzend, auf einen flachen Stein. Was sollte sie nun tun? Wie sie den Dechanten einschätzte, hatte er bereits den Befehl gegeben, sie zu beobachten, um zu verhindern, dass sie aus Speyer floh. Seine Wachleute würden jeden Mann und jede Frau, die ihnen zwischen Flachsmarkt und Webergasse verdächtig vorkam, kontrollieren. Einen lahmen Mann unter diesen Bedingungen vor die Tore zu schmuggeln war ein Ding der Unmöglichkeit.

Prisca riss sich den Schleier vom Kopf und traktierte ihre Schläfen mit beiden Fäusten. Denk nach, zwang sie sich. Denk nach. Du musst einen Ausweg finden, sonst ist Payen verloren.

Als sie schließlich heimkehrte, ging es bereits auf die zwölfte Stunde zu, aber ihr Onkel war noch wach. Besorgt verrammelte er hinter ihr die Tür und nahm die Kerze aus dem Fenster.

»Am Eingang der Gasse stehen Männer. Sie verfluchen uns wegen der Kälte, lassen sich aber nicht einmal durch gutes Zureden dazu bewegen, nach Hause zu gehen. Hat der Bischof sie geschickt, oder handeln sie im Auftrag der Stadt?«

Prisca senkte unglücklich den Blick. Wie gern hätte sie sich ihrem Verwandten anvertraut, aber Aribert von Bühel hatte ihr zu verstehen gegeben, wozu er fähig war, falls sie auch nur ein Sterbenswörtchen verriet. Ein Wort von ihm genügte, um die Juden von Speyer ins Unglück zu stürzen. Aribert war mit einigen der einflussreichsten adeligen Familien der Stadt verwandt und verschwägert.

»Payen kann nicht fort«, stellte sie erschöpft klar, während sie etwas Wasser in eine Schüssel laufen ließ, um sich die Hände zu waschen. Seit ihrer Unterhaltung mit Aribert fühlte sie sich beschmutzt und wäre am liebsten in die Mikwe hinabgestiegen, um in reinem Wasser so lange unterzutauchen, bis sie sich wohler fühlte. Doch das rituelle Bad war längst verschlossen.

Müde betrachtete sie ihr Spiegelbild in der Schüssel. »Die Wachen würden ihn als Fremden erkennen und sich an die Gerüchte erinnern, die momentan durch die Stadt gehen. Dass wir einen Christen verstecken.«

»Aber was sollen wir jetzt bloß machen? Der Fuhrknecht, den ich bestellt habe, kommt nach Tagesanbruch zum Spital, um Payen auf den Karren zu helfen. Was sage ich ihm nur?« Wütend schlug der stämmige Mann mit der Faust auf den Tisch.

»Du musst dir eben eine Ausrede einfallen lassen. Sag, es wäre jemand krank geworden. Das könnte auch erklären, warum das ganze Viertel abgesperrt wurde. Die Leute haben Angst vor Seuchen.«

»Ich begreife das nicht«, sagte Abraham. »Der Bischof hat doch viel größere Sorgen als die Judengasse. Es sei denn …« Abraham erbleichte. Aufgeregt zwirbelte er die Enden seines ergrauten Schnurrbartes. »Ihm ist zu Ohren gekommen, dass in der Stadt etwas gegen uns im Gange ist. Aber er muss einen Aufruhr um jeden Preis vermeiden, denn käme es zu einem Kräftemessen zwischen ihm und dem Rat der Stadt, könnte er leicht den Kürzeren ziehen. Das darf er nicht riskieren, so kurz vor der Königswahl.«

Prisca unterbrach ihren Onkel nicht. Hätte ihr Aribert seine Pläne nicht offenbart, so wären ihr Abrahams Mutmaßungen auch vernünftig erschienen. Nachdenklich sah sie zu, wie der alte Mann aufgeregt in der Stube auf und ab ging.

»Sie werden doch hoffentlich nicht in die Gasse eindringen?«, fragte er plötzlich und blieb stehen. »Du musst es doch wissen, Prisca, wo du doch so gute Kontakte zur Domstadt hast.«

Prisca atmete tief durch. Obwohl sie am Boden zerstört war und weder ein noch aus wusste, rang sie sich ein mattes Lächeln ab, um wenigstens die Sorgen ihres Onkels zu schmälern.

Nein, solange sie den Mund hielt und Ariberts Anweisungen befolgte, würde niemand das Viertel stürmen. Wenigstens hatte der Dechant ihr das zugesichert. Alles, was sie zu tun hatte, war, dem Bischof Gift zu verabreichen und ihn damit qualvoll zu töten.

Prisca wartete, bis sich Abraham in seine Schlafkammer zurückgezogen hatte, dann verließ sie das kleine Haus ein weiteres Mal und begab sich zum Spital. Dort traf sie die alte Esther an, die bei Brot und Wein am Tisch saß und ungeniert in Priscas Krankenbuch blätterte. Nach den Beschlüssen des Ältestenrats war es aber nur Prisca und Rabbi Moses erlaubt, es anzusehen. Das Buch enthielt nicht nur Angaben über die Herkunft der Patienten, sondern auch Berichte über durchgeführte Behandlungen und Eingriffe, Auszüge aus medizinischen Schriften, die Prisca gesammelt hatte, Rezepturen und Rechnungen für Arzneien und Nahrungsmittel. Kam es zu Todesfällen, so wurden diese ebenfalls mit aller Sorgfalt vermerkt. Ein Verzeichnis auf einer schmalen Pergamentrolle listete die Habseligkeiten der Verstorbenen auf.

Als Esther ihre Dienstherrin bemerkte, klappte sie das Buch erschrocken zu. Da erkannte Prisca, dass die Alte nicht nur geschnüffelt, sondern auch geplant hatte, selbst Eintragungen im Buch vorzunehmen. Der gespitzte Griffel in Esthers Hand ließ darauf schließen.

»Finger weg, Esther!«, rief Prisca wütend. »Das Buch geht dich gar nichts an!«

Esther versank nur kurz in ihrem Pelz, einem Mantel, den Prisca noch nie zuvor an ihr gesehen hatte, aber ihre Scham darüber, bei etwas Verbotenem ertappt worden zu sein, hielt sich in Grenzen. Seit sie im Spital aushalf, hatte die Alte Prisca spüren lassen, dass es ihr missfiel, sich von einer wesentlich jüngeren Frau, die nicht einmal verheiratet war, rügen zu lassen. So zuckte sie auch jetzt nur trotzig mit den Achseln und warf den Kopf zurück. »Ach ja? Und wo hast du dich bis nach Sonnenuntergang herumgetrieben? Vor zwei Stunden ist in der Krankenstube jemand gestorben, aber du warst nicht da!«

Prisca schlug die Hand vor den Mund. Ihr erster Gedanke galt Payen, aber das konnte nicht sein, da Esther dessen Kammer ja nicht betreten durfte. Abraham besaß zwar einen Schlüssel, hätte ihn aber niemals Esther gegeben, und außerdem hatte er ihr zu Hause nichts von einem Todesfall im Spital erzählt.

»Es ist die Alte«, rief Esther ihr hinterher, als sie, so rasch sie konnte, in die Krankenstube lief. »Die mit dem Husten. Sie hat sich nicht mehr erholt. Und vor zwei Stunden tat sie ihren letzten Atemzug.«

Prisca musste sich zusammennehmen, um während der Untersuchung des leblosen Körpers nicht zu weinen. Dabei empfand sie nicht nur Trauer über den Tod der gebrechlichen Frau, die im Spital Linderung ihres Leidens gesucht hatte, sondern kämpfte auch gegen ihr schlechtes Gewissen, weil sie nicht bei ihr gewesen war. Dabei hatte die Händlerin am Nachmittag noch recht munter ihre Hühnerbrühe gelöffelt; nichts hatte darauf hingewiesen, dass sie die Nacht nicht überstehen würde. Und doch war sie nun tot, wenngleich auch nicht am Husten erstickt. Selbst Esther bestätigte mürrisch, keinen Laut von der alten Händlerin gehört zu haben. Ihr schwaches Herz hatte einfach aufgehört zu schlagen.

»Warum hast du weder meinen Onkel Abraham noch den Rabbi verständigt?«, wollte Prisca wissen, nachdem sie behutsam ein Leintuch über den mageren Leib der Greisin gezogen hatte. »Du hast die Tote einfach liegen lassen, bist in die Kräuterkammer gegangen und hast dir das Krankenbuch geholt. Warum?«

Esther schnappte nach Luft. Da sie begriff, dass sie Prisca kaum mit Ausflüchten abspeisen konnte, senkte sie den Blick und versuchte die Schuhe aus weichem Kalbsleder zu verbergen, die sie an den Füßen trug.

Prisca starrte sie an. Nun wurde ihr so manches klar. Esther fälschte hinter ihrem Rücken die Bücher. Gerade eben schien sie die Angaben über die Hinterlassenschaft der alten Händlerin ein wenig korrigiert zu haben, um sich deren Habseligkeiten, einen guten Mantel und ein Paar Schuhe, unter den Nagel zu reißen.

Prisca versuchte erst gar nicht, ihren Zorn über diesen Vertrauensmissbrauch zu unterdrücken. Ohne eine Miene zu verziehen deutete sie zur Tür. »Hinaus mit dir!«

Esther, die nicht so schnell klein beigab, hob die Hand. »Nur mal langsam, Mädchen«, fauchte sie zurück. »Erst treibst du dich herum und überlässt es mir allein, die Kranken zu pflegen, und dann spielst du dich auch noch als Herrin auf.« Sie lachte bitter. »Als ob du jemals eine Herrin sein könntest. Pah! Jeder Bewohner dieser Gasse erinnert sich daran, dass du das Kind einer Hure bist, die es nur der Großzügigkeit des armen Abraham zu verdanken hat, dass sie nicht aus dem Haus gejagt wurde, nachdem sie sich von einem Christen hat schwängern lassen.«

»Du wirst dieses Spital verlassen und nie wieder einen Fuß über die Schwelle setzen«, sagte Prisca ruhig. Sie setzte sich auf die Bank und schlug das Krankenbuch auf. Sie musste eintragen, dass die Händlerin gestorben war. Dummerweise konnte sie den Zeitpunkt des Todes nur aufgrund der *rigor mortis* abschätzen, also der Erstarrung des Leichnams, sowie der Flecke, die sich auf der Haut der Greisin gebildet hatten. Um Esther nach Einzelheiten zu fragen, war sie zu stolz. Die sollte endlich zusehen, dass sie ihr aus den Augen kam.

»Ich werde zum Rabbi gehen und mich beschweren«, giftete die Krankenwärterin. »Der wird dir den Kopf schon wieder zurechtrücken. Und wegen dieses sonderbaren Menschen, der in der Kammer haust, ist das letzte Wort auch noch nicht gesprochen. Ich weiß genau, wer das ist. Mir machst du nichts vor, du hochnäsiges Geschöpf. Du wirst es noch bereuen, mich so respektlos behandelt zu haben.«

Sie ließ die Tür krachend ins Schloss fallen.

Prisca blieb eine Weile still sitzen und versuchte, sich auf ihre Arbeit zu konzentrieren. Doch immer wieder entglitten ihr die Gedanken, sie war einfach nicht fähig, die Eintragung über den Tod der alten Händlerin zu Papier zu bringen.

Schließlich sprang sie auf. Dabei rutschte ihr das Krankenbuch von den Knien. Anstatt es aufzuheben, hastete sie durch die einsame Krankenstube, vorbei an der Leiche, und klopfte atemlos an Payens Tür, bis der ihr verschlafen Antwort gab.

Keine zehn Minuten später standen zwei frierende Waffenknechte argwöhnisch, aber auch ein wenig ängstlich vor dem Leichnam der alten Händlerin. Prisca hatte sie herbeigerufen, und obwohl sich beide zunächst geweigert hatten, auch nur einen Fuß in die Judengasse zu setzen, hatten sie ihrem beharrlichen Drängen schließlich nachgegeben.

Prisca hatte eine Tranlampe angezündet und sie an das Kopfende der Aufgebahrten gestellt. Einerseits aus Gründen der Pietät, andererseits aber auch, damit die Waffenknechte die Frau besser in Augenschein nehmen konnten. Es dauerte so auch nicht lange, bis einem der Männer die rötlichen Flecke auffielen, die sich über das ausgezehrte Gesicht der Greisin verteilten. Die Augen der Toten lagen tief in ihren Höhlen, schienen aber im Schein der Tranfunzel rot zu glühen. Der Knecht bekreuzigte sich unschlüssig. Sein Kamerad runzelte verärgert die Stirn.

»Ich hielt es für richtig, den Tod der alten Frau gleich zu melden«, sagte Prisca, dem Protest der beiden zuvorkommend. »Wie ihr vielleicht wisst, möchte der ehrwürdige Bischof Emich mich zu seiner Leibärztin ernennen. Domdechant Aribert von Bühel hat ihm dies empfohlen. Daher muss ich meiner Pflicht nachkommen und es melden, wenn in der Stadt jemand stirbt, der möglicherweise am Aussatz oder einer seltenen Krankheit litt.«

»Heilige Mutter Gottes, woran ist dieses Weib gestorben?« Dem Bewaffneten entglitten die Gesichtszüge. Während sein Freund um Haltung bemüht war, schien er kurz davor, die Nerven zu verlieren. Vermutlich hatte er schon allerlei Gespenstisches über den Ort gehört, an den die Juden ihre Gebrechlichen und Kranken brachten. Prisca konnte das nur recht sein.

»Meine Gehilfin schwört bei den Tafeln des Bundes, dass es

dem Weib am Nachmittag noch gutging«, flüsterte Prisca. »Aber Ihr wisst sicher selbst, wie rasch sich ein Blatt wenden kann. Manche Seuchen lassen einem Kranken kaum noch Zeit, ein letztes Gebet zu sprechen.«

»Eine Seuche«, presste der Mann zwischen den Lippen hervor. Er war blass geworden. Voller Angst trat er einen Schritt zurück und bat seinen älteren Kameraden mit einem flehentlichen Blick, endlich das Zeichen zum Rückzug zu geben.

»Ich weiß, was uns vorgeworfen wird!« Prisca hob seufzend die Hände. »Die Leute munkeln, wir würden hier einen armen christlichen Pilger verstecken.«

»Lächerlich«, keuchte nun auch der andere Knecht. »Hab ich nie geglaubt.« Er stieß seinen Kameraden an und forderte ihn mit einer knappen Kopfbewegung auf, die Krankenstube zu verlassen. Offensichtlich hatten beide genug gesehen. Prisca sprach ein stilles Gebet, als sie das Leintuch wieder über den Kopf der Toten zog. Dann eilte sie den Männern nach und holte sie ein, als diese bereits auf dem verlassenen Hof standen. Ihnen gegenüber erhoben sich die Umrisse der Synagoge. Außer dem Wind, der das Stroh auf der Gasse aufwirbelte, und einem heulenden Hund war im ganzen Viertel kein Geräusch zu hören.

»Ihr werdet verstehen, dass wir die arme Tote so schnell wie möglich unter die Erde bringen müssen«, erklärte Prisca. »Nicht auszudenken, was geschehen könnte, wenn sich eine Seuche über Speyer ausbreitet, nur weil die Gasse abgesperrt bleibt und uns der Weg zum Friedhof in Altspeyer verwehrt ist. Der ständige Nebel, der Frost, die Kälte. Das sind keine guten Omen, nicht wahr?«

»Tragt das Weib gleich morgen zu eurem Friedhof hinaus«, unterbrach sie der ältere Knecht. »Aber seht zu, dass niemand etwas von einer Seuche erfährt. Wir haben den Befehl, es in der Stadt nicht zu einem Aufruhr kommen zu lassen. Verstanden?«

Prisca nickte. Sie hatte sehr wohl verstanden. Als die beiden Männer unter dem Torbogen verschwunden waren, schloss sie die Tür zur Krankenstube ab und eilte nach Hause, um mit ihrem Onkel zu sprechen. Es würde schwer werden, ihn von ihrem Vorhaben zu überzeugen, aber ihr blieb keine andere Wahl, als es zu versuchen.

Der nächste Tag war ein Freitag. In der Judengasse begannen die Frauen im Morgengrauen damit, Fleisch zu garen und *Challot*, zu Zöpfen geflochtene Brote aus weißem Mehl, zu backen, denn es galt, den wöchentlichen Sabbat vorzubereiten. Nach Sonnenuntergang würde bis zum nächsten Abend die Arbeit in sämtlichen Häusern, Läden und Werkstätten des Viertels ruhen.

Prisca stand auf, als es noch dunkel war. Sie hatte kaum geschlafen, weil sie viel zu aufgeregt gewesen war, um auch nur ein Auge zuzumachen. Dafür nahm sie sich genügend Zeit, um sich sorgfältig zu kleiden und das Haar zu richten. Sie wählte ein bescheidenes Kleid aus grünem Wollstoff und darüber einen Mantel mit Pelzkragen, der einmal ihrer Mutter gehört hatte. Die bronzene Brosche, mit der man ihn schließen konnte, war verlorengegangen, aber das störte Prisca nicht, ihr bedeutete das Kleidungsstück trotzdem viel. Wenn sie es trug, bildete sie sich manchmal ein, den Duft ihrer Mutter wahrzunehmen, und das schenkte ihr ein Gefühl von Trost und Geborgenheit.

Ohne Frühstück verließ sie das Haus, um die Männer der *Chewra Kadischa*, der heiligen Bruderschaft, aufzusuchen, deren Aufgabe darin bestand, sich um die rituelle Bestattung der Toten zu kümmern. Im Haus des Wollhändlers Syrmond, der den Vorsitz führte, traf sie auch ihren Onkel und den Rabbi. Die Männer führten ein hitziges Streitgespräch und nahmen Prisca erst wahr, als diese mit lauter Stimme verkündete, dass sie sich nun auf den Weg zum Bischof machen würde.

Rabbi Moses sah sie erschrocken an. Dann hob er abwehrend beide Hände, als fürchtete er, Priscas Worte könnten ihn wie Pfeile verletzen. »Abraham hat uns von dem Todesfall im Spital erzählt«, sagte er ehrfurchtsvoll. »Das arme Weib. Möge sie in Frieden ruhen und ihre Seele im Bund des Lebens verbleiben.« Er räusperte sich. »Ich muss gestehen, dass deine Bitte mich überrascht, weil sie sich sehr sonderbar anhört.«

»Sie ist nicht nur sonderbar, sondern völlig verrückt«, widersprach Syrmond erregt. »Was glaubt ihr, was die Menge mit uns anstellen wird, wenn sie uns dabei erwischt? In Stücke wird der Pöbel uns reißen. Dieser Templer bringt uns den Tod. Das habe ich neulich im Rat gesagt, und ich kann es gern wiederholen.«

»Meine Nichte weiß, was sie tut«, beendete Abraham die Diskussion. »Nach allem, was sie als Heilerin für die Kranken unseres Volkes getan hat, wäre es verwerflich, sie nun im Stich zu lassen.« Er lächelte Prisca zu, die unsagbar dankbar für den Rückhalt ihres Onkels war. Nie hätte sie erwartet, dass ein so furchtsamer, auf Regeln bedachter Mann wie er ihr Vertrauen entgegenbringen würde. Das machte ihr Vorhaben allerdings umso gefährlicher, denn wie die Dinge lagen, würde sie Speyer noch heute verlassen und vermutlich nie wieder zurückkehren. Sie konnte nur beten, dass Aribert es nicht wagte, ihren Onkel dafür büßen zu lassen.

»Wir werden auf sie warten«, beschied Abraham, und der Rabbi nickte nach einem kurzen Zögern. »Bis die Nacht hereinbricht, gibt es noch eine Menge vorzubereiten.«

Erfassten die Männer wirklich, was sie vorhatte? Prisca wurde es schwer ums Herz bei dem Gedanken, ihr geliebtes Spital bald nicht mehr betreten zu dürfen. Sie hatte noch in der Nacht alles aufgeschrieben, was sie über die Pflege und Behandlung der Kranken im Viertel wusste, und konnte nur beten, dass der Rabbi und der Rat nach ihrem Verschwinden weise genug sein würden, eines Tages einen Heilkundigen nach Speyer zu rufen, der ihre Arbeit fortsetzte.

Im Bischofspalast ließ sie sich zu dem verwundeten Waffenmeister führen, dem sie einige Tage zuvor im Dom Erste Hilfe geleistet hatte. Als sie die Verbände des Mannes öffnete, stellte sie zu ihrer Erleichterung fest, dass seine Verletzung gut zu heilen schien. Weder hatte sich das Fleisch entzündet, noch litt er unter Fieber. Prisca schrieb das ihrer heilenden Salbe zu und nahm sich vor, eine kleine Menge davon in der Kräuterkammer des Spitals zu hinterlassen. Bis zur Ankunft eines neuen Arztes würde das genügen.

»Ich bin dir dankbar für deine Bemühungen«, sagte der Bischof leutselig, als Prisca wenig später zu ihm vorgelassen wurde, um ihm Bericht zu erstatten. Prisca kam es so vor, als habe er auf sie gewartet, zumindest zeigte er keinerlei Überraschung darüber, dass sie ihn sprechen wollte. Er stand auf einem Balkon, der hinter einer Reihe gotischer Spitzbögen lag und ihm einen vortrefflichen Ausblick über den Domplatz und die ganze Stadt erlaubte. Eingezwängt zwischen die weitläufigen Amtssitze der Domherren und geistlichen Würdenträger, duckten sich die einfachen Häuser der übrigen Stadtbewohner, in der Mehrzahl bescheidene Holz- und Lehmbauten mit Ställen und Scheunen, vor denen Hühner und Schweine auf der Suche nach Abfällen durch den Matsch liefen. Auf der anderen Seite des Platzes, auf dem an Markttagen gefeilscht und gehandelt wurde, gab es aber auch eine wachsende Anzahl stattlicher Gebäude, die das neu erwachte Selbstbewusstsein des städtischen Adels und Bürgertums zum Ausdruck brachten. Kaufleute und Zunftmeister wohnten in den Gassen um die Münze herum oder – sofern sie die Nähe des Bischofssitzes scheuten – beim nördlichen Stadttor, das sich am Ende des Marktwegs wie ein kampferprobter Riese über die Dächer und Türme erhob.

»Nun, wie geht es meinem armen, alten Waffenmeister?«

Prisca verneigte sich respektvoll, während sie dem Bischof erklärte, dass der Mann sich auf dem Wege der Besserung befand.

»Und was ist aus dem jungen Burschen geworden, der in das Handgemenge vor dem Dom geraten ist?« Noch während er sprach, wandte sich der Bischof einem Buch zu, das auf einem mit hübschen Schnitzereien verzierten Stehpult lag. »Sagte er nicht etwas von einem Auftrag, der ihn in die Judengasse führte?«, murmelte er geistesabwesend.

»Nun, wie ich hörte, hat er Speyer schon wieder verlassen.«

Bischof Emich hob den Blick und sah Prisca abwartend an, doch als die ihrer Antwort nichts mehr hinzufügte, lächelte er verständnisvoll. Er schlug das Buch auf und fuhr sanft mit dem Zeigefinger über das Pergament. »Sieh dir einmal dieses Werk an. Ist es nicht wunderschön?« Er winkte, bis Prisca näher trat und zustimmend nickte. »Darf ich fragen, wovon es handelt?«

Der Bischof wurde plötzlich ernst. »Es berichtet uns vom Ende der christlichen Herrschaft über das Heilige Land. Es wurde von einem Mitglied des Templerordens verfasst, dem Templer von Tyrus. Angeblich war er Augenzeuge des Falls von Akkon. Schon mal davon gehört?«

Prisca erschrak. Wie kam ausgerechnet ein Bischof an diese Chronik? Und wie sollte sie auf seine Frage reagieren?

»Ich verstehe nichts von den Kriegen dieser Männer im Orient, ehrwürdiger Herr Bischof«, sagte sie schließlich. »Ich war nicht einmal geboren, als sie ihre Burgen im Heiligen Land aufgeben mussten.«

»Die Templer haben es dem Sultan der Mameluken, al-Ashraf Chalil, nicht leichtgemacht«, erwiderte Bischof Emich. »Sie haben die Festung tapfer verteidigt und das Feld erst geräumt, als die Übermacht zu groß wurde. Dem Bericht des Templers von Tyrus zufolge floh ein gewisser Thibaud Gaudin, der bald darauf auch Großmeister des Ritterordens werden sollte, auf einer venezianischen Galeere nach Sidon, um dort im Auftrag seiner Brüder einen Schatz sowie bestimmte Ordensreliquien in Sicherheit zu bringen. Allerdings konnten die Templer sich auch in Sidon nicht mehr lange halten. In den Wochen nach dem Angriff auf ihre Festung wurden alle Burgen von den Mameluken erobert und zerstört. Nie wieder sollten sich christliche Ritter an der Küste festsetzen können.« Er hielt inne und schüttelte den Kopf. »Ist dir bekannt, was aus den Tempelrittern geworden ist?«

Prisca schluckte heftig; plötzlich schnürte Angst ihr die Kehle zu, doch sie zwang sich zu einer Antwort. »Ihr Orden wurde vom König von Frankreich zerschlagen. Papst Clemens hat ihn vor zwei Jahren aufgelöst.«

Der Bischof öffnete die Klappe seines Pults und zog ein Stück Pergament hervor, an dessen Ende ein blutrotes Wachssiegel befestigt war. Es sah bedeutsam aus, gewiss war es von einer wichtigen Persönlichkeit ausgestellt worden. Bischof Emich hielt Prisca Brief und Siegel unter die Nase.

»Der Erzbischof von Mainz hat mir den Brief eines gewissen Adam von Pirrlingen geschickt, eines Dominikaners, der vom Papst in Avignon den Auftrag erhalten hat, alle Tempelritter, die sich im Reich noch auf freiem Fuß befinden, wegen Ketzerei festzusetzen. Dem Schreiben ist zu entnehmen, dass dieser Adam auch eine Spur verfolgt, die zu uns nach Speyer führt.«

Prisca verspürte plötzlich ein Gefühl, als würde ihr der Boden unter den Füßen weggezogen. Sie hatte noch nie von diesem Dominikaner gehört, auch ihr Vater hatte ihn nicht erwähnt, aber sie zweifelte keinen Moment daran, dass er Payen bekannt war. Und dass er sich vor ihm fürchtete. Soweit sie wusste, standen die Dominikaner in dem Ruf, sich bei der Verfolgung von Menschen, die dem Klerus im Weg standen, besonders hervorzutun.

»Ihr vermutet, dass Templer nach Speyer gekommen sein

könnten?«, fragte sie und hoffte, dass der Bischof nicht an ihrem Tonfall ablesen konnte, wie nervös sie war.

Bischof Emich nickte. Er stellte sich neben sie und blies spielerisch eine Haarlocke aus seiner Stirn. So nah war er ihr bisher noch nie gekommen, nicht einmal in der kalten Domkapelle, wo sie neben dem blutenden Soldaten auf den Steinplatten gekniet hatten. Prisca wagte es kaum, Luft zu holen, so eingeschüchtert fühlte sie sich in Emichs Gegenwart. Seine Nähe verwirrte sie fast noch mehr als das, was er ihr über diesen Adam von Pirrlingen zu sagen hatte.

»Es scheint dem Mönch zugetragen worden zu sein«, meinte Bischof Emich mit seiner leisen, angenehmen Stimme. Sie spürte seinen Atem; er war warm und roch ganz schwach nach Kräuterbier. Wie zufällig streifte seine Hand ihren Oberarm, woraufhin sie eine Gänsehaut bekam. Ist es für einen Bischof nicht Sünde, eine Jüdin zu berühren, fragte sie sich, wünschte sich aber gleichzeitig, das prickelnde Gefühl auf ihrer Haut möge andauern.

»Es gibt in der Stadt ein Ordenshaus, das den Johannitern gehört. Soweit mir bekannt ist, herrschte stets eine gewisse Rivalität zwischen ihnen und den Tempelherren. Als der Brief des Erzbischofs eintraf, habe ich den Ordenskaplan befragt, aber der Mann schwört bei allen vier Evangelisten, dass kein Tempelritter an die Tür seines Ordenshauses geklopft und ihn um Hilfe gebeten hat.« Er lächelte. »Vermutlich wäre der auch nicht so dumm, sich dem Angehörigen eines konkurrierenden Ordens zu offenbaren.« Ehe Prisca es verhindern konnte, ergriff Emich ihre Hand und drückte sie. »Was meinst du, Ärztin? An wen würde sich ein verstoßener Ritter auf der Flucht wohl wenden?«

Prisca fühlte sich in die Enge getrieben. »Ich fürchte, Ihr fragt die Falsche, Herr. Woher sollte eine Jüdin wissen, wie sich ein christlicher Ordensritter verhält?«

»Nehmen wir einmal an, der Mann ist verletzt«, bohrte Emich unbeirrt weiter. »Er hat einen Zweikampf auf Leben und Tod gegen einen Verfolger geführt und schleppt sich nun mit letzter Kraft vor die Mauern der Stadt. Wem würde er eine Nachricht zukommen lassen? Es müsste eine Person sein, die er kennt und der er vertraut. Ein alter Freund aus Jugendtagen? Ein Verwandter? Eine Frau? Es müsste jemand sein, der sich vor den Erlassen des Papstes nicht fürchtet. Denn einem Ketzer zu helfen heißt ja, das Heil der eigenen Seele aufs Spiel zu setzen. Diese Person sollte ein gutes Versteck kennen, einen Ort, der von anderen Leuten gemieden wird. Und sie sollte medizinische Kenntnisse haben, schließlich darf der kranke Templer ihr nicht einfach unter den Händen wegsterben. Was denkst du?«

Prisca zuckte mit den Achseln. »Es gibt wenige Orte in Speyer, die dafür in Frage kämen«, gab sie zu bedenken. »Mein Onkel hat mir erzählt, dass der Papst die beschlagnahmten Güter des Templerordens auch am Rhein den Johannitern übereignen will. Das Speyrer Ordenshaus hat Schulden bei den Juden der Stadt, weigert sich aber, sie zu bezahlen. Vermutlich sind die Herren knapp bei Kasse und spekulieren auf ihren Anteil am Templervermögen. Aber bis es zu einer Abwicklung kommt, können Jahre vergehen. Unter diesen Umständen würde wohl kein Johanniter einem flüchtigen Templer die Hand reichen. Wenn der Mann, von dem Ihr sprecht, aber Angehörige und Freunde in Speyer hätte, wäre das doch bekannt.«

Verrate ihm nichts. Er will deinen Vater festnehmen.

Bischof Emich runzelte die Stirn. Er schien über Priscas Einwände sorgfältig nachzudenken. Als sich seine Züge schließlich wieder entspannten, wuchs in Prisca die Hoffnung, er würde die Sache auf sich beruhen lassen.

»Mag sein, dass du recht hast«, sagte der Bischof nach einer Weile mit undurchsichtiger Miene. »Vielleicht wurde der Mönch falsch informiert, und dieser Templer hat es nie bis Speyer geschafft? Was sollte der Mann auch hier wollen, wo es doch keine Menschenseele gibt, die ihm helfen würde? Die Tempelherren zählten einmal zu den mutigsten und frömmsten Kriegern des heiligen Kreuzes. Ein Jammer, dass ihr Hochmut und ihr Stolz sie zuletzt in die Finsternis geführt haben. In Paris steht nun ihr letzter Großmeister vor Gericht. Der Erzbischof von Mainz wird mir mitteilen, sobald das Urteil über ihn gefällt wird.«

Prisca zog es vor, dazu zu schweigen. Was den Templern vorgeworfen wurde, klang auch in ihren Ohren grässlich. Aber Payen hatte die Anklagen Lügen genannt. Wie sollte ausgerechnet sie entscheiden, was für die Christen Frevel war und was nicht?

»Wir haben einen Todesfall in unserer Gemeinde zu beklagen«, versuchte sie schließlich von den Templern abzulenken. »Eine Witwe. Die Gesetze unseres Glaubens befehlen uns, sie rasch zu beerdigen. Zumal in wenigen Stunden der Sabbat beginnt.«

Bischof Emich rief einen Diener und bat um einen Krug mit heißem Bier, der ihm kurz darauf gebracht wurde.

»*Lass die Toten ihre Toten begraben, du aber folge mir nach*«, zitierte er müde aus der Bibel. Als er Priscas erstaunte Miene sah, lachte er. »Ich will dich nicht länger von deinen Pflichten abhalten. Bringt eure Tote in die Vorstadt, ich gebe dir einen Passierschein. Aber vergiss nicht, was ich dir über das Schicksal der Templer, über Hochmut und Stolz gesagt habe.« Er streckte seine Hand aus, so wie er es nach alter Gewohnheit bei Besuchern tat, die sich mit einem Kuss seines Bischofrings von ihm verabschiedeten. Als Prisca unschlüssig verharrte, wandte er sich mit einem spöttischen Lächeln ab. »Dir ist klar, dass ich der Sache mit dem Templer in Speyer nachgehen muss, nicht wahr? Es ist meine Pflicht vor Gott und seinem Stellvertreter auf Erden, Gehorsam im Amt zu zeigen.«

Einen Herzschlag lang verharrte Prisca wie versteinert auf der Stelle.

Er weiß von Payen und dass ich ihm helfe. Er wird ihn finden.

Panik erfasste sie. Nun würde am Ende nicht Aribert, sondern Bischof Emich, der Mann, für den sie mehr als nur verbotene Gefühle hegte, ihren Vater zum Tode verurteilen. Nein, das durfte sie nicht zulassen. Ihr Herz klopfte stürmisch, als sie ein unscheinbares Fläschchen aus der Gürteltasche zog und leise entkorkte. Ein wenig von dem Mittel, das es enthielt, trug sie stets bei sich.

Ein Blick auf den Balkon.

Der Bischof kehrte ihr den Rücken zu, sein langes Gewand flatterte im Wind. Jetzt oder nie. Prisca biss sich auf die Lippen, bis sie Blut schmeckte.

Sie musste es tun, mochte Gott sie auch dafür strafen, weil sie einen Menschen hinterging, der sie gut behandelt hatte. Einen Menschen, dessen Berührung sie vor Lust erschaudern ließ und den sie in einer anderen Welt hätte lieben können. Doch um ihres Vaters willen und des Lebens all derer, die in der Judengasse auf ihre Rückkehr warteten, durfte sie nicht zögern.

Priscas Herz schlug zum Bersten, als das weiße Pulver in Emichs Becher fiel. Sie verbarg das Fläschchen wieder in der Gürteltasche und stürmte dann mit tränennassem Gesicht aus dem Haus. Sie lief über den Domplatz, vorbei an Rodeger, der ihr mit einigen seiner Kameraden auf der Höhe des steinernen Napfes entgegenkam und einen derben Scherz hinterherschickte.

Prisca blieb nicht stehen; die Angst, der treue Domwächter könnte erraten, was sie soeben getan hatte, trieb sie zur Eile an. Fand er die Wahrheit heraus, würde er sie ohne jeden Zweifel töten. Sie und jeden Juden von Speyer, dem die Flucht aus der Stadt nicht mehr gelang. Von jetzt an zählte jedes Sandkorn, das aus dem Stundenglas rieselte.

Im Haus zum blauen Rad, das dem angesehenen Speyrer Patriziergeschlecht Münzer gehörte, saß Aribert von Bühel mit seinem Vetter beim Frühstück. Der alte Münzer war Ariberts engster Vertrauter im Rat der Stadt und in alle seine Pläne eingeweiht. Er war ein rotgesichtiger Mann fortgeschrittenen Alters, auf dessen Schädel schon seit Jahren kein Haar mehr wuchs. Umso größeren Wert legte er auf seinen prächtigen Bart, der ihm bis zur Brust reichte.

»Ich muss gestehen, dass es für den Einfluss der Familie Münzer in Speyer von Vorteil wäre, wenn ein schlauer Kopf wie du das Bischofsamt übernähme«, erklärte er nun mit dröhnender Stimme. »Der Leininger zappelt für meinen Geschmack viel zu sehr an den Fäden des Mainzer Erzbischofs. Künftig wird dessen Wille hier herrschen, und von uns wird verlangt, dass wir uns ihm unterwerfen.«

Aribert von Bühel widersprach nicht, obwohl er insgeheim die Meinung seines Verwandten nicht teilte. Bischof Emichs erste Amtshandlungen bewiesen, dass er viel gefährlicher war als ursprünglich angenommen. Er orientierte sich weder am Beispiel des verstorbenen Sigibodo, noch hörte er auf den Rat des Domkapitels, sondern legte Wert auf eine eigene Meinung. Ärgerlicherweise ließ er sich von armseligen Pfaffen und Bettelmönchen beraten, die ihm die sogenannten Nöte des Gassenpöbels zutrugen. Das wollte Aribert seinem Verwandten jedoch nicht auf die Nase binden. Sollte der nur annehmen, Emich von Leiningen sei der Stadt und ihren Ratsherren feindlich gesonnen. Umso einiger würden sich die Herren darin sein, *ihn* als Dechanten zu unterstützen. In Kürze würde der Bischof ohnehin tot und begraben sein, dann war für ihn der Weg zum Bischofsstuhl frei. Das Domkapitel würde sich hüten, einen anderen als ihn zu wählen.

Vorausgesetzt, sein Plan misslang nicht. Vielleicht war es an der Zeit, ein wenig mehr Druck auf diese Judenärztin auszuüben.

»Worüber denkst du nach?« Der alte Münzer beugte sich über den Tisch. Er hatte ein Gespür dafür, wenn in seinem Haus eine Intrige gesponnen wurde, eine Fähigkeit, um die Aribert ihn insgeheim beneidete.

»Glaub mir, Vetter, Bischof Emich wird unsere Pläne nicht mehr lange stören«, sagte er und belegte sich ein Stück dunkles Brot mit zwei Bücklingen. Zu seinem Bedauern hatte inzwischen die Fastenzeit begonnen, weshalb im Haus zum blauen Rad weder Schinken noch Wurst auf den Tisch kam. Münzer war nicht frommer als andere Ratsherren, aber er wahrte die Form. Da ihn sein Weinhandel zu einem reichen Mann gemacht hatte, fiel es ihm nicht schwer, die Kirche mit großzügigen Stiftungen zu bedenken. Erst anlässlich der letzten Bischofswahl hatte er für das Kloster St. Magdalena ein prachtvolles Sandsteinportal in Auftrag gegeben. Da die Steinmetze der Dombauhütte jedoch wie die Schnecken am Stein meißelten, befürchtete er, es zu Lebzeiten nicht mehr mit eigenen Augen zu sehen.

Aribert wollte dem Hausherrn gerade auseinandersetzen, was er als Bischof von Speyer alles zu ändern gedachte, als ein Diener seinen Kopf in die Stube steckte. Eine Frau wünschte sofort mit dem hochwürdigen Herrn Dechanten zu sprechen.

»Was gibt es denn? Wer bist du?«, fragte Aribert, als das Weib unter tiefen Verbeugungen die Stube betrat. Missmutig warf er sein Schneidemesser auf den Tisch. Auch sein Vetter hob den Blick. Erstaunt und auch ein wenig enttäuscht. Die ältliche Frau mit dem schwammigen Gesicht gehörte ganz sicher nicht zu den Weibern, mit denen man sich in einem schwachen Moment vergnügte. Dem Kopfgebende nach, unter dem fettiges Haar hervorquoll, stammte sie aus der Judengasse.

»Esther heiße ich, ehrwürdiger Herr.« Die Frau druckste herum und trat dabei von einem Fuß auf den anderen. Ein gieriger Seitenblick streifte die reichgedeckte Frühstückstafel. »Ich war die Gehilfin der Prisca von Speyer, der die Aufsicht über das kleine Spital in unserer Gasse übertragen wurde.«

Aribert runzelte die Stirn. Was sollte das bedeuten? Er konnte nur für die Ärztin hoffen, dass sie nicht so dumm war, ihre Magd zu ihm zu schicken, um … Er vertrieb den Gedanken, indem er dem Weib durch höfliches Nicken zu verstehen gab, dass ihn ihre Geschichte interessierte. »Weiter, Weib!«, drängte er. »Hast du eine Nachricht für mich?«

Da sprudelte es aus ihr heraus wie Wein aus einem Spundloch. »Ich habe einen furchtbaren Verdacht, Herr«, rief Esther wichtigtuerisch, während ihre Pupillen sich weiteten. »Ich bin mir ganz sicher, dass Prisca von Speyer – möge ihr Name aus allen Büchern gelöscht werden – in einer versiegelten Kammer des Spitals einen Unhold versteckt, mit dessen Hilfe sie den Bischof töten will.« Aufgeregt hob Esther beide Arme und gestikulierte wild in der Luft herum. »Sie kennt Gifte, Herr. Tödliche Kräuter. Gottlose Mittel, die Menschen einfach einschlafen lassen. Ich habe sie mit eigenen Augen gesehen, als ich in der Krankenstube aufräumte.«

»Noch etwas?«

Esther machte ein beleidigtes Gesicht. Genügte das etwa nicht? »Nun ja, sie streitet sich mit dem ehrenwerten Rabbi Moses und ihrem Onkel. Das beweist doch, dass sie keinem Mann den gebührenden Respekt erweist und es nicht wert ist, das Spital weiterhin zu führen. Ich wäre viel besser geeignet, denn mir kann man vertrauen.«

Der alte Münzer klopfte seinem Verwandten grinsend auf die Schulter. »Wie mir scheint, steht dir dieses Weib an Ehrgeiz in nichts nach, Vetter!«

Aribert von Bühel nickte. Nachdenklich griff er zu seinem Schneidemesser und säuberte die Klinge an seinem Gewand. »Du sagst diese Prisca von Speyer habe vor, unseren gnädigen Herrn Bischof zu vergiften?«

»Ja, ja, ganz bestimmt, hoher Herr. Aber nur sie allein. Der Rabbi und die anderen Bewohner der Gasse haben mit Priscas Mordlust nichts zu tun. Sie werden erleichtert aufatmen, wenn sie hören, dass dieses Weib aus der Stadt getrieben wird. Wisst Ihr, eigentlich gehört sie gar nicht zu uns. Sie hat sich stets für etwas Besseres gehalten, weil ihr Vater ein … nun … nicht unserem Glauben angehörte.«

Der Dechant hörte Esther aufmerksam zu. Als ihr schließlich keine weiteren Vorwürfe gegen Prisca mehr einfielen, kam er mit einem breiten Grinsen auf sie zu und wies höflich zur Tür. »Es war gut, dass du gekommen bist, Frau«, sagte er liebenswürdig. »Ich nehme doch an, dass du keiner Menschenseele etwas von deinem Verdacht erzählt hast?«

Esther schüttelte den Kopf. »Kein Sterbenswörtchen habe ich verraten, das schwöre ich. Ihr und der Rat der Stadt werdet besser wissen, wie mit Prisca und dem Unhold in der Kammer zu verfahren ist, als ein armes Weib. Ihr dürft die beiden nur nicht entkommen lassen. Prisca hat vom Bischof die Erlaubnis erbettelt, noch heute eine Tote zu Grabe zu tragen. Wenn Ihr Euch beeilt, könnt Ihr sie auf dem Weg zu unserer Begräbnisstätte in Altspeyer abfangen.«

Aribert zog die Augenbrauen hoch und dachte nach. Die Siedlung Altspeyer lag jenseits der Stadtbefestigung. Von dort aus gab es Schleichwege durchs Unterholz, die weit von der Stadt wegführten, und Prisca, die in Speyer aufgewachsen war, kannte zweifellos jeden von ihnen. Sie hatte nicht vor, sich an ihre Abmachung zu halten. Sie wollte fliehen. Die Vorstellung, dass die Jüdin es wagte, ihn zu hintergehen, brachte sein Blut in Wallung.

Er gestattete dem Weib, das erwartungsvoll vor ihm stand, einen letzten Blick auf die gedeckte Tafel, dann zückte er sein Messer und schnitt ihm mit einer blitzschnellen Bewegung die Kehle durch. Esthers Augen traten ungläubig aus den Höhlen;

mit einem gurgelnden Geräusch brach sie zusammen. Ihr Blut spritzte an die Wand.

Der alte Münzer sprang auf. »Bist du von Sinnen? Was soll die Sauerei in meinem Haus?«

Aribert starrte auf den Leichnam der Frau, unter dem sich eine Blutlache ausbreitete. »Um die ist es nicht schade«, brummte er finster. »Glaubt Ihr denn, sie hätte den Mund gehalten? Ich nicht. Sie hätte überall herumerzählt, dass der Bischof vergiftet werden soll. Ich kann mir aber nicht leisten, dass nach Emichs Tod unangenehme Fragen gestellt werden. Sollte man einen Giftmord vermuten und nach Auftraggebern forschen, kann ich die Mitra vergessen.«

Ob Münzer das verstand, vermochte Aribert nicht zu sagen. Wenigstens gab er Anweisung, die Tote in den Rhein zu werfen und den Raum von allen Spuren der Bluttat zu reinigen.

Und nun zu der Verräterin, dachte Aribert, als er das Haus zum blauen Rad verließ.

Der Zug schwarzgewandeter Männer, die, leise Gebete murmelnd, den Weg Richtung Stadttor einschlugen, wirkte unheimlich.

Es war wieder kälter geworden, und seit dem Angelusläuten trieb der raue Wind allen, die trotz des Wetters unterwegs waren, wässrigen Schnee ins Gesicht. Der Boden unter den Füßen der Betenden war so glitschig, dass vor allem die Älteren, die den Leichenkarren aus der Stadt begleiteten, ständig ausrutschten und hinfielen. Doch kaum einer der Männer wagte es, sich am Gefährt festzuhalten. Es galt als böses Omen, ihm zu nahe zu kommen.

Prisca hatte sich die Kapuze ihres Mantels tief ins Gesicht gezogen. Vermummt von Kopf bis Fuß, hätte niemand sie für eine Frau gehalten, zumal sie ebenso weit ausschritt wie ihr Onkel, der schweigend neben ihr einherging. Er trug einen Stock bei sich, auf den er sich stützte, da er auf dem rutschigen Boden ebenso mühsam Halt fand wie die anderen.

Die Torwächter waren über ihr Kommen informiert. Nicht einmal das Papier des Bischofs, das es den Juden gestattete, eine der Ihren zum Friedhof nach Altspeyer zu bringen, wollten die Männer sehen. Gelangweilt winkten sie die Juden mit ihrem Karren durch das Wormser Tor und verzogen sich gleich darauf wieder unter das schützende Dach ihres Turmstübchens.

Sie lassen uns wirklich gehen, wunderte sich Prisca. Niemand hält uns auf, nur noch ein paar Schritte, dann haben wir es geschafft.

Sie ließ die Männer wie schwebende Schatten an sich vorüberziehen, ihren Onkel Abraham mit steif gefrorenen Gliedern und verkniffener Miene, Syrmond und zuletzt auch den Rabbi, der ihr kurz zunickte, bevor er wieder geradeaus starrte und lautlos die Lippen bewegte.

Prisca durchschritt als Letzte den Torbogen, warf aber keinen Blick zurück auf die Stadt, in der sie geboren worden war und in der ihre Familie seit Generationen lebte. Stattdessen suchte sie aus den Augenwinkeln das Umland nach einer drohenden Gefahr ab. Doch da gab es nichts, was ihren Argwohn weckte. Außer zwei Nonnen, die mit Buckelkörben voller Holz auf dem Rücken stadteinwärts zogen, kreuzte kein Mensch den Weg des Leichenzugs.

Prisca konnte es kaum abwarten, den ummauerten Flecken Altspeyer zu erreichen, aber sie zwang sich, ihre Aufregung nicht allzu deutlich zu zeigen und auch nicht zu schnell zu laufen. Von einem Leichenzug erwartete man schließlich keine Eile.

Sie ließen die Handvoll Hütten und Gehöfte links liegen und zogen den Karren auf dem schmalen, von allerlei Büschen und Sträuchern überwucherten Pfad zum Friedhof, der sich am Ende eines aus groben Feldsteinen aufgeschichteten Walls befand. Der

Begräbnisplatz war klein. Nur wenige Grabmäler, die meisten bescheiden und ohne Ornamente, ragten aus dem grauen Erdreich empor. Dazwischen ein paar kahle Sträucher, Dornenhecken und Bäume. Ein winziges Häuschen mit Schindeldach, das den Totenwaschungen diente. Das war alles.

Prisca blinzelte einige Schneeflocken von ihren Wimpern. Sie war erschöpft, aber ihr entging nicht, dass einer der Männer das hölzerne Gatter öffnete, damit sie den Karren zu dem kleinen Totenwaschhäuschen ziehen konnten. Ihr Onkel nahm derweil die Kapuze ab und sah sich suchend auf dem Friedhof um. Dann schüttelte er mit besorgter Miene den Kopf.

»Und?«, fragte sie.

»Nichts. Das Fuhrwerk ist noch nicht da. Dabei habe ich diesem Burschen aus der Stadt nicht nur seine Schulden bei mir erlassen, sondern zwei Pfund Heller bezahlt, dass er hier nach dem Angelusläuten auf dich wartet.«

»Vielleicht ist er ja bei einem der Gehöfte?« Prisca zeigte in Richtung Dorf, das sich ihren Blicken hinter einer feuchten Wand aus Schneeflocken entzog, aber im Grunde glaubte sie ihren eigenen Worten nicht. Ihr Mut sank. Mit einem schnellen Gespann hätte sie zumindest eine Chance gehabt, zu Fuß war eine Flucht jedoch aussichtslos. Die Städtischen würden sie einfangen und zurückbringen, noch ehe sie die Fähre über den Rhein erreicht hätte.

Um den Karren scharrten sich Rabbi Moses und die Ältesten, doch keiner sagte auch nur ein Wort. Sogar der Wollhändler, von dem Prisca einen Wutausbruch erwartet hatte, schwieg. In ihren Gesichtern stand jedoch die Frage, wie es nun weitergehen sollte. War es nicht das Beste, nach Speyer zurückzukehren? Doch wie hätten sie erklären sollen, dass die mit dicken Tüchern verschnürte Leiche wieder zurück in die Judengasse sollte? Konnte man behaupten, der Boden sei zu hart gefroren gewesen?

»Wir warten noch ein Weilchen, vielleicht wurde der Fuhrknecht aufgehalten.« Abraham nickte dem Rabbi aufmunternd zu, dann tätschelte er Priscas Schulter. »Vergiss nie, wer deine Mutter war«, sagte er ernst. »Auch wenn du die Tochter eines Ritters bist, fließt auch das Blut Israels durch deine Adern.«

Prisca fand es unnötig von ihrem Onkel, sie darauf hinzuweisen, aber sie verstand, dass er es für seine Pflicht hielt. Obwohl ihr leiblicher Vater einer alten adeligen Familie entstammte, würde aus ihr deshalb noch lange kein Edelfräulein werden. Niemand, schon gar nicht Payens Verwandtschaft, würde die Tochter eines Templers mit offenen Armen empfangen. Warum also sollte sie sich den Christen anschließen? Sie wollte ihren Onkel bitten, sie nun allein zu lassen, als von fern das Geräusch eines Pferdegespanns an ihr Ohr drang.

Der Fuhrknecht. Er kam also doch.

Erleichtert stieß Prisca das Gatter auf und hob die Hand, um den Mann auf dem Wagen zu sich zu winken. Als dieser sich ihr jedoch mit rasanter Geschwindigkeit näherte, blieb ihr der Gruß im Halse stecken. Der Knecht hing mehr auf dem Bock, als dass er saß. Sein Gesicht war blutüberströmt. Die Zügel hielt ein breitschultriger Kerl im Waffenrock des Bischofs. Kaum hatte er das Gattertor erreicht, beförderte er den leblosen Körper des Knechts mit einem gezielten Stoß vom Wagen. Prisca schrie, als das Gespann über diesen rumpelte und ihm die Brust zermalmte. Krachend zersplitterten Knochen.

»Allmächtiger, wer ist das?«, rief Abraham entsetzt.

Hinter der Scheuer eines benachbarten Bauerngehöfts tauchte eine Schar von nicht weniger als acht Reitern auf, die mit Schwertern, Bogen und Armbrüsten bewaffnet waren. In wildem Galopp folgten sie dem Wagen, der den Friedhofswall erreicht hatte und durch das Tor fuhr. In ihrer Mitte ritt Aribert von Bühel, der, als er die Handvoll Juden zwischen den Grabsteinen entdeckte, seinem Pferd die Sporen gab und mit wilder Entschlossenheit heranpreschte. Der Wind wirbelte sein dichtes blondes Haar auf. In vollem Harnisch sah er nicht wie ein geistlicher Würdenträger aus, sondern wie ein Mann, der im Begriff stand, in eine Schlacht zu ziehen.

»Prisca von Speyer«, rief er voller Wut. »Du kannst dich nicht verstecken. Tritt vor!«

Abraham legte schützend einen Arm um seine Nichte, konnte aber nicht verhindern, dass der Waffenknecht vom Wagen sprang und Prisca mit einer raschen Handbewegung die Kapuze vom Kopf zog. »Da ist sie«, rief er seinem Herrn zu. Sogleich legte sich ein diabolisches Lächeln auf dessen Lippen.

»Wolltest du etwa davonlaufen, ohne dich von mir zu verabschieden? Ich glaubte, wir seien uns handelseinig!«

»Mit welchem Recht schändet Ihr unsere Ruhestätte, Herr?« Die scharfe Stimme des Rabbis, die sogar den Sturmwind übertönte, brachte Aribert von Bühel einen Herzschlag lang aus der Fassung. Der alte Mann kämpfte sich mit seinem Stock durch die Schar der Bewaffneten. Dabei zog er ein Stück Pergament unter seinem Umhang hervor und schwenkte es wie eine weiße Fahne über seinem Kopf. »Der hochwürdige Bischof hat uns erlaubt, vor Sonnenuntergang eine Verstorbene aus unserem Viertel zu beerdigen. Hier ist die Genehmigung, er hat sie persönlich unterschrieben. Ihr werdet doch wohl sein Siegel erkennen?«

Aribert von Bühel sah nicht so aus, als ob ihn die Einwände des Rabbis kümmerten. Mit einer Handbewegung wies er seine Knechte an, den alten Mann fortzuschaffen, dann trieb er Prisca und ihren Onkel vor sich her, bis sie mit dem Rücken gegen den Karren stießen.

Aribert schwang sich aus dem Sattel. Entschlossen stapfte er auf Abraham zu und versetzte ihm einen so groben Stoß, dass er ausglitt und im Matsch landete. Seine Begleiter stöhnten auf, aber keiner wagte es, sich dem Dechanten in den Weg zu stellen. Zu tief saß die Angst vor den Schwertern, mit denen seine Knechte die kleine Schar bedrohten.

»Ihr seid ein Schuft!« Prisca wollte ihrem Onkel aufhelfen, wurde aber von Aribert gepackt und von ihm weggezerrt. Wütend trat sie nach dem Dechanten und kämpfte verzweifelt, um sich aus seinem Griff zu befreien. Vergebens.

Hinter ihr war ein erstickter Schrei zu hören. Prisca meinte, Abrahams Stimme zu erkennen, war aber nicht einmal in der Lage, den Kopf nach ihm zu drehen, geschweige denn, ihm zu Hilfe zu eilen.

Großer Gott, hatten die Männer ihm etwas angetan?

Aribert ließ ihr nicht die Zeit, um es herauszufinden. Schroff stieß er sie zu seinem Pferd und gab einem vierschrötigen Kerl, der mit einem schmierigen Grinsen die Zügel hielt, den Befehl, sie auf den Rücken des Tieres zu setzen.

»Was hast du da?« Er deutete auf das Bündel, das sich die wild Strampelnde mit einer Kordel um die Hüften gebunden hatte, und entriss es ihr. Das durchnässte Wolltuch enthielt das Schwert ihres Vaters, von dem sich Prisca nicht hatte trennen wollen, sowie dessen weißen Mantel mit dem aufgestickten blutroten Templerkreuz. Aribert stieß einen überraschten Laut aus. »Das Ordensgewand eines Tempelherren?« Fragend starrte er Prisca an.

»Ich habe unsere Abmachung erfüllt«, sagte Prisca so leise, dass nur Aribert es hören konnte. »Der Bischof … Ihr solltet jetzt eigentlich in der Stadt sein, um Euch mit dem Domkapitel über die Nachfolge des Emich von Leiningen zu beraten.«

Diese Äußerung verblüffte Aribert, zumindest gab er sogleich den Befehl, Prisca loszulassen. »Ich warne dich, wenn du mich betrügst, wirst du es bereuen! Ihr könnt jetzt eure Tote unter die Erde bringen. Ich werde dabei zusehen und dich nicht aus den Augen lassen.« Er schürzte die Lippen. »Was das Fuhrwerk betrifft: Das wirst du nicht brauchen. Du wirst mich in die Stadt zurückbegleiten. Noch brauche ich dich lebend, Ärztin!«

Prisca konnte sich vorstellen, wofür. Sie sollte vor dem Rat bezeugen, dass Bischof Emich eines natürlichen Todes gestorben war. Danach würde Aribert von Bühel sie töten lassen, weil sie für ihn nicht mehr von Nutzen war und ihn doch noch verraten könnte. Schlimmer jedoch war, dass Aribert nun dem Rabbi befahl, mit der Beerdigung zu beginnen. Verzweifelt blickte sie zu den Männern aus ihrer Nachbarschaft hinüber. Abraham kniete vor einem Grabstein und hielt sich den Kopf; aus einer tiefen Platzwunde rann Blut über sein Gesicht.

Dann sah Prisca ohnmächtig zu, wie der Rabbi seinen Getreuen ein Zeichen gab. Sie hoben den leblosen Körper vom Karren und trugen ihn zu einem schon vorbereiteten Erdaushub.

III.

PARIS, MÄRZ 1314

In jüngeren Jahren war Baudouin Lavalle ein gefürchteter Schwertkämpfer gewesen, doch seit er auf der Flucht vor den Schergen des Königs war, bediente er sich anderer Waffen, um seine Haut zu retten.

Er galt in ganz Paris als Meister des Wortgefechts und als König der Maskerade.

Wenn es sein musste, konnte er sein Äußeres so nachdrücklich verändern, dass nicht einmal seine eigene Mutter ihn wiedererkannt hätte. An einem Tag schlüpfte er in die Rolle eines Edelmanns, am nächsten in die eines Geistlichen, nur um sich kurz darauf wie von Zauberhand in einen Bauern, einen Bettler oder einen Jahrmarktsgaukler zu verwandeln, der vor einer staunenden Menge auf der Place de Grève das Rad schlug oder Spottlieder auf die Krone dichtete. Nicht selten riskierte er dabei den Hals, aber gerade die Gefahr erhöhte für ihn den Reiz. Seine Tage in einem Versteck zu fristen war für ihn schlimmer als der Tod. Ihn, der enge Räume verabscheute, zog es hinaus in die Gassen und auf die Plätze von Paris. Er brauchte das geschäftige Treiben der Menschen, den fröhlichen Gesang der Wäscherinnen an der Seine, ja selbst die Drohungen der königlichen Büttel, die ihn jagten, ohne ihn je zu erwischen.

Dabei war die französische Hauptstadt auch aus einem anderen Grund gefährlich für einen Mann wie Baudouin. Das Volk kannte zwar die Geschichten über ihn, den Mann der tausend Gesichter, dem es immer wieder gelang, die Soldaten des Königs zu ärgern, doch kaum einer ahnte, was ihn antrieb, tagtäglich sein Leben aufs Spiel zu setzen. Und woher sein Hass auf den König rührte. Manche munkelten, er tue es aus verschmähter Liebe oder wegen eines ungerechten Urteils. Doch das stimmte nur zum Teil. Baudouin hatte ganz andere Gründe, gegen Philipp IV. zu kämpfen. In einem Leben, an das er sich nur noch undeutlich erinnerte, war er ein Ritter des Templerordens gewesen, ein junger Mann, dem die Welt offenstand und der wie andere Ritter hoffte, sich mit dem Schwert Ruhm und Ehre zu erkämpfen. Aber dann hatte der König all seine Träume mit einem Schlag zunichtegemacht. Der Verhaftung seiner Ordensbrüder in Paris war Baudouin wie durch ein Wunder entgangen. Seither versteckte er sich in der Stadt, durch die er einst stolz geritten war. Das Schicksal seiner Brüder hatte ihn gelehrt, jedermann zu misstrauen und stets auf der Hut zu sein. Stellte ihm ein Wirt merkwürdige Fragen über seine Herkunft, wechselte er den Schlafplatz noch am selben Tag. Überhaupt zog Baudouin es vor, nie länger als drei Tage unter ein und demselben Dach zu verbringen. Das lag nicht nur an der Angst vor einer Verhaftung, sondern an jener eigenartigen Unrast, die ihn seit dem verhängnisvollen Oktobermorgen des Jahres 1307 begleitete, an dem die Schergen des Königs den Pariser Tempel überfallen hatten.

Was seinen Lebensunterhalt anging, so lebte Baudouin von der Hand in den Mund, hatte zu seiner eigenen Überraschung jedoch immer Geld im Beutel. Noch nie war es vorgekommen, dass er abends hungrig oder frierend zu Bett gegangen war. Oft half er den Schauerleuten, die am Hafen Kähne entluden, oder er verdingte sich bei einem der reichen Gildeherren der Pariser Kaufmannschaft als Bote. Hatte er die ersten zwanzig Jahre seines Lebens nur dafür gelebt, das Waffenhandwerk zu erlernen, blieb ihm nun, seit er vogelfrei war, nichts anderes übrig, als das Leben der einfachen Leute auf der Straße zu studieren, ihre Art zu reden, zu lachen, zu schimpfen und sich zu bewegen. Auf diese Weise dauerte es nie lange, bis er andere Menschen nachahmen konnte. Trank er beispielsweise mit Seeleuten in einer Taverne, so hatte er sich angewöhnt, undeutlich, aber laut zu sprechen. Die Stimmen der rauen Männer mussten Wind und Wetter übertönen, daher durfte man mit ihnen nicht wispern wie in einer Klosterschule. Baudouin hatte sich einen Vorrat an derben Scherzen und Flüchen angelegt, die er nach Bedarf abspulen konnte, wenn er in Gesellschaft von Hafenarbeitern in der Schenke becherte. Ganz anders verhielt es sich mit seinen Besuchen im Quartier Latin, dem Universitätsviertel von Paris, wo das kirchliche Recht herrschte. Sobald er in den dunklen Talar eines Kanonikers schlüpfte, musste er damit rechnen, von einem der Herren in Latein angesprochen zu werden. Glücklicherweise hatte er diese Sprache von einem versoffenen Mönch gelernt, dem er dafür seinen Wein bezahlte. Im Beisein von Kirchenlehrern und Advokaten empfahl es sich, ein Buch oder wenigstens ein Klemmbrett mit Schriftstücken bei sich zu führen. Der Inhalt der Papiere war belanglos, solange sie nur wichtig genug aussahen. Trug er eine leicht angesäuerte Miene zur Schau, beschwerte sich selbst bei Sonnenschein über das Wetter und hielt sich den Bauch, erntete er höfliche Grüße von den Scholaren und wohlwollende Blicke ihrer Lehrer. Dann betrachteten sie ihn als einen der Ihren.

Baudouin vermochte nicht zu sagen, welche seiner vielen Masken ihm zusagte und welche er aus tiefstem Herzen verabscheute, da ihm jede einzelne schon einmal das Leben gerettet hatte. Zwei Rollen, in die er nur ungern schlüpfte, waren indes die des Kerkermeisters und die eines Höflings. Letztere erlaubte es ihm zwar von Zeit zu Zeit, in ein feines, samtenes Wams zu steigen, seine Finger mit hübschen, wenngleich auch wertlosen Ringen zu schmücken und weiche, anliegende Strümpfe auf der Haut zu spüren, doch dieses kurze Gefühl der Freude verflog regelmäßig, sobald er die Säle und Gemächer der königlichen Hofhaltung betrat. Dann hasste er sich dafür, dass er mit aufgeputzten Hofdamen plauderte, Wein trank und geistlosen Gesprächen zuhörte, während keine hundert Schritte entfernt Menschen in den Kerkern verschmachteten, mit denen er einst Seite an Seite im Heiligen Land gekämpft hatte.

Dass er trotz seiner heftigen Abneigung gegen Philipp den Schönen von Frankreich und der Belohnung, die auf seinen Kopf ausgesetzt war, in der königlichen Residenz ein und aus ging, war dem Umstand geschuldet, dass dort der einzige Mensch in Paris lebte, dem er vertrauen konnte. Nahm er auch kein Geld von dieser Person, so ließ er sich doch gelegentlich bei ihr blicken, um Neuigkeiten auszutauschen. Zudem stieß er auf jedem seiner Streifzüge durch die Gänge des Palais de la Cité auf etwas Brauchbares, das er seinem unerschöpflichen Fundus an Kettenhemden, Hüten und Kapuzen, Beinlingen, Perücken und anderen Requisiten zufügen konnte. Solange Philipp von Frankreich sich am Vermögen Unschuldiger bereicherte, sollte niemand es wagen, ihn zu verurteilen, nur weil er ein paar Umhänge oder Schnabelschuhe mitgehen ließ.

Als Baudouin an diesem Frühlingsmorgen die schmalen Treppenstufen zu den Kerkern der befestigten Conciergerie hinunterstieg, unterschied er sich weder in der Aufmachung noch in Gesten und Bewegungen von einem der Knechte des Kerkermeisters. Wie gewöhnlich, wenn er sich innerhalb der Mauern des Gefängnisses auf der Ile de la Cité bewegte, war er blass und unrasiert. Schwarzgraue Stoppeln bedeckten sein Gesicht, in dem sich eine hässlich gezackte Narbe vom rechten Nasenflügel bis zum Mundwinkel zog. Baudouin hatte Stunden gebraucht, um das Gemisch aus zerkleinerten Läusen, Honig und Wachs zu mischen und aufzutragen, aber er fand, dass die unechte Narbe sein Aussehen noch stärker veränderte als sein Humpeln und der faule Hundezahn, den er in den Mund schob, wenn er vor Notre Dame einen Bettler mimte. Er trug eine speckige Lederweste mit Schnüren über einer weiten geflickten Hose. Das Ganze hielt ein breiter Gürtel zusammen, den er einmal auf einem der Lastkähne am Fluss gefunden hatte.

Mit einem einfältigen Grinsen leuchtete er nun seinem älteren Begleiter, der das Essen für die Gefangenen in die Zellen trug: einen Kanten Brot, Käse, bei dessen Geruch sich Baudouin am liebsten ins Stroh übergeben hätte, und einen Schluck verdünnten Wein. Geduldig wartete er, bis der Kerkermeister die Schiebeklappen in den Türen geöffnet und die Tonschüsseln und Krüge mit Hilfe einer langen Stange ins Innere geschoben hatte. Dies führte der Kerkermeister mit geübten Handgriffen durch, wobei kein Wort über seine Lippen kam. Baudouin kannte den Grund für die Schweigsamkeit des Mannes. Auf Befehl des Königs war es jedem Kerkerwächter bei Todesstrafe verboten, mit den Tempelrittern zu sprechen. Nur die Untersuchungsrichter der päpstlichen Kommission durften deren Zellen betreten, ein Vorrecht, das der Papst König Philipp abgetrotzt hatte.

Während der Kerkermeister von Zelle zu Zelle schlurfte, überlegte Baudouin, ob er es wohl wagen durfte, das nächste Mal in Verkleidung eines dieser Richter in den Kerker zu kommen, als endlich das verabredete Signal ertönte.

»Bei allen Teufeln, was ist das?« Der Kerkermeister ließ erschrocken seine Stange sinken und lauschte.

Aus der Zelle des Seigneur Hugues de Peyraud, ehemals Visitator des Templerordens für Frankreich, die in einem Nebentrakt lag, kam ein Fauchen, das an ein reißendes Raubtier erinnerte. Dem Geräusch folgte gleich darauf ein unheimliches Heulen.

Die Laute brachen sich an den finsteren Wänden des Verlieses in einem Echo, das dem Kerkermeister vor Grauen die Haare zu Berge stehen ließ. Seine Augen weiteten sich vor Schreck. Hexerei. Teufelsspuk.

Baudouin zog sein vermeintliches Hinkebein zurück und schwang die Fackel zur Abwehr, als müsste er sich damit gegen ganze Scharen höllischer Dämonen verteidigen. Das Geheul wurde lauter. Nun war auch das Geräusch zerspringender Schüsseln, Teller und Kannen zu hören. Und dann kicherte jemand. Schrill und heimtückisch.

»Diese verdammten Ketzerhunde«, schimpfte der Kerkermeister. »Sie heulen wieder ihren Götzenkopf an. Glauben wohl, der Teufel könnte ihnen helfen, die Mauern niederzureißen.« Er wirbelte auf dem Absatz herum und brüllte in Richtung der Schreie: »Maul halten, sonst …«

Ein dumpfes Klopfzeichen antwortete ihm.

»Der Templer hat wohl den Verstand verloren«, gab Baudouin zu bedenken. Er tippte sich vielsagend gegen die Stirn. »Du solltest reingehen und ihn zum Schweigen bringen.«

»Bist du verrückt? Das darf ich doch nicht. Außerdem habe ich keine Lust, in eine Ratte oder ein Schwein verwandelt zu werden. Das machen diese Kerle nämlich manchmal, wenn ihnen danach ist. Sie selbst können auch die Gestalt von Tieren annehmen. Der bucklige Jean, dessen Dienst du heute übernommen hast, hat es mit eigenen Augen gesehen.«

Das Klopfen ging in ein Kratzen und Schaben an der Tür über.

Der Wächter ruderte ratlos mit den Armen. Ihm war die Oberaufsicht im Kerker übertragen worden, und dazu gehörte auch, unter den Gefangenen für Ruhe zu sorgen.

»Vielleicht ist der Mann nicht nur besessen, sondern auch krank«, sagte Baudouin. »Was ist, wenn er stirbt, weil du nichts unternommen hast?«

Der Kerkermeister blies die Backen auf und ließ langsam die Luft entweichen. Er wusste nur zu gut, dass der König ihm den Tod eines so wichtigen Gefangenen niemals verzeihen würde. »Na schön, lauf zu Maître Brissac ins Quartier Latin. Er soll sich auf der Stelle herbemühen. Und bring auch gleich noch einen Priester mit, der sich auf das Austreiben von Dämonen versteht.«

Stirnrunzelnd deutete Baudouin auf sein Bein. »Fein, ich bin dann gegen Abend zurück.«

»Verdammter Krüppel, alles muss man selbst machen«, fuhr ihn der Kerkermeister verärgert an. »Bleib hier, aber rühr dich nicht von der Stelle. Komm vor allem den Türen nicht zu nahe. Ich werde hinauf in die Wachstube gehen und …«

Baudouin hörte die letzten Worte des davoneilenden Mannes nicht mehr. Als die Geräusche seiner Schritte verklungen waren, steckte er zwei Finger in den Mund und stieß einen leisen Pfiff aus, der das Fauchen und Heulen aus dem Seitentrakt augenblicklich zum Verstummen brachte. Baudouin atmete dreimal tief durch, dann schlich er auf Zehenspitzen zu der Tür, hinter der Jacques de Molay, der letzte Großmeister des Templerordens, gefangen gehalten wurde. Er beugte sich vor und spähte durch die etwa zwei Spannen breite Öffnung in der Tür.

»Meister, könnt Ihr mich hören?«, raunte er. »Ich bin es, Baudouin!«

In der Zelle herrschte stockfinstere Nacht, obwohl vor den Mauern des Gefängnisturms bereits der Morgen graute. Ein furchtbarer Gestank von Pech, Fäulnis und Exkrementen schlug Baudouin durch den Spalt entgegen. Erst als seine Augen sich an die Dunkelheit gewöhnt hatten, erkannte er die Umrisse einer Pritsche, die an zwei in den Stein geschmiedete Ketten befestigt war. Auf einem dreibeinigen Hocker brannte eine Fettlampe, aber es schien die düstere Zelle nicht heller zu machen.

Jacques de Molay kniete vor der schwächlichen Flamme, den

Kopf bis zur Brust gesenkt, und sprach seine Gebete, als befände er sich in der Kirche.

»*Pater noster, qui es in caelis, sanctificetur nomen tuum. Adveniat regnum tuum.*«

Baudouin brannte der Boden unter den Füßen. Er hatte viel riskiert, um den Großmeister zu sehen, doch wenn de Molay sich jetzt nicht zu ihm umwandte, war alles umsonst gewesen. Jeden Augenblick konnte der Kerkermeister zurückkehren und ihn vor der Tür des Gefangenen erwischen.

Endlich beendete Jacques de Molay sein Gebet, aber anstatt sich zu erheben, verharrte er in kniender Haltung auf dem mit Stroh bedeckten Steinboden.

»Wir haben uns lange nicht gesehen, Bruder«, sagte der Mann mit seiner tiefen, bedächtigen Stimme, deren Klang Baudouin schmerzvoll an frühere Zeiten erinnerte. Der Großmeister war um die sechzig Jahre alt, wirkte jedoch mit seiner stämmigen Figur und dem gerade durchgedrückten Rücken jünger. Sein Haar, das sich wie ein Lorbeerkranz um den runden Schädel legte, hatte jedoch die Farbe frisch gefallenen Schnees angenommen, ebenso der Bart, der ihm bis zum Bauchnabel reichte.

Baudouin wusste, dass es sich nach dem Regelwerk des Templerordens nicht gehörte, einen Großmeister anzustarren, aber unter den gegebenen Umständen konnte er nicht anders. So lange schon hatte er den alten Kampfgefährten nicht gesehen. Gerüchten zufolge waren Jacques und die anderen Würdenträger gefoltert worden, doch Baudouin fand keine Spuren einer peinlichen Befragung an ihm.

»Ich sehne mich danach, die heilige Messe zu hören und die Hostie zu empfangen«, brach Jacques de Molay schließlich das Schweigen. »Sag mir, mein Junge, hältst du dich noch an die zweiundsiebzig Regeln des Ordens? Ich hoffe, du gehst so oft wie möglich zur Beichte und empfängst das Sakrament? Wie ist es um deine Tugend bestellt? Die Kerkermeister spotten, einige unserer entkommenen Brüder hätten sich vergessen und ließen sich mit Dirnen ein.«

Baudouin wollte keineswegs respektlos erscheinen, doch die Zeit war zu kostbar, um sie mit Geplauder über die Vernachlässigung seiner geistlichen Pflichten zu füllen. Es gab Wichtigeres zu besprechen.

»Meister, ich bin hier, um Euch zur Flucht aus dem Kerker zu überreden«, sagte Baudouin. »Sicher fürchtet Ihr, alles sei verloren, aber solange noch einer von uns in Freiheit ist, gibt es Hoffnung. Aus der Festung von Chinon zu entkommen wäre unmöglich gewesen. Aber nun hat man Euch endlich zurück nach Paris gebracht. Hier habt Ihr noch immer Freunde, die bereit sind, für Eure Freiheit zu bezahlen. Wir könnten die Wachen bestechen!«

Jacques de Molay griff nach der Tonschüssel mit Brot und Käse, die der Kerkermeister ihm durch die Türöffnung geschoben hatte, und begann seelenruhig zu essen.

»Hört Ihr mir zu, Meister?«

Der alte Mann nickte kauend. »Gewiss höre ich dir zu, mein guter Baudouin. Du gehörtest zu den draufgängerischsten Rittern, die je im Tempel ihren Dienst taten. Aber schon vor jenem unglückseligen Freitag machte ich mir Sorgen um dich und um Payen de Gros, deinen besten Freund.« Er legte den Brotkanten zurück und hob den Kopf. »Hast du von ihm gehört? Oder von Thomas Lermond?«

Baudouin schüttelte den Kopf. »Seit fast sieben Jahren nicht mehr. Ich fürchte, sie sind tot.« »Sag das nicht«, brauste der ehemalige Templergroßmeister unvermittelt auf. Er schoss in die Höhe, taumelte zur Tür und schlug gegen das dicke Eichenholz, bis seine Kräfte erlahmten. »Sie dürfen nicht tot sein, verstanden? Sie müssen am Leben sein und bleiben. Hast du vergessen, dass ich euch sieben zu Wächtern des Tempels bestimmt habe?«

Baudouin hatte es nicht vergessen. Dank seines guten Gedächtnisses erinnerte er sich an nahezu jede Einzelheit des herbstlichen Abends im Jahre des Herrn 1307, an dem er von seinen Brüdern Abschied genommen hatte. Die Männer hatten ihn beschworen, Paris zu meiden, ganz besonders Lermond, der die Anordnungen des Großmeisters stets mit besonderem Eifer ausgeführt hatte. Baudouin wusste, welch große Überwindung ihn das gekostet hatte, denn in Paris lebte Marie, die Frau, die er trotz seines Keuschheitsgelübdes liebte.

»Ich hüte meinen Stein bis zu dem Tag, an dem ich ihn mit den Steinen der Brüder vereine«, versprach Baudouin endlich, um den aufgeregten Großmeister zu beschwichtigen. »Aber bis es so weit ist, werde ich tun, was in meiner Macht steht, um Euch und die anderen Führer des Ordens aus dem Kerker zu befreien.«

»Nein, das verbiete ich dir!« Jacques de Molay hob die Augenbrauen. Er hatte sich wieder in der Gewalt, jede Spur von Kummer und Zorn verschwand aus seinen Zügen.

»Wenn ich aus der Haft fliehe, spiele ich König Philipp damit in die Hände. Er wird verbreiten lassen, mir sei die Flucht aus dem Kerker nur mit Hilfe des Leibhaftigen gelungen. Damit hätte er sein Ziel erreicht: Das Ansehen unseres Ordens wäre für alle Zeiten ruiniert, und sämtliche Brüder, die sich noch in Gefangenschaft befinden, würden ohne Aufschub hingerichtet.«

Er fasste Baudouin scharf ins Auge. »Du musst mir als deinem Großmeister beim heiligen Tempel Salomos in Jerusalem versprechen, dass du keine Fluchtpläne mehr ausheckst. Es ist eine Sache, einen abergläubischen Burschen mit ein bisschen Getöse fortzulocken, doch eine andere, die königliche Garde herauszufordern.« Er lächelte wehmütig. »Vergiss nicht, dass wir sie ausgebildet haben.«

Baudouin schluckte; die Enttäuschung schlug nach ihm wie eine Faust. Mit wie viel Euphorie war er doch in dieses Loch tief unter der Erde hinabgestiegen. Er war so stolz auf seinen Einfall gewesen, und nun scheiterten all seine Hoffnungen, dem Tempel wieder zu seiner früheren Macht zu verhelfen, am Sturkopf dieses gebrochenen Mannes.

»Warum habt Ihr die Vorwürfe gestanden, Herr?«, fragte Baudouin mit heiserer Stimme. »Es sind doch Lügen, oder?«

»Das verrate ich dir, wenn du mir sagst, wie du es geschafft hast, hier reinzukommen.«

»Oh, das war nicht schwer. Der neue Knecht des Kerkermeisters sucht vermutlich jetzt noch seine Hose in dem Freudenhaus, wohin ich ihm gestern … Soll ich fortfahren?«

Der Großmeister winkte ab.

»Also, Meister?«

Jacques de Molay sah plötzlich niedergeschlagen aus. Er verschränkte die Arme hinter dem Rücken und fing an, in der kleinen Zelle von Wand zu Wand zu gehen.

Dann blieb er plötzlich stehen. »Die Brüder waren mir als Großmeister stets zum Gehorsam verpflichtet. Aber auch ich habe eine Verantwortung ihnen gegenüber. Vielleicht habe ich gestanden, weil ich Angst vor den Folterinstrumenten hatte, die die Schergen des Königs mir in Chinon zeigten?«

»Nein, das glaube ich nicht«, sagte Baudouin. Es lag nicht in seiner Absicht, dem Gefangenen zu schmeicheln. Dennoch hätte er jeden Eid geschworen, dass er in ganz Frankreich keinen tapfereren Mann kannte als Jacques de Molay.

»Vielleicht nahm ich an, man würde es mit diesem einen Geständnis bewenden lassen. Ich hoffte, der König würde mich als Missetäter verurteilen, aber den Orden insgesamt schonen.« Er zuckte mit den Achseln. »Ich hätte klüger sein und erkennen müssen, dass es Philipp nicht nur um meine Person als Großmeister ging, sondern um die Vernichtung der Templer in ganz Europa. Ich war zu stolz, um das einzusehen. Der Papst hat unseren Orden aufgelöst, aber ich vertraue immer noch darauf, dass er uns für unschuldig erklärt. Er muss es einfach tun. Er darf uns doch jetzt nicht im Stich lassen, nachdem er sich schon geweigert hat, mich anzuhören!«

Baudouin verzog skeptisch das Gesicht. Seit Jahren ergingen sich König und Papst in einem unseligen Kräftemessen. Clemens V. war seiner Ansicht nach nur noch daran interessiert, vor Philipp nicht das Gesicht zu verlieren. Um seine Autorität zu behaupten, ließ er zu, dass seine Geistlichen bei Prozessen überall im Land gegen die Templer aussagten. Wesentlich schlimmer noch trieben es Clemens' Bischöfe. Diese jagten und verhafteten Baudouins Brüder nicht nur in Frankreich, sondern auch in Deutschland, England und Spanien. Vom Papst Hilfe zu erwarten war ebenso vielversprechend, wie eine Katze zu bitten, die Maus nicht zu verspeisen.

»In wenigen Tagen werden die Kardinäle über mich und die anderen ihr Urteil sprechen«, sagte Jacques de Molay mit einem sanften Lächeln. »Ich freue mich darauf, denn dann werde ich noch einmal die Sonne sehen und den Wind auf der Haut spüren. Man vergisst hier unten, wie sich so etwas anfühlt. Glaubst du, der Papst wird auch vor Notre-Dame erscheinen?«

Baudouin hätte dem alten Mann gern Mut gemacht, aber er zweifelte daran, dass sich Papst Clemens eigens nach Paris bemühen würde, nur um dem Großmeister der Templer ein letztes Mal in die Augen zu schauen. Vielleicht würde Clemens einen Anflug von schlechtem Gewissen verspüren, doch dieser würde weder Jacques de Molay noch den übrigen Gefangenen etwas nützen.

Baudouin verließ den finsteren Turm, ohne Verdacht zu erregen. Freuen konnte er sich über die perfekte Täuschung dieses Mal aber nicht. Ganz im Gegenteil, er schämte sich so sehr, dass ihm die Tränen über die Wangen liefen. Hastig wischte er sie weg, während er sich in der winzigen Kammer, die er hoch über den Dächern von Paris gemietet hatte, umzog. Er ekelte sich vor den nach fremdem Schweiß riechenden Lumpen, mehr aber noch vor sich selbst.

Was war nur aus ihm geworden? Ein Taschenspieler und Possenreißer? Ein Gauner, dem er früher gemeinsam mit Payen das Fell über die Ohren gezogen hätte. Aber er wollte doch nur überleben und in der Nähe des Großmeisters bleiben, damit er später bezeugen konnte, was mit ihm und den anderen Gefangenen geschehen war. Was war daran denn so falsch?

Später am Nachmittag begab er sich in seiner besten Kleidung zum Palais de la Cité, um sich mit seiner Kontaktperson zu treffen. Vor dem Tour de Saint-Louis sah er ein Grüppchen junger Edelleute beisammenstehen, die alle dem wachsenden Hofstaat des Königs angehörten. Sie hatten vor, den Abend im Salle des Gens d'Armes zu verbringen, wo der König sein Gefolge zuweilen mit üppigen Banketten bei Laune hielt.

Baudouin zögerte nicht lange, sondern schloss sich den Höflingen an. In einer Gruppe fiel er viel weniger auf, als wenn er allein durch die Gänge des Schlosses streifte. Im Nu verschmolz er mit dem lachenden und plaudernden Schwarm, der einem Ameisenvolk gleich durch das mächtige Portal schwirrte.

Obwohl Baudouin die Residenz Philipps des Schönen schon oft besucht hatte, beeindruckte sie ihn doch jedes Mal aufs Neue. Wie er selbst hatte auch das aus einer Vielzahl von Steinbauten, Türmen und Kapellen bestehende Anwesen in den zurückliegenden Jahren ein neues Gesicht bekommen. Philipp hatte den Palast von geschickten Baumeistern umbauen und erweitern lassen, da der Louvre für die Empfänge ausländischer Fürsten und Gesandter nicht mehr genug Platz bot. Vor einem Jahr war das neue Palais mit einem rauschenden Fest eingeweiht worden, zu dem sogar Philipps Schwiegersohn, der englische König Edward II., erschienen war. Baudouin erinnerte sich nicht ohne Groll an den Höhepunkt des Festes, bei dem drei von Philipps Söhnen ihren Ritterschlag erhalten hatten. Alle französischen Edelleute hatten den Feierlichkeiten beigewohnt, bis auf die Angehörigen der Templer, die natürlich bei Hofe nicht länger geduldet wurden. Baudouin hatte das nicht gestört. Er hatte sich im Gewand eines spanischen Gesandten unter die Feiernden gemischt und des Königs Wein getrunken.

Im Waffensaal, der so weiträumig war wie Notre-Dame, formierten sich an diesem Abend vergnügte Paare zum Springtanz. Ungeduldig warteten sie, bis das Vespergeläut der nahen Hofkapelle verklungen war, dann gab der Tanzmeister seinen Spielleuten ein Zeichen.

Baudouin stand der Sinn nicht nach Vergnügungen. Scheinbar gelangweilt beugte er sich über eine silberne Schale, um sein Spiegelbild zu begutachten. Ein frohlockendes Grinsen stahl sich auf seine Lippen. Was ein paar wohlriechende Salben, Pülverchen und ein Nest falscher Haare doch aus einem Menschen machen konnten. Statt des zerlumpten Kerkerwächters mit dem Hinkebein strahlte ihn nun ein stattlicher kastilischer Ritter mit sonnengebräunter Haut an. Hoffentlich zog er an diesem Abend nicht zu viele bewundernde Damenblicke auf sich. Auf Eifersüchteleien hatte er es nicht abgesehen. Noch einmal rief er sich ins Gedächtnis, dass er nicht im Palast war, um sich zu amüsieren.

Im nächsten Moment sah er, wie Marie durch eine Seitenpforte in den Waffensaal kam. Sie trug einen fliederfarbenen Surcot aus besticktem rotem Samt mit weiten Ärmeln, die wie die Flügel eines Schmetterlings flatterten, als sie mit geröteten Wangen auf ihn zueilte.

Baudouin verneigte sich höflich und spürte zugleich, wie sein Herz heftig zu klopfen begann. Er hielt Marie für die schönste und geistreichste Frau am Hofe. Sie war nicht nur klug, sondern auch verschwiegen und absolut vertrauenswürdig. Baudouin konnte verstehen, warum sein alter Ordensbruder Thomas Lermond sich trotz des strengen Gelübdes, das die Tempelritter zu Keuschheit und Ehelosigkeit verpflichtete, auf den ersten Blick in sie verliebt hatte. Er selbst kämpfte gegen seine Gefühle für sie an, seit er sie kannte. Er befahl sich, nicht zu oft an sie zu denken, sich in Erinnerung zu rufen, dass ihre Liebe einzig und allein Lermond galt. Ihm hielt sie die Treue, sieben lange Jahre schon, obwohl sie von König Philipps Höflingen umschwärmt wurde wie ein Öllicht von Stubenfliegen. Baudouin war froh, dass Marie bisher jedem Versuch, sie mit einem Vasallen des Königs zu vermählen, widerstanden hatte. Aber er durfte sich natürlich nichts vormachen. Sie liebte nicht ihn, sondern Lermond. Sie half Baudouin, so gut es ihr möglich war. Sie warnte ihn, wenn Gefahr von den königlichen Wachen drohte, und versorgte ihn mit Neuigkeiten aus dem Palast.

An diesem Nachmittag machte Marie ein besorgtes Gesicht, ihr schien etwas auf dem Herzen zu liegen. Sie kehrte ihm den Rücken zu, gab vor, den Flötenspielern zuzuhören, die auf einer mit bunten Wimpeln geschmückten Empore saßen. Dabei drehte sie unauffällig den Rubinring an ihrem Finger. Fünfmal.

Baudouin begriff sofort, was sie ihm damit sagen wollte. Um nicht zu oft zusammen gesehen zu werden, war Marie auf die Idee gekommen, sich mit dem Freund ihres Geliebten auf eine geheime Weise zu verständigen. Drehte sie den Rubin, der in Form eines Kreuzes geschnitten war, bestand sie darauf, ihn später in der königlichen Palastkapelle zu sehen. Die Anzahl der Umdrehungen verriet ihm, wie oft der Sand durch das Uhrglas fallen musste, bis er ihr folgen durfte.

»Ihr seid doch nicht um meinetwillen so besorgt?«, eröffnete Baudouin wenig später das Gespräch. Er folgte Maries Blick empor zu den spitz zulaufenden gotischen Fenstern, welche den größten Teil der Kapellenwände einnahmen. Durch das bunte Glas wurde das Gotteshaus von einem glimmenden Licht durchflutet, das selbst Baudouin, dem die Schlichtheit der Templerkapellen normalerweise mehr zusagte, jedes Mal aufs Neue mit Staunen erfüllte. »Ihr wart bei Jacques de Molay.« Es war keine Frage, sondern eine sachliche Feststellung.

»Woher wisst Ihr das?«

Sie deutete lächelnd auf seinen Hals. »Braune Farbe? Ihr werdet nachlässig, mein Freund. Wascht Euch nach Eurer nächsten Maskerade gründlicher, sonst wird man Euch eines Tages doch noch durchschauen!«

Baudouin nickte düster. »Ich habe mit de Molay gesprochen. Er ist wohlauf, scheint sich aber ganz und gar in sein Schicksal gefügt zu haben. Von einer Flucht wollte er nichts hören, weil er noch immer auf die Gnade des Papstes vertraut. Bei allen Heiligen, woher nimmt der Mann nur sein grenzenloses Gottvertrauen? Er befiehlt mir, stillzuhalten und keinen Finger zu seiner Befreiung zu rühren. Und das nur, damit mich die Wachen des Königs nicht erwischen. Lieber will er vor aller Welt als Ketzer und Monstrum gelten, als die sieben Wächter in Gefahr zu bringen.«

»Still, Baudouin!« Marie legte warnend einen Finger über die Lippen. Sie waren zwar allein in der Kapelle, aber man konnte nie wissen, ob sich nicht doch ein Lauscher hinter einer Säule verbarg. Sie schwieg einen Augenblick, bevor sie fortfuhr: »Ihr seid meine letzte Verbindung zu Thomas Lermond. Verliert auch Ihr noch Euer Leben, bleibt mir nichts.«

»Ich weiß.« *Lermond. Immer nur Lermond.*

Marie ließ ihn stehen und schlenderte an den Standbildern der zwölf Apostel vorbei, die von mächtigen Sockeln auf sie herniederstarrten. Vor dem Aufgang zur oberen Kapelle blieb sie stehen und wartete. Ganz in der Nähe hielt der König die Reliquien des Leidens Christi unter Verschluss: einen Teil der Dornenkrone und des wahren Kreuzes sowie die Speerspitze, die die Seite des Gottessohns geöffnet hatte.

»Ich weiß nicht, ob ich Euch noch länger helfen kann«, rückte die junge Frau schließlich mit der Sprache heraus. »Gegen meine Herrin werden schwere Vorwürfe erhoben.«

Baudouin stutzte, denn es kam nicht allzu oft vor, dass Marie ihm ihre Sorgen anvertraute. Soweit ihm bekannt war, diente sie in den Gemächern Jeannes von Burgund, einer Schwiegertochter des Königs. Diese war mit Louis, Philipps zweitem Sohn, vermählt, dem man aufgrund seiner Körpergröße den Beinamen ›der Lange‹ gegeben hatte. Baudouin hielt nicht viel von ihm, hatte aber immer angenommen, Jeanne aufzuwarten, sei eine sichere Position für Marie. Doch nun schien sie sich ernsthafte Sorgen um ihre Zukunft zu machen.

Scheu streckte Baudouin die Hand aus, um Marie zu berühren, besann sich aber im letzten Augenblick und zog sie zurück.

Du bist ihr Freund und stehst in ihrer Schuld. Mehr nicht.

»Was ist geschehen?«

Marie ließ einige Zeit verstreichen, bis sie seine Frage beantwortete. Für gewöhnlich machte es ihr Spaß, Baudouin mit dem neuesten höfischen Klatsch zu versorgen. Sie wusste nicht nur darüber Bescheid, wer in Ungnade gefallen war oder wer den Ritterschlag erhalten sollte, sondern auch, was in der königlichen Kanzlei und dem Rechnungshof vorging. Nun aber betrafen die schlechten Nachrichten Menschen, die ihr persönlich nahestanden.

»Die Prinzessinnen Blanche und Marguerite sollen sich im Turm de Nesle an der Stadtmauer mit zwei Liebhabern getroffen haben«, erzählte Marie rot vor Scham. »Isabella, die Frau König Edwards von England, hat den Ehebruch aufgedeckt. Sie soll ihren Schwägerinnen wertvolle Börsen geschenkt haben, und nun schwört sie bei der Krone ihres Gemahls, dieselben an den Gürteln zweier junger Ritter wiedererkannt zu haben.«

Baudouin stieß die Luft aus. Er begriff, warum Marie so niedergeschlagen war. Ein Skandal wie dieser konnte nicht nur den Schwiegertöchtern des Königs den Kopf kosten, sondern allen, die der Mitwisserschaft verdächtigt wurden.

»Meine Herrin muss jeden Tag damit rechnen, verhaftet zu werden«, bestätigte Marie. »Was soll dann aus mir werden? Schließlich weiß jeder bei Hofe, dass ich ihre engste Vertraute bin. Am Ende lässt mich der König foltern, um seine Schwiegertöchter zu brechen.«

Während Baudouin ihr zuhörte, verhärteten sich seine Gesichtszüge. Nie zuvor hatte er König Philipp so gehasst wie in diesem Moment. In seinen Augen war er ein machtbesessener Tyrann. Er hatte die Templer verraten und sein Volk geschröpft, aber Marie würde er nicht in die Finger bekommen, das würde Baudouin zu verhindern wissen.

»Wärt Ihr wohl sicher in der Burg Eurer Eltern?«, fragte er mit heiserer Stimme. »Wenigstens so lange, bis sich geklärt hat, ob Ihr in Gefahr schwebt?«

Marie tupfte sich mit einem Tüchlein die Tränen aus den Augen. Nein, zu ihrem Vater konnte sie nicht zurückkehren. Der Alte stand unter der Fuchtel seiner zweiten Gemahlin, die Marie nicht in ihrem Haus dulden wollte.

Baudouin dachte nach. In Gedanken spielte er einige Möglichkeiten durch, kam aber immer wieder zu demselben Schluss: Um Marie zu retten, musste er den König von Frankreich töten.

»Genug davon!« Marie schien plötzlich etwas eingefallen zu sein. Verwirrt öffnete sie ihren Gürtelbeutel, ein Geschenk Thomas Lermonds, und entnahm ihm ein in Leintuch gewickeltes Päckchen. »Ein Bote hat das gestern gebracht. Er sagte, ich wüsste schon, von wem es kommt und wer es erhalten soll. Es ist für Euch, Baudouin.«

Baudouin schnappte erregt nach Luft. Seine Finger, die für gewöhnlich so ruhig waren, dass er einem Mann im Gedränge unbemerkt die Börse vom Gürtel schneiden konnte, zitterten, als er die Verschnürung löste und das Stück Leinen zurückschlug.

Dann starrte er bestürzt auf die Münze, die das Bildnis zweier Ritter auf einem Pferd zeigte. Der Notruf an die sieben Wächter und damit eine Verpflichtung, der er sich nicht entziehen durfte.

Einen Moment lang sann er darüber nach, ob die Ankunft der Münze etwas mit dem Urteil gegen den Templergroßmeister zu tun haben konnte, das mit Spannung erwartet wurde. War Lermond deswegen in Panik geraten? Seine Angst um das Versteck, das er im Osten bewachte, schien sich in einen wahren Verfolgungswahn verwandelt zu haben.

Baudouin schloss die Faust über der Münze. Er wollte nicht fort aus Paris, nicht jetzt, wo er beschlossen hatte, der Herrschaft Philipps von Frankreich ein Ende zu bereiten.

»Es ist eine Nachricht von Lermond, nicht wahr?«

Marie sah zu, wie er die Münze mit dem *Sigellum Templi*, dem alten Templersiegel, hastig unter seinem Barett verschwinden ließ, aber eine Frau wie sie ließ sich natürlich nicht hinters Licht führen. Sie hatte die Zusammenhänge längst richtig gedeutet.

»Ja, Thomas Lermond ruft mich zu sich«, gab er zu. »Er lebt an einem geheimen Ort, den außer mir nur einige wenige Eingeweihte kennen. Es muss etwas geschehen sein, sonst würde er mir und den anderen Brüdern keine Münzen schicken.«

Marie stieß vor Freude einen Jubelschrei aus, biss sich aber gleich darauf auf die Lippen, als ihr Echo durch das menschenleere Gotteshaus hallte.

»Verzeiht mir, aber Ihr wisst nicht, was das für mich bedeutet. Ich fürchtete schon, meinen Lermond niemals wiederzusehen, und nun kann ich endlich zu ihm.«

Baudouin runzelte verwirrt die Stirn. Zu ihm? Da lag wohl ein kleines Missverständnis vor. Mochte Lermond auch einmal tiefe Gefühle für Marie gehegt haben, die Botschaft war nicht für sie bestimmt. Vor Baudouin lag eine gefahrvolle und strapaziöse Reise durch feindliches Gebiet, und was ihn an deren Ende erwartete, konnte er bestenfalls vermuten. Dabei konnte er keine Frau an seiner Seite gebrauchen. Außerdem widerstrebte es ihm, Marie seinem alten Ordensbruder auf dem Silbertablett zu präsentieren. Nein, das durfte sie nicht von ihm verlangen.

»Ich kann Euch nicht mitnehmen, Marie«, sagte er entschlossen. »Zu gefährlich!«

Sie lachte ihn aus. »Sehe ich aus, als könnte ich mich nicht auf einem Pferd halten? Ich kann reiten wie ein Mann. Und mein Vater hat mich auf unserem Gut nicht nur im Bogenschießen unterrichtet, sondern mir auch beigebracht, wie ich mich gegen Räuber und Wegelagerer zur Wehr setzen kann.«

»Mag sein, aber ...«

»Außerdem könnte es in den nächsten Tagen hier auf der Ile de la Cité gefährlicher für mich werden als auf dem Weg zu Lermond. Habt Ihr vergessen, dass mir als Vertrauter der Prinzessin unangenehme Verhöre drohen? Ihr habt versprochen, mich zu beschützen, aber wie wollt Ihr Euer Versprechen halten, wenn Ihr gar nicht in Paris seid? Wollt Ihr mich vielleicht in Lumpen stecken und zu Euren Bettlerfreunden bringen? Ihr mögt ein Mann mit tausend Gesichtern sein, Baudouin, aber mir genügt mein eigenes.«

Baudouin gab sich mit einem tiefen Seufzer geschlagen. Gegen Maries Argumente kam er nicht an. Außerdem hätte er sich schäbig gefühlt, sie alleinzulassen, nach allem, was sie für ihn getan hatte. Bei näherer Überlegung konnte er der Vorstellung, sie Tag und Nacht bei sich zu haben, sogar einiges abgewinnen. Er spürte, wie Erregung seinen Körper heimsuchte. Erst der Gedanke, dass er am Ende der Reise Thomas Lermond und den Brüdern Rede und Antwort würde stehen müssen, löschte die Glut in seinen Lenden.

Egal, dachte er. Es war weit bis in die Mark Brandenburg. Sie würden wochenlang unterwegs sein, und Gott allein wusste, ob sie ihr Ziel überhaupt erreichten.

Doch bevor er sein Bündel schnürte, musste Baudouin sich noch um den König kümmern.

Philipp IV. würde den Tag verfluchen, an dem er sich mit den Tempelrittern angelegt hatte.

TEMPELHOF, MÄRZ 1314

Agnes von Vitzenburg fiel es schwer, sich in ihr neues Leben auf dem Tempelhof einzufinden.

Nie zuvor war sie an einem so seltsamen Ort gewesen, schon gar nicht unter derart strenger Bewachung. Manchmal glaubte sie, in einem Kloster gelandet zu sein, dann wieder erschien ihr das alte Haus wie eine Festung, die sich für eine Belagerung rüstete. Daneben gab es den Gutshof, das Dorf und die Handelsniederlassung, wo Tuch, Salz, Stockfisch und andere Waren gehortet wurden, um sie auf die Märkte von Berlin und Cölln an der Spree zu tragen. Eine blühende Siedlung mitten in den Sümpfen, die Agnes jedoch feindselig gegenüberstand.

Unmittelbar nach ihrer Ankunft hatte Bruder Adam von Pirrlingen sie von ihren Dienerinnen getrennt und ihr jeden weiteren Umgang mit den Frauen aus Magdeburg verboten. Sogar Else, die immer treu zu ihr gehalten hatte, musste zusehen, dass sie künftig als Magd bei einer Bauernfamilie im Ort über die Runden kam.

Agnes ertrug all die Demütigungen mit einer Geduld, über die sie selbst staunte. Die meiste Zeit des Tages verbrachte sie stickend in einer kärglich eingerichteten Kammer der Komturei, die, wie sie inzwischen herausgefunden hatte, einst der Ordensmeister der Templer bewohnt hatte. Allerdings erinnerte bis auf ein hübsch geschnitztes Kruzifix an der Wand über ihrem Bett nicht mehr allzu viel an ihn. Längst war alles, was den früheren Herren von Tempelhof gehört hatte, aus dem Haus geschafft worden.

Agnes fragte sich oft, was aus dem Mann geworden war, der ihr und Else im Wald das Leben gerettet hatte. Hatte er nicht versprochen, den Tempelhof im Auge zu behalten? Tatsächlich glaubte sie manchmal nach Einbruch der Dunkelheit jemanden vor ihrem Fenster zu sehen. Konnte das wirklich der alte Tempelritter sein, der im Schutz der Nacht in seine alte Komturei zurückkehrte? Wachte er über sie?

Agnes fand die Vorstellung, dass da draußen jemand auf der Lauer lag, dem es nicht egal war, was aus ihr wurde, ebenso erregend wie beängstigend. Vor allem fürchtete sie sich davor, dass ihr heimlicher Vertrauter Bruder Adam in die Hände fiel. Der Mönch hatte sich wie sie im ehemaligen Ordenshaus eingerichtet und bewachte das Anwesen wie ein Hofhund. Vom Turm des festungsähnlichen Gebäudes aus beherrschte er nicht nur Hof und Dorf, sondern regelte auch Agnes' Tagesablauf, der hauptsächlich aus Gebeten, Handarbeiten und Bußübungen bestand. Bruder Adam gab vor, um ihr Seelenheil besorgt zu sein, doch Agnes vermutete, dass sie ihm lästig war und er sie gern losgeworden wäre, um sich ganz und gar auf seine Hauptaufgabe zu konzentrieren: die Jagd nach Tempelrittern. Damit sie ihn nicht dabei störte, gab er ihr Arbeiten, die sie ans Haus banden: das Ausbessern von Altartüchern für die Kirche der Franziskanerbrüder zu Berlin und Ähnliches.

Eines Morgens drang der Mönch wutschnaubend in ihre Kammer ein, kaum, dass sie sich angezogen hatte. Es war noch dunkel auf dem Hof, nicht einmal der Hahn hatte gekräht. Ohne sie eines Blickes zu würdigen, knallte er die Tür hinter sich zu. Dann durchquerte er den Raum, öffnete Agnes' Reisetruhe und warf ihre Kleider zu Boden.

»Habt Ihr immer noch nicht begriffen, dass Ihr hier seid, um Euch in Demut zu üben?«, schrie er sie an.

Agnes wich vor dem wütenden Mann zurück, bis sie die Wand im Rücken spürte. Sie konnte sich nicht erklären, warum er so aufgebracht war, und suchte in ihrem Gedächtnis nach einem

Fehler, den sie am Vortag begangen hatte. Sie war zur Dorfkirche gegangen, um zu beten und ein paar Münzen in den Opferstock zu werfen. Auf dem Rückweg hatte sie Else gesehen, aber nicht mit ihr gesprochen. Den Rest des Tages hatte sie still in ihrer Kammer verbracht. Woran also mochte der Mönch Anstoß genommen haben?

Als Adam von Pirrlingen ihr eine kleine Pergamentrolle vor die Füße warf, wusste sie die Antwort. Sie erbleichte vor Schreck. Der Brief. Großer Gott im Himmel, den hatte sie völlig vergessen. Zwei Tage nach ihrer Ankunft hatte Agnes beschlossen, ihren Verwandten ein paar Zeilen zukommen zu lassen, damit diese erfuhren, wohin der Bischof sie hatte bringen lassen. Dem Bauern, der ihr Schreiben weiterbefördern sollte, hatte sie für seinen Dienst eine ihrer Broschen gegeben, aber offensichtlich hatte der treulose Kerl nichts Eiligeres zu tun gehabt, als mit dem Brief schnurstracks zu Bruder Adam zu rennen.

»Hatte Bischof Burchard von Magdeburg Euch nicht verboten, an Eure Verwandtschaft zu schreiben?«

Agnes beschloss, sich von dem Mönch nicht einschüchtern zu lassen. »Warum sollen meine Angehörigen nicht erfahren dürfen, dass der Bischof mich in diese Einöde geschickt hat?«, erwiderte sie nicht ohne Trotz. »Sie werden sich Sorgen um mich machen.«

»Das werden sie keineswegs, dummes Ding! Ich habe Euch schon einmal erklärt, dass weder die Herren von Querfurt noch die Grafen von Schraplau noch etwas mit Euch zu schaffen haben wollen. Wann geht das endlich in Euren Schädel?«

Händeringend lief der Dominikaner in der Kammer auf und ab. Plötzlich blieb er stehen und drohte Agnes mit der Faust. »Ihr werdet nie wieder einen Griffel zur Hand nehmen, um Lügen über Euren Erzbischof zu verbreiten!«

Agnes verstand nicht, was sie ritt, dem zornigen Mönch Widerstand zu leisten. Sie hätte sich still in ihr Schicksal fügen und ihn um Verzeihung bitten müssen. Aber das brachte sie einfach nicht fertig. Obwohl sie vor Angst am ganzen Körper zitterte, hielt sie ihm entgegen: »Ich habe meinen Vettern gebeichtet, dass mich der Bischof in seiner Burg entehrt hat. Ich hatte keine Wahl, ich musste ihm gehorchen, wenn er mich in sein Schlafgemach rief. Zum Dank dafür sperrt er mich nun hier ein und verbietet mir jeden Kontakt zur Außenwelt.«

Adam von Pirrlingen war außer sich. »Ich habe mein Möglichstes getan, um Euch ins Gewissen zu reden, aber Ihr bleibt stolz und verstockt.« Er machte auf dem Absatz kehrt und stürzte aus der Kammer. Agnes hörte, wie von außen mit einem Ruck der Riegel vorgeschoben wurde, und schlug die Hand vor den Mund. Ihr wurde schlecht bei der Vorstellung, nicht einmal mehr die enge Kammer verlassen zu dürfen.

Schwerfällig schleppte sie sich zum Fenster, von dem aus sie das gesamte Gelände der alten Komturei überblicken konnte: Wirtschaftsgebäude, Scheuern und Stallungen, die Kapelle, die inmitten einiger Fischteiche stand, und davor die ärmlichen Bauernhütten, die westlich bis zu den Sümpfen reichten und in östlicher Richtung an den Wald grenzten.

Wo bist du, Templer, flehte sie in Gedanken.

Im Morgengrauen erschien Bruder Adam wieder in der Kammer. Ohne anzuklopfen schob er den Riegel zurück. Er wurde von einem dicken älteren Weib begleitet, das Agnes schon einmal im Dorf gesehen hatte. Ihr Mann war der Hufschmied. Auf Geheiß des Mönchs sammelte die Alte Agnes' Kleider auf, die noch immer über den Fußboden verstreut herumlagen, und stopfte sie in einen mitgebrachten Weidenkorb.

»Für die Armen«, erklärte Bruder Adam, nachdem alle Kleidungsstücke, Bänder, Schleier und Schuhe eingepackt waren. »Wo verwahrt Ihr Euren Schmuck?«

Agnes holte Luft. An den Ringen und Ketten, mit denen Bischof Burchard sie einst überhäuft hatte, lag ihr nichts. Mochte der Mönch sie mitnehmen und damit glücklich werden. Sie selbst hatte längst beschlossen, sie dem Dorfpriester zu übergeben. Nun kam Bruder Adam ihr zuvor. Sie bohrte ein Loch in ihre Matratze und wühlte so lange im Stroh, bis sie auf eine hübsch verzierte Schatulle stieß. Ohne auch nur einen Blick darauf zu werfen, drückte sie dem Mönch das Kästchen in die Hand.

»Ich hoffe, Ihr seid nun endlich zufrieden!«

Adam von Pirrlingen verdrehte die Augen. »Glaubt Ihr im Ernst, der Herr würde Euch das als gute Tat anrechnen? Ihr irrt Euch. Gott liebt den, der frohen Herzens opfert. Ich musste Euch dazu zwingen, daher ist Eure Gabe vor den Pforten des Himmels nichts wert!« Dann schnippte er mit den Fingern und gab der Bauersfrau ein Zeichen, woraufhin diese zwei grobe Kittel unter ihrer Schürze hervorzog und wortlos neben Agnes auf den Bettkasten legte.

»Vielleicht seht Ihr ein, wie verdorben und lasterhaft Ihr seid, wenn Ihr auch äußerlich einer Büßerin gleicht«, sagte Adam von Pirrlingen.

Agnes schaute ungläubig auf das schmucklose, schmutzige Kleid, das nach Kuhstall roch. »Ihr verlangt, dass ich diesen Fetzen anziehe? Das tue ich nicht. Niemals.«

»Auch gut, dann werdet Ihr nackt durchs Dorf laufen! Zum Gespött aller Weiber, die gern mal einen Stein nach der frechen Hure des Bischofs werfen würden!«

Wie aufs Stichwort packte die Bauersfrau Agnes am Arm und zog sie brutal in die Mitte der Kammer. Agnes war so überrascht, dass sie wie gelähmt zuließ, dass die Alte ihr vor Bruder Adams Augen das Mieder aufschnürte und dann Unterkleid und Surcot über den Kopf zog. Agnes legte beide Arme über ihre Blöße. Ihre Wangen röteten sich vor Scham.

Die Bauersfrau nahm eines der Büßerhemden und blickte Bruder Adam fragend an. »Soll ich jetzt …«

Agnes' Augen füllten sich mit Tränen. Sie brachte kein Wort hervor und konnte dem Weib nur mit einem Nicken zu verstehen geben, ihr doch bitte den Kittel überzustreifen. Aber damit war die Demütigung noch lange nicht überstanden. Kaum war sie umgekleidet, da stieß die Bäuerin sie auf einen Schemel und befahl ihr stillzusitzen. Mit ausdrucksloser Miene holte sie ein scharf geschliffenes Messer aus ihrer Schürze und ließ dessen Klinge prüfend über den Daumen gleiten.

»Euer Haar ist eine Beleidigung in den Augen des Herrn!«, verkündete Bruder Adam feierlich.

Agnes von Vitzenburg schrie vor Entsetzen auf. Aber ihr Protest verhallte ungehört.

»Mach schon, Weib, runter damit!« Die Aufforderung galt der Bauersfrau, die sich sogleich ans Werk machte. Ohne sich um Agnes' Schreie zu kümmern, zog sie deren Haare im Nacken zusammen und säbelte so lange daran herum, bis Bruder Adam schließlich großmütig die Hand hob. »Das genügt fürs Erste. Du darfst der Büßerin eine Haube geben. Aber eine schlichte.«

Agnes schlug den Blick nieder. Mit aller Kraft kämpfte sie gegen die Ohnmacht an, die nach ihr griff. Zitternd glitten ihre nackten Füße über die abgeschnittenen Strähnen ihres Haares, die zu Boden gefallen waren. Er wird mich töten, schoss es ihr durch den Kopf. Er wird nicht ruhen, bis er in Magdeburg meinen Tod verkünden kann. Erst dann wird Burchard zufrieden sein.

»Und nun her mit dem *corpus delicti*«, hörte sie Bruder Adams Stimme.

Agnes schaffte es nicht, ihn anzusehen, brachte aber ein schwaches »Ich weiß nicht, wovon Ihr redet« zustande.

»Ich will den Brief wiederhaben, den Ihr geschrieben habt, um den Bischof zu verleumden. Gestern vergaß ich ihn in Eurer Kammer.« Bruder Adam blickte sich um, fand aber weder auf dem Fußboden noch in der Kleidertruhe etwas, wonach er suchte. Die Bauersfrau hatte er inzwischen hinausgeschickt; wenngleich sie weder des Lesens noch des Schreibens mächtig war, wollte Bruder Adam offensichtlich nicht, dass die Nachricht von Agnes' Hilferuf im Dorf die Runde machte.

Bruder Adam stellte die Schlafkammer auf den Kopf. Er begann mit Agnes' Strohsack, den er aufschlitzte und durchwühlte. Dann nahm er sich den Kasten mit ihren Handarbeiten vor. Die Altartücher für das Kloster warf er in eine Ecke. Doch der Brief blieb verschwunden.

»Ihr habt das Schreiben doch mitgenommen, als Ihr gestern in Eile meine Kammer verließt«, behauptete Agnes. Erschöpft kauerte sie sich in einen Winkel des Raumes, wo sie vor Adams Fäusten und Fußtritten sicher war. »Ich habe es nicht mehr!«

»Glaubt nicht, dass Ihr mich zum Narren halten könnt«, schimpfte Bruder Adam, nachdem er die Suche erfolglos abgebrochen hatte. »Der Brief wird Euch nichts nützen, denn Ihr werdet niemanden auf dem Tempelhof finden, der ihn für Euch befördert. Die Leute im Dorf wissen genau, was sie der Kirche schuldig sind. Wir helfen ihnen, zu vergessen, dass sie jahrzehntelang den ketzerischen Tempelherren den Zehnten gezahlt und damit ihr Seelenheil in Gefahr gebracht haben.«

Das kann ich mir vorstellen, dachte Agnes bitter. Wie gern hätte sie vergessen, was hier in der Kammer geschehen war, aber sie ahnte, dass sie die Erinnerung niemals loswerden würde.

Nachdem Bruder Adam sie verlassen hatte, blieb sie in ihrer Ecke sitzen, den Kopf auf beide Hände gestützt. Es dunkelte und wurde wieder hell, aber niemand kam, um ihr Wasser und etwas zu essen zu bringen. Nicht dass sie auch nur einen Bissen heruntergebracht hätte, doch sie fürchtete, man würde sie in ihrer Kammer ihrem Schicksal überlassen.

Irgendwann kämpfte sich Agnes von Vitzenburg auf die Beine. Sie wankte hinüber zu dem Kruzifix über ihrem Bett und nahm es von der Wand. Die Rückseite des Holzes war ausgehöhlt, das hatte sie bemerkt, als sie sich das Kreuz eines Abends näher angesehen hatte. Sie fragte sich, ob der Tempelritter, dem es gehört hatte, es ebenfalls verwendet hatte, um vertrauliche Dinge zu verstecken. Agnes hatte keine Ahnung, spürte aber eine tiefe Dankbarkeit. Mit Hilfe des Kreuzes war es ihr gelungen, Bruder Adam die Stirn zu bieten.

Sie lächelte, als sie das Wortspiel erkannte. Mit Hilfe des Kreuzes … und der Klugheit eines unbekannten Tempelritters. Nein, diese Männer konnten nicht die Bestien sein, für die alle Welt sie hielt. Für Agnes stand fest, dass sie einen Weg finden musste, um den Brief zur Burg ihres Vetters bringen zu lassen. Auf dem Gelände der ehemaligen Komturei gab es keinen, der ihr beistand, das hatte Bruder Adam ihr mit Nachdruck klargemacht.

Ich muss dem Tempelritter aus dem Wald eine Nachricht zukommen lassen, dachte sie. Er ist der Einzige, der mir jetzt noch helfen kann.

Einige Tage später ergab sich für Agnes eine unerwartete Gelegenheit, ihrer Gefangenschaft wenigstens für ein paar Stunden zu entfliehen. Der Präzeptor des Johanniterordens, dem nach einer Entscheidung des Papstes die Güter der Templer zufallen sollten, hatte eine Abordnung zum Tempelhof gesandt, um sich vom Zustand der ehemaligen Komturei nebst allen dazugehörenden Ländereien zu überzeugen. Die Dörfer Marienfelde und Mariendorf hatten die Gesandten schon gesehen, nun bestanden sie darauf, auch noch dem Mittelpunkt der ehemaligen Komturei einen Besuch abzustatten.

Adam von Pirrlingen passte das gar nicht, aber er wusste auch, dass er als Vertreter des Bischofs von Magdeburg nicht das

Recht hatte, den Johannitern den Zutritt zum Tempelhof zu verweigern. Noch erwiesen sich die Verhandlungen zwischen dem Markgrafen Waldemar von Brandenburg, dem Bischofssitz und den Johannitern als zäh und zogen sich in die Länge wie Honigfäden, doch es lag auf der Hand, dass es nur eine Frage der Zeit war, bis der vom Papst begünstigte Orden das Recht auf Nutzung der betreffenden Ländereien durchsetzen würde. Aus diesem Grund empfing der Dominikaner die Ordensleute mit der Zuvorkommenheit eines vom Landesherrn bestallten Verwalters vor dem großen Tor und begleitete sie persönlich zum ehemaligen Ordenshaus, wo er ihnen sogleich Erfrischungen bringen ließ.

Kaum waren die Männer versorgt, befahl er einer Magd, Agnes eines ihrer eigenen Kleider herauszulegen, sie zu baden und beim Anlegen ihres Schleiertuchs zu helfen.

»Die Herren haben gehört, dass sich ein Mündel des Bischofs von Magdeburg hier aufhalten soll«, erklärte er Agnes, als sie wenig später zu ihm gebracht wurde. Agnes war blass, und unter ihren Augen lagen dunkle Ringe, die verrieten, wie wenig sie schlief.

»Burchard ist ein elender Schwätzer, ich traue ihm zu, dass er selbst den Mund nicht halten konnte. Nun, da das Kind in den Brunnen gefallen ist, müssen wir das Beste daraus machen. Ihr werdet die Ordensleute, nachdem sie gespeist haben, durch die Handelsniederlassung und das Dorf führen. Plaudert mit den Herren, aber sorgt dafür, dass sie sich das Gut nicht allzu genau anschauen. Ein oberflächlicher Blick genügt vollkommen.«

»Ich soll die Johanniter ablenken?«, entfuhr es Agnes erstaunt. Doch noch ehe Bruder Adam sich zu einer Antwort herabließ, begriff sie, wovor der Mönch sich fürchtete. Seit der frühere Verwalter vom Tempelhof verschwunden war, oblag es Bruder Adam, die Bücher zu führen. Dies schien er jedoch vernachlässigt zu haben. Ja, Agnes hielt es sogar für möglich, dass er in die eigene Tasche wirtschaftete. Die Johanniter würden an dem Besitz nicht viel Freude haben, wenn er einst in ihr Eigentum überging.

Bruder Adam merkte, dass sie noch mehr dazu sagen wollte, aber das ließ er nicht zu. »Wenn Ihr die Johanniter dazu bringt, dass sie wieder verschwinden, bekommt Ihr Euer Hab und Gut zurück. Vielleicht erlaube ich sogar Eurer Dienerin, dieser Else, ins Haupthaus zu ziehen, damit sie Euch versorgen kann. Aber ich warne Euch …« Adam von Pirrlingen kam auf sie zu und blies ihr seinen Atem ins Gesicht. »Kein Wort zu den Herren über Bischof Burchard. Falls Ihr Euch bei den Johannitern über ihn und mich beschweren oder sie als Boten für irgendwelche Briefe missbrauchen solltet, werde ich es erfahren.«

Agnes errötete. Offensichtlich las der Dominikaner in ihren Gedanken wie in einem Buch, denn genau das hatte sie vorgehabt. Schließlich gab sie sich geschlagen und versprach, die Gesandten des Johanniterordens herumzuführen.

Die drei Ordensleute begrüßten Agnes zwar mit der gebotenen Höflichkeit, blieben darüber hinaus jedoch auf Distanz zu ihr und den übrigen Bewohnern der Siedlung. Ihr Interesse galt vornehmlich dem Zustand der Mauer, die die Komturei umgab, sowie der Hufschmiede, den Vorratsspeichern und Pferdeställen. Nur hin und wieder richtete einer der Herren eine Frage an Agnes oder ließ sich etwas über das Gut erklären.

Sie gab ihr Bestes, gewann jedoch rasch den Eindruck, dass die Männer ihr kaum zuhörten. Je länger sie durch die Ställe und Gärten liefen, desto enttäuschter und verwirrter wirkten sie. Auf dem Weg ins Dorf steckten die drei die Köpfe zusammen und führten hitzige Debatten.

Agnes folgte ihnen mit einem gezwungenen Lächeln auf den Lippen. Sie fror und wünschte sich, sie besäße noch ihren Pelz oder wenigstens wärmere Kleidung. Obwohl die Zweige an Bäumen und Sträuchern erste Knospen trieben, behauptete sich der

Winter hartnäckig. Der Himmel war grauverhangen, und es sah nach Regen aus.

Agnes ließ die drei Johanniter nicht aus den Augen. Am Guts- und Handelsbetrieb schien keiner von ihnen Anstoß zu nehmen, aber gerade das erregte Agnes' Verdacht. Nicht einmal die Bücher wollten sie sehen, jedenfalls nicht die, die Bruder Adam seit Ablösung des letzten Prokurators führte. Was aus den Aufzeichnungen aus der Zeit der Templer geworden war, vermochte Agnes jedoch nicht zu sagen. Unzufrieden schüttelten die Ordensleute den Kopf. »Habt Ihr denn keinerlei Schriften mehr, die von den Templern stammen?« Die Frage kam von Hartmann von Weichenfeld, der die Abordnung anführte. Er war etwa dreißig Jahre alt, groß und trotz einiger Pockennarben, die sein Gesicht zeichneten, auffallend gutaussehend. Dessen schien er sich auch bewusst zu sein, denn er lächelte Agnes gönnerhaft an.

Agnes erwiderte sein Lächeln, schüttelte aber den Kopf. Nein, von Templeraufzeichnungen war ihr nichts bekannt. Was auch immer einst innerhalb der Mauern der Komturei zu Papier gebracht worden war, hatte die Verfolgung des Ordens nicht überstanden. Vermutlich hatten die Templer selbst ihre Urkunden und Register verbrannt oder versteckt, bevor die Soldaten des Erzbischofs ans Tor geklopft hatten.

Der Johanniter ließ sich seine Enttäuschung nicht anmerken. »Wie schade«, sagte er knapp. »Dann habt Ihr wohl auch noch nicht von den Gerüchten gehört, die Templer hätten auf ihrem Grund und Boden eine Reliquie von großem Wert vergraben?«

Eine Reliquie? Also daher wehte der Wind. Den Johannitern war der Tempelhof mitsamt seinen Bewohnern ebenso gleichgültig wie Bruder Adam. Sie suchten nach einem versteckten Schatz, irgendeinem Geheimnis, für das die Templer grausam hatten sterben müssen.

»Es heißt, ein ehemaliger Präzeptor des Templerordens habe

den Bischof von Magdeburg hinters Licht geführt«, fuhr Ritter Hartmann fort. Er bot Agnes seinen Arm und spazierte mit ihr am See entlang, auf die alte Dorfkirche zu. »Stellt Euch nur vor: Der Mann lebte fast sieben Jahre lang als Kaufmann getarnt und handelte mit Stockfisch, Salz und Pelz. Eurem Beichtvater ist es zu verdanken, dass der Ketzer entlarvt wurde und in die Wälder fliehen musste. Er heißt Thomas Lermond.«

Agnes spürte, wie ihr Herz vor Aufregung heftig zu klopfen begann. Thomas Lermond. Das musste er sein. Endlich bekam der Mann aus dem Wald, der durch ihre Träume spukte, einen Namen.

»Adam von Pirrlingen erhielt den Auftrag, ihn im Namen der Inquisition aufzuspüren, aber das dürfte ihm schwerfallen.« Der Johanniter lachte spöttisch auf. »Das Mönchlein hat keinen blassen Schimmer, mit wem er sich da anlegt. Die Templer mögen mit der Zeit faul und korrupt geworden sein, aber droht ihnen eine Gefahr, werden sie sich auf ihren Mut und Kampfgeist besinnen und bis zum letzten Blutstropfen Widerstand leisten.«

»Das klingt, als hättet Ihr Achtung vor diesen Leuten?« Scheu blickte Agnes den Ordensritter an. »Glaubt Ihr denn, die versteckte Reliquie könnte der Grund dafür sein, dass dieser Thomas Lermond sich noch immer in der Nähe vom Tempelhof herumtreibt?«

Aus Hartmann von Weichenfelds Gesicht verschwand das Lächeln. »Woher wisst Ihr, dass er noch hier ist? Habt Ihr ihn etwa gesehen? Hat er sich Euch einmal genähert?«

Agnes bereute sofort, nicht besser auf ihre Worte achtgegeben zu haben. Nun hatte sie sich verdächtig gemacht. Sogleich hob sie abwehrend die Hand und stritt ab, jemals einen Templer gesehen zu haben. Aber Hartmanns Gesichtsausdruck deutete an, dass er ihr nicht glaubte. »Seid auf der Hut, Herrin«, warnte er sie. »Jawohl, ich hatte einst Achtung vor den Templern, solange sie Brüder eines mit uns verbundenen Ordens waren. Und es mag einiges an ihnen geben, was ich auch heute noch bewundere. Doch sie sind zu Feinden der Christenheit erklärt worden. Das solltet Ihr als Schützling des Bischofs von Magdeburg nicht vergessen.«

Am Abend fand Agnes Adam von Pirrlingen im ehemaligen Refektorium der Komturei. Hier hatten einst die Tempelritter, die ja ähnlich wie Mönche gelebt hatten, ihre Mahlzeiten zu sich genommen. Anders als in den übrigen Räumen hatte Bruder Adam hier so gut wie nichts verändert, vielleicht, weil ihn der schmucklose Saal mit seinen langen Holztischen und Bänken sowie dem Pult für den Vorleser an sein heimatliches Kloster erinnerte.

»Die Herren Ordensritter waren zufrieden mit Euren Auskünften, Agnes«, sagte der Mönch, ohne die Nase aus seinem Gebetbüchlein zu nehmen. »Das habt Ihr gut gemacht.«

»Danke.«

Er hob die Mundwinkel zu einem humorlosen Grinsen. »Und es gab kein Wort der Klage? Keine Beschwerden darüber, wie schlecht Ihr hier behandelt werdet?«

Agnes hätte Bruder Adam am liebsten das Gebetbuch aus der Hand geschlagen und es in den Staub getreten, aber sie befahl sich streng, Haltung zu bewahren. Stumm schüttelte sie den Kopf.

»Also gut, dann werde auch ich mein Wort halten. Ihr dürft die beiden Gemächer im oberen Stockwerk beziehen. Sie sind komfortabler als Eure kleine Schlafkammer. Ich werde Else aus dem Dorf holen lassen, damit sie Eure Sachen hinaufschafft.«

Endlich hob er den Blick und sah sie an. Einen Herzschlag lang befürchtete Agnes, er könnte bemerken, dass sie ihm etwas verheimlichte. Aber dem schien nicht so. Schließlich sagte er: »Ich sah Euch mit dem Ritter von Weichenfeld plaudern. Wollt Ihr mir verraten, worum es bei Eurem Gespräch ging?«

»Wir haben nur einige Höflichkeiten ausgetauscht«, erklärte Agnes. »Und dann hat mich der Johanniter noch vor einem Gesetzlosen gewarnt, der sich angeblich in den Wäldern rund um den Tempelhof herumtreiben soll. Einem geflohenen Tempelritter.«

»Ein Templer?« Bruder Adam wirkte beunruhigt. »Die Johanniter wissen also auch davon?«

Agnes nickte vorsichtig. Sie verfolgte, wie der Mönch im Raum auf und ab ging. Dann blieb er unvermittelt vor ihr stehen und fasste sie scharf ins Auge.

»Ihr solltet die Warnung ernst nehmen! Ich gestatte Euch, von heute an auf dem Gelände der Komturei spazieren zu gehen, aber solltet Ihr auf einen Fremden treffen, müsst Ihr mir Bescheid geben.« Er packte sie am Arm, um seine Forderung zu unterstreichen, aber Agnes hatte ihn auch so verstanden. Wie es schien, hatte der Mönch beschlossen, sie nicht mehr zu misshandeln, sondern mit kleinen Vergünstigungen auf seine Seite zu ziehen.

Wie berechnend du doch bist, dachte Agnes voller Verachtung. Die Spaziergänge allerdings kamen ihr sehr gelegen. Zwar traute sie Bruder Adam zu, dass er ihre Fesseln nur lockerte, um sie hernach bei einem Regelverstoß strenger bestrafen zu können, aber wenn sie es geschickt anstellte, gelangte ihr Brief mit dem Hilferuf vielleicht doch noch in die Hände des Templers.

Es war schon seltsam. Diesem Fremden vertraute sie, obwohl sie ihn nur ganz kurz gesehen hatte, ihr Leben an. Und das ohne jede Bedingung. Vielleicht fand sie als Dank für seine Hilfe einen Weg, um ihm gegen die Johanniter und die Inquisition beizustehen.

Die Nacht musste sie noch in der alten Schlafkammer verbringen, da Else, die den Auftrag erhalten hatte, die Räume im Ostflügel für sie bewohnbar zu machen, nicht aufgetaucht war. Gleich bei Tagesanbruch brach Agnes daher selbst ins Dorf auf, um nach ihr zu suchen.

»Das faule Ding ist nicht nach Hause gekommen«, beschwerte sich die Bauersfrau, bei der Else untergekommen war. Wütend scheuchte die Frau zwei Hühner vom Tisch ihrer finsteren Kate. In der Ecke hockte ein etwa vierjähriges Mädchen und kratzte mit einem Sandstein ein Schmetterlingsmuster in den festgestampften Lehmboden. Es stank nach dem Rauch der Feuerstelle, Schweiß und dem Vieh, das der Bauernfamilie im Warmen Gesellschaft leistete.

Eine Schlafstelle für Else entdeckte Agnes nirgendwo.

»Gestern sollte sie Holz aus dem Wald holen! Wer es warm haben will, darf sich nicht vor Wölfen fürchten. Das habe ich ihr gesagt. Und, dass sie hier nicht auf einer Burg lebt, wo sie einer vornehmen Edeldame die Schleppe tragen kann.«

Agnes floh aus der stickigen Bauernhütte und sog, nachdem sie wieder im Freien war, gierig die frische Luft in ihre Lungen. Wenn sie der Bäuerin glauben konnte, so hatte Else die ganze Nacht im Wald verbracht. Aber warum? Hatte sie sich verirrt? Hatte ihr jemand aufgelauert? Angst griff nach ihr, aber dennoch lenkte sie ihre Schritte in Richtung Waldrand. Bald schon lagen die Hütten hinter und der Wald vor ihr.

Wohin mochte sie kommen, wenn sie dem Pfad folgte? Agnes hatte keine Ahnung, aber sie ahnte, dass Bruder Adam ihr diesen Ausflug nicht verzeihen würde. Sie blieb stehen, um sich zu orientieren. Fehlte gerade noch, dass auch sie sich im Dickicht verirrte.

Zum Teufel mit dem Mönch, entschied sie schließlich wagemutig und schritt eilig aus. Hier ging es darum, Else zu suchen.

Du musst im Dorf melden, dass die Magd verschwunden ist, glaubte sie Bruder Adams tiefe Stimme zu hören. *Dann lasse ich meine Knechte ausschwärmen.*

Agnes verscheuchte ihre Gewissensbisse. Mochte heute auch der letzte Tag sein, den sie in Freiheit verbringen durfte, sie würde ihn so gut nutzen, wie nur möglich.

Die Märzsonne brach durch die kahlen Zweige der Bäume und

verjagte den grauen Schleier, der die Luft befeuchtete. Agnes verschaffte sie ein so starkes Gefühl von Lebendigkeit, dass sie innerlich vor Erleichterung seufzte. Sie vergaß darüber beinahe, dass Bischof Burchard sie gefangengenommen und der Willkür seines Handlangers ausgeliefert hatte.

Nur von Else war weit und breit nichts zu sehen.

Eine Stunde später lichtete sich der Wald, und der Weg, der die ganze Zeit über ebenerdig verlaufen war, wurde steiler. Er führte eine Anhöhe hinauf. Agnes stieß erschöpft die Luft aus. Allem Anschein nach hatte sie den Kreuzberg erreicht, von dem sie die Johanniter hatte reden hören. Ihre Kommende lag nicht weit von hier, was bedeutete, dass es auch bis zur Ortschaft Berlin an der Spree nur noch ein kurzer Fußmarsch war.

Agnes dachte nach. Ob sich Else bis zur Stadt durchgeschlagen hatte? Das hielt sie für unwahrscheinlich. Aber wissen konnte man es nicht, denn wie es aussah, hatte das Mädchen unter der Fuchtel der Bauersfrau im Dorf fast ebenso sehr gelitten wie sie unter Bruder Adam. Da konnte es schon sein, dass sie die erstbeste Gelegenheit genutzt hatte, um Reißaus zu nehmen. Vielleicht hoffte sie, in dem befestigten Städtchen an der Spree eine Anstellung bei einem Kaufmann oder einem Handwerksmeister zu bekommen. Für die ehemalige Zofe einer Adeligen war das um ein Vielfaches besser, als im Viehstall zu schlafen.

Ein Stück abseits des Weges entdeckte Agnes inmitten eines noch in winterlicher Erstarrung liegenden Ackers eine Ziegelscheuer, vor der ein steinernes Kreuz stand. Agnes erinnerte sich dunkel, dass sie den Franziskanermönchen gehörte, für deren Kloster sie Altartücher besticken musste. In der Scheuer lagerten die Ordensbrüder Baumaterial, hauptsächlich Ziegelsteine. Es hieß, das Gebäude sei auf den Fundamenten einer Marienkapelle errichtet worden, die aber von heidnischen Slawen niedergebrannt worden war.

Als Agnes das Scheunentor aufstieß, hörte sie sogleich ein gedämpftes Schluchzen, das aus einem finsteren Winkel mit wuchtigen, vier Zoll breiten Fässern kam. Zögernd betrat sie das Gebäude.

»Else?«

Ein Geräusch. Kurz darauf kam die junge Magd hinter einem der Fässer hervor. Als sie Agnes erkannte, atmete sie erleichtert auf.

»Der Jungfrau Maria sei Dank, Ihr seid das. Ich dachte schon …«

»Was machst du hier, Else? Ich war krank vor Sorge um dich. Die Frau, bei der du im Dorf untergekommen bist, sagte mir, du seist schon gestern Abend in den Wald gegangen.«

Else schnitt eine Grimasse, was Agnes' Vermutung bestätigte. Die junge Frau hatte es bei der groben Bäuerin nicht länger ausgehalten und war davongelaufen.

»Sie hat mir nicht erlaubt, in ihrer Hütte zu übernachten«, beklagte sie sich eifrig. »Und das, obwohl ich die ganze Arbeit gemacht habe. Hier …« Sie streckte ihre von Schwielen übersäten Hände aus. »In Magdeburg durfte ich am Webrahmen sitzen oder sticken. So schwere Arbeit musste ich nie verrichten.«

»Wir sind aber nicht mehr in Magdeburg!« Agnes griff nach der Hand der Magd. »Nun komm, wir gehen. Du musst auch nicht mehr zu den Bauern zurück.«

Else machte große Augen. Ein Hoffnungsschimmer erhellte ihr Gesicht. »Wirklich nicht?«

»Nein. Bruder Adam hat erlaubt, dich im Haus unterzubringen. Dort sollst du meine neuen Gemächer einrichten.«

Else strahlte, während Agnes ihr rasch berichtete, was in den letzten Tagen geschehen war. Alles erschien ihr besser als der stinkende Verschlag hinter dem Dunghaufen, der ihr bei der Bauersfrau als Schlafplatz gedient hatte. Noch bevor Agnes sie bremsen konnte, fing sie an, die künftigen Räume ihrer Herrin im Geiste einzurichten. Ein Wandbehang musste gespannt werden, am besten gleich zwei oder drei, damit sie die Kälte aussperrten. Was hängte sie vor die zugigen Fenster? Ziegenhaut oder einen Vorhang? Zu Agnes' Aussteuer gehörten doch gut hundert Ellen guten Tuchs. Daraus ließen sich Bettvorhänge und Kissenbezüge schneidern. Es gab doch hoffentlich genügend Stühle für Kissen?

Else wirkte mit einem Mal so aufgeräumt und glücklich, dass selbst Agnes ein Lächeln nicht unterdrücken konnte. Möglicherweise sah die Zukunft auch für sie nicht mehr ganz so schwarz aus, wenn Else wieder an ihrer Seite war. Doch da gab es immer noch den Brief an ihre Vettern, den sie so sorgfältig vor Bruder Adam versteckt hatte. Einen Moment erwog sie, Else mit ihm nach Berlin oder Cölln zu schicken, verwarf den Gedanken aber sogleich. Else mochte eine treue Seele und herzensgut sein, aber Agnes hielt sie nicht für gewitzt genug, sich bis zur Burg ihrer Verwandten durchzuschlagen, die mehrere Tagesreisen weit entfernt im Sächsischen lag.

Bruder Adams Leute würden die Kleine schnappen, kaum dass sie das Stadttor von Berlin hinter sich hat, dachte sie grimmig.

»Ich hole nur noch mein Bündel«, rief Else in Aufbruchsstimmung. Offensichtlich konnte sie es kaum noch erwarten, zum Tempelhof zurückzukehren. »Der unverschämten Bäuerin habe ich ein Stück von ihrem Schinken abgeschnitten, als kleine Wiedergutmachung.«

»Von ihrem eigenen Schinken?«

Die beiden Frauen lachten, doch dann drängte Agnes zur Eile. Es war spät geworden. Sie hatte sich viel zu lange hier im Wald aufgehalten. Dass Bruder Adam ihr erlaubte, spazieren zu gehen, hieß noch lange nicht, dass er ihr vertraute. Falls er Agnes einen Fluchtversuch unterstellte, war es mit den neuen Freiheiten gleich wieder vorbei.

»Herrin, was ist das? Glaubt Ihr, diese Scheuer könnte einmal eine Kirche gewesen sein?« Agnes runzelte die Stirn, als sie beobachtete, wie Else einige Schritte weiter vorn plötzlich in die Hocke ging und etwas mit der Handfläche berührte. Neugierig geworden, ging sie zu der jungen Frau und beugte sich vor.

»Sieht aus wie eine Grabplatte«, sagte Else ehrfürchtig. »Hier wurde jemand bestattet. Aber warum nicht in geweihter Erde?« Furchtsam bekreuzigte sie sich und küsste anschließend das Heiligenmedaillon, das Agnes ihr an einem Weihnachtsabend in Magdeburg geschenkt hatte. Agnes zuckte mit den Achseln, kniff aber die Augen zusammen, um die sonderbare Steinplatte im Halbdunkel der Ziegelscheuer besser erkennen zu können.

Auf den ersten Blick ähnelte sie den kostbaren Epitaphien, die sie im Dom zu Magdeburg gesehen hatte. Agnes schätzte, dass der Stein etwa zehn Schritte in der Länge und fünf in der Breite maß. In der Mitte erkannte sie die in den Stein gemeißelte Gestalt eines Ritters, der sich auf sein Schwert stützte. Dem Gesicht des Mannes, der auf der Platte verewigt worden war, hatte der Steinmetz besondere Aufmerksamkeit geschenkt. Seine Züge wirkten so lebendig, als wartete der Verstorbene nur auf die Posaune des Jüngsten Gerichts, um sich wieder zu erheben und sein Schwert zu schwingen. Die weitgeöffneten Augen des Abbilds trieben Agnes einen Schauer über den Rücken.

»Ein Templer«, murmelte sie. »Ich gehe jede Wette ein, dass hier ein Tempelritter zur letzten Ruhe gebettet wurde.«

Else schrie erschrocken auf, als plötzlich ein Schatten hinter ihr auftauchte. Keine der Frauen hatte Schritte oder auch nur ein Geräusch gehört. Als die beiden sich umdrehten, stand der Eindringling mit gezücktem Schwert vor ihnen. Agnes fuhr auf, stolperte aber und fiel der Länge nach auf die steinerne Grabplatte. Sie schrie, als der Mann ihren Arm packte und sie so mühelos aufhob, als wöge sie nicht mehr als eine Gänsefeder. Wortlos trug er sie in die Mitte der Scheune, wo durch eine schadhafte Stelle im Dach ein gleißender Lichtstrahl einfiel. Endlich erkannte Agnes, mit wem sie es zu tun hatte. Es war der Templer aus den Wäldern. Thomas Lermond.

»Lasst mich los«, verlangte sie wütend. »Ich bin durchaus in der Lage, auf eigenen Füßen zu stehen.« Zu ihrem Entsetzen bemerkte Agnes, dass sie ihren Schleier verloren hatte. Aber der Ritter verlor kein Wort über ihren geschorenen Kopf. Aus dem Hintergrund hörte man Else, die einen Schluckauf hatte, der sich wie die Rufe eines Esels anhörte.

»Könnt Ihr Eurer Magd nicht sagen, dass sie sich beruhigen soll?«, bat Lermond. Es klang ein wenig brummig, aber nicht unfreundlich. »Niemand wird ihr etwas tun.«

Agnes brachte nicht mehr als ein Nicken zustande. Sie schämte sich in Grund und Boden, weil Lermond, von dem sie in den einsamen Nächten in ihrer Kammer so oft geträumt hatte, sie nun so sehen musste.

»Hat er Euch das angetan?«, kam da auch schon die Frage, vor der Agnes sich so gefürchtet hatte. »Adam von Pirrlingen?«

Sie presste die Lippen aufeinander.

»Vergebt mir, Herrin«, sagte Thomas Lermond. »Ich versprach Euch meinen Schutz, aber als Ihr ihn dringend brauchtet, habe ich Euch im Stich gelassen.«

Agnes ließ sich von der immer noch schniefenden Else mit dem Schleier helfen, während Thomas Lermond vor der Grabplatte in die Knie ging und ein kurzes lateinisches Gebet sprach. Als sie schließlich zu ihm trat, wartete sie, bis er sich wieder erhob, dann fragte sie: »Was ist das für ein Grabmal?«

»Kein Tempelritter, falls Ihr das vermutet habt.« Thomas Lermond lächelte. »Aber dennoch ein Freund, dem ich viel zu verdanken habe. Vor vielen Jahren schenkte er dieses Gebäude den Brüdern des Franziskanerordens. Damals war es noch eine Kapelle, die zum Gut der Ritter von Nybede gehörte. Die Mönche sollten die Grabstätte der Gutsbesitzer pflegen und Messen für ihre Seelen lesen lassen. Aber dann zerstörte ein Brand die Kapelle. Sie wurde nicht mehr aufgebaut. Jahre später ließ man über den Fundamenten diese Ziegelscheuer errichten. Das Grabmal war abgesunken und geriet daher in Vergessenheit.« Lermond zögerte kurz, bevor er hinzufügte: »Gemeinsam mit Freunden habe ich den Stein gerettet, obwohl die sterblichen Überreste des Herrn von Nybede nach der Feuersbrunst im grauen Kloster beigesetzt wurden, bei den Franziskanern von Berlin. Wir waren der Ansicht, die Grabplatte gehöre hierher und nicht in die Stadt.«

Agnes hörte dem grauhaarigen Mann zu, ohne ihn zu unterbrechen. Sein Blick verriet ihr, wie viel ihm dieses Grabmal bedeutete, woraus sie folgerte, dass der Mann, der einst unter ihr beigesetzt worden war, ein wirklich guter Freund gewesen sein musste. Lermond indes blieb ihr ein Rätsel. War er ihr vom Tempelhof bis hierher gefolgt? Wo mochte sein Unterschlupf sein?

»Ich muss Euch etwas gestehen, aber Ihr müsst mir versprechen, nicht über mich zu lachen«, sagte der Templer schließlich. »Als der Dominikaner vor einigen Wochen zum Tempelhof kam, fühlte ich mich alt und verbraucht. Ich hatte meinen Lebenswillen verloren, und es gab nur noch eine einzige Sache, die ich abschließen wollte, bevor der Tod an meine Türe klopft. Aber seit ich Euch im Wald getroffen habe, fühle ich mich so kräftig wie seit Jahren nicht mehr.« Wieder lächelte er, wobei ein Netz aus Fältchen sich um seine Augen legte. Agnes fand nicht, dass er verbraucht wirkte, im Gegenteil. Jede seiner Bewegungen bewies Unbeugsamkeit und Ausdauer. Es war wahrhaftig kein Zuckerschlecken für einen Mann seines Alters, im Wald zu hausen und sich tagtäglich vor den Männern des Bischofs zu verstecken. Aber Thomas Lermond sah man diese Strapazen nicht an.

»Wisst Ihr, dass Ihr mich an jemanden erinnert?«, fragte Lermond nach einer Weile. Agnes und Else hatten ihm geholfen, die Grabplatte mit reichlich Stroh und Sand zu bedecken. Die Franziskaner kamen kaum jemals hierher, denn die Renovierung ihres Klosters stockte schon seit Jahren. Es fehlte an Geld; die Spendenfreudigkeit der Gläubigen ließ nach. Dennoch schien Lermond Wert darauf zu legen, das Denkmal vor neugierigen Blicken zu schützen.

Agnes rieb sich die Hände an ihrem Umhang ab. »Und an wen erinnere ich Euch nun?«

»Ihr Name ist Marie«, sagte der Templer. »Sie gehört zum Gefolge der Schwiegertochter des französischen Königs.«

Agnes schwieg. Etwas an der Art, wie Lermond den Namen dieser Frau betonte, gefiel ihr nicht. Es klang schwärmerisch. Doch sogleich schalt sie sich dumm, weil sie sich über solche Dinge den Kopf zerbrach. Thomas Lermond blickte auf eine bewegte Vergangenheit zurück, da lag es auf der Hand, dass er sein Herz auch einer Frau geschenkt hatte. Nicht einmal Templer waren davor gefeit, sich zu verlieben.

Agnes dachte nach. War sie jemals verliebt gewesen? Hatte ihr Herz einmal vor Aufregung geflattert, nur weil ein Mann sie angesehen hatte? Wenn sie ehrlich war, nein. Als Mädchen hatte sie ihren Vetter bewundert, wenn er ein Turnier gewonnen oder einen Schwertkampf für sich entschieden hatte, doch mehr als Zuneigung hatte sie für ihn nicht empfunden. Und Burchard? Der hatte sie eine Zeitlang verwöhnt, ihr Nettigkeiten ins Ohr geflüstert, bis sie ihm seine schwülstigen Liebesschwüre abgenommen hatte. Wohin hatte sie das gebracht? In einen Büßerkittel und unter die Aufsicht eines mürrischen Mönches. Sie stieß die Luft aus. Obwohl ihr klar war, wie töricht es war, sich schon wieder einem älteren Mann zuzuwenden, musste sie zugeben, dass es ihr wie der Himmel auf Erden vorgekommen wäre, wenn

Thomas Lermond ihren Namen mit der gleichen Zärtlichkeit ausgesprochen hätte wie den dieser Marie im fernen Frankreich.

»Ihr müsst fort«, unterbrach Lermond Agnes' Tagträumerei. »Gewiss sucht man schon nach Euch.«

Agnes schlug den Blick nieder. Der Templer hatte recht. Sie brachte ihn in Gefahr, wenn sie ihn aufhielt. Sie würde sich ewige Vorwürfe machen, wenn man ihn ihretwegen einfing. Da fiel ihr der Brief an ihren Vetter wieder ein. Hastig trennte sie den Saum ihres Umhangs auf und holte die schmale Rolle Pergament heraus, die sie am Morgen erst eingenäht hatte. Da Bruder Adam ihr andere Räumlichkeiten in der Komturei zuweisen wollte, hielt sie das Versteck hinter dem Kreuz nicht mehr für sicher.

»Ich habe kein Recht, das von Euch zu verlangen, Herr«, sagte sie schließlich. »Aber ich bitte Euch trotzdem noch einmal um Eure Hilfe. Ich habe meinen Verwandten geschrieben, dass Burchard von Magdeburg mich mit Hilfe seines Handlangers gegen meinen Willen hier festhält und mir weder Dienerschaft noch Besuche erlaubt. Sie müssen umgehend davon in Kenntnis gesetzt werden. Ich habe Angst, dass Bruder Adam etwas gegen mich plant. Seit dem Besuch der Johanniter hält er sich zwar zurück, aber es ist nur eine Frage der Zeit, wann er zuschlägt.« Sie gab Lermond die Rolle. »Es ist ihm schon einmal gelungen, den Brief abzufangen. Dafür ließ er mich grausam büßen.«

Thomas Lermond hörte sich Agnes' Bericht mit wachsender Wut an. Als sie geendet hatte, streichelte er ihr mit einer betont zärtlichen Geste über die Wange. »Keine Sorge, ich mache mich unverzüglich auf den Weg.«

»Aber habt Ihr denn ein Pferd?«

»Nein, aber ich werde mir eins stehlen«, sagte er lachend. »Ihr glaubt nicht, was man alles lernt, wenn man in den Wäldern haust.«

Zwei Stunden später kamen Agnes und Else staubig und müde auf dem Tempelhof an. Agnes konnte nur an Lermond denken, der so rasch aus der Ziegelscheuer verschwunden war, dass ihr nicht einmal Zeit geblieben war, ihm zu danken. Das schmerzte sie, aber sie würde es nachholen, wenn sie einander wieder sahen. Er hatte ihr versprochen, zurückzukommen, sobald er ihre Nachricht überbracht hatte.

Bruder Adam stand an der Tür zum ehemaligen Refektorium. Bei ihm war ein Mann aus dem Dorf, der ihm einen Korb mit frisch geerntetem Lauch überbrachte.

»Was soll ich damit?«, herrschte er den Bauer ungnädig an. »Schaff das Zeug in die Küche, wo es hingehört. Ich habe mich um wichtigere Angelegenheiten zu kümmern.«

Agnes wollte den Wortwechsel nutzen, um sich mit Else an den Männern vorbei ins Haus zu schleichen, doch wie erwartet ließ der Mönch das nicht zu. Mit hochgezogenen Augenbrauen musterte er zuerst Agnes, dann deren Magd. Seine Stimme klang jedoch sanft, als er sagte: »Ihr wart lange weg, Agnes. Ich habe mir Sorgen gemacht.«

Agnes gab sich gelassen. »Und meine Sorge galt Else. Die Ärmste wurde von den Bauern, bei denen sie aushalf, nach Einbruch der Dunkelheit zum Holzsammeln in den Wald geschickt und hat sich verlaufen. Die ganze Nacht irrte sie herum. Wir sollten der Jungfrau eine zwei Pfund schwere Kerze aufstellen, weil sie mir gezeigt hat, wo ich nach Else suchen sollte.«

Else küsste Bruder Adam die Hand. »Ich danke Euch, Bruder, dass ich hier sein darf. Glaubt mir, ich hätte es keinen Tag länger bei dem Bauernweib ausgehalten. Ich werde meiner Herrin von nun an nicht mehr von der Seite weichen. Und das Haus putzen kann ich auch. Ihr werdet es nicht bereuen, mich hier wohnen zu lassen.«

Bruder Adam ließ sich zu einem wohlwollenden Lächeln herab. »Ja, Gott sorgt für die Seinen. Aber nun begib dich nach oben und säubere die neuen Gemächer deiner Herrin. Ich habe noch ein paar Worte mit ihr zu wechseln.«

Else war erleichtert, dass der Mönch ihrer Herrin geglaubt hatte. So streng, wie die den Mann geschildert hatte, war er offensichtlich gar nicht. Immerhin erlaubte er Else, in diesem großen Haus zu schlafen. Zugegeben, die Komturei bot weniger Annehmlichkeiten als der Bischofssitz in Magdeburg, aber im Vergleich zu einem stinkenden Strohsack hinter einer Bauernkate war sie ein Paradies. Vielleicht mussten sie aber auch nicht mehr lange hier ausharren. Sollte es diesem merkwürdigen Kerl aus dem Wald wirklich gelingen, Agnes' Verwandtschaft ihren Brief zu überbringen, würde man sie gewiss bald von hier wegholen.

Beglückt über diese Aussichten bemerkte Else zunächst gar nicht, wie dunkel es in diesem Teil des alten Ordenshauses war. Man hatte ihr kein Licht mitgegeben, daher konnte sie schon nach wenigen Schritten kaum noch ihre Füße auf den Dielenbrettern erkennen. Hier oben gab es weder Fenster noch Scharten im Mauerwerk, nicht mal ein Oberlicht. Nach einer Weile musste sie sich an der Wand entlangtasten, doch noch immer nahm der Gang kein Ende. Wohin zum Teufel führte der bloß? Direkt nach Magdeburg? Else blieb stehen und überlegte, ob sie weitergehen oder umkehren und den Mönch um eine Lampe bitten sollte. Sie verwarf den Gedanken, als ihre Augen sich an die Dunkelheit gewöhnt hatten und sie die Umrisse einer Tür ausmachen konnte. Erleichterung breitete sich in ihr aus.

Hinter der Tür mussten Agnes' neue Gemächer liegen, das kurze Stück dorthin schaffte sie auch so. Zielsicher marschierte Else auf die Tür zu, öffnete sie schwungvoll und trat ein.

Agnes zuckte zusammen, als der Schrei durchs offene Fenster an ihr Ohr drang. Ein Gefühl von Schwindel griff nach ihr, so sehr, dass sie sich einen Augenblick lang mit beiden Händen an der Tafel festhalten musste. Else. Das war Else gewesen, schoss es ihr durch den Kopf. Als sie in Panik aus dem Haus stürmte, fand sie ihre furchtbare Ahnung bestätigt.

Else lag mit gebrochenem Genick und verdrehten Gelenken vor ihr auf der Erde, aus ihrem Mundwinkel sickerte Blut ins Gras. Hoch über ihr in der Luft schlug der Wind eine Tür im Turm auf und zu. Sie war den Weg ohne Wiederkehr gegangen.

Agnes' Augen füllten sich mit Tränen. Sie weinte noch, als Bruder Adam ihren Arm packte und ihr ins Ohr zischte: »Spart Euch die Wachskerze für die Jungfrau Maria, Ketzerin. Ich weiß, mit welchem Teufel Ihr gehurt habt, um mich und den Bischof zu hintergehen. Glaubtet Ihr im Ernst, Ihr könntet mich überlisten?« Obwohl Agnes sich mit Händen und Füßen wehrte, zwang er sie, sich das grausige Bild der am Boden liegenden Toten einzuprägen.

»Wer hoch steigt, kann tief fallen!«

»Ihr … habt sie umgebracht«, würgte Agnes unter Tränen hervor. »Aber sie hatte Euch nichts getan. Sie wollte doch nur ein Zuhause, ein Dach über den Kopf.«

»Betrachtet es als Warnung, Agnes«, sagte Bruder Adam eisig. »Wer sich mit einem Templer verbündet, findet nicht die ewige Glückseligkeit, sondern nur eine Tür ins Nichts.«

SPEYER, MÄRZ 1314

Prisca von Speyer verfolgte mit zunehmendem Schrecken, wie die Knechte des Domdechanten Aribert eifrig Erde in die Grube schaufelten. Schon nach kurzer Zeit war von dem eingehüllten Leichnam kaum noch etwas zu erkennen.

Sie bringen ihn um, schoss es ihr durch den Kopf. Ich muss sie aufhalten. Aber wie?

Neben ihr stand Aribert, der den Befehl gegeben hatte, den vermeintlichen Leichnam unter die Erde zu bringen. Anschließend sollte sie mit ihm in die Stadt zurückkehren.

Als ihr Blick auf das bleiche Gesicht ihres Onkels fiel, konnte sie ein Schluchzen nicht länger unterdrücken. Sie musste den Männern am Grab Einhalt gebieten. Sofort. Doch noch bevor ihr einfiel, wie sie den Dechanten ablenken konnte, trug der Wind einen Schrei zu ihr herüber. Er klang schaurig. Im nächsten Moment sah sie Abraham, der einem der Knechte die Schaufel aus der Hand riss.

»Gotteslästerer«, schrie er den verblüfften Mann an. Dann holte er so weit aus, wie er nur konnte, und schlug mit der Schaufel zu.

Abraham rief dem Rabbi etwas zu, doch der Wind verschluckte seine Worte. Dann schwang er die erbeutete Schaufel ein weiteres Mal über seinen Kopf. Er stürzte vorwärts, um auch den zweiten Knecht anzugreifen, doch der dachte nicht daran, sich wie sein Freund niederschlagen zu lassen. Prisca schlug die Hand vor den Mund. Ihr Onkel war geschwächt. Blut lief ihm in die Stirn. Er wich taumelnd zurück, als Ariberts Knecht sein Schwert zog.

»Nimm dem verrückten Kerl die Schaufel ab«, befahl Aribert.

Dann gab er Prisca, die neben ihm stand, einen Stoß. »Dein Onkel ist wahnsinnig geworden. Sag ihm, dass er aufgeben soll, sonst lass ich nicht nur ihn, sondern alle Juden hier auf der Stelle niedermachen!«

Prisca brachte keine Antwort hervor. Dankbar für Abrahams Ablenkungsmanöver, hastete sie zur Grube, sprang hinein und begann mit bloßen Händen den leblosen Körper von der Erde zu befreien. Aribert kam ihr mit schnellen Schritten nachgelaufen und baute sich mit finsterer Miene vor dem Grab auf. »Ich begreife allmählich, was hier gespielt wird«, sagte er, während sein Knecht immer härtere Schläge gegen Abraham ausführte. Noch war dieser in der Lage zu parieren. Er ließ die Schaufel nicht sinken, aber allmählich wurde seine Gegenwehr schwächer. Der Rabbi hob hinter ihm flehentlich die Hände; Tränen rannen über sein faltiges Gesicht.

»Wer versteckt sich da unter den Tüchern?« Aribert von Bühel deutete auf den umwickelten Körper. Prisca hatte einen Arm um ihn gelegt. »Etwa der Bischof?«

»Nein, nicht der Bischof!« Prisca schluchzte verzweifelt. Das Spiel war aus, sie hatte verloren. Es war ihr nicht gelungen, ihren Vater zu retten. Aribert hatte ihren Plan durchkreuzt, obwohl er keinen blassen Schimmer hatte, um was es wirklich ging. »Ich wollte meinen Vater heimlich aus der Stadt schaffen, damit er dem Bischof nicht in die Hände fällt.«

»Euren Vater?« Aribert von Bühel schnitt eine Grimasse. Ihm war anzusehen, dass er Prisca kein Wort glaubte. »Was sollte der Bischof von diesem Juden wollen?«

»Mein Vater ist Christ«, sagte Prisca, während sie behutsam die Binden löste, mit denen sie Payens Gesicht und Körper unkenntlich gemacht hatte. »Ein christlicher Ritter. Ich habe ihn aufgenommen, obwohl die Ältesten dagegen waren. Und ich habe seine Wunden versorgt.«

Von fern drang plötzlich das Geräusch von näherkommenden Reitern an ihr Ohr. Eine Schar von sieben oder acht gepanzerten Männern hielt auf das Kloster zum Heiligen Grab zu. Prisca bemerkte, wie zwei der Reiter vor der Klostermauer ausscherten und im Galopp auf den Judenfriedhof zuhielten. Offensichtlich hatte Aribert von Bühel noch mehr Waffenknechte hier hinaus befohlen. Sie hatte den Gedanken kaum zu Ende gedacht, als ihr Onkel mit einem Schrei seine Schaufel fallen ließ. Er versuchte zu fliehen, aber Ariberts Bediensteter blieb ihm auf den Fersen. Beim Totenkarren holte der Mann ihn ein. Er schlug ihm den Knauf seines Schwertes ins Genick, worauf Abraham wie vom Blitz gefällt in die Knie sackte. Dann winkte der Waffenknecht einen Kameraden, den Mann mit der Augenklappe, zu sich, der Abrahams Freunde mit seiner Lanze in Schach gehalten hatte. Sie schleiften den Besinnungslosen zurück zum Gräberfeld und warfen ihn über einen der Steine. Einer der Kerle packte ihn im Genick.

»Lasst ihn frei, ich flehe Euch an«, bat Prisca voller Angst. Sie fing einen Blick des Rabbis auf, der nur stumm den Kopf schüttelte. »Ich begleite Euch auch freiwillig zurück nach Speyer.«

»Zu spät, Ärztin, ich kann Euch nicht trauen!« Aribert von Bühel gab seinem Waffenknecht ein Zeichen, worauf dieser mit seinem Schwert ausholte und dem bewusstlosen Abraham mit einem gezielten Hieb den Kopf abschlug.

Prisca wollte schreien, aber ihre Zunge war wie gelähmt. Gleichzeitig war ihr, als würde ihr Herz nicht mehr schlagen. Sie spürte weder den Regen noch die Kälte auf ihrer Haut, daher erwartete sie, jeden Moment tot zu Boden zu sinken.

Aber sie fiel nicht, und tot konnte sie nicht sein, denn obwohl ihr Kopf sich anfühlte, als sei er aus Stein, versäumte sie nichts von dem, was sich nun um sie herum ereignete. Sie sah, wie der Rabbi und die anderen ihre Häupter und Augen bedeckten und voller Entsetzen über die frevelhafte Schändung dieses heiligen Ortes in lautes Wehklagen ausbrachen. Gleichzeitig spürte sie, wie durch Payens Körper ein Zittern ging. Das Mittel, das sie ihm gegeben hatte, wirkte nicht länger. Er kam wieder zu sich. Jeden Augenblick konnte es so weit sein. Aribert von Bühel kehrte ihr den Rücken zu. Seine Aufmerksamkeit galt den gepanzerten Reitern, die zum Sprung über das niedrige Feldsteinmäuerchen ansetzten.

Plötzlich schnellte Payens Oberkörper empor. Er packte Aribert, der noch immer am Rand der Grube stand, am Knöchel und zog ihn zu sich hinunter ins offene Grab. Prisca löste sich aus ihrer Benommenheit. Schutzsuchend wich sie zurück und beobachtete, wie ihr Vater seine Hände um den Hals des Dechanten legte und zudrückte.

Der Dechant schnappte röchelnd nach Luft; die Augen traten aus seinen Höhlen, während Payen sich erstaunlich behände auf ihn wälzte. Prisca sah, wie Aribert um sich schlug. Er versuchte, auf sich aufmerksam zu machen, aber niemand konnte ihn hören. Seine Schläge gingen ins Leere, und er schaffte es auch nicht, Payens Hände von seinem Hals zu lösen.

Aber Payen gab nicht nach. Sein Gesicht war nass vom Regen und so bleich wie Gebein, auf das der Mond scheint. Doch urplötzlich ließ er von Aribert ab. Prisca sah, wie er zusammenfuhr und sich sein Gesicht vor Schmerz verzerrte. Ungläubig berührte er mit der Hand seinen Leib, und als er die Hand hob, vermischte sich Regenwasser mit Blut.

Stöhnend sank er zur Seite.

Aribert von Bühel befreite sich mit gezielten Tritten von seinem Angreifer. In der Hand hielt er einen blutbefleckten Dolch. Er musste ihn im letzten Augenblick von seinem Gürtel gerissen und Payen in die Seite gestoßen haben. Würgend und keuchend, aber doch siegessicher kroch er aus der Grube. Sein Gesicht war von Schlamm verschmiert und zu einer hasserfüllten Grimasse verzerrt.

»Jetzt … stirbst du …«, röchelte er, als er mit erhobenem Dolch auf Prisca zutorkelte. Prisca versuchte zu fliehen, stolperte aber und fiel zu Boden.

Aribert sah den Pfeil nicht kommen, der seine Schulter durchbohrte, ehe er Prisca erreichte. Daher blickte er einen knappen Moment ungläubig zu der Grube zurück, in der er mit Payen gekämpft hatte. Da sich dort nichts regte, begriff er, dass der Angriff aus einer ganz anderen Richtung erfolgt war. Einer seiner Berittenen hatte auf ihn geschossen. Er machte noch einige Schritte auf die Männer zu, die hoch zu Ross zusahen, wie er Blut ausspie.

Prisca folgte seinem Blick zu dem hochgewachsenen Mann, der nun mit einer einzigen knappen Handbewegung die Kapuze zurückschlug.

Es war Bischof Emich.

Aribert warf sich vor das Pferd des Bischofs und hob die Arme. »Die Ärztin … sie hatte vor, Euch zu töten!«, würgte er mühsam hervor. Das Sprechen fiel ihm schwer. »Sie ist eine …«

Bischof Emich ließ ihn nicht ausreden, sondern schnitt ihm mit einer barschen Geste das Wort ab. »Spart Euch Eure Lügen, Aribert, ich weiß längst Bescheid. Prisca von Speyer hat mich vor Euch und Euren Intrigen gegen mich bewahrt.«

Ohne den Mann noch eines Blickes zu würdigen, wandte er sich ab und überließ es seinen Reitern, ihn mit Stricken zu fesseln.

Payen und Prisca hörten die Glocken des Heiligen-Grab-Klosters, welche die Mönche zum Gebet riefen. Bischof Emich hatte dafür gesorgt, dass der verwundete Templer dorthin gebracht und versorgt wurde. Prisca wich ihm nicht von der Seite, was von den Mönchen aus Respekt vor dem hohen geistlichen Würdenträger stillschweigend geduldet wurde. Während er gegen das Fieber kämpfte, das gegen Abend eingetreten war, erzählte sie ihm, was sie über die Anlage des Klosters wusste. Zwei fromme Speyrer Pilger hatten sie gestiftet, nachdem sie gesund und wohlbehalten aus dem Heiligen Land zurückgekehrt waren.

»Sie wollten eine Nachbildung der Grabeskirche in Jerusalem errichten lassen, damit sie sich immer an die Reise nach Palästina erinnern konnten.«

Payen nickte mit geschlossenen Augen. »Wir haben Jerusalem verloren. Jammerschade. Ich hätte dir gern eines Tages gezeigt, woher deine Ahnen stammten.«

Priscas Ahnen. Was wusste sie schon über diese Menschen und ihre Herkunft? Abraham, der von Kindheit an ihre einzige Familie gewesen war und von dem sie mehr über die Linie ihrer Mutter hätte erfahren können, war tot. Und Payen … Seufzend tauchte sie einen Schwamm in die Schüssel mit kaltem Wasser, das Payens Fieber senken sollte. Die Wunde, die Aribert ihm mit seinem Messer beigebracht hatte, war tief und hatte vermutlich einige innere Organe verletzt. Prisca hatte sie gesäubert und einen Salbenverband mit einigen heilkräftigen Kräutern angelegt. Mehr konnte sie im Augenblick nicht tun. Sie fragte sich, ob Bischof Emich in die Stadt zurückgekehrt war oder sich in den Räumen des Abtes aufhielt. Er war ein kluger Mann und hatte bestimmt inzwischen erraten, wen Prisca vor ihm zu verstecken versucht hatte. Eigenartigerweise hatte er darauf verzichtet, Payen in Ketten legen und bewachen zu lassen. Nicht einmal den Umstand, dass Prisca ihm in der Stadt ein Schlafmittel in den Wein gemischt hatte, um Zeit zu gewinnen, hatte er auf dem Weg zum Kloster zur Sprache gebracht.

Sie überlegte, warum Emich Gnade vor Recht ergehen ließ. Schonte er sie, weil auch ihm klar war, dass Payen die Nacht nicht überleben würde? Hatte er vor, ihr erst nach seinem Tod den Prozess zu machen? Für ihn musste es doch so aussehen, als habe sie gemeinsame Sache mit Aribert von Bühel gemacht. Warum sollte er ihr jetzt noch glauben, nachdem sie ihn weder vor dem betrügerischen Dechanten gewarnt noch ihm Payen ausgeliefert hatte?

»Nein«, murmelte sie unglücklich. »Er wird mir das niemals verzeihen.«

Payen schlug plötzlich die Augen auf. Sein sanftes Lächeln trieb Prisca einen Kloß in den Hals. Wie oft hatte sie sich in den vergangenen Monaten gewünscht, ihm näherzukommen. Aber sooft sie es versucht hatte, hatte er sich schroff abgewandt. War es ihrem Vater wirklich erst jetzt, im Angesicht des Todes, möglich, ein Gefühl für sie aufzubringen?

Sie nahm seine fieberheiße Hand und zwang sich, sein Lächeln zu erwidern. Ob er einen Priester wollte? Sie brachte es nicht über sich, ihn danach zu fragen.

»So gefällst du mir«, sagte er leise. »Weißt du, dass du mich an meine Schwester erinnerst? Suzanne war fast noch ein Kind, als ich in den Templerorden eintrat. Ich habe sie seitdem nicht wiedergesehen.«

Prisca schluckte, als sie das hörte. Bisher hatte sie noch nie darüber nachgedacht, dass sie Verwandte hatte, über die sie so gut wie gar nichts wusste und die sie vermutlich auch niemals kennenlernen würde. Payens Angehörige waren christliche Edelleute, denen in Frankreich und Lothringen Ländereien und eine Burg gehörten. Keiner von ihnen würde sich darum reißen, Payens Bastard aufzunehmen, schon gar nicht sein Vater, der zurückgezogen und verbittert irgendwo in der Provence lebte. Dass sein Sohn nach der Auflösung des Templerordens in Ungnade gefallen war, mochte ja noch angehen. Doch niemals würde der alte Ritter das Kind einer Jüdin als sein Fleisch und Blut akzeptieren. Schließlich war bekannt, dass der König von Frankreich die Juden aus seinem Reich verbannt und ihr Vermögen beschlagnahmt hatte.

»Ich werde Thomas Lermonds Auftrag nicht ausführen können«, sagte ihr Vater plötzlich in die Stille hinein.

»Unsinn, du wirst wieder gesund. Deine Wunde …«

Er schüttelte den Kopf, um ihr klarzumachen, dass er nicht von ihr belogen werden wollte. »Wo ist mein Schwert?«

Prisca holte es. Zu ihrer Verwunderung hatte Bischof Emich es mitsamt ihrer übrigen Habe ins Kloster schaffen lassen. Niemand hatte sie angerührt. Prisca vermutete, dass Payen ein letztes Mal spüren wollte, wie sein Schwert in der Hand lag, doch darauf legte er keinen Wert. Stattdessen machte er Prisca auf einen ovalen Schmuckstein aufmerksam, der in den Griff eingelassen war. Der Stein funkelte im Licht der Öllampe violett. Als Prisca ihn sich genauer ansah, bemerkte sie, dass einige fremdartige Zeichen eingeritzt waren.

»Dieser Stein enthält das Zeichen des Löwen, ein altes Symbol der Templer. Seit fast sieben Jahren passe ich auf ihn auf. Er hat die Funktion eines Schlüssels, nützt aber nur dem, der weiß, wie er zu gebrauchen ist.« Er zögerte einen Moment, denn das Atmen fiel ihm von Minute zu Minute schwerer, und Prisca zerriss es fast das Herz, weil es nicht in ihrer Macht stand, ihm Erleichterung zu verschaffen. Das Fieber verglühte ihn von innen. Aber Payen wusste selbst, dass ihm nur noch wenig Zeit blieb.

»Ich hätte die Reise in den Osten gern mit dir angetreten, Tochter«, hauchte er. »Nun musst du allein gehen, ohne mich.« Er strich Prisca, deren Kopf auf seiner Brust lag, sanft über das weiche Haar, das seinem eigenen ähnelte.

»Aber ich bin kein Templer, sondern nur eine Frau. Noch dazu eine Jüdin, die weder allein reisen darf noch irgendeinen Schutz genießt. Selbst wenn Bischof Emich mich gehen lassen sollte, habe ich keine Ahnung, ob ich es bis zu diesem Thomas Lermond schaffe.«

»Du wirst den Tempelhof erreichen, das weiß ich«, sagte Payen. »In deinen Adern fließt das Blut der Ritter von de Gros.« Mit letzter Kraft beugte er sich so weit vor, dass seine Lippen fast Priscas Ohr berührten. Dann flüsterte er ihr einige Worte ins Ohr, die nur für sie und keinen anderen auf der Welt bestimmt waren.

Leb wohl, Vater, dachte Prisca voller Wehmut, als sie Payen die Augen schloss.

Bischof Emich von Leiningen war nicht in die Stadt zurückgeritten, sondern hatte sich in die Klosterkirche zurückgezogen, um dort in völliger Stille zu beten. Es vergingen einige Stunden, ehe er Prisca zu sich rufen ließ.

»Ist er tot?« Emich trug noch immer die kriegerische Aufmachung, in der er auf dem Friedhof aufgetaucht war, einen Waffenrock und lange Stulpenstiefel, die er vor dem Betreten der Kirche notdürftig von Schmutz und Schlamm gereinigt hatte. Als Prisca müde den Kopf senkte, verschränkte er die Arme und kehrte ihr den Rücken zu.

»Dass du mir ein Schlafmittel gegeben hast, kann ich dir ja noch verzeihen. Offen gestanden, habe ich seit meinem Amtsantritt schon lange nicht mehr so gut geruht. Aber dafür, dass du nicht zu mir gekommen bist, nachdem der Dechant dich in seine Intrige gegen mich verstricken wollte, wirst du bezahlen müssen.«

Er drehte sich um und schüttelte den Kopf. »Ich verstehe das nicht. Warum hast du dich mir nicht anvertraut?« Prisca suchte nach Worten, um sich zu verteidigen, aber alles, was sie sich zurechtgelegt hatte, klang in ihren Ohren plötzlich hohl.

»Habt Ihr mir nicht deutlich zu verstehen gegeben, dass es

Eure Pflicht ist, einen flüchtigen Templer einzukerkern?«, fragte sie schließlich. »Wie hätte ich meinen Vater verraten können? Außerdem drohte mir Aribert von Bühel, das Volk gegen die Juden der Stadt aufzuhetzen. Der leiseste Verdacht hätte genügt, um ein Blutbad anzurichten.«

Bischof Emich atmete tief durch. »Was ist mit dir? Fühlst du dich selbst noch als Jüdin? Jetzt, nachdem du weißt, wer dein Vater war? Auch wenn du ein Bastard bist, stammst du von einer adeligen Familie ab.«

Prisca zuckte die Achseln. Die Frage kam nicht von ungefähr, sie selbst hatte sie sich bereits gestellt, während sie an Payens Bett gewacht hatte. Irgendwie hatte sie tief in ihrem Innern immer gespürt, dass sie im Haus ihrer jüdischen Verwandtschaft nur ein Gast war. Natürlich war sie Saras Tochter, daher war deren Glauben auf sie übergegangen. Doch obwohl Prisca Abraham und dem alten Rabbi gegenüber heftige Schuldgefühle hegte, war es ihr beim besten Willen nicht möglich, zu sagen, wohin sie gehörte. Sie saß zwischen den Stühlen. Hinter ihr lag eine vertraute Welt, in die sie nicht mehr zurückfand. Und vor ihr …

»Ich musste meinem Vater helfen«, beharrte sie trotzig. Der Bischof sollte nicht sehen, wie verwundbar sie im Augenblick war. Sonst bestand er am Ende doch noch darauf, sie im Dom zu taufen. Aber das wollte sie nicht. Um das Vermächtnis ihres Vaters zu erfüllen, genügten ein paar Tropfen geweihten Wassers nicht.

»Dummes Ding!« Emich von Leiningen packte sie bei den Schultern und schüttelte sie, dass ihr Hören und Sehen verging. »Hast du wirklich geglaubt, ich würde dich und deine Familie ins offene Messer laufen lassen? Ich hätte für den Templer getan, was in meiner Macht steht. Nicht alle ehemaligen Ordensbrüder wurden in den Kerker geworfen. Vielen Bischöfen genügt es völlig, wenn sie sich von ihrem Großmeister lossagen und versprechen, dem Papst die Treue zu halten. Dann dürfen sie sich aufs Land zurückziehen oder um Aufnahme in einen anderen Ritterorden bitten.«

Prisca hob die Augenbrauen. »Darauf wäre Payen niemals eingegangen.«

»Dann weiß ich jetzt wenigstens, von wem du deine Sturheit geerbt hast«, sagte Emich. Aber es klang nicht böse, vielmehr wehmütig. Er ließ sie los, trat aber nicht zurück, sondern blieb so nah vor ihr stehen, dass ihre Körper sich beinahe berührten. »Nach Speyer kannst du nicht mehr zurück. Ariberts Verwandtschaft würde sich an dir rächen.«

Prisca dachte an das Schwert ihres Vaters, das noch in seiner Sterbekammer lag. Sie musste es holen, bevor es ihr jemand wegnahm.

»Aber was soll aus dir werden?«

Prisca lächelte, denn sie wusste nun, dass er sie gehen lassen würde. Auch wenn es ihm schwerfiel. Natürlich würde er nicht erfahren, warum sie mit der Habe eines verstorbenen Tempelritters ostwärts zog.

Aber vielleicht würde er ja in seinem Dom für sie beten und eine Kerze anzünden. Ein klein wenig göttlicher Beistand konnte gewiss nicht schaden.

PARIS, MÄRZ 1314

Baudouin stemmte seine Schulter an das Rad und schob mit ganzer Kraft, weil der Karren des Fleischers auf dem Weg vom Markt nach Hause in einem Schlagloch stecken geblieben war.

»Kräftiger«, kommandierte der Knochenhauer, ein gedrungener Mann, der sein wallendes graues Haar im Nacken mit einem Lederriemen zusammengebunden hatte. »Na los, Bursche, machst du etwa schon schlapp?«

Na warte, dachte Baudouin. Mit dir Großmaul kann ich es immer noch aufnehmen. Er holte tief Luft und drückte, bis er vor Anstrengung einen roten Kopf bekam. Dabei verfluchte er seine Entscheidung, sich für ein paar Tage als Geselle eines Fleischermeisters aus Saint Denis zu verdingen. Dem Meister beim Schlachten zu helfen bereitete ihm keine Schwierigkeiten, das hatte er vor Jahren schon einmal gemacht, und er durfte nicht ohne Stolz behaupten, dass seine Würste sich mit denen der besten Fleischer von Paris messen konnten. Auch an den ruppigen Umgangston des Knochenhauers hatte er sich längst gewöhnt. Was Baudouin störte, waren die Neugier und Klatschsucht des Fleischerweibs, das jedes Mal, wenn er zur Tür hereinkam, genau wissen wollte, wo er gewesen war und ob er das Geld, das ihr Mann ihm gab, in der Schenke oder im Badehaus verprasste.

Baudouin hätte dem Weib manchmal gern den Hals umgedreht, aber die von ihm gewählte Tarnung als wandernder Fleischergeselle erlaubte es ihm leider nicht, dass er sich gegen die Meisterin auflehnte.

Nach getaner Arbeit durfte sich Baudouin in einem Stübchen über der Wurstküche schlafen legen. Dort zog es zwar aus allen Fugen, aber wenigstens war er für sich und konnte in Ruhe überlegen. Zu seinem Verdruss waren seit seinem Gespräch mit Marie bereits fast sieben Tage vergangen, und er hatte noch immer keine Idee, wie er König Philipp aus dem Weg räumen konnte. Dabei lief ihm die Zeit davon. Thomas Lermond wartete auf ihn, außerdem machte er sich Sorgen um Marie. Falls deren Vermutungen sich bestätigten und ihre Herrin, Prinzessin Jeanne, des Hochverrats angeklagt wurde, sah es auch für sie düster aus. Im Palast zu bleiben wurde für sie von Tag zu Tag riskanter. Doch was würde geschehen, wenn sie floh? Spielte das nicht ihren Widersachern am Hof in die Hände? Und was wurde aus dem Großmeister, Jacques de Molay, der noch immer im Kerker saß? Von einem Advokaten der königlichen Kanzlei hatte Baudouin in Erfahrung gebracht, dass Papst Clemens in Avignon wieder einmal in seinem Urteil schwankend geworden war und einen Aufschub erwirkt hatte. Er scheute sich davor, den Stab über dem Mann zu brechen, dessen Orden einst die Heiden bekämpft und der Kirche treu gedient hatte. König Philipp tobte deswegen vor Wut und drängte die Kardinäle und die Gelehrten der Universität, endlich eine Entscheidung zu fällen.

Baudouin verließ das Haus des Knochenhauers auf Zehenspitzen und schlich verstohlen durch den schäbigen Innenhof. Das Herumsitzen und Grübeln machte ihn wahnsinnig. Was er brauchte, war ein sicherer Plan, wie er sich dem König nähern konnte, ohne Verdacht zu erregen. Marie wollte er bei der Sache außen vor lassen; er hätte sich lieber die rechte Hand abhacken lassen, als sie in noch größere Gefahr zu bringen.

Denk nach, befahl er sich, während er im Schein des Mondes an der Seine entlangspazierte. Das silberne Licht spiegelte sich in den sanften Wellen des Flusses. Als die königliche Burg vor ihm aufragte, blieb er stehen und blickte hinüber zu den beleuchteten Fenstern.

Hinter einem dieser Fenster mussten sich König Philipps Gemächer befinden, aber hinter welchem? Marie hatte ihm erzählt, dass man von ihrer Kammer aus den Fluss nicht sah, dafür lag sie über den königlichen Gärten, in denen im Sommer die Rosen blühten. Ob sie ebenso unter Schlaflosigkeit litt wie Baudouin? Was hätte er nicht dafür gegeben, sie jetzt zu sehen, aber vor den Toren standen bewaffnete Wachposten. An ihnen kam keine Maus vorbei.

Was Baudouin brauchte, waren Pläne des Gebäudekomplexes. Das Palais Royal war vor gar nicht langer Zeit umgebaut und erweitert worden. Gewiss gab es Treppenaufgänge und Pforten, die nur selten genutzt wurden und daher als Zugang und Fluchtweg gleichermaßen dienen konnten.

Auf dem Heimweg zermarterte sich Baudouin den Kopf, wen er auf solche Pläne ansprechen konnte. Wie war doch gleich der Name des königlichen Hofbaumeisters gewesen? Ob es sich wohl lohnte, ihm einen Besuch abzustatten? In der Verkleidung eines Landedelmannes, der seinen Familiensitz zu renovieren gedachte?

Baudouin wollte gerade die Grand Pont überqueren, auf der tagsüber die Geldwechsler saßen, als er hinter sich ein Husten hörte. Die Gefahr witternd wirbelte er herum, die Hand an dem Messer, das er aus der Wurstküche des Knochenhauers hatte mitgehen lassen.

»Ruhig Blut«, hörte er eine raue Stimme rufen. »Von mir hast du nichts zu befürchten!«

Baudouin musterte sein Gegenüber mit grimmiger Miene. Den Kerl, der sich jetzt aus der Dunkelheit schob, hatte er schon einmal gesehen, das mochte er beschwören. Es war in einer der zwielichtigen Badestuben gewesen, von denen es beim Friedhof der unschuldigen Kinder Dutzende gab. Soweit er sich erinnern konnte, hatten ihn die Bademägde Gaston genannt. Gaston, den Fuchs. Ein Galgenstrick, vor dem man auf der Hut sein musste. Aber keiner, der sich die Hände schmutzig machte, indem er im Mist wühlte oder Schweinehälften zerteilte. Im schlimmsten Fall gehörte er zu den Spitzeln des Königs, die auf Baudouin angesetzt worden waren und die er um jeden Preis loswerden musste.

»Was willst du von mir?«, fauchte er den jungen Mann mit gezücktem Dolch an. »Falls du mir den Beutel abschneiden willst, solltest du besser einem reichen Sack auflauern, der einen am Gürtelband hängen hat, aber keinem armen Schlucker wie mir!«

Gaston grinste ihn an, Baudouins Worte schienen ihn nicht zu beeindrucken. Mit dem Kinn deutete er auf das Messer in Baudouins Hand.

»Wenn du wirklich ein Knochenhauergeselle bist, bin ich die Zofe der englischen Königin«, spottete er. »Komm, steck endlich das Ding weg, ich will dir nichts Böses.« Er streckte die Hand aus. »Mein Name ist Gaston, aber das weißt du vermutlich schon. Ich beobachte dich schon seit Wochen, weil ich dir eine Botschaft von meinem Meister überbringen soll. Du kannst dich freuen, du wurdest von ihm auserwählt.«

Baudouin durchfuhr ein eisiger Schrecken. Was hatte der Kerl da gesagt? Konnte es sein, dass er ihn bespitzelt hatte, ohne dass Baudouin etwas bemerkt hatte? Hastig überschlug er, wann er an die Tür des Knochenhauers geklopft hatte. Wenn er sich nicht irrte, war das vor zehn Tagen gewesen. Der Kerl schnüffelte ihm aber schon viel länger nach. Also kannte er sein Geheimnis. Die Maskerade war aufgeflogen. Baudouin war in Paris nicht länger sicher.

Tut mir leid, mein Freund, dachte Baudouin. Ich fürchte, du wirst dein Wissen mit ins Grab nehmen.

Ohne Vorwarnung machte der ehemalige Templer einen

Satz nach vorn und holte aus, um Gastons Kehle zu erwischen. Der aber sah den Angriff kommen und fiel Baudouin mit einer schnellen Bewegung in den Arm. Im Nu entbrannte ein Kampf zwischen den beiden Männern, in dessen Verlauf es Gaston gelang, Baudouin das Messer aus der Hand zu schlagen. Klirrend schlug die Klinge auf den Stein und wurde von Gaston mit einem gezielten Fußtritt in die Seine befördert. Diesen Moment nutzte Baudouin indes, um seinem Gegner den Kopf in den Magen zu rammen. Gaston stöhnte, als er rücklings zu Boden ging, rollte sich aber geistesgegenwärtig zur Seite, bevor Baudouin sich auf ihn stürzen konnte. Sogleich sprang er auf und flüchtete auf die Mauer der Grand Pont. Baudouin zögerte keinen Augenblick und folgte dem jungen Mann. Wenn er schon nichts mehr hatte, um zuzustechen, musste er es wenigstens schaffen, den frechen Burschen mit einem Stoß vom Brückenkopf hinunter in die Seine zu befördern. Er durfte nicht entkommen. Nicht nur Baudouins Leben, auch das Vermächtnis der Templer war in Gefahr, wenn Gaston ihn ans Messer lieferte.

»Würdest du jetzt endlich diesen Unsinn sein lassen und mir zuhören«, keuchte Gaston, der vor Baudouins Schlägen tänzelnd zurückwich. Obwohl er wie ein Gaukler das Gleichgewicht hielt, schien er plötzlich entschlossen, sich nicht mehr zur Wehr zu setzen.

Auch gut, dachte Baudouin und setzte zu einem gezielten Kinnhaken an. Doch zu seiner Überraschung traf sein Hieb nicht das Gesicht seines Gegners, sondern streifte nur die Luft. Gleichzeitig spürte Baudouin einen stechenden Schmerz in der Kniekehle. Seine Beine gaben nach wie weiches Wachs, und ehe er sichs versah, flog er über den Brückenrand. Reflexartig streckte er die Arme aus und schaffte es im letzten Augenblick, sich an einem hervorstehenden Balken festzuklammern. Mit zusammengebissenen Zähnen sah er hinauf, wo Gaston seinen Kopf über die Brückenmauer schob und ihm nach kurzem Zögern die Hand entgegenstreckte.

»Nun mach schon, nimm meine Hand. Lange wirst du dich nicht mehr halten können!«

»Lieber ertrinke ich, als mich von dir ausliefern zu lassen«, keuchte Baudouin.

Gaston warf ihm einen bösen Blick zu. »Was redest du nur für einen Blödsinn? Habe ich dir nicht gesagt, dass mein Meister dich zu sehen wünscht?«

»Du dienst … dem König!«

Gaston lachte, während er seine Hand nach wie vor nach Baudouin ausstreckte. Dessen Kopf wurde rot vor Anstrengung. Lange würde er sich nicht mehr festhalten können, seine Beine wurden allmählich schwer wie Blei.

»König Philipp ist mir so egal wie der Dreck unter meinen Fußsohlen«, sagte Gaston. »Aber die Kerle dort drüben sehen das vermutlich anders.«

»Wer … was …«

»Die Wachposten! Mir scheint, sie sind auf uns aufmerksam geworden und werden gleich hier sein. Du kannst dich also entscheiden: Entweder du lässt dir von mir helfen, oder du gehst baden. Ich habe nämlich keine Lust, mich von Philipps Wachsoldaten erwischen zu lassen.«

Die Rufe einiger Männer, die plötzlich über die Brücke hallten, überzeugten Baudouin, dass Gaston die Wahrheit sagte. Die Palastwache war im Anmarsch. Weit konnte sie nicht mehr sein, das erkannte Baudouin am Geräusch ihrer Schritte. Er musste eine Entscheidung treffen.

Zögerlich ließ er mit einer Hand den Balken los und streckte sich, damit Gaston sie ergreifen konnte. Baudouin war kein Leichtgewicht. Obwohl er seit seiner Flucht aus dem Tempel vor sieben Jahren keine ritterlichen Waffenübungen mehr durchführen konnte, hatte er sich stets bemüht, seinen Körper kräftig zu erhalten. Dennoch zog Gaston ihn scheinbar mühelos auf die Brückenmauer.

»Und nun lass uns von hier verschwinden«, zischte ihn der junge Mann an.

»Stehenbleiben, im Namen des Königs«, hörte Baudouin einen der Wachsoldaten brüllen. Der Mann hatte die Brücke erreicht und sie entdeckt. Mit seiner Lanze gab er zwei weiteren Männern, die ihm auf dem Fuß folgten, ein Zeichen.

»Wohin jetzt?«, keuchte Baudouin, während er, Gastons Beispiel folgend, wie ein Hase Haken schlug. Im Gewirr der dunklen Gassen schien der sich fast noch besser auszukennen als er. Dies verletzte Baudouins Stolz, aber er beschloss, darüber hinwegzusehen. Außerdem war er nun doch auch ein wenig neugierig geworden. Für Gaston wäre es ein Leichtes gewesen, ihn den Männern des Königs auszuliefern und eine Belohnung zu kassieren. Stattdessen half er ihm, seinen Verfolgern ein Schnippchen zu schlagen.

Immer tiefer drangen die beiden Männer in die schlafende Stadt ein, die Baudouin bislang bestenfalls gestreift hatte. Er versuchte, sich den Weg zu merken, der durch Torbögen, über schmutzige, nach Abfall stinkende Höfe und durch enge Gassen führte, aber da er kaum markante Punkte fand, an denen er sich hätte orientieren können, gab er es nach einer Weile auf und konzentrierte sich nunmehr darauf, Gaston nicht aus den Augen zu verlieren.

Die königlichen Wachen hatten die Verfolgung längst aufgegeben. Baudouin ahnte, dass sie zu große Angst hatten, sich ohne Verstärkung in das schwarze Herz von Paris zu begeben, wie die Gassen rund um den Friedhof der unschuldigen Kinder manchmal genannt wurden. Denn an diesem Ort herrschten andere Gesetze, die nicht von König Philipp stammten, sondern aus einer Zeit, an die nicht einmal die Alten sich noch erinnerten. Baudouin blieb einen Moment stehen und spitzte die Ohren, aber in der Gasse war nichts weiter zu hören als das Fauchen von Katzen, die Ratten jagten, und gelegentlich ein Plätschern, wenn ein Nachtgeschirr geleert wurde.

Dies änderte sich, als Gaston ihn hastig durch ein Tor schob, das er anschließend mit einem schweren Balken von innen verrammelte.

»Wir sind da«, verkündete der junge Mann leise. »Sag nichts, bis du gefragt wirst. Und schau ihm bloß nicht offen ins Gesicht. Das hasst er wie die Pest.«

Damit klopfte er dreimal an eine Tür und legte, nachdem ein Fensterchen geöffnet wurde, noch ein geflüstertes Losungswort in einer Sprache nach, die Baudouin noch nie gehört hatte. Allmählich dämmerte ihm, in wessen Haus Gaston ihn geschleppt hatte und wer der Mann war, der ihn unbedingt kennenlernen wollte.

Wenige Augenblicke später stand er vor ihm.

»Ich habe ihn dir gebracht, wie du es mir befohlen hast, Meister«, sagte Gaston. »Verzeih, dass es spät wurde, aber wir mussten noch ein paar von König Philipps Wachen abschütteln.« Er lächelte zufrieden, dann setzte er sich zu zwei Männern, die ihm bereitwillig Platz machten.

Baudouin besann sich auf Gastons Warnung, nicht ungefragt zu sprechen, und entschied, vorerst den Mund zu halten. Dafür ließ er unbemerkt seine Blicke durch den Raum wandern, in den man ihn geführt hatte, und prägte sich jede Einzelheit ein, so gut er nur konnte.

Hatte das schäbige Fachwerkhaus vom Hof aus einen halbverfallenen Eindruck gemacht, so war sein Inneres doch sauber und behaglich. Baudouin zählte zwei Fenster und zwei Türen. Durch eine war er gekommen, die andere führte in einen Nebenraum, in dem Vorräte gelagert wurden. Inmitten der großen Stube stand ein wuchtiger, fast thronartiger Stuhl. Auf ihm saß ein Mann, der Baudouin nun neugierig musterte. Baudouin widerstand dem Wunsch, es ihm gleichzutun, denn nun war ihm klar, warum sein Gegenüber es hasste, angestarrt zu werden. Der Mann auf dem Stuhl war von einer fast atemberaubenden Hässlichkeit. Sein kahler Schädel lief nach oben spitz zusammen, sodass er aussah, als wüchse ihm ein Horn aus dem Hinterkopf. Die platt gedrückte Nase schien das Ergebnis zahlreicher Faustkämpfe zu sein und passte zu den Narben, welche die beiden fleischigen Wangen verunstalteten. Nicht einmal die Lippen des Mannes hatte die Natur verschont. Aufgedunsen und wulstig bewegten sie sich fortwährend, als murmele der Kahlkopf Gebete vor sich hin. Doch Baudouin ahnte, dass sein Gegenüber kein Mann war, der um sein Seelenheil bangte. Seine stolze Haltung und die Blicke, die aus seinen Augen schossen, waren eine einzige Warnung, ihn keinesfalls zu unterschätzen.

Baudouin hatte genug über Gastons Meister gehört, um diesen Fehler nicht zu begehen. »Du weißt, wer ich bin?«, richtete der Mann schließlich das Wort an ihn.

Baudouin nickte zögerlich. »Ich weiß, dass du Maître Malak genannt wirst, Herr des Reichs der unschuldigen Kinder von Paris und König der Diebe.«

»Es wurde Zeit, dass wir einander kennenlernen, denn ich habe auch von dir gehört«, sagte Malak. »Allerdings war es nicht leicht, dich zu kontaktieren. Wann immer meine Späher eine Spur von dir gefunden hatten, schlüpftest du in eine neue Verkleidung und gingst ihnen durch die Lappen. Aber der Zufall wollte es, dass Gaston dich neulich im Salle des Gens d'Armes gesehen hat, als du mit einer Hofdame der Prinzessin Jeanne von Burgund gesprochen hast. Seitdem ließ er dich nicht mehr aus den Augen.«

Baudouin warf Gaston einen grimmigen Blick zu, den dieser mit einem ironischen Lächeln erwiderte. Seine Kumpane auf der Bank klopften ihm grölend auf die Schultern.

»Ruhe«, donnerte der Mann auf dem Thron. »Gaston hat nur seine Pflicht erfüllt, während ihr anderen versagt habt. Seid froh, dass ich euch dafür nicht mit einer hübschen fünfzig Pfund schweren Eisenkette um den Hals in die Seine werfen lasse.«

Augenblicklich breitete sich betretenes Schweigen aus. Die Männer, bis auf Gaston allesamt abgerissene Burschen mit zottigen Bärten, starrten zu Boden, keiner wagte es, den Blick zu heben, nicht einmal Gaston. Mochten sie auch den Hofstaat dieses sonderbaren Reichs tief im schwarzen Herzen von Paris bilden, so ließ ihr demütiges Verhalten keinen Zweifel daran, wer hier das Sagen hatte.

»Was wollt Ihr von mir?«, fragte Baudouin misstrauisch. »Was versprecht Ihr Euch von dieser Begegnung?«

Maître Malak beugte sich vor. »Einen Mann mit deinen Fähigkeiten könnten wir in unseren Reihen gut gebrauchen. Immerhin gibt es viel, das uns verbindet. Anstatt uns schikanieren zu lassen, sind in Wahrheit wir es, die die Stadt kontrollieren. König Philipp fürchtet uns, weil er uns ebenso wenig zu fassen kriegt wie dich. Dank deiner Verwandlungsgabe bist du ihm ja mehr als einmal entwischt.« Er lachte vergnügt und brachte auch seine Männer mit einer Geste dazu, einzustimmen. »Ich weiß auch, dass du den König gern tot sehen würdest. Wir könnten dir helfen, ihn aus dem Weg zu räumen. Einige meiner Männer verfügen über bessere Verbindungen zum Palais Royal, als du dir vorstellen kannst. Gaston kann sich beispielsweise in den Pferdeställen frei bewegen. Außerdem hüten wir alte Aufzeichnungen und Pläne, die es uns erlauben, unbemerkt in die königlichen Gemächer einzudringen. Nun, was sagst du?«

Dass dies eine Falle ist? Dass ich einem Volk wie euch nicht trauen darf? Dass ich eure Pläne brauche. Baudouin holte tief Luft. Wie zur Hölle hatte Malak überhaupt Wind von Baudouins Vorhaben bekommen? Kannte er etwa auch seine Vergangenheit als Tempelritter? Er dachte an Jacques de Molay, der gewiss entsetzt darüber gewesen wäre, einen seiner Ordensritter in solcher Gesellschaft zu finden. Andererseits hatten sich die Zeiten geändert. Die Welt, die de Molay und Baudouin einst gekannt hatten, gab es längst nicht mehr. Sie war mit der Festung Akkon gefallen.

Während Malak nach Wein und Braten brüllte, ließ er sich die Worte des Kahlköpfigen durch den Kopf gehen. So bekam er nur undeutlich mit, wie eine Tür geöffnet wurde und vier junge Mädchen Schüsseln mit knusprig gebratenen Geflügelstücken in scharfer Soße, geräucherten Würsten und Kräuterkäse hereinbrachten. Dazu gab es bis zum Rand gefüllte Kannen mit süffigem Wein, der nach Gewürznelken und Honig duftete.

»Angenommen, ich gehe auf Euren Vorschlag ein«, sagte Baudouin, nachdem er an seinem Becher genippt hatte. »Was verlangst du als Gegenleistung von mir?«

Maître Malak nahm sich lachend einen Hähnchenschenkel. »Du bist zu oft ins Gewand eines Marktkrämers geschlüpft, mein Freund. Mit Malak wird nicht geschachert.«

»Nun komm schon. Alles hat seinen Preis.«

»Na schön, na schön. Du musst dich verpflichten, wenigstens zwei Jahre in meinen Diensten zu verbringen und keinen Auftrag abzulehnen. Natürlich beteilige ich dich mit einem Zehntel an allem, was meine Leute auf den Märkten und am Hafen erwirtschaften.«

Baudouin riss die Augen auf, er war sprachlos vor Wut. Wie konnte dieser Stiernacken es wagen, ausgerechnet ihm ein solches Angebot zu unterbreiten? Wofür zum Teufel hielt ihn dieser Einäugige, vor dem alle buckelten und im Staub krochen?

Baudouin war von vornehmer Geburt, kein Taschendieb oder Einbrecher. Auch wenn es ihm nicht erlaubt war, sich offen zu seiner Herkunft zu bekennen, war es unter seiner Würde, mit Gaunern wie Malak gemeinsame Sache zu machen. Als eines der Mädchen ihm nachschenken wollte, legte er brüsk die Hand auf den Becher. »Ich fürchte, wir kommen nicht miteinander ins Geschäft«, knurrte er. »Ich bin nämlich noch einem anderen Herrn verpflichtet und würde ihn niemals verraten, um mit Strolchen wie euch gemeinsame Sache zu machen. Außerdem werde ich Paris in Kürze verlassen. Ob ich überhaupt zurückkehre, steht in den Sternen.«

Als Baudouin sich erheben wollte, wurde er auf einen Wink Malaks hin von zwei Männern gepackt.

»Was soll das?«, rief er aufgebracht. »Bin ich jetzt Euer Gefangener? Lasst mich auf der Stelle los!« Er versuchte, Malaks Kumpane abzuschütteln, aber es gelang ihm nicht.

Maître Malak nagte ungerührt an seinem Hühnerbein und warf es, als er damit fertig war, im hohen Bogen hinter sich ins Stroh.

»Es gibt Gesetze in meinem Haus«, erklärte er schließlich mit Bedauern in der Stimme. »Und eines davon besagt, dass kein Feind des Reichs der unschuldigen Kinder von Paris, der unser Hauptquartier betreten hat, es sehenden Auges wieder verlassen darf. Da ich guter Stimmung bin, darfst du dich entscheiden: Entweder wir knüpfen dich im Hof auf, dann hast du das Elend der Welt hinter dir, oder du wählst die glühende Nadel und fristest dein Dasein künftig als blinder Bettler vor Notre Dame.«

Malaks Bande lachte. Zwei Männer begannen, mit geschlossenen Augen durch den Raum zu tappen, wobei sie jammernd die Hand aufhielten. Andere wetteten miteinander, wofür sich Baudouin wohl entscheiden würde. »Strick oder Nadel«, brüllten sie abwechselnd durch den Raum. Sogar die jungen Mädchen, die den Wein ausschenkten, kicherten amüsiert und warfen dem großen, breitschultrigen Mann, der es gewagt hatte, Malak zu widersprechen, anzügliche Blicke zu.

Baudouin bemerkte, wie einer aus Malaks Gefolgschaft sich nun von seinem Platz erhob, zur Feuerstelle trat und ein schmales Eisen in die Glut schob, dass die Funken aufflogen.

Er fühlte, wie ihm der kalte Schweiß ausbrach. Was nun? Tot würde er weder Lermond noch Marie eine große Hilfe sein. Aber wie standen seine Chancen, den Stein als Blinder zurück zum Tempelhof zu bringen? Er musste hier raus.

»Also, die Nadel?«, rief Maître Malak, dem Baudouins Miene beim Anblick des Herdfeuers nicht entgangen war. »Den Bettelnapf schenken wir dir.«

»Du Teufel, dafür töte ich dich«, knurrte Baudouin, als die Männer des Kahlköpfigen ihn mit Gewalt in die Knie zwangen. Keuchend stieß er den alten Wahlspruch des Templerordens aus, um seiner Empörung Nachdruck zu verleihen.

Kaum hatte Baudouin die lateinischen Worte ausgesprochen, da kehrte im Raum Stille ein. Die Männer, die ihm beide Arme auf den Rücken gedreht hatten, ließen ihn unvermittelt los und warfen einen abwartenden Blick in Richtung Thronstuhl. Malak selbst runzelte verblüfft die Stirn.

»Was hast du da eben gesagt?«

Ehe Baudouin antworten konnte, hob Gaston die Hand und bat ums Wort. »Wenn ich mich nicht verhört habe, war das der Wahlspruch des Templerordens, Meister. Dieser Mann scheint etwas mit denen zu tun zu haben.«

»Ist das wahr? Bist du ein Templer?«

Baudouin blieb argwöhnisch, fand in Anbetracht der Tatsache, dass es ihm an den Kragen gehen sollte, aber keinen Grund, es abzustreiten, und nickte.

»Ich habe diesem Mann versprochen, dass er mich unbesorgt

begleiten kann«, sagte Gaston. »Nur deswegen ist er jetzt hier. Soll er mich für wortbrüchig halten?«

Malak lachte brummig. »Was kümmert es mich, wofür der Kerl dich hält? Ich gab dir einen Befehl, und du hast ihn ausgeführt. Allerdings hatte ich immer Achtung vor den Templern, weil die sich weder vor Tod noch Teufel fürchteten und mit einem Lachen in den Kampf gingen.«

»König Philipp hat eine Belohnung auf den Kopf jedes Tempelritters ausgesetzt, der damals aus Paris entkommen ist«, gab einer der Männer hinter Baudouin zu bedenken. Der Stimme nach war es derselbe, der das Eisen zum Glühen gebracht hatte. »Für das Geld könnten wir Waffen und Vorräte kaufen.«

»Schnauze!« Malak wollte nichts mehr hören, sondern nachdenken. Im Raum wurde es so still, dass man jeden Atemzug hören konnte. Schließlich entschied der Meister: »Nun gut, ich werde dich vorerst am Leben lassen, Templer. Vielleicht kommen wir doch noch miteinander ins Geschäft. Du willst den König beseitigen, nicht wahr? Das ist gut, denn auch wir haben ein Interesse daran, Philipps Gewaltherrschaft zu beenden. Er hat das Volk lange genug geschröpft, und das ist schlecht für unsereins. Wer arm ist wie eine Kirchenmaus, der trägt auch keinen Beutel, in den ein Langfinger greifen kann. Als die Templer noch die königliche Schatzkasse verwalteten, sah es mit den Finanzen des Königreichs ganz anders aus.«

Baudouin dachte an die gebratenen Hähnchen und den Wein. Allzu schlecht schien es Malak und seinen Halsabschneidern nicht zu gehen. Doch er hütete sich, ihm das vorzuhalten.

Der Morgen graute schon fast, als er zum Haus des Knochenhauers zurückkehrte. Gaston begleitete ihn, aber die Männer redeten kaum ein Wort miteinander. Jeder schien tief in seine eigenen Gedanken versunken. Erst, als das Hoftor in Sicht kam, räusperte sich Gaston. »Philipp hat viele Feinde, nicht nur entkommene Templer. Auch die Flamen und die Lombarden haben noch eine Rechnung mit ihm offen. Dass der Papst ihn noch nicht exkommuniziert hat, liegt nur daran, dass er das nicht wagt, solange er in Avignon unter Beobachtung steht. Nach Philipp käme aber sein Sohn Louis der Zänker auf den Thron.« Er seufzte. »Malak ist der Überzeugung, dass Philipps Söhne zu schwach sind, um ihm gefährlich zu werden. Ich glaube, er träumt von einem hübschen Stadtpalast und einem Leben unter ehrbaren Leuten.«

»Wisst ihr etwas von den Gerüchten über die Frauen der Prinzen?«, fragte Baudouin. Ihm war nicht entgangen, wie gut informiert die Bande der unschuldigen Kinder von Paris war. Als oben im Haus ein Fensterladen aufschwang, zog er Gaston rasch unter das Vordach. Dahinter war ein lautes Gähnen zu hören. Diesem folgte wütendes Hundegebell. Die Familie des Knochenhauers stand auf. Jeden Moment konnte einer der Lehrjungen das große Tor zur Gasse hin aufstoßen.

Gaston zuckte mit den Achseln. »Man munkelt, dass einige Verhaftungen bevorstehen. Der König wird den Ehebruch seiner Schwiegertöchter nicht ungestraft lassen, denn sollten sie von ihren Liebhabern schwanger werden, ist die Erbfolge der Kapetinger in Gefahr.« Neugierig hob er den Blick und sah Baudouin an. »Aber warum fragst du? Sag bloß, du hast dich an den hübschen Dingern vergriffen.«

Baudouin schüttelte abwesend den Kopf. Wenn Gaston die Wahrheit sagte, so blieb ihm nur noch wenig Zeit, um sein Vorhaben durchzuführen. Er durfte auf keinen Fall zulassen, dass Marie das Schicksal ihrer Herrin teilte. Er musste darauf dringen, dass sie den Palast so schnell wie möglich verließ und irgendwo in der Stadt untertauchte. Er musste ihr schleunigst eine Kammer besorgen, in der sie sicher war.

»Wann bekomme ich die Pläne zu sehen, von denen Malak sprach?«

Gaston beruhigte ihn. »Malak hat erlaubt, dass du sie studierst. Ich erinnere mich, dass es einen geheimen Gang gibt, der bis in die Gemächer des Königs führt. Aber es ist gefährlich, ihn zu benutzen.«

»Lass das getrost meine Sorge sein!«

Gaston zuckte mit den Schultern. »Du solltest dir vielleicht ein neues Quartier suchen. Wenn es mir möglich war, dich hier aufzuspüren, könnte das auch anderen gelingen.«

Baudouin staunte über den Scharfsinn des jungen Mannes, denn derselbe Gedanke war auch ihm gerade gekommen. Er konnte nicht umhin, Gaston aufmerksam zu mustern und sich dabei die Frage zu stellen, ob jener vor zehn Jahren nicht einen guten Tempelritter abgegeben hätte. Genug im Kopf hatte er zweifellos, außerdem war er geschickt und hatte auf der Brücke bewiesen, dass er kämpfen konnte. Im Haus des Anführers der unschuldigen Kinder von Paris war er der einzige Mann gewesen, der zu seinen Gunsten gesprochen hatte, was zeigte, dass er kein Feigling war und überdies auch Ehrgefühl besaß. Vielleicht wäre Baudouin jetzt schon tot oder blind, wenn Gaston ihm nicht geholfen hätte. Der einzige Makel, der Baudouin einfiel, betraf Gastons Herkunft. Kein Präzeptor des Templerordens hätte einen Kerl von zweifelhafter Geburt aufgenommen.

»Was treibt einen jungen Burschen mit deinem Verstand ausgerechnet ins schwarze Herz von Paris?«, fragte er vorsichtig, denn es lag nicht in seiner Absicht, Gaston zu verärgern.

Gaston lachte auf. »Du meinst, warum ich mich mit Maître Malak herumtreibe? Glaub mir, ich habe schon grausamere Herren erlebt. Ehrenwerte Männer, die keine Messe versäumten, mich aber als Kind halb totgeschlagen haben, wenn ihnen die Stiefel nicht blank genug waren. Malaks Regeln sind einfach zu befolgen, und wer sich daran hält, muss weder hungern noch frieren. Weißt du, wir sind wie ein Rudel Wölfe, das seinem Anführer Respekt entgegenbringt. Der Feind des Wolfes ist der Jäger, der unsere sind die Büttel. Hin und wieder erwischen die einen von uns und hängen ihn auf der Place de Grève auf. Trotzdem vermehren wir uns wie Schaben im Keller. Malak hat die Organisation des Templerordens studiert, nachdem ich ihm Lesen und Schreiben beigebracht habe. Er hat manches davon übernommen, um seine eigenen Leute besser befehligen zu können.«

»Und woher weißt du selbst so viel?«

»Ein alter Kaplan hat es mir beigebracht«, antwortete Gaston stolz. »Er gehörte auch zu den Templern, musste aber nach König Philipps Schlag gegen den Orden in einer verlotterten Schänke die Böden wischen. Ich habe ihm geholfen, den Fußtritten des Wirts zu entgehen, dafür lehrte er mich alles, was ich bei Malak niemals hätte lernen können.«

Baudouin hob erstaunt die Augenbrauen. Obwohl es ihm bei dem Gedanken grauste, dass Malaks Gassenpöbel Verhaltensweisen seiner Ordensbrüder nachahmte, schlich sich doch ein Hauch von Genugtuung in sein Herz. Die Templer waren also nicht vergessen in Paris. Ihre Art zu leben, zu denken und zu kämpfen lebte weiter. Sogar im Herzen dieses Jungen.

Sobald ich wieder im Tempelhof bin, werde ich dafür sorgen, dass sich noch mehr Menschen an uns erinnern werden, nahm er sich vor. Er spielte mit dem Gedanken, Gaston zu fragen, ob er ihn nicht in den Osten begleiten wollte, aber dann dachte er an Marie. Sie war eine Dame vornehmer Herkunft, die jüngste Tochter eines Landadeligen, der es gewiss missfallen würde, in Gesellschaft eines Pariser Gassenstrolchs zu reisen. Aber wer sagte, dass sie das je erfahren würde? Gaston besaß immerhin gute Umgangsformen, die es ihm sogar erlaubten, bei Hofe ein und aus zu gehen.

Den ganzen Vormittag verbrachte Baudouin in der Wurstküche des Meisters, später schickte ihn der Knochenhauer mit seiner Frau und einem Karren voller gehackter Schweinsfüße und einer nach allen Regeln der Kunst zerteilten Rinderhälfte auf den Markt. Baudouin stellte die Holzschragen auf und verteilte das magere Angebot. Gekauft wurde wenig, obwohl die Frau des Knochenhauers ihr Handwerk durchaus verstand. Ihr Geschrei übertönte das Geschnatter der Gänse am Nachbarstand und die Stimmen der Krämer und Kunden, die über den mit Stroh bedeckten Platz nahe der Kathedrale von Saint Denis streiften.

»Denk bloß nicht, dass du mich betrügen kannst, Geselle«, schimpfte die Meisterin auf dem Rückweg. Erbost strich sie sich eine Haarsträhne unter die Haube zurück. »Denkst du etwa, ich würde es nicht merken, dass du dich nachts heimlich herumtreibst? Im Haus anständiger Leute wird so etwas nicht geduldet, verstanden?«

Baudouin machte gute Miene zum bösen Spiel. Obwohl er dem keifenden Frauenzimmer am liebsten eine Maulschelle verpasst hätte, blieb er gelassen. Gaston hatte recht. Er musste sich eine neue Bleibe suchen, vermutlich war er schon zu lange an ein und demselben Ort. Er überlegte, warum das Weib seines Meisters ihm den biederen Fleischergesellen von Tag zu Tag weniger abnahm. Was mochte ihren Verdacht erregt haben? Lag es an seinen Händen, die nicht grob genug für einen Knochenhauer waren? Oder glotzte er nicht stumpfsinnig genug in der Gegend herum, wenn der Meister ihm mit dem Hackbeil unter der Nase herumfuchtelte?

Als sie den Kreuzweg erreichten, hatte Baudouin genug von dem Genörgel der Meisterin. Ohne auch nur ein Wort an sie zu verschwenden, stieß er sie vom Karren und warf sich mit ihr in den Straßengraben, der mit schmierigem Morast gefüllt war. Die Frau kreischte und schlug um sich, bis Baudouin ihr die vollen Lippen mit einem Kuss schloss. Sie ohrfeigte ihn, woraufhin er mit einer blitzschnellen Bewegung die Schnüre ihres Mieders auftrennte und ihr den Kittel entzweiriss. Darunter kamen zwei auffallend hübsche Brüste zum Vorschein, die so prall und schwer waren, dass sie nicht in seine Hände passten.

»Bleib mir vom Leib!«, kreischte die Frau, streckte aber im nächsten Moment schon die Hand nach Baudouins Lockenkopf aus. Sie stöhnte lustvoll auf, als Baudouin seine Zunge um ihren Bauchnabel kreisen ließ. Baudouin wanderte tiefer und ließ es zu, dass ihre Beine ihn wie eine Zange einfingen. Mit einer Hand half er ihr, den völlig durchnässten Rock hinaufzuschieben, während die andere ihre linke Brust streichelte. Die Meisterin warf stöhnend den Kopf zurück und schloss mit einem Ausdruck höchster Verzückung die Augen. Als er ihr die Beine spreizte, stieß sie wilde Schreie aus. Baudouin begriff, dass ihr Groll gegen ihn nur daher rührte, dass sie sich von ihm abgewiesen gefühlt hatte. Ihr Frust darüber, dass er ihre Signale ignoriert hatte, mussten sie zur Weißglut gebracht haben. Vermutlich teilte der alte Knochenhauer sein Lager schon zu lange nicht mehr mit ihr.

Schwer atmend stützte sich Baudouin auf die Ellenbogen, um die Meisterin zu betrachten, die sich wie ein Aal unter ihm wand. So übel, fand er, sah sie gar nicht aus, und wenn sie nicht dauernd schimpfte, hatte sie gewiss auch mehr zu bieten als ewig schlechte Laune und angebranntes Essen. Obwohl er lieber Marie für sich gewonnen hätte als dieses Weib, keuchte er auf, als sich die Hand der Meisterin zwischen seine Beine schob. War er zunächst eher grob zu ihr gewesen, so gab er sich nun größere Mühe, seine Bewegungen den ihren anzupassen. Als sie ihn erneut auf sich zog, brachte er seine Zunge zum Einsatz, um ihre Brüste genauer zu erkunden, und zog sich erst aus ihr zurück, als sie ihm mit einem letzten, lustvollen Schrei ins Ohr biss und ihn dann zufrieden anlächelte.

Am Abend zog Baudouin im Schutz der Dunkelheit die Kutte eines Kapuzinermönchs über und verließ das Haus der Knochenhauer ohne ein Wort des Abschieds.

Die Meisterin würde ihn vermutlich vermissen, aber nach dem Erlebnis im Straßengraben würde sie sich davor hüten, jemals wieder von dem sonderbaren Gesellen zu sprechen. Vor ihr war Baudouins Geheimnis so sicher wie in Abrahams Schoß.

Marie wünschte ihrer Herrin, Prinzessin Jeanne, eine gute Nacht und löschte die Kerzen. Dann begab sie sich in ihre eigene Schlafkammer, die zwar nicht so prunkvoll eingerichtet war wie die Jeannes, aber doch genügend Bequemlichkeit bot.

Erschöpft ließ sie sich auf ihr Bett fallen, das sie bis in den Winter hinein mit einer anderen Hofdame hatte teilen müssen. Doch die Unglückliche war kurz nach Allerseelen erkrankt und hatte das neue Jahr nicht mehr erlebt. Seitdem konnte Marie über das Gemach frei verfügen. Ihre Freundinnen aus dem Gefolge der Prinzessin bedauerten sie, weil sie nun niemanden mehr hatte, der sie nachts wärmte und ihr vor dem Einschlafen ihre Geheimnisse anvertraute. Aber das war Marie egal. Sie war gern mit sich und ihren Gedanken allein und hatte dem müßigen Geplapper der Hofdamen nie viel abgewinnen können.

Leise summend fuhr sie mit dem Finger die Linien der Stickereien auf ihrer Oberdecke nach. Der Brokat fühlte sich klamm und feucht an. Obwohl es bereits März war, zauberte die Kälte noch immer Nacht für Nacht eine dünne Eisschicht auf die Kissen und Decken. Kein Wunder, wo doch der Faulpelz von einem Pagen immer wieder vergaß, bei Marie einzuheizen. Sie hatte ihn mehrmals gerufen, aber ob der Bursche sich heute noch blicken ließ, blieb abzuwarten.

Marie überlegte, ob sie eine Dienerin rufen sollte, um sich beim Entkleiden helfen zu lassen, aber in Anbracht der frostigen Witterung beschloss sie, ihr Kleid anzubehalten und lediglich die Schnüre zu lösen sowie Haube und Kinnschleier abzulegen. Während sie den Kamm mit langsamen Bewegungen durch ihr Haar gleiten ließ, dachte sie an Jeanne. Wie gelassen die Prinzessin ihr Nachtgebet gesprochen hatte, als gäbe es in diesen Mauern nichts und niemanden, der ihr etwas Böses wollte. Anschließend hatte sie ihren Zofen mitgeteilt, welche Gewänder, Schuhe und Gürtel sie für den morgigen Tag herauslegen sollten. Sie hatte davon gesprochen, mit ihrem Gemahl und dessen Schwester zur Jagd ausreiten zu wollen. Isabella kannte eine Stelle, wo es prächtige Fasanen gab. An das Unheil, das sich über ihrem Kopf zusammenbraute, hatte sie keinen einzigen Gedanken verschwendet.

Marie konnte nicht nachvollziehen, was im Kopf der Prinzessin vorging, hatte selbst aber nicht vor, sich kampflos in ihr Schicksal zu ergeben. Nie würde sie ihr Leben in einem finsteren Kerker oder Kloster beenden, nur weil die Schwiegertöchter des Königs sich vergessen hatten.

Ihre Gedanken wanderten zu Thomas Lermond und Baudouin. Lermond hatte ihr vor seiner Flucht aus Paris seine Liebe gestanden, obwohl ihn das Überwindung gekostet haben musste. Schließlich hatte er ein Keuschheitsgelübde abgelegt. Wie verhielt es sich wohl mit Baudouin? Ob der sich noch an die strengen Regeln des Templerordens hielt? Seit ihrem letzten Gespräch hegte Marie den Verdacht, dass er Gefallen an ihr gefunden hatte.

Ein Klopfen an der Tür lenkte sie von diesen Gedanken ab. Der Page. Das wurde auch Zeit.

»Ihr wünscht, dass ich Feuer mache, Herrin?«

Marie hob den Blick, als sie die Stimme des Burschen in Pagenkleidung erkannte, der mit Holz und Zunder im Türrahmen stand.

»Baudouin?« Erschrocken schlug sie die Hand vor den Mund. »Was um alles in der Welt sucht Ihr hier um diese Zeit? Heilige Jungfrau, wisst Ihr, dass Ihr mit Eurem Leben spielt?«

Baudouin machte eine beschwichtigende Handbewegung und verriegelte leise die Tür zu ihrer Kammer. »Verzeiht mein Eindringen, aber Ihr müsst den Palast mit mir verlassen. Ich weiß, dass alle drei Ehefrauen der königlichen Prinzen noch in dieser Nacht verhaftet werden sollen. Vielleicht auch ihre engsten Vertrauten, zu denen Ihr ja wohl gehört.«

»Dann sollte ich jetzt nach Jeanne sehen. Ich möchte nicht, dass sie ganz allein ist, wenn die Palastwache kommt, um sie zu holen.«

Baudouin runzelte die Stirn. »Euer Mitgefühl für die Prinzessin in allen Ehren, aber das kann ich nicht erlauben. Ich habe Lermond das Versprechen gegeben, Euch zu beschützen.«

»Soweit ich weiß, habt Ihr als Tempelritter viele Gelübde abgelegt.«

»Aber dieses eine werde ich halten, das schwöre ich Euch.« Er öffnete die Tür einen Spalt und spähte auf den finsteren Korridor hinaus. Dann drehte er sich wieder zu ihr um. »Ich habe einen Treppenaufgang genommen, der unbewacht ist. Seit dem Umbau der Burg wird er nicht mehr benutzt und ist in Vergessenheit geraten. Wenn man diesem Weg folgt, gelangt man zu den Ställen, und dort wartet ein Freund auf uns.«

»Ein Freund?«

Baudouin nickte. »Er heißt Gaston. Ein Herumtreiber, aber ich kann mich auf ihn verlassen.«

Maries Augen blitzten hoffnungsvoll auf. »Aber könnten wir meine Herrin nicht mitnehmen? Wenn ich mich beeile und rasch zu ihr laufe …«

Baudouin kam nicht mehr dazu, ihr darauf zu antworten, denn ganz plötzlich waren draußen Stimmen und Schritte zu hören.

Marie erbleichte, als jemand kräftig an die Tür klopfte. Nun war es zu spät für eine Flucht.

»Öffnet sofort, im Namen des Königs!«

»Ich nehme nicht an, dass das der richtige Page mit dem Brennholz ist.« Sie wandte sich um und schüttelte den Kopf, als ihr Blick auf den Dolch in Baudouins Hand fiel. »Bitte, Baudouin, das wäre Wahnsinn. Sie dürfen Euch hier nicht finden. Nur wenn Ihr in Freiheit bleibt, könnt Ihr mir noch helfen.«

Das ist leider wahr, dachte Baudouin.

»Macht auf, sonst muss ich die Tür mit der Axt einschlagen!«, klang es nun noch energischer.

Marie schob Baudouin zu ihrem Bett und gab acht, dass von seiner stämmigen Gestalt nichts mehr zu sehen war, als sie die dicken Vorhänge zuzog. Dann eilte sie zur Tür, wobei sie an ihrer Kleidung zupfte, um den Anschein zu erwecken, sie wäre schon im Bett gewesen und hätte sich erst anziehen müssen.

»Was gibt es, Hauptmann?«, fragte sie gähnend.

»Ihr steht unter Arrest! Folgt uns bitte, ohne Widerstand zu leisten.« Der Wachhabende war höflich, aber sein Blick mahnte Marie, sich nicht zu wehren. Weder der Hauptmann noch seine Kameraden traten in ihr Zimmer, vermutlich hatten sie nicht den Befehl, sie zu durchsuchen.

Marie hob ihren Surcot an und ging hoch erhobenen Hauptes an dem Wachsoldaten vorbei. »Und wohin bringt Ihr mich?«, wollte sie wissen. »In den Turm de Châtelet? Ich frage nur, weil ich mir dann vielleicht einen warmen Mantel mitnehmen sollte.«

Zu ihrer Überraschung führten die Wachsoldaten sie nicht die Treppen hinunter und durch die Halle ins Freie, sondern steuerten zielstrebig auf den sogenannten Sonnenflügel zu, in dem sich, wie Marie wusste, einst die Kanzleiräume des königlichen Beraters Guillaume de Nogaret befunden hatte. Nogaret war seit mehr als einem Jahr tot, aber manche Höflinge glaubten, dass der Geist des skrupellosen Kanzlers seine Räume niemals ganz verlassen hatte. Marie hielt das zwar für ein Ammenmärchen, doch als ihr Blick auf die Tür fiel, hinter der Nogaret das Mordkomplott gegen Papst Bonifatius und die Zerschlagung des Templerordens ersonnen hatte, spürte sie, wie sich auf ihren Armen und Beinen Gänsehaut bildete.

Von plötzlichem Unwohlsein befallen, blieb Marie stehen und verschränkte die Arme vor der Brust. Vor Aufregung war ihr unwohl im Magen, und in ihrem Mund breitete sich ein bitterer Geschmack aus. Sie ließ sich weder durch Drohungen noch durch gutes Zureden dazu bewegen, auch nur einen Schritt weiterzugehen.

»Ich will wissen, wohin ihr mich bringt«, forderte sie unnachgiebig.

Sie hatte lauter gesprochen, als beabsichtigt. Vielleicht eine Spur zu laut, denn noch bevor einer der Wachsoldaten ihr über den Mund fahren konnte, bewegte sich ein purpurfarbener Vorhang, und ein Mann trat dahinter hervor. Er war in ein knielanges Gewand aus blauer Seide gekleidet, und seine Kopfbedeckung schmückte das Emblem des französischen Königshauses. Marie erschrak bis in die Knochen. Sie hatte nicht erwartet, Philipp IV. zu begegnen.

»Na endlich, ich hasse es, zu warten«, rief der König. Seine Stimme klang hoch und heiser, als habe er sich erkältet. Mit einer unwirschen Handbewegung scheuchte er die Wachsoldaten davon, die sich knapp verbeugten und eilig den Rückzug antraten.

»So, nun sind wir beide allein«, sagte der König. Er umkreiste Marie wie ein Bauer, der eine Kuh kaufen will. Nie zuvor war Marie ihm so nah gekommen, nicht einmal wenn sie ihre Herrin zu offiziellen Anlässen begleitet hatte. »Du hast doch wohl keine Angst vor den Geistern der Vergangenheit, oder?«

Marie schüttelte den Kopf, weil ihr die Stimme versagte. Ihr Herz raste, als sie sah, wie der König sein Gesicht zu einem listigen Lächeln verzog. Einen Atemzug lang beobachtete er sie, dann befahl er ihr, ihn in das verlassene Studierzimmer des Guillaume de Nogaret zu begleiten.

Baudouins Nerven waren zum Zerreißen gespannt. Er ging in Maries Kammer auf und ab und zerbrach sich den Kopf darüber, wie er es anstellen konnte, sie zu befreien.

Was wollte man von ihr, wohin wurde sie gebracht? Baudouin konnte kaum glauben, dass er in ihrem Gemach gewesen war, aber keinen Finger gerührt hatte, um sie zu retten. Warum hatte er nicht seinen Dolch gezogen und einen oder zwei der Wachen zur Hölle geschickt? Doch hätte er Marie damit geholfen? Vermutlich hätte er nicht einmal die Pferdeställe lebend erreicht. Und auch Maries Schicksal wäre besiegelt gewesen, sobald entdeckt worden wäre, dass sie ihm, einem flüchtigen Tempelritter, half.

Baudouin presste die Lippen aufeinander. Zugegeben, das klang alles so vernünftig, aber er wollte jetzt nicht vernünftig sein. Und er hasste sich dafür, untätig herumzusitzen, während die Frau, die ihm doch so viel bedeutete, vielleicht im selben Augenblick geschlagen oder gar gefoltert wurde.

Baudouin sah zu, wie die Kerze im eisernen Halter dahinschmolz, aber der Anblick der Flamme erregte ihn, anstatt sein Gemüt zu beruhigen. Was sollte er tun? Großmeister de Molay hatte ihm verboten, ihn zu befreien, aber Marie konnte er Philipps Henkern nicht überlassen. Das wäre ein unverzeihlicher Frevel gewesen. Er konnte Lermond nicht unter die Augen treten, solange Marie unter Arrest stand. Baudouin dachte fieberhaft nach. Er musste auf der Stelle zu Gaston. Was er nun brauchte, waren Bundesgenossen, die mutig genug waren, ihm zu helfen. Malaks Männer kannten die geheimen Gänge unter Philipps Palast und fürchteten sich auch nicht vor einem Scharmützel mit den Wachen. Einen offenen Angriff durften sie natürlich nicht wagen, aber vielleicht genügte schon ein strategisch geschicktes Ablenkungsmanöver, um Verwirrung zu stiften und Marie aus der Gewalt ihrer Peiniger herauszuhauen.

»Denk nach, Baudouin«, befahl sich der Templer. »Lass dir etwas einfallen. In Palästina hast du doch mehr als einmal bewiesen, dass du Schlachtpläne entwerfen kannst.«

Auf dem Korridor knarzten die Dielen. Schritte waren zu hören, und plötzlich bewegte sich die Tür. Bevor Baudouin wieder hinter dem Vorhang verschwinden konnte, schob sich Marie in den Raum. Sie war bleich und verweint, aber soweit Baudouin feststellen konnte, fehlte ihr nichts. Erleichtert dankte er Gott dafür. Offensichtlich hatten Philipps Richter sich dieses Mal noch damit begnügt, sie nur zu befragen, ihr aber darüber hinaus kein Haar gekrümmt.

»Ihr habt gewartet?« Marie rang sich ein erschöpftes Lächeln ab, als Baudouin ihr stürmisch die Hand küsste. »Wie nett von Euch, mein Freund. Aber Ihr hättet nicht bleiben müssen.«

»Nicht bleiben müssen, sagt Ihr? Marie, ich wurde fast wahnsinnig vor Sorge um Euch!«

Marie hob in einer hilflosen Geste beide Arme. Dann berichtete sie stockend, dass man sie nicht in den Kerker oder in die königliche Kanzlei, sondern zu König Philipp persönlich gebracht hatte.

»Er verbringt ganze Nächte in den Räumen Nogarets, die er mit Kerzen beleuchtet, bis es darin fast taghell ist. Nun kann ich die Höflinge verstehen, die glauben, der Geist des alten Kanzlers spuke noch durch die Gemächer des Sonnenflügels. Ich selbst hatte den Eindruck, er beobachte mich aus dem Schatten heraus. Aber es ist kein Geist, der in seinen Räumen umgeht, sondern der König. Philipp wacht, weil er unter Schlaflosigkeit leidet. Vielleicht quält ihn das schlechte Gewissen, vielleicht heckt er etwas Neues aus. Ich weiß es nicht.«

Baudouin runzelte die Stirn. Dass Philipp Schuldgefühle plagten, glaubte er nicht. Und selbst wenn, so spielte das für Baudouin keine Rolle mehr. Der König musste für das bezahlen, was er seinen Brüdern angetan hatte. Doch was zum Teufel konnte er von Marie wollen? Für den König von Frankreich war sie doch nur eine unbedeutende Hofdame.

»Nun ja, zunächst fragte er mich über meine Herrin aus. Mit welchen Höflingen sie Umgang pflegt, wie oft sie ausreitet und ob sie mich jemals gebeten hat, sie zu dem alten Turm an der Stadtbefestigung zu begleiten.« Sie atmete geräuschvoll aus. »Ich habe getan, was ich konnte, um die Prinzessin zu schonen. Meiner Meinung nach hatte sie selbst nie die Gelegenheit, einen Liebhaber zu empfangen. Das sagte ich dem König auch, aber ich weiß nicht, ob er mir geglaubt hat. Sonderbarerweise schien ihn das alles aber zuletzt auch gar nicht mehr zu interessieren.«

»Was dann?«, drängte Baudouin. Ihm kam die ganze Sache nicht geheuer vor.

»Ich bin mir nicht ganz sicher, aber wenn mich nicht alles täuscht, lagen auf Nogarets Tisch die Verhörprotokolle aus den Templerprozessen. Philipp hat sie sich bringen lassen und liest jede einzelne Aussage noch einmal durch. Es schien mir fast, als würde er in den Protokollen nach irgendeinem Hinweis suchen. Er fragte mich …« Maries Hand begann vor Aufregung zu zittern. Hatte sie sich zunächst um Haltung bemüht, so schien die Erinnerung an das Verhör durch den König ihr nun doch zuzusetzen. Sie wirkte plötzlich so durcheinander, dass sie nicht weiterreden konnte. Mit einer Geste bat sie Baudouin um einen Becher Wasser.

»Was täte ich nur ohne Euch?«, seufzte sie, nachdem sie ein

paar Schlucke getrunken hatte. »Ihr hattet recht, ich muss auf der Stelle fort. Lermond muss erfahren, was Philipp im Schilde führt.«

»Philipp und Nogaret haben den Templerorden zerstört. Unser Großmeister sitzt im Kerker. Was könnte der König denn noch mehr wollen?«

Marie vergrub den Kopf in beiden Händen. »Wenn ich das nur wüsste«, murmelte sie. »Aber als der König einen Moment nicht aufpasste, konnte ich einen Blick auf eines der Protokolle werfen. Es stammte aus der Festung Chinon an der Loire.«

»Das überrascht mich nicht. Dort wurden Jacques de Molay und viele meiner Ordensbrüder eingekerkert, bevor man ihnen den Prozess machte.«

»Ein Tempelritter soll gestanden haben, dass in der Nacht vor seiner Verhaftung drei vollbeladene Wagen heimlich das Ordenshaus verließen. Ihr Ziel sei die Küste gewesen, wo schon einige Templerschiffe abfahrbereit vor Anker lagen. Doch in einem anderen Protokoll ist von sieben Männern die Rede, nicht von Wagen. König Philipp fragte mich schließlich, ob ich den Namen Thomas Lermond schon einmal gehört habe. Er glaubt, dass Lermond mit dem Schatz des Ordens geflohen ist.«

»Dieser verdammte Hund sucht uns«, stieß Baudouin wütend hervor. »Aber wie ist das möglich? Das Gerücht von den drei Wagenladungen Gold haben wir ganz bewusst in die Welt gesetzt, um die Männer des Königs in die Irre zu führen. Aber von den sieben Templern wussten nicht einmal die engsten Vertrauten des Großmeisters.«

»Und ich will davon auch nichts hören«, sagte Marie entschlossen. »Bitte bringt mich fort von hier. Ich muss Paris verlassen, denn wenn der König mich das nächste Mal holt, könnte es sein, dass ihn meine Antworten nicht mehr zufriedenstellen.«

Baudouin seufzte. Einerseits freute er sich, dass Marie ihn um

Hilfe bat, andererseits wurde ihm das Herz schwer, weil Maries Treue hauptsächlich seinem alten Kampfgefährten und nicht ihm galt.

»Ist der König noch immer in Nogarets Kanzlei?«, fragte er, weil ihm plötzlich eine Idee kam. »Allein? Ohne Wachen vor seiner Tür?«

Marie nahm eine abwehrende Haltung ein. »Baudouin, das ist zu gefährlich. Ihr könnt nicht zum König. Und selbst wenn Ihr ihn allein antreffen und besiegen würdet, wäre durch seinen Tod gar nichts gewonnen. Der Prozess gegen Jacques de Molay nimmt trotzdem seinen Lauf, und ob der Papst nach Philipps Tod seine Entscheidung widerrufen und den Templerorden in seine alten Rechte einsetzen würde, ist mehr als fraglich, denn das hieße ja, dass er vor der gesamten Christenheit einräumen müsste, einen schweren Fehler gemacht zu haben. Er müsste dem Orden all seine Ländereien, Burgen und Güter zurückerstatten.«

»Natürlich, denn dieser Besitz gehört uns Templern und wurde uns von Clemens und Philipp gestohlen«, brauste Baudouin auf.

»Eine Rückgabe würde den Papst ruinieren und sein Ansehen vernichten, dann kann er nie wieder nach Rom zurück.« Marie schüttelte bedauernd den Kopf. »Nicht einmal Prinzessin Jeanne wäre mit Philipps Tod geholfen. Sein Sohn würde vermutlich kein anderes Urteil fällen als der König.«

In Baudouin brodelte es, weil Maries Argumente so schrecklich überlegt klangen, während er, der sich immer für so gerissen gehalten hatte, sich nur von tumben Rachegefühlen treiben ließ. Aber gebot ihm nicht seine Ehre als Tempelritter, den gemeinen Verrat zu bestrafen, dem so viele seiner Ordensbrüder zum Opfer gefallen waren? Philipp hatte ihnen alles genommen, worauf sie einst so stolz gewesen waren. Er selbst hauste in Kellergewölben, in Dachstübchen, ja manchmal sogar unter freiem Himmel und verkehrte statt mit Menschen seines Standes mit zwielichtigem Gesindel, weil er von den Schergen des Königs wie ein Verbrecher gejagt wurde.

Nein, er musste alles auf eine Karte setzen und seinen ärgsten Feind unschädlich machen.

Kurz entschlossen zerriss er die Lederschnur, die er um den Hals trug und reichte sie Marie. An dem Band hing ein Stein von glänzender gelber Farbe, der die Form eines Kreuzes aufwies.

»Was ist das für ein Schmuckstück?«, fragte Marie müde.

»Würdet Ihr es für mich aufbewahren? An Eurem Hals wird der Stein nicht auffallen, auch wenn das Band nur aus Leder ist. Ihr dürft ihn aber niemandem zeigen.«

»Besaß Lermond nicht einen ganz ähnlichen Stein?« Marie begutachtete das kostbare Stück aufmerksam. Seine Oberfläche war glatt geschliffen und poliert, aber im Mittelteil des Kreuzes ließen sich winzige Buchstaben ausmachen. Maries Miene spiegelte Verwirrung wider, als sie die Worte auf dem Kreuz zu entziffern versuchte. Es gelang ihr nicht.

»Das ist weder Latein noch Französisch«, sagte sie. »Aber irgendeine Bedeutung müssen die Zeichen doch haben, nicht wahr?«

Baudouin bestätigte es nickend. »Der Stein stammt aus Jerusalem. Angeblich wurde er von Templern in einem unterirdischen Gang nahe dem Tempelberg gefunden, wo der Orden nach Gründung des christlichen Kreuzfahrerreichs sein Hauptquartier genommen hatte. Die Worte auf dem Stein kommen aus dem Aramäischen, das ist die Sprache, die unser Heiland gebraucht hat, wenn er mit seinen Jüngern sprach. Aber sie entsprechen auch einer Reihe von Zahlen. Großmeister de Molay hat mir eingeschärft, was sie bedeuten. Stirbt er, bin ich der Letzte, der sie deuten kann. Für den Fall, dass auch mir etwas zustößt, möchte ich Euch bitten, den Stein in die Markgrafschaft Brandenburg zu Lermond zu bringen.«

Maries Augen blitzten auf. »Lermond ist also in der Mark Brandenburg?«

»Er erwartet mich!«

Baudouins Stimme war nur noch ein Wispern, als er Marie mitteilte, was er über den Stein und dessen Herkunft wusste. Obgleich ihn einerseits das schlechte Gewissen plagte, weil er gegen den Befehl des Großmeisters verstieß, fühlte er sich andererseits befreit und voller Hoffnung. Als Marie das schwefelgelbe Kreuz mitsamt Lederband in ihrem Schmuckkästchen verstaute, öffnete er lautlos die Tür und stahl sich hinaus auf den dunklen Korridor.

Baudouin hatte nur eine ungefähre Ahnung, wo der Sonnenflügel lag, in dem er den König zu überrumpeln hoffte. Doch er besaß den Grundriss des Palasts, den Gaston ihm am Vormittag in einer Gasse bei der Kirche Saint-Germain-l'Auxerrois zugesteckt hatte. So fiel es ihm nicht allzu schwer, den richtigen Weg einzuschlagen.

Sein Herz klopfte ihm bis zum Hals, als er den hallenartigen, holzgetäfelten Vorraum mit den hohen gotischen Spitzbogenfenstern betrat, den Marie ihm kurz beschrieben hatte. Er war leer, der breite Kamin, über dem das Wappen des französischen Königshauses in Stein hing, erkaltet. Wie es aussah, hielten sich die Bediensteten an den Befehl des Königs und ließen ihn hier oben allein. Das konnte Baudouin nur recht sein.

Er zückte seinen Dolch und schlich auf Zehenspitzen auf die angelehnte Tür zu, hinter der er das Studierzimmer vermutete, in dem Philipp Marie verhört hatte. Vor dem Eingang verharrte er und lauschte, vernahm aber kein Geräusch, bis auf den Wind, der durch den Kamin heulte. Ob der König sich wieder in die Protokolle der Templerprozesse vertieft hatte?

Baudouin musste an die Assassinen denken, jene Sekte von

Fanatikern, die den Kreuzrittern in Palästina und Syrien das Leben schwergemacht hatten. Als Baudouin mit seinen Kameraden nach Akkon aufgebrochen war, war deren Herrschaft zwar schon seit Jahren vorbei gewesen, aber die Kunde von ihrem Geschick, politische Gegner lautlos und ohne Spuren zu hinterlassen, mit dem Dolch zu töten, hatte während seiner Dienstzeit im Heiligen Land immer wieder die Runde gemacht.

Baudouin versuchte, sich daran zu erinnern, wie die Assassinen ihre Gegner überraschten. Sie pirschten sich lautlos an ihr Opfer heran und standen plötzlich hinter ihm. Noch bevor der Überraschte auch nur den Mund öffnen konnte, um zu schreien, war es um ihn geschehen.

Aber Baudouin war kein Meuchelmörder. Er würde dem König die Gelegenheit geben, sich zu verteidigen. Das war er seiner Ritterehre schuldig. Leise drückte er die Tür auf – und blieb wie angewurzelt stehen. Die Kanzlei war dunkel, alle Kerzen waren gelöscht. Nicht ein einziges Schriftstück über den Templerorden lag noch auf dem Tisch.

»Verflucht«, murmelte Baudouin, als ihm bewusst wurde, dass der König ihm entwischt war. Er berührte eine der Kerzen. Sie war noch warm und weich. Es konnte noch nicht lange her sein, dass Philipp sie gelöscht hatte. Aber wie war der König verschwunden, ohne ihm zu begegnen? Baudouin starrte die mit Holz verkleideten Wände an, fand aber weder Tür noch Durchschlupf. Doch es musste einen weiteren Weg hier heraus geben, der König konnte sich schließlich nicht in Luft aufgelöst haben.

Ich kriege dich, dachte er grimmig. Wenn nicht heute, so an einem anderen Tag. Du wirst der Rache der Templer nicht entgehen.

Von düsteren Ahnungen verfolgt, eilte Baudouin in seiner Pagentracht durch die schmalen Korridore. Hinter jeder Ecke rechnete er damit, von Soldaten des Königs aufgehalten zu werden, und bedauerte, sein Schwert nicht mitgenommen zu haben. Zu seiner Überraschung lief er unterwegs weder einer Wache noch einem Höfling in die Arme. Nicht einmal eine Maus kam ihm in die Quere. Der Palast schlief einen todesähnlichen Schlaf. Atemlos erreichte Baudouin Maries Kammer und klopfte. Doch sie antwortete ihm nicht.

Als Baudouin sich verstohlen in das Gemach schlich, traf ihn der nächste Schlag. Marie war fort. Ihre Truhe stand offen, aber ausgeräumt an ihrem Platz. Auch von dem Kästchen, in das Marie sein gelbes Steinkreuz gelegt hatte, fehlte jede Spur.

Im Stall bei den Pferden empfing ihn Gaston mit sorgenvoller Miene. »Na endlich, und wo ist die hübsche Hofdame, die du in Sicherheit bringen wolltest?«

Baudouin verzog gequält das Gesicht. Ja, das hätte er auch zu gern gewusst. Aber wie sollte man einen klaren Gedanken fassen, wenn der Schädel brummte wie nach einer Prügelei? Er ließ sich auf einen Strohballen fallen, während Gaston ihm einen frischen Kittel zuwarf, der nach Pferdestall roch.

»Es ist kein Waffenrock mit rotem Templerkreuz, aber ich hoffe, er tut's auch. Du musst raus aus der Pagenaufmachung. Von nun an gehörst du zu uns Pferdeknechten!«

»Ich war so nah dran, aber der Herr war nicht mit mir«, murmelte Baudouin geschlagen. In knappen Worten berichtete er Gaston, dass Marie von König Philipp zum Verhör geladen, aber nach kurzer Zeit wieder zurückgekehrt war. Dass Philipp die Templerurkunden studierte und etwas über Lermond in Erfahrung gebracht hatte, und wie verzweifelt er sei, weil Marie nach seiner Rückkehr nicht mehr in ihrem Gemach gewesen war und er nicht wisse, wo sie ist.

»Das kann doch nur bedeuten, dass Marie nun doch als Vertraute von Jeanne von Burgund verhaftet worden ist.« Baudouin griff nach einer Reitgerte und zog sie über eine Satteldecke, die vor ihm an einem Haken hing. »Der König wollte sie vorher nur aushorchen, weil er glaubte, sie könnte ihm etwas über meinen Freund Lermond verraten. Nun sitzt sie vermutlich schon im Kerker, weil ich so dämlich war, nach dem König zu suchen.« Er schlug voller Wut zu, wieder und wieder, bis die Pferdedecke in Fetzen von der Wand hing. Dann warf er die Gerte zu Boden, sprang auf und streifte sich die Pagenkleidung ab.

Gaston machte ein skeptisches Gesicht. »Es käme auch noch eine zweite Möglichkeit in Betracht, aber ich fürchte, die wird dir nicht gefallen.«

»Was meinst du?«

»Kommt es dir denn gar nicht verdächtig vor, dass der König ausgerechnet diese Frau zu sich befahl, deine einzige Vertraute an seinem Hof? Warum schickte er zu so später Stunde nach ihr? Es waren keine Richter anwesend, kein Hofschreiber, der ihre Aussage zu Protokoll nahm. Und wenn Philipp vorhat, sie zu verhaften, warum ließ er sie dann gehen, anstatt sie in Gewahrsam zu nehmen?«

»Sag du es mir, Besserwisser!«

»Weil der König keine Zeugen seines Gesprächs wünschte. Er wollte mit der Hofdame allein sein. Das war ihm so wichtig, dass er sogar die Wachen fortschickte, obwohl die ihn sonst rund um die Uhr beschützen. Niemand sollte heute Nacht hören, was er Marie zu sagen hatte.«

»Diese Marie weiß, dass du ein Tempelritter bist, und sie kennt außer dir weitere Templer. Hast du ihr sonst noch etwas anvertraut? Ein Geheimnis, das du bei ihr sicher glaubtest?«

Lermonds Auftrag, schoss es durch Baudouins Kopf. Das gelbe Steinkreuz. Marie hatte die Münze des Boten für ihn in Empfang genommen, und nun kannte sie auch die Bedeutung des Steins. Sie wusste alles über den Tempelhof.

Baudouin erbleichte, als ihm dämmerte, dass er wie ein Feldhase in die Schlinge des Jägers getreten war. Nun zog diese Schlinge sich zu. Ohne den Stein waren ihm die Hände gebunden.

Marie, dachte er voller Enttäuschung. Konnte es wahr sein, was Gaston da andeutete? Hatte sie ihm all die Jahre etwas vorgespielt und geduldig gewartet, bis die Zeit reif gewesen war, um an sein Geheimnis zu kommen? Erst jetzt fiel ihm ein, wie beharrlich sie darauf gedrungen hatte, dass er sie zu Lermond brachte. Sie hatte ihm vorgespielt, ihr Leben sei in Gefahr, nur damit er sie aus Paris wegbrachte. Nun aber sah es so aus, als bräuchte sie ihn nicht länger.

»Nein«, fuhr er Gaston an, um sich gegen die kalte, hässliche Wahrheit zur Wehr zu setzen. »Du irrst dich. Ganz gewiss sogar. Marie liebt meinen alten Kampfgefährten Lermond. Und den König hasst sie.«

»Bist du dir da so sicher?«

»Natürlich bin ich das. Schließlich riskiert sie seit sieben Jahren ihr Leben, um mir zu helfen.«

Gaston nahm einen Striegel und begann das Fell eines Rappen zu bearbeiten, bis es glänzte. Dabei flüsterte er dem Tier beruhigende Worte ins Ohr. Für Pferde schien er ein besonderes Händchen zu haben, was ihn für Baudouins Orden auch interessant gemacht hätte, denn die Tempelritter waren vortreffliche Reiter gewesen.

»Hat sie dir auch gesagt, dass morgen vor Notre Dame das Urteil über euren Großmeister gesprochen wird?«

Baudouin öffnete den Mund, wie betäubt von dem, was er da hörte. »Du lügst!«

»Ich lüge nicht, der Ritter, dem dieser Rappen gehört, erzählte es einem Kaplan und bekam gar nicht mit, dass ich noch da war und die Ohren spitzte. Jacques de Molay und die anderen gefangenen Templer sollen sich im Beisein der höchsten geistlichen

Würdenträger von Paris zu den Schandtaten bekennen, die Papst Clemens und der König ihnen vorgeworfen haben. Dafür wurde vor dem Haupteingang der Kathedrale eigens eine Tribüne gezimmert. Der König möchte die Templer in aller Öffentlichkeit demütigen, und er hofft, dass das Volk ihm zujubelt, wenn es erfährt, dass er die Männer zur Strecke gebracht hat. Seine Ausrufer ziehen seit den frühen Mittagsstunden durch die Gassen, um den Pöbel daran zu erinnern, dass die Templer schwarze Magie praktiziert und das heilige Kreuz bespuckt haben.«

Baudouin hob die Hand, um Gaston Einhalt zu gebieten, aber der dachte gar nicht daran, ihn zu schonen.

»Ich bin sicher, dass diese Marie darüber Bescheid gewusst hat. Du hast selbst gesagt, dass ihr kaum etwas entging, was sich am Hof ereignete.«

Die unsichtbaren Wälle, die Baudouin um Thomas Lermonds Geliebte gezogen hatte, um sie zu schützen, zerbröckelten, je länger er Gaston zuhörte. Er hätte sich ohrfeigen können, dass er nicht vorsichtiger gewesen war und den Stein aus der Hand gegeben hatte. Doch noch immer wollte ein kleiner Teil in ihm an Maries Unschuld glauben. Vielleicht irrte er sich ja doch, und Marie war gezwungen worden, ihn zu täuschen. Immerhin hatte sie den Stein nicht von ihm verlangt. Er selbst hatte ihn ihr gegeben. Hätte sie ihn hintergehen wollen, warum hatte sie nicht die Wache auf ihn gehetzt? Andererseits regte sich in ihm die Gewissheit, dass Maries plötzliches Verschwinden sehr wohl etwas mit König Philipps neuerwachtem Interesse an den Prozessakten und dem Urteil über den Großmeister zu tun hatte.

»Ich muss sie finden«, entschied er mit fester Stimme. »Und Gnade ihr Gott, wenn sie mich betrogen hat.«

»Wenn sie sich noch in Paris aufhält, wird Maître Malak sie aufstöbern. Er hat seine Späher überall. Ich fürchte allerdings, dass morgen die halbe Stadt auf den Beinen sein wird, um mitzuerleben, wie die gefangenen Templer abschwören.« Er verjagte eine Fliege, die um seinen Kopf schwirrte. »Ich mag dich, Baudouin. Daher will ich dir nicht verschweigen, dass Malak sich seine Gefälligkeit diesmal bezahlen lassen wird.«

»Das lass meine Sorge sein«, sagte Baudouin. Vielleicht brauchte er das schwarze Herz von Paris gar nicht. Bislang war er auch ohne die Gauner gut zurechtgekommen.

Auf dem Hof, der von etwa einem Dutzend Fackeln erhellt wurde, regte sich etwas. Lärm war zu hören. Stimmen. Alarmiert öffnete Gaston die Stalltür einen Spalt und lugte vorsichtig hinaus. Im nächsten Moment wandte er sich um. Sein Gesicht war schreckensbleich.

»Da draußen sind Soldaten, mindestens dreißig Mann.«

»Soldaten?«

Gaston nickte. »Bogenschützen und Bewaffnete mit Spießen. Ich glaube …« Statt weiter zu sprechen, blickte er sich panisch nach einem Fluchtweg um. Doch es gab keinen. Wie Baudouin wusste auch Gaston, dass der rückwärtige Teil des Pferdestalls an die hohe Mauer stieß, die den Palasthof umgab. Hinaus gelangte man nur durch das zweiflügelige Tor, vor dem sich die Soldaten der Palastwache zusammenrotteten.

Baudouin sprang auf und packte den jungen Mann an der Schulter. »Nun sprich schon, was ist da draußen los?«

»Sie kommen auf die Pferdeställe zu«, würgte Gaston hervor. »Der König führt sie persönlich an! Wir kommen hier nicht mehr raus!«

Der König? Baudouin schloss einen Moment die Augen, um sich zu sammeln. Dann war es also doch wahr, was Gaston behauptete. Marie hatte ihn und die Templer verraten.

IV.

SCHOTTLAND, PROVINZ ARGYLL,
IM MÄRZ 1314

Es dämmerte schon, als der alte Angus MacDonald auf den Hof der Komturei von Argyll ritt. Die Wachen am Tor grüßten ihn respektvoll, denn der Edelmann war ihnen bekannt und seit Jahren ein gerngesehener Gast ihres Herrn. MacDonald erwiderte den Gruß der Männer mit einem flüchtigen Nicken. Er war todmüde nach dem langen Ritt und fühlte sich so elend, dass er sich nur noch ein Bett und einen Krug heißes Kräuterbier wünschte. Seit dem Christfest spürte er die Gicht in den Knochen, und die ließ sich auch durch die Arzneien der Kräuterfrau, der er in seiner Burg Obdach gewährte, nicht vertreiben. Neuerdings tat ihm jeder Schritt, den er zu Fuß zurücklegte, so weh, dass ihm der Atem ausblieb. Doch das hinderte einen MacDonald nicht daran, seine Pflicht zu erfüllen. Noch gehörte er nicht aufs Altenteil. Niemand sollte behaupten können, der alte Angus sei seinem Herrn nicht mehr nützlich.

Angus MacDonald überließ sein Pferd einem Burschen und wandte sich dann dem aus grobem Feldstein errichteten Langhaus zu, das am Ende des Weges wie ein steinerner Adler über den Klippen thronte. Der Alte wäre lieber hinaufgeritten, aber bei seinem letzten Besuch hatte sein Pferd kurz vor dem Ziel gescheut und ihn beinahe abgeworfen. Der harsche Wind, das Rauschen des Meeres, das tief unter ihm an die Küste donnerte, und die Klagerufe der Möwen schienen das Tier zu beunruhigen. So blieb ihm nichts anderes übrig, als das letzte Stück zu Fuß zu gehen. Dabei musste er den Kopf einziehen und gegen den immer heftiger werdenden Wind ankämpfen, der ihn während des Anstiegs fast von den Füßen riss. Hinter ihm blökten Schafe, die von den Weiden in ihre Ställe getrieben wurden. Die Tiere waren unruhig, offensichtlich spürten sie, dass das Wetter umschlug. Die Nacht warf ihr schwarzes Tuch über die Häuser und Ställe von Argyll.

Angus fluchte leise, als der Himmel zu grollen begann und die ersten Tropfen fielen. Nach wenigen Schritten wurde der Regen stärker; stürmische Böen, die vom Meer landeinwärts zogen, trieben Angus Salzwasser ins Gesicht. Der Geruch von Fisch stieg ihm in die Nase. Als er endlich die Tür des Langhauses aufstieß, war er durchnässt bis auf die Haut.

Zitternd vor Kälte, aber erleichtert, blickte er sich in der dämmrigen Halle um, die er schon so lange nicht mehr betreten hatte. Ob der Präzeptor etwas verändert hatte? Nein, soweit er es beurteilen konnte, war noch alles an seinem gewohnten Platz. Die Bänke und Tische waren blank gescheuert, die Kienspäne in den Halterungen warfen ihr weiches Licht auf das Pult in der Ecke, wo bei Mahlzeiten aus der Heiligen Schrift oder der Ordensregel vorgelesen wurde.

Doch wohin zum Teufel hatte sich die Dienerschaft verkrochen? Sturm hin oder her. War es denn zu viel verlangt, dass sich jemand eines erschöpften und hungrigen Reisenden annahm? Angus schlug mehrmals mit seinem Stab auf den Boden, ehe sich ein schläfriger, dicker Knecht dazu herabließ, ihm trockene Sachen sowie Brot und einen Becher Wein zu bringen.

»Wo zum Teufel steckt dein Ordensmeister?«, fuhr Angus den jungen Mann an, der vor ihm kniete und ihm mit ungeschickten Bewegungen die Füße trockenrieb. »Und warum wird das Haus nicht besser bewacht?« Angus riss dem Burschen das feuchte Tuch aus der Hand und rubbelte damit über sein nasses Haar. »Nehmen wir an, ich wäre ein Räuber, der Übles im Schilde führte. Mit den Torwächtern hätte ich leichtes Spiel, und auch hier würde ich auf wenig Gegenwehr stoßen.«

Der Knecht sperrte verwirrt die Augen auf. »Aber wir kennen Euch doch. Ihr seid der Herr von Islay, Anführer der MacDonalds. Warum solltet Ihr die Komturei angreifen wollen?«

Angus MacDonald seufzte geschlagen. Der Kerl war ja dümmer als ein Stein. Warum wurde so einer hier oben im Ordenshaus geduldet? Der Alte nahm sich fest vor, einmal ein ernstes Wort mit seinem alten Freund, dem Ordensmeister, zu reden.

»Mein Herr und die anderen Ritter sind übrigens in der Kapelle beim Gebet.«

Nun war es an MacDonald, beschämt den Blick zu senken. Er hatte völlig die Zeit vergessen und im Sturmwind wohl auch die Glocke überhört.

»Aber die Glocke läutet schon lange nicht mehr«, erklärte der Knecht. »Seit der großen Springflut vor drei Jahren, bei der der Blitz in den Glockenturm einschlug. Wir können froh sein, dass die Mauern standhielten, sonst wären wir alle die Klippen hinuntergestürzt.« Der junge Mann senkte den Blick, in dem plötzlich ein Ausdruck von Wehmut, ja Hilflosigkeit lag.

»Kurz darauf erhielten wir die Nachricht, dass der Papst den Templerorden aufgelöst habe. Vielleicht hat er uns in jener Nacht verflucht, und die Mächte des Himmels kämpften mit den höllischen Scharen um unsere Seelen. Der Teufel kam zur Erde herabgefahren, um die Herren der Komturei zu holen, aber gegen die Templer von Argyll konnte er nichts ausrichten, daher räumte er heulend das Feld.«

Angus MacDonald kannte genügend düstere Prophezeiungen und schaurige Geschichten, um die Meinung des Knechtes mit einem müden Schulterzucken abzutun. Dennoch berührte er sicherheitshalber das mit Runenzeichen geschmückte Amulett an seinem Gürtel, bevor er sich dem hölzernen Kruzifix an der Stirnseite der Halle zuwandte und ein Gebet aufsagte. Man konnte schließlich nie wissen …

Eine halbe Stunde später verklangen die Gesänge in der Kapelle, und die Handvoll Templer, die es noch in der Provinz Argyll gab, beendete die Abendandacht. MacDonald, der nach dem anstrengenden Aufstieg ein wenig geruht hatte, erhob sich respektvoll von seinem Stuhl, um der kleinen Schar Platz zu machen, die alsbald schweigend und mit gesenkten Häuptern in das Refektorium einzog.

Von Mönchen unterschied die acht Männer nur ihre Kleidung: lange, weiße Mäntel mit dem roten Kreuz an der Schulter, weiße Hauben mit Schnüren und feste Stiefel. Ihr Anführer, ein großer, breitschultriger Kerl mit stechendem Blick und gestutztem rotem Bart, bemerkte MacDonald, verzog aber so lange keine Miene, bis seine Ordensbrüder sich am vorderen Teil der langen Tafel niedergelassen hatten. Dann nickte er einem Kaplan zu, der sogleich seinen Platz hinter dem hölzernen Stehpult einnahm, die Bibel aufschlug und mit monotoner Stimme aus den Psalmen Davids vorzulesen begann. Es ging um die Errettung der Aufrechten aus der Hand gottloser Feinde.

Wie passend, dachte Angus MacDonald.

Der rotbärtige Templer ließ noch einige Augenblicke verstreichen, dann stand er lautlos auf und bat MacDonald, ihm nach nebenan zu folgen. Dort standen sich die beiden Männer einen Moment lang abschätzend gegenüber, bevor sie sich lachend in die Arme fielen.

»Angus MacDonald!« Der Templer klopfte seinem älteren Besucher kräftig auf die Schulter. Er schien sich aufrichtig zu freuen. »Warum hast du dich so lange nicht bei uns blicken lassen? Du hattest doch wohl keine Angst, dich gemeinsam mit einem Haufen Geächteter zu zeigen?«

MacDonald verzog das Gesicht und drohte dem Jüngeren scherzhaft mit dem Finger. »Angst vor Engländern und Pfaffen? Willst du Grünschnabel den alten Angus beleidigen? Seit sechzig Jahren bilde ich mir meine eigene Meinung über die Menschen und werde davon auch in Zukunft nicht abweichen, nur weil ein paar Einfaltspinsel in Frankreich behaupten, ihr Templer würdet schwarze Katzen und Männerköpfe anbeten.« Er lachte. »Wir Schotten haben unsere eigenen Probleme, was kümmern uns die der anderen?«

Der Templer zwinkerte ihm gutmütig zu. Die Freundschaft der beiden Männer reichte lange zurück, bis in die Zeit, als Rémy St. Clair auf seiner Flucht vor dem französischen König in diesen entlegenen Teil Schottlands gekommen war. MacDonald hatte sich damals für den Schutz der verbliebenen schottischen Templerhäuser eingesetzt, wofür er einen guten Grund gehabt hatte, war doch sein eigener Sohn Mitglied des Ordens gewesen. Rémy hatte den jungen MacDonald nur flüchtig gekannt, aber gehört, dass der Schotte bei Akkon einem Spähtrupp des Kalifen al-Ashraf Chalil in die Hände gefallen und getötet worden war. Rémy, der den Fall der Festung überlebt und sich mit sechs Ordensbrüdern durch feindliches Gebiet nach Zypern durchgeschlagen hatte, war später an Bord eines Schiffs der Templerflotte über das Nordmeer gereist, um Angus MacDonald das Siegel seines toten Sohnes zu bringen. Seitdem behandelte der Alte ihn fast wie einen Sohn.

»Was gibt es Neues in Edinburgh?« Rémy warf einen melancholischen Blick aus dem Fenster. Von seinem Platz aus konnte man die stürmische See sehen. Freiheit, soweit das Auge reichte. Aber auch Wildheit, ungezügelte Leidenschaft der entfesselten Naturgewalt. Angus beneidete seinen Freund um diesen Ausblick. Hier oben auf der Klippe konnte man sich Gott nahe fühlen, und man vergaß, dass das Land seit Jahren von den Engländern unterjocht wurde. Draußen war es dunkel geworden; der Regen prasselte unaufhörlich auf das Dach des Langhauses. An einigen Stellen fraß er sich durch das Flechtwerk. Nur das lodernde Kaminfeuer verhinderte, dass die feuchte Kälte der Sturmnacht den bescheiden eingerichteten Raum eroberte.

»Man hört, der Papst in Avignon habe nun begonnen, die Besitztümer des Templerordens an seine Günstlinge zu verschenken«, sagte MacDonald. Er nippte an seinem heißen Wein, der stark war und gut schmeckte. Soweit er sich erinnern konnte, ließ Rémy ihn sich von einem deutschen Kaufmann schicken, mit dessen Handelsniederlassung er Geschäfte machte.

»Soll das heißen, er streckt seine Hand auch nach unseren schottischen Besitzungen aus?« Rémy fuhr sich nervös über den Bart, aber MacDonald winkte ab, um seinen Gastgeber zu beruhigen. »Ach was, keine Sorge. Diesen Ort werden die Inquisitoren nicht finden, er ist viel zu abgelegen und unbekannt. Solange Robert Bruce und ich die Gegend kontrollieren, werden euch weder die Engländer noch Papst Clemens von eurem Grund und Boden vertreiben.«

»Die beiden sollen nur kommen«, knurrte Rémy angriffslustig. »Ich werde ihnen zeigen, dass unser Orden nicht durch ein paar Federstriche und Tintenkleckse auszulöschen ist!«

Angus MacDonald zog es vor, darauf nicht zu antworten. Sosehr er den jungen Tempelritter auch mochte, manchmal ging ihm dessen Hang zur Prahlerei und Selbstüberschätzung gehörig auf die Nerven. Hatte er denn immer noch nicht begriffen, dass es insbesondere der Hochmut vieler Ordensoberer gewesen war, der ihren Sturz beschleunigt hatte? Diese Männer hatten sich für unangreifbar gehalten und verächtlich gelacht, wenn sie vor drohenden Gefahren gewarnt worden waren. Sie hatten auf ihr Netz aus guten Beziehungen zu Königen und Fürsten vertraut, auf ihre Waffen, Privilegien und Besitztümer. Wie oft hatten die Großmeister stolz verkündet, dass sie nur dem Heiligen Stuhl, aber keinem weltlichen Herrscher Rechenschaft schuldeten? Geholfen hatte ihnen dieses Privileg am Ende nicht. Als Philipp von Frankreich den Tempel zu Paris gestürmt hatte, waren die Ritter wie gelähmt gewesen. Kaum einer hatte sein Schwert gezogen, um sich gegen die Soldaten zur Wehr zu setzen. Rémy sprach nicht gern über diesen schwarzen Tag, aber aus einigen wenigen Andeutungen wusste MacDonald, dass er mit sechs weiteren Rittern schon am Vorabend fortgeschickt worden war. Den Grund dafür kannte der Alte nicht, und er wollte Rémy auch nicht danach fragen. Er spürte aber, dass der junge Templer ein Geheimnis hütete, das ihn nicht ruhen ließ. In den letzten Jahren hatte er ihn bei seinen Besuchen häufig auf den Klippen gefunden, wo Rémy geistesabwesend auf die stürmischen Wogen gestarrt hatte, als erwarte er, dass etwas aus dem Wasser auftauchte und zu ihm sprach. Vielleicht war es aber auch nur das Heimweh, das ihn quälte? Für einen Mann wie ihn, der nicht an das raue Klima dieses einsamen Landstrichs gewöhnt war, musste das Leben in der Provinz Argyll schwer sein.

»Wie geht es dem König?«, fragte Rémy nach einer Weile. »Wir hören hier oben nur wenig von ihm.«

MacDonald freute sich, dass Rémy seinen Herrn Robert Bruce so vorbehaltlos als König der Schotten anerkannte, denn dazu ließen sich nicht einmal alle seine Landsleute bewegen. Weite Teile des schottischen Adels standen der Krönung des Bruce, die nun fast sieben Jahre zurücklag, nach wie vor skeptisch gegenüber. Sie zweifelten seinen Thronanspruch an und waren eher geneigt, sich mit den Engländern zu arrangieren, als Robert Bruce den Lehens- und Treueeid zu schwören. Dagegen hatte sich der König auf die wenigen Templer in seinem Land stets verlassen können. Obwohl ihre Ordensregel es ihnen als Mönchsrittern eigentlich verbot, in weltliche Auseinandersetzungen einzugreifen, hegte Angus keine Zweifel an der Loyalität seines Freundes und dessen Kameraden. Dafür weigerte sich Bruce beharrlich, die Templer an die englische Krone auszuliefern und ihre Güter einzuziehen. Was Papst Clemens davon hielt, kümmerte ihn nicht, schließlich hatte der ihn wegen eines angeblichen Sakrilegs aus der Kirche verbannt. Dass Bruce die Templer nicht offen mit Schenkungen und Privilegien unterstützte, lag nur daran, dass er die guten Beziehungen seines Landes zum König von Frankreich nicht gefährden durfte. Man war übereingekommen, dass es in Schottland keine Templer mehr gab, und sorgte dafür, dass sämtliche Nachfragen im Sande verliefen.

Angus wusste, dass Rémy diesen königlichen Schachzug verstand und nicht in Frage stellte.

»Der König hat mich höchstpersönlich gebeten, auf meiner Reise durch die Provinz Argyll die Komturei zu besuchen, um dir und deinen Ordensbrüdern seine Grüße zu bestellen«, sagte der alte Mann schließlich. »Er selbst hat sich vor zwei Tagen nach Edinburgh begeben, um den Rat der Clans einzuberufen.«

Rémy trank einen Schluck, dann wischte er sich mit seinem Ärmel den Mund ab. »Er beruft den Rat ein? Ohne dich, seinen engsten Ratgeber? Nimm es mir nicht übel, aber da stimmt doch etwas nicht. Du bist nicht hier, um zu überprüfen, ob die Leibeigenen der Komturei ihren Zins entrichten oder wie viele Schafe wir inzwischen vor den Toren grasen lassen. Der König schickt dich mit einer Botschaft zu uns.« Immer noch stand Rémy am Fenster. Irgendetwas schien da draußen vorzugehen, denn Angus merkte, dass Rémy ihm nicht seine ganze Aufmerksamkeit schenkte. Stöhnend plagte er sich aus seinem bequemen Sessel und trat zu seinem Freund. Da er noch immer die Augen eines

Falken besaß, erspähte er sofort, was Rémy fesselte. Auf dem Meer, fast in Küstennähe, schwamm etwas inmitten der schäumenden Brandung. Ein Stück Treibholz? Nein, dazu war es zu groß. Was da auf die Klippen zugetrieben wurde, hob sich weiß und leuchtend von der Schwärze der Nacht ab; es flatterte wie ein Segel im Wind.

Ein Segel? Ja, es war tatsächlich ein Boot, und jemand mühte sich aus Leibeskräften ab, es nicht an den zerklüfteten Felsen zerschellen zu lassen.

»Heiliger Andreas, welcher Narr von Fischer ist bei einem solchen Sturm noch da draußen?«, rief Angus MacDonald. »Er wird jämmerlich ersaufen. Du solltest deine Knechte runter zum Strand schicken. Vielleicht können sie das Boot mit Fackeln von den Klippen weglotsen.«

Rémy zögerte. Ihm schien die Sache nicht geheuer, was MacDonald nachvollziehen konnte. Dann aber lief er plötzlich eilig aus dem Raum und läutete eine Glocke, um seine Ordensbrüder herbeizurufen. Diese kamen nach kurzer Beratung überein, die Rettung des Schiffbrüchigen nicht dem Gesinde zu überlassen. Ehe sich Angus MacDonald versah, stiegen acht Gestalten den Hang hinunter und ließen sich an langen Strickleitern die Klippe hinab. Angus MacDonald beobachtete durch ein Fenster des Langhauses, wie der Wind ihre weißen Mäntel aufblähte, und biss vor Anspannung die Zähne zusammen, als die Männer über dem tödlichen Abgrund hingen. Diese Burschen, befand er, waren wahrhaft todesmutig und kannten keine Angst. Sie bewegten sich gleichförmig, und doch schien jede ihrer Bewegungen wohldurchdacht. Es war ein Zusammenspiel der Kräfte, aus dem keiner ausscherte. Angus beugte sich weiter aus dem Fenster. Es kümmerte ihn nicht, dass der eisige Wind sein dünnes Haar zerraufte und ihm den Regen ins Gesicht trieb. Beeindruckt vom Mut der Templer, dachte er an sein Gespräch mit Robert Bruce zurück, der sich in einer fast aussichtslosen Lage befand. Angus MacDonald hatte ihm mit Nachdruck ans Herz gelegt, die Templer von Argyll zu seinen Verbündeten zu machen. Robert brauchte die Erfahrung dieser Männer, allen voran die Rémys. Mochte man ihn andernorts auch für einen Ketzer halten, Rémy musste davon überzeugt werden, dass es seine Pflicht als Ritter war, dem König im Kampf gegen die Engländer Waffenhilfe zu leisten.

Rémy war kein Schotte, aber unbestechlich und von einem starken Ehrgefühl durchdrungen. Die Clans würden auf ihn hören, wenn er sie im Kampf anführte, so wie sie vor Jahren dem immer noch unvergessenen Krieger William Wallace gefolgt waren.

Vorausgesetzt, Rémy brach sich dort draußen auf den Klippen nicht den Hals.

Die Sturmglocke dröhnte durch das Ordenshaus. Rémy hatte dem jungen Knecht, der Angus bei seiner Ankunft bedient hatte, befohlen, sie weiter zu läuten. Möglich, dass der Bursche in seiner Nussschale die Glocke hörte und daraus folgerte, dass Hilfe nahte. Gelang es ihm, den Fluten und Klippen zu entkommen, konnte Angus MacDonald für ihn nur hoffen, dass er einen guten Grund dafür hatte, das Leben der Ordensleute zu riskieren.

Wenig später sah MacDonald keinen der Männer mehr. Hatten sie es geschafft, oder waren sie abgestürzt? Der Alte spürte, wie der Schmerz in seinen Knochen Arme und Beine schwer machte. Plötzlich fühlte er sich alt und müde.

Und wenn Rémy es ablehnte, dem König zu helfen? War dann alles verloren, wofür er seit seiner Jugend gekämpft hatte? Nein, das durfte nicht geschehen. Niemals. Rémy gehörte nach Schottland, an die Seite des Königs. Dorthin, wo Angus' eigener Sohn eines Tages hätte stehen sollen, wenn die verfluchten Sarazenen ihn nicht erwischt hätten.

Niemand, weder ein Schiffbrüchiger noch der Papst oder sonst wer sollte sich unterstehen, Angus MacDonalds Traum zu zerstören.

Eine halbe Stunde später schleppten acht Templer einen zitternden jungen Burschen in das Refektorium, der nass wie eine Katze war und keuchend nach Luft schnappte. Kopfschüttelnd sah Angus MacDonald zu, wie dem Jungen Branntwein eingeflößt wurde. So viel Aufhebens um einen närrischen Fischer! Warum hatte er nicht die Landstraße nehmen können wie jeder andere Reisende auch? Gewiss, umfuhr man von Cumderry aus die Küste, gewann man auf dem Weg zur Komturei fast einen halben Tag, dennoch blieb es ein unverantwortliches Wagnis. Angus' Ärger wuchs, als er mitansehen musste, wie aufmerksam der fremde Bursche umsorgt wurde, während er selbst bei seiner Ankunft mit dem verblödeten Knecht hatte vorliebnehmen müssen.

Die Templer unterhielten sich leise über ihre Rettungsaktion. Zwei der Männer hatten Fackeln geschwenkt, um den Jungen in seiner Nussschale auf das Riff aufmerksam zu machen. Rémy und sein Ordensbruder Marcel hatten derweil mit langen Stangen und Seilen gewartet, bis der Bursche nahe genug an ihrem Felsen war, um ihn zu fassen zu kriegen. Dabei war Marcel selbst auf dem rutschigen Stein ausgeglitten und hatte sich das Gelenk verstaucht. Doch der Mann biss die Zähne zusammen und hielt durch, bis er und Rémy den Fischerjungen schließlich zu fassen bekamen und zu sich auf festen Boden ziehen konnten. Kurz darauf war das Boot am Felsen zerschellt und in die Tiefe gerissen worden.

In der Wärme des Refektoriums erholte sich der nasse Unglücksrabe erstaunlich schnell von dem Schrecken. Schwach lächelnd leerte er den Becher ein um das andere Mal, bevor er sich nackt auszog und in ein Bärenfell hüllte. Innerhalb weniger Augenblicke fielen ihm die Augen zu.

Rémy schickte seine Kameraden hinaus, blieb selbst aber mit einem Becher Wein am Kamin zurück. »Das Mittel in seinem Wein wird ihn nun eine Weile schlafen lassen.«

»Du hast ein großes Herz, mein Freund«, sagte Angus, dem allmählich der Geduldsfaden riss. »Und gewiss wirst du gute Gründe dafür haben, warum du diesen armen Tropf hier pflegst, als wärest du seine Amme. Aber könnten wir nun bitte auf den König zurückkommen? Wie ich dir bereits vor Stunden zu erklären versuchte, schickt mich Robert Bruce mit einer dringenden Botschaft zu den Templern von Argyll.«

»Es ist spät«, wiegelte Rémy ab, obwohl er sich weder müde noch erschöpft anhörte. »Lass uns das morgen nach dem Frühgebet besprechen. Die Nacht ist stürmisch, und ich muss mich davon überzeugen, dass die Wachen auf den Mauern nicht schlafen.«

Angus seufzte. Es sah ganz so aus, als würde er heute nicht mehr an seinen Freund herankommen. Daher verabschiedete er sich kurz angebunden und suchte sein Nachtquartier auf. Dort fand er lange keine Ruhe. Während er dem Wind zuhörte, der heulend an seinem Fenster vorbeisauste, fragte er sich, warum der Templer den Jungen wirklich gerettet hatte.

Rémy wartete, bis die letzten Geräusche im Haus verklungen waren, dann beugte er sich über den schlafenden jungen Mann, um ihn genauer zu betrachten. Sein Haar, das ihm zerzaust in die Stirn fiel, trug er länger als früher, das Gesicht war breiter und auch männlicher geworden. Aber immerhin waren sieben Jahre vergangen, seit er den Burschen das letzte Mal gesehen hatte. Kurz darauf hatte er mit den anderen die Komturei Tempelhof verlassen. Warum er sich noch so genau an den Jungen erinnerte, war schwer zu erklären. Vielleicht, weil der Kleine ihm wie ein Hündchen hinterhergelaufen war und ihn angebettelt hatte, ihn doch mitzunehmen? Rémy verzog amüsiert die Lippen. Zur See hatte er fahren wollen, anstatt als Leibeigener Ziegen zu hüten. Hatte er nicht einen Gefährten gehabt, mit dem er ständig zusammen war? Einen aufgeweckten Burschen namens Primus, der selbst zu gern Templer geworden wäre? Thomas Lermond hatte die beiden Knaben dazu bestimmt, eines Tages Botendienste für den Orden zu verrichten. Vermutlich hatte sich Rémy die Züge des kleinen Burschen auch aus diesem Grund so genau eingeprägt.

Sonderbar, dachte er bei sich, während er den gleichmäßigen Atemzügen des Schlafenden lauschte. Als ich das Boot draußen im Sturm sah, zweifelte ich keinen Moment daran, dass er zu mir will. Als hätte die Vorsehung es mir mit dem verdammten Wind ins Ohr geflüstert. Der alte Angus muss mich für verrückt halten, weil ich ihn einfach stehen ließ, um den Kleinen zu retten. Ich muss mich morgen für meine Unhöflichkeit entschuldigen.

Er hörte den Jungen leise stöhnen, wartete aber geduldig, bis er die Augen aufschlug und ins Licht der Kerze blinzelte.

»Ich kenne dich«, sagte Rémy in väterlichem Ton, während er dem Schiffbrüchigen auf die Beine half. »Thomas Lermond hat dich zu mir geschickt, nicht wahr?«

Der junge Mann brauchte einen Augenblick, um sich zu sammeln. Verschämt zog er das Fell über die knochigen Schultern.

»Wie heißt du, Junge? Nein, sag es mir nicht, lass mich nachdenken.« Rémy überlegte einen Herzschlag lang, dann sagte er lächelnd: »Ich wurde auserwählt, die vierte Münze in Empfang zu nehmen. Also bist du Quartus!«

Der junge Mann nickte, dann blickte er sich in dem kärglichen Raum um, in dem die Templer ihre Mahlzeiten einnahmen. Vor dem Kaminfeuer lagen seine Stiefel. Einer der Ordensbrüder hatte sie Quartus ausgezogen, damit sie trocknen konnten. Nackt, wie er war, sprang er auf, holte einen der Stiefel und löste mit einer geschickten Bewegung die Sohle, unter der etwas festzustecken schien. Als er den Stiefel umdrehte, rollte eine kleine goldene Münze über den Fußboden.

Rémy stoppte sie mit seinem Fuß, dann nahm er sie und trat mit ihr zum Feuer, um die Prägung zu studieren.

»Der Tempel Salomons in Jerusalem«, erklärte er feierlich. »Dort, wo er einst stand, befand sich das Hauptquartier unseres Ordens, dessen Angehörige damals noch als die ›armen Ritter Christi‹ bekannt waren. Sie schützten die Pilger, die aus Europa kamen, um am Grab unseres Herrn zu beten, vor Räubern und Wegelagerern.«

»Werdet Ihr jetzt mit mir nach Deutschland zurückkehren?«

Rémy klopfte dem jungen Mann auf die Schulter. »Natürlich. Diese Münze erinnert mich an ein Versprechen, das ich vor langer Zeit gegeben habe.« Er forderte Quartus auf, sich auf eine der Bänke zu setzen, blieb selbst aber vor dem wärmenden Feuer stehen. Die Nacht war kalt und die Kleider des Templers noch nicht ganz getrocknet. Aus dem Nebenraum, der nur durch einen Vorhang vom Refektorium abgetrennt war, drang ein heiseres Husten herüber.

Quartus hob argwöhnisch die Augenbrauen.

»Keine Angst«, sagte Rémy. »Das ist nur Marcel, ein treuer Ordensbruder, der die Komturei von Argyll leitete, bevor ich hierherkam. Er hat Kopf und Kragen riskiert, um dich aus dem Meer zu fischen, und sich dabei eine böse Erkältung geholt.« Als der Junge etwas entgegnen wollte, hob er die Hand. »Nun sag schon, wie geht es meinem alten Freund Lermond? Es muss etwas geschehen sein, sonst hätte er dich nicht mit der Münze zu mir geschickt.«

Quartus zuckte betrübt mit den Schultern. »Der Meister ist alt geworden, die stumpfsinnige Arbeit in der Handelsniederlassung macht ihm zu schaffen. Er hasst es, mit Leintuch, Fisch und Wein zu handeln.« Er lächelte den Templer schüchtern an. »Euch, Herr, lässt er natürlich mit Vergnügen von Zeit zu Zeit ein Fässchen Burgunder zukommen. Den bezieht er aus Frankreich, Eurer alten Heimat.«

»Hat jemand Verdacht geschöpft? Nun sprich schon, Quartus! Thomas Lermond würde uns nicht grundlos zum Tempelhof zurückrufen. Er weiß, dass es unser Todesurteil sein kann, wenn man uns dort erwischt.«

»Es gab da einige Mönche, die eines Tages ans Tor klopften und um ein Nachtlager baten.« Quartus' Miene verdüsterte sich, als er Rémy erzählte, wie sehr sich Lermond über diesen Besuch aufgeregt hatte. Wenig später hatte er ihm und sechs weiteren jungen Männern goldene Münzen in die Hand gedrückt und alle auf die Reise geschickt. Mehr wusste Quartus nicht zu berichten. Da er in aller Eile aufgebrochen und zum nächsten Hafen geritten war, um ein Schiff für die Überfahrt nach Schottland zu suchen, hatte er keine Ahnung, wie es nun um die frühere Komturei bestellt war.

Rémy ließ den Jungen zu Ende sprechen, dann schickte er ihn schlafen. Er selbst jedoch hatte kein Bedürfnis nach Ruhe. Anstatt sich hinzulegen, begab er sich in die finstere Kapelle, wo er vor dem Altar niederkniete und nach einem langen Gebet auf die hohen, spitzen Buntglasfenster starrte.

Irgendwann übermannte ihn dann doch der Schlaf, denn als Angus MacDonald ihn kurz vor Tagesanbruch fand, schnarchte er im Kirchengestühl. Der Schotte weckte ihn, indem er ihn kräftig rüttelte.

Rémy fuhr auf und wünschte sich sofort, er hätte die Nacht in seinem Bett verbracht. Sein Nacken war verspannt und sandte schmerzhafte Stiche bis tief in seine Gehirnwindungen. Außerdem fror er in seinem klammen Templermantel so erbärmlich, dass er kaum die Zehen bewegen konnte. Manchmal vergaß

Rémy einfach, dass er nicht mehr im Süden Frankreichs oder unter der heißen Sonne Palästinas lebte, sondern an einem sturmumtosten Ort am Rand der Klippen. Die Sonne war hierzulande ein seltener Gast, dafür regnete es umso öfter.

»Ich muss für einen kurzen Moment eingenickt sein«, sagte er gähnend. »Ich hoffe, du bist mir nicht böse, weil wir beide gestern nicht mehr zum Reden kamen.«

Angus MacDonald blickte ihn finster an und schwieg. Als schottischer Edelmann, der dazu noch zu den engsten Vertrauten des Königs gehörte, war er es nicht gewöhnt, abgewiesen zu werden. Rémys Benehmen hatte zweifellos seinen Stolz verletzt. Rémy wünschte, er hätte seinem Freund die Gründe dafür nennen können, aber das war unmöglich. So blieb ihm nichts anderes übrig, als ihm mit einem versöhnlichen Lächeln die Hand zu reichen und dabei hoch und heilig zu versprechen, dass er es wiedergutmachen werde.

Angus zögerte kurz, dann nickte er und schlug einigermaßen besänftigt ein. »Ich werde dich beim Wort nehmen, Rémy. Und da ich weiß, was das Wort eines Tempelritters wert ist, kann ich nun endlich auf den eigentlichen Grund meines Besuchs zu sprechen kommen.« Er hielt inne, als der Kaplan, ein kleiner Mann mit abstehenden Ohren, die Kapelle betrat. Wie üblich kam er schon vor der Morgenmesse, um die heruntergebrannten Kerzen auf dem Altar durch neue zu ersetzen. Angus warf dem Geistlichen böse Blicke zu. Bis zur Matutin blieben ihm nur noch wenige Augenblicke mit Rémy allein, doch diese gedachte er zu nutzen. Entschlossen stapfte er zum Altar und zischte dem kleinen Kaplan etwas in gälischer Sprache ins Ohr. Rémy, der zwar nach all den Jahren in Argyll leidlich Englisch verstand, die gälische Sprache aber nie gelernt hatte, fand, dass es ziemlich unhöflich klang. Der Mann packte daraufhin seine Kerzenstummel zusammen und floh, so rasch ihn seine Füße trugen.

»Was hast du dem armen Kerl an den Kopf geworfen?«, wollte Rémy wissen.

Angus MacDonald machte eine Handbewegung, als verscheuchte er Fliegen. »Unwichtig. Vermutlich hast du schon gehört, dass König Robert Stirling Castle belagert?«

»Stirling Castle? Wird die Burg nicht seit Jahren von den Engländern besetzt?«

Angus bestätigte das. »Sie zählt zu den wichtigsten Festungen des Landes. Man könnte sogar behaupten, wer Stirling hält, besitzt auch die Schlüssel zu den Toren Schottlands. Nun sieht es aber so aus, als könnten die Engländer sich nicht mehr lange behaupten. Ihre Vorräte gehen zur Neige, Hunger und Durst kratzen schon mit spitzen Krallen am Burgtor. Daher hat sich der englische Befehlshaber, Sir Philip Mowbray, nun endlich bereit erklärt, mit uns zu verhandeln.« Der alte Mann verdrehte geringschätzig die Augen.

»Ist das nicht gut?«

»Robert traut dem Engländer nicht über den Weg«, antwortete Angus ohne Umschweife. »Sir Philip hat noch unter dem alten Longshanks, dem Vater Edwards II., gedient. Der hat auch jedem versprochen, was er hören wollte, um sein Versprechen bei der erstbesten Gelegenheit zu brechen. Ich verwette meinen ganzen Besitz und meine Frau dazu, dass Sir Philip die Burg in Wahrheit gar nicht an uns übergeben, sondern nur Zeit schinden will, bis neue Truppen in Schottland einmarschieren.« Er senkte die Stimme, obwohl außer ihm und Rémy niemand weit und breit zu sehen war. »Wenn mich mein Gefühl nicht täuscht, steht uns eine Schlacht bevor, die uns Schotten entweder die langersehnte Freiheit vom englischen Joch oder aber Tod und Untergang bringen wird.«

Rémy räusperte sich. Obwohl die Komturei recht abgelegen und mehrere Tagereisen weit von Edinburgh entfernt lag, waren die Templer über den Machtkampf zwischen Robert Bruce und König Edward von England im Bilde. Rémy vertrat die Ansicht, dass es sich auszahlte, auf dem Laufenden zu sein. Das schloss auch die Fehden innerhalb der oftmals zerstrittenen Clans mit ein.

»Robert Bruce ruft uns zu den Waffen, habe ich recht? Er will, dass die Templer mit ihm in die Schlacht ziehen.«

Angus MacDonald hob den Blick und erklärte nicht ohne Stolz in der Stimme, dass er eine Schar der tapfersten Männer Schottlands hinauf nach Stirling Castle zu führen gedenke, außerdem sei es ihm gelungen, zwanzig weiteren Clanführern das Versprechen abzunehmen, gegen die Engländer zu marschieren. Nur aus diesem Grund habe er Robert Bruce verlassen und die Reise durch die Provinz auf sich genommen.

»Alle werden für die Freiheit Schottlands kämpfen, und nun möchte der König wissen, ob er auch auf dich und die übrigen Tempelritter zählen kann.«

Rémys Blick wanderte durch die Kapelle, bis er auf einem der gotischen Fenster verharrte. Es zeigte den biblischen König David beim Spiel der Leier. Der gläserne König lächelte verklärt auf sie herab. Friedlich. Nichts deutete darauf hin, dass er das Volk Israel in viele Kriege geführt und Tausende seiner Feinde im Kampfgetümmel getötet hatte. Auch Rémy war bislang noch keiner Auseinandersetzung aus dem Weg gegangen, so blutig sie auch gewesen sein mochte. Sein Schwert saß locker in der Scheide, und unter günstigeren Bedingungen hätte er keinen Moment gezögert, dem Aufruf des Schotten Folge zu leisten. Es war eine Frage des Ehrgefühls.

Doch wie bei der Jungfrau Maria sollte er seine Männer nach Stirling Castle führen, wenn er doch bald schon mit Quartus in See stach, um Stein und Münze zum Tempelhof zu bringen?

»Wie darf ich dein Zögern verstehen?«, holte Angus MacDonald ihn aus seinen Gedanken. Er klang brummig. »Hast du vergessen, was du Robert Bruce verdankst? Ohne ihn wären die Templer längst in englische Gefangenschaft geraten!«

Rémy schluckte, als er um den Mund des Alten einen verächtlichen Ausdruck auszumachen glaubte. Angus MacDonald begriff nicht, was in ihm vorging. Wie auch? Für ihn musste es so aussehen, als sei Rémy zu feige, um die belagerte Burg zu stürmen.

Er rang mit sich; quälende Augenblicke vergingen, in denen er Eide und Versprechen, die er einmal gegeben hatte, gegeneinander abwog. Dann sagte er bedauernd: »Es tut mir leid, aber ich muss Schottland in dringenden Geschäften verlassen. Wann und ob ich zurückkehre, steht in Gottes Hand. Aber ich verspreche dir hoch und heilig, dass ich für Robert kämpfen werde, sobald ich wieder hier bin.«

Angus MacDonald stieß ein bitteres Lachen aus, das schaurig von den kahlen Mauern des kleinen Gotteshauses widerhallte. »Dann werde ich den englischen König mal schleunigst um einen Aufschub bitten. Er hat bestimmt Verständnis dafür, dass es dir momentan nicht in den Kram passt, und greift uns erst an, wenn du von deiner Reise zurück bist!« Die Ironie in Angus' Worten schmerzte Rémy.

»Verflucht noch mal, Rémy, hier geht es nicht um einen Sommertagspaziergang. Unsere Lage ist ernst, das weiß keiner besser als ich. Ja, vielleicht ist sie sogar hoffnungslos. Aber wir müssen wenigstens versuchen, die Engländer zurückzudrängen. Wenn es sich herumspricht, dass die Tempelritter Robert Bruce die Gefolgschaft verweigern, werden es sich auch die Clans noch einmal überlegen.«

Plötzlich ging die Tür auf und Quartus steckte seinen Kopf herein. Er traute sich aber nicht, den Fuß über die Schwelle zu setzen, sondern blieb abwartend stehen.

Angus brüllte ihn an, dass er verschwinden solle. Als er sich wieder Rémy zuwandte, bildete sich eine Zornesfalte auf seiner Stirn. Er machte einen Schritt auf ihn zu und hob drohend die Hand. »Deine Geschäfte im Ausland haben etwas mit diesem Burschen zu tun, nicht wahr? Wer ist der verflixte Kerl? Was will er hier in Argyll? Und wage es nicht, dem alten MacDonald Lügen aufzutischen!«

»Du hast mitangesehen, wie wir ihn aus dem Meer gefischt haben, als sein Boot kenterte«, antwortete Rémy ausweichend. »Er darf sich ein paar Tage in der Komturei von den Strapazen seiner Reise erholen, bevor er nach Hause zurückkehrt.«

»Ach ja? Dann darf ich davon ausgehen, dass auch sein Schiff in drei Tagen die Segel setzt?« Angus MacDonald machte Anstalten, auf den Fußboden auszuspucken, besann sich aber im letzten Moment darauf, dass er sich in einer Kirche befand. Wütend rang er die Arme. »Dann ist es also wahr, was man sich über euch Templer erzählt? Du und dieser Junge …«

»Hüte deine Zunge, alter Mann!« Rémy hatte genug gehört. Nun stieg auch in ihm der Ärger hoch. Möglich, dass er Angus' Zorn verdiente, aber auf keinen Fall würde er es sich gefallen lassen, dass der Alte seine Ehre in den Staub trat und ihm Abscheulichkeiten vorwarf, die vielen seiner Brüder in Frankreich einen qualvollen Tod auf dem Scheiterhaufen eingebracht hatten.

»Es bleibt dabei, ich werde in drei Tagen aufbrechen. Ich darf dir nicht verraten, warum und zu welchem Zweck. Ich habe nämlich, schon lange bevor ich hierherkam, einen Eid geschworen, diese Mission zu erfüllen.«

Nach der Frühmesse hatte Rémy zu viel um die Ohren, um das Gespräch mit Angus, das durch den Einzug seiner Ordensbrüder und des Kaplans in die Kapelle unterbrochen worden war, fortzusetzen. Wenn er ganz ehrlich war, wollte er sich auch nicht am frühen Morgen gleich auf eine weitere Diskussion einlassen, weshalb er das gemeinsame Mahl im Langhaus ausfallen ließ und sich gleich an die Arbeit machte. Er nahm sich ein Pferd aus dem Stall und galoppierte den Hügel hinunter, um die versprengten Gehöfte aufzusuchen, die zur Templerkomturei gehörten. Er musste sich vergewissern, dass der Sturm dort weder Dächer abgedeckt noch Gatter niedergerissen hatte. Die kühle Luft war nach dem heftigen Regen der vergangenen Nacht noch salziger als sonst. Der Wind wehte die Klänge einer einzelnen Flöte und das Blöken der Schafe zu ihm herüber. Als er die kleine Ansammlung von Hütten erreichte, die den äußeren Umfassungsmauern der Komturei vorgelagert waren, sah er, dass der Sturmwind hier tatsächlich gewütet hatte. Ein Schafstall hatte ihm nicht standgehalten, sondern war über den Köpfen der Tiere eingestürzt. Auch einige der Obstgärten boten ein Bild völliger Verwüstung, während die Wohnhütten verschont geblieben waren, da das Flechtwerk ihrer Dächer von schweren Steinen gestützt wurde. Rémy stieg ab und ging einigen von Kopf bis Fuß verdreckten Dorfbewohnern zur Hand, die eine eingestürzte Mauer wieder aufzurichten versuchten. Ohne sich um die verdutzten Blicke der Männer zu kümmern, schleppte er Stein um Stein, bis ihm die Arme weh taten. Gegen Mittag reichte ihm ein kleines Mädchen einen hölzernen Napf, in dem ein Eintopf aus Fisch und Rüben schwamm. Heißhungrig schlang er die dicke Suppe hinunter, bevor er dem Kind eine Münze zuwarf und wieder auf sein Pferd stieg.

Am Tor empfing ihn sein Ordensbruder Marcel. Der angespannten Miene des Mannes nach wartete er schon eine ganze Weile auf ihn.

»Wo habt Ihr gesteckt, Bruder? Angus MacDonald möchte mit Euch reden. Mir fallen schon keine Ausreden mehr ein, um ihn zu vertrösten.«

Rémy ging weiter, aber so leicht ließ Marcel sich nicht abschütteln. Er folgte Rémy und hielt ihm vor, dass die Anwesenheit des alten MacDonald und des schiffbrüchigen Fremden zu einiger Aufregung unter den Ordensbrüdern geführt hätten. Rémy hörte seinem Ordensbruder geduldig zu, ohne ihn zu unterbrechen. Dass es während seiner Abwesenheit Gerede gegeben hatte, konnte er den Brüdern nicht verübeln. Sein Verhalten musste den Männern schließlich mehr als eigenartig vorkommen.

Nun packte Marcel ihn am Arm. »Ist es wahr, dass MacDonald uns im Auftrag König Roberts gebeten hat, ihn im Kampf um Stirling Castle bei Bannockburn zu unterstützen?«

»Ja.«

»Und Ihr habt abgelehnt?«

Rémy war klar, dass er Marcel eine Antwort schuldete, dennoch ärgerte er sich über dessen Ton. War es nicht seine Sache, wie er die Komturei führte? Im Grunde handelte er doch streng nach Vorschrift, wenn er auf die Neutralität des Ordens bezüglich weltlicher Fehden pochte. Das Problem war nur, dass es den Orden mit seinen Regeln und Vorschriften nicht mehr gab. Es gab nur noch eine Handvoll Menschen, die von der Gunst des Königs abhängig waren. Rémy blickte zum wolkenverhangenen Himmel empor, der stark nach Regen aussah. Hoch über seinem Kopf schrien Möwen. Sie hatten die Karren mit Fisch erspäht, die soeben durchs Tor geschoben wurden. Die See hatte sich beruhigt; der Fang der Fischer war heute ausgezeichnet gewesen.

»Ich habe MacDonald gesagt, dass wir später zum Heer des Königs stoßen werden«, sagte Rémy schließlich. »Doch den jetzigen Zeitpunkt halte ich für ungünstig.«

Marcel ließ das nicht gelten. »Wie konntet Ihr nur so entscheiden, Bruder? Was glaubt Ihr, wie der König reagieren wird, wenn MacDonald ihm Eure Absage überbringt? Er wird uns als Verräter verfluchen und uns seinen königlichen Schutz entziehen. Vielleicht löst er sogar die Komturei auf und zieht unsere Güter ein, so wie es andernorts geschehen ist.« Der Ritter rang nach Atem, war aber noch lange nicht fertig mit Rémy. Wie ein aufgescheuchtes Huhn lief er hinter ihm her und schimpfte. »Wann begreift Ihr, dass wir keinen mächtigen Orden mehr im Rücken haben? Unser Großmeister liegt irgendwo in Frankreich in Ketten, falls er nicht längst getötet wurde. Wir sind die Letzten, die sich noch auf freiem Fuß befinden. Und warum? Weil der König uns schützt, obwohl er mit Philipp von Frankreich verbündet ist. Ohne Robert Bruce sind wir verloren.«

Rémy hätte seinem Stellvertreter nur zu gern widersprochen, doch damit hätte er sich ins eigene Fleisch geschnitten, denn insgeheim teilte er Marcels Meinung. Was mit ihm los sei, wollte dieser wissen. Rémy hasste sich dafür, dass er nicht einmal dem jungen Ritter, mit dem er gemeinsam seit Jahren diesen einsamen Stützpunkt verteidigte, reinen Wein einschenken durfte. War Lermond eigentlich klar, dass Rémy seinetwegen seine Ritterehre opferte? Wofür eigentlich? Vielleicht war das Vermächtnis, das Lermond hütete, ein Trugbild des Teufels? Etwas unsagbar Böses, das nur darauf wartete, von leichtgläubigen Menschen entfesselt und auf die Welt losgelassen zu werden?

Rémy wollte Marcels Blick nicht länger ausweichen. Er wollte nicht, dass sein Ordensbruder ihm grollte. Marcel mochte ein wenig farblos sein, aber er war ein kluger Kopf, der sich bereits früh um die englischen und schottischen Templergüter verdient gemacht hatte. Jeder schätzte seine Besonnenheit und sein Geschick, wenn es darum ging, die Bücher zu führen. Seit Marcel vor etwa zehn Jahren bei einem Turnier vom Pferd gestürzt war, zog er das linke Bein nach. An trüben Tagen schien er zusätzlich Schmerzen in der Schulter zu haben, weshalb Rémy ihn von den täglichen Waffenübungen der Brüder befreit und stattdessen mit der Aufsicht über alle Besitzungen in der Provinz Argyll betraut hatte. Nichtsdestotrotz war auch Marcel unter denen gewesen, die Quartus letzte Nacht zu Hilfe geeilt waren. Und er würde entschlossen in die Schlacht ziehen, wenn man ihn nur ließe, auch daran gab es für Rémy nicht den leisesten Zweifel.

»Ihr solltet übrigens den Jungen von hier fortschaffen, bevor noch ein Unglück geschieht«, wechselte Marcel unvermittelt das Thema. »Angus glaubt, er habe Euch verhext und …«

Rémy schnitt ihm mit einer scharfen Handbewegung das Wort ab. »Wo steckt Quartus?«

»Der Bengel klettert in den Klippen herum! Ich habe ihm erzählt, dass vom Steilhang aus ein Schiff unserer früheren Flotte zu sehen ist, das in der Bucht vor Anker liegt.«

Rémy packte Marcel am Kragen. »Und Angus MacDonald?«

»Soweit ich weiß, ist er auch zu den Klippen hinauf. Da er Euch nicht fand, wollte er sich mal mit dem Fremden unterhalten.«

»Und Ihr habt ihn gehen lassen?« Rémy wurde blass. In seinen Augen glomm nackte Angst auf. Er ließ seinen verdutzten Ordensbruder stehen und spurtete mit wehendem Mantel auf den steinigen Pfad zu, der sich hinter dem Haus hinauf bis zum Rand der Klippen schlängelte.

Unterhalten? Nein, Angus wollte sich nicht unterhalten. Für ihn war Quartus schuld daran, dass Rémy ihm eine Abfuhr erteilt hatte. Das vertrug sein verdammter schottischer Stolz nicht. Dieser Dickschädel. Rémy konnte nur hoffen, dass er noch nicht zu spät kam.

Er brauchte gar nicht weit zu laufen, denn noch bevor der Weg hinter einer Biegung endete, tauchte Angus' hagere Gestalt vor ihm auf. Der Edelmann kehrte ihm den Rücken zu und hörte ihn auch nicht kommen. Seine weite, grüne Tunika flatterte im Wind, als er hinab in die Tiefe blickte. Wie er so dastand, hoch aufgerichtet, den Rücken durchgestreckt, kam er Rémy wie ein leibhaftiger Racheengel vor. Aber wo war Quartus? Was hatte der Schotte mit dem jungen Boten gemacht? Rémy erfasste plötzlich namenlose Wut. Geräuschlos zog er sein Schwert aus der Scheide und pirschte sich an den Mann heran.

»Angus, wo ist der Junge? Was hast du mit ihm gemacht?«, schrie er gegen den Wind an, der seine Stimme wie mit einer Axt in Stücke hackte. »Bleib stehen, keinen Schritt weiter!«

Angus drehte sich ohne jede Eile um. Sein Blick fiel auf das Schwert in Rémys Hand, aber die Waffe erschreckte ihn nicht besonders. Es glitt sogar ein Lächeln über seine Lippen, als er die Hand ausstreckte und hinab in die Tiefe zeigte.

»Was glaubst du? Dass dein junger Freund dort unten liegt? Zerschellt an den Klippen, die bereits gestern auf ihn warteten?« Er lachte auf. »Sie rufen seinen Namen, kannst du sie nicht hören?«

Rémy kam langsam näher, ließ den Edelmann jedoch nicht aus den Augen. Hatte der Alte den Verstand verloren und Quartus tatsächlich über die Klippen geworfen? Er atmete gegen das Herzklopfen an, das seine Brust zu sprengen schien. Schritt um Schritt bewegte er sich auf den Klippenrand zu. Das Meeresrauschen wurde lauter. Doch nicht nur das, auch das Geschrei der Seevögel nahm zu. Obwohl Rémy nie unter Höhenangst gelitten hatte, spürte er, wie sich ein dumpfes Gefühl in seinem Kopf ausbreitete. Sein Herz klopfte schneller, schien außer Takt zu geraten. Er ließ das Schwert sinken und suchte Halt, als der Boden unter seinen Füßen nachgab. Schwer atmend klammerte er sich an einen Felsvorsprung und starrte fassungslos auf seine Füße, die tiefer im Sand zu versinken drohten. Woher kam all der verfluchte Sand, der ihm in die Augen flog?

»Was ist los mit dir, hat der Junge dich am Ende doch verhext?«, rief ihm Angus höhnisch vom Rand der Klippe aus zu. Aber war es wirklich die Stimme des Alten? Warum klang sie plötzlich wie die Thomas Lermonds? Vielleicht war er es ja, der den Verstand verlor.

Rémy kämpfte gegen das Gefühl der Taubheit in seinen Gliedern an, dachte an die Komturei, das Dorf und an die goldene Templermünze, nur um hier oben nicht das Bewusstsein zu verlieren. Doch seine Gedanken trieben Spott mit ihm. Sie rissen ihn fort von hier, übers Meer, mitten in die Wüste, der er einige Jahre zuvor als Haupt eines Spähtrupps nur mit knapper Not entkommen war. Die Sonne, deren Stahlen sich an den zerklüfteten Felsen brachen, wurde stärker, und mit ihr kam eine Hitze, die ihn innerlich verbrannte. Sie ließ seine Zunge vor Durst anschwellen, das grelle Licht flimmerte vor seinen Augen, gaukelte ihm Rettung vor, wo keine in Sicht war. Vor ihm lag nichts als gewellter, gelber Sand, soweit das Auge reichte. Und dann Gelächter. Männer, die zum Schutz vor dem Wüstensand vermummt waren, preschten ihm auf Kamelen entgegen, ihre krummen Säbel blitzten auf.

Er begann zu laufen, immer schneller. Aber einer der Reiter, ein besonders wilder Bursche ganz in Schwarz, holte auf. Er beugte sich von seinem Reittier herunter und schlug ihn nieder.

Als Rémy die Augen öffnete, fand er sich auf dem Rücken liegend im feuchten Gras, über das der Wind gleichmäßig strich. Über ihm schwarze Wolken, zum Greifen nah; sie kündigten Nebel und neuen Regen an.

Angus beugte sich mit kritischer Miene über ihn. »Na, wieder unter den Lebenden?«

»Was … ist geschehen?«

Der Alte zuckte mit den Achseln. »Keine Ahnung. Du bist plötzlich zusammengebrochen, als du den Jungen gesehen hast. Ich konnte dich gerade noch zurückhalten, sonst wärest du wie eine Seemöwe über die Klippen geflogen!«

Quartus kniete mit gefalteten Händen neben ihm, sagte aber keinen Ton. Der Junge war wohlauf, Angus hatte ihm nichts getan. Rémy stöhnte leise, als ein heftiger Schmerz in seinen Kopf stach. Gott, was war nur in ihn gefahren, dass er so etwas angenommen hatte?

»Du bist krank«, urteilte Angus MacDonald. »Ich hätte es wissen müssen!«

Rémy schüttelte den Kopf, wobei er kräftig die Zähne zusammenbeißen musste, um nicht vor Schmerz zu brüllen. Noch immer drehte sich alles um ihn, als hätte er ohne jede Hilfe ein Fass süffigen Burgunder geleert.

»Ich war in meinem Leben nur zweimal krank. Einmal, nachdem mich als Kind in Frankreich ein wilder Eber über den Haufen rannte, und dann noch einmal, als ich in Palästina Fieber bekam.«

»Aller guten Dinge sind drei.«

Angus packte Rémy kräftig unter den Achseln und richtete ihn auf, um ihm beim Aufstehen behilflich zu sein. Das klappte allerdings erst nach wiederholten Versuchen, da Rémys Beine immer wieder nachgaben.

»Steh nicht so faul rum, Bursche«, fuhr der Schotte Quartus an. »Hol das Schwert des Ritters, es liegt dort drüben im Gras.«

Am Abend ging es Rémy besser. Er hatte sich in der Badestube tüchtig den Schmutz vom Leibe schrubben lassen, frisches Zeug angezogen und gemeinsam mit den Brüdern im Refektorium gegessen. Nun saß er mit Marcel in der engen, muffigen Schreibstube, die sein Ordensbruder trotz des Geruchs von Tran und Kreidestaub jedem anderen Raum der Komturei vorzog.

Er brütete gerade mit Marcel über Pachtverträgen für das benachbarte Weideland, als MacDonald in Reisekleidung in der Tür stand. Sogleich sprang Rémy auf und klopfte dem Alten herzlich auf die Schulter.

»Ich hoffe, du kannst mir mein sonderbares Verhalten verzeihen. Als Marcel mir sagte, du suchtest nach Quartus, da glaubte ich einen schrecklichen Moment lang …«

Angus befreite sich aus der Umarmung, die er kühl über sich hatte ergehen lassen. Sein Groll war noch nicht von ihm gewichen, doch in seinem Gesicht stand auch ein Ausdruck von Sorge.

»Irgendetwas dort oben wollte von dir Besitz ergreifen!« Er berührte sein Schutzamulett. »Du solltest dir deine Reise aus dem Kopf schlagen. Sie steht unter keinem guten Stern.«

Rémy schüttelte traurig den Kopf. »Es geht nicht, ich werde erwartet. Vielleicht kann ich dir eines Tages erklären, von wem und warum. Heute kann ich dich nur um Vergebung bitten.«

»Tut mir leid, aber das genügt weder mir noch König Robert!« Angus wandte sich an Marcel, der bislang schweigend zugehört hatte. »Was ist mit Euch und den übrigen Brüdern?«

Marcel kam erfreut hinter seinem Schreibpult hervor, doch seine Euphorie verebbte, als er bemerkte, wie abschätzig der Alte auf sein lahmes Bein starrte.

»Nun … wir Templer müssen unseren Ordensoberen gehorchen«, stotterte er nun mit rotem Kopf. »Wenn Bruder Rémy es ablehnt, in den Kampf zu ziehen …«

Angus MacDonald winkte seufzend ab. Resigniert trottete er zur Tür, blieb dort aber stehen und drehte sich noch einmal zu den beiden Templern um.

»Ach, eine Sache gäbe es noch, die mir am Herzen liegt. Vielleicht könntet Ihr mir wenigstens diesen Gefallen erweisen?« Er zog die Augenbrauen zusammen und sah Rémy erwartungsvoll an.

»Wenn es in meiner Macht liegt, gern!«

Angus lächelte listig. »So gefällst du mir, mein Freund. Es geht um König Roberts Tochter, Lady Marjorie. Wie wir erfahren haben, soll sie demnächst aus dem Kloster entlassen werden, in das die verfluchten Engländer sie gesteckt haben. Das Mädchen verbrachte fast acht Jahre in Gefangenschaft, ohne seine Familie auch nur einmal sehen zu dürfen. Nun aber hat Edward ihre Freilassung befohlen. Vielleicht, um uns doch noch einmal auf seine Seite zu locken. König Robert sucht daher einen vertrauenswürdigen Mann, der die junge Frau abholt und nach Kildrummy, Tain oder Edinburgh bringt. Er will keines der Clanoberhäupter damit beauftragen, sonst könnten sich andere beleidigt fühlen. Na ja, und ich bin einfach zu alt für so etwas.«

Rémy hatte von der Prinzessin gehört, die nach der Schlacht von Methven gemeinsam mit einigen Verwandten den Engländern in die Hände gefallen war. Deren Rache hatte die Frauen wie ein Blitz getroffen. Roberts Schwestern waren nach England verschleppt und in hölzerne Käfige gesteckt worden, wo sie den Spott des Pöbels über sich hatten ergehen lassen müssen. Auch für die junge Prinzessin war ein Käfig gezimmert worden, doch dann hatte der englische König sie aus nicht näher bekannten Gründen in einem Kloster unterbringen lassen.

»Marjories Kloster liegt in England«, wandte Rémy ein. »Den Weg dorthin und wieder zurück kann ich unmöglich vor meiner Abreise schaffen.«

»Ach was, ihr Templer besitzt doch die prachtvollsten und schnellsten Pferde im Land. Noch bevor dein Schiff die Segel setzt, bist du wieder zurück. Der König wird es dir danken und …«

Über seine Enttäuschung hinwegsehen, beendete Rémy den Satz des Alten in Gedanken. Nun gut, warum eigentlich nicht? Die Komturei befand sich bei Marcel in den besten Händen, und vielleicht war es sogar besser, wenn er den Brüdern, die ihm den ganzen Tag über recht kühl begegnet waren, eine Weile aus dem Weg ging.

»Also gut, ich bin einverstanden!« Rémy streckte die Hand aus. »Ich werde Roberts Tochter nach Edinburgh bringen. Falls es zur Schlacht um Stirling Castle kommen sollte, werden die

Templer von Argyll ihm zur Seite stehen. Vorausgesetzt, Robert lässt mich meinen Eid erfüllen und so schnell wie möglich abreisen.«

MacDonald sah ein, dass er im Augenblick nicht mehr erreichen würde, und besiegelte ihr Abkommen mit einem Handschlag. »Einen Geleitschutz kann der König dir allerdings nicht stellen, das würde zu viel Aufmerksamkeit erregen.«

Rémy nickte. Er hatte auch nicht erwartet, dass man ihm Bewaffnete zur Seite stellen würde.

Quartus drückte sich das Ohr an der Tür zur Schreibstube platt und lauschte mit klopfendem Herzen. Wenn man ihn hier beim Herumschnüffeln erwischte, würde es eine Tracht Prügel setzen. Vielleicht warf man ihn sogar hinaus. Aber er konnte nicht anders, er musste wissen, worauf sich die Männer geeinigt hatten, weil das auch ihn etwas anging. Dem Gemurmel war zu entnehmen, dass der Templer auf den Vorschlag des alten Griesgrams einging.

Ernüchtert schlich sich Quartus zurück zu seinem Quartier bei den Ställen, das der Hinkende ihm zugewiesen hatte, als sei er nichts weiter als ein Knecht. Genau genommen war er auch nichts anderes. Ein Dienstmann. Ungebildet, rechtlos und ohne Einfluss. Ein Fußabstreifer der Herren, die sich seiner bedienten, wann immer ihnen danach war. Aber die sollten aufpassen, dass sie ihn nicht unterschätzten.

Quartus machte es sich im Stroh gemütlich, wo es zwar nach Pferd stank, aber wenigstens warm und trocken war. Nachdenklich starrte er an die Decke. Der Templer sollte nach England, um einem Mädchen Geleitschutz zu geben. Das gefiel ihm ganz und gar nicht.

Der Templer gehörte ihm. Ihm ganz allein.

Rémy war der Wegweiser in ein neues Leben, das Quartus

nicht aufgeben würde. Wenn es sein musste, würde er jeden ausschalten, der sich ihm in den Weg stellte: den alten Schotten, das Mädchen in England, ja selbst die Templer von Argyll.

Er gehört mir, war Quartus' letzter Gedanke, bevor der Schlaf ihn übermannte. Mir allein.

KLOSTER ST. JACOBI ZU HALBERSTADT, MÄRZ 1314

Gertrud von Alvensleben verabscheute das Leben in der Stadt. Für das Geschrei der Leute auf den Märkten waren ihre Ohren zu empfindlich, und der Gestank, der von den Gassen durch ihr Fenster drang, peinigte ihre Nase. Hinzu kam, dass Gertrud spürte, wie ihre Kräfte von Jahr zu Jahr mehr erlahmten. Sie lief nicht mehr so schnell die Treppen hinunter wie früher, und nach den Abendmahlzeiten litt sie immer häufiger unter Krämpfen, weil ihr die Kost nicht bekam. Dennoch nahm sie alle diese Prüfungen Gottes demutsvoll auf sich und beklagte sich nicht. Im Winter war das nicht allzu schwer, da vergingen die Tage, ehe man sichs versah. Doch sobald sich der Frühling regte, die Natur zu neuem Leben erwachte und es im Klostergarten zu grünen und zu blühen begann, stand sie oft stundenlang am Fenster und träumte vom Gut ihrer Eltern, wo sie ihre glücklichsten Stunden verbracht hatte. Ganze Tage lang war sie dort mit ihren Brüdern über die Wiesen gestreift, um in Bächen Frösche zu fangen und auf den Wiesen, die wie bunte Teppiche aussahen, mit den Töchtern der Leibeigenen Blumenkränze zu binden. Gertruds unbeschwerte Kindheit hatte geendet, als ihr Vater, Gebhard III. von Alvensleben, sie mit zehn Jahren auf sein Pferd gehoben und zum Kloster der Zisterzienserinnen nach Halberstadt gebracht hatte. Der Abschied von allem, was Gertrud geliebt hatte, war kurz gewesen, die Zukunft ungewiss. In der Stadt hatten die Nonnen das verängstigte Mädchen freundlich aufgenommen, doch es hatten Jahre vergehen müssen, bis Gertrud begriffen hatte, warum sie nicht mehr zu Hause, sondern an diesem sonderbaren Ort der

Stille leben musste. Die alte Äbtissin hatte ihr eingeschärft, dass einflussreiche Familien wie die ihre, die so oft in blutige Fehden verwickelt waren, eine reine Seele brauchten, einen Menschen, der sein Leben Gott weihte. Ihre einzige Aufgabe war es, für das Heil ihrer Angehörigen zu beten. Sie musste darum bitten, dass der Herr ihnen ihre Sünden vergab und sie so rasch wie möglich aus den Flammen des Fegefeuers entließ.

Gertrud hatte sich in ihr Schicksal gefügt und sich an das Leben im Kloster gewöhnt. Die Jahre waren an ihr vorbeigezogen und hatten aus ihr eine reife Frau gemacht. Inzwischen waren fünfzig Jahre vergangen, seit Gertrud ihre Gelübde abgelegt hatte. Sie hatte Könige kommen und auch wieder gehen sehen, ebenso Bischöfe und andere kirchliche Würdenträger. Sie selbst war nie irgendwohin gegangen, stattdessen hatte sie für diejenigen gebetet, deren Leben aus den Fugen geraten war. Seit drei Jahren diente sie dem Konvent St. Jacobi zu Halberstadt als Äbtissin, ein Amt, um das sie sich nicht gerissen hatte. Sie fühlte sich oft unwürdig und zweifelte daran, dem Kloster als alte Frau, die von den heimatlichen Wiesen und Fröschen in den Gräben von Burg Alvensleben träumte, überhaupt von Nutzen zu sein. Wenn sie es recht überlegte, hatte sie die Wahl ihrer Mitschwestern nur angenommen, weil sie als Äbtissin eines wohlhabenden und bekannten Klosters in der Lage war, ihrem Bruder zu helfen, der in großen Schwierigkeiten steckte.

Friedrich von Alvensleben war das einzige Mitglied ihrer weitverzweigten Sippe, das sie auch nach ihrer Aufnahme ins Kloster nie vergessen hatte. Obwohl er nur schlecht las und schrieb, hatte er ihr Briefe geschickt. Zunächst kurze, aber heitere Beschreibungen seines Alltags als Page und Knappe, später dann schwülstige Abhandlungen, die sie nicht verstand, aber gern las, weil ihnen so viel Gefühl anhaftete. Als sie älter wurden, hatte er ihr Verse geschickt, die er für irgendwelche Mädchen gedichtet hatte, und ihren Rat erbeten, wie er das Herz einer stolzen Schönen gewinnen könne.

Doch was hätte Gertrud ihm raten sollen? Die Ausbildung einer Novizin sah nicht vor, sich mit höfischer Minne, mit Liebesschwüren und gebrochenen Männerherzen zu beschäftigen. Dennoch verschlang Gertrud jede Zeile, die ihr Bruder ihr zukommen ließ, und freute sich, auf diese Weise an seinem Leben Anteil zu nehmen. Als Friedrich einige Jahre später Aufnahme im Orden der Tempelritter fand und sogleich ins Heilige Land geschickt wurde, platzte Gertrud fast vor Stolz auf ihren Bruder. Nun blieben zwar seine Briefe aus, dafür wurde ihr etwas höchst Kostbares beschert, eine Gabe, die sie während all der Jahre im Kloster längst verschüttet geglaubt hatte: die Macht ihrer eigenen Träume. Hatte sie vormals Friedrichs Zeilen gebraucht, um an ihn zu denken, genügte es nun, abends nach dem letzten Gebet die Augen zu schließen und seinen Namen zu flüstern. Dann erschien er lächelnd vor ihr. Hoch zu Ross galoppierte er über dieselben staubigen Straßen, über die der Heiland und seine Jünger über tausend Jahre zuvor schon geschritten waren.

Seltsamerweise kam Gertrud nie auf den Gedanken, dass ihrem Bruder in Palästina, Syrien oder wo auch immer die Templer kämpften, etwas zustoßen könnte. Sie fand Trost in dem Gedanken, dass sie nun nicht mehr die Einzige war, die zwischen Gott und den Rittern von Alvensleben vermitteln musste. Auch ihr Bruder Friedrich war nun so etwas wie ein Mönch. Ein Mönch mit Schwert zwar, aber einer, der sich einer heiligen Sache verschrieben hatte. Gertrud war zufrieden, krempelte ihre Ärmel hoch und arbeitete wie eine Besessene. Wenn ihr Bruder seine Pflicht tat, konnte sie auch den Lärm und Gestank der Stadt aushalten.

Der Schock ließ jedoch nicht lange auf sich warten. Das erste Mal ereilte er Gertrud, als man ihr mitteilte, dass die Templer aus dem Heiligen Land verjagt worden waren, das zweite Mal, als sie von der Auflösung des Ordens erfuhr.

Zum Zeitpunkt, als die päpstliche Bulle im Dom zu Halberstadt verlesen wurde, war Friedrich von Alvensleben Ordensmeister für die deutschen Lande und die slawischen Gebiete im Osten gewesen. Von Sorgen um ihn gepeinigt, hatte Gertrud zum ersten Mal seit ihrer Kindheit St. Jacobi verlassen und war zur Burg Alvensleben geritten. Dort hatte sie erschüttert feststellen müssen, dass ihr nicht nur das Anwesen fremd geworden war, sondern auch der Bruder, den sie doch so gut zu kennen geglaubt hatte. Friedrich war alt und mager geworden, sein Haar klebte ihm dünn und weiß am Schädel, sein Gesichtsausdruck drückte eine Müdigkeit aus, die auch langer Schlaf nicht geheilt hätte. Zu den bösen Vorwürfen gegen die Templer, die von Frankreich herübergeweht waren, hatte er nichts gesagt.

Gertrud, die sich verraten und verkauft vorkam, hatte vor Wut geschäumt. Sie hatte die Tür hinter sich zugeknallt und sich in einer der Mägdekammern aufs Bett geworfen, weil sie das Schlafgemach ihrer Kindheit nicht wiedergefunden hatte. Dort hatte sie die Nacht verbracht und Gott auf Knien gebeten, er möge ihr doch offenbaren, ob ihr Bruder ein übler Ketzer oder das unschuldige Opfer einer Intrige sei.

Als sie früh im Morgengrauen von fröhlichem Vogelgezwitscher geweckt worden war, fasste Gertrud den Entschluss, die Wahl zur Äbtissin anzunehmen. Nur so konnte es ihr gelingen, sich für ihren Bruder Friedrich und die übrigen deutschen Templer einzusetzen.

An diesem Nachmittag im März kam der Bote, der fast täglich Briefe und Nachrichten ins Kloster trug, spät. Eine blasse Novizin meldete ihn Gertrud kurz vor der Vesper und erklärte, der Mann warte im Gästehaus auf sie, da er eine der Botschaften nur ihr persönlich mitteilen dürfe.

Vor dem Gästequartier, einem zweistöckigen Fachwerkhaus, das vor dem Kräutergarten stand, warf Gertrud zuerst einen Blick durch das kleine, vergitterte Fenster in der Tür. Der Bote ging in der Stube auf und ab wie ein Fuchs, der den Gänsestall leer vorgefunden hatte.

Wenn der vom Bischofspalast kommt, bin ich eine Kuhmagd, dachte Gertrud bei sich. Sie konnte Menschen recht gut einschätzen, und dieser Kerl dort sah nicht so aus, als hätte er schon jemals in seinem Leben Botendienste verrichtet. Er war schon älter, wenngleich jünger als sie selbst. Sein braunes Wams war fadenscheinig, die Hose an mehreren Stellen zerrissen. Der Mantel jedoch bestand aus hochwertiger Wolle und war hervorragend geschnitten, dafür besaß Gertrud ein Auge. Für den hatte irgendjemand einst viel Geld bezahlt. Der Fremde? Unwahrscheinlich. Mit seinem struppigen Bart sah der aus, als lebte er von der Hand in den Mund.

»Du hast ein Schreiben für mich?«, sprach sie ihn durch das Gitter an, da sie nicht vorhatte, zu dem Mann in die Stube zu treten. »Leg es auf den Tisch unter dem Kruzifix, ich werde es mir später bringen lassen. Auf dem Teller findest du ein Stück Brot und Nüsse. Die kannst du dir nehmen.« Gertrud machte eine Pause, da sich der Mann nicht von der Stelle rührte. »Du sollst …« Es kam ihr unpassend vor, den Boten zu duzen, aber nun hatte sie damit angefangen und fand keine Möglichkeit des Rückzugs. Der Mann stand indessen nur da und lächelte die Tür an.

»Hast du mich nicht verstanden, guter Mann? Du sollst die Nachricht für mich hinterlegen.«

Der Bote zog nun tatsächlich ein zerknittertes Stück Pergament unter seinem Wams hervor, aber anstatt es wie befohlen auf den Tisch zu legen, starrte er es nur nachdenklich an. »Es tut mir leid, ehrwürdige Mutter, aber da dieses Schreiben nicht direkt an Euch gerichtet ist, kann ich es unmöglich kommentarlos zurücklassen.«

Gertrud spähte scharf durch das Gitter, wobei sie versuchte, die Schrift auf dem Pergament zu entziffern. Doch da es außer dem Fenster in der Tür nur noch einen schmalen Luftschlitz schräg gegenüber gab, fiel zu wenig Tageslicht in die Stube, um etwas lesen zu können. Sie brauchte eine Lampe, aber die nächste stand im Pförtnerhäuschen.

»Ich verstehe nicht, warum Ihr mir meine Zeit stehlt und einen Brief überbringen wollt, der gar nicht an mich gerichtet ist«, wies sie den Boten scharf zurecht.

Der Mann in der Stube sah plötzlich niedergeschlagen aus. »Ihr habt keine Ahnung, wer ich bin, ehrwürdige Mutter. Aber daraus kann ich Euch keinen Vorwurf machen, schließlich habt Ihr mich nur einmal gesehen, und das ist Jahre her. Vermutlich war es auch klug von Eurem Bruder, nicht zu viel von mir zu sprechen.«

Gertrud von Alvensleben wurde hellhörig. »Friedrich? Ihr seid ein Freund von Friedrich?« Noch bevor sie eine Antwort bekam, fiel es ihr wie Schuppen von den Augen. Natürlich kannte sie den Mann. Jetzt fiel es ihr wieder ein. Als sie Friedrich in der väterlichen Burg besucht hatte, war er ihr über den Weg gelaufen. Friedrich hatte ihn als befreundeten Kaufmann vorgestellt, der Bienenwachs aufkaufen wollte, und obwohl Gertrud das merkwürdig vorgekommen war, da ihr Bruder sich als Ritter in seinem ganzen Leben nie mit Krämervolk abgegeben hatte, war sie doch viel zu aufgeregt über ihr Wiedersehen gewesen, um Friedrichs Gast mehr als nur einen flüchtigen Blick zu schenken.

Von wegen Kaufmann, dachte Gertrud, während sie nun eins und eins zusammenzählte. Sie schalt sich eine dumme, alte Gans, weil sie den Braten nicht früher gerochen hatte.

Der Kerl mit dem Brief war ein Templer, wie Friedrich einst einer gewesen war.

Ehe sichs Gertrud versah, hatte sie die Tür aufgedrückt und stand dem Mann gegenüber. »Ich weiß jetzt, wer Ihr seid, nicht aber, was Euch zu mir führt.« Ihre Augen leuchteten, als sie ihr Gegenüber von Kopf bis Fuß musterte. »Habt Ihr gebeichtet und die Absolution empfangen?«

Er schüttelte den Kopf.

»Nun, das lässt sich alles nachholen«, sagte Gertrud lächelnd. »Die Arme der Kirche sind weit geöffnet und umschließen alle, die nach Vergebung und Ruhe für ihre Seele trachten. Wie war doch gleich Euer Name, mein Freund?«

»Man nennt mich Thomas Lermond.« Der Templer hob seine Hand mit dem Brief. »Aber ich muss Euch enttäuschen, ehrwürdige Mutter. Ich bin nicht gekommen, um dem Templerorden abzuschwören, sondern weil mich eine junge Frau um Hilfe gebeten hat. Sie entstammt einem alten sächsischen Geschlecht und wird von Adam von Pirrlingen, einem Bevollmächtigen des Bischofs Burchard von Magdeburg, auf dem Gut der ehemaligen Templerkomturei Tempelhof gefangen gehalten.«

»Gefangen?« Gertrud ließ sich auf einem Besucherstuhl nieder. Was dieser Lermond da sagte, klang geradezu ungeheuerlich. Andererseits kannte sie Bischof Burchard und wusste, wozu dieser fähig war.

»Ich wüsste nicht, wie ich Euch oder dieser jungen Frau helfen könnte«, sagte sie schließlich kopfschüttelnd. »Als Äbtissin von St. Jacobi kann ich es mir nicht erlauben, den Magdeburger zu verärgern.«

»In diesem Brief bittet die junge Agnes von Vitzenburg ihre Verwandten um Hilfe. Vor allem möchte sie, dass bekannt wird, wohin Burchard sie bringen ließ und dass er sie loswerden will, weil er ihrer überdrüssig geworden ist.«

Gertrud rümpfte die Nase, denn nun fiel ihr wieder ein, in welchem Zusammenhang sie Agnes' Namen aufgeschnappt hatte.

»Eine schwere Anschuldigung, die diese Frau gegen den Bischof erhebt. Möglicherweise ist es den Herren von Vitzenburg gar nicht so unrecht, dass ihre Nichte verschwunden ist. So fällt wenigstens kein Schatten auf ihre Häuser.«

»Seid Ihr derselben Meinung?«, brauste Lermond auf. »Ich kann Euch versichern, dass Agnes eine Frau von tiefer Frömmigkeit und untadeligem Verhalten ist. Sie kann nichts dafür, dass Burchard von Magdeburg ihren Ruf zerstört hat.«

Gertrud von Alvensleben stand auf. Die Unterhaltung mit diesem Mann behagte ihr nicht, weil er sie zwang, sich auf spiegelglatten Boden zu begeben. Als junge Frau hätte sie die Herausforderung, ohne zu zögern, angenommen, doch in ihrem Alter konnte jeder Ausrutscher den Tod bedeuten. Überhaupt: Was wusste dieser Mann vom Schicksal, das der Herrgott den Töchtern Evas auferlegt hatte? Ihre Pflicht war es, ein stilles, bescheidenes Leben zu führen und zunächst ihren Vätern, später ihren Ehemännern strikten Gehorsam zu leisten. Agnes' Fall war schwierig, denn sie war eine Waise, und ihre Verwandtschaft hatte es versäumt, sie standesgemäß zu verloben. Stattdessen war sie zu Burchard geschickt worden, der die Notlage der jungen Frau prompt ausgenutzt hatte. War Agnes deshalb wirklich als Hure zu verurteilen? Wäre sie in der Lage gewesen, sich den Wünschen eines gesalbten Bischofs zu verweigern?

Gertrud fand es schon unerfreulich, nur darüber nachzudenken, und wäre lieber zur Vesper gegangen, aber Lermonds starrer Blick ließ sie zögern. Schließlich streckte sie seufzend die Hand aus. »Na gut, gebt mir den Brief des Mädchens. Ich werde zusehen, dass ihre Familie ihn erhält. Vielleicht kann ich den Herrschaften ein wenig ins Gewissen reden.«

Thomas Lermond verbeugte sich und küsste den Ring der Äbtissin. »Damit würdet Ihr mir einen großen Gefallen erweisen. Ich wusste gleich, dass Ihr mich als alten Ordensbruder Friedrichs nicht abweisen würdet. Darf ich fragen, ob er sich bei guter Gesundheit befindet?«

Gertrud wischte sich mit der Hand über die Augen. Die Frage hatte sie erwartet und zugleich gefürchtet. »Er liegt im Sterben«, sagte sie mit trauriger Stimme. »Die Haft in Bischof Burchards Kerker hat ihm arg zugesetzt.«

»Aber er befindet sich in Freiheit. Das heißt, er hat abgeschworen?«

Die kleine Frau ließ Agnes' Brief unter ihrem Habit verschwinden, dann machte sie einen Schritt auf Lermond zu und reckte trotzig das Kinn. »Ich habe alles getan, was in meiner Macht lag, um sein Leben zu retten, Lermond. Wagt es nicht, mich oder ihn deswegen zu verachten. Seit sechs Jahren kämpfe ich für die deutschen Tempelritter, wobei ich mich selbst auf einem schmalen Grat bewege. Zuweilen kommt es mir so vor, als tanzte ich auf dem Seil über einen Abgrund. Dabei bin ich nicht mehr die Jüngste und hätte es weiß Gott verdient, hier im Kloster ein ruhiges Leben zu führen.«

Lermond nickte, denn er hatte davon gehört, mit wie viel Mut und Hingabe die alte Frau die Sache der Templer vertrat. Sie reiste durch das ganze Land, um ihnen zu helfen, oder schrieb Briefe an den Adel, um die hässlichen Vorwürfe gegen die Ordensleute zu entkräften. Letztere waren geneigt, ihr zuzuhören, da sie tapfere Ritter in ihren Diensten gut brauchen konnten, doch bei den Kirchenfürsten hatte sich Gertrud nicht beliebt gemacht. Viele hielten sie für ein törichtes Weib und forderten den alten Bischof von Halberstadt auf, ihr endlich den Mund zu verbieten. Da Gertrud aber nicht ohne Einfluss war und einer edlen Familie entstammte, hatte man sie bislang ungeschoren gelassen.

»Da wäre noch etwas, Lermond!« Gertrud von Alvensleben druckste einen Augenblick lang herum, dann ließ sie die Katze aus dem Sack. »Ihr habt davon gehört, dass ich meinem Bruder Friedrich und vielen anderen Tempelrittern geholfen habe, sich mit der Kirche auszusöhnen, seid selbst aber nie zu mir gekommen, um mich um Vermittlung zu bitten. Und nun steht Ihr vor mir, und alles, was Ihr wünscht, ist, dass ich mich für diese Jungfer Agnes einsetze. Versteht mich bitte nicht falsch, ich achte Eure Ideale. Aber habt Ihr Euch denn nie gefragt, wie es wäre, sich nicht mehr verstecken zu müssen? Nicht jeden neuen Tag, den der Herr Euch schenkt, in Furcht vor Verfolgung zu beginnen und vor dem Schlafengehen Gott zu danken, dass niemand Euch auf die Schliche gekommen ist? Ich könnte Euch helfen, Eure Freiheit wiederzuerlangen. Dem Orden schuldet Ihr keinen Gehorsam mehr, denn er wurde vom Papst aufgelöst, und das ist nach Kirchenrecht bindend.«

Lermond runzelte die Stirn. »Ich weiß selbst, dass es keinen Templerorden mehr gibt. Aber ich ...«

»Kein aber! In meinem Beisein wurden Verträge geschlossen, Kompromisse gefunden. Nach diesen Beschlüssen hat kein Bischof das Recht, einen Mann zu jagen, nur weil er einmal dem Orden der armen Ritter Christi angehört hat.«

»Jeden vielleicht nicht, aber mich hält man für unverbesserlich!«

»Bitte, ich meine es ernst!« Gertrud spürte, wie ihr Herz vor Aufregung zu klopfen begann. Es juckte ihr in den Fingern, sich doch noch ein letztes Mal in eine Schlacht zu stürzen. Den Magdeburger herauszufordern war gefährlich, aber Gertrud hatte es einmal gewagt, und sie würde es, ohne zu zögern, ein weiteres Mal tun. Für Friedrich konnte sie nur noch beten, doch dieser Mann trug auf seinen Schultern eine Last, die seinen Rücken beugte. Sie durfte nicht zulassen, dass er aus falsch verstandenem Pflichtgefühl in sein Verderben lief. »Mein Gefühl sagt mir, dass Ihr Euch nach Frieden sehnt. Ihr seid zu alt, um immer wieder davonzulaufen. Und was wird aus Agnes? Wie wollt Ihr sie beschützen, wenn die Soldaten des Magdeburgers Euch immerzu auf den Fersen sind?« Sie beugte sich forschend vor. »Das sind sie doch, oder?«

Gertrud bemerkte zufrieden, dass ihre Worte den Templer aus der Fassung gebracht hatten. Das war gut so. Zunächst musste der Mann seinen vermaledeiten Stolz überwinden und anfangen, sich auf das Wesentliche zu konzentrieren. Sie hatte gehört, dass er sich im Wald versteckt hielt. Die Landbevölkerung verriet ihn nicht, weil sie den Magdeburger hasste. Andererseits würde sich der Wind drehen, sobald Burchard den ersten Hörigen aufhängen ließ, um die anderen abzuschrecken. Dann würde keiner es mehr wagen, den Flüchtigen zu decken. Nein, Gertrud war die Einzige, die Lermond helfen konnte. Er musste ihre Hilfe nur annehmen.

»Nun«, drängte sie den Mann, der tatsächlich mit sich zu ringen schien. »Wie lautet Eure Antwort? Erlaubt Ihr mir, dass ich Euch beistehe?«

»Nehmen wir an, ich würde auf Euer Angebot eingehen. Was würde mich erwarten?«

Über Gertruds faltiges Gesicht glitt ein Lächeln, das eine jugendliche Röte auf ihre Wangen zauberte. Auf diese Frage hatte sie gehofft. Sie wandte sich dem Kruzifix an der Wand zu und schlug ein Kreuz über ihrer Brust, um ihrem Heiland zu danken. Wie es aussah, hatte er ihr die richtigen Worte in den Mund gelegt, und obwohl der Templer noch nicht restlos überzeugt davon war, die Waffen zu strecken und sich zu ergeben, hatte Gertrud den Samen ausgesät, der auch Friedrich Erlösung gebracht hatte. Lermond war ein weitaus härterer Brocken als der verträumte Friedrich, aber mit Gottes Hilfe würde es Gertrud gelingen, ihn zu überzeugen.

»Ihr müsst Euch vor allem in Geduld üben, mein Freund«, sagte sie freundlich. »Solche Dinge brauchen Zeit und dürfen nicht überstürzt werden. Zunächst einmal sollten wir uns um Eure junge Schutzbefohlene im Tempelhof kümmern und dafür sorgen, dass sie der Obhut dieses Adam von Pirrlingen entzogen wird. Ich werde mich deswegen gleich morgen mit der Äbtissin unseres Tochterklosters beraten. Sophie von Querfurt ist nicht nur eine fromme Frau, sondern auch eine Verwandte der Ritter von Vitzenburg und der Grafen von Mansfeld, die unsere Klöster seit Jahrzehnten mit großzügigen Schenkungen fördern. Wenn Sophie erfährt, was der Bischof mit ihrer Familienangehörigen treibt, wird sie sich ganz bestimmt für sie verwenden. Wir werden natürlich auch erwähnen, dass Ihr der jungen Agnes geholfen habt. Wenn Ihr dann auch noch Eure Unschuld an den Verfehlungen des Templerordens beteuert und ihm vor dem Bischofsstuhl abschwört, hat Burchard keine Macht mehr über Euch. Dann seid Ihr frei und könnt gehen, wohin Ihr wollt.«

»Mit anderen Worten, ich verkaufe meine Seele dem Teufel«, schnaubte Lermond wütend. »Manchmal muss man mit den Wölfen heulen, um nicht von ihnen zerrissen zu werden!« Sie bot dem Templer ihre Hand. »Nach meinem Besuch bei Sophie von Querfurt könnte ich um eine Unterredung mit unserem Bischof bitten. Albrecht ist ein alter, gebrechlicher Mann, der so schlechte Augen hat, dass er nicht einmal mehr das Messbuch lesen kann. Aber es kann nichts schaden, ihn hinter uns zu wissen, wenn wir dem Magdeburger und diesem Adam von Pirrlingen gegenübertreten.«

Sie spürte Lermonds Zweifel und wurde von einem tiefen Mitleid mit ihm erfüllt. Wie Gertruds Bruder hatte auch er sein ganzes Leben lang treu einem Ritterorden gedient, den er nun verraten und verteufeln sollte. Schwor er dem Orden und damit seiner Vergangenheit ab, war er frei. Aber was geschah dann? Wohlweislich hatte sie ihm verschwiegen, wie es Friedrich ergangen war, nachdem sie ihn aus dem bischöflichen Kerker befreit hatte. Friedrich von Alvensleben hatte noch ein paar Jahre zurückgezogen gelebt, ohne einem anderen Orden, wie den Johannitern oder den Deutschherren, beizutreten. Stattdessen hatte er seine Weinkeller geleert, bis er eines Morgens auf dem Fußboden seines Schlafgemachs aufgefunden worden war. Er hatte sich mit letzter Kraft den Umhang mit dem roten Templerkreuz übergeworfen. Seitdem rührte er kein Glied mehr und war kaum noch bei Sinnen. Er starb jeden Tag ein klein wenig mehr. Gertrud betete, dass die heilige Jungfrau ein Einsehen hatte und ihn bald von seinen Leiden erlöste.

»Ich werde Euch meine Entscheidung mitteilen«, brach Lermond mit fester Stimme in ihre Gedanken ein. »Noch warte ich auf die Ankunft einiger Freunde aus besseren Tagen, die mir Hilfe zugesichert haben. Aber allmählich glaube ich nicht mehr, dass sie kommen werden. Ihr Weg ist weit und voller Gefahr. Vielleicht haben meine Boten sie nie erreicht. Es sind sieben Männer, ehrwürdige Mutter. Sieben Brüder.«

»Klammert Euch nicht an einen dürren Halm. Die Zeit läuft Euch davon!«

Er fuhr sich durch das schüttere Haar, dann stürzte er zur Tür und riss sie auf. »Sieben Tage, ehrwürdige Mutter. Gebt mir noch sieben Tage. Danach werde ich mit Euch nach Magdeburg reiten und mich dem bischöflichen Gericht stellen.«

Ehe Gertrud ihn aufhalten konnte, war Lermond durch die Klosterpforte entwischt.

PARIS, MÄRZ 1314

»Kommt heraus, und ergebt euch, dann werde ich euch die Folter ersparen!«

König Philipp ließ sich von einem der Bewaffneten eine brennende Fackel reichen und malte mit ihrem Schein tanzende Schatten auf das breite Tor, hinter dem der königliche Marstall lag. Es behagte Philipp nicht, dass der Templer und sein Helfershelfer ausgerechnet dort drinnen Zuflucht suchten. Er schwor grimmig, die beiden mit bloßen Händen zu erwürgen, falls sie es wagen sollten, seinem Lieblingsross, einem pechschwarzen Wallach, zu nahe zu kommen.

Aber töten würde er sie so oder so; sie durften ihm nicht entkommen. Nur über die Art der Hinrichtung würde er gegebenenfalls mit sich reden lassen.

Im Inneren der Ställe blieb alles still. Hatte der Templer ihn nicht rufen hören? Wagte er es, ihn zu ignorieren? Philipps Lippen bebten vor Erregung. Jahrelang war der Mann, der sich dort im Stall bei den Pferden verkroch, ihm durch die Lappen gegangen. Immer wieder hatte er das schier Unmögliche geschafft, indem er geschickt durch das Netz geschlüpft war, das er, Philipp, gezogen hatte, um die Templer von Paris ein für alle Mal vom Erdboden zu tilgen. Nun war er fast am Ziel angekommen. Er hatte den geheimen Stützpunkt von Verrätern, den Jacques de Molay in seiner Schamlosigkeit errichtet hatte, zerschlagen. Bald würde nichts mehr an sie erinnern, denn die französischen Gefolgsleute des Templers waren tot oder im Kerker. Philipp dachte an de Molay und seine Mitgefangenen und genoss den Vorgeschmack des Triumphs, den er in Kürze erleben würde. Sobald die

Sonne aufging, schaffte man den Großmeister auf einem Karren zum Platz vor Notre-Dame. Alles war vorbereitet, um ihn und seine hochmütigen Freunde dort endgültig zu brechen. Nie wieder würden sie sich großmäulig über ihren König erheben und damit prahlen, dass sie ihn vor seinem eigenen Volk beschützt hätten. Nur weil Philipp vor einigen Jahren aus Sicherheitsgründen Asyl in ihrem Ordenshaus gesucht hatte. Ha, die Zeiten hatten sich geändert! Nun besaß er die Macht, sie daran zu erinnern, dass er der König war. Philipps Blicke glitten über die Reihen der Bogenschützen, die auf den Zinnen und Wehrgängen auf sein Zeichen warteten. Das Tor zum Seineufer wurde von vier Männern bewacht, die bis an die Zähne bewaffnet waren. Ein kaltes Lächeln umspielte die Lippen des Königs. Für die Templerbrut dort im Stall gab es kein Entkommen. Philipp brannte darauf, ihn endlich zu Gesicht zu bekommen, diesen Meister der Maskerade. Möglich, dass er ihm die Haut in Streifen abziehen ließ, um zu ergründen, ob es die einzige war, die er besaß. Doch bevor der Templer starb, brauchte er ihn in Nogarets Studierstube. Er würde ihn zwingen, ihm alles über den Schatz der Templer zu verraten. Das Gestammel des Mädchens hatte ihn nicht wirklich weitergebracht. Doch vielleicht half es dem Templer auf die Sprünge, wenn er ihn an Marie erinnerte. Er winkte den Hauptmann seiner Garde, einen schnauzbärtigen Hünen, heran. »Und du bist sicher, dass der Templer in meinem Stall ist?«

»Ohne jeden Zweifel, Sire. Wir haben ihn nicht in der Kammer der Hofdame festgenommen, sondern beobachtet, weil wir wissen wollten, wohin er geht.«

Philipp überlegte kurz, dann beugte er sich vor und wisperte dem Hauptmann etwas ins Ohr, worauf dieser erschrocken zusammenzuckte.

»Aber Sire, das kann ich doch nicht …«

»Du wirst meinen Befehlen gehorchen, Hauptmann«, tobte der König. »Bring das Mädchen her, und zwar genau so, wie ich es dir aufgetragen habe. Andernfalls schwöre ich, dass du im Morgengrauen neben dem Templer am Galgen hängen wirst, hast du mich verstanden? Ich bin nicht so weit gegangen, nur um kurz vor dem Ende des Wegs haltzumachen.«

Baudouin ahnte, warum die Männer des Königs zögerten, den Stall zu stürmen und ihn und Gaston gefangen zu nehmen. Philipp von Frankreich schien einen offenen Angriff verboten zu haben, weil er um das Leben seiner kostbaren Rösser fürchtete. Es war allgemein bekannt, dass der König an seinen Pferden hing und lieber ausritt und jagte, als sich um die Probleme seines Landes zu kümmern. Dass seine Geldnot ihn von Zeit zu Zeit dazu zwang, eines der Tiere aus dem Marstall zu verkaufen, empfand er als persönliche Demütigung. Der Erste, der ihm gut zugeredet hatte, sich der Schulden wegen von einem seiner Hengste zu trennen, war der Schatzmeister des Templerordens gewesen. Der König hatte sich zwar nach zähem Ringen in das Unvermeidliche gefügt, seinem Finanzberater die Schmach aber nie verziehen.

»Siehst du etwas?« Baudouin blickte zu Gaston hinauf, der an einem Seil auf den Heuboden geklettert war, um durch eine faustgroße Öffnung in der Bretterwand ins Freie zu spähen. Baudouin machte es rasend, dass er selbst nicht sah, was dort draußen auf dem Hof vorging, sondern sich auf Gastons Beobachtungsgabe verlassen musste.

»Sie stehen herum, als warteten sie auf etwas«, gab der junge Mann leise zurück. »Ich frage mich nur, wie lange noch. Dieser Stall ist keine Festung, und nicht einmal die Angst um seine Pferde wird den König ewig davon abhalten, uns ergreifen zu lassen.« Er machte eine Pause, bevor er einen schwachen Pfiff ausstieß.

»Was ist los?«

Gaston antwortete nicht sofort. Baudouin, der mit einer Heugabel bewaffnet die Stalltür im Auge behielt, bewegte sich ein paar Schritte zurück. »Antworte gefälligst, was siehst du da draußen? Greifen sie an?«

»Da kommt ein Mann über den Hof gelaufen. Ich glaube, es ist der Hauptmann von Philipps Garde. Ich erkenne ihn an seinem Harnisch. Er schwankt bei jedem Schritt. Er schleppt etwas auf seiner Schulter. Sieht aus wie ein Sack … Heilige Jungfrau Maria, da quillt ja Blut heraus. Der Hauptmann zieht eine blutige Spur hinter sich her.«

»Templer, bist du noch da?«, war plötzlich die Stimme des Königs zu vernehmen. Sie klang höhnisch, als habe er nun einen Weg gefunden, der Männer im Stall habhaft zu werden. »Ich habe ein Geschenk für dich. Etwas ganz Besonderes. Willst du nicht wissen, was in dem Sack ist?«

Gaston begann zu würgen. Das Stroh unter seinen Füßen knisterte. »Oh mein Gott! In dem Sack steckt …«

Baudouin wollte es nicht hören. Sein Blick fiel auf die messerscharfen Zinken der Gabel, die im Schein der Stalllampe wie die geschliffenen Zähne eines Unholds aufblitzten. Sie warteten nur darauf, sich in Kehlen und Bäuche zu graben. Unter den Soldaten des Königs befanden sich einige, die beim Überfall auf das Pariser Ordenshaus im Oktober 1307 dabei gewesen waren. Baudouin hatte mitansehen müssen, wie sie seine Brüder aus dem Schlaf gerissen und wie Vieh zusammengetrieben hatten. Damals war er davongelaufen, um nicht in den Kerker geworfen zu werden, aber heute würde er sich nicht kampflos ergeben. Diese Genugtuung gönnte er dem König nicht. Baudouin stützte sich auf die Heugabel und beugte sein Knie gen Osten, die Himmelsrichtung, in der Jerusalem lag. Sein Ordensbruder Payen hatte ihm einmal erzählt, dass die Juden ihre Gebete immer in Richtung

Osten sprachen. Vielleicht war die Stadt ja wirklich der Wohnsitz des Herrn. Dann hatte der Orden richtig gehandelt, indem er sich nach dem Tempel Salomos benannt hatte. Nach einem stummen Gebet entschied Baudouin, dass die Zeit gekommen war, sich von dieser Welt zu verabschieden.

Blut sickerte durch den groben Stoff des Sackes, den Philipps Hauptmann quer über den Hof schleppte.

Der Hauptmann blickte sich unentschlossen nach seinem Herrn um, erst als dieser den Kopf bewegte und Zustimmung signalisierte, schritt er auf die königlichen Ställe zu und ließ seine grausige Last langsam von den Schultern gleiten. Zwei Wachsoldaten folgten ihm und bohrten rechts und links von dem Sack brennende Kienspäne in den aufgeweichten Boden.

Der Hauptmann warf noch einen letzten Blick auf die Stalltür, dann kehrte er mit schnellen Schritten zu König Philipp zurück, der die gespenstische Szene verfolgte, ohne auch nur mit der Wimper zu zucken.

»Glaubt Ihr wirklich, dass Ihr den Templer damit aus seinem Versteck lockt?«

Philipps Lächeln war voller Verachtung, aber er ließ sich zu einem Nicken herab. Er machte ein paar Schritte, um den blutigen Sack vor der Stalltür besser sehen zu können. In seiner Stimme lag leiser Tadel, als er sagte: »Du hättest ruhig dafür sorgen können, dass unsere Freunde im Stall ein wenig mehr von dem sehen, was du ihnen gebracht hast. Ein paar Haarsträhnen, einen Fetzen vom Gewand …«

Der Palasthauptmann keuchte, was Philipp amüsiert auflachen ließ. »Was bist du nur für ein Soldat? Mit diesem empfindsamen Gemüt hättest du dir besser eine Tonsur scheren und ins Kloster gehen sollen. In einem Krieg …«

»Ich hatte keine Ahnung, dass wir uns in einem Krieg befinden, Sire. Der Templerorden ist zerschlagen und seit zwei Jahren aufgelöst. Es ist Sache der kirchlichen Gerichte, über die noch lebenden Ritter zu urteilen.«

Philipps Lächeln verwandelte sich in eine säuerliche Miene. Aufgelöst? Nur ein Narr konnte so sprechen. Ein unfähiger Tölpel, der nicht erkannte, dass jeder Templer, der am Leben blieb, eine Gefahr für ihn bildete. Davon abgesehen, hatten sie ihn, ihren König, um das Vermögen betrogen, das er in ihren Kellergewölben zu finden gehofft hatte. Irgendwo musste das Gold doch sein. Nogarets Nachforschungen hatten ergeben, dass es sieben Männer gab, die mehr über das Schicksal des Templerschatzes wussten, und einer dieser Männer saß in seinem Stall. Sollte Philipp den Mann da allen Ernstes einem kirchlichen Gericht überlassen, das sich nur dafür interessierte, wie der Templer seine Gebete sprach? Nein, der Hauptmann hatte keine Ahnung, welchen Wert dieser Ritter für ihn hatte. Gleich morgen, nach dem Schauprozess vor Notre-Dame würde er den lästigen Kerl seines Amtes entheben und davonjagen. Doch zuvor musste er ihm noch diesen verflixten Templer bringen.

»Diese Ketzer sind noch lange nicht am Ende«, knurrte er. »Sie sind hinter mir her. Ich weiß, dass sie mich töten wollen.«

»Aber diese Marie hat doch gesagt …«

»Schweig jetzt, kein Wort mehr, oder ich lasse dich auf der Stelle von meinen Bogenschützen niedermachen!«

Der Hauptmann presste die Lippen aufeinander. Er wollte sich gerade zurückziehen, als ein knarrendes Geräusch seine Aufmerksamkeit wieder auf den Stall lenkte. Die Stalltür bewegte sich vorsichtig in den Angeln, und ein Schatten strich über die Schwelle.

Durch die Reihen von Philipps Männern zog ein Raunen, als ein Mann ins Freie trat. Auf dem Wehrgang traten die Schützen aufgeregt von einem Fuß auf den anderen.

Der Mann an der Tür bewegte sich nicht und sprach auch kein Wort. Er starrte auf den Sack und das Blut, das den Sand tiefrot färbte, doch er schien seine Gefühle nach Art der Templer streng zu kontrollieren, denn seine Miene zeigte weder einen Ausdruck von Wut noch von Angst oder Entsetzen. Er stand einfach nur da, als ginge ihn nichts von dem, was sich vor seinen Augen abspielte, etwas an.

Philipp runzelte die Stirn. Er hatte beileibe nicht mit leidenschaftlichen Gefühlsausbrüchen gerechnet, im Stillen jedoch gehofft, dem Templer würde Maries Tod doch etwas nähergehen. Dass er ihn damit nicht quälen konnte, enttäuschte ihn ein wenig. Doch dann begriff er. Dieser Baudouin konnte nicht um Marie trauern, weil er sie für eine Verräterin hielt. Sie hatte ihn betrogen und seinen Feinden ausgeliefert. Kein Wunder, dass er sich so kühl und beherrscht gab.

»Du solltest mir dankbar sein«, rief er dem Mann nun kurzentschlossen zu. »Ich habe kurzen Prozess mit der Verräterin gemacht. Das hättet ihr Templer doch auch getan, oder? Marie war schuldig, eine durch und durch heimtückische Person. Sie hat die Krone hintergangen, weil sie für die ehebrecherische Frau meines Sohnes als Kupplerin tätig war. Und dich hat sie in die Falle gelockt. Sie musste sterben, aber ich finde keinen Grund, warum du das gleiche Schicksal erdulden solltest. Ich werde dich begnadigen, sofern du morgen vor Notre-Dame abschwörst. Dann erhältst du auch deine Ländereien und Titel zurück. Ich bin schließlich kein Unmensch.«

»Lasst ihr auch meinen Freund gehen?«, wehte der Wind die Stimme des Mannes zu Philipp herüber. Sie klang tief und alles andere als gehetzt. Eher resigniert, als habe der Templer mit seinem Leben längst abgeschlossen. Das erfüllte Philipp mit Genugtuung. Umso leichter war es, die Geheimnisse des Ritters aus ihm herauszuklopfen. Später, sobald er auf der Streckbank lag. Zunächst aber beschloss er, seine Begeisterung nicht offen zu zeigen, weil er spürte, dass der Templer ihn genau beobachtete. Er hielt eine Heugabel umklammert. Keine allzu gefährliche Waffe, doch in den Händen eines kampferprobten Ritters durchaus ernst zu nehmen.

»Der Pferdeknecht hat nichts zu befürchten, wenn du deine Waffe niederlegst. Du hast mein königliches Wort darauf.«

Der Mann trat aus dem Schatten und warf die Heugabel in hohem Bogen von sich. Sie schlug dicht neben dem blutigen Sack auf. Einer der Bewaffneten stöhnte leise.

Philipps Hauptmann zog sein Schwert aus der Lederscheide, aber der König gebot ihm mit einer scharfen Geste Einhalt. »Du bleibst, wo du bist. Er ist noch zu nah an der Stalltür. Wenn du mit dem Schwert auf ihn einstürmst, zieht er sich wieder zurück. Außerdem hat sich sein Kumpan noch nicht gezeigt.«

Der König wollte den Templer gerade auffordern, seinen Freund auch hinauszuschicken, als der milde Nachtwind ihm Brandgeruch entgegenblies. Gleichzeitig vernahm er ein Poltern, das aus seinem Pferdestall kam. Philipp sog irritiert die Luft ein und verharrte wie ein Adler, der seine Beute gefunden hatte, aber noch zögerte, sich auf sie zu stürzen. Im nächsten Augenblick erkannte er zu seinem Schrecken, wie unter der Stalltür helle Rauchschwaden hervorquollen. Feuer, dachte er schockiert. Diese gottverdammten Schufte hatten in seinen Ställen Feuer gelegt. Heilige Jungfrau, wie konnten sie es wagen? Die Pferde im Stall gehörten nicht einmal alle ihm, auch sein Schwiegersohn, der König von England, und der Herzog von Lothringen hatten einige ihrer teuersten Zuchtpferde in Philipps Obhut gegeben.

Philipp verzog wutentbrannt das Gesicht. Durch das Knacken der Flammen vernahm er das panische Schnauben und Wiehern seiner Rösser und stellte sich vor, wie sie sich aufbäumten und verzweifelt mit den Hufen gegen das Holz der Verschläge traten. Ihre Angst verursachte ihm beinahe physischen Schmerz. Schweiß trat auf seine Stirn. Durch die Fensteröffnungen erkannte er nun deutlich, wie sich der grelle Schein im Inneren weiter ausbreitete. Im Nu wurde die Nacht zum Tag. Strohballen fingen Feuer, die züngelnden Flammen leckten an den Strebebalken und arbeiteten sich langsam zu den Bretterverschlägen vor.

»Meine Pferde, so tut doch etwas!« Er beförderte den Hauptmann, der unentschlossen auf das brennende Gebäude starrte, mit einem gezielten Tritt zu Boden. »Gib Befehl, zu löschen, du Schwachkopf, sonst lasse ich dich in die Flammen stoßen! Aber bring mir zuerst den Kopf dieses Templers.«

Der Hauptmann kämpfte sich auf die Beine. Seine Augen brannten vor Hass auf den Mann, der ihn in einem fort vor seinen Männern demütigte, doch wollte er seinen Hals retten, blieb ihm nichts anderes übrig, als dem König zu gehorchen. In einem letzten Versuch, sein Gesicht zu wahren, hob er die Hand und befahl den Schützen, auf den Templer anzulegen, der etwa zwanzig Schritt weit vor dem brennenden Stall stehen geblieben war und die Arme im Genick verschränkte. Noch bevor der König etwas unternehmen konnte, prasselte ein wahrer Regen von Pfeilen surrend über den Hof. Doch dem Templer gelang es rechtzeitig, sich flach auf den Boden zu werfen. Mit flinken Bewegungen robbte er zu dem Sack hinüber und ging hinter ihm in Deckung. Im selben Moment, als die Bogenschützen auf der nördlichen Mauer der Befehl zum Schießen ereilte, wurden beide Flügel der Stalltür aufgerissen und eine ganze Schar verängstigter Pferde drängte auf der Flucht vor Rauch und Feuer hinaus ins Freie.

»Verdammt, hört auf«, hallte Philipps Stimme von den hohen Mauern wider, als der nächste Sturm von Pfeilen auf die Stalltür und die Bretterwände niederging. »Wenn ihr meine Pferde trefft, lass ich euch in der Seine ersäufen. Und den Templer brauche ich lebendig.«

»Ich dachte, ich soll Euch seinen Kopf bringen?«

Philipp schnappte gereizt nach Luft. »Bring mir einen Arm, ein Bein oder von mir aus auch seine Augen. Hauptsache, er kann mir noch Rede und Antwort stehen!«

Eine Glocke begann zu läuten. Das Feuer war bemerkt worden. Aus allen Pforten und Türen des Palastes strömten verschlafene Menschen. Der Hauptmann spurtete in geduckter Haltung quer über den Hof auf die am Boden kauernde Gestalt zu. Offenbar wollte er seinen Fehler wiedergutmachen und den Mann mit einem Hieb auf den Kopf niederstrecken, doch er kam gar nicht in seine Nähe, da nicht weniger als dreißig Pferde ihm den Weg abschnitten. In ihrer sinnlosen Angst traten sie alles nieder, was sich ihnen in den Weg stellte. Sie durchbrachen die Reihen von Philipps Wachmannschaft und zwangen die Dienerschar, die mit Eimern bewaffnet dem Feuer zu Leibe rücken wollte, zur Flucht. Auch die Bewaffneten hatten keine Chance, die Tiere zu besänftigen, also verlegten sie sich darauf, ihren todbringenden Hufen aus dem Weg zu gehen, um nicht niedergetrampelt zu werden.

König Philipp erfasste ohnmächtige Wut, als er sah, wie seine Männer zurückwichen. Anstatt selbst Deckung zu suchen, entriss er einem Wachsoldaten dessen Speer und schleuderte ihn durch die Nacht auf sein Ziel. Die Spitze des Speers durchbohrte den Sack, aber den Burschen dahinter traf er nicht. Sie stehen wirklich mit dem Teufel im Bunde, war sein Gedanke.

Plötzlich löste sich aus dem immer dichter werdenden Qualm der Umriss eines Reiters, der in wildem Galopp durch die Stalltür direkt auf den König zustürmte.

Der Pferdeknecht, dachte Philipp zähneknirschend, doch als er einen Blick in die Augen des Kerls erhaschte, wurde ihm klar, dass er getäuscht worden war. Nicht der Bursche hinter dem Sack, der Reiter selbst musste der Templer sein. Während Philipp seine Zeit mit dem Falschen vergeudet hatte, hatte dieser Baudouin im Stall Feuer gelegt und die Pferde losgebunden. Nun versuchte er, auf Philipps eigenem Pferd zu entkommen. Aber das würde ihm nicht gelingen. Gebannt verfolgte der König, wie sich der schwarze Wallach ein-, zweimal aufbäumte und schüttelte, doch der Reiter hielt sich im Sattel, als wäre er mit ihm verwachsen.

»Verfluchter Kerl«, grollte Philipp, als er den Widerstand seines Pferdes erlahmen sah. »Ich wusste, dass er mit dem Leibhaftigen im Bunde ist.«

Der Templer lenkte das Tier nun in halsbrecherischem Tempo auf den am Boden liegenden Mann zu und reichte ihm die Hand, um ihn im Galopp hinter sich in den Sattel zu ziehen. Doch unvermittelt bremste der Hengst ab, tänzelte nervös um die Stelle herum, wo der Sack lag, und scharrte mit den Hufen. Das viele Blut auf dem Boden schien das Tier zu verwirren.

Philipp triumphierte innerlich, als er seinen Palasthauptmann mit gezücktem Schwert auf den Freund des Templers einstürmen sah. Doch bevor er zuschlagen konnte, beugte sich der Templer blitzschnell über den blutigen Sack, zog den Speer heraus und stieß ihn dem Hauptmann in die Brust. Dieser taumelte mit einem ungläubigen Blick rückwärts, sein Schwert fiel zu Boden. Aus seinem Mund schoss ein Blutstrahl, ehe er neben dem Sack mit Maries sterblichen Überresten zusammenbrach.

Philipp spürte, wie sein Mund vor Entsetzen trocken wurde. Nicht, dass er dem Hauptmann eine Träne nachweinen würde. Solch ein Stümper hatte es schließlich nicht besser verdient, aber als er die beiden Männer auf sich zustürmen sah, bekam er es doch mit der Angst zu tun. »Schützt den König«, hörte er jemanden schreien, doch keiner der Wachsoldaten befand sich nahe genug, um ihm zu Hilfe kommen zu können.

Philipp machte eilig auf dem Absatz kehrt und lief auf die Palasttreppe zu, erreichte sie aber nicht mehr rechtzeitig. Noch ehe er sich in Sicherheit bringen konnte, hörte er neben sich ein wildes Schnauben und spürte, wie er am Arm gepackt und herumgewirbelt wurde. Ehe er begriff, wie ihm geschah, legte sich eine Schlinge über seine Handgelenke. Ein heißer Schmerz trieb ihm die Tränen in die Augen. Er wehrte sich nach Kräften gegen den Strick, an dem er nun hing, aber der verfluchte Kerl auf dem Pferd gab nicht nach. Er riss ihn mit einem Satz von den Füßen und schleifte ihn hinter sich her, geradewegs auf das große Tor zu.

Von dort rannten ihnen drei oder vier Wachsoldaten schreiend entgegen, doch als sie ihren König strampelnd und fluchend im festen Griff des Reiters sahen, wagten sie es nicht, sich dem Pferd in den Weg zu stellen. Ein Einziger versuchte, sich wagemutig an den König zu klammern, aber ein Fußtritt beförderte ihn unter die Hufe des Rosses, das ihn zu Boden trampelte.

Philipp keuchte entsetzt, als er in wildem Galopp durch das Tor geschleift wurde. Er wagte keinen Blick auf seine brennenden Füße, der Schmerz verriet ihm aber ungnädig, dass die Haut bis aufs rohe Fleisch aufgeschürft war. Mit letzter Kraft versuchte er, sein Gewicht seitwärts zu verlagern und sich an dem Mann hinter dem Reiter hinaufzuziehen, doch es gelang ihm nicht, die Füße anzuheben. Im nächsten Moment wurde der Strick wieder lockerer gelassen, und Philipp taumelte ein paar Schritte, bevor er erneut den Halt verlor. Sogleich schleifte er wieder über Stock und Stein. Sein geschundener Körper hinterließ eine blutige Spur auf der Straße zum Flussufer.

In der Nähe der steinernen Brücke tauchten nun mehrere blitzende Helme auf. Sie gehörten zu einer Schar Soldaten, die mit Spießen bewaffnet die Straße sperrten.

»Lass ihn endlich los«, hörte Philipp plötzlich eine Stimme. Sie klang ruhig, beschwichtigend. Der Pferdeknecht. Er rüttelte am

Arm des Mannes vor ihm im Sattel. Philipp biss fest die Zähne zusammen, um nicht laut aufzuschreien. Dass ausgerechnet sein Lieblingspferd ihm den Tod bringen würde, war mehr, als er verkraftete.

»Wir müssen verschwinden«, rief der Pferdeknecht nun ein wenig lauter. »Jetzt zählt jeder Moment, wir haben keine Zeit mehr. Wir müssen den Gaul loswerden und untertauchen.«

Der Templer brummte etwas in seinen Bart, das Philipp nicht verstehen konnte. Doch nun schöpfte er doch noch einmal Hoffnung.

»Ich ... lasse dich laufen, wenn du mich ...« Den Satz zu beenden war er nicht mehr in der Lage, denn plötzlich trat der Templer seinem Pferd in die Flanke und jagte es mit einem wilden Aufschrei auf die Schar der Wachen zu, die erst jetzt begriffen, wer der Mann war, der da am Sattel hing. Philipp schrie schrill auf. Eine neue Schmerzwelle jagte durch seine Handgelenke, als gösse jemand flüssiges Blei in seine Knochen. Doch dann begriff er, dass der Bursche auf dem Gaul den Strick durchgeschnitten hatte. Philipp stürzte, überschlug sich mehrere Male und landete schließlich mitten in der Gruppe Soldaten, während das Pferd mit den beiden Männern über die Brücke galoppierte. Wenige Augenblicke später verklangen seine Hufe im Dunkel der Nacht.

Das Mittagsläuten war noch nicht verklungen, als sich der Platz vor Notre-Dame mit Menschen füllte. Für den König und die Kardinäle, die nach Paris gekommen waren, um endlich das Urteil über den letzten Großmeister des Templerordens zu fällen, war von den besten Zimmerleuten von Paris eine zwanzig Fuß hohe Tribüne aus Eschenholz gezimmert worden, die fast hundert Zuschauern Platz bot. Von dort aus genossen die geistlichen Würdenträger eine vortreffliche Aussicht auf das prächtige Eingangsportal des Gotteshauses, das sich wie ein Herrscher über das Gewirr aus engen Gässchen und windschiefen Häusern zu seinen Füßen erhob. Dagegen wirkte das von einer Hundertschaft Bewaffneter umstellte viereckige Podest inmitten des Platzes unscheinbar. Auf dem Gerüst sollten die vier gefangenen Templer ihren Schuldspruch entgegennehmen und in Anwesenheit des Königs und aller geistlichen Würdenträger das Volk von Paris demütig um Verzeihung bitten.

Nachdem die Gesandten des Papstes mit würdevollen Mienen ihre Plätze eingenommen hatten, wartete die Menge auf die Ankunft der vier Gefangenen. Man hatte die Männer, die einst den mächtigen Tempel im Herzen der Stadt bewohnt hatten, seit Jahren nicht gesehen, was jedoch nicht verwunderte, da der König sie ja in strenger Kerkerhaft gehalten hatte.

»Hast du gehört, heute Nacht soll es in den Ställen des Königs gebrannt haben?«, wisperte ein vornehm gekleideter Mann mit spitzem Mäusegesicht seinem Nachbarn zu. Beiden war es gelungen, sich mit Ellenbogen bis zum Rand der Tribüne vorzukämpfen. Aus der Kathedrale drangen helle Knabenstimmen, die lauter wurden, als sich die Tore von Notre-Dame öffneten und unzählige Priester und Chorknaben in einer endlos scheinenden Prozession ins Freie strömten. Passend zu ihrem Zug setzte Feiertagsgeläut ein. Die Priester schwenkten fleißig ihre Weihrauchgefäße, die Knaben sangen weiter, obwohl sie beim Klang der Glocken kaum noch zu hören waren.

»So tollkühn können nur die Templer gewesen sein«, behauptete der Angesprochene. Auch er musste schreien, um die Glocken zu übertönen, deren Ton erst abebbte, als sich die Wagen des Königs, von mehreren Reitern flankiert, durch das Gedränge schoben. Wachsoldaten sprangen herbei und stießen die Schaulustigen, die einen Blick in den Wagen des Königs erhaschen wollten, mit Stöcken und Spießen zurück und sorgten dafür, dass für Edelleute und höfische Beamte zu Pferde eine Gasse entstand. Die Begeisterung der Menge über die Ankunft ihres Herrschers hielt sich jedoch in Grenzen; die meisten Leute murrten, anstatt zu jubeln.

»Ach, und wie sollen sie das gemacht haben? Die Burschen saßen doch bis heute im Kerker?«

»Der alte Großmeister Jacques soll doch ein Hexenmeister sein, der magische Kräfte hat. Wahrscheinlich genügte schon eine einzige Beschwörung, und der Marstall ging in Flammen auf.«

»Und warum hat er sich dann mit den Ställen begnügt und das königliche Palais verschont?« Er schüttelte den Kopf. »Nein, ein Vetter meiner Frau dient in der Kanzlei. Er hat mir verraten, dass einer der Templer entkommen ist, nämlich derselbe, der damals, vor sieben Jahren, den Schatz seines Ordens aus der Stadt gebracht hat.«

Der Mann mit dem Mäusegesicht hauchte sich fröstelnd in die Hände. Ihm war kalt. Obwohl die Nächte in Paris nicht mehr ganz so frostig waren, dass sie aus dem Waschwasser in der Schüssel Eis und das Bettzeug steif und klamm machten, wurden die Tage weiterhin von einem rauen Wind beherrscht, der die Stadt fortwährend mit Graupelschauern und diffusem Nebel heimsuchte. Auch heute mussten die Gesandten des Papstes, die ganz vorn saßen, ihre Hüte festhalten, damit sie ihnen nicht vom Kopf gerissen und durch die Luft gewirbelt wurden. Der Himmel wirkte in dem unwirklichen Licht über Türmen und Dächern grau und fahl.

Wie die Haut eines zittrigen, alten Greises, befand Maître Malak, der das Geschehen vor der Kathedrale vom offenen Fenster einer Dachstube aus verfolgte. Er hatte sich mit einigen seiner Anhänger noch vor dem Morgengrauen aus dem schwarzen Herzen von Paris geschlichen, um das Ende der Templer mit eigenen Augen mitzuerleben. Gaston war bei ihm. Er saß auf einer Kiste und spielte gedankenverloren mit einem Stück Strick, das er nicht mehr aus den Händen legte, seit er es vor Tagesanbruch in Malaks Versteck aus der Tasche gezogen hatte.

»Ich hätte ihm den Strick nicht um die Hände, sondern um den Hals legen sollen«, murmelte er.

»So nah wart ihr dran und habt doch versagt!« Den kahlköpfigen Mann packte ganz plötzlich der Zorn. Ohne Vorwarnung stapfte er auf Gaston zu und donnerte ihm seine Faust ins Gesicht. Gaston sackte mit einem überraschten Laut zu Boden. Noch ehe er sich aufrichten konnte, traf ihn ein Tritt in den Bauch, der ihm die Luft nahm. Doch sein Stöhnen schien Malaks Wut noch zu steigern. Er warf Gaston über die Kiste und bearbeitete seinen Rücken so lange mit einem Stock, bis dieser in seinen Händen entzweibrach.

»Ihr hättet den König töten können, als er in eurer Gewalt war«, brüllte er mit feuerrotem Gesicht. »Aber nein, das war dem edlen Templer natürlich nicht ritterlich genug. Er hätte sich ihm wohl lieber im Zweikampf gestellt.« Malak warf die zerbrochenen Stockteile in eine Ecke, worauf zwei seiner Untergebenen Gaston aufhalfen und auf die Kiste setzten. Zitternd wischte sich der junge Mann das Blut aus dem Gesicht. Dafür musste er seinen Hemdsärmel verwenden, denn keiner der Anwesenden riskierte seine Haut, um jemandem zu helfen, auf den Maître Malak wütend war. Ohnehin teilten die meisten seiner Kumpane die Ansicht, dass Gaston viel zu selten Prügel bezog, weil Malak einen Narren an ihm gefressen hatte.

»Verdammte Traumtänzer seid ihr«, brummte Malak. »Nun muss ich die Angelegenheit selbst in die Hand nehmen.« Er verschränkte die Arme hinter dem Rücken und stapfte polternd über die knarrenden Dielen, bis plötzlich die Bodenluke aufflog und ein steinaltes Weib seinen Kopf durch die Öffnung schob. »Ruhe da oben«, keifte das Weib. »Sonst hole ich die Büttel! Es gibt genug Leute, die meine Kammer mieten wollen und still wie die Mäuse sind. Sogar wenn sie hier miteinander …« Sie öffnete ihren zahnlosen Mund und stieß ein meckerndes Lachen aus. »Ihr wisst schon, nicht wahr?«

Im Nu war Malak wieder die Freundlichkeit in Person. Lächelnd entschuldigte er sich bei der Alten und versprach, dass er und seine Freunde keinen Lärm mehr machen würden. »Ich gebe dir nachher noch etwas für deine Mühen«, versprach er zum Abschied. Er warf der Greisin eine Kusshand zu, woraufhin diese wieder zu lachen anfing.

Als die Falltür knarrend zuschnappte, erstarb das Lächeln in Malaks Gesicht. »Erinnert mich daran, dass ich der alten Fledermaus später beibringe, wie unhöflich es ist, einen Wucherpreis für dieses Stübchen zu verlangen und mich dann auch noch darin zu stören.«

Er durchquerte die muffige Dachkammer mit schnellen Schritten und nahm seinen Platz am Fenster wieder ein. Das Haus der alten Kupplerin hatte er sorgfältig ausgewählt, weil ihm nicht nur die unversperrte Aussicht auf die Kathedrale gefiel, sondern auch der Umstand, dass er und seine Leute im Notfall rasch über die Dächer verschwinden konnten. Das hatte er schon einige Male gemacht und kaum jemals einen Mann dabei verloren.

»Und wohin hat sich dein Templerfreund verzogen?« Malaks üble Laune waberte durch den Raum wie der Gestank von verfaultem Hering. Seine Leute hielten den Atem an, aber Gaston schien heute keine Prügel mehr zu befürchten, denn er straffte seine Schultern, stand auf und wagte es sogar, sich zu Malak ans Fenster zu stellen. Gierig sog er die kühle Luft in die Lungen.

»Nicht, dass es mich wirklich interessieren würde, aber ich bin nun mal gern gut informiert. Außerdem hasse ich Überraschungen.«

Gaston zuckte zusammen, als er Malaks Hand auf seiner Schulter spürte. Sein ganzer Leib schmerzte; die versöhnliche Geste des grobschlächtigen Mannes gab keine Linderung.

»Baudouin besitzt mehr Unterkünfte als ein Igel Stacheln«, sagte er schließlich. »Er spielte kurz mit dem Gedanken, hierherzukommen, aber ich konnte ihn davon überzeugen, dass dies glatter Selbstmord wäre. König Philipp will etwas von ihm, etwas, das nur er ihm geben kann. Sollte er ihn einfangen, wird er ihn nicht gleich töten, sondern erst einmal foltern, um ihm sein Geheimnis zu entlocken.«

Maître Malak wurde hellhörig. Was der Junge da andeutete, warf ein ganz neues Licht auf die Sache. Den Gerüchten über den ungeheuren Reichtum der Templer hatte er nie so recht vertraut. Doch wenn sogar der König davon ausging, dass Baudouin ein Geheimnis hütete, und alles unternahm, um es ihm abzujagen, musste doch etwas daran sein.

»Und du bist sicher, dass König Philipp nicht nur hinter Baudouin her ist, weil er die Templer hasst?«

Gaston nickte. Er wollte etwas hinzufügen, doch der Ton einer Fanfare, die unten vor Notre-Dame erklang, ließ ihn jäh verstummen. Er folgte Malaks Beispiel, der aus dem Fenster blickte, und sah, wie unter ihm ein Karren, gezogen von einer einzigen Schindmähre, über das Pflaster holperte. Darauf standen dicht gedrängt vier Männer, die allesamt mit schweren Eisenketten aneinandergefesselt waren. Es waren die gefangenen Templer.

Malak hielt den Atem an. Er erinnerte sich dunkel, den Großmeister vor Jahren schon einmal gesehen zu haben. Das war nur einen Tag vor dem Überfall auf den Tempel gewesen. Damals hatte Jacques de Molay den König zur Totenmesse einer seiner Verwandten in die Kathedrale begleitet und den Bettlern, die in Scharen vor Notre Dame aufgezogen waren, Münzen aus seinem Beutel zugeworfen. Doch mit dem vornehmen, gut genährten Edelmann, der stolz und hocherhobenen Hauptes in das Gotteshaus geschritten war, hatte die Gestalt auf dem Karren kaum noch Ähnlichkeit. Sein einstmals volles Haar hatte der Templer fast vollständig verloren, nur noch ein paar schneeweiße Büschel klebten ihm am Schädel. Unter den buschigen Brauen schienen die Augen fast zu verschwinden. Wie seinen Gefährten schien auch ihm das helle Tageslicht zuzusetzen, wofür zweifellos die lange Zeit in der Dunkelheit verantwortlich sein musste.

Kaum hatte der Karren den Platz erreicht, als auch schon eine Flut von Beschimpfungen und Flüchen über die Gefangenen hereinbrach. Schreie und Pfiffe ertönten. Aufgestachelt von den Soldaten des Königs, wurden drohend Fäuste geschüttelt und Steine auf die Unglücklichen geworfen. Während die meisten Schaulustigen jedoch Abstand hielten, liefen einige Männer und Frauen neben dem Karren her und zerrten an den Kleidern der Gefangenen, wohl in der Absicht, sich ein paar Fetzen weißen Tuchs von den Templermänteln mit dem roten Kreuz als Andenken an diesen Tag zu sichern.

»Elende Brut!« Malak war anzumerken, dass ihm nicht gefiel, was er beobachtete, denn er fluchte leise vor sich hin, bis der Karren mit den Templern schließlich unter dem Geschrei des Pöbels vor dem Holzpodest anhielt. Dort wurden der Großmeister und seine Gefährten von ihren Ketten befreit und anschließend eine Leiter hinaufgetrieben. Malak richtete seinen Blick auf die oberste Reihe der mit Teppichen und Wimpeln geschmückten Tribüne. Er fragte sich, ob König Philipp nach der vergangenen Nacht überhaupt in der Lage war, dem Abschluss des spektakulären Schauprozesses gegen die Templerführer beizuwohnen. Malak hatte zwar den Dauphin und seine beiden Brüder, nicht aber den König erspähen können. Ein blauer Vorhang mit Goldbordüre war vor den Plätzen der königlichen Familie aufgehängt worden. Vom Wind berührt, blähte sich das Tuch wie ein Segel.

Falls Philipp zugegen war, hielt er sich dahinter vor den Blicken Neugieriger verborgen.

Malak konnte sich ein Grinsen nicht verkneifen. Wenigstens hatten Gaston und sein Freund, der Templer, diesem Großmaul ein Paar kochende Füße beschert. Ob Philipp wohl spürte, dass einer der Männer, die ihm so übel mitgespielt hatten, sich nur einen Steinwurf weit entfernt von ihm aufhielt? Um Gastons Willen hoffte er, dass dem nicht so war.

Als Nächstes erhob sich ein alter Kardinal, der, nach allem, was Malak gehört hatte, zu Papst Clemens' engsten Vertrauten zählte. Er war für seine Belesenheit bekannt und genoss unter allen Würdenträgern einen guten Ruf. Als er die Arme ausbreitete, um sich Gehör zu verschaffen, verstummten die Rufe auf dem Platz. Der Alte ließ einige Momente verstreichen, bis er den Eindruck gewann, die ungeteilte Aufmerksamkeit des Volkes wie auch der Männer auf dem Podest auf sich gezogen zu haben. Ein junger Priester reichte ihm eine Schriftrolle, aus der er zuerst in lateinischer, dann in französischer Sprache vorzulesen begann. Es handelte sich dabei um eine gestelzt formulierte Zusammenfassung all der Anschuldigungen, die gegen den längst aufgehobenen Orden der Tempelritter erhoben worden waren.

Klappe, du verdammter Schwätzer, dachte Malak, der allmählich die Geduld verlor.

Als hätte der Kardinal die Gedanken des Mannes aufgefangen, hob er den Blick und fasste den ehemaligen Großmeister de Molay unter seinen buschigen Brauen scharf ins Auge.

»Jacques de Molay, Ihr seid von Seiner Heiligkeit, dem Papst, finsterer Machenschaften und übler Ketzerei überführt worden. Die Schandtaten der Templer sind weithin bekannt und wurden von Euch auch eingeräumt.« Der Geistliche hob die Schriftrolle in die Höhe, die anscheinend auch das zu Protokoll genommene Geständnis de Molays enthielt.

»Habt Ihr noch etwas zu sagen, bevor ich im Namen des Heiligen Vaters das Urteil über Euch und Eure Mitgefangenen verkünde?«

Der Templer richtete sich auf und hob den Arm, wobei der Ärmel seines wallenden Mantels zurückfiel und sein Handgelenk sichtbar wurde. Es war rot wie ein Stück roher Schinken und dick geschwollen. Doch Jacques de Molay schien keinen Schmerz zu spüren. Als er der Menge zu verstehen gab, dass er etwas zu sagen wünschte, wurde es schlagartig still, denn obwohl der alte Mann auf dem Podest schmutzig und verlaust war und zerrissene Kleider trug, ging von ihm doch eine Kraft aus, die sogar einige der Herren auf der Tribüne beeindruckten. »Wo ist Papst Clemens?«, rief der Großmeister ihnen mit fester Stimme zu. »Als Großmeister der armen Ritter Christi und des Tempels Salomos zu Jerusalem stehe ich unter seinem Schutz. Nur dem Papst ist es erlaubt, ein Urteil über mich zu fällen. Also, Kardinal, wo ist er?«

Unterhalb des Podests kam es zu zustimmenden Rufen; ein paar Leute klatschten.

Der geistliche Würdenträger schnappte nach Luft; er fühlte sich vor aller Augen blamiert, da der Templer ganz offen seine Autorität anzweifelte. Wütend starrte er auf die Schriftrolle in seiner Hand.

»Seine Heiligkeit hat es abgelehnt, Euch noch einmal anzuhören. Er hat genug von den Lügen der Templer. Aber er hat mich und diese frommen Herren, die sich über Monate hinweg mit Eurem Fall beschäftigt haben, beauftragt, ihn heute zu einem Ende zu führen.«

Jacques de Molay schüttelte den Kopf. »Ihr sprecht von Lügen, Eminenz? Habt Ihr vergessen, dass Ihr mich dazu zwingen wolltet, die Unwahrheit zu sagen, um mein Leben zu retten? Ich habe es getan und furchtbare Dinge zugegeben, die weder ich noch einer meiner Leute jemals verbrochen haben.«

Malak beobachtete, wie der feiste Kardinal erbleichte. Damit hatte er nicht gerechnet. Man hatte ihm zugesichert, dass er lediglich das Protokoll verlesen, den reumütigen Kniefall des Missetäters bezeugen und dann das Urteil des Papstes verkünden musste. Die Halsstarrigkeit des Templers brachte ihn völlig aus dem Konzept. Hilfesuchend blickte er zur Loge des Königs, und einen Herzschlag lang glaubte Malak, dort eine klauenartige Hand zu sehen, die durch den Vorhang ein Zeichen gab.

»Ihr wollt widerrufen?« Die Stimme des Kardinals klang fassungslos. »Aber … aber … das geht nicht.«

Für einen kurzen Moment zeigte sich auf den Lippen des alten Tempelherrn ein Lächeln, das ihm die Würde zurückgab, die man ihm genommen hatte.

»Auf der Waage des Himmels wiegt selbst die kleinste Lüge mehr als all die Herren auf dieser Tribüne dort. Ich gestehe, dass ich eine schwere Sünde gegen mich und den Orden begangen habe. Ich bekenne, dass ich ein falsches Geständnis abgelegt habe, um mein Leben zu retten und mir Folterqualen in den Verliesen des Königs zu ersparen. Ich fiel auf ihn und den Papst herein. Beide ließen mich immer wieder glauben, sie würden mich freilassen, wenn ich mich vom Templerorden lossage. Doch ich glaube ihren falschen Versprechungen nicht mehr. Die beiden haben meinen Tod beschlossen, und der Papst ist nicht einmal mutig genug, mir ins Gesicht zu sehen. Deshalb verschanzt er sich hinter den Mauern seines Palastes in Avignon und schickt Euch vor.«

»Schweigt«, stammelte der Kardinal. »Kein Wort mehr!« Aber der Großmeister hatte für den kläglichen Versuch des Mannes, ihn am Reden zu hindern, nur einen verächtlichen Blick übrig. Malak hielt die Luft an. Auch die Männer und Frauen vor der Tribüne spitzten die Ohren, um nicht ein einziges Wort zu überhören. Allen war klar, dass ein Widerruf den Mann das Leben kosten würde. In den Augen der Inquisition galt ein reumütiger Sünder, der seine bereits zugegebenen Verfehlungen später abstritt, als rückfällig. Und darauf stand der Tod.

»Was ist mit Euren Mitgefangenen?« Der Kardinal deutete auf die Männer neben de Molay. »Wollen sie etwa auch widerrufen?«

Die drei Templer tauschten flüchtige Blicke aus, aber nur Geoffroy de Charnay, der einst die Geschicke des Ordens in der Normandie geleitet hatte, hob die Hand. Die anderen schwiegen. Auf dem Platz wurde es so still, dass man eine Nadel hätte fallen hören können.

Malak hatte genug gesehen. Kopfschüttelnd wandte er sich ab und ließ sich von einem seiner Männer den Lederschlauch mit Ziegenmilch reichen, um seinen Durst zu löschen. Nach Wein stand ihm heute nicht der Sinn. Er würde ihn auch seinen Leuten verbieten, wenigstens bis heute Abend. Schließlich hatten auch Gauner wie er Ehre im Leib. Zumindest im kleinen Finger. Während Gaston am Fenster ausharrte und stockend beschrieb, wie die Templer unter dem Geschrei des Gassenpöbels wieder in Ketten gelegt wurden, sann Malak darüber nach, ob der Widerruf des Großmeisters tapfer oder töricht gewesen war. Starb der Tempel nun mit ihm? Was wurde aus dem Schatz, von dem Gaston gesprochen hatte?

Malak legte den Kopf in den Nacken und trank die Milch in hastigen Zügen. Die Szene vor der Kathedrale hatte ihn aufgewühlt, wie sehr, wollte er seinen Männern nicht zeigen. Keiner dieser Halsabschneider sollte ihn für rührselig halten.

»Ihr verschwindet besser von hier, solange die Wachen und Büttel noch vor Notre-Dame zu tun haben. Vielleicht gibt es ja im Gedränge ein paar Beutel, die sich danach sehnen, ihre Besitzer zu wechseln? Mischt euch unters Volk, aber lasst euch bloß nicht erwischen.« Malak öffnete die Bodenluke und blickte misstrauisch nach unten in die Stube der Kupplerin. Die Alte hatte noch einmal Glück gehabt; heute hatte er keine Zeit, ihr einen Denkzettel fürs Schnüffeln zu verpassen.

Gaston schlug den Fensterladen zu und blies die Kerze aus. »Und was hast du vor, Meister?«

»Das geht dich einen Dreck an, Junge!« Malak zog die Brauen zusammen. »Ich habe noch etwas zu erledigen. Tu du, was ich dir aufgetragen habe!«

Das Haus, in dem sie ihren späten Gast empfing, war alt, verschachtelt und baufällig. Es lag am linken Seineufer, unweit der westlichen Stadtbefestigung, stand aber leer, seit sein Besitzer, ein Salzhändler, von seiner letzten Handelsfahrt nicht zurückgekehrt war. Da der Mann alleinstehend gewesen war und keine Erben hinterließ, hatten sich Gesinde und Nachbarn über das Anwesen hergemacht und gestohlen, was nicht niet- und nagelfest war. Inzwischen fuhr der Wind heulend durch die leeren Fenster, die wie blinde Augen auf den Fluss gerichtet waren, als hätten sie die Hoffnung auf neuen Glanz noch nicht aufgegeben. Der einsame Hof des Salzhändlerhauses lag im Schatten des berüchtigten Turms, in dem sich Gerüchten zufolge die Ehefrauen der Königssöhne mit ihren Liebhabern getroffen hatten.

Sie hatte Kerzen angezündet, fünf kostspielige Wachskerzen, was er leichtsinnig fand, da niemand wissen durfte, dass er hier oben einen Unterschlupf für sie eingerichtet hatte. Doch sie begegnete seinem Vorwurf mit einem spöttischen Lächeln.

»Kein Mensch verirrt sich in diese Ruine. Warum auch? Es gibt in diesem Haus nichts mehr, was sich zu stehlen lohnen würde.«

Dem war nicht zu widersprechen. Dennoch nahm er das Glas Wein, das sie ihm reichte, eher lustlos entgegen. Bildete er sich das nur ein, oder zuckte sie bei seinem Anblick zusammen?

Kein Wunder, dachte er grollend, als er im Glas sein Spiegelbild sah. Aber er beschloss, sie seine schlechte Laune nicht spüren zu lassen. Noch nicht.

Zumindest hatte sie sich für ihn hübsch gemacht und eines der Kleider angezogen, die er für sie gestohlen hatte. Wie ihr das ohne Hilfe gelungen war, versetzte ihn in Erstaunen. Wenn er ehrlich war, hatte er nie zuvor eine schönere Frau gesehen. Mehr als ihre grazile Figur und die üppigen Brüste, die fast das Mieder ihres engen, taillierten Surcots sprengten, begeisterte ihn ihr Haar, das sie im Nacken zu einem dicken Zopf geflochten hatte. Unter dem hauchdünnen Schleier schimmerte es im Schein der Kerzen wie Kupfer. Ihren Hals schmückte ein Kreuz aus gelbem, fast durchscheinendem Stein, das an einem einfachen Lederband hing.

Als sie bemerkte, dass er es anstarrte, lächelte sie ihm sanft zu, aber Liebe lag nicht in ihrem Blick. Er fragte sich, ob sie in ihrem Leben überhaupt schon einmal einen Mann geliebt hatte oder ob sie mehr Gewinn daraus zog, mit ihnen zu spielen wie eine Katze mit der Maus. Die Münzen an ihrem Gürtelband schlugen klimpernd aneinander, als sie zum Fenster ging und in die Dunkelheit hinausstarrte. Auf dem Dachgiebel gurrten ein paar Tauben. Vermutlich hatten sie im Gebälk über den Fensteröffnungen ein Nest gebaut. Der Wind führte den Geruch des Flusses in den Raum, aber dazu noch etwas anderes.

»Seit dem Abendläuten brennt auf der Île aux Juifs ein Feuer«, sagte sie schließlich. Es klang beiläufig, als suchte sie ein Thema, um mit ihm ein Gespräch zu beginnen. »Eine Hinrichtung?«

Er nickte stumm. Erst als ihm klar wurde, dass sie mehr darüber erfahren wollte, erklärte er: »Sie verbrennen die Templerführer, die vor Notre-Dame ihr früheres Geständnis widerrufen haben. Auf dem Weg hierher hörte ich, dass Jacques de Molay einen Fluch über König Philipp und den Papst verhängt haben soll. Beide sollen sterben, noch bevor dieses Jahr zu Ende ist.«

»Und der Großmeister nimmt sein Geheimnis mit ins Grab.«

Ihn fröstelte, als sie zur Seite trat und die Säule aus Qualm bemerkte, die sich jenseits der Stadtmauern in den Himmel bohrte. König Philipp hatte angeordnet, den Scheiterhaufen für die Templerführer aus feuchtem Weidenholz aufzuschichten, da dieses nicht so rasch abbrannte. »Philipp ist ein verdammter Narr, wenn er glaubt, dass der Tod dieser Männer ihn auch nur um ein Goldstück reicher macht«, höhnte er. »Wenn er dich besser bewacht hätte, befände sich der Stein jetzt vielleicht in seinem Besitz.«

»Ist es wahr, dass ich tot bin?« Ihre Stimme blieb kühl, aber nun schmiegte sie sich an ihn. Ihr Duft nach Rosenwasser stieg ihm in die Nase. Er hatte viel Geld ausgegeben, um es ihr hier oben bequem zu machen. Nachdem sie beschlossen hatten, dass sie eine Weile von der Bildfläche verschwinden musste, hatte er die staubigen Dielen gefegt, sauberes Leinen über den Strohsack geworfen und Wein, Käse und Schmalz gekauft. Sogar an ein paar Schleier und Gürtel hatte er gedacht und sie mit den sündhaft teuren Kerzen in das alte Salzhändlerhaus geschafft.

Er machte einen Schritt auf sie zu, legte den Arm um sie und senkte seine spröden Lippen auf ihre. Wieder hatte er das Gefühl, etwas Kaltes, Lebloses zu berühren.

»Ja, Marie, du bist tot. Allerdings nur für Baudouin. Der König weiß natürlich, dass du lebst. Er wollte Baudouin quälen und zum Aufgeben bewegen, als er vor seinen Augen den Sack mit deinen angeblichen Überresten ablud. Ein haarsträubender Einfall, der vermutlich irgendein Küchenmädchen das Leben kostete, für uns aber von Vorteil ist. Immerhin wird Baudouin nun nicht nach dir suchen, da er dich ja tot glaubt. Und für eine Verräterin hält.«

»Aber wird er sich auch damit abfinden, dass sein kostbarer Templerstein verloren ist? Was, wenn er sich in den Kopf setzt, nach ihm zu forschen?«

In den Augen der davongelaufenen Hofdame glommen plötzlich Zweifel auf. Hatte sie bei seiner Ankunft noch einen gelösten, beinahe abgebrühten Eindruck auf ihn gemacht, so nahm nun ein Gefühl der Unsicherheit von ihr Besitz. Als sie ihm nochmals Wein einschenken wollte, wackelte die Kanne in ihrer Hand so heftig, dass die Hälfte des guten Tropfens danebenging. Ob ihr allmählich dämmerte, wozu sie sich hatte überreden lassen?

Entschlossen nahm er Marie die Kanne aus der Hand und stellte sie auf den Tisch zurück. Ein Blick auf die abgenagten Knochen eines Brathuhns sagte ihm, dass sie keinen Wert darauf gelegt hatte, mit ihrer Abendmahlzeit auf ihn zu warten.

»Meinetwegen kann Baudouin ganz Paris nach dem Stein absuchen, auch die Räume des Königs. Aber wenn er in der Stadt bleibt, werden ihn Philipps Häscher doch noch erwischen.«

»Während wir uns mit dem Stein auf den Weg Richtung Osten machen«, sagte sie lachend. »Der alte Lermond wird keinen Verdacht schöpfen, wenn ich ohne Baudouin zum Tempelhof komme.« Sie berührte flüchtig seine geschwollene Wange. »Und dich geben wir als meinen Knecht aus. Du bist zum Dienen geboren. Wenn du tust, was ich dir sage, fällt für dich auch ein Stück vom Kuchen ab.«

»Es war nie die Rede davon, dass du den Kuchen allein verspeist!«

»Ach nein?« Sie wollte noch etwas hinzufügen, doch dazu sollte ihr keine Zeit mehr bleiben. Im nächsten Augenblick schnellte seine Hand vor und riss ihr mit einer einzigen groben Bewegung den steinernen Anhänger vom Hals.

»Du erlaubst doch, dass ich dieses kostbare Stück in Verwahrung nehme?«

Sprachlos vor Schreck griff sich Marie an die Kehle, wo sich ein roter Striemen von der hellen Haut abzeichnete. Ihr hübsches Gesicht verzerrte sich zu einer wütenden Fratze. So hatten sie nicht gewettet. Wie eine Furie schoss sie auf ihn zu und hätte ihm sicher das Gesicht zerkratzt, wenn er nicht ihren Arm erwischt hätte. Nach einem kurzen Gerangel stieß er sie zu Boden.

»Gemeiner Betrüger«, schluchzte sie in ihrem Schmerz. »Du wolltest nur, dass ich Baudouin auf den Zahn fühle, ihm sein Geheimnis entlocke und den König in Schach halte.«

Er nickte. Nun musste er sich nicht mehr verstellen. Maries Flüche ließen ihn kalt, aber ein wenig bedauerte er, die weite Reise zum Tempelhof nicht in ihrer Gesellschaft anzutreten. Dafür war sie ihm zu aufmüpfig und unbequem geworden. In wachsender Erregung dachte er an die Nächte voller Leidenschaft zurück, in denen er sich zunächst in ihr Bett, dann in ihr Vertrauen geschlichen hatte. Verborgen hinter Samtvorhängen, hatte sie ihm von der goldenen Templermünze erzählt, die sie für Baudouin, den Gefährten ihres früheren Geliebten Lermond, in Empfang genommen hatte. Der Rest war ein Kinderspiel gewesen.

Marie hatte sich wieder so weit gefangen, dass sie sich den Staub von ihrem Kleid klopfte. Wütend hob sie den Blick, dann schimpfte sie los: »Mit dem Stein allein kannst du gar nichts anfangen. Sieben Stück sind nötig, um den Schatz zu bergen, außerdem noch gewisse Zahlen, die Baudouin mir anvertraut hat. Aber ich werde den Teufel tun und sie dir nennen!« Fordernd streckte sie die Hand aus. »Nun komm schon, her mit dem Anhänger, dann vergesse ich vielleicht, dass du Abschaum bist!« Sie seufzte. »Ich hätte auf Baudouin hören sollen. Der ist wenigstens ein richtiger Mann, kein Schlappschwanz wie du, der sich wie ein Köter prügeln lässt.«

Das also war er für sie. Ein Dieb von der Gasse, den sie sich des prickelnden Gefühls der Lust wegen zwischen die Laken geholt hatte. Für eine Hofdame wie sie, die Prinzessinnen das Haar bürstete, war er natürlich Abschaum, und daran hätte sich auch dann nichts geändert, wenn er mit einem Sack voll Gold nach Paris zurückgekehrt wäre. Plötzlich packte ihn kalte Wut, und er verlor den Kopf.

»Wer braucht dich schon? Ich habe den Stein, und die Worte wird Baudouin mir auch noch verraten! Du aber bist längst tot, und Tote reisen nicht gen Osten!«

Marie musste bemerkt haben, was in ihm vorging, denn nun versuchte sie mit einem Schrei, zur Treppe zu entkommen.

Noch vor der ersten Stufe packte er sie im Genick und schleifte sie trotz heftiger Gegenwehr zurück. Ihre Füße stemmten sich gegen ihn, ihr Kopf flog störrisch hin und her, mit den Händen zerrte sie an seinem Wams. Marie strampelte noch, als er seine Hände um ihren Hals legte und zudrückte.

»Baudouin … wird davon erfahren!«

Leere Versprechungen.

Als sie sich nicht mehr bewegte, trug er sie zu dem gemauerten Alkoven hinüber. Vor dem Strohsack glühte noch ein Rest Kohlen in einem Becken, das er zum Schutz vor der Kälte in die Kammer gestellt hatte. Er spie dreimal in die Glut.

Ein letzter Blick galt Marie, aus deren straffem Zopf sich bei dem Kampf einige Strähnen gelöst hatten, die ihr nun in die Stirn fielen. Ihre Augen waren geschlossen. Wie sie so dalag, erweckte sie den Anschein, als schliefe sie.

Nun musste er sich beeilen und diesen Ort verlassen, bevor ihm doch noch jemand auf die Schliche kam. Außerdem erwartete ihn Baudouin seit Stunden in einem ähnlichen Haus wie diesem hier, aber am anderen Ende der Stadt. Er hatte versprochen, ihn mit Neuigkeiten über die Templerführer zu versorgen, aber vermutlich hatte er bereits aufgeschnappt, dass sie tot waren.

Er tastete nach dem steinernen Kreuz und empfand leises Bedauern darüber, dass Marie ihr Wissen mit ins Jenseits genommen hatte. Verärgert trat er gegen das dreibeinige Feuerbecken und sah zu, wie die Kohle knirschend zu Boden fiel. Wenn ihm nur etwas mehr Zeit geblieben wäre …

Nun brauchte er Baudouin doch noch, denn nach seinen Erfahrungen mit Marie würde der ihm bestimmt nicht auf die Nase binden, wofür der sonderbare Stein in Kreuzform gut war.

Bevor er sich aufmachte, suchte er im Schuppen des Handelshauses trockenes Stroh, das er an ausgewählten Stellen verteilte und mit Hilfe der Kerzen in Brand setzte. Sogleich schlugen die Flammen aus wie hungrige Raubtiere, und so dauerte es nicht lange, bis das alte Gebäude am Flussufer von dichten Rauchschwaden eingehüllt wurde.

Gaston sprang hastig die Treppen der Kaimauer hinunter und floh in eines der Boote, das an einem Pfahl vertäut auf dem Wasser schaukelte. Dort verharrte er, bis Rauch und Flammen auch aus dem Fenster des oberen Stockwerks drängten. Ein Knirschen und Knacken erfüllte die Luft; unbändig schrie das Haus seine Wut in die Nacht hinaus. Kein Stern spendete Licht, selbst der Mond verhüllte sein Angesicht.

Und nun zu Baudouin, dachte Gaston, während er sich lautlos mit einem Ruder vom Ufer abstieß.

ENGLAND IM MÄRZ 1314

Rémy war noch nie in England gewesen. Zwar hielten sich hartnäckige Gerüchte, nach denen Edward II. den Templern heimlich gewogen war und sich nicht gerade überschlug, die strengen Forderungen des französischen Königs und des Papstes nach Gefangennahme und Verhör der Ordensleute in seinem Land zu erfüllen, doch das konnte sich jeden Tag ändern. Immerhin war Edward als launisch bekannt und zudem mit der Tochter Philipps von Frankreich verheiratet.

Rémy hatte daher nicht gezögert und seine weiße Ordenstracht abgelegt. Es war sicherer, die Tochter des Robert Bruce in der Aufmachung eines schottischen Abgesandten in Empfang zu nehmen. Zu diesem Zweck hatte MacDonald ihm nicht nur die Farben seines eigenen Clans zur Verfügung gestellt, der auch in England in hohem Ansehen stand, sondern ihn auch mit Beglaubigungsschreiben und vier Männern versehen, die ihn nach Yorkshire begleiten sollten. Quartus hatte so lange gebettelt, bis Rémy auch ihm ein Pferd gegeben hatte.

Hatte Rémy MacDonalds Bitte zu Beginn auch skeptisch gegenübergestanden, so musste er nun zugeben, dass ihm der Ritt durch dichte Laubwälder und über grüne Wiesen Spaß machte. Er genoss die Sonne, die zwischen den Baumkronen durchschien und Schattenbilder auf die holprigen Wege warf. Obwohl die Luft kühl und feucht vom vielen Regen war, hatte er den Eindruck, hier tiefer durchatmen zu können als am Rande der sturmumtosten Klippen. Bislang hatte er sich in Schottland nicht einsam gefühlt, doch beim Anblick der Dörfer, Herrenhäuser und Rittersitze, die auf seinem Weg nach Süden lagen, wurde ihm schlagartig bewusst, dass es nie sein Wunsch gewesen war, sein Leben in Argyll zu beschließen.

Quartus ritt die meiste Zeit des Tages neben ihm, was ihm nicht unlieb war, da MacDonalds Männer sich ausschließlich der gälischen Sprache bedienten. Rémy hegte den Verdacht, dass sie nur vorgaben, ihn nicht zu verstehen. Er hatte keine Ahnung, was ihr Herr ihnen über ihn und Quartus erzählt hatte, konnte sich aber des Eindrucks nicht erwehren, dass sie ihn, vor allem aber den Jungen, argwöhnisch beäugten.

»Als ich gestern Wasser schöpfte, kreuzte einer dieser Burschen die Finger und spuckte vor mir aus«, sagte Quartus lachend. »Vermutlich halten sie mich für einen Dämon, der Euch verhext hat. Nur ein Dämon würde bei einem Sturm mit dem Boot hinausfahren.«

Rémy runzelte gereizt die Stirn. Er mochte solche Reden nicht leiden, sie klangen ihm zu sehr nach Selbstmitleid. Stumpfsinnig starrte er vorwärts. Seit Stunden schon ritten sie durch einen Wald, der kein Ende zu nehmen schien. Rémy hatte von ihm gehört, es hieß, dass er oft von Räubern heimgesucht wurde, aber ein anderer Weg hätte ihn zwei Tage gekostet, weshalb er sich kurzentschlossen für die Abkürzung durch die Wälder entschieden hatte. Angus' Männer murrten auf Gälisch vor sich hin. War es kurz nach Tagesanbruch noch empfindlich kühl gewesen, so brannte ihnen die Sonne seit den frühen Mittagsstunden auf den Pelz. Der Bach, der ihren Weg eine Tagereise lang gurgelnd begleitet hatte, war verschwunden, dafür wehte ein laues Lüftchen ihnen den würzigen Duft von Moos und Baumrinde entgegen. Zu beiden Seiten des Wegs wuchsen leuchtende gelbe Blumen.

»Geh ihnen aus dem Weg, aber lass dir bloß nichts gefallen«, war Rémys Rat, als die kleine Schar gegen Abend endlich den Wald hinter sich ließ und von einer Ebene empfangen wurde. Rémy sandte ein Dankgebet zu seinen Schutzheiligen hinauf. Er hatte zwar sein Schwert dabei, konnte jedoch schlecht einschätzen, ob er sich bei einem Angriff von Wegelagerern auf die Hilfe von MacDonalds maulfaulen Kerlen hätte verlassen können. Die machten schon wieder ein Gesicht, als würden sie sich lieber selber auf die Lauer legen.

Das Dorf Watton bestand aus einer Ansammlung von Gehöften, Ställen und Scheunen. Ein von wildem Brombeergestrüpp gesäumter Trampelpfad verband sowohl die Hütten am Ortsrand wie auch alle umliegenden Kuhweiden mit einem etwa zweihundert Schritte entfernt liegenden Gebäude, das mit seinen Mauern und den ineinander verschachtelten Häusern wie eine Burg aussah. Das musste der Konvent der Nonnen von Watton sein.

Obwohl Rémy in Argyll selbst nach strengen Ordensregeln lebte, war es ihm zur Gewohnheit geworden, einen großen Bogen um Klöster zu machen, besonders um solche, die wie kleine Festungen aussahen. Wie die Nonnen es hier mit den Templern hielten, wusste er nicht und wollte es auch nicht herausfinden. Er war als Abgesandter des schottischen Königs unterwegs und vertraute darauf, dass man ihm zumindest respektvoll gegenübertrat, auch wenn er sich in Feindesland befand. Da es für heute zu spät war, die junge Marjorie mitzunehmen, erlaubte Rémy MacDonalds Männern, sich ein wenig im Dorf umzusehen. Vielleicht gab es dort ja eine Schenke, in der sie sich ein Bier schmecken lassen konnten. Zum ersten Mal seit ihrer Abreise wich der mürrische Ausdruck von den Gesichtern der Schotten. Wie durch ein Wunder waren plötzlich auch alle vier des Englischen mächtig. Grinsend zogen sie ab.

»Die haben uns reingelegt«, beschwerte sich Quartus. »Tagelang haben sie nur mit den Achseln gezuckt, wenn ich was von ihnen wollte. Die hatten nur vor, sich vor der Arbeit zu drücken.«

»Um zu arbeiten, habe ich sie nicht mitgenommen!« Rémy schlug dem jungen Mann auf den Rücken. »Dafür bist du zuständig. Na los, mach dich ein wenig nützlich und schlag unser Zelt auf. Wir brauchen auch ein Feuer. Wenn die Sonne erst mal weg ist, kann es hier empfindlich kalt werden.«

Quartus machte ein langes Gesicht. »Aber warum sollen wir hier draußen schlafen? Das Gras ist feucht, und vielleicht gibt es hier wilde Tiere. Dass Ihr nicht ins Dorf gehen wollt, kann ich ja verstehen. Aber der Konvent von Watton verfügt doch sicher über ein Gästehaus für Pilger und Reisende, wo wir um ein Quartier bitten könnten.«

»Ich werde die Nacht nicht in einem englischen Nonnenkloster verbringen«, sagte Rémy mit fester Stimme.

»Aber warum …«

Rémy funkelte den Jungen drohend an. Allmählich verlor er die Geduld mit dem naseweisen Burschen. Was gingen den seine Vorlieben und Abneigungen an? Wenn er geahnt hätte, wie sehr der Junge ihm auf die Nerven gehen würde, hätte er ihn in der Komturei unter Bruder Marcels Aufsicht zurückgelassen. Doch wenn man Quartus eines nicht vorwerfen konnte, so war das Dummheit. Er verfügte über ein sensibles Gespür für Stimmungen und bemerkte, wenn er zu weit ging. Ohne weitere Widerworte begann er, trockenes Holz zu suchen und das Lager aufzuschlagen. Als Rémy, der sich in der Zwischenzeit die Umgebung des Konvents und Dorfs Watton etwas genauer angesehen hatte, zurück zu den Pferden kam, brannte zu seiner Überraschung nicht nur ein Feuer. An einem Spieß darüber brutzelte auch ein Rebhuhn. Ein verlockender Duft stieg dem Templer in die Nase.

»Woher hast du das Rebhuhn? Kerl, hast du etwa gewildert?«

Quartus schaute mit großen Augen zu ihm auf, fuhr aber fort, den Spieß zu drehen, um den Vogel von allen Seiten knusprig werden zu lassen. »Gewildert? Ich? Niemals. Das Tierchen ist mir zugelaufen.«

Halb amüsiert, halb empört ließ Rémy sich auf einem Stein

nieder und bohrte sein Schwert zu seinen Füßen in den weichen Waldboden. Er war froh, dass er als Ort für das Nachtlager eine Stelle gewählt hatte, die halbmondförmig von einer Gruppe Fichten umgeben war. Die Bäume schützten sie vor neugierigen Blicken. Trotzdem fühlte sich Rémy nicht wirklich wohl in seiner Haut, denn die Gesetze gegen Wilderer waren hier in England nicht weniger streng als in Schottland oder im deutschen Reich. Die Grundherren schützten ihr Recht auf alleinige Nutzung ihrer Wälder, Flüsse und Seen und verhängten drakonische Strafen gegen alle, die dagegen verstießen. Auch auf den Gütern der Templer war es üblich, Wilderer hart zu bestrafen.

»Bete, dass niemand beobachtet hat, wie dir das Rebhuhn zulief«, knurrte er, ließ sich aber den gebratenen Flügel, den Quartus ihm mit einem treuherzigen Blick reichte, schmecken.

Nachdem er seine Mahlzeit beendet hatte, lehnte sich Rémy erschöpft zurück. Quartus, der nicht daran gewöhnt war, sich so lange im Sattel zu halten, bewegte stöhnend das Genick. Trotzdem legte er, ohne Rémys Aufforderung abzuwarten, trockene Zweige nach, damit das Feuer nicht ausging, und versorgte auch die Pferde. Erst als dies erledigt war, rollte er sich in seine Decke.

»Darf ich Euch etwas fragen?«

Rémy seufzte. Ihm gingen tausend Gedanken durch den Kopf, mit denen er eigentlich allein bleiben wollte, aber da er spürte, dass Quartus etwas beschäftigte, gab er nach und drehte sich zu ihm um. »Was?«

»Neulich, auf den Klippen bei Argyll, als Ihr mich gesucht habt, da saht Ihr aus, als wüsstet Ihr nicht mehr, wo Ihr Euch befindet. Ich hatte mich hinter einem Felsen versteckt, weil ich diesem Angus MacDonald nicht über den Weg laufen wollte.«

»Weiter!«

Quartus stieß geräuschvoll die Luft aus. Rémys scharfer Blick verunsicherte ihn. Trotzdem sprach er weiter. »Ich habe zufällig mit angehört, was Angus MacDonald gesagt hat. Er ist der Meinung, dass bei den Felsen irgendetwas Übles von Euch Besitz ergriffen hat.«

»So ein Blödsinn«, brach es aus Rémy heraus. »Ich kenne Angus schon lange, er ist ein guter Freund. Aber ich fürchte, auf seine alten Tage wird er ein wenig wunderlich.«

»Mag sein, aber vergesst nicht, dass ich auch da war. Ich mag falschliegen, aber ich hatte den Eindruck, dass der Anblick der Felsen und des Schotten Euren Sinn verwirrt hat.«

Rémy griff nach seinem Lederschlauch und trank ein paar Schlucke Wein. In der Nähe des Feuers war es warm, dennoch spürte er plötzlich, wie ihn ein Gefühl von Kälte erfasste. Der Junge war ein messerscharfer Beobachter, und seine Rückschlüsse waren nicht so falsch, wie er vielleicht annahm.

»Ich war damals in Akkon, als die Mameluken die Stadt eroberten«, begann er nach einigem Zögern zu erzählen. »Kalif al-Ashaf Chalils Leuten gelang es, eine Bresche in den inneren Mauergürtel beim Turm der Verdammten zu schlagen. So kamen sie in die Stadt, wo sie sofort ein wahres Blutbad anrichteten. Einwohner wie Kreuzritter wurden gleichermaßen niedergemacht. Nur wir Templer hielten noch unsere Festung, die Eisenburg, die weiter im Norden lag. Es war aber nur eine Frage der Zeit, bis die Feinde auch unser Quartier erstürmen würden. Viele Tempelritter waren gefallen, auch Angus MacDonalds Sohn. Unser damaliger Großmeister bot dem Kalifen Verhandlungen an, aber die scheiterten. Vor Erschöpfung übersahen wir, dass die Soldaten Chalils bereits angefangen hatten, das Mauerwerk der Eisenburg durch heimliche Grabungen bei Nacht zu unterminieren.« Rémy schloss die Augen. Wieder erschienen ihm die Bilder von damals, und er war außerstande, sich vor ihnen zu schützen.

»Heißt das, die Mauern sind zusammengestürzt?«, wollte Quartus wissen.

»Kennst du die Geschichte der Mauern von Jericho? Die durch Fanfarentöne einstürzten? Es kommt vor, dass ich die schrecklichen Geräusche von damals auch jetzt noch höre. Ich wurde damals verschüttet, aber ich hatte Glück, dass ich schwerverletzt überlebte. Einer meiner Freunde, ein deutscher Ordensbruder namens Stüplin, hat mich unter dem Mauerschutt hervorgezogen. Er kannte die Eisenburg besser als jeder andere Tempelritter, weil er sich mit der Architektur der Sarazenen beschäftigt hatte. Aber seine Warnungen kamen zu spät. Ihm habe ich es zu verdanken, dass ich mit dem letzten Schiff nach Sidon entkam, denn obwohl ich mehr tot als lebendig war, hat Stüplin sich dafür eingesetzt, dass mich der spätere Großmeister Gaudin im letzten Moment mitnahm.«

Quartus machte ein nachdenkliches Gesicht. »Die aufragenden Felsen an der Küste …«

»Sie erinnern mich an die Mauern der Eisenburg, die mich und viele meiner Brüder unter sich begruben. Normalerweise gehe ich nicht dorthin, denn sobald ich die Hand ausstrecke und den rauen Stein fühle, kann es sein, dass die Erinnerung mich wie eine Springflut überfällt. Dann trägt sie mich wie auf Wolken zurück nach Palästina, und ich habe keine Macht, mich dagegen zu wehren. Ich bekomme die Bilder einfach nicht aus dem Kopf.«

Quartus machte Anstalten, etwas zu entgegnen, doch Rémy war der Meinung, dass er die Neugier des Jungen mehr als genug befriedigt hatte. Er wunderte sich ohnehin darüber, dass ausgerechnet Quartus ihm die alten Geschichten aus seiner Dienstzeit im Heiligen Land hatte entlocken können. Sein alter Ordensbruder Stüplin war der Einzige, der von Rémys Abscheu vor engen Räumen und hoch aufragenden Felsen wusste. Rémy fragte sich, ob der Baumeister wie er seine Münze erhalten hatte. Wenn, dann befand er sich bestimmt schon längst bei

Lermond auf dem Tempelhof, denn soweit Rémy sich erinnerte, war sein Freund damals in der Nähe der alten Komturei geblieben. Als deutscher Ordensbruder konnte er es sich erlauben, in einer Stadt unterzutauchen, wo ein geschickter Baumeister gefragt war. Mit dem Gedanken an ein baldiges Wiedersehen mit ihm schlief Rémy schließlich ein.

Er schlug die Augen auf, als jemand ihn kräftig an der Schulter rüttelte.

»Wacht auf, Herr«, hörte er ein Flüstern an seinem Ohr. Quartus. »Ich fürchte, ich bin ganz kurz eingenickt. Ich habe sie nicht kommen gehört ...«

Im Nu fuhr der Templer in die Höhe und zog sein Schwert aus dem Boden. Er brauchte einige Augenblicke, bis er sich gesammelt hatte. Was war hier los? Das Feuer glomm nur noch schwach und spendete kaum genügend Licht, um Quartus als Umriss wahrzunehmen. Der Junge nahm ein Stöckchen vom Boden auf und stocherte damit in der Glut herum. Als Rémy zu ihm trat, zog er den Rest einer der Satteltaschen aus der Asche und hielt ihn Rémy unter die Nase.

»Was zum Teufel ...«

»Jemand hat sich ins Lager geschlichen und unsere Sachen durchwühlt. Die Satteltaschen hat er ins Feuer geworfen.«

Rémy konnte nicht glauben, was er da hörte. Wie um alles in der Welt hatte das geschehen können? Warum schlief er neuerdings wie ein Toter? Das war ihm doch früher nicht passiert. »Wer auch immer heute Nacht hier war, er hätte uns beide leicht im Schlaf ermorden können«, brummte der Templer nachdenklich.

»Offenbar ging es ihm nur um den Inhalt unserer Taschen. Er hat sich genommen, was er wollte, und die Taschen anschließend ins Feuer geworfen.«

Rémy konnte sich vor Wut über sein eigenes Versagen kaum

noch beherrschen. Zornbebend hieb er mit seinem Schwert auf einen der Bäume ein, dass die Rinde ihm um die Ohren flog. Wenn das wirklich Räuber gewesen waren, warum hatten sie ihn nicht getötet? Warum war ihnen sein kostbares Schwert entgangen? Und die Pferde? Die standen noch immer dort, wo Quartus sie am Abend zuvor angebunden hatte. Kein Wegelagerer, der etwas auf sich hielt, verzichtete auf Pferde aus einem so guten Stall. Nein, irgendetwas war hier faul, das konnte Rémy riechen. Argwöhnisch drehte er sich zu Quartus um, der damit beschäftigt war, ihre verstreut umherliegende Habe in den Proviantsack zu stopfen. Viel war ihnen nicht geblieben, aber zumindest die Lederschläuche mit Wein lagen neben Rémys Sattelzeug. Wie es aussah, hatten die Langfinger es nur auf die Satteltaschen abgesehen, und gerade das machte Rémy stutzig. Er stapfte auf Quartus zu und versetzte dem überraschten Jungen einen groben Stoß. »Mach dein Maul auf, warum hast du das getan?« Er drängte ihn an einen Baum und hob das Schwert, bereit, ihm mit einem Streich die Kehle zu durchtrennen.

Quartus fing vor Angst an zu zittern. »Getan? Was denn, Herr?«

»Das Märchen von den rätselhaften Räubern, die lautlos das Lager heimsuchen und meine Taschen verbrennen, kannst du einem anderen auftischen. Ich glaube es nicht. Ich will wissen, was du im Schilde führst.« Ein paar Blutstropfen liefen an Quartus' Kehle herunter.

»Ich schwöre bei meinem heiligen Auftrag und bei der Komturei Tempelhof, dass ich die Taschen nicht verbrannt habe.« In Quartus' Augen blitzten Tränen. »Es waren wirklich Fremde hier. Ich weiß nicht, warum sie uns nicht getötet haben. Vielleicht waren sie unbewaffnet und legten es nicht auf einen Kampf an.«

»Und wer soll es deiner Meinung nach gewagt haben, uns hier zu überfallen?«, fragte Rémy. Allmählich begann er an der

Schuld des Jungen zu zweifeln. Es war zwar naheliegend, denn außer ihnen beiden gab es weit und breit keine Menschenseele. Bis zum Dorf lief man sicher eine halbe Stunde über die Felder, während die Priorei von Watton nur einen Steinwurf weit von hier entfernt lag. Aber war es nicht absurd, anzunehmen, dass die Nonnen mitten in der Nacht ihr Kloster verließen, um fremde Reisende zu überfallen?

Plötzlich fiel Rémy etwas ein, das ihn in höchste Aufregung versetzte. O nein, nicht das, dachte er. Er steckte sein Schwert in die Scheide und hastete zur Feuerstelle, wo Quartus die Überreste der Taschen abgelegt hatte. Als Rémy das geschwärzte Ziegenleder untersuchte, stieß er einen gequälten Schrei aus.

»Herr?«

»Die Empfehlungsschreiben, die MacDonald mir übergeben hat, waren in der Satteltasche. Meine Beglaubigung, mit der ich mich als Unterhändler und Abgesandter des Königs hätte ausweisen können. Alles zu Asche verbrannt.« Er wandte sich zu Quartus um, der sich das Blut von seinem Kratzer am Hals mit dem Handrücken fortwischte. Der Junge begriff auf Anhieb, wovon er sprach. Der nächtliche Eindringling hatte sie zwar am Leben gelassen, gleichzeitig aber auch jeglichen Schutzes beraubt, auf den sie sich mitten im Feindesland hätten berufen können. Davon abgesehen, war es fraglich, ob die englischen Nonnen von Watton Rémy ohne einen gesiegelten Brief des Königs dessen Tochter so einfach anvertrauen würden.

Aber wer bei allen Heiligen mochte ein Interesse daran haben, die Heimkehr der jungen Marjorie zu verhindern?

»Ich war es nicht, glaubt mir doch endlich«, rief Quartus, als er erneut einen misstrauischen Blick von Rémy auffing. »Alles, was ich mir wünsche, ist, dass Ihr so schnell wie möglich dieses Mädchen in Edinburgh abliefert, damit wir endlich zum Tempelhof reisen können. Angus MacDonald ist doch derjenige, der

Euch mit allen Mitteln in Schottland halten will. Habt Ihr schon einmal daran gedacht, dass er es darauf anlegen könnte, Euch Steine in den Weg zu legen?«

»Hüte deine Zunge, sonst schneide ich sie dir ab. Dein Geplapper geht mir schon seit Argyll auf die Nerven.«

Quartus zog eine beleidigte Grimasse. »Aber es ist doch so. Zuerst wollte er Euch überreden, mit den schottischen Clans in den Krieg gegen den englischen König zu ziehen …«

»Nicht so laut, verdammt noch mal! Vergiss nicht, wo wir sind!«

»Und als er keinen Erfolg damit hatte, die Templer auf seine Seite zu ziehen, bat er Euch um diesen Gefallen. Aber warum Euch? Gut, er kennt Euch als Waffengefährten seines Sohnes, aber nachdem Ihr ihm beigebracht hattet, wie sehr die Zeit drängt, hätte er doch auch einen anderen Ordensbruder nach England schicken können.«

Rémy hätte Quartus am liebsten eine Ohrfeige für seine Respektlosigkeit verpasst, doch seine geschwollene Wange hätte ihm nur deutlich unter die Nase gerieben, dass er einen begründeten Verdacht aussprach. Nein, Rémy hätte wissen müssen, dass der alte Fuchs sich nicht so leicht geschlagen geben würde. Das Mädchen Marjorie ging den Alten nichts an, sein Ziel war es, Rémy und seine Tempelritter vereint mit den Clans in den Kampf um Stirling Castle zu schicken.

Die Suppe werde ich dem Alten versalzen, dachte Rémy grimmig. Denn wenn er auf eines empfindlich reagierte, dann, von einem Freund ausgenutzt und hintergangen zu werden.

»Hörst du mich Angus MacDonald?« Rémys Stimme hallte durch den morgendlichen Wald. »Ich lasse mich von dir nicht betrügen!«

»Was sollen wir jetzt tun, Herr?«

Rémy musste nicht lange überlegen. »Das, wozu wir gekommen sind. Wir holen Prinzessin Marjorie und kehren noch heute nach Schottland zurück. Ich kann nur hoffen, dass die Jungfer sich besser im Sattel hält als du, denn eines kann ich dir versprechen: Die Rückreise wird kein Frühlingsspaziergang.«

Eine halbe Stunde später klopfte Rémy an die Pforte der Priorei von Watton. Aus der Nähe betrachtet war das Klostergelände wesentlich größer, als er erwartet hatte. Nicht nur das Dorf gehörte zum Besitz von Watton, sondern auch Viehweiden und Weizen- und Rübenfelder, die an Frontagen vermutlich von den Bauern aus dem Dorf bewirtschaftet wurden. In nördlicher Richtung erstreckte sich ein Fischteich bis vor die Klostermauern. Das trübe Wasser zog allerlei Stechmücken an, schien aber dafür von Forellen nur so zu wimmeln. Während Rémy vor dem Tor auf und ab lief, lauschte er dem Klang eines Hammers, der rhythmisch auf Eisen schlug. Die Schmiede des Klosters lag offensichtlich gleich neben der Pforte. In die vertrauten Geräusche mischten sich das Gackern von Hühnern und die Stimme einer jungen Frau, die, während sie den Hof fegte, ein freches Lied sang.

Schließlich wurde Rémy geöffnet. Die Priorin sei bereit, ihm einige Augenblicke ihrer Zeit zu schenken, hieß es. Auf dem Weg zu dem hohen, grauen Gebäude, das mit seinen Giebeln und gotischen Spitzbogenfenstern fast noch ehrfurchtgebietender aussah als die benachbarte Kirche, begegneten ihm nicht nur die Nonnen, sondern auch ihre Bediensteten auf dem Hof mit deutlichem Argwohn.

»Was wollt Ihr in Watton?« Die Priorin hieß Mutter Anne. Sie war so dick, dass ihr Körper den Sessel, in dem sie saß, völlig ausfüllte. Ungeduldig trommelte sie mit den Fingern auf den Tisch, wobei sie nicht daran dachte, ihr Misstrauen hinter ausgesuchter Höflichkeit zu verstecken. Rémy fragte sich, warum sie ihn überhaupt empfing, denn ihre Blicke galten allein dem Teller mit knusprigem, weißem Brot, gebratenem Fisch und Käse, der vor ihr auf dem Tisch stand. Wie es aussah, hatten Rémy und Quartus sie bei ihrem zweiten Frühstück gestört, worüber sie sichtlich aufgebracht war.

Rémy bereitete der nach Essen riechende Raum Unbehagen. Um ihm so rasch wie möglich wieder entfliehen zu können, beschloss er, sich nicht mit Förmlichkeiten aufzuhalten, sondern gleich zur Sache zu kommen.

»Ich fürchte, da liegt ein Missverständnis vor«, sagte die Priorin, nachdem sie Rémy zugehört hatte. Sie nahm sich eine Scheibe Brot, betrachtete sie von allen Seiten, warf sie dann aber auf den Tonteller zurück.

»Ein Missverständnis?« Rémy beugte sich über den Tisch und funkelte die fette Klosterfrau angriffslustig an. »Soll das etwa heißen, dass Ihr Euch weigert, die junge Prinzessin Marjorie aus Eurer Obhut zu entlassen?«

Mutter Anne machte eine ratlose Handbewegung. »Wie käme ich dazu? Ich habe mich noch nie geweigert, eine Anordnung unseres Königs zu ignorieren.«

»Dann empfehle ich Euch, mich nicht mit Ausflüchten zu verärgern. Dafür fehlt mir nämlich die Zeit. Euer König, Edward II., hat dem schottischen Adel zugesichert, die Tochter des Robert Bruce unverzüglich freizulassen. Robert Bruce hat mir den Auftrag erteilt, sie in Empfang zu nehmen und nach Schottland zurückzubringen. Das Kind musste lange genug in englischer Gefangenschaft ausharren.« Wütend schaute er sich in dem behaglich eingerichteten Raum um, der mit geschnitzten Holztruhen, wertvollen Kerzenhaltern und bunten Wandbehängen vom Reichtum der Priorei von Watton Zeugnis ablegte. »Also, wo ist sie?«, fragte er scharf.

»Fort!«

»Was heißt fort? Hat sie sich in Luft aufgelöst?«

Solche Reden gehörten sich nicht in einem Kloster. Das ließ die Priorin Rémy spüren, indem sie ihm giftige Blicke zuwarf. Rémy vermutete, dass die Frau sich querstellte, weil er ihr keine Papiere vorlegen konnte. Seltsamerweise kam sie darauf aber mit keinem Wort zu sprechen. Stattdessen wiederholte sie nur noch einmal, dass die Prinzessin nicht mehr im Kloster sei.

»Darf ich fragen, wohin die Prinzessin gebracht wurde?«, mischte sich nun Quartus ein. Er hatte nur wenig von dem Wortwechsel zwischen Rémy und der Frau verstanden, doch dem gelangweilten Schulterzucken der Priorin entnahm er, dass sie nicht gewillt war, ihnen freiwillig weiterzuhelfen. Tatsächlich lehnte sie sich zurück und verschränkte bockig die Arme vor der Brust. »Ich habe meine Mitschwestern angewiesen, das Mädchen Lady Marjorie zu nennen, denn unser König hat die Thronansprüche ihres Vaters nie bestätigt. Persönlich halte ich es für einen Frevel, einem Mann die Krone zu geben, der es gewagt hat, in einer Kirche Blut zu vergießen und Edward den Lehnseid zu verweigern.«

Rémy ging um den Tisch herum und stellte sich hinter Mutter Annes Sessel. Die Frau wurde nun doch unruhig. Es schien ihr zu dämmern, dass ihr von dem ungestümen Besucher Gefahr drohte. Sie versuchte aufzustehen, was ihr aber aufgrund ihrer Leibesfülle nicht gleich gelang. Rémy legte ihr beide Hände auf die Schultern und zwang sie so, wieder Platz zu nehmen.

»Schluss mit den Ausflüchten«, raunte Rémy ihr ins Ohr. »Es soll schon Leute gegeben haben, die an ihrem eigenen Essen erstickt sind.« Er deutete auf den noch unberührten Teller. »Eine Fischgräte im Hals. Überhaupt nicht schön, wenn so ein spitzes Ding sich im Schlund querstellt. Erst verspürt man nur ein leichtes Kratzen in der Kehle, doch was, wenn das Ding weder durch Husten noch durch Würgen weichen will? Man gerät in Panik, schnappt nach Luft. Die Augen quellen hervor, aber sosehr man sich dagegen wehrt, es bohrt sich tiefer in die Luftröhre, immer tiefer. Also antwortet: Was habt Ihr mit Lady Marjorie gemacht? Und warum habt Ihr unser Lager durchsuchen lassen, während wir schliefen. Das wart Ihr doch?«

»Marjorie wurde abgeholt«, stammelte die Priorin voller Angst. »Heute Morgen, gleich nach der Frühmesse. Ein Unterhändler ihres Vaters kam und hat sie mitgenommen. Das schwöre ich. Die beiden haben sich nach Tagesanbruch mit zwei Pferden und einem Maultier auf den Weg gemacht.«

Rémy nahm eine Scheibe Brot vom Teller und zwang die Priorin, den Mund zu öffnen. Sie sträubte sich, indem sie den Kopf von einer Seite auf die andere warf.

»Um Christi willen, hört auf«, flehte sie in schrillem Ton. »Ich habe Euer Lager nicht plündern lassen, ich gebe Euch mein Wort darauf.«

»Dann war es dieser Unterhändler!« Rémy klopfte der japsenden Frau auf den Rücken und begab sich wieder auf die andere Seite des Tisches. Bevor Mutter Anne nach ihrem silbernen Tischglöckchen greifen konnte, sprang Quartus vor und schob es so weit von ihr fort, dass sie es, im Sessel sitzend, unmöglich erreichen konnte.

»Wer war der Mann, der Marjorie mitnahm?«

Die Priorin stöhnte. »Habt Mitleid, ich bin eine alte Frau, die in Gehorsam, Keuschheit und Armut lebt.«

»Eure Armut teilen die Bauern von Watton sicher gern mit Euch«, sagte Rémy. »Nennt mir den Namen!«

»Der Mann, der Lady Marjorie abholte, nannte sich Rémy St. Clair!«

Rémy fuhr erschrocken zusammen. Mit allem hatte er gerechnet, doch nicht damit. Wie war das möglich?

Die Urkunden und Briefe aus der Satteltasche, schoss es ihm durch den Kopf. Natürlich. Warum hatte er nicht gleich daran gedacht? Der Unbekannte, der ihrem Lager in der Nacht einen Besuch abgestattet hatte, hatte zwar die Satteltaschen verbrannt, ihren Inhalt aber an sich genommen. Rémys Blut geriet in Wallung, als er daran dachte, dass sich der Kerl dreist seines Namens bedient hatte, um die Tochter des Robert Bruce zu entführen.

»Herr, wir sollten aufbrechen und nach Schottland zurückkehren«, drängte Quartus, der ein Gesicht machte, als verbrenne ihm der Boden die Fußsohlen. »Vielleicht erreichen wir den Hafen ja noch, bevor unser Schiff die Segel setzt!«

Rémy schüttelte in schierer Verzweiflung den Kopf. »Begreifst du denn nicht, dass wir nicht zurückkehren können? Wenn ich Robert Bruce ohne seine Tochter unter die Augen trete, wird er mir das nie verzeihen. Schlimmer, er wird annehmen, ich hätte etwas mit ihrer Entführung zu tun, und es die letzten Templer von Argyll bitter büßen lassen.« Er überlegte. »Falls Angus hinter dieser Entführung steckt, wird er nicht zulassen, dass ich ein Schiff nehme. Er wird die Häfen bewachen lassen, um mich festzunehmen, falls ich es doch versuchen sollte. Wir haben nur eine einzige Chance, ihm einen Strich durch die Rechnung zu machen. Wir müssen Lady Marjorie und ihren Entführer einholen.«

Quartus machte ein unglückliches Gesicht. Auch Rémy war nicht zum Lachen zumute. Keiner von beiden hatte auch nur die leiseste Ahnung, wo sie mit ihrer Suche nach der Prinzessin beginnen sollten.

V.

MARIENBURG BEI DANZIG, MÄRZ 1314

Die Abendsonne spiegelte sich bereits in der Nogat, als einer der Turmwächter die Rückkehr des Spähtrupps meldete. Er fand kaum Zeit, mit seinem Horn den Befehl zum Öffnen des Tores zu geben, da donnerte auch schon eine Schar gepanzerter Reiter in wildem Ritt über die Holzbrücke, welche die beiden Uferseiten des Stromes miteinander verband. Noch bevor die Ritter das Ende des auf mächtigen Stämmen ruhenden Stegs erreicht hatten, schwangen die beiden Torflügel auf. Gottfried von Bisol nahm seinen Helm ab und schüttelte den Kopf. Sein schulterlanges, blondes Haar klebte ihm am Kopf, so heftig war er ins Schwitzen geraten. Er hatte darauf gedrungen, keine Rast einzulegen, sondern bis zum Anlegerhafen der Nogat durchzureiten, denn er wollte die Nacht in der Marienburg verbringen. Seine Männer hatten anfangs gemurrt, denn normalerweise war Gottfried kein Spielverderber und ließ sich leicht überreden, während der Erkundungsausflüge ins Umland der Deutschordensburg auch ein paar der Dörfer einen Besuch abzustatten, wo ein ausgezeichnetes Bier gebraut wurde.

Doch dieses Mal hatte es Gottfried nach Hause und nicht in eine Taverne gezogen. Der Grund dafür war sein Bruder Heinrich, der wie er in der Ordensburg lebte. Heinrich, ein Bär von einem Mann, der jeden der Ritter beim Faustkampf nach wenigen Augenblicken besiegte, hatte sich bei Gottfrieds Aufbruch so schwach und elend gefühlt, dass der Hochmeister Karl von Trier sogar nach dem Medicus geschickt hatte. Seine Sorge kam nicht von ungefähr, denn Heinrich war nicht nur bei seinen Ordensbrüdern, sondern auch bei den Mannschaften und nicht zuletzt bei den Ordensoberen höchst beliebt. Er galt als tapfer, loyal und witzig, kurz: als guter Kamerad, dem die meisten Bewohner der Marienburg den Vorzug vor seinem Bruder Gottfried gaben. Karl von Trier selbst hatte Gottfried das Kommando über den Spähtrupp, der aus achtzehn Rittern und sieben Leichtbewaffneten, sogenannten Sariantbrüdern, bestand, nur nach langem Zaudern gegeben. Gottfried hegte den Verdacht, dass Heinrich dem Hochmeister von seinem Krankenlager aus so lange zugesetzt hatte, bis dieser sich nicht mehr hatte weigern können, dem jüngeren Bruder des angesehenen Ritters diese Chance zu geben.

Gottfried wusste nicht recht, ob er Heinrich dafür dankbar oder eher böse sein sollte. Der Gedanke, nur wegen der Fürsprache des Bruders ausgewählt worden zu sein, behagte ihm nicht. Hieß das nicht, dass nach Heinrichs Genesung wieder alles beim Alten sein würde?

Während Gottfried sich im Hochschloss, wo sich die Unterkünfte der Ordensritter befanden, von einem Waffenknecht aus der Rüstung helfen ließ, fragte er sich, wie lange er wohl noch im Schatten seines Bruders stehen würde. Heinrich, immer nur Heinrich. Sogar jetzt plapperte der Knecht ihm die Ohren von ihm voll. Allem Anschein nach ging es ihm nach einem Aderlass des Medicus wieder ein wenig besser. Er habe sogar eine Mahlzeit bei sich behalten können. Na bitte, viel Lärm um nichts. Wer in dieser verdammten Burg hatte eigentlich schon mal nach ihm, Gottfried, gefragt, wenn er gekotzt hatte?

Allerdings war er im Gegensatz zu Heinrich in den eisigen, von schrecklichen Schneestürmen heimgesuchten Wintern des

Ostens so oft krank oder wenigstens erkältet gewesen, dass der Hochmeister ihn schon halbwegs vergessen hatte.

Warum waren die Oberen auch auf die unsägliche Idee gekommen, den Sitz des Ordens vom warmen Venedig ausgerechnet hierher ins Grenzland zu verlegen, wo kein Jahr verging, ohne dass zu einem Kriegszug gegen aufständische Slawenstämme, den polnischen König oder den verschlagenen Fürsten von Litauen aufgerufen werden musste. Zugegeben, ein eigener Staat am Rande der Wildnis bot auch gewisse Vorteile: Der Orden geriet hier im Osten nicht zum Zankapfel der Herrschenden Europas und erfreute sich größerer Unabhängigkeit. Doch auf der anderen Seite gab es zahlreiche Ritter, die unter dem rauen Wind des Ostens und im Angesicht der Bedrohung durch die unterworfenen Slawen auch mit Schwermut zu kämpfen hatten. Gottfried war gerade dabei, sich mit einigen Männern seines Trupps den Staub der Straße vom Leib zu waschen, als ihm mitgeteilt wurde, dass Hochmeister Karl ihn unverzüglich in seinen Gemächern erwartete. Unter den schadenfrohen Blicken seiner Kameraden stieg er aus dem Zuber und schlang sich ein Tuch um die Hüften.

Karl von Trier stand am Fenster und starrte hinunter auf den Fluss, als Gottfried schüchtern in den spärlich eingerichteten Raum trat, in dem der Hochmeister nicht nur arbeitete, sondern auch schlief. Ein Bett war allerdings nirgendwo zu entdecken, nur ein paar Felle, die ordentlich verschnürt auf einer Truhe neben der Tür lagen. Soweit Gottfried wusste, stammte Karl nicht von einer adeligen, sondern einer Kaufmannsfamilie von der Mosel ab. Dennoch hatten sein Mut, seine Tatkraft und nicht zuletzt auch sein diplomatisches Geschick ihm zu einer glänzenden Karriere verholfen, um die ihn manch einer der alten Ordensoberen beneidete. Seit dem Tod des letzten Großmeisters, der den Orden in den Osten verlegt hatte, setzte er all seine Kraft dafür ein, die während der letzten turbulenten Jahre neu eroberten Gebiete zu verteidigen. So war es ihm gelungen, Verträge mit dem Markgrafen von Brandenburg und anderen Fürsten zu schließen. Er strebte auch eine Verständigung mit dem polnischen König an, dem der wachsende Einfluss des Ordenslandes an der Nogat ein Dorn im Auge war.

Es war jedoch nicht zu übersehen, dass die ständigen Konflikte und Herausforderungen den Hochmeister müde gemacht hatten. Zwar bot Karl von Trier mit seiner schlanken, drahtigen Figur, dem vollen, dunklen Haar und der kräftigen, entschlossenen Kinnpartie keineswegs das Erscheinungsbild eines Greises, doch wer ihn genau betrachtete, dem entging nicht, dass der jugendlich frische Glanz aus seinen Augen verschwunden und seine Bewegungen langsamer geworden waren. Nur ruhiger erschien er nicht. Als Gottfried mit einem Räuspern auf sich aufmerksam machte, forderte er ihn mit einer herrischen Geste auf, nicht an der Tür stehen zu bleiben, sondern ihm Bericht zu erstatten.

»Mir ist zu Ohren gekommen, dass den Pommerellen wie auch weiteren Gebieten, die dem Ordensland unterstehen, Hungersnöte drohen«, sagte Karl von Trier, der nach wie vor aus dem Fenster sah. »Was sagt Ihr dazu?«

Gottfried zögerte, denn er wusste nicht recht, womit er beginnen sollte. Bis vor die Mauern Danzigs war er mit seinem Spähtrupp geritten, und unterwegs hatte er vom Hagel zerstörte Felder gesehen. Die anhaltende Kälte und das schlechte Wetter, die das ganze Land östlich der Weichsel mit Unwettern und Bodenfrost heimgesucht hatten, ließen das Getreide am Halm verkümmern. Dies hatten ihm zahlreiche Bauern auch bestätigt, und obwohl es nicht in Gottfrieds Macht stand, ihnen Versprechungen zu machen, hatte er sich doch Mühe gegeben, die verängstigten Leute zu beruhigen. War das falsch gewesen?

Der Hochmeister schien nicht dieser Meinung zu sein. Endlich drehte er sich um und blickte Gottfried direkt an. »Nein,

nein, Ihr habt richtig gehandelt. Es ist unsere Pflicht, im Falle einer Hungersnot die Kornspeicher der Marienburg zu öffnen. Schließlich dürfen wir in Zeiten der Not nicht hartherzig sein. Euer Bruder Heinrich soll sich um eine Bestandsaufnahme kümmern, sobald er wieder auf den Beinen ist. Ich möchte, dass jeder Malter Korn in ein Verzeichnis eingetragen wird, ebenso alle übrigen Vorräte wie Fleisch, Stockfisch, Bohnen und Wein.«

Gottfried bemühte sich, seine Enttäuschung zu verbergen. Er hatte gehofft, Karl von Trier würde ihn mit dieser Aufgabe betrauen, nun sah es so aus, als ob er seinem Bruder lediglich dabei zur Hand gehen durfte.

Der Hochmeister ging nun zu seinem Schreibpult und vertiefte sich in einige Urkunden, ohne Gottfried zu entlassen. Sollte er einfach gehen? Er hatte Heinrich noch nicht besucht. Sein Bruder wunderte sich bestimmt schon, wo er so lange blieb. Gottfried nahm sich vor, seinen Bericht von der Unterredung mit dem alten Hochmeister kräftig auszuschmücken. Er würde beiläufig erwähnen, wie zufrieden Karl von Trier mit ihm war und wie glänzend er den Trupp angeführt hatte. Dass er die Männer dreimal in die Irre geführt hatte und dabei einmal fast in einem Sumpf versunken wäre, brauchte der Bruder ja nicht zu erfahren. Heinrich würde stolz auf ihn sein und sich freuen, wie gut er ihn vertreten hatte. Vielleicht unterließ der Ältere es ja in Zukunft, ihn vor den anderen Ordensrittern wie einen kleinen Jungen zu behandeln.

Er schreckte aus seinen Gedanken auf, als er den Hochmeister aufstöhnen hörte. Karl von Trier blähte die Wangen auf und ließ dann geräuschvoll die Luft daraus entweichen. Gottfried beobachtete verdutzt, wie der ältere Mann mit zornrotem Kopf eine Urkunde vom Pult fegte.

»Was ist geschehen, Herr?«

»Ich muss sofort mit Eurem Bruder sprechen!«

Gottfried hob hilflos die Arme empor. »Heinrich? Aber der ist doch krank. Ihr selbst habt ihn von Eurem Medicus schröpfen lassen!« Obwohl Karl von Trier nicht so aussah, als ob er Wert auf Gottfrieds Gesellschaft legte, nahm der junge Ordensritter seinen ganzen Mut zusammen und machte ein paar Schritte auf den Hochmeister zu. »Kann ich Euch vielleicht helfen?«

»Ihr?«

»Nun ja, ich ...« Gottfried lächelte. »Ich verfüge vielleicht nicht über Heinrichs überragende Geistesgaben, aber ...«

»Schon gut, aber haltet den Mund zu dem, was ich Euch jetzt sage!« Der Hochmeister bückte sich und hob das zu Boden gefallene Pergament auf. »Kennt Ihr den Erzbischof von Riga?«

Gottfried schüttelte den Kopf.

»Ein gefährlicher Mann. Machthungrig und skrupellos. Wenn es darum geht, seine eigenen Schäfchen ins Trockene zu bringen, steht er dem Magdeburger in nichts nach.« Er hob fragend den Blick. »Den Magdeburger kennt ihr aber!«

»Gewiss«, log Gottfried, dem es peinlich war, für so unwissend gehalten zu werden.

»Gut, Euer Bruder Heinrich kennt ihn auch, er hatte schon mal das zweifelhafte Vergnügen, ihm begegnet zu sein. Anno 1307, gleich nachdem ihr beide unserem Orden beitratet.«

Heinrich. Natürlich. Wen auf Gottes weiter Welt kannte sein Bruder eigentlich nicht?

Der Hochmeister griff zu einer Karaffe und schenkte sich einen Becher Wasser ein. Obwohl die Priesterbrüder und der Medicus nicht müde wurden, die Ordensritter vor dem Genuss des Nogatwassers zu warnen, trank Karl von Trier nichts anderes. Es schien ihm dabei nicht schlecht zu gehen, zumindest rührte er die Weinvorräte, die tief unter ihnen in den Gewölben der Marienburg lagerten, niemals an. Er aß auch sehr asketisch, hielt mehr Fasttage, als es die Regel der Deutschordensritter verlangte, und zog Getreide und Obst Fleisch und Käse vor.

»Einer unserer Vertrauten in Avignon teilt mir mit diesem Schreiben mit, dass der Erzbischof von Riga die Stirn hat, den Papst um ein Inquisitionsverfahren gegen uns zu bitten.« Wütend ballte er die Fäuste. »Hat man so etwas schon gehört? Offenbar genügt es diesem Schurken nicht, dass der Templerorden aufgelöst wurde. Nein, nun sollen auch wir Deutschherren an die Reihe kommen.« Er stieß ein bitteres Lachen aus. »Vermutlich ist der Erzbischof wütend, weil er nichts von den beschlagnahmten Gütern der Templer in die Finger bekam. Die hatten in seinem Bistum kaum nennenswerten Besitz. Bei uns dagegen sieht es anders aus. Da ist es doch kein Wunder, dass wir ihm plötzlich verdächtig vorkommen, nicht wahr?«

Gottfried war so durcheinander, dass er den folgenden Ausführungen des Hochmeisters gar nicht mehr folgen konnte. Was Karl von Trier da sagte, beschwor für ihn einen alten Alptraum herauf. Niemals hätte Gottfried es für möglich gehalten, dass ihn die Erinnerungen, vor denen er an den Rand der Wildnis geflohen war, so plötzlich wieder einholten. Er musste sich auf der Stelle mit Heinrich beraten. Sein Bruder würde über die Nachricht aus Avignon nicht erfreut sein, insbesondere wo er doch noch geschwächt war, aber wie die Dinge lagen, blieb ihnen keine andere Wahl.

»Was geschieht, wenn der Papst dem Antrag des Erzbischofs von Riga zustimmt?«, fragte er zaghaft. »Wird die Inquisition dann hierherkommen und uns alle befragen?«

Karl von Trier zuckte mit den Schultern. Der Gedanke daran, die Ketzerjäger des Papstes in seiner Burg dulden zu müssen, trieb dem stolzen Ritter steile Falten auf die Stirn. »Ich kenne diese Burschen leider ganz genau. Der gefährlichste von allen ist ein fanatischer Dominikaner, der sich Adam von Pirrlingen nennt. Sollte er in die Marienburg kommen, wird er alle Brüder vorladen und sie zu ihrem Glauben, ihrer Herkunft und ihrer

Vergangenheit befragen. Und wehe dem, der sich in Widersprüche verwickelt. Mönche wie von Pirrlingen besitzen die Gabe, selbst die Frömmsten zu verunsichern und in die Ecke zu treiben.« Er trank einen weiteren Becher Wasser und dann noch einen. Sein Hals schien trocken wie Zunder zu sein.

»Aber was kann den Argwohn dieses Bischofs gegen den Deutschen Orden geweckt haben?«, stieß Gottfried hervor. »Glaubt Ihr, es liegt an den … Todesfällen, die sich in der Marienburg ereignet haben? Den Meuchelmorden?«

Der Hochmeister riss die Augen auf. Er kam auf Gottfried zugestürzt und packte ihn am Arm. »Woher zum Teufel wisst Ihr davon?«

Gottfried verzog das Gesicht, als befürchte er, geschlagen zu werden. Na, da hatte er sich ja gehörig in die Nesseln gesetzt. Warum konnte er bloß seinen Mund nicht halten? Heinrich behauptete, dass seine vorlaute Zunge ihn eines Tages in Schwierigkeiten bringen würde. Bei dem Gedanken an die hochgezogenen Brauen seines Bruders bekam er eine Gänsehaut.

»Na, wird's bald? Raus mit der Sprache!«, drängte der Hochmeister. »Ich habe Eurem Bruder verboten, auszuplaudern, was hier vorgefallen ist.«

Gottfried berichtete stockend, was ihm zu Ohren gekommen war, aber er beteuerte, nichts davon von Heinrich erfahren zu haben. Sein Bruder mochte ihm mit seiner ewig guten Laune und seiner großen Beliebtheit manchmal auf die Nerven gehen, aber Gottfried gehörte nicht zu denen, die über andere herzogen. Außerdem war Heinrich der letzte Angehörige, der ihm geblieben war.

Aus der Ordensburg waren Menschen verschwunden, trotz verriegelter Tore und zumeist in Vollmondnächten. Wieder aufgetaucht waren nur drei von ihnen. Tot. Und alle waren ein Stück flussabwärts ans Ufer der Nogat angetrieben worden. Die erste

Tote war eine Waschmagd namens Reba gewesen, soweit Gottfried wusste, ein Slawenmädchen, das nicht nur Kittel und Hosen in ihre Waschküche ließ, sondern auch deren Besitzer, sofern sie sich großzügig zeigten. Gottfried wusste bestens Bescheid über Rebas Dienste und hatte wohl auch ein-, zweimal in Erwägung gezogen, an ihre Tür zu klopfen, aber aus naheliegenden Gründen erwähnte er das dem Hochmeister gegenüber nicht. Der Tod des Mädchens hatte sich in der Marienburg nicht lange geheim halten lassen, dafür war sie bei den Männern zu beliebt, aber wenigstens war es den Ordensoberen gelungen, die Begleitumstände ihres Verschwindens zu verschleiern. Es hieß, sie sei beim Wäscheklopfen von der Brücke in die Nogat gefallen und ertrunken. Die Würgemale an der Kehle des Leichnams wurden Rebas Verwandten jedoch verschwiegen. Stattdessen verfügte der Hochmeister, sie nach christlichem Ritus und in aller Stille zu bestatten. Karl von Trier war zwar bestürzt, doch trotz aller Abscheu wollte er nicht riskieren, dass die slawischen Verwandten der Magd auf Rache sannen und einen Aufstand anzettelten.

Kaum war indes ein wenig Gras über die Sache gewachsen, als auch schon der nächste Tote zu beklagen war. Dieses Mal handelte sich um einen jungen Halbkreuzler, einen Bediensteten, der für den Orden untergeordnete Dienste leistete, dafür aber innerhalb der Festungsmauern geduldet wurde. Wie Reba stammte auch er aus einer slawischen Ansiedlung in der Nähe der Burg, wie sie wurde er eines Morgens tot ans Ufer gespült. Nach dem Slawen verschwanden noch zwei Pferdeknechte, ein Küchengehilfe und ein Priester, wobei Letzterer niemals wieder auftauchte.

»Die Inquisition darf auf keinen Fall von diesen Todesfällen erfahren, sonst könnte uns das teuer zu stehen kommen«, sagte Karl von Trier. Er klang sehr besorgt, was Gottfried verstehen konnte. Bislang war es dem Hochmeister gelungen, die Morde unter den Teppich zu kehren, aber lange würde ihm das nicht mehr gelingen. Die Angst würde unter dem Gesinde umgehen, Gerüchte entstehen. Gottfried erschrak bei der Vorstellung, den Orden, der ihm und Heinrich Zuflucht geboten hatte, könnte ein ähnliches Schicksal erwarten wie die Templer.

Gottfried begab sich in das Quartier seines Bruders, das dieser mit zwei Rittern, einem alten Haudegen namens Gernot von Rollstein und dem stets zu Späßen aufgelegten Konrad von Schönberg teilte. Zu Gottfrieds Erleichterung traf er Heinrich allein an. Er lag nicht mehr auf seinem Bett, sondern hockte breitbeinig auf einem Schemel und vertrieb sich die Zeit mit dem Polieren seines Jagdbogens. Der stechende Geruch von Hirschtalg stieg Gottfried in die Nase. Sein Bruder liebte es, in den Wäldern um die Marienburg zu jagen.

»Na, Kleiner, wieder zurück?« Heinrich war noch blass um die Nase, seine Wangenknochen stachen ihm scharf aus dem Gesicht, und auf den Lippen hatten sich Fieberbläschen gebildet. Dennoch zwinkerte er Gottfried amüsiert zu.

»Hast deine Sache wohl gut gemacht, hm? Wurde auch Zeit, dass der Alte dir etwas mehr Verantwortung überträgt. Du musst schließlich mal lernen, wie man Männer anführt.«

»Ich komme gerade vom Hochmeister«, sagte Gottfried mit finsterer Miene. »Nun hör schon auf, den Bogen einzufetten. Die ganze Kammer stinkt schon zum Erbrechen nach diesem Zeug. Deine Kameraden müssen Pferdemägen haben, um bei dieser Luft schlafen zu können.«

Heinrich lachte, polierte aber ungerührt weiter. »Welche Laus ist dir denn über die Leber gelaufen, Kleiner? Hat dir dein Trupp nicht gehorcht?«

»Unsinn, es geht nicht um den Spähtrupp, sondern …« Er durchquerte die Kammer. Sie war kaum geräumiger als eine Mönchszelle, beherbergte aber drei Pritschen in Hufeisenform, vor denen aus Bast geflochtene Paravents standen, einen einfachen Tisch in der Mitte und einige Betschemel, die das Wappen des Deutschherrenordens trugen. An drei dicken Nägeln in der Tür hatten die Ordensmäntel der Ritter ihren Platz, weiße Roben mit schwarzem Kreuz. Der Fußboden war mit dicken Schafpelzen ausgelegt. Zur persönlichen Habe der Männer gehörten noch jeweils ein Gebetbuch, ein paar aus Horn gefertigte Näpfe, lederne Proviantbeutel und ein verziertes Trinkgefäß, das aber nur bei festlichen Anlässen im Kapitelsaal Verwendung fand. Schwerter und Schilde durften nicht mit in die Quartiere genommen werden, sondern wurden in der Waffenkammer am Ende des Korridors aufbewahrt.

Gottfried rüttelte am Fenster, bis es schließlich nachgab und sich öffnen ließ. Gierig atmete er die frische Luft ein, die von der Flussniederung zur Burg emporstieg. Inzwischen war die Sonne hinter den Baumkronen der Wälder untergegangen. Auf den bewachten Wehrgängen der aus rotem Backstein erbauten Festungsanlage brannten Fackeln, deren Schein auf das Tor sowie die Brücke und Teile der Uferböschung fiel. Es schien Gottfried fast so, als bemühe man sich verzweifelt, die Nacht zum Tag zu machen.

Fürchtete sich vielleicht nicht nur der Hochmeister vor der kommenden Nacht?

»Der Erzbischof von Riga ist nach Avignon gereist«, sagte Gottfried schließlich. »Er will Papst Clemens überreden, nun auch die Deutschherren von der Inquisition beobachten zu lassen.«

Heinrich starrte ihn ungläubig an. Seine Miene gab nicht preis, was in seinem Kopf vorging. Doch wenigstens ließ er endlich den Jagdbogen sinken und räumte den Tontopf mit Fett unter seine Pritsche.

»Hörst du mir zu, Heinrich?« Gottfried konnte nicht begreifen, wie sein Bruder so unerhört gelassen bleiben konnte. Was, wenn der Erzbischof nicht nur mit einem vagen Verdacht nach Avignon gezogen war, sondern dort auch Namen nannte? Seinen und Heinrichs zum Beispiel?

»Karl von Trier hat von einem Mönch gesprochen, einem gewissen Bruder Adam, der …«

»Sei still!« Heinrich hob drohend den Finger. »Kein Wort mehr, Bruder. Verlier jetzt nicht die Nerven. Die können uns nichts anhaben, weder Papst Clemens noch irgendein Mönch, der sich als Inquisitor aufspielt. Wir sind seit Jahren angesehene Mitglieder des Deutschen Ordens. Niemand kennt unsere Vergangenheit als Templer, und so soll es auch bleiben.« Er stand auf, bückte sich nach seinem Bogen und hängte ihn an den Nagel in der Tür. »Als der Ritterorden vor sechs Jahren seinen Sitz von Italien hierher in den Osten verlegte, nahm ich diese Fügung als Zeichen Gottes an. Der Herr hat uns in seiner Güte einen Neuanfang geschenkt. Wir haben mit den Templern nichts mehr zu tun.« Er atmete tief durch, bevor er hinzufügte: »Als du auf Spähtrupp warst, kam ein Kurierreiter aus Danzig herüber. Der brachte die Nachricht, dass der alte Jacques de Molay in Paris verbrannt wurde.«

Gottfried senkte den Blick und bekreuzigte sich. »Gott sei seiner Seele gnädig.«

»Gott sei uns gnädig, wenn unsere Feinde uns nach all den Jahren doch noch erwischen.« Heinrich grinste schief. »Man munkelt, der französische König tobe, weil es ihm nicht gelungen ist, dem alten Jacques sein Geheimnis zu entreißen. Nicht einmal im Angesicht des Scheiterhaufens wollte er es verraten.«

»Aber dann gehören wir ja zu den Letzten, die Bescheid wissen«, jammerte Gottfried. Ihm wurde flau im Magen. Die Last der Verantwortung, an die er schon lange nicht mehr gedacht hatte, begann sich wie ein Alp auf ihn zu legen. Nachdem er und Heinrich ihren Dienst für die Deutschherren aufgenommen hatten, hatte sein Bruder ihm verboten, jemals wieder über die Zeit bei den Templern von Paris zu sprechen.

»Hast du vergessen, dass wir damals einen Eid geschworen haben?«, murmelte er nun, aber Heinrich ließ den Einwand nicht gelten.

»Schon in der Heiligen Schrift steht, dass niemand zwei Herren dienen kann. Wir haben uns für den Deutschen Ritterorden entschieden. Hier haben wir eine Zukunft. Wir haben ein gutes Leben und Freunde.«

»Du hast Freunde. Mich schauen alle nur komisch an. Wäre ich nicht dein Bruder, hätten sie mich schon lange vor die Tür gesetzt.«

Gottfried wusste, wie sehr Heinrich jede Form von Selbstmitleid verabscheute, aber bislang hatte er ihm diese düsteren Gedanken stets mit viel Geduld und Nachsicht ausgeredet. Nicht so heute. Ärgerlich funkelte Heinrich ihn an.

»Wie wahr! Ich habe dich öfter in Schutz genommen als jeden anderen jungen Ritter. Aber damit ist jetzt Schluss. Dein Herz ist nie in der Marienburg angekommen, das ist dein Fehler. Du erfüllst deine Pflicht halbherzig, ohne Schwung und Begeisterung. Deshalb findest du auch keine Freunde unter den hiesigen Ordensbrüdern. Und das alles, weil du die Vergangenheit nicht vergessen kannst. Du bist und bleibst ein Templer, da kann man nichts machen. Vielleicht sollte Karl von Trier dich fortschicken, bevor dieser Inquisitor zu uns ins Ordensland reist.«

Gottfried schluckte. Das konnte sein Bruder doch nicht ernst meinen. Wo sollte er denn hin? Er hatte in seinem Leben doch nie etwas anderes getan, als sein Schwert für einen Ritterorden zu schwingen. Zugegeben, er war kein besonders talentierter Kämpfer. In seiner Zerstreutheit vergaß er so manches Mal die Gebetszeiten, und auch in der Verwaltung war nicht viel mit ihm anzufangen. Es war schwer genug für ihn, innerhalb der

Ordensgemeinschaft über die Runden zu kommen. Aber außerhalb? Unmöglich.

»Ich werde den Templerorden nie wieder erwähnen«, versprach Gottfried. »Du kannst dich auf mich verlassen. Von mir erfährt keiner etwas über unsere Vergangenheit.«

Diese Worte besänftigten den Ritter. Seine Laune besserte sich sogleich. Mit einem Grinsen kam er auf Gottfried zu und klopfte ihm freundschaftlich auf den Rücken. »Na also, so gefällst du mir.« Aus einem Winkel holte er einen Krug Bier hervor, Becher fand er nicht. Aber das störte keinen der beiden Männer, sie reichten den Krug so lange hin und her, bis sie ihn bis auf den letzten Tropfen geleert hatten.

Als Gottfried sich gerade verabschieden wollte, um sich ein paar Stunden Schlaf zu gönnen, ging die Kammertür auf, und ein spindeldünner Bursche stolperte hinein. Er trug den Kittel eines Knechts und war so hoch aufgeschossen, dass er sich bücken musste, um sich nicht am Türbalken den Kopf zu stoßen.

»Oh, verzeiht, ich wusste nicht, dass Ihr Besuch habt!«

Heinrich winkte gutmütig ab. »Komm nur rein, Lubasch. Wie ich sehe, bringst du noch mehr von dem ekelhaften Gebräu, das mir der Bruder Spitalmeister verordnet hat?«

Lubasch lächelte verschmitzt. Er war etwa zwanzig Jahre alt und seit einem Jahr für Heinrichs Waffen und Rüstung zuständig. Inzwischen wich er ihm kaum noch von der Seite und bediente ihn von vorn bis hinten, was Heinrich, der keine Extrabehandlung haben wollte, unangenehm war. Allerdings mochte er den aufgeweckten Burschen, da der stets gutgelaunt und zu Späßen aufgelegt war. Während Heinrichs Krankheit hatte Lubasch keinen Augenblick gezögert und die Pflege übernommen, wofür der Ordensritter ihm dankbar war.

»Ihr sollt den Stärkungstrunk gleich zu Euch nehmen«, meinte Lubasch, der nach wie vor den Kopf einzog. »Auf Befehl des

Hochmeisters. Ich soll mich persönlich davon überzeugen, dass Ihr das Gesöff nicht wieder aus dem Fenster kippt, wie neulich!« Er prustete belustigt. »Da habt Ihr Vater Philippus getroffen, der unten über den Hof ging.«

Heinrich zog eine Grimasse, was Gottfried nachvollziehen konnte, denn der grünliche Trank sah nicht nur sonderbar aus, sondern verbreitete auch einen Geruch, gegen den der Hirschtalg wie Blütenwasser duftete.

»Also schön, in einem Zug runter damit!«

Gottfried stapfte zur Tür, die Lubasch nur angelehnt hatte. Er wollte gehen. Inzwischen hing der Mond tief am tintenschwarzen Himmel. Es war eine sternenklare Nacht, die Gottfried trotz seiner Müdigkeit zu gern für einen Spaziergang um die Mauern genutzt hätte. Die Sache mit den Todesfällen beschäftigte ihn, sie ging ihm einfach nicht mehr aus dem Kopf.

»Denk nicht mehr an unser Gespräch«, drang die mahnende Stimme seines Bruders an sein Ohr. »Vielleicht solltest du noch ein ruhiges Stündchen in der Kapelle verbringen und deine Gebete nachholen.« Während er an seinem Trank roch, wechselte er einen einvernehmlichen Blick mit Lubasch. »Schade, dass diese Reba nicht mehr da ist. Sie hätte dich bestimmt auf andere Gedanken gebracht.«

Nicht mehr da.

Gottfried sperrte empört den Mund auf. Das Mädchen war nicht einfach gegangen, weil sie keine Lust mehr gehabt hatte, in der Burg schmutzige Wäsche zu waschen. Sie war stranguliert und in die Nogat geworfen worden. Hatte sein Bruder das etwa vergessen?

»Bruder Gottlieb denkt an sein Keuschheitsgelübde«, warf Lubasch mit einem übermütigen Augenzwinkern ein. »Nach Eurer Regel ist es Euch Herren doch verboten, zu einer Dirne in den Zuber zu steigen.«

Heinrichs und Lubaschs Gegröle ging Gottfried durch Mark und Bein; plötzlich fühlte er sich wie ein kleiner Junge, der ausgelacht wurde. Scham und Ärger unterdrückend, presste er die Lippen aufeinander. Manchmal fragte er sich, wie sein Leben wohl verlaufen wäre, wenn er als junger Bursche den Mut gehabt hätte, sich seinem Bruder zu widersetzen. Es war Heinrichs Traum gewesen, in einen Ritterorden einzutreten, nicht der seine. Ob er geheiratet hätte und Vater einer Kinderschar geworden wäre?

»Mit dem Keuschheitsgelübde sollte man es nicht übertreiben«, behauptete Heinrich. »Wir sind keine Klosterbrüder, sondern Krieger, die für eine heilige Sache streiten: die Errichtung eines Ordensreiches inmitten dieses wilden Landes. Männer haben nun mal Bedürfnisse, die nicht auf dem Schlachtfeld oder Turnierplatz befriedigt werden können.«

Der Ton eines Horns unterbrach Heinrichs Auslegung der Ordensregel. Es klang klagend und schaurig zugleich. Lubasch lief sogleich zum Fenster und beugte sich über die Brüstung, um nachzuschauen, was sich draußen tat.

»Ein paar Männer kommen vom Flussufer herauf«, rief er. »Sie schleppen jemanden mit sich. Beim vierköpfigen Svantovit, das kann nichts Gutes bedeuten!«

Gottfried stieß die Luft aus. Das Mondlicht, das hell, aber kühl durch die Fensteröffnung in Heinrichs Kammer drang, bestätigte die Vermutung des Knechts auf unheilvolle Weise.

Schon wieder war eine Leiche ans Ufer der Marienburg geschwemmt worden.

Begleitet von einer beträchtlichen Schar Neugieriger, trugen zwei Wachsoldaten eine Bahre in den Hof der Vorburg. Der Mann, der auf ihr lag, rührte sich nicht mehr.

Gottfried, der sogleich in den Hof geeilt war, kämpfte sich

mühsam durch das Gedränge der Schaulustigen, die ihm nur widerwillig Platz machten. Dann rief jemand: »Platz für den obersten Spittler!« Sogleich öffnete sich eine Gasse, und ein bärtiger Mann schritt an Gottfried vorüber. Der Spitalmeister war gleichzeitig Medicus und auch für die Pflege Kranker und Verwundeter verantwortlich. Als enger Vertrauter des Hochmeisters genoss er in der Marienburg einen vortrefflichen Ruf. Bei ihm war einer der Priesterbrüder, ein bleicher, schmächtiger Mann, der mit Händen und Füßen auf den Medicus einredete. Allem Anschein nach war er es gewesen, der den Unglückseligen am Flussufer gefunden hatte.

»Gott sei seiner armen Seele gnädig«, betete er. »Christus empfange seine Seele!«

Der Spittler schlug das Kreuz nur flüchtig, dann beugte er sich stirnrunzelnd über die Trage. »Und Ihr habt ihn aus dem Wasser gezogen?«

Der Priesterbruder berichtete, er habe einem todkranken Fischer ein Stück flussabwärts die Sterbesakramente gespendet und bei ihm gewacht, bis ihm die Augen zugefallen waren. Auf dem Heimweg sei ihm aufgefallen, dass sich unterhalb der Uferböschung etwas im Gestrüpp verfangen hatte. Leider sei er zu spät gekommen, denn der Mann habe nicht mehr geatmet.

»Ertrunken«, konstatierte der Spittler. »Ihr hättet nichts mehr für ihn tun können.«

»Trotzdem bin ich gleich hinauf zum Haupttor gelaufen und habe Hilfe herbeigerufen«, sagte der Priesterbruder. »Der Mann war kein Heide, sondern ein Christ. Seht Ihr? Er trägt ein Kreuz um den Hals! Die Slawen, zu denen Vater Philippus mich schickt, um ihnen den Trost der Kirche zu bringen, geben zwar vor, bekehrt zu sein, aber in Wahrheit verspotten sie mich. Sobald ich mich abwende, holen sie ihre alten Amulette und Götzenbilder wieder hervor. Der Teufel hat sie noch immer fest in seiner Gewalt!«

Aus den Reihen der Umstehenden erklang zaghafter Beifall; offenkundig stand der Priester mit seiner Meinung nicht ganz allein da. Das Misstrauen gegen die einheimische Bevölkerung saß tief. Gottfried beschlich beim Zuhören eine Kälte, die seine Arme und Beine betäubte. Erst als sich der Spittler aufrichtete und sich von seinem Gehilfen ein Tuch reichen ließ, gelang es ihm, einen Blick auf das wie in Wachs erstarrte Gesicht des toten Mannes zu werfen.

Nein, den hatte er hier noch nie gesehen. Es war unwahrscheinlich, dass er aus der Gegend stammte; hierzulande trug man wetterfestes Zeug aus Leder oder zusammengenähten Fellen gegen Schnee und rauen Wind, der bis weit in den Frühling hinein über die weiten Ebenen strich. Im Schein der Fackeln entdeckte Gottfried einen Stiefel von guter Qualität am Fuß des Fremden. Er war mit silbernen Schnallen in Form züngelnder Nattern geschmückt. Der andere Stiefel fehlte; vermutlich hatte ihn der Fluss verschlungen.

»Gott sei Dank kein Slawe«, murmelte Gottfried nachdenklich. Ihm war eingefallen, dass fast alle Opfer aus den Dörfern der zum Christentum bekehrten Einheimischen gekommen waren und wie besorgt sich der Hochmeister darüber gezeigt hatte.

»Vielleicht ein Kaufmannsgehilfe, der betrunken aus seinem Boot gefallen ist?«, schlug ein Torwächter vor, der neben Gottfried stand. »Oder ein vom Weg abgekommener Kurierreiter?«

Gottfried zuckte mit den Schultern. Als er sich zum Gehen umwandte, fiel ihm etwas ein. Aufgeregt packte er den Wächter am Arm.

»Ein Kurier, sagst du? Könnte das der Mann sein, der dem Hochmeister neulich Neuigkeiten aus Avignon gebracht hat? Aus dem Papstpalast?«

Der Wächter schüttelte verwundert den Kopf. »Nein, der ist

längst wieder weg, ich selbst habe ihm das Tor geöffnet. Der Kerl aus Frankreich sah auch anders aus. Er war älter, bärtig und hatte kein so dichtes, blondes Haar.«

Gottfried bedankte sich bei dem Mann und schickte ihn zurück auf seinen Posten. Er wollte sich gerade in die Burg begeben, als er seinen Bruder in der Menge entdeckte. Heinrich stand mit verschränkten Armen am Fuß der Wendeltreppe, doch im Gegensatz zu seinen Kameraden schien er nicht gerade erpicht darauf, der Wasserleiche zu nahe zu kommen. Irgendetwas an seinem Gesichtsausdruck fand Gottfried irritierend. Heinrich sah … ja, verstört aus, als wüsste er mehr über den Ertrunkenen als die anderen.

Rasch verscheuchte er den unsinnigen Gedanken. Wie kam er bloß auf eine so törichte Idee? Als dieser Unbekannte ertrunken war, hatte sich Heinrich mit Fieber auf seinem Strohsack hin und her geworfen. Er konnte ihn nicht kennen.

Wahrscheinlich traf die Annahme des Torwächters zu: ein bedauernswerter Unfall, wie er am Fluss nicht selten vorkam. Kein Grund also, gleich in Panik zu geraten. Sicher sah das der Hochmeister ebenso, denn er war nicht einmal in der Vorburg erschienen. Lediglich seinen Stellvertreter, den Großkomtur Alb von Bacharach, hatte er geschickt. Der hagere Mann mit der hohen, gewölbten Stirn wechselte einige Worte mit dem Spittler, dann klatschte er in die Hände und gab den Befehl, die Bahre mit dem Toten fortzuschaffen.

Die Menge löste sich auf; flüsternd kehrten die Leute in ihre Quartiere zurück. Gottfried fiel auf, dass sich einige von ihnen ängstlich umschauten und dabei bekreuzigten.

Jetzt haben wir den Salat, dachte er. Noch ein Todesfall, und die Inquisition braucht gar keine Befragungen mehr durchzuführen. Die verängstigten Leute werden ihr brühwarm berichten, dass es in der Marienburg nicht mit rechten Dingen zugeht. Eine Katastrophe für die Brüder, aber auch für die Slawendörfer, die nicht nur von den Priestern der Marienburg verdächtigt wurden, den christlichen Glauben nur zum Schein angenommen zu haben.

Gottfried beschloss spontan, doch noch einen Abstecher in die Burgkapelle zu machen. Es konnte nicht schaden, für die Seele des Unbekannten zu beten und die Jungfrau Maria um Rat und Trost zu bitten. Vielleicht ließ die sich ja durch eine Opferkerze milde stimmen und behütete die Bewohner der Burg wenigstens heute Nacht vor weiterem Unheil.

Noch vor der Morgenmahlzeit schlich sich Gottfried verstohlen aus dem Haus. Wenn er sich beeilte, konnte er dem Spitalmeister ein paar Fragen stellen, ehe ihn einer der Brüder bei der Frühmesse vermisste. Im Hof empfingen ihn feuchte Luft und ein fast wolkenloser Himmel. Vögel zwitscherten zwischen den Bäumen. Der Tag versprach zur Abwechslung einmal sonnig zu werden, wie geschaffen dafür, einen Leichnam in Augenschein zu nehmen.

Der Gehilfe des Spittlers hieß Bodo und fand, dass Gottfried in seinem Reich der Tinkturen, Knochensägen und Glüheisen zum Ausbrennen von Wunden ebenso wenig zu suchen hatte wie eine Maus im Getreidespeicher. Doch aus Respekt vor Gottfrieds Habit, vor allem aber, um dessen Bruder Heinrich nicht zu verärgern, trat er zur Seite und hielt ihm die Tür auf.

»Er liegt dort hinten unter dem Leintuch!« Der Spitalgehilfe zeigte Gottfried einen Tisch, auf dem gewiss nicht zum ersten Mal eine Leiche lag. Am Kopfende brannte eine Kerze.

»Ich bin noch gar nicht dazu gekommen, ihn zu waschen.«

Bodo schien vom Waschen grundsätzlich nicht viel zu halten. Davon zeugten sein struppiger, ungepflegter Bart und die schmutzige, mit Blut befleckte Lederschürze, die über seinem dicken Bauch spannte. Doch ungeachtet seiner Erscheinung galt er als zuverlässig. Gottfried wusste, dass der oberste Spittler seinem Gehilfen nicht nur die Pflege der Kranken überließ, sondern ihm auch erlaubte, Heiltränke zu mischen. Das Stärkungsmittel, das sein Bruder so widerwillig trank, stammte wie hundert andere Arzneien auch aus Bodos bewährtem Rezeptbuch.

Gottfrieds Herz klopfte wild, als er sich dem Tisch am Ende des Raumes näherte. Da Bodo summend mit Tiegeln und Schalen klapperte und gar nicht daran dachte, das Leichentuch für ihn zu entfernen, blieb ihm wohl nichts anderes übrig, als dies selbst zu tun.

Stell dich nicht so an, schimpfte er in Gedanken mit sich. Wenn Heinrich dich jetzt beobachtete, würde er sich vor Lachen in die Hosen pinkeln.

Bevor er den Mut verlor, straffte er den Rücken und schlug mit einem Ruck das Tuch zurück. Stirnrunzelnd musterte er den Toten. Na bitte, so grässlich, wie er befürchtet hatte, war der Anblick gar nicht. Körper und Gesicht wirkten weder entstellt noch aufgedunsen, wie man es von Menschen annahm, die lange im Wasser gelegen hatten.

»Handelt Ihr wirklich im Auftrag des Marschalls?«

Gottfried fuhr vor Schreck zusammen; er hatte nicht gemerkt, dass Bodo seine Tiegel und Flaschen stehen gelassen und sich zu ihm gesellt hatte. Neugierig blickte der dicke Mann ihm über die Schulter.

»Sagen wir … ich … äh … untersuche diesen Unglücksfall in unser aller Interesse«, stotterte er. »Ich finde es nur ein wenig eigenartig, dass dieser Mann angeschwemmt worden sein soll.«

»Wer sagt das?«

»Ein Priester von der Marienkapelle. Er hat den Toten im Gestrüpp hinter der Flussbiegung entdeckt und gleich Alarm geschlagen.«

Der Gehilfe des Spittlers kratzte sich am Kopf und brummte etwas in seinen Bart. Plötzlich erschien er Gottfried ziemlich wortkarg. Erst nach einigem Zögern gab er sich einen Ruck und brachte die Leiche von der Rücken- in die Seitenlage, was sogar einem kräftigen Kerl wie ihm einen ziemlichen Kraftakt abverlangte. Behutsam strich er dem Toten die langen Haare aus dem Genick und machte Gottfried auf vier Blutergüsse aufmerksam, die wie die Abdrücke von Fingern und Daumen aussahen.

Gottfried riss die Augen auf, als er begriff, worauf Bodo hinauswollte.

»Von wegen aus dem Boot gefallen. Der Kopf des Mannes wurde unter Wasser gedrückt. Er ist ersoffen wie eine Ratte.«

Bodo seufzte, widersprach aber nicht. Hastig und ohne Gottfried einen weiteren Blick zu gestatten, bedeckte er den Leichnam wieder mit dem grobgewebten Leinentuch.

Doch nun hatte sich Gottfried festgebissen. Etwas Sonderbares ging hier vor. Nach Reba und den slawischen Knechten ein weiterer Mord. Doch dieser unterschied sich von den anderen. Der Mörder war unbedacht ans Werk gegangen, und er hatte keinen Einheimischen, sondern einen Fremden überfallen.

»Hat der Mann etwas bei sich gehabt, dem man entnehmen könnte, wer er war und was er hier wollte?«

Bodo zog einen Weidenkorb unter dem Tisch hervor. Darin fand Gottlieb die Habseligkeiten des Toten: eine Gürtelschnalle, ein stumpfes Messer und einen Beutel aus Leder, dessen Riemen zerrissen war. Auch der einzelne Stiefel, der Gottfried bereits im Hof aufgefallen war, lag im Korb. Gottfried nahm Stück um Stück heraus und schnüffelte daran. Die Sachen waren nass und stanken. Kein Wunder, sie hatten den Geruch des Flusses angenommen. Schmieriges Gras und dunkle Erdklümpchen klebten daran.

Gottfried nahm den Beutel mit dem Riemen. Die Kratzer am Riemen wiesen darauf hin, dass der Mann verbissen um seine Habe gekämpft hatte; er hatte sie nicht freiwillig herausgerückt.

»Also ein gewöhnlicher Raub«, meinte Bodo, der sich beinahe ein wenig enttäuscht anhörte. »Die Slawenstämme am jenseitigen Flussufer sind bettelarm und hungern. Vermutlich ist der arme Kerl ihnen in die Arme gelaufen. Und als er ihnen seinen Beutel nicht überlassen wollte, da …«

Der Gehilfe ließ offen, was dann geschehen war, doch seine Miene sprach Bände. Offenbar hatte er seine Erfahrungen gemacht und traute den Bewohnern der Dörfer in den Wäldern so allerhand zu.

Während er voller Eifer von blutrüstigen Ritualen berichtete, die angeblich noch heute von einigen Stämmen vollzogen wurden, nahm Gottfried den feuchten Lederbeutel auseinander.

»He, hört Ihr mir überhaupt zu, Bruder Gottfried?«

»Ja, aber die Slawen trauen sich doch sonst nicht so nah an die Marienburg heran.« Er warf die Tasche wieder in den Korb zurück. »Nur Plunder, nichts von Wert. Ich bezweifle stark …«

»Was bezweifelst du?«

Im Türrahmen stand plötzlich Heinrich. Amüsiert ließ er seine Blicke durch den muffigen Raum wandern. Er sah frisch und alles andere als kränklich aus. Auf seinen Wangen lag eine leichte Röte, und seine Augen blitzten unternehmungslustig. Im Gegensatz zu Gottfried schien er gut geschlafen zu haben und lechzte geradezu danach, endlich wieder mit den anderen Schwertbrüdern an den Waffenübungen im Burghof teilzunehmen.

Lubasch hatte ihm den Bart gestutzt und seine Haut mit einer duftenden Salbe eingerieben. Wie eines von Bodos Kräuterbeeten zu riechen konnte nur Heinrich sich erlauben. Gottfried wäre deswegen vermutlich von der gesamten Burgbesatzung gnadenlos ausgelacht worden.

Nun gut, sollte sein Bruder sich doch bis zur Besinnungslosigkeit salben und von Lubasch den Bart kraulen lassen. Hauen und stechen mochte er können wie Mars, aber dies hier war Gottfrieds Angelegenheit, und er würde sie sich nicht aus der Hand nehmen lassen.

»Der Marschall hat dich bei der Andacht und beim Frühstück vermisst!« Heinrich schüttelte den Kopf. »Mach dich lieber auf ein Donnerwetter gefasst, Kleiner. Der Alte ist sehr wütend.« Er fasste seinen jüngeren Bruder scharf ins Auge. »Darf man fragen, warum du dich neuerdings noch merkwürdiger aufführst als sonst?«

»Merkwürdig? Ich?«

Heinrich gab Bodo mit einem Wink zu verstehen, dass seine Anwesenheit nicht länger erwünscht war. Grummelnd verschwand der Spitalgehilfe im Nebenraum.

»Du versäumst wichtige Zusammenkünfte, stattdessen finde ich dich hier, wo du die Sachen dieses Toten durchwühlst. Weißt du, dass der Burgmarschall mich deinetwegen angesprochen hat? Wie es scheint, hat dein Spähtrupp zwei unserer Kommenden im Süden ausgelassen.«

Gottfried stöhnte auf. Süden? Vom Süden war doch nie die Rede gewesen. Hatte man ihm nicht aufgetragen, nur die Dörfer und Stützpunkte in nördlicher Richtung aufzusuchen?

»Du hast nicht richtig hingehört«, tobte Heinrich händeringend. »Und anstatt den Marschall beim Morgenmahl um Vergebung zu bitten, verkriechst du dich hier bei Bodo und kümmerst dich um diesen armseligen Boten.«

»Aber …«

»Ich will's gar nicht hören.« Die Finger in den Ohren schritt Heinrich auf den Ausgang zu. »Ich erwarte dich beim achten Glockenschlag in Kettenhemd und Rüstung auf dem Turnierplatz. Dort kannst du zeigen, was in dir steckt. Wage es nicht, mich zu blamieren.«

Gottfried unterdrückte den Drang, seinem Bruder eine obszöne Geste hinterherzuschicken. Möglich, dass der auch im Rücken Augen besaß. Gewundert hätte es Gottfried jedenfalls nicht.

Kurz entschlossen schnappte er sich Beutel und Stiefel des Toten, verbarg beides unter seinem Mantel und beeilte sich, aus dem Halbdunkel des Spitalgebäudes in die morgendliche Sonne einzutauchen.

Am Nachmittag war Gottfried so erschöpft, dass er sich kaum noch auf den Beinen halten konnte. Stundenlang hatte er auf dem Turnierplatz mit der Lanze hantiert, deren Handhabung Kraft und Geschicklichkeit erforderte. Dann waren Streitkolben und Morgenstern an der Reihe gewesen. Gottfried hatte gekämpft, bis ihm der Schweiß in die Augen gelaufen war. Geerntet hatte er nur verächtliche Blicke. Ihm war, als hätten sich seine Schwertbrüder verschworen, ihm den Tag so sauer wie möglich zu machen, und so sammelte er mehr Rüffel als Lob. Beim Sturmangriff trieb er sein Pferd entweder nicht zügig genug auf die gegnerische Flanke zu, oder er preschte zu unkontrolliert vorwärts. Beim Waffengang gegen drei ausgeruhte Hünen verlor er sein Schwert im Morast und flog nach einem hinterhältigen Tritt gleich hinterher.

Noch bevor Gottfried sich des schmutzigen Waffenrocks entledigen konnte, wurde er zum Marschall zitiert, der über die militärischen Angelegenheiten des Ordens wachte. Diesmal hatte Heinrich nicht übertrieben, der Mann sah tatsächlich verärgert aus. Sogleich holte er zu einem ellenlangen Tadel aus und schimpfte ausdauernd weiter, bis Gottfried kleinlaut um eine Strafe bat.

»Die könnt Ihr haben!«, verkündete der Marschall giftig. »Ihr dürft die Ordensburg drei Tage lang nicht verlassen. Außerdem verbiete ich Euch, während dieser Zeit eine Waffe anzurühren. Und nun geht mir aus den Augen.«

Niedergeschlagen trottete Gottfried in sein Quartier. Ihn quälte der Arrest mehr als das Verbot, seinen Schild zu wienern, aber er konnte sich vorstellen, dass Heinrich die Sache wesentlich ernster einschätzte. Gewiss würde er sich für ihn schämen. Ein Ritter, dem man die Waffen nahm, war ein Niemand.

Während des Nachtmahls, das die Brüder wieder gemeinsam einnahmen, tauchte Gottfried lustlos den Löffel in die Tonschüssel, die er sich mit Konrad und Gernot, den Freunden seines Bruders, teilen musste. Zum Glück verlangte die Regel beim Essen eisernes Schweigen, was Gottfried noch aus seiner Zeit als Templer kannte. Ihm war das ganz recht. So konnte er seinen Gedanken nachhängen, ohne in ein Gespräch über sein Versagen verwickelt zu werden. Die geringschätzigen Blicke der jungen Ritter genügten ihm völlig.

Auch in dieser Nacht fand Gottfried keinen Schlaf. Kurz nach Mitternacht gab er es auf, sich auf dem Lager hin und her zu wälzen. Ihm ging etwas im Kopf herum, das ihn quälte. Es hatte mit dem Toten zu tun und mit der Tasche, die dieser mit seinem Leben verteidigt hatte. Aber auch mit Heinrich und einem Wort, das er beiläufig hatte fallen lassen.

Als Gottfried leise den Hof der Vorburg durchquerte, hielt er nach dem Wächter Ausschau. Dieser kehrte ihm den Rücken zu und schien zu schlafen. Das war gut, denn Gottfried wollte keinesfalls jemanden wecken, der ihm mit neugierigen Fragen zusetzte. Der Mann auf der Mauer rührte sich nicht; stumm stützte er sich auf seinen Spieß, wobei ihm von Zeit zu Zeit der Kopf auf die Brust sackte.

Als Gottfried ihn beobachtete, fiel ihm wieder ein, was ihm entfallen war.

Heinrich hatte sich den Toten weder angesehen, noch hatte er gehört, was der Torwächter über ihn gesagt hatte. Warum hatte er ihn dann als »armseligen Boten« bezeichnet?

Gottfried pumpte die kalte Nachtluft in die Lungen, bis sein Brustkorb schmerzte. Auf den Zinnen des Turms ihm gegenüber saß ein Käuzchen und schickte seine Klagerufe hinaus in die Nacht.

Ein Bote unterwegs zur Marienburg. Ja, das klang einleuchtend. Aber welche Botschaft war so bedrohlich, dass sie ihrem Überbringer nach seiner Ankunft das Leben gekostet hatte?

Von einer schrecklichen Ahnung getrieben, stieg Gottfried die schmale Treppe hinauf, die zur Westmauer führte. Die Stufen waren schmal, bemoost und ausgetreten, daher musste er höllisch aufpassen, um in der Dunkelheit nicht auszurutschen. Als er oben ankam, trat ihm der Wachhabende in den Weg, der das Haupttor im Auge behalten sollte. Der Mann mochte eine Schlafmütze sein, aber er hatte ihn kommen hören. Sofort richtete er seine Lanze gegen ihn, ließ sie aber erleichtert sinken, als er in Gottfried einen Ordensritter erkannte.

»Verzeiht, aber ich habe mich gefragt, wer um diese Zeit die Mauer erklimmt«, sagte er.

»Du weißt, wer ich bin, nicht wahr?«

»Natürlich, Ihr seid Heinrich Bisols Bruder.«

Gottfried verdrehte die Augen. Wann begriffen die Leute endlich, dass er einen eigenen Namen hatte und mit diesem auch angesprochen werden wollte?

»Stehst du heute die erste Nacht hier oben?«

Der Bursche war ungefähr in Gottfrieds Alter, aber kräftiger gebaut. Er hatte ein schmales Gesicht, hohe Wangenknochen und leicht schrägstehende Augen, die mit seinem hellen Haar und dem Schnurbart auf slawische Wurzeln schließen ließ. Die deutsche Sprache beherrschte er aber ebenso gut wie Gottfried selbst.

»Nein, es ist schon die dritte Nacht!«

Die dritte Nacht, überschlug Gottfried. Bei Tag hatte der Bote die Burg nicht betreten, denn das hätte einer der Torwächter beobachtet. Falls sich aber jemand im Schutz der Dunkelheit aus der Burg schleichen wollte, musste er an diesem Wachposten vorbei.

»Nein, ich habe niemanden gesehen«, erklärte der Wachhabende, als Gottfried ihn direkt darauf ansprach. Es klang nicht wirklich überzeugend.

»Wirklich nicht?«

Der Wächter biss sich auf die Lippen; immer wieder blickte er über die Schulter. »Wenn die Ordensbrüder in der Früh zur Matutin in die Kapelle gehen, werde ich abgelöst. Dann muss ich mich beeilen, damit ich pünktlich zu den Ställen komme, um die Befehle der Ritter für den Tag entgegenzunehmen. Dabei kann es schon mal vorkommen …« Zerknirscht hob er die Hand.

Gottfried starrte in die Tiefe, auf den Strom, der so gemächlich wie ein Rinnsal aus schwarzer Tinte an ihm vorüberglitt. Demnach hatte der Mörder auf die Wachablösung gewartet, um die Burg zu verlassen. Dies wies wiederum darauf hin, dass er mit dem Fremden eine Verabredung getroffen haben musste. Natürlich. Der Mörder hatte nicht gewollt, dass der Bote die Festung betrat.

Gottfried befand sich schon auf dem Rückweg, als eine Glocke ihn aus seinen Überlegungen riss. Ihr dröhnender Klang schwappte wie eine Welle durch den Hof.

Gottfrieds Hand wanderte instinktiv hinunter zu seinem Gürtel. Verdammt, sein Schwert. Es war nicht da. Natürlich nicht, wie auch? Er hatte es doch dem Marschall überlassen.

Die Glocke läutete weiter, schneller und lauter sogar. Irgendetwas musste geschehen sein, doch nichts, was die Ordensburg von außen bedrohte, denn die Turm- und Mauerwächter blickten ebenso verdutzt drein wie die Männer, die schlaftrunken aus den Gebäuden wankten. Ein paar slawische Arbeiter kamen Gottfried entgegen. Von ihnen schnappte er Satzfetzen auf, in denen das Wort Kapelle vorkam.

Die Kapelle? Gottfried stutzte. Was mochte dort geschehen sein?

Eine düstere Ahnung trieb Gottfried durch den Torbogen in den nächsten Hof. Von hier aus waren es nur noch wenige Schritte zur Marienkapelle. Das Gotteshaus war bis zum Dachfirst eingerüstet, denn es sollte auf Befehl des Hochmeisters in eine prunkvolle Kirche zu Ehren der Jungfrau und Namenspatronin der Ordensburg umgebaut werden. Doch die Arbeiten gingen schleppend voran, was vor allem daran lag, dass die einheimischen Arbeiter nach Rebas Tod nur noch widerstrebend die Maurerkelle schwangen.

Gottfried blieb stehen, als er eine Magd an einem der Fenster schluchzen hörte. Er sah, wie sie auf das Gerüst deutete.

Gottfried stockte der Atem. Ja, dort oben am Mast bewegte sich etwas. Als der junge Ritter zögerlich näher trat, bemerkte er, dass es ein Mann war, der im Wind hin und her schwankte.

Er hing gut und gern acht Ellen über dem Boden, den Hals in einer Schlinge. Seine Augen waren geschlossen, doch aus einer Wunde tropfte Blut aufs Pflaster. Gottfried wurde übel, was aber weniger am Anblick des Gehenkten lag als vielmehr an dem Umstand, dass er den Mann dort oben kannte. Erst gestern hatte er ihn noch im Burghof gesehen.

Er war Priester und hatte den Toten am Ufer der Nogat gefunden. Und nun lebte er selbst nicht mehr. Hatte er sich erhängt? Ein Priester, dem doch klar sein musste, dass er damit seine ewige Seligkeit aufs Spiel setzte?

Gottfried spürte, wie sein Mund trocken wurde. Eine innere Stimme mahnte ihn, auf der Stelle zu verschwinden, aber er konnte nicht. Irgendetwas zwang ihn, sich auf den Leichnam zuzubewegen. Nun stand er unter ihm. Er legte eine Hand auf den Gerüstbalken, in der Absicht, sich an ihm hochzuziehen. Der Mann konnte dort nicht hängen bleiben. Schon traten die ersten

Schaulustigen auf den Hof, die das Geschrei der Magd geweckt hatte. Doch bevor Gottfried das Gerüst erklimmen konnte, legte sich eine schwere Hand auf seine Schulter.

»Ihr, Gottfried?«, raunte jemand in sein Ohr. Es klang streng. »Was habt Ihr hier verloren?«

Erschrocken wirbelte Gottfried herum; als er den Blick hob, sah er in das vor Angst verzerrte Gesicht des Hochmeisters.

TEMPELHOF, MÄRZ 1314

Das Erste, was Gertrud beim Anblick des Tempelhofs durch den Kopf ging, war, dass sie sich hier in der Einsamkeit der Wälder durchaus hätte wohlfühlen können.

Die würzige Luft, die so viel reiner war als in der Stadt, tat ihr gut, und beim Anblick der ausgedehnten Felder, über die Amseln hüpften, wurde ihr warm ums Herz. Neugierig richtete sie ihre Aufmerksamkeit auf die Dächer der Lehmhütten, die sich entlang der Dorfstraße aneinanderreihten. Obwohl das, was vor ihr lag, ihr viel Kraft abverlangen würde, konnte sie es kaum erwarten, die ehemalige Komturei zu betreten. Entschlossen trieb sie ihr Pferd auf das Tor zu. Darüber waren noch schwach die Umrisse eines Templerkreuzes zu erkennen, das Hammer und Meißel zum Opfer gefallen war. Wie es aussah, sollte nichts an die einstigen Bewohner der Komturei erinnern.

Gertrud war bestürzt; rasch berührte sie das bronzene Kruzifix an ihrer Kette mit den Lippen. Was mochte diesen Bruder Adam geritten haben, ein Kreuz zu entweihen? Galt dieses nicht jedem Christenmenschen als heiliges Zeichen des Glaubens, selbst wenn es von Templern in den Torbogen eingelassen worden war?

Gertrud nahm sich vor, mit diesem Bruder Adam ein ernstes Wort zu reden. Sie musste ihm klarmachen, dass es Grenzen gab. Auch für ihn und die heilige Inquisition. Diese Jagd auf die Tempelritter musste endlich ein Ende finden. Aber würde er auf eine alte Frau wie sie hören?

»Heilige Mutter Gottes, gib mir Kraft, aus Unrecht Recht zu formen«, betete sie leise. In der Stadt Berlin, wo sie sich ein frisches Pferd aus dem Stall hatte führen lassen, war sie noch so guter Dinge gewesen. Allerorts hatten die Leute sie mit Hochachtung behandelt und liebevoll umsorgt. Ihre Güte hatte Gertrud Mut gemacht, doch nun, beim Anblick des zertrümmerten Kreuzes am Tor, kehrten die alten Zweifel zurück, und sie wünschte sich, sie hätte auf einem stärkeren Geleitschutz bestanden. Die beiden Knechte, die der greise Bischof von Halberstadt ihr mit auf den Weg zum Tempelhof gegeben hatte, waren fast so alt wie er und erweckten beileibe nicht den Eindruck, gegen einen Überfall gewappnet zu sein. Hilfe war von dieser Seite nicht zu erwarten. Gertrud beschloss, sie mit ihren beiden jungen Mitschwestern, die seit Berlin an ihrer Seite waren, zurück in die Stadt zu schicken. Von Thomas Lermond wusste Gertrud, dass Adam von Pirrlingen sich mit einer beträchtlichen Schar bewaffneter Männer umgab, aber sie ging davon aus, dass keiner von ihnen es wagen würde, einer alten Ordensfrau ein Haar zu krümmen. Sie würde dem Mönch allein entgegentreten, so wie einst der Heiland dem Pontius Pilatus.

Prüfend tastete Gertrud nach der Lederrolle an ihrem Sattelgurt und seufzte erleichtert, als alles noch an Ort und Stelle war. Sie würde im Guten mit Bruder Adam reden. Er war ein Mann der Kirche und sie die Äbtissin eines bedeutenden Klosters. Ihrer beider Waffe war das Wort.

Nach einem stillen Gebet hob sie die Hand und winkte den beiden Nonnen, die gleich zu ihr aufschlossen.

»Von hier an werde ich allein weiterreiten! Wartet bitte bis zum Einbruch der Dunkelheit an der Wegkreuzung. Sollte mein Gespräch mit Bruder Adam länger dauern, könnt ihr ins Kloster zurückkehren.«

Die Frauen machten bestürzte Gesichter, doch sie kannten ihre Äbtissin lange genug, um zu wissen, dass man ihr besser nicht widersprach. Gemeinsam mit den Knechten kehrten sie um.

Gertrud von Alvensleben tätschelte ihrem Pferd den Nacken.

»Na dann los, mein Bester!« Sie war stolz, wie aufrecht sie sich trotz ihres Alters noch im Sattel hielt. Ihr Vater hatte ihr das beigebracht, und vermutlich stimmte es, was die Alten immer predigten: Was du in deiner Jugend lernst, vergisst du bis ins Alter nicht.

Gemächlich lenkte sie das Tier nun über den holprigen Weg, der auf das stattliche, aber düstere Haupthaus zuführte, einen Klotz aus grauem Feldstein mit Turm, der hoch oben einen Taubenschlag zu beherbergen schien. Lautes Gurren und Flattern beherrschten den ganzen Innenhof. Eine Dunggrube, um die Fliegen surrten, verpestete die Luft. Schweine und Hühner liefen durch den Morast. Einige Bedienstete, die ihren Weg kreuzten, neigten höflich den Kopf, freundliche Bauern mit müden Augen, die ihrer Arbeit auf dem Gut nachgingen, sie aber bis auf den der Höflichkeit geschuldeten Gruß keines Blickes würdigten. Vermutlich hatten sie sich daran gewöhnt, dass ein Mönch in der ehemaligen Templerkomturei das Sagen hatte. Wegen einer alten Klosterfrau gerieten sie daher nicht in helle Aufregung.

Gertrud überlegte, ob Bruder Adam den Leuten vom Tempelhof wohl verboten hatte, mit Fremden zu reden, doch da kam auch schon ein Dienstmann herbeigelaufen und half ihr beim Absteigen. Noch bevor sie dem Mann für seine Hilfe danken konnte, preschte ein Reiter in halsbrecherischem Galopp über den Hof. Hühner und Gänse flüchteten laut gackernd und schnatternd, als der Mann seinen Rappen vor Gertrud zügelte und mit einem Satz aus dem Sattel sprang.

Gertrud spürte, wie ihr Mund vor Aufregung trocken wurde. Ihr Herz klopfte wild.

»Was tut Ihr hier, Thomas Lermond? Als ich Euch versprach, die Angelegenheit in die eigene Hand zu nehmen …«

»… hoffte ich, dass Ihr beten oder Eure Beziehungen spielen lassen würdet. Niemals hätte ich vermutet, dass Ihr Euch persönlich zum Tempelhof aufmachen würdet!« Lermond beugte sich vor und fügte flüsternd hinzu: »Ich habe mir Euer Geleit angesehen: zwei Burschen, die sich kaum noch auf dem Pferd halten können, und dazu zwei Nonnen. Es war vorausschauend von Euch, sie fortzuschicken. Klüger wäre es allerdings gewesen, sich ihnen anzuschließen und auf die bischöfliche Abordnung zu warten.«

»Ich bin die bischöfliche Abordnung«, erwiderte Gertrud würdevoll. »Macht, dass Ihr verschwindet, bevor der Mönch Euch sieht.«

Lermonds Blick verriet ihr, dass ihre Worte an ihm abperlten, wie Öl an einer Schwertseite. »Jemand muss auf Euch aufpassen, wenn Ihr so tollkühn seid, ohne gepanzerte Reiter und Armbrustschützen zu Bruder Adam zu reiten.«

»Sehe ich so aus, als wollte ich die Komturei erobern? Ich bin gekommen, um diesem Mönch einige Papiere zu überbringen.«

Gertrud klopfte sich den Staub von ihrem Gewand. Dieser Mann war sturer als ein Maulesel, und er ging ihr weiß Gott stärker auf die Nerven als ein Schwarm Stechmücken. Womit hatte sie das eigentlich verdient? Aber sie war ja selbst schuld. Kein Mensch hatte sie gezwungen, die Urkunden, die das Schicksal der jungen Agnes besiegelten, persönlich zu überbringen. Sie hätte einen kirchlichen Boten senden oder sich doch wenigstens einige Annehmlichkeiten, wie einen gepolsterten Wagen, gönnen können. In ihrem Alter galoppierte man nicht mehr durch die Lande wie ein junges Ding. Plötzlich fühlte sich Gertrud alt. Ihre Knochen, die sie unterwegs gar nicht gespürt hatte, begannen zu ziehen und zu stechen. Sie ließ die Schultern sinken und wischte sich mit der zittrigen Hand den Schweiß von den Schläfen.

Den Mann, der auf der Türschwelle stand und sie mit kalten Augen musterte, bemerkte sie erst, als Lermond sie sanft am Arm berührte und ihr etwas zuraunte.

»Wie mir scheint, ist der neue Gutsherr auf uns aufmerksam geworden!« Seine Stimme klang herausfordernd. Gertrud bat ihn mit einer knappen Geste, ihr das Reden zu überlassen. Noch hatte der Mönch Lermond nicht erkannt, was wohl an der spitzen Kapuze lag, die weite Teile seines Gesichts in tiefe Schatten tauchte.

Gertrud hob den Kopf. Solange Lermond den Mund hielt und draußen bei den Pferden blieb, bestand für ihn zumindest eine Chance, den Abend zu überleben.

»Was führt Euch hierher, ehrwürdige Äbtissin?« Bruder Adams Stimme klang reserviert, sein Blick verriet, dass er auf der Hut war.

»Du bleibst bei den Pferden und muckst dich nicht!« Gertrud band die Lederrolle von ihrem Sattelgurt, übergab Lermond die Zügel und schritt mit einem huldvollen Lächeln auf Bruder Adam zu. Dessen Blicke schienen ihren Körper von Kopf bis Fuß nach einem versteckten Dolch oder einem Giftfläschchen abzusuchen. Bevor er sich auch noch Lermond zuwenden konnte, breitete Gertrud in einer überschwänglichen Geste die Arme aus.

»Ich suche Euch im Auftrag meiner Mitschwester Sophie von Querfurt auf. Sie ist die Äbtissin des Klosters der Zisterzienserinnen in Halberstadt.«

Bruder Adam schüttelte energisch den Kopf. »Bedaure, nie von ihr gehört. Warum kommt sie nicht selbst, wenn sie ein Anliegen an mich hat?«

Ein wehmütiges Lächeln umspielte Gertruds Lippen. »Das Alter, Bruder. Die gute Schwester ist hochbetagt und längst nicht mehr so gut zu Fuß wie unsereiner.«

Im Dämmerlicht des ehemaligen Templerrefektoriums löste Gertrud flink die Schnüre ihrer Urkundenrolle und breitete vor dem verblüfften Mönch einige engbeschriebene Pergamente aus. In der Nähe klapperte jemand mit Töpfen und Krügen.

Ein Mädchen weinte, weil es wegen verschütteten Dünnbiers gescholten wurde. Offenbar bereitete das Hausgesinde gerade eine Mahlzeit für Bruder Adam und die bischöflichen Wachmänner zu. Bruder Adam, dem der Radau auf die Nerven ging, warf die Tür zur Halle ins Schloss. Dann vertiefte er sich schweigend in die Schriftstücke. Währenddessen blieb Gertrud Zeit, sich verstohlen umzublicken. Sie war nie zuvor in einer Templerkomturei gewesen, hatte aber von ihrem Bruder einmal gehört, dass die Templer ihre Räumlichkeiten streng und schmucklos mochten. Hier jedoch fand sie eine Reihe farbenfroher Malereien an den Wänden. Soweit Gertrud erkennen konnte, handelte es sich dabei um die übliche Darstellung ritterlicher Zweikämpfe und Turniere, wie es sie auch auf Burg Alvensleben gab. Doch zwischen den Ansichten stolzer Ritter mit roten Kreuzen auf der Brust, die zu Fuß oder zu Pferde auf ihre Feinde einstürmten, hatte der Künstler auch eine Szene geschmuggelt, die Gertruds Ansicht nach nicht so recht zu den anderen passen mochte. Sie entstammte der Heiligen Schrift, genauer dem Evangelium, und stellte die Geburtsszene des Heilands im Stall zu Bethlehem dar.

Gertrud kniff die Augen zusammen; welch ein Jammer, dass sich mit fortschreitendem Alter die Sicht trübte. So erhaschte sie nur einen Blick auf die Heiligen Drei Könige, der Überlieferung nach Kaspar, Melchior und Balthasar, die dem Christus ihre Gaben darbrachten. Dabei wurden sie von einigen Tempelrittern beobachtet.

Tempelritter, die der Geburt des Gottessohns beiwohnten? Eine absurde Vorstellung, denn der Orden war erst elfhundert Jahre nach den Ereignissen im Stall zu Bethlehem gegründet worden. Hier war eindeutig die Phantasie mit dem Künstler durchgegangen. Seltsam nur, dass die Herren vom Tempelhof solche Fresken in ihrem Refektorium geduldet hatten.

»Ich begreife nicht, was Ihr von mir wollt, verehrte Äbtissin Gertrud!« Bruder Adam hatte seine Lektüre beendet und baute sich nun, die Hände in die Seiten gestemmt, vor Gertrud auf. »Ihr könnt Agnes von Vitzenburg nicht mitnehmen. Das werde ich nicht erlauben. Sie wurde mir allein anvertraut!«

Gertrud holte tief Luft. Sie hatte damit gerechnet, dass es schwierig werden würde, mit dem Mönch zu einer Einigung zu kommen, doch es empörte sie, wie leichtfertig er die Schriftstücke abtat, deren Abfassung und Siegelung sie viel Zeit und Mühe gekostet hatten.

»Wenn Euer Latein zu schlecht ist, um den Text dieser Urkunde zu verstehen, muss ich ihn Euch wohl in eigenen Worten erläutern«, erwiderte sie spitz. »Ihr werdet von Sophie von Querfurt, einer Verwandten der edelfreien Agnes von Vitzenburg, aufgefordert, dieselbe auf der Stelle in meine Obhut zu entlassen. Ist das so schwer zu verstehen?«

Adam von Pirrlingens Unterlippe begann zu zittern, für Gertrud ein untrügliches Anzeichen dafür, dass sie einen empfindlichen Nerv getroffen hatte. Obwohl sie den Eindruck gewann, dass ihm nichts an Agnes lag, ja, dass sie ihm vielmehr zur Last fiel, schien er nach Ausflüchten zu suchen. Er wollte sie nicht gehen lassen, und Gertrud musste herausfinden, warum. Wie Pfeile aus dem Köcher nahm Gertrud die nächsten Urkunden aus ihrer Dokumentenrolle. Diese trugen das blutrote Siegel des Bischofs von Halberstadt.

Bruder Adam warf kaum mehr als einen flüchtigen Blick darauf.

»Bischof Albert von Halberstadt hat mit dieser Sache nichts zu tun. Agnes ist schließlich nicht sein Mündel. Ich allein habe den Auftrag, mich um Agnes' Seelenheil zu kümmern, mit dem es bedauerlicherweise nicht zum Besten steht.«

Gertrud hielt seinem eisigen Blick mühelos stand. »Dann wird ein Aufenthalt im Kloster ihr sicher guttun, Bruder. Vielleicht solltet auch Ihr allmählich wieder in das Eure zurückkehren, bevor Euch die Dinge hier über den Kopf wachsen.«

»Ich kann Euch versichern, dass mir gar nichts über den Kopf wächst, ehrwürdige Mutter«, sagte Bruder Adam. »Vermutlich ist Eurer Aufmerksamkeit entgangen, dass die heilige Kirche mir sämtliche Vollmachten eines Inquisitors übertragen hat. Ich fürchte, die Anzahl von Feinden des Papstes, die sich in den Osten des Reiches zurückgezogen haben, ist noch größer, als zunächst angenommen.«

Gertrud hatte befürchtet, dass der Mönch diesen Trumpf ausspielen würde. Wofür hielt er sie? Für eine altersschwache Närrin, die nicht einmal in der Lage war, simple Erkundigungen einzuholen? Allmählich bekam sie dennoch Angst; denn nun dämmerte ihr, in welche Gefahr sie sich begeben hatte. Bruder Adam wusste über sie Bescheid. Er war über ihre Bemühungen, einstigen Templern auf ihrem Weg in ein neues Leben beizustehen, im Bilde.

»Burchard von Magdeburg ist Euch nicht sehr wohlgesonnen, ehrwürdige Mutter!« Bruder Adam lächelte noch immer. »Glaubt mir, er kann es nicht leiden, wenn man sich ungefragt in seine Angelegenheiten mischt.«

»Wer mag das schon?« Aus den Augenwinkeln nahm Gertrud Bewegungen in ihrem Rücken wahr. Das feine Geräusch von Metall drang an ihr Ohr. Kettenhemden? Waffen? Plötzlich war der Raum voller Männer.

Gertrud hob erschrocken die Hand zur Abwehr. »Wagt es nicht, mir zu nahe zu kommen«, rief sie den bischöflichen Soldaten zu, die nur auf einen Befehl zu warten schienen. Empört wandte sie sich Bruder Adam zu, der seelenruhig danebenstand.

»Ich habe Euch Urkunden vorgelegt, die beweisen, dass die nächsten Verwandten der Agnes von Vitzenburg dem Bischof von Magdeburg das Recht auf Vormundschaft entzogen haben. Es bleibt Euch nichts anderes übrig, als sie mir zu übergeben.«

»Ich habe nur den Bittbrief einer Frau gelesen, die, von Euch angestiftet, den greisen Bischof von Halberstadt gebeten hat, ihr Fürsprecher zu sein.« Bruder Adam verschränkte die Arme vor der Brust. »Von anderen Verwandten, insbesondere männlichen Personen, fand ich in der Urkunde keine Stellungnahme. Daher muss Euer Antrag zuerst einer gewissenhaften Prüfung in der Bischofsburg unterzogen werden. Dagegen werdet Ihr nichts einzuwenden haben, denn immerhin geht es um das Schicksal eines Mädchens aus vornehmer Familie, dem sich Satan in Gestalt eines Templers genähert hat.«

»Das ist nicht wahr«, keuchte Gertrud.

»O doch, leider. Zu meinem Bedauern nehmen solche Untersuchungen viel Zeit in Anspruch. Ich rate Euch daher, nach Hause zurückzukehren. Zweifellos werdet Ihr längst in Eurem Kloster erwartet. Ihr erhaltet Nachricht von mir, wenn der Bischof eine Entscheidung getroffen hat.«

Bruder Adam wollte seinen Leuten gerade den Befehl erteilen, den lästigen Gast vor die Tür zu setzen, als die Äbtissin würdevoll das Kinn reckte.

»Entweder Agnes von Vitzenburg verlässt dieses Haus noch heute in meiner Obhut, oder …«

Sie ging hoch erhobenen Hauptes an den Bewaffneten vorbei und setzte sich auf eine Bank an der Wand. Dort bekreuzigte sie sich und faltete die Hände. Der Herr war mit ihr, das spürte sie in jedem Knochen. Er nahm ihr die Angst und flößte ihrer Seele Zuversicht ein.

»Oder was?« Bruder Adam spie die Worte aus wie faules Obst. »Was führt Ihr im Schilde?«

»Oder ich bleibe und genieße fortan Eure Gastfreundschaft!«

Thomas Lermond hatte sich heimlich ins Haus geschlichen und den Wortwechsel zwischen Gertrud von Alvensleben und dem Mönch von einem winzigen Verschlag aus belauscht, der gleich hinter der Halle lag. Vor Jahren waren darin ausgetretene Reitstiefel gelagert worden, und obwohl der Raum längst ausgeräumt war, hielt sich noch immer der herbe Geruch alten Leders in der Luft. Jede Erinnerung hatte Bruder Adam trotz seiner Bemühungen nicht vom Tempelhof vertreiben können. Die Vergangenheit war unbesiegbar, sie zog durch diese Räume wie Nebel an einem grauen Tag und erinnerte Lermond daran, dass sein Weg als Templer nun bald die entscheidende Wendung nehmen würde.

Durch einen schmalen Türspalt verfolgte er, wie Gertrud den Kopf zum Gebet senkte. Der Mönch und die Männer des Bischofs, die diese lächerliche Figur befehligen durfte, hatten sie einfach im Refektorium zurückgelassen. Weder Brot noch einen Becher Wasser reichte man der Alten, aber wie Lermond sie einschätzte, was sie zäh genug, diese Behandlung eine Weile zu verkraften. Er stellte fest, dass er sie bewunderte. Ob Marie auch so furchtlos mit dem Mönch gesprochen hätte? Ach Marie … Wie lange ließ sich diese Sehnsucht nach ihr noch ertragen? Wenn doch wenigstens Baudouin gekommen wäre. Ihn hätte er nach Marie fragen können, wie es ihr am französischen Hof erging und ob sie manchmal an ihn dachte.

Lermonds Blick wanderte hinüber zur langen Tafel. Die Urkunden, die Gertrud dem Mönch vorgelegt hatte, statteten sie mit gewissen Vollmachten aus, auf die Bruder Adam Rücksicht nehmen musste. Früher oder später würden er und der Bischof von Magdeburg das einsehen. Doch bis es so weit war, konnte viel geschehen. Gertrud von Alvensleben war in der Komturei nicht weniger in Gefahr als Agnes. Das verringerte Lermonds Sorge in keiner Weise.

Verdammt.

Lermond huschte lautlos wie ein Schatten ins Refektorium, wobei er sich nach allen Seiten umblickte, um nicht unvermittelt einer der Wachen in die Arme zu laufen.

»Erschreckt nicht«, bat er leise, als er Gertrud die Hand auf den Mund legte. Die Frau zuckte kurz zusammen, geriet aber nicht in Panik. Auf ihrem Schoß lag die Lederrolle mit den Urkunden. Bruder Adam hatte sie also nicht an sich genommen, das war gut. Lermond löste seine Hand von ihrem Mund.

»So schreckhaft bin ich nicht«, sagte Gertrud, als sie den Blick hob. Sie sah wehmütig aus. Und traurig. »Außerdem war mir bewusst, dass Ihr noch in der Komturei herumschleicht. Ich möchte noch einmal betonen, wie leichtsinnig Ihr Euch verhaltet. Bis jetzt habt Ihr einiges auf Euch genommen, um Agnes von Vitzenburg zu helfen. Werdet Ihr geschnappt und eingelocht, war alles umsonst.«

Und noch so vieles mehr, von dem die gute Seele keine Ahnung hat, ging es Lermond durch den Kopf. Er erinnerte sich daran, wie verunsichert Gertrud beim Anblick der Fresken im Saal ausgesehen hatte. Mochte sie die Malereien auch nicht deuten, ihre Zusammenhänge nicht begreifen können, sie schienen die alte Frau doch berührt zu haben. Lermond kannte das prickelnde Gefühl aus eigener Erfahrung, ihm war es nicht anders ergangen, als er sie zum ersten Mal gesehen hatte. Jacques de Molay hatte höchstpersönlich den Auftrag gegeben, die Figuren an die Wand zu malen. Ihr Geheimnis deuten zu können wies auf eine Gabe hin, die Lermond bisher nur bei sehr wenigen Menschen wahrgenommen hatte. Gertrud von Alvensleben war die Schwester eines ranghohen Templers. Möglich, dass die Bilder deshalb zu ihr gesprochen hatten. Dagegen hielt Lermond es für unwahrscheinlich, dass Adam von Pirrlingen das Gespür besaß, den Wandmalereien ihr Geheimnis zu entlocken. Ob er sie schon einmal studiert hatte? Schließlich nahm er tagtäglich in ihrer Nähe seine Mahlzeiten zu sich.

Warum hatte er die Bilder nicht entfernen lassen, so wie er in seinem Hass auf den Orden fast alle Templerkreuze auf dem Gelände der ehemaligen Komturei zerschlagen hatte?

Thomas Lermond musste wohl einige Herzschläge zu lang auf die Malereien gestarrt haben, denn prompt sprach ihn Gertrud auf die Tempelritter im Stall zu Bethlehem an. Lermond überlegte. Sollte er sich Gertrud anvertrauen? Warum eigentlich nicht? Möglicherweise hatte die Vorsehung beschlossen, das Geheimnis, das er und seine sieben Waffengefährten gehütet hatten, für immer dem Licht der Welt zu entziehen.

Der Großmeister war tot. Lermond hatte in einer Schenke davon erfahren, nachdem er zwei lothringischen Kaufleuten eine Runde Wein ausgegeben hatte. Die Brüder schienen auch nicht mehr am Leben zu sein, wenigstens war die Frist, die er ihnen und sich selbst gesetzt hatte, längst verstrichen. Weder sie noch die Boten mit den Münzen waren zu ihm zurückgekehrt. Vielleicht vermoderten sie erschlagen und beraubt in irgendeinem Straßengraben. Zum ersten Mal seit Wochen fühlte sich Lermond einsam wie ein Waisenknabe.

Aber auf sich allein gestellt war er nicht in der Lage, das Vermächtnis des Ordens länger zu bewahren. Es würde mit ihm sterben.

Es sei denn, es fände sich jemand, dem er davon erzählen konnte. Gertrud besaß weder Steine noch Schlüssel und Kennzeichen, aber sie war eine kluge Frau. Starrsinnig, sicher. Aber auch gewitzt und tapfer genug, es mit finsteren Mächten aufzunehmen. Sie hatte keine Angst mehr vor dem Leben. Doch wie stand es mit dem Tod? Als er darüber nachdachte, erfüllte ihn Dankbarkeit dafür, dass die Alte sich dagegen gesträubt hatte, die Komturei zu verlassen. War sie auch körperlich nicht gerüstet, um etwas gegen die bischöflichen Soldaten aus Magdeburg auszurichten, würde sie einen Weg finden, Agnes Mut zuzusprechen. Die junge Frau brauchte Hoffnung, sonst war sie verloren.

Lermond beschloss, dass das Gespräch mit der Äbtissin warten musste. Er durfte sich nicht erwischen lassen, da stimmte er Gertrud von Alvensleben zu. Da er miterlebt hatte, wie wenig Brief und Siegel Adam von Pirrlingen beeindruckten, musste er ihn auf eine andere Weise in die Knie zwingen.

Doch dafür galt es, einen Verbündeten zu gewinnen, der kaum weniger gefährlich war.

Gertrud von Alvensleben hob erstaunt den Blick, als er sie in knappen Worten von seinem Vorhaben in Kenntnis setzte. »Seid Ihr wirklich sicher, dass Ihr das tun wollt?«

Er nickte und sah dabei plötzlich furchtbar müde aus. In seinen Augen schimmerten Tränen, aber er schämte sich nicht dafür. Es gab Momente, da war es angebracht, zu zeigen, dass man nicht aus Stein oder Holz geschnitzt war, sondern ein pochendes Herz besaß.

Gertrud von Alvensleben streifte sich die Kette mit ihrem Kruzifix über den Kopf und drückte sie Lermond in die Hand. »Dann sei Gott mit Euch, Ihr werdet seinen Beistand brauchen!«

Gertrud verbrachte die Nacht im Gebet, bis ihre Müdigkeit sie in einen unruhigen Schlaf zwang. Ihre Bitte, Agnes von Vitzenburg sehen und einige Worte mit ihr wechseln zu dürfen, war von Bruder Adam mit dem Hinweis abgelehnt worden, die junge Frau fühle sich nicht wohl genug, Fremde zu empfangen, und benötige Ruhe. Dies war natürlich eine Ausrede, das merkte Gertrud sogleich, doch sie gab sich für den Moment damit zufrieden. Sie würde Agnes aus diesem Haus holen, das schwor sie sich bei allem, was ihr heilig war.

Als der Morgen graute, nieselte es. Die Luft war feucht geworden, und die Kälte kroch wie ein verwundetes Tier zurück ins Mauerwerk des alten Hauses. Gertrud erhob sich von ihrem Notlager und begab sich auf leisen Sohlen hinunter ins stille Refektorium. In ihrem Kopf tobten tausend Fragen, und sie brannte darauf, sich noch einmal die Malereien anzuschauen, die sie am Vortag gepackt hatten und seither nicht mehr losließen. Vierzig Jahre im Kloster hatten ihr beigebracht, in den Augen der Menschen zu lesen wie in Büchern, so war ihr nicht entgangen, dass Thomas Lermond verstohlen in Richtung der Fresken gesehen hatte.

Was mochte es damit auf sich haben? Gewiss hatten die Templer sie nicht völlig ohne Grund in ihrer Unterkunft anbringen lassen.

Gertrud hielt ihre Kerze hoch, um die kunstvollen Bilderfolgen besser sehen zu können. Die Rosenranken, die blutrot leuchteten, waren nicht schwer zu deuten. Sie wiesen auf die heilige Jungfrau Maria hin. Nichts Ungewöhnliches für einen Ritterorden. Dann gab es da aber noch die seltsamen Zeugen, die der Geburt des Herrn im Stall beiwohnten. Unter ihnen gab es Templer, wenngleich einige von ihnen nicht in Kettenhemd und Waffenrock abgebildet waren, sondern lediglich mit weißer Tunika erschienen, das blutrote Kreuz unter der Schulter.

Gertrud zählte sieben Männer, die einen Kreis um die Krippe mit dem neugeborenen König der Welt bildeten und ihre Arme dabei auf die Schulter des Nachbarn stützten. Ein achter Mann hielt eine Schriftrolle. Er lag auf den Knien und schien sich ehrfurchtsvoll vor den übrigen Zeugen der Geburt zu verneigen; seine Pergamentrolle berührte das Haupt des vordersten der Drei Könige.

Gertrud dachte an den prächtigen goldenen Schrein in Köln, in dem die Gebeine der Heiligen Drei Könige ruhten. Ein Erzbischof namens Rainald hatte die Reliquien vor über hundert

Jahren an den Rhein gebracht, wo sie heute noch aufbewahrt wurden. Doch was hatten die Templer damit zu tun? War es möglich, dass ihr Orden dem Kirchenmann dabei geholfen hatte, die Reliquien aufzuspüren?

Erneut vertiefte sie sich in die merkwürdige Szene. Templer und Heilige beteten den Messias an. Die Templer waren ausgelöscht worden, und die Reliquien der Drei Könige wurden im Dom zu Köln verehrt. Aber wurden sie das wirklich?

Gertrud hielt inne.

Hatte Thomas Lermond bei ihrer ersten Begegnung nicht davon gesprochen, er müsse die Ankunft von sieben Freunden abwarten, ehe er bereit sei, sich dem bischöflichen Gericht zu stellen?

Sieben Ritter und ein achter, der vor dem Sohn Gottes kniet.

Exakt das bildeten die Wandmalereien ab. Dann war es also doch nicht nur ein Gerücht, dass die Templer ein Geheimnis hüteten. Ihr Geheimnis führte zum Tempelhof, und Lermond war nicht nur eingeweiht, sondern entschlossen, es mit Leib und Leben zu verteidigen. Da er als einziger Templer in der Gegend geblieben war, schien er einer der Hauptverantwortlichen zu sein, vielleicht gar ein Vertrauter des letzten Großmeisters de Molay. Als Friedrich noch bei Sinnen gewesen war, hatte Gertrud ihn oft mit Fragen gequält. Doch nicht der Ordensschatz hatte sie interessiert. Nein, ihr war es um das Wissen gegangen, das die Templer aus dem Heiligen Land mit nach Europa gebracht und in ihren Komtureien gehortet hatten: Bücher und Schriften von unermesslichem Wert für all jene, die nicht nur glauben, sondern auch begreifen wollten.

Möglicherweise waren diese Dinge aber auch gefährlich. Schwarze Künste, mit denen der Teufel versuchte, das Reich des Herrn zu zerstören. Eine Büchse der Pandora, deren Deckel die Templer unter Verschluss hielten, um Unheil abzuwenden.

Gertrud erschauerte. Wie sollte eine alte Frau die Schliche des Widersachers durchschauen?

Sie grübelte noch über den Fresken, als draußen Pferdehufe erklangen. Erregte Männerstimmen lockten sie ans Fenster. Vor dem Portal sah sie Bruder Adam, der unbewegt im Regen stand. Als er sie am Fenster bemerkte, kniff er die Augen zusammen.

»Was sucht Ihr hier?«

Gertrud hob das Kinn. »Dasselbe wie Ihr, Bruder. Ich will sehen, wer uns zu so früher Stunde besucht.«

Es waren vier Männer, die ihre Pferde durch den Matsch führten. Drei von ihnen waren als Angehörige des Johanniterordens zu erkennen. Als Gertruds Blick auf den vierten fiel, der ein einfaches taubengraues Wams trug, entwich ihr ein kurzer Schrei. Es war Thomas Lermond.

Gertrud spürte, wie ihre Handflächen zu schwitzen begannen. Soweit sie erkannte, waren Lermonds Hände nicht gefesselt. Die Ordensritter behandelten ihn kühl, aber nicht grob. Sie schienen ihm auch etwas zum Anziehen gegeben zu haben, denn das Gewand, das er zuletzt getragen hatte, war schmutzig und zerrissen gewesen.

»Sieh einer an«, rief Adam von Pirrlingen erfreut, als er erkannte, wen ihm das Schicksal so unversehens in die Hände spielte. »Na, wenn das nicht der vorgebliche Kaufmann Thomas ist? Oder sollte ich Euch besser Erzketzer und Teufelsanbeter nennen? Ich suche nach Euch, seit Ihr den Tempelhof so überstürzt verlassen habt, und nun seid Ihr zurückgekehrt.«

Mit einem nervösen Zwinkern in den Augen umschlich er den Templer und machte dabei einen Buckel wie eine Katze, die einen aus dem Nest gefallenen Vogel wittert. Lermond ließ es geschehen, ohne auch nur mit der Wimper zu zucken. Er sah an Adam von Pirrlingen vorbei, als bestünde er aus Luft. Das verwandelte das Triumphgefühl des Mönchs schlagartig in Wut.

»Worauf wartet ihr noch, ihr Faulpelze?«, herrschte er die beiden bischöflichen Torwächter an, die unter dem Vordach Schutz vor dem Regen suchten.

»Fesselt den Kerl, und sperrt ihn ein. Ich werde ihn später befragen.«

Gertrud faltete betrübt die Hände. Großer Gott, betete sie, warum hast du zugelassen, dass Lermond dem Inquisitor entkommt, nur um ihn den Johannitern auszuliefern? Jeder kennt die Rivalität zwischen den beiden Orden.

Die Männer sahen zu, wie Lermond die Hände mit Lederriemen auf den Rücken gebunden wurden. Doch als Bruder Adams Wachen ihn davontreiben wollten, stellte sich ihnen einer der Ritter breitbeinig in den Weg.

»Nicht so eilig!«

Bruder Adam merkte irritiert auf. »Ich bin Euch zu großem Dank verpflichtet, Ihr Herren. Wir verfolgen die Spur des Ketzers, der früher auf dem Tempelhof sein Unwesen trieb, schon eine ganze Weile. Der Bischof von Magdeburg wird sich freuen, zu erfahren, dass die Johanniter ihn erwischt und zurückgebracht haben.«

Der Johanniter hob die Augenbrauen. »Wofür haltet Ihr uns? Für Wildhüter? Weder gehören wir zu Euren Spürhunden, noch sind wir dem Magdeburger etwas schuldig. Ganz im Gegenteil, Bruder. Ihr befindet Euch nur hier auf dem Tempelhof, weil wir Johanniter Euch dulden. Habt Ihr unseren Besuch vor einigen Wochen vergessen?«

Bruder Adam schüttelte widerstrebend den Kopf. »Nein, Herr ....«

»Bruder Hartmann, Ritter von Weichenfeld«, sagte der Ordensmann würdevoll. »Und damit ist dieser Mann, der sich Thomas Lermond nennt, nicht Euer, sondern unser Gefangener. Er kam ohne Waffen zu uns Johannitern und teilte uns mit, dass er bereit sei, abzuschwören und seiner Vergangenheit endgültig zu entsagen.«

»Das ist unmöglich«, kreischte Bruder Adam, der seine Felle wegschwimmen sah. Er sprang aufgeregt vor dem Johanniter hin und her und begann ihm zu erklären, dass einem Mann wie dem Gefangenen nicht zu trauen sei.

»Das ist nichts als ein Trick, ein verzweifelter Versuch, der Gerechtigkeit zu entkommen!«

»Wir werden sehen!« Hartmann von Weichenfelds Blick fiel auf Gertrud, die abwartend am Fenster verharrte. »Wie das Schicksal will, haben wir mit der ehrwürdigen Äbtissin Gertrud von St. Jacobi zu Halberstadt eine ausgewiesene Kennerin des aufgelösten Templerordens unter uns.« Er verneigte sich höflich vor ihr.

»Sie wird uns gewiss helfen, den Mann zur Vernunft zu bringen.« Ob er damit Lermond oder Bruder Adam meinte, gab er nicht preis. Gertrud verkniff sich ein Lächeln, als der Johanniter mit fester Stimme befahl, den Gefangenen in das ehemalige Refektorium zu schaffen.

»Der Templer muss nach Magdeburg«, wagte Bruder Adam einen letzten Einspruch. »Wenn er wirklich abschwören will, so muss er das vor dem bischöflichen Stuhl bezeugen.«

»Unsinn, Bruder. Ihr behauptet doch, der päpstliche Stuhl habe Euch mit den Vollmachten eines Inquisitors ausgestattet. Ihr werdet den Bischof vertreten.« Hartmann von Weichenfeld ließ keine weiteren Widerworte gelten. Mit einer energischen Geste schickte er die Knechte, die gaffend stehen geblieben waren, zurück an die Arbeit in den Ställen. Aus dem Backhaus quoll Rauch; in den Gestank von Schweinekot und Mist mischte sich der Duft frischen Brots.

»Es wird Zeit, dass wir Johanniter endlich hier auf dem Gut einziehen, bevor es völlig vor die Hunde geht!«, brummte Hartmann naserümpfend. »Und nun, Bruder Adam, lasst Agnes von Vitzenburg herbringen. Ich möchte, dass sie dabei ist und zuhört, wie der Templer seinen alten Orden verleugnet.«

Bruder Adam schnappte nach Luft.

Als die Glocke der Dorfkirche zur Terz läutete, versammelten sich alle im Refektorium, auch Agnes, die eingeschüchtert neben Gertrud auf der Bank saß. Vor der Wand, über die Schatten huschten, wirkte ihr Gesicht so weiß wie frischer Schnee, und die Augen lagen tief in ihren Höhlen. Gertrud drückte ihr die Hand. Sie bemerkte sofort, dass das Mädchen, so verängstigt wie es war, Furchtbares durchgemacht haben musste. Sie stellte ihr einige Fragen, worauf Agnes allerdings nur einsilbig antwortete. Sie behauptete, es gehe ihr ausgezeichnet auf dem Gut, fragte aber fortwährend, wohin ihre Magd Else gebracht worden sei.

»Die Unglückselige hatte einen Unfall«, sagte Bruder Adam. Stirnrunzelnd sah er auf Agnes hinab. »Das habe ich Euch doch gesagt, mein Kind. Erinnert Ihr Euch nicht mehr?«

Agnes zuckte mit den Achseln. Erst als Lermond ihr aufmunternd zulächelte, schien sie aus ihrer Lethargie zu erwachen. Das freute Gertrud, irritierte sie aber auch ein wenig. Zwischen dem älteren Mann und der jungen Edelfreien schien ein Band der Vertrautheit zu bestehen, das sie nicht einordnen konnte.

Sie stand auf und schritt auf die Tafel zu, an der nicht nur die drei Johanniter, sondern auch ein mürrischer Geistlicher, vermutlich der Dorfgeistliche, ihre Plätze eingenommen hatten. Letzterer kritzelte mit einer Gänsefeder auf einem Pergament herum. Als Scriptor war ihm die Aufgabe zugefallen, den Vorgang zu protokollieren. Bruder Adam zog es derweil vor, weder Lermond noch den grimmig dreinblickenden Ordensrittern zu nahe zu kommen. Gertrud konnte förmlich hören, wie es in seinem Kopf arbeitete. Doch bevor er zum Reden ansetzen konnte, bat sie selbst ums Wort.

»Wenn ich Eure Anwesenheit richtig deute, so verfolgt Ihr den Fall des ehemaligen Templers Thomas Lermond als Zeugen, weil dem Orden St. Johannis nach dem Willen des Papstes die Güter der Tempelherren zugefallen sind?«

Hartmann von Weichenfeld nickte. »So ist es, ehrwürdige Mutter. Außerdem hat Lermond uns um Hilfe gebeten.«

»Wer einem Templer hilft, setzt sich selbst dem Vorwurf der Ketzerei aus«, schnarrte Bruder Adam. Die Anwesenheit der Ordensritter behagte ihm ganz und gar nicht. Zwar hatte er darauf bestanden, auch einige seiner bischöflichen Soldaten in der Halle zu postieren, doch es blieb abzuwarten, wie lange die Söldner ihm noch gehorchen würden.

»Habt Ihr da nicht etwas übersehen?«, fragte Gertrud. Sie öffnete ihre Dokumentenrolle und entnahm ihr die Abschrift einer Urkunde. »Da der Templerorden nicht mehr existiert, kann auch niemand einem Templer helfen. Es gibt keine Templer mehr, jedenfalls nicht im Reich. Es soll noch vereinzelt Komtureien an abgelegenen Orten geben, doch die meisten wurden längst aufgelöst.«

Hartmann von Weichenfeld hob die Hand; ihm ging das alles zu schnell. »Dennoch könnt Ihr nicht leugnen, dass manche der früheren Ordensritter einfach untergetaucht sind, ohne das Urteil des Heiligen Vaters und der Inquisition anzuerkennen. Es ist unsere Pflicht, sie wieder in den Schoß der Kirche zurückzuführen.« Er deutete auf Lermond. »Auch ihn!«

»Thomas Lermond lebte als Kaufmann in einer Handelsniederlassung, bis Bruder Adam hier auftauchte und ihn wie ein wildes Tier in die Wälder jagte. Ich habe ihn kennengelernt und verbürge mich dafür, dass er kein Ketzer ist.«

»Dann soll er jetzt dem Orden der Templer entsagen!« Der Johanniter forderte Lermond auf, näherzutreten. Als dieser an Gertrud vorbeilief, drückte sie ihm ein Pergament in die Hand.

Es war die Abschrift der Übereinkunft, die Burchard von Magdeburg auf Druck des Mainzer Erzbischofs hatte unterzeichnen müssen. Darin wurde jedem ehemaligen Templer, der seinem Orden abschwor, Schutz vor weiterer Verfolgung zugesichert.

Bruder Adam, der genau wusste, was gespielt wurde, warf Gertrud einen hasserfüllten Blick zu. Doch wollte er sein Gesicht nicht verlieren, blieb ihm nichts anderes übrig, als gute Miene zum bösen Spiel zu machen.

Er trat vor und zeigte wortlos zu Boden. Lermond begriff. Einen Moment lang sah es so aus, als würde er sich weigern, vor Bruder Adam niederzuknien, doch dann heftete sich sein Blick ganz kurz auf die Wandmalereien. Mit knackenden Gelenken ging er in die Knie und senkte den Kopf, wobei seine Gesichtszüge sich entspannten. Er schien in eine Welt entschwunden, zu der der Mönch keinen Zutritt hatte.

Die Welt der Figuren an der Wand? Gertrud hielt den Atem an; nun kam es darauf an, dass Lermond keinen Fehler machte, sondern den Eindruck des reumütigen Büßers erweckte.

»Seid Ihr, Thomas, Ritter aus dem Hause Lermond, bereit, vor diesen Zeugen dem Orden der armen Brüder Christi vom Tempel Salomos zu Jerusalem auf ewig abzuschwören?«

»Ja!«

»Nehmt Ihr den Schiedsspruch des Papstes an, der den Orden der armen Brüder Christi vom Tempel Salomos verdammt und aufgelöst hat?«

Gertrud bemerkte aufgeregt, wie Lermonds Geist langsam ins Hier und Jetzt zurückkehrte.

Er schwankte, als kostete es ihn viel Kraft, kniend zu verharren. Auf seiner Stirn schwoll eine Ader. Still betend drückte Gertrud Agnes' Hand. Der Mönch provozierte seinen Gefangenen, seine herausfordernden Worte sollten Lermond wütend machen. Vermutlich hoffte er darauf, dass er die Buße unter Beschimpfungen und Drohungen abbrach. Doch damit hätte er den Vorwurf, ein unbelehrbarer Ketzer zu sein, bestätigt.

Stumm rief Gertrud alle Heiligen und Nothelfer an, die sie kannte, und bat sie, dem Templer Einsicht zu schenken. Widersetzte er sich, war er des Todes. Dann konnten weder sie noch die Johanniter noch etwas für ihn tun.

Gertrud schaute auf Agnes, die zu summen begonnen hatte. Es war eine heitere Melodie, die zuweilen sogar im Klostergarten erklang, wenn die Nonnen bei der Arbeit waren. Aus dem Mund des Mädchens klang sie wehmütig und kraftlos. Das arme Kind schien gar nicht zu wissen, was um sie herum geschah. Auch sie hatte Zuflucht in einer Traumwelt gesucht. Gertrud presste die Lippen aufeinander. Dafür würde Bruder Adam ihr eines Tages büßen.

»Ich habe Eure Antwort nicht gehört!« Bruder Adam hielt siegesgewiss seine Hand ans Ohr. »Bekennt Ihr, dass Ihr bei Eurer Aufnahme in den Templerorden das Kreuz des Herrn mit Füßen getreten und bespuckt habt? Dass Ihr mit Mitbrüdern Unzucht getrieben und in heimlichen Versammlungen einen Dämon verehrt habt? Wie sah er aus? Besaß er die Fratze eines Bocks, ein Horn auf der Stirn und glühende Augen?«

Lermond schüttelte verächtlich den Kopf.

»Ihr leugnet also?« Bruder Adams Stimme klang zufrieden. »Das dachte ich mir.«

Gertrud hielt es nicht mehr auf ihrem Sitz. Sie musste aufstehen und das Wort ergreifen, auch wenn sie das teuer zu stehen kommen konnte. Sie hatte schon zu lange geschwiegen.

»Wie könnt Ihr erwarten, dass ein einzelner Angeschuldigter zu den Verfehlungen eines ganzen Ordens Stellung nimmt? Wisst Ihr nicht, dass viele der Templerzusammenkünfte nur einem kleinen Kreis von Auserwählten offenstanden? Welchen Beweis habt Ihr, dass dieser Mann zu diesem Kreis gehört hat?«

Gertrud rang nach Atem. »Ist es nicht durchaus möglich, dass er von so manchen Riten im Ordenshaus von Paris nichts mitbekommen hat?«

Sie wandte sich an Hartmann von Weichenfeld, der unruhig an seinem Bart zupfte. »Seid Ihr als Johanniter in alle Belange und Entscheidungen Eurer Vorgesetzten eingeweiht? Wisst Ihr immer, was sie denken?«

Ritter Hartmann dachte einen Moment lang nach, dann schüttelte er den Kopf. »Das tue ich nicht, Äbtissin. Und dennoch ist mir bekannt, wofür unser Ritterorden steht und was ihn von den Templern unterscheidet. Eine Kommission der gelehrtesten Kirchenmänner hat die Schuld des Ordens der armen Brüder Christi nachgewiesen. Auch wenn der verurteilte Großmeister sein Geständnis widerrufen hat, werde ich die Ergebnisse der Untersuchungskommission nicht anzweifeln.« Er stand auf, ging um den Tisch herum und baute sich vor Lermond auf.

»Bekennt die Schuld des Ordens und bereut, dann könnt Ihr gehen, Bruder Thomas. Ich gebe Euch mein Wort darauf. Andernfalls werde ich in diesem Hof Holz aufschichten und Euch noch heute als starrsinnigen Ketzer verbrennen lassen!«

Thomas Lermond kniete noch immer auf demselben Fleck, doch nun hob er den Blick. Seine Augen blitzten. »Als Ritter bekenne ich, dass ich vom rechten Weg abgekommen und auf einen Irrweg geraten bin. Der Templerorden hat sich vieler Vergehen schuldig gemacht: der Sünde des Stolzes, weil er nach Dingen getrachtet hat, die die heilige Kirche verdammt hat. Der Sünde der Habgier, da er Reichtümer aufgehäuft hat. Ich habe als Meister meiner Komturei mitgeholfen, die Macht des Tempels zu vergrößern. Nun bereue ich das von Herzen.«

Hartmann von Weichenfeld schien mit diesem Bekenntnis zufrieden, ganz im Gegensatz zu Bruder Adam, der ohne jede Regung vor sich hinbrütete.

Der Priester, der ohne große Begeisterung das Protokoll geführt hatte, machte nun hüstelnd auf sich aufmerksam. Seine Aufgabe war beendet. Heilfroh, der düsteren Halle zu entkommen, wischte er sich die mit Galltinte verschmierten Finger an seiner Soutane ab, raffte Federn und Tintenhorn zusammen und verließ unter hektischem Kopfrucken den Raum. Seine Mitschrift des Geständnisses blieb auf der Tafel liegen. Hartmann von Weichenfeld nahm sie, doch da er nur einige wenige Buchstaben entziffern konnte, warf er nur einen flüchtigen Blick auf die Urkunde. Dennoch bat er seine Brüder, das Geständnis des Tempelritters zu unterschreiben. Nach und nach traten die Johanniter vor; unter den letzten Namen setzte auch Hartmann sein Zeichen.

»Was ist mit Euch, Bruder?« Der Johanniter drückte Bruder Adam die Schreibfeder in die Hand. »Ihr vertretet sowohl die heilige Inquisition als auch den Bischof von Magdeburg.«

Zähneknirschend kam der Mönch der Aufforderung nach; mit den kriegerisch aussehenden Ordensrittern wollte er sich nicht anlegen, zumal er sich der Hilfe seitens der bischöflichen Dienstmannen längst nicht mehr sicher sein konnte.

Gertrud von Alvensleben atmete auf. Wie die Dinge lagen, hatte Lermond Bruder Adam ein Schnippchen geschlagen; der Mönch durfte ihm nicht mehr nachstellen, solange Lermond seinen Schwur nicht verletzte. Auch die ehemalige Komturei hatte der Inquisitor zu verlassen. Zwar konnten auch die Johanniter auf dem Tempelhof noch nicht schalten und walten, wie sie wollten, doch die Entschlossenheit der Männer ließ erahnen, dass sie ihr Möglichstes tun würden, um den Inquisitor so schnell wie möglich loszuwerden.

»Ich werde mich sogleich auf den Weg nach Magdeburg machen und dem Bischof Bericht erstatten«, erklärte Bruder Adam. Er sandte Gertrud von Alvensleben, die Lermond erfreut die

Hand schüttelte, einen Blick zu, bei dem es ihr eiskalt über den Rücken lief. »Ich rate Euch, den Schwur, den Ihr abgelegt habt, nicht zu verletzen. Sollte auch nur der Verdacht aufkommen, Ihr könntet Euch wieder mit den Templern einlassen, ist Eure Begnadigung null und nichtig.«

Gertrud verfolgte, wie Adam von Pirrlingen den Raum verließ, aber nach Aufatmen war ihr dabei nicht. Ein Kribbeln in ihrem Bauch verriet ihr, dass sie den Mann heute nicht zum letzten Mal gesehen hatte.

ENGLAND UND SCHOTTLAND, APRIL 1314

Rémy beschloss, MacDonalds Männer in Watton zurückzulassen und sich allein mit Quartus auf die Suche nach Lady Marjorie zu machen. Die Schotten würden bald merken, dass er sich aus dem Staub gemacht hatte. Dann konnten sie sich nach Schottland durchschlagen und ihrem Herrn Bericht erstatten.

Dies war ganz in Quartus' Sinne, dem die Männer nie recht geheuer gewesen waren. Er hegte sogar den Verdacht, sie könnten Rémys Wein mit einem Schlafmittel versehen haben. Nur so ließ sich erklären, dass keiner von ihnen zu sich gekommen war, als ihre Habseligkeiten durchsucht und die Briefe des Königs gestohlen worden waren.

MacDonald war der einzige Mann, der hierfür den Auftrag gegeben haben konnte. Niemals hätten seine Leute ohne ausdrücklichen Befehl ihres Clanführers gehandelt.

»Angus MacDonald«, knurrte Rémy, während er sein Pferd zur Eile antrieb. »Er hat mich die ganze Zeit zum Narren gehalten. Wie konnte ich nur so dumm sein, ihm zu vertrauen?«

Quartus gab sich Mühe, nicht zu weit hinter den Templer zurückzufallen, doch da er kein geübter Reiter war, machte ihm Rémys Tempo schwer zu schaffen. Ihm war längst der Verdacht gekommen, dass MacDonald nur zum Schein eingelenkt hatte, in Wahrheit aber alles tat, was in seiner Macht stand, um Rémys Abreise zu verhindern.

Die Hufspuren, die Rémy vor dem Klostertor erspäht hatte, wiesen in südliche Richtung, doch das konnte natürlich auch eine Finte sein, um sie zu verwirren. Dennoch blieb Rémy keine

Wahl. Wollte er Marjorie aufspüren, musste er der einzigen Spur folgen, die er momentan hatte. Was blieb, war die Hoffnung, dass der Kerl, der sich so dreist als Rémy St. Clair ausgab, mit der Prinzessin nicht so rasch vorankam.

Es regnete seit Stunden; Rémy und Quartus waren nass bis auf die Haut, aber der Templer gönnte sich und seinem Gefährten nur dann eine Pause, wenn er sich aus dem Sattel schwang, um auf der Straße, die weit ins Landesinnere führte, nach neuen Spuren zu suchen oder Leute zu befragen, die zu Fuß oder mit Karren unterwegs waren.

Bei einer Weggabelung warf er einen nachdenklichen Blick über die Schulter. Es dämmerte bereits, sie mussten sich allmählich nach einem Lagerplatz für die Nacht umsehen.

»Aber Herr, wir können nicht schon wieder draußen schlafen«, maulte Quartus. Mit schmerzverzerrtem Gesicht bewegte er seine Schultern. »Bei diesem Wetter holen wir uns beide den Tod.«

Rémy zeigte auf den Wegweiser, ein abgesplittertes Stück Holz, das in einen Steinhaufen gerammt worden war. »In dieser Richtung liegt York, aber wir können die Stadt vor Einbruch der Dunkelheit nicht mehr erreichen.«

»Lady Marjorie und ihr Entführer sind doch nur wenige Stunden vor uns vom Kloster Watton aufgebrochen«, gab Quartus zu bedenken. »Ich halte es für ausgeschlossen, dass sie es bis York geschafft haben. Marjorie ist ein Mädchen, bestimmt hält sie den Burschen auf, weil sie nicht so schnell reiten kann.«

Rémy hob die Augenbrauen. Ihm lag auf der Zunge, dass Quartus ihn ebenfalls aufhielt, weil er ihm ständig mit seinen Bitten um eine Rast in den Ohren lag. Aber er war zu müde, um mit dem Jungen zu streiten. Der Regen ließ allmählich nach, aber dafür legten sich nun dampfende Nebelschleier über die einsamen Felder. Geisterhaft quollen sie in dichten Schwaden über den Weg, und bald schon sah man kaum noch die Hand vor Augen.

»Auch das noch«, schimpfte Rémy. »Aber es hilft nichts, wir müssen weiter.« Er gab Quartus einen Stoß in die Rippen und trug ihm auf, sein Pferd fortan am Zügel zu führen.

Quartus blieb abwartend stehen.

»Wisst Ihr, was mich stört, Herr?«

»Natürlich. Mich stört es auch, dass ich weder heißen Würzwein noch trockene Kleider habe. Komm jetzt!«

»Nein, das meine ich nicht!« Quartus machte eine Pause, um Luft zu holen, dann sagte er: »Wenn dieser unbekannte Dieb in MacDonalds Auftrag handelt, warum ist er dann nicht mit dem Mädchen nach Norden unterwegs, Richtung Schottland? MacDonald ist seinem Herrn, Robert Bruce, treu ergeben. Würde er es wagen, Roberts Tochter nach England verschleppen zu lassen, wo er doch genau weiß, dass sie Jahre in englischer Gefangenschaft verbracht hat?«

Rémy starrte den Jungen verblüfft an. Er war so mit seiner Wut auf MacDonald beschäftigt gewesen, dass er nicht einmal in Betracht gezogen hatte, dieser könnte unschuldig sein. Nachdenklich strich er sich über den Bart. »Ich dachte, du wärest davon überzeugt, dass seine Waffenknechte uns unterwegs ausspioniert und vor dem Kloster mit einem Schlafmittel außer Gefecht gesetzt haben.«

»Schon, aber können wir beweisen, dass der Befehl hierfür wirklich von MacDonald kam?«

Rémy entging nicht, dass der Junge mit sich kämpfte, und er verstand auch, warum. Quartus hatte nicht den geringsten Grund, Angus MacDonald zu mögen, da der Schotte mit seiner Feindseligkeit ihm gegenüber nicht hinter dem Berg hielt. Auf der anderen Seite sprach es für ihn, dass er davor zurückschreckte, Angus zu verurteilen, bevor nicht bewiesen war, dass er hinter Marjories Verschwinden steckte.

Etwa eine halbe Stunde stapften die beiden Männer schweigend durch Morast und Nebel. Jeder von ihnen hing seinen eigenen Gedanken nach, und so sahen sie den Fackelschein erst, als er vor ihren Köpfen die milchig weiße Wand zerriss.

Vor ihnen lag ein Dorf oder zumindest eine Ansiedlung, die aus einer Handvoll ärmlicher, strohgedeckter Hütten bestand. Obwohl die Bauern hier sicher nicht viel besaßen, was sich zu schützen lohnte, hatten sie dichte Dornenhecken um die Häuser angelegt und zusätzlich noch eine Reihe angespitzter Pflöcke als Palisaden in die Erde getrieben. Die einzige Möglichkeit, das Dorf trockenen Fußes zu betreten, bot ein Steg, der über ein gurgelndes Bächlein auf ein Fallgatter zuführte. An diesem waren neben bleichen Tierschädeln und Geweihen auch zwei brennende Fackeln befestigt, die Rémy und dem Jungen nun den Weg aus dem Nebel wiesen. Gegen das Gatter lehnten mehrere Rechen und ein Reisigbesen.

Drei abgerissene Gestalten mit finsteren Mienen lungerten um das Gatter herum. Mit ihren Sauspießen und Knüppeln hielten sie für gewöhnlich Wölfe und Bären von den Hütten fern. Nun aber richteten sich ihre Spieße drohend auf Rémy und Quartus. Es sah fast so aus, als hätten sie auf die beiden gewartet.

Rémy stieß gereizt die Luft aus. »Was soll das? Empfängt man hier in Yorkshire etwa so müde Reisende? Wir sind seit Tagesanbruch unterwegs und brauchen einen Platz zum Schlafen.«

»Wir zahlen auch dafür«, ergänzte Quartus.

Einer der Bauern wagte nach kurzem Zögern einen Schritt vorwärts. Er war breit gebaut und sah aus, als ginge er keiner Prügelei aus dem Weg. Seinem Auftreten nach gehörte er zu denen, die im Ort das Wort führten, obwohl er kaum mehr als zwanzig Sommer zählen konnte.

»Behaltet Euer Geld!« Die Stimme des Bauern klang abweisend. Argwohn funkelte in seinen Augen. »Wir haben kein

Nachtlager für Euch. Zieht gefälligst weiter, bevor ich Euch mit dem Knüppel zurück auf die Straße helfe!«

Quartus ließ frustriert die Schultern sinken. Noch mehr als Rémy hatte er sich auf einen Napf Gerstengrütze, vielleicht sogar ein Stück Wurst und Käse, gefreut.

»Warum so abweisend zu zwei Reisenden, mein Freund?« Rémy musste sich beherrschen, um dem frechen Kerl nicht mit ein paar Ohrfeigen Manieren beizubringen. Mühsam zwang er sich zu einem Lächeln. »Wir wurden auf dem Weg nach York von Regen und Nebel überrascht und wissen kaum, wo wir uns befinden.«

Der Mann antwortete nicht, stattdessen suchte er Blickkontakt zu seinen Freunden, die ihm durch Gesten zu verstehen gaben, um keinen Preis zurückzuweichen.

»Verschwindet endlich, wir mögen hier keine Schotten, die die Pocken einschleppen!« Der Ruf kam von einer vierten Person, die sich jedoch hinter der Palisade verkrochen hatte.

Rémys Lächeln gefror ihm zwischen den Augen, doch innerlich kochte er. Noch vor wenigen Jahren hätte keiner dieser Lumpen den Mut gehabt, auf diese Weise mit einem Tempelritter zu reden; es sei denn, er hätte sich nach Peitschenhieben gesehnt. Rémy war nass bis auf die Haut und trug anstatt einer Templertunika das Gewand eines Edelmanns von niederem Adel, aber wirkte er deswegen wie ein Schotte? Und was sollte der Unsinn mit den Pocken?

Hier stimmte doch etwas nicht.

Quartus zupfte aufgeregt an seinem Ärmel, dann flüsterte er ihm etwas ins Ohr.

»Was?«, fauchte er den jungen Boten ungehalten an. Doch als der Fackelschein über den Boden huschte, sah er es auch. Die Dorfleute hatten sich redlich Mühe gegeben, die Hufspuren zu verwischen, die sich jenseits des Stegs durch den Schlamm zogen, aber ganz gelungen war es ihnen nicht. Neben den Abdrücken, die Rémys und Quartus' Pferde dort hinterlassen hatten, gab es weitere Spuren. Und diese waren nicht weniger frisch.

Vor kurzem waren zwei Reiter hier gewesen und auch geblieben.

Rémy zuckte die Achseln. Er gab vor, sich seinem Pferd zuzuwenden, drehte sich dann aber blitzschnell um die eigene Achse, sprang mit einem wilden Schrei vorwärts und rammte dem jungen Bauern den Kopf in den Bauch, so dass dieser von den Füßen gerissen wurde und gegen das Gatter schlug. Ehe die Freunde des Mannes eingreifen konnten, schnappte sich Rémy eine der Fackeln, schwang sie ein paarmal über dem Kopf und warf sie dann in hohem Bogen mitten in die Dornenhecke. Das Gestrüpp war feucht vom Regen und fing nur schwer Feuer, dennoch genügte das Zischen der Flammen, um die Dorfleute mit den Spießen von Rémy abzulenken.

Fluchend raffte sich der Bauer am Gattertor auf. »Dafür reiße ich dir das Herz aus dem Leib!«

Mit beiden Händen packte er seinen Knüppel und stürmte los, um Rémy, der auf dem Steg stand, den Schädel einzuschlagen. Rémy parierte jeden einzelnen Hieb unbeeindruckt. Der Bauer war kein ernstzunehmender Gegner für einen ausgebildeten Schwertkämpfer, aber er hatte die Witterung auf seiner Seite und kämpfte mit einer Verbissenheit, die nur einen Grund haben konnte: Todesangst. Glaubte er wirklich, Rémy schleppte eine Seuche ein?

Rémy drängte ihn mit dem Schwert vom Steg, als er plötzlich einen schneidenden Luftzug wahrnahm. Nur knapp verfehlte ein Spieß seinen Kopf. Dann, in einem Augenblick der Unachtsamkeit, spürte er, wie ein heißer Schmerz durch seinen Unterschenkel jagte; sein rechtes Bein knickte ein. Er stürzte zu Boden. Mit einem wilden Triumphschrei preschte der Dorfbewohner vor, um Rémy den Rest zu geben. Er bückte sich nach seinem Knüppel, ängstlich darauf bedacht, Rémy nicht zu nahe zu kommen. Doch bevor er ausholen konnte, wälzte sich Rémy zur Seite und ließ sich vom Steg in den Bach fallen. Es klatschte und spritzte, als sein Körper im Wasser aufschlug.

Der Bauer scheute keine nassen Füße; er sprang sogleich hinterher, wobei er nach seinen Freunden rief, die aber der Nebel verschluckt zu haben schien. Keiner gab ihm Antwort.

»Ich finde dich«, zischte der Mann, während er auf der Suche nach Rémy durch das hüfthohe Wasser watete. Er lachte höhnisch auf, als er unter dem Steg einen Umriss wahrnahm. »Nicht sehr gewitzt, sich dort unten zu verstecken!«

Er bückte sich, um den Mann, der sich mit beiden Armen an die Planken klammerte, unter dem Steg hervorzuzerren, erkannte seinen Irrtum aber erst, als Quartus die Beine anzog und sie ihm mit Wucht in den Bauch rammte. Gleichzeitig wurde er an der Schulter gepackt und empfing einen Kinnhaken von Rémy, der hinter dem Bauern aus dem Nebel auftauchte.

Keuchend sackte der Mann zusammen.

»Und ich dachte, du hättest Fersengeld gegeben!« Rémy hatte Schmerzen, er hinkte und hielt sich beim Gehen das Bein, wo ihn der Knüppel des Bauern getroffen hatte. Aber er hatte noch einmal Glück gehabt, denn gebrochen war es nicht. Außer ein paar Prellungen ging es ihm gut, wenn man davon absah, dass es ihn kränkte, vor einem Bauerndorf Prügel bezogen zu haben.

Quartus half ihm, den Bewusstlosen zur Uferböschung zu schleppen. »Fersengeld? Dass ich nicht lache«, prahlte er. »Vielleicht fragt Ihr mal nach den beiden Kerlen mit den Spießen.«

»Ja, richtig!« Rémy warf einen Blick auf die Umzäunung und das dornige Strauchwerk, wo es nach Qualm roch. »Sag bloß, du hast sie erledigt?«

»Sie suchten mich im Nebel. Zugegeben, einer hielt seinen Freund für mich und streckte ihn nieder. Aber um den anderen habe ich mich gekümmert.«

»So, jetzt wollen wir doch einmal sehen, wer die guten Leute dafür bezahlt hat, sie hier im Dorf zu verstecken und uns loszuwerden.«

»Bezahlt?« Quartus sperrte überrascht die Augen auf. »Ihr meint …«

»Das liegt doch auf der Hand. Ich wette, dass wir noch heute Abend dem falschen St. Clair gegenübertreten werden.«

Rémy klatschte dem Ohnmächtigen seine flache Hand ins Gesicht. »Aufwachen, Bursche. Na los, komm schon!«

»Er braucht einen Schluck Branntwein«, stammelte Quartus zitternd. Dann schlug er sich mit der Hand gegen die Stirn, weil ihm einfiel, dass ihre Vorräte bei der Plünderung des Lagers vor Watton ebenfalls gestohlen worden waren. Es war nur noch ein Rest von dem Wein übrig, der ihn und Rémy so tief hatte schlafen lassen. Obwohl keiner von ihnen die Neigung verspürte, noch einmal einen Schluck davon zu nehmen, hatte Quartus ihn nicht weggeschüttet. Er setzte dem Bauern den Schlauch an die Lippen. Kurz darauf schlug der Mann die Augen auf.

»Wie schön, dass du wieder unter uns weilst, Freundchen.« Ungeduldig tippte Rémy dem jungen Mann gegen die Schulter und gab acht, dass er nicht wieder die Augen schloss. »Also, raus mit der Sprache, und hüte dich davor, mich anzulügen: Wer hat dich und deine Spießgesellen dafür bezahlt, dass sie meinen Diener und mich davonjagen?« Er lachte grimmig. »Als ob ein Ritter St. Clair sich von einem armseligen Lumpen in die Flucht schlagen lassen würde.«

Der Bauer gab ein unverständliches Gebrabbel von sich, als habe er seine Zunge verschluckt. »Du wirst gleich keine Zunge mehr haben, wenn du meine Geduld weiterhin strapazierst.«

Rémy schnippte mit den Fingern. »Quartus, gib mir meinen Dolch!«

Der junge Bauer keuchte entsetzt, worauf sich sein mächtiger Brustkorb hob und senkte wie der Blasebalg eines Hufschmiedes. »Ihr … seid auch ein St. Clair?«, stammelte er.

Rémy packte den Mann am Kragen und schüttelte ihn. »Ich bin nicht irgendein St. Clair, ich bin der einzige Ritter dieses Namens, das solltest du dir gut merken!«

»Herr, vielleicht solltet Ihr mich mit …«, begann Quartus, dem der finstere Gesichtsausdruck des Templers unheimlich wurde. Doch er verstummte, als er Rémys wütenden Blick auffing. Der Templer hatte nicht vor, sich die Befragung des Burschen aus der Hand nehmen zu lassen. »Wo ist der Kerl, der sich St. Clair nennt? Wer ist bei ihm, und was hat er dir weisgemacht?«

Der Bauer wand sich unter Rémys festem Griff wie ein Aal, sah aber ein, dass er gegen den wütenden Ritter wenig ausrichten konnte. Erst einmal erbrach er sich über Rémys Stiefel, dann brachte er schließlich mit dünner Stimme hervor, dass ihn um die Mittagsstunde ein Fremder angesprochen habe, der behauptete, mit seiner Frau auf der Flucht vor zwei Meuchelmördern zu sein, die zudem auch noch an der Pest erkrankt seien.

»Der Mann nannte sich St. Clair. Er gab uns Geld, damit wir die Spuren seines Pferdes und das seiner Dame verwischten und danach das Gatter im Auge behielten. Sollten sich Fremde aufs Dorf zubewegen, sollten wir sie unbedingt loswerden.« Er zog geräuschvoll die Nase hoch. »Wir sind einfache Menschen und hatten Angst, Herr, Todesangst. Wir fürchteten, die Leute, vor denen der Fremde uns warnte, könnten sich heimlich ins Dorf schleichen und eine Seuche einschleppen. Daher stellten wir Wachen auf und rieten den übrigen Leuten, ihre Häuser heute nicht mehr zu verlassen.« Sein Blick hetzte zu Rémys Hand. »Leidet Ihr wirklich nicht an den Pocken?«

Rémy wandte sich ab, bevor ihn erneut die Wut packen konnte. Was war nur mit ihm los? In Argyll fuhr er doch auch nicht fortwährend aus der Haut. Seit er Schottland verlassen hatte, schien etwas Dunkles in ihm aufzuleben, das er längst besiegt zu haben glaubte. Gewiss, er war schon als junger Bursche manchmal jähzornig gewesen und hatte bei Waffenübungen wie ein Berserker auf Strohpuppen und Knappen – kurz, auf alles – eingedroschen, was ihm im Weg gestanden hatte. Doch später, insbesondere nach seinen Erfahrungen mit den Sarazenen im Heiligen Land, war er ruhiger geworden. Besonnener. Dass nun wieder das Biest in ihm erwachte, fand er mehr als befremdlich, und er fragte sich, ob dies mit MacDonalds Auftrag oder seinem eigentlichen Ziel, dem Tempelhof, zusammenhing.

»Sind der Mann und seine Dame noch im Dorf?« Er fragte ruhig, beinahe gelassen. Na bitte, es klappte doch.

»Ich vermute es, Herr.« Freimütig berichtete der Bauer, dass der falsche St. Clair für ein Schlafquartier für sich und sein Weib bezahlt habe.

»Gib ihm noch einen Schluck Wein aus dem Lederschlauch«, befahl er Quartus schließlich. Quartus tat erstaunt, begriff aber rasch. »Von *dem* Wein?«

»Natürlich, einen anderen haben wir nicht.«

Während Quartus dem Bauern Wein einflößte, wurde Rémy von einer quälenden Unruhe erfüllt. Wehmütig dachte er an das Schiff, das ihn über den Kanal bringen sollte. Im Tempelhof warteten Lermond und die Brüder auf ihn. Was um alles in der Welt hatte ihn geritten, auf MacDonald zu hören?

»Das Zeug wirkt besser als Schlafmohn«, hörte er Quartus sagen und beobachtete, wie der Junge seine Wolldecke vom Sattelgurt band und über dem Schlafenden ausbreitete.

»Was soll das schon wieder?«, knurrte der Templer, dem Quartus' Fürsorge entschieden zu weit ging. Dieser Bauer hatte es gewagt, ihn mit einem Knüppel in der Hand anzugreifen. Auch wenn der Betrüger ihn belogen hatte, konnte er froh sein, dass Rémy ihn für seine Frechheit nicht ertränkt oder enthauptet hatte.

»Du benimmst dich wie ein überfürsorgliches Weib!«

»Ich möchte nicht, dass der junge Mann erfriert! Die Leute hatten wirklich Angst um ihr Leben.«

Ohne etwas auf Quartus' Antwort zu erwidern, schwang sich Rémy in den Sattel und trabte durch das Gattertor. Er hätte sich lieber die Zunge abgebissen, als zuzugeben, dass ihm Quartus' Verhalten imponierte. Der Junge mochte für einen Krieger zu empfindsam sein, aber hatte sein alter Waffenmeister in Akkon nicht immer gesagt, es genüge für einen Ritter nicht, mit dem Schwert umgehen zu können? Wenn er es recht bedachte, so erinnerte Quartus ihn daran, wie er selbst einst gewesen war.

»Nicht so lahm, wenn ich bitten darf!«, mahnte er, als er bemerkte, wie argwöhnisch der Junge im Nebel nach einem Hinterhalt suchte. Das Dorf lag wie ausgestorben vor ihnen. Aus keiner der Handvoll Hütten, die in der Nähe des Dorfzauns lagen, drang ein Laut hinaus in die Dunkelheit. Es blieb gespenstisch still, als seien die Leute außer sich vor Angst ins Moor geflohen. Nicht einmal ein Hund kläffte. Obwohl es noch längst nicht so spät war, fiel doch kein Lichtschein durch die verrammelten Läden. Die Bauern schienen den Lärm am Fallgatter gehört und sich verschanzt zu haben.

Lange suchen mussten sie nicht. Im Dorf gab es zwar kein Gebäude, das auch nur annähernd wie ein Herrenhaus aussah, doch stach unter den ärmlichen, mit Lehm verputzten Holzhütten eines hervor, dessen Zustand auf einen gewissen Wohlstand seiner Bewohner schließen ließ. Es lag ein Stück hinter dem Dorfplatz, versteckt zwischen Bäumen, und ruhte auf wuchtigen Postamenten aus Stein. Diese waren vermutlich gelegt worden, um die Vorräte der Bauern vor Nässe zu schützen, falls der Bach wieder einmal über die Ufer trat. Angesichts des häufigen Regens hierzulande eine kluge Entscheidung. Da es hier keine Kirche gab, nutzten die Bauern möglicherweise diesen Ort, um sich zu versammeln. Möglich auch, dass sie ihre Vorräte an Roggen und Feldfrüchten hierherbrachten. Für diese Überlegung sprach die große Anzahl von Körben und Säcken, die nicht nur an der Hauswand lehnten, sondern auch auf den Treppenstufen lagerten.

Rémy tätschelte seinem Pferd die Mähne, während er aus einiger Entfernung das Haus im Auge behielt. Von den beiden Freunden des Bauern drohte im Augenblick keine Gefahr; nach den Schlägen, die sie eingesteckt hatten, würde keiner von ihnen so schnell wieder aufstehen.

Blieb die Frage, was Rémy in diesem Haus erwartete. Oder wer. Es hatte sicher nichts Gutes zu bedeuten, wenn sich niemand vor der Tür oder im Hof zeigte. Ob man sie beobachtete? Zu dem Anwesen gehörten auch zwei niedrige, aus Brettern zusammengezimmerte Ställe für Kleinvieh. Doch selbst die Tiere schienen den Atem anzuhalten.

»Wisst Ihr, was ich merkwürdig finde?«, flüsterte Quartus. Seine Stimme hörte sich in der betäubenden Stille, die über dem Ort lag, rau und fremd an.

Rémy hob die Augenbrauen. Er war nicht dazu aufgelegt, Quartus' Gejammer zuzuhören. Auch ihm war kalt, und seine Füße pochten schmerzhaft in den feuchten Lederstiefeln. Dazu kam ein Gefühl von Hunger, das sich wie ein gefräßiger Wurm in seine Eingeweide grub. Seit dieser falsche St. Clair oder seine Helfershelfer ihn betäubt und ausgeraubt hatte, mussten er und Quartus den Gürtel enger schnallen. Sie besaßen kaum noch Geld. Nicht einmal genug, um sich in einem Wirtshaus satt zu essen, falls sie eines gefunden hätten. Dass dieser Betrüger nun die Dreistigkeit hatte, mit Geld, Rémys Geld, um sich zu werfen, versetzte ihn schon wieder so in Rage, dass seine Gesichtsmuskeln zuckten.

»Also, rück schon mit der Sprache heraus«, seufzte er. »Was findest du noch merkwürdiger als den Umstand, dass wir ein Haus auf Füßen beobachten, in dem sich vermutlich ein Kerl versteckt, der meinen Namen stiehlt?«

Quartus lächelte schief. »Als Templer habt Ihr vermutlich wenig Erfahrung mit … Damen?«

»Was erlaubst du dir, Kerl? Nimm dir bloß keine Frechheiten heraus. Ich verstehe eine Menge von Damen, sogar von Edeldamen königlichen Geblüts.«

»Ein sonderbarer Entführer, der seine Gefangene als seine Frau ausgibt. Ich weiß nicht viel über Lady Marjorie, aber nach allem, was ich in Argyll so aufgeschnappt habe, scheint sie eine temperamentvolle, willensstarke junge Frau zu sein. Die Jahre der Gefangenschaft haben sie nicht gebrochen, ganz im Gegenteil. Wen auch immer ich fragte, hat mir bestätigt, dass Marjorie eine würdige Tochter ihres Vaters sei: kämpferisch, leidenschaftlich und starrsinnig, trotz ihrer Jugend. Während der letzten Jahre im Kloster soll sie förmlich aufgeblüht sein.«

Rémy machte ein begriffsstutziges Gesicht. Warum um alles in der Welt glaubte Quartus, dass er, ein Ritter des Tempels, sich für Küchengeschwätz interessierte? Erwartete er künftig von ihm, heimlich an Türen und Fenstern zu lauschen? Dass Quartus das mit Vorliebe tat, war ihm nicht entgangen. Allerdings konnte er bei näherer Betrachtung nicht umhin, zuzugeben, dass an der Überlegung des Jungen etwas dran sein konnte. Dass sich die Prinzessin in Watton nicht gegen den angeblichen Beauftragten ihres Vaters gewehrt hatte, war verständlich, denn der war immerhin gerissen genug gewesen, der Äbtissin Rémys Begleitschreiben vorzulegen. Doch auch nach acht Jahren strenger Klosterhaft war es unwahrscheinlich, dass Lady Marjorie nicht mehr zwischen den Himmelsrichtungen unterscheiden konnte. Einer aufgeweckten Frau wie ihr konnte doch nicht entgangen sein, dass der Betrüger mit ihr nicht nach Edinburgh ritt.

Rémy hatte es satt, zu warten. Er gab Quartus ein Zeichen, ihm zu folgen, dann hastete er in geduckter Haltung über den Dorfplatz. Sein Glück war, dass die knorrigen Eichen vor dem Haus und der immer noch dichte Nebel es fast unmöglich machten, mehr als einen schemenhaften Umriss heranpirschen zu sehen.

Ehe sich Rémy versah, stand er vor der Tür, hinter der die vermutlich einzige Stube lag. Er lauschte mit pochendem Herzen. War Quartus hinter ihm? Nein, er war allein. Der Taugenichts schien entschieden zu haben, in seinem Versteck hinter den Bäumen zu bleiben.

Nun gut, dann musste es ohne ihn gehen. Rémy zog sein Schwert und holte tief Luft. Mit einem Gebet auf den Lippen stieß er die Tür auf und stürmte ins Haus.

Um einen groben Tisch sah er vier Personen sitzen, zwei Männer und zwei Frauen, die ihn erschrocken anstarrten. Einer der Männer sprang so hastig auf, dass er seinen Schemel dabei umwarf. Er zog seinen Dolch aus dem Gürtel und stellte sich schützend vor ein Mädchen, das offensichtlich an einer Stickerei gearbeitet hatte, nun aber ängstlich zusammenzuckte und die Hände in den Schoß legte. Wie ihr männlicher Beschützer war auch sie vornehm gekleidet. Ihre Augen erinnerten Rémy an einen wolkenlosen Sommerhimmel, und die Wangen brannten vor Aufregung feuerrot in ihrem schmalen Gesicht. Die andere Frau, die ihrer kräftigen Statur nach eine Bäuerin war, wechselte einen verstohlenen Blick mit ihrem Mann. Während sie sich mit erhobenen Händen rückwärts bewegte, blieb ihr Mann an seinem Platz und blickte stumpfsinnig auf das Häuflein Holzspäne vor sich auf dem Tisch.

Rémy wandte sich an den Mann, der nach wie vor den Dolch

auf ihn richtete. Er schien fest entschlossen, das Leben seiner Wirtsleute und des Mädchens bis aufs Blut zu verteidigen, aber Rémy hatte in seinem Leben genügend Gegner gehabt, um zu sehen, dass der blondgelockte junge Mann erschöpft und am Ende seiner Kräfte war.

»Ihr seid also der Ritter St. Clair«, rief Rémy spöttisch. »Merkwürdig nur, dass ich noch nie etwas von einem Vetter gleichen Namens gehört habe. Bislang glaubte ich, ich sei der Letzte meiner Familie.« Schlagartig verfinsterte sich seine Miene. »Ihr seid ein Betrüger, mehr noch, ein Hochverräter, der es gewagt hat, die Tochter des Königs von Schottland unter falschem Namen aus ihrem Kloster zu entführen. Ich hoffe, Ihr wisst, was Euch jetzt erwartet. Auf Hochverrat gegen den König steht die Todesstrafe.«

»Nein!« Die Augen des Mädchens füllten sich mit Tränen. »Es ist nicht so, wie Ihr denkt!«

Rémy schnaubte, hielt aber verdutzt inne, als er den liebevollen Blick wahrnahm, den Lady Marjorie ihrem vermeintlichen Entführer schenkte.

Die Prinzessin stand nun ebenfalls auf. Für eine Frau war sie erstaunlich groß, doch in ihren runden Augen schimmerte noch immer ein kindlicher Glanz. Unbeholfen tasteten ihre Finger nach der Hand des jungen Mannes, der sie nach kurzem Zögern ergriff und fest drückte.

Dieser Quartus hat tatsächlich mal wieder recht gehabt, dachte Rémy. Wie die Dinge lagen, hatte Marjorie sich nicht gegen ihre Entführung in den Süden Englands zur Wehr gesetzt, weil sie in ihren Entführer vernarrt war. Heilige Mutter Gottes, und wegen dieser Posse versäumte er sein Schiff?

»Ich bin Walter Stewart, Sohn von James Stewart«, stellte sich der junge Mann vor. Als das Licht der flackernden Kienspäne auf sein Gesicht fiel, bemerkte Rémy, wie jung er war. Ein halbes Kind, das kaum mehr als achtzehn Sommer zählte. Was um alles in der Welt mochte in den Burschen gefahren sein, Robert Bruce' Tochter zu verschleppen?

Der Name Stewart war Rémy natürlich bekannt. Der alte James, Walters Vater, hatte nicht nur zu den reichsten Adeligen Schottlands gehört, sondern besaß auch berechtigte Ansprüche auf den schottischen Thron, die nun, da er nicht mehr lebte, auf seinen Erben übergegangen waren. Allerdings würde es Walter, hinter dem weder eine Armee noch die zerstrittenen Clans standen, schwerfallen, seine ererbten Rechte gegen Robert Bruce durchzusetzen.

Quartus kam kauend in den Raum gelaufen. Wie es aussah, hatte er der Vorratskammer des Bauern einen Besuch abgestattet.

»Wer bist du?«, wollte Walter Stewart wissen, aber Rémy machte eine Handbewegung, die den jungen Mann warnte, ihn beim Grübeln zu stören.

Schließlich kam er zu einem Schluss. »Ihr könnt den Thron nicht aus eigener Kraft besteigen. Nicht ohne die Unterstützung der Engländer. War es das, was Ihr im Sinn hattet? Ein Bündnis mit Edward in London? Sollte Lady Marjorie Euer Unterpfand sein?«

Entsetzt schüttelte Walter Stewart den Kopf. »Nein, das ist nicht wahr. Ich bin kein Verräter. Marjorie und ich lieben uns schon seit unserer Kindheit. Ich habe ihr viele Briefe ins Kloster geschrieben … schreiben lassen.« Er lächelte schief. »Mit der Feder kann ich leider nicht so gut umgehen wie mit Armbrust und Streitaxt. Als ich erfuhr, dass Robert Bruce einen Abgesandten nach Watton schicken wollte, um Lady Marjorie abzuholen, kam ich fast um vor Kummer.«

»Warum? Hättet Ihr Euch nicht freuen müssen, dass die Engländer sie endlich freilassen?«

»Wovon redet Ihr, wollt Ihr uns verspotten?«, fragte die Prinzessin überrascht, senkte dann aber den Blick. »Ihr hattet doch den Auftrag, mich in Watton in Empfang zu nehmen, um …« Wieder glitzerten Tränen in ihren Augen. »Um Euch mit mir zu vermählen!«

Rémy glaubte, sich verhört zu haben. Er sollte die Prinzessin von Schottland heiraten? Wie um alles in der Welt kamen die beiden nur auf eine derart abwegige Idee? Mit offenem Mund starrte er erst Marjorie, dann Quartus an, der sein Lachen hinter einem gespielten Hustenreiz verbarg. Dieser unverschämte Bengel; er selbst konnte das alles nicht komisch finden.

»Ich gehöre dem Templerorden an«, sagte er in das plötzliche Schweigen hinein, da er der Meinung war, dass er sich erklären musste. »Obwohl der Papst den Orden aufgelöst hat, fühle ich mich nach wie vor unserer heiligen Regel verpflichtet. Ich habe Ehelosigkeit gelobt.«

»Wirklich?« Walter Stewart verzog das Gesicht. Rémys Worte schienen weder ihn noch die anderen im Raum zu überzeugen.

Hilfesuchend blickte sich Rémy nach Quartus um, dessen Mundwinkel noch immer amüsiert zuckten.

»Hör gefälligst auf zu lachen. Sag den beiden lieber, dass ich niemals vorhatte, um die Hand von Roberts Tochter zu bitten. Das ist doch bestimmt wieder ein Trick, um mich aufzuhalten. Aber ich werde mich nicht mehr hindern lassen.«

Er streckte die Hand aus und winkte Lady Marjorie zu sich. »Ihr kommt mit mir. Wenn der Morgen graut, machen wir uns auf den Weg nach Edinburgh.«

Die Prinzessin warf den Kopf in den Nacken. »Das könnt Ihr vergessen. Ich werde Euch nicht heiraten.«

»Hört mir denn keiner zu? Ich will Euch nicht heiraten. Begreift endlich, dass man Euch einen Bären aufgebunden hat. Euer Vater erwog zu keiner Zeit, Euch mit mir zu vermählen.« Rémy verwünschte seine Eitelkeit, die ihn einen Atemzug lang verführte, von einer Zukunft als Schwiegersohn des Königs zu träumen. Er war in den besten Jahren, sah nicht schlecht aus und konnte auf eine lange Reihe edelfreier Ahnen zurückblicken.

Unfug. Er war Templer, und das würde er so lange bleiben, bis er seine Brüder im Tempelhof wiedergesehen hatte.

»Aber wer könnte uns so einen bösen Streich gespielt haben?« Walter blickte auf den Dolch in seiner Hand, als hoffte er, die Klinge würde es ihm verraten.

Rémy verkniff sich die Bemerkung, dass Walters grandioser Einfall, ihn als vermeintlich an den Pocken erkrankten Mörder vom Dorf fernzuhalten, auch nicht ganz ohne Tücke gewesen war. Stattdessen fragte er: »Ihr habt also eine Nachricht erhalten?«

Der junge Schotte nickte widerstrebend. Er schien eingesehen zu haben, dass es keinen Sinn mehr hatte, nach Ausflüchten zu suchen. »In dem Schreiben hieß es, dass ein Ritter namens Rémy St. Clair sich auf den Weg machen sollte, um seine Braut, Lady Marjorie, in Empfang zu nehmen. Ich war wie von Sinnen, als ich das hörte. Mein Schreiber musste mir den Brief dutzendmal vorlesen, ehe ich begriff, dass ich Marjorie verlieren würde, wenn ich nicht sofort handelte. Also brach ich auf, um Euch zuvorzukommen.« Er zuckte entschuldigend die Achseln. »So langsam, wie Ihr und der Junge vorankamt, war das auch kein großes Problem.«

Rémy bedachte Quartus mit einem vorwurfsvollen Blick. Die Trödelei unterwegs ging auf dessen Rechnung. Hätte er öfter mit ihm Schritt gehalten und nicht dauernd wegen einer Rast gejammert, wäre er gewiss lange vor Walter in Watton angekommen.

»Aber Ihr müsst mir glauben, dass ich niemals die Absicht hatte, Hochverrat zu begehen. Ich wollte doch nur eine Weile mit Marjorie allein sein, um mit ihr zu beraten, wie wir ihren Vater dazu bewegen können, unserer Verbindung seinen Segen zu geben.«

Rémy glaubte ihm. Walter Stewart mochte wie ein verliebter Gockel gehandelt haben, aber er war ein Ehrenmann von königlichem Geblüt, kein Lügner. Gelogen hatte indes ein anderer. »Habt Ihr die Botschaft, die Euch auf meine Fährte gehetzt hat, noch bei Euch?«

Walter zog ein zusammengefaltetes Stück Papier aus seinem Gürtelbeutel und reichte es Rémy, der die wenigen Zeilen stirnrunzelnd überflog. Lesen war auch nicht seine Stärke, aber die Handschrift erkannte er auf Anhieb.

Quartus wagte einen neugierigen Blick über seine Schulter, doch Rémy wandte sich brüsk ab. Schwer atmend zerknüllte er den Brief in der Faust, dann stopfte er ihn in seinen Stiefel. »Ist er von MacDonalds Hand?« Quartus kratzte sich am Kopf. »Eigentlich hoffte ich, mich zu irren. Wer hätte gedacht, dass ein so stolzer Mann eine derart kindische Intrige anzetteln würde, um Euch an der Abreise zu hindern. Ihr hättet Euer Ansehen als Ordensritter, vielleicht sogar Euer Leben verloren, wenn Ihr dem König und MacDonald ohne Lady Marjorie unter die Augen getreten wäret.«

Rémy steckte sein Schwert in die Scheide, denn er schämte sich plötzlich, den Frieden dieses bescheidenen Hauses damit so empfindlich gestört und die Bauersleute, die Walter und Lady Marjorie Obdach gewährt hatten, erschreckt zu haben. Er war hier der Unwillkommene, der Eindringling, dennoch hoffte er, dass die Leute es ihm nachsahen, wenn er die Nacht bei Ihnen verbrachte. Draußen schüttete es inzwischen wie aus Kübeln. Hart schlugen die Regentropfen gegen die zugeschlagenen Läden.

»Ich hoffe, Ihr verzeiht mir, dass ich mich in Euer Lager geschlichen und die Geleitbriefe an mich genommen habe.« Walter Stewart führte Lady Marjorie galant über den Lehmboden bis zu einem schäbigen Vorhang aus Schafwolle, wo sie von der Bauersfrau mit einem Lächeln in Empfang genommen wurde. Offenbar befand sich dahinter das Schlaflager der guten Leute, das das Weib seinem jungen Gast voller Eifer anpries. Marjories müden Protest ignorierend, schleppte sie Decken und Schaffelle, ja sogar einen Wolfspelz an. Die Tochter eines Königs beherbergte man in dieser einsamen Gegend schließlich nicht alle Tage.

Lady Marjories Argwohn gegen Rémy war nicht völlig gewichen, doch schien sie zum ersten Mal seit Tagen ein Fünkchen Hoffnung zu verspüren. »Werdet Ihr mich wirklich zwingen, nach Edinburgh zurückzukehren?«, fragte sie traurig.

Rémy stieß die Luft aus, aber dieses Mal war es zu seiner Überraschung Walter, der ihm zu Hilfe kam. Bevor er etwas sagen konnte, nahm Walter Marjories Hände in seine und gab ihr das feierliche Versprechen, dass er nicht aufhören werde, um sie zu werben.

»Keine Angst, mein Herz, ich werde deinem Vater beweisen, dass ich deiner würdig bin. Wer weiß, vielleicht ist es ja ganz in seinem Sinn, wenn sich die Häuser Carrick und Stewart endlich miteinander verbinden.«

Gemeinsam brachen sie am nächsten Morgen auf. Rémy ließ Walter Stewart mit Lady Marjorie vorausreiten, Quartus folgte den beiden, er selbst bildete das Schlusslicht. Die Prinzessin hielt sich bemerkenswert gut im Sattel. Obwohl das Wetter weiterhin schlecht war, beklagte sie sich während der gesamten Rückreise zur schottischen Grenze kein einziges Mal. Sie hatte nur Augen für Walter und hätte, ohne zu murren, auch unter freiem Himmel geschlafen, wenn die Umstände dies erfordert hätten. Rémy fand diese Zähigkeit beeindruckend, bestand aber darauf, die Nächte in anständigen Herbergen oder in Klöstern zu verbringen. Er hatte genug von feuchtem Moos und Eichenlaub. Glücklicherweise verfügte Walter über die nötigen Mittel, um sich in den Bauerndörfern entlang dem Weg mit ausreichend

Proviant einzudecken. So konnten auch Rémy und Quartus sich endlich wieder ein vernünftiges Essen und einen Schluck Wein gönnen. Rémy hatte der kleinen Gruppe eingeschärft, niemandem ihre Namen zu nennen. Die Prinzessin war zwar offiziell aus englischem Gewahrsam entlassen, doch fühlte Rémy, je weiter sie nach Norden vordrangen, wie die Unruhe in ihm wuchs. So begegnete er den Fragen neugieriger englischer Wirtsleute mit äußerster Vorsicht und gab an, mit Tochter, Schwiegersohn und Diener auf der Heimreise von Canterbury zu sein, wo sie am Grab des heiligen Thomas gebetet hatten. Er überließ es Quartus, diese Geschichte farbenfroh auszuschmücken, was dieser sich nicht zweimal sagen ließ. Aus dem Stegreif erfand der Junge eine herzzerreißende Geschichte über Rémys angeblich in der Kindheit erblindete Tochter, die nur durch die Berührung des Reliquienschreins ihr Augenlicht zurückerhalten habe und zudem nach Monaten quälender Ungewissheit auch noch plötzlichen Mutterfreuden entgegenblicke. Rémy warnte davor, zu dick aufzutragen, doch Quartus hatte seine diebische Freude am Fabulieren entdeckt und dachte gar nicht daran, sich zu zügeln. Der Erfolg gab ihm recht, denn für seine Geschichten aus Canterbury, in denen er schließlich auch den Templer, Walter und sogar Personen, die es gar nicht gab, auftreten ließ, spendierte ihm so mancher Reisende gern einen Becher Bier oder eine Schüssel Suppe.

Einige Tage später erreichten sie die erste schottische Grenzfestung, die von Männern des Königs gehalten wurde. Rémy hatte mit MacDonald vereinbart, Marjorie dort einem von dessen Neffen anzuvertrauen, der für ihre weitere Reise hinauf nach Edinburgh Sorge tragen sollte. »Ihr seid spät dran«, empfing ihn der Mann am Burgtor. Sichtlich erleichtert verneigte er sich vor der Prinzessin, die die höfliche Geste mit einem müden Lächeln beantwortete.

»Mein Onkel schickt fast täglich einen Kurier, der sich nach Euch erkundigt. Er glaubte fast, Ihr wäret den Engländern in die Hände gefallen, was durchaus möglich gewesen wäre.« MacDonald führte seine Gäste durch den Burghof, der vor Bewaffneten nur so wimmelte. Die Männer prüften ihre Brust- und Beinschienen, schliffen Schwerter und Lanzen oder übten auf einem morastigen Platz an der Mauer mit Morgenstern und Streitaxt. Armbrustschützen legten auf Zielscheiben an. Inmitten des Trubels schleppten halbwüchsige Burschen mit vor Anstrengung roten Gesichtern pralle Sandsäcke die Wehrgänge hinauf. Allem Anschein nach hatten besorgniserregende Nachrichten aus England die Grenzfestungen in Alarmbereitschaft versetzt. Überall wurde geschmiedet, gehämmert und geschliffen. Rémy sah, wie Marjorie erschrocken Walter Stewarts Hand ergriff.

»Edward II. scheint seinen Entschluss, die Lady freizulassen, inzwischen zu bereuen«, meinte der jüngere MacDonald, als sie später in der Halle beisammensaßen. Er hatte angewiesen, seinen Gästen aufzutischen, was Küche und Keller hergaben, aber bis auf Quartus, der kräftig zulangte, brachte keiner von ihnen einen Bissen hinunter. Im Falle einer Belagerung durch die Engländer würden die Burgleute bald für jedes Stück Brot, das sie übrigließen, dankbar sein. Besorgt blickte Rémy auf die abgegriffene Karte, die der Burghauptmann vor ihm ausgebreitet hatte.

»Er lässt überall in Grenznähe Truppen aufmarschieren, um uns einzuschüchtern. Aber sein eigentliches Ziel ist dort!« Er schob seinen Becher auf einen roten Punkt. »Bannockburn, nicht weit von Stirling Castle. Dort wird es vermutlich zur entscheidenden Schlacht kommen.«

Walter Stewart stimmte ihm zu. Er sprang auf und begann, vor sich hinbrütend, vor dem Kamin auf und ab zu gehen. War sein einziges Ziel bislang gewesen, Lady Marjorie in Sicherheit zu bringen, so schien er plötzlich Feuer und Flamme, sich dem

Kampf gegen die Engländer zu stellen. Rémy konnte sich schon denken, was in dem jungen Adeligen vorging. Schloss Walter sich den Truppen des Robert Bruce an und bewährte sich im Kampf um Stirling Castle, würde der König nicht mehr an seiner Ergebenheit zweifeln. Dann bestand auch kein Grund mehr, Walter die Hand seiner Tochter zu verweigern. Alles, was er tun musste, war, die Schlacht zu überleben.

Rémy rückte seinen Stuhl näher an den mächtigen Kamin, über dem das steinerne Wappen der Earls of Carrick eingelassen war. Ihn erfüllte ein Gefühl von Kälte, das auch die Hitze des Feuers nicht zu bannen vermochte. Mit düsterer Miene sah er zu, wie die Holzscheite zu Asche zerfielen. Obwohl es bereits spät war, drang von draußen immer noch Lärm durch die hohen Fenster; die Burg schien nicht zur Ruhe zu kommen. Kein Wunder. Noch blieb es auf englischer Seite ruhig – immerhin hatten Rémy und seine Gefährten es geschafft, schottischen Boden zu erreichen, ohne feindlichen Grenzpatrouillen in die Arme zu laufen –, doch wer konnte sagen, wie lange dieser Zustand noch anhalten würde?

Schottland war bedroht und damit auch die Komturei, in der Rémy die letzten sieben Jahre ausgeharrt hatte. Das öde Land an den Klippen war sein Zuhause geworden, seine Zuflucht. Was würde den Templern bleiben, wenn die Truppen Edwards II. einmarschierten?

Wieder schlugen die Zweifel grob auf ihn ein. Durfte er in diesen Zeiten der Not einfach in See stechen?

Lady Marjorie schien zu ahnen, welche Stürme in ihm tobten. In den letzten Tagen hatte ihr Verhältnis sich gebessert, vor allem, nachdem sie bemerkt hatte, dass Rémy Walter mochte. Sie folgte seinen Anweisungen und beantwortete seine Fragen höflich, blieb ansonsten jedoch auf Distanz. Quartus dagegen schloss sie in ihr Herz. Gemeinsam mit Walter lachte sie über seine Späße und nahm ihn in Schutz, wenn Rémy sich über seine Ungeschicklichkeit aufregte.

»Und Ihr wollt wirklich das Land verlassen?«, traf ihn die Frage, die er wie einen Keulenhieb gefürchtet hatte. Lady Marjorie legte ihre Hand auf seine Schulter. Sie hatte sich umgekleidet, trug nun einen Surcot aus kirschrotem Samt, dessen weit geschnittene Ärmel den Boden fast berührten. Da Rémy sich nicht vorstellen konnte, dass man der Prinzessin im Kloster erlaubt hatte, so etwas zu tragen, vermutete er, dass König Robert das Gewand als Willkommensgruß für seine Tochter in die Burg gesandt hatte. Mit ihren tränenförmigen Rubinohrringen und dem golddurchwirkten Gürtel sah sie so zauberhaft aus, dass selbst ein alter Haudegen wie Rémy schwach wurde.

»Ihr wollt kneifen?« Der Festungskommandant wischte sich mit seinem Ärmel ein paar Weintropfen aus dem Bart. Er hatte damit gerechnet, dass Rémy Walter nach Bannockburn begleiten würde.

»Gehört Ihr nicht zu den Tempelrittern? Bei meinem Schwert, ich hätte nicht gedacht, dass die zu einem Haufen von Feiglingen geworden sind, nur weil der Papst und dieser französische König sie wie die Hasen gejagt haben. Aber mein Onkel hat schon so etwas angedeutet.« Er beugte sich über den Tisch. »Der Alte wollte Euch Zeit zum Nachdenken geben, damit Ihr Euren Starrsinn vergesst und Euch unserer Sache anschließt.« Verächtlich spie er auf den mit Stroh bedeckten Fußboden. »Hat offenbar nichts genützt, wie?«

Wutentbrannt griff Rémy nach seinem Schwert. Wie konnte Angus MacDonalds Neffe es wagen, so mit ihm zu sprechen? Dass der Mann seine Enttäuschung nicht verbergen konnte, war verständlich, ihm wäre es im umgekehrten Fall nicht anders ergangen. Dennoch gab ihm das nicht das Recht, ihm Feigheit zu unterstellen.

»Wen nennt Ihr hier einen Feigling?«, brüllte er den Festungskommandanten hitzköpfig an. »Nehmt das sofort zurück, oder ich lehre Euch Manieren!«

Quartus warf ihm einen flehentlichen Blick zu, der ihn mahnte, sich nicht herausfordern zu lassen.

MacDonald öffnete den Mund, besann sich dann aber. Er befehligte einen wichtigen Posten und durfte nicht riskieren, verletzt oder gar getötet zu werden. Das war ihm die Angelegenheit nicht wert. In brummigem Tonfall murmelte er eine Entschuldigung, doch allen Anwesenden war klar, dass diese nichts an seiner Meinung änderte.

Rémy warf sein Schwert auf den Tisch. In diesem Augenblick traf er eine Entscheidung. Er trat vor die Prinzessin, kniete nieder und senkte den Kopf.

»Ich habe endgültig die Nase voll von Euren Vorwürfen. Daher schwöre ich, Rémy St. Clair, Ritter des Templerordens, in Gegenwart von Prinzessin Marjorie, Tochter des Königs aus dem Haus Carrick, und Walter, Truchsess von Schottland, dass ich mein Schwert und mein Leben dem König zur Verfügung stellen werde, um die Engländer aus Schottland zu verjagen.«

Schweigen breitete sich in der Halle aus. Quartus war der Erste, der sprach.

»Aber Herr, wie könnt Ihr so etwas versprechen? Habt Ihr vergessen, dass uns keine Zeit mehr bleibt? Was gehen uns die Streitigkeiten dieser Leute an?« Erschüttert ging der Junge auf Rémy zu, stolperte aber am Kamin über Marjories Schleppe und schlug der Länge nach hin. Dies sah ohne Zweifel komisch aus, doch keiner lachte. Marjorie half ihm beim Aufstehen.

»Ihr müsst mit mir nach Brandenburg gehen«, jammerte Quartus. Er schüttelte die Hand der Prinzessin ab. »Was soll Herr Thomas von mir denken, wenn ich ohne Euch und den Stein zum Tempelhof zurückkehre?«

Rémy kehrte ihm schroff den Rücken zu. »Zerbrich dir darüber nicht den Kopf. Ich weiß, was ich zu tun habe, Bursche!« Er atmete tief ein, dann fasste er den Knaben scharf ins Auge. »Los, sattle unsere Pferde! Wir werden noch in dieser Stunde aufbrechen!«

Die Gebäude der Templerkomturei lagen unter einer Haube aus schwarzen Gewitterwolken, als Rémy und Quartus den Weg zum Langhaus einschlugen. Ein heftiger Wind peitschte ihnen Blätter, Sand und den salzigen Geruch des Meeres ins Gesicht. Wie so oft war die See auch heute stürmisch. Sie schleuderte schäumende Wellen gegen das Riff, als versuchte sie, die mächtigen Felsen in kleine Bröckchen zu zertrümmern.

Rémy schleppte sich erschöpft weiter, wobei er nicht nur das Rauschen und das Geschrei der Sturmvögel ignorierte, sondern auch Quartus' Schnaufen. Er fand es erstaunlich, dass der Junge den mörderischen Gewaltritt bis Argyll überhaupt durchgehalten hatte, ohne vom Pferd zu fallen und sich die Knochen zu brechen.

Vielleicht treibt ihn die Sehnsucht nach dem Tempelhof an, überlegte Rémy beim Anblick des Schwarms Fischadler, der hoch über ihm mit ausgebreiteten Flügeln auf die Klippen zusegelte. Rémy hatte den Zug der Vögel oft von seinem Fenster aus beobachtet und fragte sich, was sie jedes Jahr, wenn der eisige Winter sich verabschiedete, wieder zurück nach Argyll zog.

Rémy betrat das Ordenshaus mit dem unwillkommenen Gefühl, ein Fremder geworden zu sein. Er war nicht lange fort gewesen, und doch kam ihm in der düsteren Halle vieles verändert vor. An den Möbelstücken konnte es nicht liegen, auch nicht an den Schilden an der Wand oder dem ordentlich aufgeschütteten Stroh, das den Fußboden bedeckte. Endlose Momente vergingen, bis Rémy einsah, dass nicht das Ordenshaus, sondern er selbst sich verändert hatte.

Die Ordensbrüder saßen bei der Abendmahlzeit, die sie wie

gewöhnlich schweigend zu sich nahmen. Es war Freitag, daher schwammen ein paar gesottene Fischstücke in ihrem dünnen Eintopf. Begleitet wurde das Mahl von einer monotonen Litanei. Der Kaplan las zunächst aus dem Psalter Davids, kam aber recht schnell auf sein Lieblingsthema zu sprechen: War es ratsam, neue Brüder nach althergebrachtem Ritus in den Orden aufzunehmen?

Rémy blieb an der Tür stehen und hörte eine Weile zu. Hatte er in der Vergangenheit stets Kraft aus den Andachten und Lesungen gezogen, stellte er plötzlich mit Erschrecken fest, wie hohl ihm die Worte des Kaplans in den Ohren klangen. Sie erreichten ihn nicht mehr, weil sie für ihn belanglos geworden waren. Hatten die Brüder, die ohne jede Gefühlsregung ihre Suppe löffelten, noch nicht begriffen, dass nie wieder ein Ritter in den Orden aufgenommen werden würde? Der Tempel war zerstört, und jeder Versuch, so zu tun, als wäre nichts geschehen, war Lug und Betrug am Leben dieser Männer.

Irgendwann hielt Rémy es nicht mehr aus. Er legte die Hände über die Ohren und forderte den Kaplan mit fester Stimme auf, das Buch zuzuklappen.

Alle Augen richteten sich auf ihn; Überraschung legte sich über die Gesichtszüge der Ritter. Bruder Marcel stand sogleich auf und ging Rémy kopfschüttelnd entgegen.

Er schaut mich an wie einen Schwachsinnigen, schoss es Rémy durch den Kopf. Himmel, wie müde er doch war. Sein Bein schmerzte nach wie vor, auch wenn er kaum noch hinkte.

»Ich hörte schon, dass du zurück bist, Bruder!« Lächelnd lud er Rémy ein, seinen Platz unter den Ordensrittern einzunehmen, die sogleich bereitwillig zusammenrückten. In der Miene des Verwalters lag indes ein sonderbarer Ausdruck: weder Wärme noch Vertrautheit, vielmehr glaubte Rémy, unterdrückte Enttäuschung wahrzunehmen.

»Wie ich sehe, bist du nun doch nicht in See gestochen.«

Rémy befeuchtete seine Lippen. Die äußere Erscheinung seines Stellvertreters war gepflegt und ansprechend wie immer. Sein Haar war gestutzt und roch schwach nach einer Kräutersalbe, sein Gesicht trug noch die Rötung einer scharfen Rasur.

»Ja, das Schiff hat den Hafen ohne uns verlassen. Es hatte Handelsware der norddeutschen Städte an Bord. Die Kaufleute hatten es eilig, Schottland zu verlassen.«

Marcel lachte. »Kein Wunder, dass das Krämervolk das Weite sucht. Es will seine Waren in einen sicheren Hafen bringen, bevor sie beschlagnahmt werden. Diese Leute haben keinen Funken Ehre im Leib.«

»Die Ehre entschuldigt offenbar so manche Tat.« Rémy zog einen zerknitterten Brief aus seinem Gewand und warf ihn Marcel vor die Füße. »Vermutlich wirst du dieses Schreiben wiedererkennen.«

Die Miene des Verwalters verfinsterte sich, als sein Blick auf das Schriftstück fiel. Unsicher drehte er den Kopf. Seine Mitbrüder legten ihre Löffel beiseite. Ein älterer Ordensbruder aus Irland, der seinen weißen Habit mit Suppe bekleckert hatte, stand unter Mühen auf. Die Gicht setzte ihm schwer zu, dennoch bestand er darauf, an den gemeinsamen Mahlzeiten mit den anderen teilzunehmen. »Gibt es ein Problem, Bruder Marcel?«, erkundigte er sich neugierig, erhielt jedoch keine Antwort.

»Du hast Walter Stewart diese Nachricht zukommen lassen«, sagte Rémy. »Ich habe deine Schrift erkannt. Du hast ihn aufgestachelt, nach England zu reisen, um Lady Marjorie aus dem Kloster zu holen, weil du genau wusstest, dass ich sogleich die Verfolgung aufnehmen würde. Hofftest du, er würde mich vor lauter Eifersucht im Kampf erschlagen? Oder glaubtest du, die Engländer würden mich erwischen und an Philipp von Frankreich ausliefern?«

Durch die Reihen der Templer zog ein erschrockenes Raunen. Sie konnten nicht fassen, was sie da hörten.

»Aber warum?« Rémys Stimme war schwer vor Enttäuschung. »War ich dir im Weg? Wenn es dir um den Oberbefehl über die Komturei ging, hättest du nur zu warten brauchen. Ohne deine Intrige wäre ich längst in See gestochen. Dann hättest du schalten und walten können, wie es dir beliebt.«

Bruder Marcel schnappte nach Luft, dachte aber nicht daran, Rémys Vorwurf zu leugnen. Er schien sich seiner Sache sicher zu sein. Vor allem rechnete er damit, dass die anderen Templer ihn unterstützen würden.

»Ja, ich gebe es zu«, sagte er schließlich. »Ich habe Walter weisgemacht, König Robert habe dir die Hand seiner Tochter versprochen, und ihm geraten, dir zuvorzukommen. Mir war klar, dass er sich aus gekränktem Stolz und vor allem von seiner Liebe zu Lady Marjorie dazu hinreißen lassen würde, zu ihr zu reiten und mit ihr zu fliehen.« Er lachte bitter auf. »Es ging mir nicht um dich. Ob du dein Schiff erreichst oder nicht, kümmert mich einen Dreck.«

»Dann wolltest du Walter Stewart in Verruf bringen? Natürlich, Robert Bruce hätte ihm die Entführung seiner Tochter niemals verziehen. Er hätte ihm wegen Hochverrats den Prozess machen lassen und alle seine Ländereien eingezogen.«

Marcel zuckte gleichmütig die Achseln. »Es gibt einige Clans, denen der wachsende Einfluss der Stewarts ein Dorn im Auge ist. Sie befürchten, dass es ihnen eines Tages gelingen könnte, den Thron zu besteigen, und sind bereit, ein Vermögen zu bezahlen, um eine Verbindung der Häuser Carrick und Stewart zu verhindern.« Marcel hob die Arme. »Schau dir diese verlotterte Komturei an, Bruder Rémy! Wann hast du zum letzten Mal einen Blick in die Rechnungsbücher geworfen? Unsere Kassen sind leer. Wir haben kaum noch Geld, weil du dich stets geweigert hast, den Bauern höhere Abgaben aufzuerlegen. Solche Großmut konnte sich der Templerorden vielleicht leisten, solange das Heilige Land in unserer Hand war und wir in ganz Europa das Sagen hatten. Aber diese Zeiten sind lange vorbei. Wir haben fast unseren gesamten Grundbesitz eingebüßt, bis auf dieses Gemäuer und ein paar Schafe gehört uns so gut wie nichts mehr. So sieht die Wahrheit aus.«

Er begab sich zielstrebig zur Tafel und griff nach einem Suppennapf. Er gehörte dem Alten, der sich wieder auf die Bank gesetzt hatte.

»Glaubst du, es macht einem Ordensverwalter Spaß, altgedienten Brüdern wie diesem Greis Tag für Tag dünne Brühe aufzutischen? Auch wenn er wie alle anderen Gehorsam und Demut gelobt hat, verdient er auf seine alten Tage etwas Besseres.«

»Und wegen ein paar Laiber Käse und eines Stücks Braten säst du Zwietracht zwischen dem König und einem seiner treuesten Untertanen?« Rémy brummte der Schädel. Einerseits fühlte er sich schuldig, weil er die Bewirtschaftung der Komturei weitgehend Marcel überlassen und kaum jemals nachgefragt hatte, wie es um sie stand. Doch andererseits durfte er über diesen Verrat nicht einfach hinwegsehen. Begriff Marcel denn nicht, welche Folgen seine Gier für die letzten Templer Schottlands hätte heraufbeschwören können? Er hatte sich von den Clans bestechen lassen, das war unverzeihlich.

»Dann ging es also nicht darum, Euch aufzuhalten«, konstatierte Quartus. »Euer Verwalter hoffte wohl, Ihr würdet unverrichteter Dinge vor Robert Bruce treten und ihm Euer Versagen beichten. Ihr und Walter Stewart wäret in Ungnade gefallen, die Clans hätten frohlockt und Stewarts Ländereien in Argyll wären an die Komturei überschrieben worden.«

»Deine Rechnung ist nicht aufgegangen, Marcel!« Rémy stemmte beide Hände in die Hüften. »Lady Marjorie befindet sich in der Obhut der MacDonalds und wird in Kürze in Edinburgh eintreffen. Ich habe dafür gesorgt, dass im ganzen Land bekannt wird, wie vorbildlich der junge Walter mich auf meiner Mission nach England unterstützt hat, und dass es meiner Meinung nach keinen würdigeren Bewerber um die Hand der Prinzessin gibt als ihn. Stewart ist schon auf dem Weg zu seinen Ländereien, um seine Gefolgschaft zu sammeln. Er wird sie auf Seiten des Königs in die Schlacht führen.«

Marcel errötete vor Wut und Scham. Mit einem Aufschrei schleuderte er den hölzernen Napf auf Rémy, der gerade noch rechtzeitig den Kopf einziehen konnte. Quartus sprang nicht flink genug zur Seite; er heulte erschrocken auf, als ihm ein Spritzer heiße Suppe die Wange verbrannte. Marcels Blicke schossen wie feurige Pfeile durch die Halle. Es war den Brüdern strikt verboten, im Refektorium Waffen zu tragen, doch die Wand hinter der Tafel war mit Streitkolben und Äxten geschmückt. »Das wirst du bereuen!«, drohte Marcel, der seinen Plan gescheitert sah. Blind vor Zorn riss er eine Streitaxt aus ihrer Halterung, doch als er auf Rémy losgehen wollte, stellten sich ihm plötzlich einige Brüder in den Weg. Angeführt wurden sie von dem weißhaarigen alten Templer, der stöhnend ausholte und Marcel die Faust ins Gesicht donnerte. Der Schlag war nicht hart, schließlich litt der Alte an der Gicht. Aber er genügte, um den überraschten Verwalter taumeln zu lassen. Sofort griffen die Templer nach ihm.

»Ihr Narren«, brüllte Marcel außer sich. »Ihr trauert vergangenen Zeiten nach und webt an Euren Leichenhemden. Ich wollte dem Orden zu neuer Macht verhelfen, aber das geht nur mit vollen Kassen. Versteht ihr nicht, ihr Holzköpfe? Von Träumen werdet ihr nicht satt.« Verbissen wehrte er sich gegen die Stricke, mit denen die Templer ihm die Hände fesselten, dabei warf er Rémy, der unbeteiligt aus dem Fenster aufs Meer starrte, einen mörderischen Blick zu.

»Du wirst kein Schiff mehr finden, das Schottland verlässt«, sagte er höhnisch. »Wenigstens dafür habe ich gesorgt.«

Der Alte hieß Simon und hatte als junger Mann in Flandern gelebt. Während die Brüder Marcel in den Keller führten, klopfte er Rémy auf die Schulter. Seine Hand war angeschwollen, aber er beschwerte sich nicht über den Schmerz. »Mach dir keine Sorgen, Bruder Rémy. Wenn du im Auftrag des Tempels nach Deutschland musst, werde ich dich hinbringen.« Seine Augen leuchteten verschwörerisch.

»Du? Aber wie …«

Der Alte kicherte vergnügt. »Marcel hat wohl vergessen, dass uns noch ein Schiff geblieben ist. Ich bin vor sieben Jahren mit ihm von La Rochelle aus in See gestochen.«

»Du redest von der *Trésor?*« Rémy, der einen Atemzug lang tatsächlich Hoffnung geschöpft hatte, seufzte enttäuscht. Er hatte sich dem abgewrackten Kahn, den die Brüder als Überrest der einst so mächtigen Templerflotte verehrten, seit Jahren nicht mehr genähert, konnte sich aber vorstellen, dass er inzwischen alles andere als seetüchtig war. Seit Simons Ankunft hatte der Zahn der Zeit mächtig an den alten Planken und dem Segel genagt. Rémy blickte den Alten an. Aus Erzählungen wusste er von dem Seeweg, den Simon und andere Templer damals gewählt hatten. Da die Flotte des englischen Königs die etablierten Handelswege zwischen Flandern und den schottischen Häfen wie Aberdeen und Inverness blockierten, hatten sie die einzige sichere Route gewählt, und die verlief von der Nordküste Irlands bis zum Sound of Jura.

»Ich habe das Schiff von den Klippen aus gesehen«, warf Quartus ein. »Das ist doch gar nicht mehr seetüchtig. Damit saufen wir ab!«

Wieder lachte Simon auf. »Ich kann es nicht fassen, Rémy. Da lebst du schon so lange in der Komturei und hast nie bemerkt, wie oft einige Brüder mit mir die Klippen hinuntergestiegen sind, um an der *Trésor* zu arbeiten? Unzählige Stunden haben wir damit zugebracht, Holz zurechtzusägen, um die Schiffsplanken zu erneuern.« Er hob die buschigen Augenbrauen und funkelte Rémy herausfordernd an. »Du musst dich entscheiden, Rémy, bevor die Soldaten des Königs dir die Entscheidung abnehmen.«

Rémy dachte plötzlich an den Stein, den Thomas Lermond ihm einst anvertraut hatte. In all den Jahren war er davor zurückgeschreckt, ihn sich genauer anzusehen, daher erinnerte er sich nur noch dunkel an Farbe, Form und Beschaffenheit. Wenn er ehrlich war, hatte er keine Ahnung, ob es sich wirklich lohnte, seinetwegen den Tod auf hoher See zu riskieren. Gingen sie unter, verschwanden die letzten Templer von Argyll mit einem Schlag vom Angesicht der Erde.

Lermond hatte ihm damals erklärt, sein Stein führe zu einem Geheimnis, das seit Hunderten von Jahren von einer Gruppe Auserwählter behütet würde, doch mehr als vage Andeutungen hatte er nicht gemacht.

Vielleicht war dieses Geheimnis ja wirklich ein Schatz. Mit einem kleinen Anteil davon würde es ihm möglich sein, nach seiner Rückkehr die Komturei wieder aufzubauen. Und er würde sein Versprechen halten und dem König Waffenhilfe leisten.

Ja, er musste gehen. Den Schatz heben. Wenn es keine andere Möglichkeit gab, dann eben mit der *Trésor.* Er wollte es dem alten Simon gerade mitteilen, als einer der Diener aufgeregt in den Raum stürmte.

»Da sind bewaffnete Reiter auf der Straße, ziemlich viele. Ich glaube, es sind Angehörige der Clans. Ihre Anführer sehen sehr wütend aus. Sie ziehen gegen die Komturei.«

Rémy ging dem atemlosen Mann eilig entgegen. »Wann?« Er rüttelte ihn an der Schulter. »Wann werden sie hier sein? Wie viel Zeit bleibt uns?«

»Nicht mehr sehr viel, fürchte ich. Zwei Stunden vielleicht?«

Bruder Simon bekreuzigte sich hastig. »Das ist nur Marcels Schuld«, brummte er. »Er hat das Geld der Clans genommen und sie mit Versprechungen hingehalten. Vermutlich haben diese Leute inzwischen gehört, dass Walter Stewart nicht in Ungnade gefallen ist, und wollen Rache.«

»Und ihr Geld zurück«, fügte Quartus hinzu. Unruhig blickte er aus dem Fenster. »Was sollen wir jetzt tun?«

»Wir können nicht gegen eine solche Übermacht ankämpfen!« Rémy dachte nach. »Geht zu Marcel, und fragt ihn nach dem Bestechungsgeld der Clans. Prügelt es aus ihm heraus, wenn es nötig ist. Alle übrigen Brüder sollen sich hinunter zum Strand begeben.«

Rémy sah Simon und Quartus nach, die sofort das Refektorium verließen. Dann schlug er den Weg zur Waffenkammer ein. Er konnte nur beten, dass der Stein noch immer an der Stelle war, wo er ihn versteckt hatte.

MARIENBURG, APRIL 1314

Nach der Entdeckung des toten Priesters scharte Hochmeister Karl von Trier umgehend einige seiner engsten Vertrauten um sich. Dieser Vorfall ließ sich nicht mehr verheimlichen wie der Tod einer Waschmagd oder einiger anderer Bediensteter. Er musste untersucht werden, und es war Eile geboten.

Gottfried hatte nicht damit gerechnet, eine Einladung in die Räume des Hochmeisters zu erhalten, aber weil er einer der Ersten gewesen war, die den Toten am Gerüst gesehen hatten, durfte er Heinrich in die Mittelburg begleiten. Da er aber wenig Lust verspürte, dem Marschall zu begegnen, beschloss er, sich im Hintergrund zu halten und nur zu sprechen, wenn er etwas gefragt wurde.

»Brüder, der Tod dieses Priesters könnte uns teuer zu stehen kommen«, ergriff nun der Hochmeister das Wort. Karl von Trier war weiß wie Mehl, seine Wangen wirkten hohl, und er machte ein Gesicht, als leide er unter heftigen Magenkrämpfen. Nun, vielleicht war genau das ja auch der Fall. Seit der Deutsche Ritterorden übler Machenschaften beschuldigt und der Besuch eines Inquisitors befürchtet wurde, trug er noch schwerer an der Bürde seines Amtes als sonst. Gottfried spürte, wie seine Handflächen zu schwitzen begannen.

»Ich glaube, dass Ihr zu schwarz seht, Meister«, versuchte Heinrich die Wogen zu glätten. »Kann es nicht sein, dass sich der Pfaffe in geistiger Umnachtung selbst den Strick um den Hals gelegt hat und gesprungen ist?«

»Ausgeschlossen«, widersprach der Marschall energisch. »Ein Mann mit Weihe und Amt tut so etwas nicht. Er müsste ja befürchten, dass seine Seele niemals Frieden findet. Wer wüsste das besser als ein Priester?«

Karl von Trier fuhr sich nervös mit der Hand durch das schüttere Haar. Ihm war deutlich anzusehen, dass ihn der Wortwechsel ermüdete. So würden sie bestimmt zu keinem Ergebnis kommen.

»Was wissen wir von dem Pfaffen, diesem Pater … äh …«

»Pater Wando«, half einer der Ordensbrüder nach, als der Hochmeister ins Stocken geriet. »Soweit mir bekannt ist, war er kein Priesterbruder, sondern ein Kurat, also ein Hilfspriester, der die Ordensgeistlichen bei ihren Aufgaben unterstützen sollte. Pater Philippus hatte ihn mit Eurer Genehmigung vor einigen Wochen auf die Marienburg geholt.«

»Was sagt Ihr da?« Der Hochmeister dachte kurz nach, dann hellten sich seine Gesichtszüge plötzlich auf, als habe er eine himmlische Erscheinung gesehen. Entschlossen schlug er mit der Faust auf den Tisch. »Kurz nach der Ankunft dieses Kuraten begannen sich hier die Todesfälle zu häufen. Ein erstaunlicher Zufall, meint ihr nicht auch?«

Gottfried begriff, worauf der Hochmeister hinauswollte. Und er musste zugeben, dass sein Verdacht einen Sinn ergab. Die seelsorgerische Tätigkeit des Hilfspriesters hatte ihn vor allem zu Bediensteten geführt, zu einfachen Waschmägden wie dem Mädchen Reba. Aber welchen Grund sollte dieser Mann gehabt haben, sie zu töten?

Heinrich teilte ihm seine Vermutung auf dem Weg zum Pferdestall mit. Er musste sein Pferd satteln. Der Hochmeister hatte ihn und zwei weitere Ordensritter gebeten, in die Umgebung der Burg auszuschwärmen und nachzuforschen, wie die Stimmung in den Dörfern am anderen Ufer war. Allem Anschein nach hatte der Kurat dort mehr Zeit verbracht als in den Werkstätten und Gesindestuben der Marienburg.

»Möglicherweise hat er drüben bei den Slawen etwas mitangesehen oder erlebt, was seinen Verstand durcheinandergebracht hat.« Heinrich rief einen Stallknecht herbei und trug ihm auf, sein Pferd auf den Hof zu führen. Das Satteln wollte er selbst übernehmen, denn in diesen Dingen war er eigen.

»Du meinst, er war wahnsinnig?«, hakte Gottfried nach. Er versuchte, sich an das Auftreten des Priesters zu erinnern, brachte aber nur noch ein undeutliches Bild von ihm zustande. War er durcheinander oder besonders aufgebracht gewesen? Ja, aber er war kurz zuvor auch über eine Leiche gestolpert!

Gottfried schüttelte den Kopf. »Ich kann nicht nachvollziehen, wie man wahllos Menschen umbringen kann. Noch dazu ohne jeden Grund. Selbst wenn der Kurat von einem krankhaften Hass auf die Slawen angetrieben wurde, erklärt mir das nicht den Mord an diesem Fremden. Der kam gar nicht aus dieser Gegend.« Ungeduldig sah Gottfried zu, wie sein Bruder den Sattel festzog. Er verstand nicht, warum Heinrich plötzlich so gutgelaunt sein konnte. Für ihn schienen sich alle Probleme in Luft aufgelöst zu haben.

Gottfried packte Heinrich am Arm. Genug war genug. »Hörst du mir überhaupt zu?«, brüllte er ihn an.

Heinrichs Miene verfinsterte sich. Schroff stieß er Gottfried zurück, dann winkte er seinem Burschen Lubasch, der mit einem gefüllten Proviantbeutel angerannt kam. »Ich habe dir lange genug zugehört, aber nun habe ich keine Zeit mehr für deine kindischen Spiele. Niemand kann die Gedanken eines anderen ergründen, so praktisch das auch manchmal wäre. Wir werden nie wissen, welcher Teufel diesen armseligen Hilfspriester dazu getrieben hat, diesen Leuten aufzulauern und sie zu töten, aber wir können dem Herrn danken, dass es jetzt vorbei ist. Von nun an können wir wieder ruhig schlafen, denn der Mörder hat sich selbst gerichtet. Vielleicht ist er aus einem bösen Traum erwacht und hat plötzlich begriffen, was er getan hat. Er konnte mit dieser Schuld nicht leben und hat sich erhängt, bevor wir ihm auf die Schliche kommen konnten.«

Gottfried verzog ungläubig das Gesicht. Er öffnete den Mund, um etwas zu sagen, doch das ließ Heinrich nicht zu. Er war gewohnt, das letzte Wort zu behalten, und hatte nicht vor, sich dieses Recht ausgerechnet jetzt nehmen zu lassen.

»Dem Hochmeister ist ein Stein vom Herzen gefallen. Er hat sich sogleich zurückgezogen, um mit Pater Philippus einen Bericht über die Vorfälle in der Marienburg auszuarbeiten, den nicht einmal der Erzbischof von Riga anzweifeln kann. Wir liefern den Inquisitoren vernünftige Antworten, im Gegenzug lassen sie den Deutschen Ritterorden in Frieden.«

Prüfend sah er Gottfried an. »Das ist doch auch dein Wunsch, nicht wahr? Ich meine, du würdest doch auch alles dafür tun, unseren neuen Orden gegen Angriffe zu verteidigen?«

Gottfried zögerte. Ein knappes Nicken hätte genügt, um seinen Bruder zu beschwichtigen, doch er war so durcheinander, dass ihm nicht einmal das gelang. Natürlich freute er sich für den Hochmeister, denn er mochte Karl von Trier, dem die Sicherheit seiner Ordensbrüder so am Herzen lag. Doch was, wenn er und die anderen Würdenträger, Heinrich eingeschlossen, von einer Lüge ausgingen und der Kurat Wando für die Morde nicht verantwortlich gewesen war? Was, wenn das Morden weiterging?

Als er Heinrich mit dieser Überlegung konfrontierte, winkte dieser entnervt ab. »Wenn du nicht aufhörst, dumme Fragen zu stellen, wirst du derjenige sein, dem man den Hals umdreht. Aber ich weiß schon, warum du dich so in diese Sache verbeißt.«

»So, warum denn?« Gottfrieds Magen krampfte sich zusammen. Solange er zurückdenken konnte, hatte es zwischen ihm und Heinrich noch nie einen ernstzunehmenden Streit gegeben.

Auch wenn man sich im Scherz zuweilen neckte, waren doch nie böse Worte gefallen. Und noch nie hatte Heinrich ihn mit einem so starken Ausdruck von Geringschätzung angeblickt wie in diesem Moment. Sogar Lubasch schien dies aufzufallen, denn er trat hüstelnd von einem Bein aufs andere.

»Du bist neidisch, Bruder«, urteilte Heinrich ungerührt. »Du gierst nach Aufmerksamkeit und kannst es nicht ertragen, dass ich im Orden immer größeren Einfluss gewinne, während du auf der Stelle trittst. Weil du auf dem Turnierplatz versagst, läufst du hier herum wie ein kopfloser Hahn und gehst den Leuten mit deinen Fragen und Vermutungen auf die Nerven. Glaubst du, ich erfahre es nicht, wenn du nachts herumschleichst?«

»Oh, ich bin sicher, dass dir nichts entgeht, was sich in der Burg tut. Von ein paar Morden abgesehen.« Gottfried biss sich auf die Zunge. Doch zu spät. Heinrich vorzuwerfen, er habe die Todesfälle weder kommen sehen noch verhindert, war ein Schlag unter die Gürtellinie, für den er ihn noch mehr verachten würde.

Mit verkniffenem Mund streifte Heinrich sich den gepolsterten Waffenrock über. Dann befahl er Lubasch, ihm beim Anlegen des Kettenhemds mit den angesetzten Handschuhen und den Kettenbeinlingen behilflich zu sein. Polsterhaube und Nasenhelm vervollständigten die Ausrüstung.

Ohne Gottfried zu beachten, bestieg Heinrich sein Pferd und preschte auf das Burgtor zu. Lubasch blickte ihm seufzend nach.

»Beim vierköpfigen Svantovit, so wütend habe ich Bruder Heinrich noch nie erlebt. Unruhig vielleicht. Seit seiner Krankheit wechselt er mehrmals in der Woche die Kleider. Außerdem ist er verschlossen und argwöhnisch geworden.« Er kicherte. »Ihr werdet es nicht glauben, aber ich soll jetzt jedes Mal anklopfen, bevor ich eintrete. Als versteckte er ein Weibsbild unter seinem Strohsack. Aber dass er so mit Euch redet …«

Gottfried hob die Augenbrauen. Was Lubasch da erzählte, war aufschlussreich. Gleichzeitig fand er, dass der Knecht sich eindeutig zu viel herausnahm, was wohl daran lag, dass er die Peitsche von Heinrich nicht zu fürchten brauchte.

»Was soll eigentlich dieser Unsinn mit dem vierköpfigen …«

»Svantovit?« Lubasch lachte wieder.

»Ja, eben den meine ich. Es ist unerhört, dass du bei heidnischen Götzen schwörst, obwohl der Himmel voll mit christlichen Heiligen ist.«

Lubasch zuckte mit den Achseln. »Dort, wo ich herkomme, erzählen sich die Alten, er habe vier Köpfe gehabt, mit denen er die ganze Welt sehen konnte. Brachte man ihm ein Opfer dar, verriet er einem dafür die Zukunft.«

Einen kleinen Blick in die Zukunft könnte ich auch brauchen, dachte Gottfried. Der Streit mit Heinrich ging ihm an die Nieren, aber solange sein Bruder unterwegs war, gab es nichts, was er tun konnte, um ihn versöhnlich zu stimmen. Lubasch hatte schon recht. Irgendetwas war anders geworden; früher hätte sich Heinrich nicht so über ihn geärgert. Im Gegenteil, er hätte ihm geholfen und sich gemeinsam mit ihm auf die Suche nach Antworten gemacht. Hatte ihn die Aussicht, eines Tages die Nachfolge des Hochmeisters anzutreten, so verändert?

Gottfried lenkte seine Schritte zum Haus des Spitalmeisters. Zwar fühlte er sich dabei nicht ganz wohl, aber es gab da etwas, das ihm keine Ruhe ließ, und wie die Dinge lagen, würde Heinrich ihn dieses Mal nicht bei seinen Untersuchungen stören.

Auf sein Klopfen öffnete ein sichtlich angetrunkener Bodo das Guckfenster in der Tür und spähte hinaus. »Hau ab«, zischte er giftig, als er Gottfried erkannte. »Deinetwegen hat mir der Spittler die Hölle heißgemacht. Ich hätte dir den Toten gar nicht zeigen dürfen, aber später ist man ja bekanntlich immer schlauer.« Er machte Anstalten, das Fenster zuzuschlagen.

»Nun hab dich nicht so!« Gottfried drückte gegen die Klappe. »Nur einen kurzen Blick. Nicht auf den Fremden, ich muss mir den Priester anschauen, diesen Wando.«

»Sonst noch einen Wunsch?«

Gottfried seufzte. Er hatte nicht damit gerechnet, dass dieser Bodo sich als eine so harte Nuss erwies. Verzweifelt versprach er dem Gehilfen des Spitalmeisters einen Krug Wein, doch erstaunlicherweise schlug er sogar dieses Angebot aus.

»Wenn ich dich hier herumschnüffeln lasse, schmeißt mich der Spittler in hohem Bogen hinaus. Davon abgesehen gibt es an der Leiche nichts zu entdecken, was dich interessieren könnte. Ich habe schon gehört, was der Kerl alles auf dem Kerbholz hatte. Pater Philippus war da und hat es mir erzählt. Kein Wunder, dass er sich am Balken aufgeknüpft hat.«

»Und die Wunde an seinem Kopf?«

Bodo schwieg. So lange, dass Gottfried befürchtete, der Gehilfe habe ihm nichts mehr zu sagen. Eine halbe Ewigkeit verging, bevor er drinnen ein erstícktes Husten hörte.

»Bodo?«

»Was willst du denn noch? Großer Gott, du bist so lästig wie eine Eiterbeule am Arsch. Nein, es gab weder eine Kopfwunde noch Verletzungen, die auf einen Kampf hinweisen. Der Mann hat sich eben stranguliert, bis der Tod eintrat.«

Gottfried riss die Augen auf. Was wollte Bodo ihm weismachen? Er hatte den Kuraten doch mit eigenen Augen am Gerüst hängen sehen. Der Mann hatte aus einer Wunde geblutet, das bildete er sich nicht ein. Wenn Bodo das bestritt, konnte es dafür nur einen Grund geben: Man hatte ihm befohlen, über die Verletzung Stillschweigen zu bewahren, weil sie die Theorie des Hochmeisters gefährdete.

Gottfried spürte, wie ein hämmernder Schmerz durch Stirn und Schläfen raste. Vor seinen Augen verschwamm das hässliche, bärtige Gesicht des Krankengehilfen, der ihn argwöhnisch durch das Guckloch anstierte.

»War es das?«, grunzte er und zeigte beim Gähnen eine Reihe schwarzer Zahnstummel. Vermutlich zog es ihn auf sein Lager in der Kräuterkammer, wo er seinen Rausch auszuschlafen gedachte. Kranke gab es in diesen milden Frühlingstagen nur wenige, und die Toten konnten warten. Sie liefen nicht davon.

»Dein Bruder hat mich schon von der Arbeit abgehalten. Wobei ich mich über seinen Besuch natürlich nicht beklagen möchte.«

Gottfried wurde hellhörig. »Heinrich war hier?«

Bodo blickte zu Boden. Einen winzigen Moment lang schien sich in ihm so etwas wie Schuldbewusstsein zu regen, doch rasch gewann seine gewohnte abweisende Haltung wieder die Oberhand. »Er bat mich, ihn einen Augenblick mit der Leiche des Priesters allein zu lassen.«

Warum hatte Heinrich nicht erwähnt, dass er sich den Toten angeschaut hatte? Und warum blieb ihm, Gottfried, dieses Recht verwehrt? Bestimmt steckte Heinrich dahinter, da ging er jede Wette ein.

»War Heinrich zufrieden, als du ihn hinausbegleitetest? Ich meine …«

»Was sollen all diese dämlichen Fragen?«, stöhnte Bodo auf. »Zufrieden? Ja, hätte Heinrich denn tanzen und singen sollen, nur weil er einen Erhängten gesehen hat? Er hat seine Soutane nach irgendwelchen Hinweisen auf die Morde abgesucht, die der Wahnsinnige begangen hat. Darum wird ihn der Hochmeister gebeten haben. Gefunden hat er aber nichts. Ich …«

Bodo wurde rot wie eine Kirsche, wodurch Gottfried erriet, dass der Spitalgehilfe neugierig genug gewesen war, um seinen Bruder heimlich zu beobachten.

»Eine letzte Frage habe ich noch«, sagte er. »Kannst du dir vorstellen, dass Pater Wando die Waschmagd Reba gekannt hat?«

Bodo lachte rau. »Na und ob! Die war doch allen Männern in der Marienburg bekannt. Der Hilfspriester besuchte sie und Hilva fast täglich, um ihnen ins Gewissen zu reden.«

»Hilva?« Gottfried konnte sich nicht erinnern, dass dieser Name schon einmal gefallen war. »Rebas Freundin. Die beiden stammten aus demselben Dorf und waren unzertrennlich. Wenn du etwas über Reba wissen willst, musst du nur Hilva fragen. Allerdings glaube ich nicht, dass sie mit dir reden wird. Sie war es nämlich, die den Hilfspriester zuerst am Gerüst hat strampeln sehen. Den Schrecken scheint sie nicht verkraftet zu haben, denn ich habe selbst beobachtet, wie sie heute im Morgengrauen wie ein aufgescheuchtes Huhn aus der Burg gerannt ist. Ich vermute, dass sie zurück zu ihren Leuten will.« Er zupfte sich an seinem wilden Bart. »Vielleicht hat sie Angst, dass der Geist des Kuraten sie mit in die Hölle nehmen will!«

Kein Geist, dachte Gottfried, als er sich entsetzt abwandte. Aber jemand, der annahm, dass das Mädchen etwas wusste, was es nicht wissen durfte.

Eine Stunde später verließen zwei Reiter eilig die Burg. Am Tor wurden sie nicht aufgehalten, denn die Wächter erkannten Lubasch, mit dem sie gelegentlich würfelten, und auch die glänzende Rüstung seines Herrn, des ehrwürdigen Bruders Heinrich.

Als die hohen roten Mauern kaum noch zu sehen waren, stieß Lubasch einen Pfiff aus. »War das wirklich eine gute Idee, Bruder Gottfried?«

Gottfried verzog gequält das Gesicht. Heinrichs Kettenhemd schlug gegen seine Brust. Es war ihm zu groß und schien um etliche Pfund schwerer zu sein als sein eigenes. Zudem drückte ihn der Helm, weil er in der Eile die gepolsterte Haube vergessen hatte.

»Was meinst du? Es hat doch geklappt. Niemand hat Verdacht

geschöpft. So bald wird mich niemand vermissen. Wir finden dieses Mädchen, überzeugen uns davon, dass es in Sicherheit ist, und sind bis zum Einbruch der Dunkelheit wieder in der Burg.«

Lubasch sah nicht überzeugt aus. Sich einfach so davonzuschleichen passte nicht in das Bild, das Heinrich ihm von einem Ordensritter vermittelt hatte. Gottfried stand unter Arrest und würde, falls er erwischt wurde, eine wesentlich empfindlichere Strafe bekommen. Womöglich verstieß man ihn sogar aufgrund dauernden Ungehorsams aus dem Deutschen Orden.

Doch daran mochte er nun nicht denken. Schweigend folgten die beiden Männer dem Flusslauf, bis die Nogat eine Biegung beschrieb. Es war kühl, die Sonne hatte sich hinter eine dicke, graue Wolkendecke verzogen. Vermutlich würde es bald anfangen zu regnen.

Ungeduldig hielt Gottfried Ausschau nach der nächsten Furt, während Lubasch die staubige Straße nach Reitern absuchte. Heinrichs Spähtrupp schien sich ebenfalls Richtung Süden zu bewegen, was Lubasch mit großer Sorge erfüllte. Erwischten ihn die Ordensritter dabei, wie er Gottfried half, erwartete ihn eine Tracht Prügel. Vielleicht jagte Heinrich ihn auch davon, dann konnte er auf seine Insel mit dem vierköpfigen Holzgott zurückkehren. Dennoch war Gottfried froh, dass Lubasch ihm den Weg zum Dorf der jungen Slawin zeigen wollte.

»Ich bin davon überzeugt, dass diese Hilva gesehen hat, wie dieser Priester starb«, sagte er. Vor ihnen tauchte endlich die Niederung auf, an der sie mit den Pferden den Fluss überqueren konnten. Am Ufer erblickte Gottfried eine mit Stroh bedeckte Behausung aus Holz, vor der an Pfählen mehrere Netze zum Trocknen aufgehängt waren. Auf einer Bank vor der Tür hockte ein in schwarze Tücher gehülltes Weib neben einem Mädchen, das mit flinker Nadel ein langes, weißes Hemd flickte.

»Eine Fischerhütte«, rief Lubasch, dem das Totenhemd sogleich ins Auge sprang. »Hier muss auch jemand das Zeitliche gesegnet haben.«

Gottfried nickte. Er erinnerte sich, dass der Kurat von einem Fischer gesprochen hatte, dem er die letzte Ölung gespendet haben wollte. Bei der Abneigung, die dieser Mann gegen die zum Christentum bekehrten Slawen gehegt hatte, hatte ihn das sicher Überwindung gekostet. Doch vermutlich hatte Pater Philippus ihn dazu gezwungen, seine Pflicht zu tun.

Einer plötzlichen Eingebung folgend, ritt er in leichtem Trab auf die Hütte zu. Er wollte die Fischersleute nicht erschrecken, sondern sie etwas fragen. Das Mädchen hörte auf zu flicken. Es schien zu überlegen, dem Beispiel der Alten zu folgen und in der Hütte zu verschwinden, blieb aber auf der Bank sitzen.

»Sei gegrüßt, Lubasch«, sagte sie keck. »Du bist wohl deinem Herrn verloren gegangen, was? Der ist vorhin hier vorbeigekommen. Großmutter hat ihm einen Krug Ziegenmilch angeboten, der war vom Leichenschmaus übriggeblieben.«

Gottfried räusperte sich. Er war immer ein wenig befangen, wenn es darum ging, jemandem sein Mitgefühl zu bezeugen. »Dein Großvater, nicht wahr?«

»Ja, aber er starb in Frieden. Ich glaube fest daran, dass er jetzt an einem besseren Ort ist, und das lasse ich mir auch von diesem Priester aus der Ordensburg nicht ausreden. Der konnte ja nicht schnell genug das Weite suchen.«

»Ich dachte, der Pater habe am Bett des Fischers gewacht?«

»Gewacht, der?« Das Fischermädchen lachte bitter. »Aus dem Staub gemacht hat er sich, schneller, als ich brauche, um eine Kuh zu melken. Hat ihm wohl leidgetan, das gute christliche Salböl an unsereins zu verschwenden.«

Lubasch legte beschwörend einen Finger auf die Lippen, doch das Mädchen ignorierte ihn. Entrüstet berichtete sie, dass der

Priester kaum mehr als einen oberflächlichen Blick auf den alten Fischer geworfen, ein paar Floskeln auf Latein gemurmelt und dann unter dem Vorwand, er dürfe nicht zu spät kommen, die Hütte verlassen habe.

Gottfried streichelte nachdenklich über die Mähne seines Pferdes. Wenn das Mädchen die Wahrheit sagte, war bewiesen, dass Pater Wando den Heimweg zur Burg wesentlich früher angetreten hatte, als er vor dem Spittler und dem Großkomtur zugegeben hatte. Aber musste es gleichzeitig bedeuten, dass er den unbekannten Mann im Fluss ertränkt hatte? Er war kleiner und schmächtiger als der Fremde gewesen. Wahrscheinlicher war doch, dass er den wahren Mörder bei seiner Tat überrascht hatte, weil er zur falschen Zeit am falschen Ort gewesen war. Aus diesem Grund hatte er sterben müssen.

Lubasch fand diese Theorie lückenhaft. »Wenn nicht der Hilfspriester, sondern ein anderer den Burschen ersäuft hat, warum lieferte er ihn nicht ans Messer? Er hätte doch nur zum Großkomtur gehen und erklären zu brauchen, dass er alles gesehen hat.« Er schwang die Zügel. »Tut mir leid, Bruder, aber ich fürchte, mein Herr hat recht. Ihr seid nicht mehr Ihr selbst, seit die Marienburg von diesem Kuraten heimgesucht wurde.«

Es wurde immer finsterer; am Himmel zogen sich die Wolken zusammen. Kurz darauf fielen die ersten Tropfen, und ein harscher Wind zog auf.

Gottfried war erleichtert, als er und Lubasch den Waldrand erreichten, gleichzeitig ärgerte er sich, weil er vergessen hatte, die junge Fischerin nach Hilva zu fragen. Vielleicht war sie ja bei den Fischern eingekehrt. Doch zurückreiten mochte er nicht, denn das Slawendorf lag direkt vor ihm. Sie mussten nur noch über einen Hügel reiten, dann hatten sie es geschafft. Lubasch schwärmte von den Erntefesten, die früher dort ausgelassen gefeiert worden waren. Gottfried schwieg dazu. Wie es aussah, würden die Menschen in diesem Jahr keinen Grund zum Feiern haben. Wenn der Hochmeister nicht Wort hielt und die Speicher der Marienburg öffnete, würde in den Dörfern gehungert werden.

Sie waren noch etwa eine Meile vom Dorf entfernt, als das erste Donnergrollen über dem Wald niederging. Vor Gottfrieds Augen wurde das Dickicht so schwarz, als hätte jemand ein Fass Tinte darüber ausgekippt. Kurz darauf zuckten Blitze auf.

»Wir müssen uns unterstellen, wenn wir nicht vom Blitz erschlagen werden wollen«, brüllte Lubasch ihm zu. Der Knecht begann sein Pferd zu beruhigen, wobei er Gottfried mit hektischen Gesten auf eine Reihe eng beieinanderstehender Bäume aufmerksam machte.

Der Sturm tobte sich mit Gewalt weiter aus; brausend zerrte er an den Baumkronen, beugte Büsche und Sträucher und wirbelte den Männern Sand und Blätter in die Augen.

Gleichzeitig klatschte der Regen auf sie nieder, bis sie vor Nässe nur so trieften.

Gottfried hatte nie Angst vor Gewittern gehabt, doch nun, mitten im Wald, allein in einer Umgebung, die ihm mehr als feindselig erschien, erfüllte ihn Panik.

Und dann hörte er den Schrei.

»Was war das?« Lubasch hatte alle Mühe, die verängstigten Pferde zu bändigen. Die Blitze, die unaufhörlich den schwarzen Himmel zerrissen, erschreckten sie so sehr, dass sie sich kaum noch zügeln ließen.

Erneut schrie jemand im Wald gellend auf. Der Stimme nach war es eine Frau, die ganz in der Nähe um ihr Leben bangte. Ehe Gottfried einen klaren Gedanken fassen konnte, hörte er, wie der Waldboden unter dem Geräusch harter Pferdehufe erbebte. Reiter. Sie kamen näher.

Keinen Herzschlag später teilte sich das Unterholz vor seinen

Augen, und eine Gestalt sauste an ihm vorbei. Es war eine Frau, der die Kleider in Fetzen vom Leib hingen. Hände und Gesicht waren schlammverschmiert, und die Haare klebten ihr an der Stirn. Als sie den Kopf drehte und Gottfried sah, schrie sie voller Entsetzen auf und hastete weiter. Sie stolperte über Wurzeln und Steine, setzte ihre Flucht aber unbeirrt fort. Doch ihre Panik machte sie kopflos. Als sie sich nach ihren Verfolgern umdrehte, rutschte sie in einen von Dornengestrüpp umgebenen Graben.

»Lubasch«, kommandierte Gottfried.

Der Knecht nahm ohne große Begeisterung die Beine in die Hand und sprang nun seinerseits in den Graben, dass es nur so platschte. Die junge Frau kreischte aus Leibeskräften, wobei sie um sich schlug und trat.

»Ich bin es, Hilva, Lubasch«, brüllte der Knecht zurück, während er sich vergeblich abmühte, die Hände des Mädchens zu packen. Hilva kämpfte jedoch verbissen weiter. Erst mit Gottfrieds Hilfe gelang es ihm, sie aus dem Graben zu ziehen.

»Tötet mich nicht«, flehte die junge Magd, als ihr Blick auf Gottfried fiel. Sie schlang die Arme um die Knie und schluchzte. Sie zitterte wie Schilfgras und schien am Ende ihrer Kräfte zu sein. Wer auch immer sie durch den Wald gehetzt hatte – er hätte sie jeden Moment eingeholt. Nun aber waren die bedrohlichen Geräusche verstummt. Sogar der Sturmwind blies nicht mehr so heftig wie nur wenige Augenblicke zuvor. Nur der Regen prasselte unvermindert auf sie herunter.

Gottfried kniete sich neben die junge Frau und streckte die Hand nach ihr aus, doch sie wich vor der Berührung zurück.

»Ich sage es nur ungern, aber Euer Waffenrock mit dem schwarzen Kreuz scheint ihr größere Angst einzujagen als das Gewitter«, meinte Lubasch. Finster blickte er an seinem durchnässten Kittel herunter. »Könnte ein Ordensritter hinter ihr her gewesen sein?«

Gottfried zuckte zusammen, als in einiger Entfernung krachend ein Blitz einschlug. Er fühlte sich beobachtet und glaubte, als der nächste Blitz das Dickicht erhellte, dahinter die Silhouette eines Reiters mit erhobener Lanze auszumachen. Aber vermutlich war das nur ein Trugbild gewesen, denn als er noch einmal in dieselbe Richtung spähte, war dort nichts zu sehen.

Gottfried stieß kräftig die Luft aus und ermahnte sich, jetzt nicht die Nerven zu verlieren. Zu seiner Erleichterung schien das Mädchen inzwischen begriffen zu haben, dass weder von Lubasch noch von ihm Gefahr ausging. Als der Knecht ihr jedoch aufhelfen wollte, brach sie wieder in Tränen aus.

»Beim vierköpfigen Svantovit, wir können doch nicht hier im Wald bleiben.« Lubasch verlor die Geduld mit dem Mädchen und schüttelte es, bis es den Kopf in den Nacken warf und etwas in ihrer Muttersprache ausrief. Gottfried, der von den slawischen Dialekten der Gegend nicht mehr als ein paar Brocken verstand, blickte Lubasch fragend an.

»Sie behauptet, sie habe die Marienburg verlassen, weil sie Angst vor dem Mann hatte, den sie bei der Kapelle sah, als der Priester starb. Aber der Mann habe sie verfolgt und angegriffen, noch bevor sie ihr Zuhause erreichte. Er …« Lubasch legte die Stirn in Falten. Ihm schien nicht gefallen zu haben, was er da hörte. »Er ist noch irgendwo hier im Wald und beobachtet uns.«

Gottfried erstarrte; irgendein Ungetüm schien sich in seinen Leib gesetzt zu haben und traktierte ihn mit Klauen und Zähnen, sodass er beinahe vor Schmerz aufgeschrien hätte. Er schleppte sich auf Hilva zu. »Du musst es mir sagen«, keuchte er, als das Tier ihm eine kurze Atempause gönnte.

Das Mädchen zögerte kurz, dann nickte sie. Mit fliegenden Fingern riss sie den Saum ihres Kleides auf, das diese Bezeichnung kaum noch verdiente. Zwei goldene Münzen fielen neben ihren nackten Beinen ins Moos.

»Pater Wando mir gegeben«, sagte sie in gebrochenem Deutsch, während sich Gottfried ungläubig nach den Münzen bückte. Er kannte sie, obwohl viele Jahre vergangen waren, seit er sie zuletzt gesehen hatte. Als er sie berührte, schnappte das Tier in seinem Bauch wütend nach seinen Eingeweiden. Es grollte ihm, aber er ignorierte es.

Die Münzen. Eine trug das *sigillum templi*, ein Siegel, das zwei Ritter auf einem Pferd zeigte. Die andere stellte den Tempel zu Jerusalem dar, den Ort, an dem seine ehemaligen Brüder vor langer Zeit ihr Quartier bezogen hatten. Gottfrieds Herz pochte stürmisch. Wie um alles in der Welt hatte er nur so blind sein können?

Im Unterholz knackte es verräterisch. Als ein weiterer Blitz die Dunkelheit durchdrang und die Lichtung in ein unwirkliches Licht tauchte, stand plötzlich Heinrich vor ihnen. Wie aus dem Nichts war er zwischen den Bäumen aufgetaucht. Er trug Kettenpanzer und Waffenrock und stützte sich auf eine Lanze.

»Her mit den Münzen, Gottfried«, befahl er mit ausdrucksloser Stimme. »Du hast sie niemals gesehen. Gib sie mir, dann kannst du zur Burg zurückreiten und beten, dass der Marschall deine Abwesenheit noch nicht bemerkt hat. Lubasch und ich werden uns derweil um die da kümmern!« Die Spitze seiner Lanze richtete sich auf das Mädchen.

Gottfrieds Faust schloss sich um die beiden Goldstücke. Wenn Heinrich sie ihm abnehmen wollte, musste er sie sich schon holen.

»Beim vierköpfigen Svantovit, ich verstehe gar nicht, was das alles zu bedeuten hat!«, sagte Lubasch, dessen Blicke zwischen den beiden Brüdern hin und her wanderten. »Habt Ihr etwa die Magd durch den Wald gehetzt?«

Gottfried nickte, bevor sein Bruder ein Wort sagen konnte. »Ja, das hat er. So wie er den Fremden am Flussufer und später diesen Hilfspriester getötet hat.« Er hob die Faust. »Darum ging es dir, um diese Münzen. Du wolltest um jeden Preis verhindern, dass sie jemand in der Ordensburg zu Gesicht bekommt. Deshalb musste der Bote, der sie uns überbringen wollte, sterben, nicht wahr?«

Heinrich verzog das Gesicht zu einem abschätzigen Lächeln. »Ich habe diesem armseligen Tölpel gesagt, er solle sich zum Tempelhof zurückscheren und uns in Frieden lassen. Unsere Treue gehört dem Deutschen Orden, mit den Templern haben wir nichts mehr zu schaffen. Sie sind in Ungnade gefallen und waren zu schwach, um sich gegen die Vorwürfe des Papstes zu wehren.« Höhnisch zuckte er die Achseln. »Ich bin nicht schwach, verstehst du? Ich habe hier im Osten eine glänzende Zukunft vor mir. Der Hochmeister und die übrigen Würdenträger schätzen meinen Mut, meine Geschicklichkeit im Umgang mit den Waffen. Sie brauchen mich, um die Polen und Litauer in Schach zu halten und die deutschen Siedler zu beschützen, die bald in Scharen gen Osten ziehen werden, um das Land urbar zu machen. Wenn Karl von Trier sich weiterhin für mich einsetzt, könnte ich eines Tages seine Nachfolge antreten und selbst Hochmeister des Ordens werden.«

Gottfried schnappte nach Luft. Er kannte den Ehrgeiz seines Bruders, hätte aber dennoch nie für möglich gehalten, dass er so weit gehen würde, um seine Laufbahn im Orden nicht zu gefährden.

»Ich weiß von einigen ehemaligen Templern, die im Deutschen Orden Aufnahme gefunden haben«, räumte er ein. »Meister Karl von Trier ist ein gerechter Mann, der große Stücke auf dich hält. Selbst wenn ihm zu Ohren gekommen wäre, dass wir beide Tempelritter gewesen sind, hätte das an seiner Zuneigung zu dir kaum etwas geändert.«

Heinrich lachte halb amüsiert, halb verärgert auf. »Glaubst

du wirklich, er würde einem Ritter den gesamten Orden anvertrauen, der ihm seine Vergangenheit verschwiegen hat? Du bist ein Träumer, Gottfried.« Wütend rammte er die Spitze seiner Lanze in einen Baumstamm, dass die Rinde splitterte. »Genau wie dieser Bote, der wollte auch keine Ruhe geben. Immer wieder lauerte er mir auf, sogar als ich mich unter dem Vorwand, krank zu sein, zurückzog, ließ er mir über diesen Hilfspriester Botschaften zukommen. Er erklärte, wenn ich die Münzen schon nicht annehmen und meine Pflicht gegenüber dem alten Lermond erfüllen wollte, so würdest du es sicher tun.«

Gottfried spürte, wie in seinem Hals ein Kloß wuchs. Der junge Bote hatte nur seinen Auftrag erfüllen wollen. Er war so weit gereist, nur um am Ende seines Weges zu erkennen, dass der Mann, den er aufsuchen sollte, nicht mehr derselbe war. Heinrich hatte den Templern in dem Moment abgeschworen, als die Soldaten des französischen Königs ihr Pariser Ordenshaus gestürmt hatten.

»Ich nehme an, dieser Pater Wando roch den Braten sofort, als er die Leiche des Boten im Fluss fand?«

Heinrich nickte düster. »Als ich mit Lermonds Boten rang, fielen die Goldmünzen aus dem Beutel. Es war dunkel, und ich hatte weder Fackel noch Laterne mitgenommen. Mir blieb auch keine Zeit mehr, die Uferböschung abzusuchen. Ich musste in die Burg zurück, denn man hielt mich für krank und sah regelmäßig nach mir. Der Hilfspriester hatte mehr Glück als ich. Er fand die Münzen und erkannte die alten Templersymbole darauf.«

»Aber verraten hat er dich nicht«, wunderte sich Gottfried. »Er hätte die Wachen rufen und dich vor dem Hochmeister anklagen können. Stattdessen schwieg er und ließ sich von dir das Genick brechen.«

Heinrich machte eine obszöne Geste, welche die Verachtung unterstrich, die aus seinen Gesichtszügen hervorging. »Dieser

Lump hatte es verdient, von mir zur Hölle geschickt zu werden. Er hielt zunächst den Mund, aber als er mich aufsuchte, prahlte er damit, dass er die Münzen an sich genommen und ihre Bedeutung erkannt habe. Ich würde sie bei ihm aber nie finden, da er sie jemandem in Verwahrung gegeben habe. Wenn er wolle, sagte er, könne er es so aussehen lassen, als sei ich für die ungeklärten Todesfälle in der Burg verantwortlich. Da dämmerte es mir, dass er die Leute umgebracht hatte, Reba und die anderen Bediensteten.« Heinrichs Blick richtete sich auf Hilva, die sich eng an Lubasch schmiegte. Sie hielt ihre Augen geschlossen, als hoffte sie, die Männer würden so verschwinden und alles wäre nur ein Traum gewesen.

»Verstehst du? Ich habe dem Henker die Arbeit abgenommen!«

Gottfried schüttelte den Kopf. »Du vergisst Lermonds Boten!«

»Keineswegs, Bruder. Auch gegen ihn musste ich mich wehren, um nicht zu verlieren, was ich mir hier mühsam aufgebaut habe. Hast du den Druck vergessen, der auf uns lastet? Die heilige Inquisition prüft, unter welchen Bedingungen sie ein Verfahren gegen den Ritterorden einleiten kann. Verkappte Templer in den höheren Rängen des Ordens kämen ihr dabei sicher sehr gelegen. Ich muss jeden Angriff gegen den Orden abwehren, das habe ich gelobt!«

Gottfried hörte sich an, was Heinrich zu sagen hatte, und versuchte dabei, ruhig zu bleiben. Innerlich aber kochte er. Hatte Heinrich völlig vergessen, was er vor sieben Jahren, vor der Flucht, gelobt hatte? Auch damals war er von einem Ordensgroßmeister auserwählt worden, weil er sich im Kampf gegen die Feinde des Glaubens bewährt und unter Beweis gestellt hatte, dass er ein Geheimnis für sich behalten konnte.

Gottfried musste sich beherrschen, um nicht hysterisch loszulachen. Ja, Geheimnisse hüten konnte Heinrich auch heute noch wie kein anderer. Darin war er ganz groß. Was Gottfried aber in blinde Wut versetzte, war die Selbstverständlichkeit, mit der sein Bruder es wagte, über ihn zu bestimmen. Als wäre er ein kleiner Junge oder ein Knecht wie Lubasch. Hatte er denn nicht das Recht, selbständig zu entscheiden, ob er die Marienburg verlassen und zum Tempelhof zurückkehren wollte?

Aus den Augenwinkeln bemerkte er, wie er von Heinrich gemustert wurde. Zum ersten Mal schien sein Bruder nicht zu wissen, was in ihm vorging. Das machte ihn unsicher und entfachte seinen Zorn. Wieder streckte er die Hand aus und winkte mit den Fingern.

»Her mit den beiden Münzen. Ich werde sie in den Fluss werfen, wie ich es von Anfang an vorhatte. Danach wird sich Lubasch um diese Hure kümmern.« Er wandte sich seinem Knecht zu und grinste wölfisch. »Wäre doch nicht das erste Mal, dass du es mit ihr getrieben hast, nicht wahr? Du darfst mit ihr machen, was du willst, solange du ihr dabei die Luft abschnürst. Sie darf keine Gelegenheit erhalten, mich zu verraten!«

Lubasch wurde totenblass und wich mit einem Schaudern zurück.

»Du wirst gehorchen!«, brüllte Heinrich, während Gottfried sich schützend vor Hilva stellte. »Und von dir, Bruder, bekomme ich jetzt die Templermünzen. Na los, wird's bald?«

Als Gottfried sich weigerte, holte Heinrich aus und schmetterte dem Jüngeren seine Faust ins Gesicht. Gottfried spürte, wie seine Lippe aufplatzte; gleichzeitig ging vor seinen Augen ein wahrer Funkenregen nieder, gegen den die Gewitterblitze harmlosen Glühwürmchen glichen. Sein Kieferknochen schien zu splittern, und aus seiner Nase spritzte Blut und besudelte den weißen Waffenrock. Als er rückwärtstaumelte, holte Heinrich zu einem Schwinger aus, der Gottfried in die Rippen traf. Er schrie auf und hob instinktiv den Ellbogen, um sein brennendes

Gesicht vor weiteren Schlägen zu schützen. Dabei traf er Heinrich am Kinn, was ihm genug Zeit verschaffte, sich das Blut aus dem Gesicht zu wischen und sich vor Heinrichs Faust zu ducken. Mit einem Aufschrei warf sich Gottfried auf seinen Gegner und schaffte es tatsächlich, ihn zu Fall zu bringen. Heinrich schlug hart gegen einen Baum, doch als sich Gottfried erneut auf ihn stürzen wollte, rammte ihm Heinrich so brutal die Beine in den Leib, dass Gottfried die Luft wegblieb. Sogleich war Heinrich über ihm. Mit Bärenkräften rang er Gottfried nieder, seine Hand griff nach seiner Kehle und drückte zu. Gottfried wehrte sich verzweifelt, konnte aber nicht verhindern, dass sein Kopf immer tiefer in den Schlamm gedrückt wurde. Er japste nach Luft und riss in Todesangst die Augen auf, während er meinte, seidene Tücher über seine Wangen streichen zu fühlen. Sie waren weich wie die Schleier der Tänzerin, die er einmal heimlich in einer syrischen Karawanserei beobachtet hatte.

Ja, sie war es wirklich. Nun erkannte er sie. Sie tanzte für ihn allein. Er hörte ihr helles Lachen und das Geschrei der Männer, die auf ihren Trommeln den Takt vorgaben und sie anfeuerten, sich schneller zu drehen. Er öffnete die Faust, um die Hand nach der Tänzerin auszustrecken – und verlor dabei die beiden Goldmünzen.

Sogleich lockerte sich der Griff um seinen Hals, und eine verzerrte tiefe Stimme über ihm sagte: »Warum nicht gleich so, du sturer Hund! Hätte ich dich wirklich umbringen müssen?«

Röchelnd und hustend kämpfte sich Gottfried auf die Füße, aber seine Knie waren so weich, dass sie einzuknicken drohten. Die syrische Tänzerin verblasste. Ohnmächtig musste er mit ansehen, wie Heinrich sich zuerst die beiden Münzen schnappte und dann Lubasch grob zur Seite stieß. Er hörte Hilvas gellenden Schrei, der kaum noch etwas Menschliches an sich hatte.

»Na los, komm schon«, herrschte Heinrich sie an. Er packte sie am Handgelenk und zerrte sie hinter sich her. »Hinunter zum Fluss mit dir!«

Er wird sie töten, durchfuhr es Gottfried. Er wechselte einen Blick mit Lubasch, doch die glasigen Augen des Knechts sagten ihm, dass er mit dessen weiterer Hilfe wohl nicht rechnen konnte. Fieberhaft überlegte er, wie er Heinrich aufhalten konnte. Für einen Zweikampf mit dem Schwert war er zu schwach, er würde unweigerlich unterliegen.

Doch da entdeckte er die Lanze; sie steckte noch in dem Baum, in den Heinrich sie gerammt hatte. Gottfried zog sie keuchend aus dem mächtigen Stamm und nahm die Verfolgung auf, was ihm schwerfiel, da das Tier in seinem Magen bei jedem seiner Schritte fauchte. Er sah, wie sich Heinrich ein Stück vor ihm mit der strampelnden Hilva auf eine vom Sturm gefällte Buche zubewegte. Diese staute einen Bachlauf, der sein Wasser in einer Springflut über den mit Disteln und Dornen überwucherten Stamm jagte. Ganz in der Nähe hatte Heinrich sein Pferd zurückgelassen.

Nun drehte er sich um und verzog das Gesicht, als er auf dic Lanze in Gottfrieds Hand aufmerksam wurde.

»Willst du mich damit aufhalten?« Seine Stimme klang herablassend, aber auch eine Spur überrascht. »Du, der miserabelste Krieger der Marienburg?«

Er machte Anstalten, sein Schwert zu ziehen, doch im nächsten Moment zerschnitt ein scharfes Geräusch die Luft. Heinrichs Augen traten aus den Höhlen. Ungläubig folgte sein Blick der vibrierenden Lanze, die unterhalb der Achselhöhle den Ringpanzer durchschlagen hatte und ihn wie mit Nägeln an einen Stamm heftete. Nach dem ersten Schock versuchte sich der Ritter fluchend zu befreien, doch da war Gottfried schon bei ihm und schmetterte ihm seine Faust ins Gesicht, sodass er ohnmächtig zusammenbrach.

Lubasch half Gottfried, Heinrich die Hände zu fesseln. Nachdem er sich offen geweigert hatte, Hilva zum Schweigen zu bringen, war ihm klar, dass seine Tage auf der Marienburg in Heinrichs Diensten gezählt waren. Niedergeschlagen kümmerte er sich um die Pferde, während Gottfried seinen Bruder mit leichten Wangenstreichen aus seiner Ohnmacht holte. Das Unwetter hatte sich ausgetobt und zog nun weiter. Hinter den Bäumen klärte es auf. Sogar der Regen ließ nach.

Heinrich schlug die Augen auf. Der Lanzenwurf hatte ihm nur ein paar Schrammen und blaue Flecke beigebracht, verletzt war er nicht. Dafür aber wütend wie eine gereizte Hornisse. Dass er ausgerechnet von einem Versager wie Gottfried niedergestreckt worden war, nagte schwer an seinem Stolz. Er stieß laute Flüche aus. Gottfried selbst konnte kaum glauben, dass ihm der Wurf gelungen war, denn beim letzten Waffengang hatte er weder Strohpuppen noch Zielscheiben getroffen.

»Was hast du vor, willst du mich ausliefern?« Heinrich zerrte, sich mühsam beherrschend, an seinen Fesseln. Aber Lubasch hatte gute Arbeit geleistet.

Gottfried dachte nach. Nein, er konnte Heinrich nicht dem Spott und der Schande ausliefern. Möglich, dass der Hochmeister Nachsicht mit ihm übte, wenn er erfuhr, dass Heinrich immer nur das Wohl des Ritterordens im Sinn gehabt hatte. Aber darauf bauen konnte er nicht. Für den Orden war er untragbar geworden, das stand fest wie das Amen in der Kirche.

Gottfried hob Heinrichs Schwert vom Boden auf. Es war ein solides Stück Schmiedekunst, sorgsam gepflegt und viel prachtvoller als sein eigenes. In den Griff hatte Heinrich zwei Steine einarbeiten lassen, einen Blutstein, der so blank glänzte, dass man sich darin spiegeln konnte, und einen Sonnenwender von herrlich grüner Färbung.

Die Steine der Templer.

Heinrich hatte sie also doch nicht fortgeworfen, wie Gottfried lange befürchtet hatte. Ein Gefühl von Ehrfurcht erfüllte ihn, als er sie behutsam berührte. Es war eigenartig, aber er konnte förmlich spüren, wie sein Körper Schmerz und Erschöpfung ablegte.

»Wir werden nicht mehr zur Marienburg zurückkehren«, teilte er seinem Bruder in einem Ton mit, der keinen Widerspruch duldete. »Du hast einiges gutzumachen, vielleicht wird Gott dir vergeben, wenn du Sühne leistest und endlich dein Gelübde erfüllst.« Er atmete tief durch. »Wir kehren zum Tempelhof zurück!«

VI.

MARK BRANDENBURG, APRIL 1314

Prisca staunte nicht schlecht, als sie das Haus vor sich sah, das ihr Vater Payen ihr vor seinem Tod beschrieben hatte. Es trug den Namen Uhlenloch und befand sich am Mühlendamm, einer aus Baumstämmen, Steinen und sorgfältig geschichteten Reisigbündeln angelegten Furt, durch die Karren, Fußgänger und Reiter bequem die Spree überqueren konnten.

Der Mühlendamm war aber nicht nur ein Übergang, sondern bildete gleichzeitig das Herz der wachsenden Stadt Berlin. Ein Grund hierfür waren die drei Wassermühlen, in deren Schatten sich ganze Scharen von Filzwalkern, Zimmerleuten, Schmieden und Krämern mit ihren Werkstätten und Buden angesiedelt hatten. Kaufleute, die Felle, Wachs und Salz aus Krakau über die Spree transportierten, waren aufgrund der Unterbrechung des Flusslaufs am Mühlendamm gezwungen, umzuladen. Das bedeutete, dass ihre Güter zur Stapelware erklärt und für die Dauer eines Tages auf den Berliner Märkten angeboten wurden. So wollte es das Gesetz des Markgrafen. In den Schenken und Wirtshäusern rund um den Mühlendamm herrschte somit tagein, tagaus ein munteres Treiben. Kaufleute aus der Hansestadt Hamburg verhandelten bei einem Krug Bier mit Händlern aus Polen oder Niederlassungen, die noch viel tiefer im Osten lagen. Musikanten spielten auf Flöten und Sackpfeifen auf. Die Büttel hatten alle Hände voll zu tun, um Streit zwischen Durchreisenden und einheimischen Gesellen und Taglöhnern zu schlichten, was nicht immer gelang.

Als Prisca die Tür zum Uhlenloch aufstieß, wurde sie von kreischendem Gelächter und einem Schwall warmer, feuchter Luft begrüßt. Eine Badestube, stöhnte sie innerlich auf, als sie den nassen Holzboden unter ihren Füßen spürte und das Plätschern hörte, das aus einer Reihe schwerer Bottiche zu ihr herüberdrang. Einige dieser Zuber standen hinter Vorhängen, die wie Segeltücher vom Deckengebälk fielen, vor andere waren Tragewände aus geflochtenem Bast geschoben worden, doch diese bildeten die Minderheit. In den meisten Zubern aßen und tranken die Badegäste, den Blicken der Neuankömmlinge offen ausgesetzt. Keiner der Männer störte sich daran.

Auf der rechten Seite der Badestube standen einige Tische und Schemel und dahinter eine Art Schanktisch, der aus zwei mächtigen Fässern bestand, auf denen ein Brett lag. Hier saßen ein paar Männer vor einem Becher Wein und brüteten schweigend vor sich hin. Nur gelegentlich hob einer von ihnen die Hand, um sich von einem der schwitzenden Mädchen den Becher füllen zu lassen.

Prisca fühlte sich in dieser Badestube so fehl am Platze wie eine Nonne im Hurenhaus. Ob sie einem Irrtum aufgesessen war? Dieser Ort erschien ihr nicht gerade passend für eine Handvoll ehemaliger Templer, die ein Mysterium zu retten versuchten. Verzweifelt versuchte sie, sich an die letzte gemeinsame Stunde mit ihrem Vater zu erinnern, doch sie war sich sicher, dass sie den Namen, den er genannt hatte, nicht falsch verstanden hatte.

»Frag nach dem Uhlenloch in der Stadt Berlin an der Spree«, hatte er ihr aufgetragen. »Von dort ist es nicht mehr weit zum Tempelhof. Aber gib nicht preis, wer du bist, und beantworte keine Fragen. Wenn meine alten Gefährten es bis zum Uhlenloch schaffen, wirst du sie schon erkennen.«

Prisca hatte den Rat ihres Vaters beherzigt und während der mühsamen Reise gen Osten nicht nur ihre jüdische Herkunft verschwiegen, sondern auch die Tatsache, dass sie die Tochter eines verstorbenen Ordensritters war. In Frankfurt hatte man ihr großzügig erlaubt, sich einem Handelszug anzuschließen, doch als Mädchen, das allein reiste, hatte sie bald den Argwohn ihrer Mitreisenden geweckt. Zuletzt hatte sie sich nicht nur neugieriger Fragen, sondern auch der Zudringlichkeiten der Handelsknechte erwehren müssen. Als der Zug in einem fränkischen Marktflecken gerastet hatte, hatte sie sich aus dem Staub gemacht.

Seitdem trug sie die Kleidung eines Handwerksburschen, verbarg ihr Haar und übernachtete nur in Herbergen, wenn sie ihr einigermaßen geheuer waren.

Aber das Uhlenloch war ihr alles andere als geheuer. Sie hatte noch nie in ihrem Leben eine Badestube betreten und keine Ahnung, wie sie sich hier verhalten sollte. Baden kam nicht in Frage, aber war es passend, sich zu den Zechern zu setzen? Einem älteren Mann, der einen Bauch wie ein Fass mit sich herumschleppte, fiel ihr Zögern auf. Offensichtlich war er der Bader, denn er hielt einen Badequast in der Hand, ein Bündel Laubblätter, mit dem er auf den Rücken eines Gastes eindrosch. Damit wollte er die Durchblutung der Haut fördern, eine Methode, über die Prisca in ihren Schriften über die Heilkunde schon gelesen hatte. Instinktiv wanderte Priscas Hand zu ihrem Beutel, in dem sie nicht nur den Templerstein ihres Vaters verwahrte, sondern auch ein paar Heilkräuter und Arzneien, die sie aus Speyer mitgebracht hatte. Mit ihrer Hilfe hatte sie sich unterwegs einigermaßen über Wasser halten können, denn Kranke, die man für ein Brot oder eine warme Decke behandeln konnte, traf man allerorts. Erleichtert stellte Prisca fest, dass ihre Habe noch an Ort und Stelle war.

»Komm doch näher, Kerlchen, nur nicht so schüchtern«, rief der Dicke ihr zu. »Das Wasser ist heiß und die Gesellschaft lustig!« Er sah Prisca mit hochgezogenen Brauen an. »Oder soll es eine andere Gefälligkeit sein?«

Er wies mit dem Kinn auf eine kichernde Magd, ein Mädchen mit hüftlangen Zöpfen, der ein Mann gutgelaunt auf den Po klatschte, bevor er mit ihr hinter einem Vorhang verschwand. Im nächsten Moment drang ein unmissverständliches Stöhnen an ihr Ohr.

Prisca hätte vor Scham im Boden versinken können, doch dann besann sie sich darauf, dass der Bader sie für einen jungen Burschen hielt und sie sich folglich auch so zu verhalten hatte. Daher rang sie sich ein Grinsen ab und gab vor, von den zur Schau gestellten Reizen der Badeweiber beeindruckt zu sein. Plötzlich kam ihr eine Idee.

»Nein, baden will ich nicht … äh, ich meine, noch nicht. Zuerst möchte ich dir ein Geschäft vorschlagen, Bader. Du bist doch der Bader vom Uhlenloch, nicht wahr?«

Der Mann lachte. »Das will ich meinen. Aber wenn du umsonst in den Zuber willst, kannst du gleich …«

»Aber nein, natürlich nicht«, wehrte Prisca ab. »Ich beobachte nur, wie gewissenhaft du dich um das Wohlbefinden der Leute kümmerst. Vielleicht könnte ich dir dabei helfen.«

»Du?« Der Dicke ließ misstrauisch den Badequast sinken. Seiner Miene nach rang er mit sich, ob er Prisca weiter zuhören oder sie von einem Knecht hinausbefördern sollte. »Wie sollte so eine halbe Portion mir unter die Arme greifen können?«

»Ich bin Salbenkrämer und konnte schon in vielen Badestuben beweisen, dass ich etwas von der Kunst des Heilens verstehe.«

»Was du nicht sagst.« Der Ton des Baders verriet Prisca, dass er zwar noch immer zweifelte, aber auch neugierig geworden war. Gelehrte Ärzte waren teuer und lehnten es zudem ab, sich mit verrenkten Knochen und blutigen Wunden zu beschäftigen. So waren Badestuben für viele Ratsuchende die erste Anlaufstelle in ihrer Not. Und ein Bader, der einen guten Ruf als Heiler genoss, konnte sich über eine große Anzahl von Kunden freuen.

Der Bader hieß Amos. In einer Stube im hinteren Teil des Badehauses forderte er Prisca auf, ihm zu zeigen, welche Arzneien sie mit sich führte. Der Raum war stickig und mit Buckeltruhen, Regalen und Körben so vollgestellt, dass Amos sich darin kaum drehen und wenden konnte. Hier lagerte das Handwerkszeug des Baders: Kisten mit Schröpfgläsern, die erwärmt auf die angeritzte Haut gedrückt wurden, bis zum Rand gefüllte Krüge mit Sud aus Asche für die Haarwäsche, ferner Haarwalzen, Rasiermesser, Brennscheren und lederne Streichriemen. Unter einem runden, vergitterten Fenster stand ein zerwühltes Bett, das Prisca mit einem argwöhnischen Seitenblick streifte. Vermutlich schlief der Mann zwischen all dem Krempel. Nun gut, solange sie die Kammer nicht mit ihm teilen musste, sollte ihr das recht sein. Unter den staunenden Blicken des Baders zauberte sie eine Büchse nach der anderen aus ihrem Beutel, dazu lateinisch beschriftete Spanschachteln und getrocknete Kräuterproben, die in Tücher eingeschlagen waren.

Stolz breitete Prisca ihre Schätze vor dem beeindruckten Amos aus. »Vom Erdrauch habe ich nur noch wenig«, erklärte sie. »Zu einer Paste verarbeitet, hilft er hervorragend gegen alle Unreinheiten der Haut, ist aber auch als Stärkungsmittel beliebt. Dann habe ich Sennesblätter und Tragant, eine krautige Pflanze, aus der ich Wundpflaster herstelle.«

»Ich sehe, du verstehst etwas davon«, meinte der Bader anerkennend.

Geschmeichelt fuhr Prisca mit ihren Erläuterungen fort. »Diese Pflanze wird Frauenmantel genannt und diese persischer Baldrian. Er lindert die monatlichen Beschwerden der Weiber.« Sie öffnete eine weitere Büchse und hielt sie Amos unter die Nase. Im Raum breitete sich ein aromatischer Duft aus.

»Minze, Majoran und Gewürznelken gegen Zahnweh sind dagegen weit verbreitet.«

»Was ist das?« Amos zeigte auf eine hübsche Kassette, doch noch bevor er danach greifen konnte, schob Prisca sie in den Beutel zurück und zog die Schnüre zu.

»Weihrauch«, erklärte sie knapp. »Ich bewahre ihn als Erinnerung an einen Freund in meiner Heimat auf.« Sie sah den Bader an. »Wenn du mich eine Weile hier wohnen lässt, werde ich mich in deiner Badestube nützlich machen. Gewiss kommen doch von Zeit zu Zeit Fremde hier an, die mehr Pflege brauchen als ein Bad oder einen Krug Bier.«

Der Bader glotzte sie einen Moment lang an, dann brach er in Gelächter aus, wobei er Prisca so derb auf die Schulter klopfte, dass es sie beinahe von den Beinen fegte. »Ich würde dich ja gern hier behalten, aber …« Er seufzte. »Nein, es geht nicht. Du kannst hier nicht schlafen.«

Prisca machte ein enttäuschtes Gesicht. »Ich würde niemanden stören.«

»Schon, aber …« Unsicher blickte der Bader zur Wand, als befürchtete er einen Lauscher. Prisca klapperte mit ihren Schachteln. Umständlich packte sie ihr Zeug zusammen. Dann fragte sie: »Es gibt doch außer dem Uhlenloch sicher noch ein anderes Badehaus in der Stadt?«

Amos gab sich geschlagen. Die Angst, sich ein gutes Geschäft durch die Lappen gehen zu lassen, wog offensichtlich schwerer als sein Unbehagen, Prisca unter seinem Dach zu dulden. Nach einigem Zögern gab er ihr seine Erlaubnis, im Schankraum zu schlafen, warnte sie aber davor, im Haus herumzuschnüffeln.

»Wie heißt du eigentlich?«, wollte er wissen und schrak kurz zusammen, als Prisca ihm den Namen nannte, den sie während ihrer Reise nach Berlin benutzt hatte: Payen.

Spät in der Nacht schlich sie sich, vom Schnarchen des Baders begleitet, in die Badestube. Bei dem Gedanken, auch nur eine Fußspitze in das schmutzige Wasser in einem der Bottiche zu setzen, schüttelte es sie vor Ekel. So hatte sie sich hartnäckig geweigert, das Angebot ihres neuen Dienstherrn anzunehmen und sich einen Platz zwischen den Badenden zu suchen, doch inzwischen schrie ihr Körper danach, den Staub der Landstraßen Brandenburgs loszuwerden. Zu ihrem Glück fand sie noch ein paar Eimer warmes Wasser, mit dem sie sich waschen konnte. Sie suchte sich einen Zuber im Frauenteil, in dem das Wasser nur noch eine Handbreit hoch stand. Der Rest war bereits mitsamt Speiseresten und Haaren über ein Rohr in die nahe Spree abgelassen worden. Der Raum, wo die Frauen an Sonnabenden und vor hohen Feiertagen ins Wasser stiegen, war nicht sauberer als der Rest des verwinkelten Hauses. Der Putz bröckelte von den Wänden, durch die Ritzen pfiff der Wind, und in den Ecken lauerten fette Spinnen, mit denen Prisca nur ungern Bekanntschaft schließen wollte. Einen Herzschlag lang glaubte Prisca sogar, hinter der Wand ein leises Gemurmel zu hören, das sogleich erstarb, als sie die Ohren spitzte. Sonderbar, soweit sie wusste, gab es hinter der Badestube außer Amos' Kammer keine weiteren Zimmer.

Sie vergewisserte sich ein letztes Mal, dass der Bader nicht aufgewacht war, dann schlüpfte sie hinter den Leinenvorhang und legte dort zuerst den ärmellosen Überrock, dann Unterhose, Strümpfe und Beinlinge ab. Zuletzt befreite sie sich von der kapuzenartigen Gugelhaube, unter der sie ihr Haar versteckte, und tauchte einen Schwamm in den Eimer ein. Nackt stieg sie in den Zuber und begann sogleich sich abzuschrubben, als gäbe es kein Morgen mehr. Als sie das noch halbwegs warme Wasser über Arme, Beine und Brüste rinnen spürte, entfuhr ihr ein leises Seufzen.

Es war eine wahre Wohltat.

Mit einer Kelle goss sie sich so lange Wasser über den Kopf, bis ihr Haar ihr schwer über die Schultern fiel. Das Gefühl, sich endlich vom Straßenschmutz zu befreien, war unbeschreiblich. Wie lange hatte sie aus Angst vor neugierigen Blicken auf diesen Genuss verzichtet? Egal. Das belebende und erfrischende Gefühl auf ihrer Haut entschädigte sie für die Beschwernisse der vergangenen Wochen. Amos' Badehaus war ein wundersamer Ort, fand sie, denn zum ersten Mal seit ihrem Aufbruch aus Speyer fasste sie wieder Mut und schöpfte Hoffnung, dass sie den Auftrag ihres Vaters erfüllen würde. Sie hatte nun eine Bleibe, ein Dach über dem Kopf. Sie durfte sich sogar ihr Brot verdienen, bis sie die Freunde ihres Vaters gefunden hatte.

Mit geschlossenen Augen griff sie über den Rand des Zubers und tastete nach dem Sud aus Asche, von dem sie ein wenig aus der Kammer des Baders stibitzt hatte.

Der Krug war nicht zu finden. Merkwürdig. Sie hätte schwören können, ihn auf den Stapel trockener Tücher gestellt zu haben.

»Suchst du vielleicht das?«

Prisca fuhr der Schrecken in die Glieder. Ertappt versuchte sie, ihre Blöße mit beiden Armen zu bedecken, und wich dabei bis an den Rand des Zubers zurück, um möglichst viel Distanz zwischen sich und dem Mann zu schaffen, der nun den Vorhang zur Seite schob.

Obwohl nur eine einzige Kerze brannte, erkannte sie in dem Unbekannten einen der Männer wieder, die bei ihrer Ankunft schweigend vor ihrem Bier gesessen waren, ohne sich um das Lärmen in der Badestube zu kümmern. Jung war er nicht mehr. Seinen Mund rahmten tiefe Furchen ein, und sein Bart wurde am Kinn bereits grau. Dafür verfügte er über breite Schultern, einen stämmigen Körper und Arme, die aussahen, als könnte er damit einen Ochsenkarren in die Luft stemmen.

»Sonderbar«, sagte der Mann mit einem verwaschenen Akzent, der Prisca völlig fremd in den Ohren klang. »Ich hätte meine letzten Heller darauf verwettet, dass ich einen jungen Burschen hinter dem Vorhang verschwinden sah.« Er bückte sich nach Priscas gefütterten Überrock und warf ihn ihr zu, damit sie sich bedecken konnte. »Das sind doch seine Kleider, nicht wahr?«

Prisca hätte am liebsten losgeheult, so wütend war sie auf sich selbst. Warum hatte sie nicht nachgesehen, ob hinter dem Ausschank jemand lag und seinen Rausch ausschlief? Der Bärtige machte zwar nicht den Eindruck, als wolle er über sie herfallen, aber er war ihr auf die Schliche gekommen und würde sicher nicht den Mund halten, um ihr einen Gefallen zu tun. Das bedeutete, dass ihr Plan, vorerst im Uhlenloch zu bleiben und Nachforschungen über den Tempelhof anzustellen, gescheitert war. Der Bader Amos mochte ein gutmütiger Kerl sein, aber ein Weib, das ihn beschwindelt hatte, indem es vorgab, ein Mann zu sein, würde er in seinem Haus gewiss nicht dulden.

»Wer seid Ihr?«, fragte sie den Bärtigen mit ausdrucksloser Stimme. Rasch streifte sie das knielange Gewand über, damit der Kerl sie nicht für eine Hure hielt, der es gefiel, von Männern begafft zu werden. »Gehört Ihr zu diesem Haus?«

Über das wettergegerbte Gesicht des Mannes zog sich ein Netz feiner Lachfältchen. Obwohl er vorn am Ausschank so düster gewirkt hatte, schien er ein heiterer Geselle zu sein, was seine ungewöhnliche Art, manche Wörter zu betonen, zusätzlich unterstrich.

»Zum Uhlenloch? Nein, natürlich nicht. Aber sooft ich in der Stadt bin, nehme ich mir die Zeit, auf einen Becher Wein bei meinem alten Freund Amos vorbeizuschauen.« Er tippte sich gegen die feuerrote Nase, die von zahlreichen zerplatzten Äderchen durchpflügt wurde. »Da kann es schon mal vorkommen, dass ich am Feuer einschlafe. Aber dass ich von einer schönen Jungfer geweckt werde, die zu mitternächtlicher Stunde ihr Bad nimmt, erlebe ich heute zum ersten Mal.«

Es wird bei diesem einen Mal bleiben, dachte Prisca missgestimmt. Vorsichtig stieg sie aus dem Zuber; die Hand des Fremden, der ihr helfen wollte, übersah sie. Doch er schien darüber vielmehr amüsiert als gekränkt.

»Nun bist du dran, Mädchen«, sagte er. »Was soll die Maskerade? Warum hast du dem alten Fettwanst den Bären aufgebunden, du seist ein Mann?« Zwischen seinen buschigen Brauen gefror das Lächeln. Er packte Prisca am Arm. »Du wolltest auskundschaften, ob es sich lohnt, hier zu stehlen, was? Gehörst wohl zu einer Diebesbande!«

Erschrocken schüttelte Prisca den Kopf. »Nein, ich bin keine Diebin!«

»Sondern?«

Prisca schwieg. Es war seltsam, aber eine Stimme in ihrem Kopf, die nach ihrem Vater klang, flüsterte ihr zu, dass dem Fremden zu trauen war.

»Soll ich den guten Amos wecken?«

»Nein«, bat Prisca. Dann nannte sie dem Mann ihren Namen und fügte leise hinzu. »Mein Vater hieß Payen de Gros. Er bat mich hierherzureisen, um einige seiner früheren Freunde zu treffen.«

Der Mann ließ sie los, als stünde ihr Arm in Flammen. Ungläubig funkelte er sie an. »Du lügst. Payen hatte keine Tochter!«

»Ich lüge nicht!« Flink griff Prisca nach ihrem Gürtel, trennte die Naht auf und holte Münze und Stein hervor. »Das hat er mir gegeben, damit ich mich ausweisen kann.«

Der Mann stieß geräuschvoll die Luft aus. Er schien unsicher, wie er sich nun verhalten sollte, aber wenigstens schien sein Misstrauen zu weichen.

»Mein Name ist Hugo van Haarlem aus der Grafschaft Holland. Wie du dir vielleicht denken kannst, habe ich deinen Vater gekannt.«

Prisca nickte. In ihrem Innern tobten die Gefühle wie Blätter in einem Herbststurm. Nach all diesen Wochen stand sie nun tatsächlich einem der Männer gegenüber, von denen ihr Vater ihr erzählt hatte.

»Payen ist tot, nicht wahr?« Der ehemalige Templer hockte sich auf einen Schemel, drehte sich aber um, damit Prisca sich abtrocknen und anziehen konnte. Während sie in ihre Kleidung schlüpfte und die Gugelhaube über die nassen Haare zog, erzählte sie Hugo von Payens letzten Stunden und wie knapp sie der Intrige des Speyerer Domdechanten entronnen war.

»Payen muss stark an dich geglaubt haben«, sagte der Bärtige schließlich. In seinem Ton lag Anerkennung. »Immerhin hat er dir zugetraut, hierherzukommen.«

»Ihr habt also auch eine Münze erhalten?«

Der Templer bestätigte es augenzwinkernd. »Als der Bote sie mir überbrachte, habe ich mich sogleich auf den Weg gemacht. Bei meinem Schwager in Luxemburg, wo ich mich die letzten Jahre aufhielt, wäre ich vor Langeweile fast gestorben. Jagen, Schach spielen, ein paar frechen Burgleuten Manieren beibringen – das ist auf die Dauer nichts für mich. Du kannst dir nicht vorstellen, wie mein Schwager geglotzt hat, als ich eines Morgens mein Bündel schnürte.« Prisca ahnte, dass er sehnsüchtig darauf gewartet hatte, endlich wieder zum Tempelhof zurückzukehren. Nun aber saß er im Uhlenloch und wartete wieder.

»Oh, ich war nicht untätig«, räumte er ein, als habe er Priscas Gedanken erraten. »Ich habe mich umgesehen, meist zu Fuß, um keinen Verdacht zu erregen. Ein paarmal bin ich bis vor die Mauern des Tempelhofs vorgedrungen, aber ich habe sofort gemerkt, dass die Luft dort nicht rein ist.«

»Wieso? Was tut sich dort?«

Hugo van Haarlem legte die Stirn in Falten. »Als wir damals zu siebt aufbrachen, wurde die Komturei zum Schein in eine Handelsniederlassung mit Gutshof umfunktioniert. Unser Bruder Thomas Lermond ... Payen hat dir doch von ihm erzählt, nicht wahr? Also Thomas blieb zurück, um regelmäßig nach dem Versteck zu sehen. Aber inzwischen tummeln sich Leute auf dem Hof, die dort nicht hingehören: ein Mönch, bischöfliche Bewaffnete, Johanniter. Eine Weile hat sogar eine Frau im ehemaligen Ordenshaus gewohnt. Der Junge hat sie gesehen, als er über die Mauer gespäht hat.«

»Der Junge?«, fragte Prisca überrascht.

Der Templer starrte zögerlich zur Wand hinüber, dann nahm er die Kerze vom Schemel und winkte Prisca, ihm leise zu folgen. »Du musst mir versprechen, über das, was ich dir jetzt zeige, Stillschweigen zu bewahren. Tu es um deines toten Vaters willen!«

Hugo van Haarlem trat vor eines der Regale, in dem der Bader Trinkbecher, Schöpfkellen und von Motten zerfressene Tücher aufbewahrte, und schob es ohne große Anstrengung zur Seite. Prisca schaute ihm dabei über die Schulter und bemerkte ein paar Stufen, die in die Dunkelheit hinabführten. Dahinter war es kühl und roch modrig, aber da der Templer das Licht hatte, musste sie rasch eine Entscheidung treffen. So holte sie tief Luft und machte einen großen Schritt hinein in die bleierne Schwärze. Hugo zog an einem Riemen und das Regal von innen wieder an seinen Platz.

»Warum lächelst du?«, fragte er Prisca, als ihm ihre gelöste Miene auffiel.

»Ich musste nur an die Kammer denken, in der ich meinen Vater pflegte. Ich habe mir so viel Mühe gegeben, um ihn vor neugierigen Blicken zu schützen. Aber an so etwas habe ich nicht gedacht.«

Hugo stieg vorsichtig ein paar Stufen hinunter. Das Uhlenloch schien großzügig unterkellert zu sein, doch die Vorratsräume des Baders lagen, soweit Prisca wusste, auf der anderen Seite des Hauses. Vermutlich waren die Gewölberäume, die sich hier vor ihren Augen auftaten, vor langer Zeit einmal durch Mauern und verschiedene Zugänge getrennt worden. Ob die Templer schon dabei ihre Hände im Spiel gehabt hatten?

»Das Uhlenloch gehört dem Orden seit hundert Jahren«, bestätigte Hugo van Haarlem ihre Vermutung. »Aber das weiß heute keiner mehr in der Stadt. Offiziell ist Amos der Besitzer des Hauses. Der Dicke war unseren Leuten immer treu ergeben. Auf ihn ist Verlass. Das heißt …«

Prisca schluckte. »Er hätte mich eigentlich rauswerfen müssen, nicht wahr? Er konnte ja nicht wissen, dass ich die Tochter eines Tempelritters bin.«

»Gut, dass er es nicht getan hat, der verdammte Saukerl«, knurrte Hugo. Dann blieb er vor einer Tür stehen und trommelte ein hastiges Klopfzeichen dagegen. Einen Moment blieb drinnen alles still, dann hörte Prisca, wie von innen ein Riegel zurückgeschoben wurde.

Hugo wandte sich ihr zu und machte eine einladende Geste mit der Kerze. »Nun, was ist? Willst du nicht den dir zustehenden Platz einnehmen?«

Eine beklemmende Stille schlug Prisca entgegen, als sie vorsichtig über die Schwelle trat. An der Tür stand ein blondgelockter junger Mann, der sie neugierig musterte, ihr aber auf einen Wink Hugos Platz machte. Außer ihm befanden sich weitere zwei Männer in dem Raum. Einer von ihnen schärfte sein

Schwert, der andere lag mit einem Becher Wein in der Hand auf einem Bett. Unsicher suchte Prisca in Hugos Gesichtsausdruck nach einer Erklärung. Er und der Mann mit dem Schwert waren ungefähr im Alter ihres Vaters Payen, konnten also in der Tat einmal Templer gewesen sein. Was die beiden Jungen anging, so war das unmöglich. Aber wer waren sie dann?

Der Bewaffnete sprang plötzlich auf; seine Miene verfinsterte sich. »Hugo, was soll das? Bist du wahnsinnig, jemandem unser Versteck zu zeigen? Wer ist der Bursche, etwa ein Spion?«

Hugo van Haarlem schüttelte seufzend den Kopf. »Du hast dich nicht verändert. Immer noch der gleiche Hitzkopf. Du, Payen und Heinrich, ihr wolltet doch immer mit dem Kopf durch die Wand.«

Der Mann mit dem Schwert tauschte einen Blick mit dem Bruder auf dem Bett, der über die Störung auch nicht sonderlich erfreut zu sein schien. »Nach allem, was wir in Frankreich erlebt haben, sollte dich das nicht wundern. Du hast dich auf der Burg deines Schwagers amüsiert, während ich versucht habe, unseren Großmeister aus dem Kerker zu holen. Davon abgesehen hätte nicht viel gefehlt, und ich hätte König Philipp wie eine Pflaume in meiner Hand zerquetscht und …«

»Das ist Bruder Baudouin«, unterbrach Hugo van Haarlem den Redeschwall des Ritters, der sich wieder hinter seinen Tisch zurückzog. »Der andere heißt Gaston. Er spricht unsere Sprache nur schlecht, versteht aber mehr, als man ahnt. Außerdem scheint ihm der Wein unseres guten Amos zu schmecken, denn seit er hier ist, sehe ich ihn nur mit einem Becher in der Hand. Stimmt doch, Gaston?«

Der junge Mann zuckte freundlich lächelnd die Achseln.

»Lass gefälligst Gaston in Ruhe«, knurrte Baudouin verdrießlich. »Er hat wenigstens Mumm in den Knochen. Wenn er nicht gewesen wäre, hätte ich mich gar nicht auf den Weg machen müssen. Ich glaubte den Stein schon verloren, aber Gaston konnte ihn vor unserer Flucht aus Paris sicherstellen.« Er spähte argwöhnisch zu Prisca, die unter seinen Blicken zu schrumpfen schien.

»Also, wer bist du? Kommst du auch als Stellvertreter, wie dieses lange Elend an der Tür?« Der Templer aus Paris beherrschte die deutsche Sprache ausgezeichnet, auch wenn bei der Betonung einiger Wörter ein feiner französischer Akzent zu hören war.

»Mein Name ist Prisca von Speyer.«

»Prisca?« Die Männer sahen sie an, als zweifelten sie an ihrem Verstand.

»Warum zum Teufel verkleidest du dich als Mann?«

Hugo verdrehte entnervt die Augen. »Mein Gott, warum sitzen wir hier in diesem Raum und lassen immer nur einen von uns hinauf, damit er die Augen offenhält? Aus Vorsicht. Damit uns keiner von den Spionen des Magdeburger Erzbischofs erkennt und verrät. Aus demselben Grund veränderst du dein Äußeres fast täglich. Im Übrigen besitzt das Mädchen Payens Stein. Ich denke, ihr wisst alle, was das bedeutet?«

Baudouin ballte die Fäuste. Er sah aus, als könnte er sich nur mühsam beherrschen. »Payen? …« Bevor er noch ein weiteres Wort sagen konnte, ging Hugo zu ihm und legte ihm die Hand auf die Schulter. »Ich weiß, dass ihr beide eng befreundet wart und wie sehr du gehofft hast, ihn wiederzusehen. Aber leider wird er ebenso wenig wiederkommen wie Bruder Andreas aus Erfurt. Payen ist tot. Aber das hier«, er zeigte auf Prisca, die mit gesenktem Kopf dastand, »ist seine Tochter. Ich wusste nichts von ihr, aber du warst sein Freund.«

Baudouin nickte traurig. Die Nachricht vom Tod seines alten Kameraden schien ihm schwer zuzusetzen. Einen Moment starrte er schweigend auf seine Schwertklinge, dann erhob er sich plötzlich und schloss Prisca ungestüm in seine Arme.

»Natürlich wusste ich von Payen und Sara«, flüsterte er ihr mit erstickter Stimme ins Ohr. »Ich erinnere mich noch, wie stolz er war, als er die Nachricht deiner Geburt erhielt.« Er machte einen Schritt zurück, um die Tochter seines Waffenbruders anzuschauen. Prisca nahm kurzentschlossen die Gugelhaube ab. Warum sollte sie sich auch länger als Mann tarnen? Die Freunde ihres Vaters, allen voran Baudouin und Hugo, würden gewiss jedem, der ihr zu nahe trat, mit dem Schwert Manieren beibringen.

Nun endlich fand sie auch Gelegenheit, sich in dem Raum umzublicken, den die Männer als Versteck vor Spitzeln nutzten. Er war so groß wie die Badestube oben und bot auch genügend Annehmlichkeiten für Ritter ihres Standes. Den Boden bedeckten dicke Schaffelle, die Betten waren mit sauberem Leinen bezogen, und es gab Wachskerzen statt billiger Tranfunzeln. Sogar eine Bibel lag aufgeschlagen auf einem mit Samt bespannten Betschemel, über dem ein Kreuz an der Wand hing. Gegen die Kälte und Feuchtigkeit hatte der Bader seinen heimlichen Gästen einen Berg von Decken, Wämsern und Filzkappen heruntergeschafft, die aber unordentlich im ganzen Raum umherlagen. Vom Saubermachen hielten wohl weder er noch die Ritter viel. Ein säuerlicher Geruch von Wein, Schweiß und Essensdünsten reizte ihre Nase, doch die Männer schienen sich an die schlechte Luft gewöhnt zu haben.

»Ich bin Primus!« Der junge Mann, der Prisca die Tür geöffnet hatte, neigte höflich den Kopf. Prisca hatte den Eindruck, dass er sie zunächst für einen Diener oder Laufburschen gehalten hatte, sich nun aber, nachdem sie von Baudouin so herzlich empfangen worden war, dafür schämte. Jedenfalls wagte er kaum, sie anzusehen. Das fand Prisca merkwürdig. Die Tatsache, dass sie für ihren Vater, einen Templer, hier war, machte sie nicht zu einer Person von Rang und Namen. Darauf würde der Bursche auch noch kommen. Spätestens dann, wenn er erfuhr, wer die schöne Sara gewesen war, in die der Ritter Payen de Gros sich verliebt hatte.

»Du hast auch einen Stein?«, fragte sie Primus.

Der junge Mann nickte. »Eigentlich sollte ich nur die Münze nach Erfurt bringen, um sie dort dem früheren Templerbaumeister Stüplin zu übergeben.« Er senkte die Stimme. »Er gab mir den Auftrag, den Stein aus seinem Versteck zu holen und damit an der Stadtmauer auf ihn zu warten, aber seine Verfolger sind ihm auf die Spur gekommen. Ich nehme an, sie haben ihn gefangen genommen. Aber Genaueres über sein Schicksal ließ sich nicht in Erfahrung bringen.«

»Vier Steine haben wir«, sagte Baudouin. »Fehlen noch drei. Wenn die nicht bald eintreffen, war alles vergebens. Es müssen sieben Steine sein.« Der Ritter verzog, von plötzlicher Wehmut erfüllt, das Gesicht und murmelte: »Marie ... wie bringe ich es Lermond nur bei?«

»Lass gut sein«, sagte Hugo beschwichtigend. »Du streichst doch jeden Tag durch die Stadt und hältst Ausschau nach den drei Brüdern. Mehr kann selbst Lermond nicht von dir erwarten. Und dank deiner teuflischen Fähigkeit, dein Äußeres zu verändern, würde dich dabei nicht mal deine Mutter wiedererkennen.«

»Ja, ich suche die Straßen und Märkte ab, aber umsonst.« Baudouin schlug ungestüm mit der Faust auf den Tisch. »Was, wenn sie tot sind wie Payen? Was, wenn wir umsonst warten?«

»Payen hat uns seine Tochter geschickt«, warf Primus schüchtern ein. »Den Brüdern wird auch etwas einfallen. Sie werden das Vermächtnis des Ordens sicher nicht untergehen lassen, ohne irgendeine Vorsichtsmaßnahme zu ergreifen.«

»So wie dieser Stüplin?« Gaston, der bislang geschwiegen hatte, tippte sich mit dem Finger gegen die Stirn. »Die Münze einmauern, in ein Kloster. Das ist verrückt!«

Primus warf Baudouins Freund einen bösen Blick zu, verkniff sich aber eine Erwiderung. Es war nicht zu übersehen, dass er dem Franzosen nur wenig Sympathie entgegenbrachte. Das beruhte allerdings auf Gegenseitigkeit, die Männer benahmen sich wie Hund und Katze. Prisca glaubte zu verstehen, was Primus ärgerte. Gaston wurde als Baudouins Freund und Begleiter von den Templern wie einer der Ihren behandelt, sie selbst erfreute sich ihrer Gunst, weil sie Payens Tochter war. Nur Primus schien in den Augen der Männer nicht mehr als ein Knecht zu sein. Ihn schickte man los, wenn Baudouin, Gaston oder Hugo etwas aus der Stadt brauchten, obwohl es gerade für ihn, der in der Gegend aufgewachsen war, gefährlich war, sich zu zeigen. Während die Stadtbewohner und die Bauern und Krämer vom Umland sich bestimmt nicht an die Ritter erinnerten, wussten viele, dass Primus den Templern gedient hatte. Doch das schien die Männer im Gewölbe, insbesondere Gaston, nicht weiter zu kümmern.

»Ich hatte gehofft, der Botendienst für Lermond würde meinem Leben einen Sinn geben«, vertraute Primus Prisca an, als sie wenig später in die Badestube hinaufstiegen. Prisca trug wieder ihre Gugelhaube, denn sie war mit den anderen übereingekommen, dass es von Vorteil war, wenn sie eine Weile für Amos als Badergeselle tätig war. So konnte sie Augen und Ohren offenhalten und erfuhr sofort, wenn sich in der Stadt etwas tat.

Die Templer hatten in Erfahrung gebracht, dass der Inquisitor mitsamt seinen Bewaffneten die ehemalige Komturei verlassen hatte, doch noch wagte es keiner von ihnen, sich dem Gut zu nähern. Auch Lermond hatte sich bislang nicht im Uhlenloch blicken lassen. Womöglich fürchtete er, von den Leuten des Bischofs oder den Johannitern überwacht zu werden.

»Und du hast wirklich keine Ahnung, was Hugo, Baudouin und die anderen hüten?« Prisca reichte Primus Schneidebrett und Messer und bat ihn, einige Bündel Basilikum zu zerkleinern.

Um sich nicht überflüssig vorzukommen, hatte sie beschlossen, eine Heilsalbe und ein paar Wundpflaster herzustellen. Primus half ihr mit Begeisterung. Er schien sich gern in ihrer Nähe aufzuhalten. Obwohl er kaum ein Wort darüber verlor, was er während seines Botendienstes in Erfurt erlebt hatte, sah Prisca in seinen Augen eine Traurigkeit, die fast so greifbar war wie Baudouins Kummer. Vielleicht hatte er nicht nur den Baumeister zurücklassen müssen, dachte sie. Zwei Bademägde liefen albern kichernd an ihm vorbei und streckten ihm die Zunge heraus, weil er keine Notiz von ihnen nahm. Stattdessen hackte er wild auf Priscas Kräuter ein.

»Wie kannst du annehmen, dass die Templer ausgerechnet mir ihr Geheimnis verraten würden?« Er hob den Kopf und blickte Prisca unverwandt an. »Ich bin für sie nur ein Diener. Ein Bursche ohne Vergangenheit und ohne Zukunft.«

»Vielleicht wird es Zeit, dass du dir einen Namen zulegst, der zu dir passt«, sagte Prisca. Doch dann fiel ihr ein, dass sie sich in einer vergleichbaren Situation befand. Zwar hatte sie aufgrund ihrer Kenntnisse in der Kunst des Heilens die Möglichkeit, sich ihr Brot zu verdienen und ein einigermaßen unabhängiges Leben zu führen, doch ewig würde sie nicht in Männerkleidern herumlaufen können. Was aber sollte ohne Schutz aus ihr werden, wenn dies alles hier vorbei war? Welchen Namen würde sie tragen und wohin würde sie gehen? Diese Fragen hatte sie in den letzten Wochen verdrängt, sobald sie auch nur an sie gedacht hatte. Doch nun, da die entscheidende Stunde näher rückte, ließen sich ihre Ängste nicht länger unterdrücken.

»Wie würdest du denn gern heißen?«, fragte sie leise.

Er dachte nach. »Es gibt da jemanden in Erfurt, den ich um seine Meinung bitten möchte, falls ich jemals wieder dorthin zurückkehren kann.«

»Wir brauchen Gänsefett«, murmelte sie tonlos. Noch bevor

sie Primus danach schicken konnte, traten zwei abgekämpft aussehende Männer in die Badestube.

Prisca wechselte einen Blick mit Primus, der sein Messer sinken ließ und sich die Hände an seinem Kittel abwischte.

Dann ging sie den beiden Männern entgegen.

HALBERSTADT, MAI 1314

»Ach Ihr seid es!«

Agnes von Vitzenburg klang ein wenig enttäuscht, als sie sah, dass es nur Gertrud war, die sie an diesem sonnigen Nachmittag besuchte. Dass sie eigentlich jemand anderes erwartete, traute sie sich jedoch nicht zu sagen. Außerdem wollte sie keinesfalls undankbar klingen, denn die alte Äbtissin hatte ihr nicht nur geholfen, den Tempelhof zu verlassen, sondern kam fast täglich, um sich nach ihrem Befinden zu erkundigen.

Die beiden Frauen spazierten den Kreuzgang entlang bis zum Garten. Sophie von Querfurt, Agnes' Verwandte, die den Zisterzienserinnen vorstand, war vernarrt in Blumen. Während in Gertruds Kloster Erbsen, Kohl und Kräuter gezogen wurden, blühten hier die Rosen in einer Farbenpracht, die selbst Gertrud vor Staunen die Sprache verschlug. Ein betörender Duft lag über dem stillen Ort. Eine Nonne schnitt ein paar Lilien und Gladiolen, vielleicht um damit den Altar der Klosterkirche zu schmücken. Bienen flogen summend von Blüte zu Blüte.

Für Gertrud war der Kreislauf der Natur ein ewiges Mysterium, das sie immer wieder zum Nachdenken anregte. Doch auch Agnes schien sich in den Gärten des kleinen Klosters wohl zu fühlen. Ihre Verwandte drängte sie, den Schleier zu nehmen, denn ihrer Meinung nach würde Agnes nach den leidvollen Erfahrungen, die sie erst in Magdeburg, dann auf dem Tempelhof gemacht hatte, nur an einem ruhigen Ort wie diesem den Frieden finden, den ihre Seele brauchte.

»Habt Ihr etwas von ihm gehört?«

Gertrud lächelte. Diese Frage hörte sie nicht zum ersten Mal.

War Agnes auf dem Tempelhof zuletzt wie apathisch gewesen, so hatte sie sich in den vergangenen Wochen doch erstaunlich gut erholt. Dass die junge Frau nicht aufhören konnte, über Thomas Lermond nachzugrübeln, erfüllte Gertrud allerdings mit Sorge.

»Nein«, antwortete sie schließlich wahrheitsgemäß. »Ich habe keine neuen Nachrichten vom Tempelhof. Das bedeutet aber auch, dass Bruder Adam sich von der Komturei fernhält.«

Agnes lachte bitter auf. »Ach, glaubt Ihr? Ihr sagtet doch selbst, dass er sich so leicht nicht geschlagen geben würde.«

»Aber Lermond hat in Gegenwart mehrerer Zeugen dem Templerorden abgeschworen. Es gibt nichts mehr, was ihn an seine Vergangenheit bindet.«

»Aber das heißt doch auch, dass er …« Die junge Frau errötete.

Ja, das bedeutet, dass er nicht mehr an sein Keuschheitsgelübde gebunden ist, ergänzte Gertrud in Gedanken. Sie ergriff Agnes' Hand und drückte sie fest. Dabei dachte sie daran, wie oft das Mädchen hin und her geschoben worden war. Es war nur natürlich, dass sie sich nach Liebe und Geborgenheit sehnte. Letzteres konnten sie und Sophie ihr möglicherweise bieten. Aber Liebe …

»Glaubt Ihr denn, dass ein Mann wie Lermond, der viele Jahre in seiner eigenen Welt gelebt hat und sich vermutlich nur schwer in der Wirklichkeit zurechtfindet, eine Frau wie Euch glücklich machen könnte?« Gertrud bewegte zweifelnd den Kopf. »Er ist auch wesentlich älter als Ihr.«

»Seht Ihr den Rosenstock, der sich an der Mauer emporwindet? Er ist Sophie von Querfurts ganzer Stolz. Sie hat mir einmal erzählt, dass sie ihn vor Jahren aus ihrem alten Klostergarten mit hierher gebracht hat. Der Stock hat die neue Erde angenommen und ist seitdem von Jahr zu Jahr ein Stück gewachsen. Er mag alt sein, aber er treibt im Frühling noch schönere Blüten als die neuen Rosensträucher in den Beeten.«

Agnes warf der Alten einen bittenden Blick zu. »Ehrwürdige Mutter, ich bin so dankbar für alles, was Ihr und meine Verwandte für mich getan habt. Ohne Euch wäre ich vermutlich nicht mehr am Leben. Aber jetzt, wo es mir bessergeht, kann ich nicht länger hierbleiben. Ich mache mir Vorwürfe, weil ich Lermond in seiner Verzweiflung alleingelassen habe. Ich muss mich davon überzeugen, dass es ihm gutgeht.«

Gertrud schlug erschrocken die Hand vor den Mund. »Ihr wollt … zurück zum Tempelhof?«, stammelte sie aufgeregt. »Das kann doch nicht Euer Ernst sein, Kind. Lermond würde das auch gar nicht wollen.«

»Warum sagt Ihr das?«

»Weil ich fühle, dass sich über der alten Komturei etwas zusammenbraut. Ich …«

Gertrud verstummte. Zeit ihres Lebens war sie nie um Worte verlegen gewesen, doch nun fiel ihr nicht ein, wie sie Agnes erklären sollte, welchen Verdacht sie hegte. Ihrer Meinung nach hatte Lermond sich nur zum Schein vom Templerorden losgesagt. So hatte er Zeit gewonnen. Zeit für etwas, dem Gertrud auf der Spur war. Seit Wochen studierte sie in jeder freien Minute, was sie an Berichten über die Tempelritter, ihre Gründung und vor allem ihre Zeit im Heiligen Land in die Finger bekam. Dabei geisterten immer wieder die sonderbaren Wandmalereien durch ihren Kopf, die sie im ehemaligen Refektorium des Tempelhofs gesehen hatte.

»Was wisst Ihr von den Heiligen Drei Königen?«, fragte sie leise.

Agnes runzelte die Stirn, offensichtlich hatte sie keine Ahnung, wovon die Alte sprach. »Ich weiß nur, dass es drei Könige aus dem Morgenland waren, die dem Heiland in der Krippe ihre Geschenke zu Füßen legten. Ein Stern hatte sie nach Bethlehem geführt.«

»Nach dem heiligen Evangelium waren es gar keine Könige, sondern weise Männer. Magier, vielleicht Angehörige einer uralten Priesterkaste, die die Sterne deuteten und Geheimnisse hüteten. Sie sahen Jesus niemals in seiner Krippe, denn die Evangelisten berichten, dass sie in sein Haus kamen. Dort scheinen sie mit Maria und Josef gesprochen zu haben. Worüber, weiß niemand, aber an anderer Stelle heißt es, Maria habe alles, was sie erfuhr, in ihrem Herzen bewahrt und darüber nachgedacht. Mit hoher Wahrscheinlichkeit gab sie die Worte, die ihr die Magier anvertrauten, später weiter. In der Bibel finden wir nichts darüber, aber vielleicht waren die Templer im Besitz anderer Quellen.« Sie riss ein paar Blätter von einem Busch ab und fächelte sich damit Luft zu. »Hat Lermond Euch gegenüber einmal die Weisen aus dem Morgenland erwähnt? Denkt nach, es könnte wichtig sein!«

Agnes verneinte. »Ich hatte nur ein einziges Mal die Gelegenheit, mehr als ein paar Worte mit ihm zu wechseln, und das war in dieser alten Ziegelscheuer am Kreuzberg. Dort gibt es ein Grab mit steinerner Platte, um das Lermond sich kümmert. Er geht dorthin, um zu beten.«

»Ein Grab?« Gertrud sprang plötzlich auf. »In einer Ziegelscheuer?«

»Lermond sagte, es sei einmal eine Kapelle gewesen, aber die sei längst entweiht. Das Grabmal dieses Ritters blieb aber bestehen, weil außer Lermond keiner von ihm weiß. Es liegt auch ziemlich versteckt unter Stroh und Sand. Meine Magd hat es rein zufällig entdeckt.«

Gertrud von Alvensleben packte Agnes am Handgelenk und zog sie resolut hinter sich her. »Ihr habt recht, mein Kind«, rief sie schwer atmend. »Wir sollten keine Zeit mehr mit Plaudern verlieren, sondern auf schnellstem Weg zum Tempelhof zurückkehren.«

BERLIN, MAI 1314

Prisca konnte ihr Glück nicht fassen. Zwei weitere versprengte Templer hatten den Weg zum Uhlenloch gefunden. Die Männer waren nach dem anstrengenden Ritt zum Umfallen müde, dennoch mussten sie im Schankraum bei einem Becher Bier warten, bis sich das Haus geleert hatte. Amos, der die beiden auf Anhieb wiedererkannte, scheuchte seine Mägde durch die Stube und tischte ihnen auf, was sein Vorratsraum zu bieten hatte. Dabei entspannten sie sich in einem Zuber mit heißem Wasser. Da die Körper der Männer Schrammen und offene Stellen aufwiesen, trug Amos Prisca auf, sie gleich nach dem Bad mit einigen ihrer Wundsalben zu behandeln. Prisca schaute schockiert drein, machte sich aber mit Primus' Hilfe an die Arbeit. Dabei fiel ihr auf, dass der jüngere der beiden Männer ihr dankbar zulächelte, während der andere nur griesgrämig dreinblickte und kaum ein Wort sagte.

Später wurden die Neuankömmlinge im Gewölbe stürmisch empfangen.

»Heinrich Bisol«, brüllte Hugo erfreut und schlug dem Griesgram auf den Rücken. »Na, nun kann ja kaum noch etwas schiefgehen.« Dann streckte er die Hand aus, um auch den Gefährten des stämmigen Ritters zu begrüßen. »Wie ich sehe, hast du deinen kleinen Bruder Gottfried mitgebracht. Sei auch du uns willkommen, Bruder.«

Gottfried verzog das Gesicht zu einem Lächeln, das für Priscas Geschmack reichlich säuerlich ausfiel. Vielleicht, so vermutete sie wenigstens, mochte der jüngere Ritter es nicht leiden, als kleiner Bruder bezeichnet zu werden. Verständlich. Als Baudouin ihn umarmte, verschwand der abweisende Zug um seine Lippen jedoch.

»Das war doch Ehrensache, schließlich habe ich nicht vergessen, was ich einmal geschworen habe«, erklärte Heinrich mit einem Blick, der andeutete, wie unwohl er sich hier fühlte. Außer Prisca schien dies jedoch keinem seiner ehemaligen Ordensbrüder aufzufallen. Als Heinrich anfing, lang und breit von seinen Heldentaten im Osten zu erzählen wurde er kein einziges Mal unterbrochen. Gottfried beachtete dagegen niemand. Ein wenig verloren hockte er mit seinem Becher Wein neben Gaston auf dem Bett.

»Ich hörte, du seist ein hohes Tier bei den Deutschherren geworden«, warf Baudouin nach einer Weile ein. »Das klingt, als hättest du uns sehr schnell vergessen.«

Heinrich lachte lauthals los. »Wo denkst du hin? Das war doch nur eine Tarnung. Mein Herz schlug immer nur für den Tempel. Mein lieber Bruder kann bestätigen, dass ich den Stein, den Thomas Lermond mir anvertraut hat, all die Jahre wie meinen Augapfel gehütet habe, nicht wahr, Gottfried?«

Der junge Mann gab keine Antwort. Stattdessen knallte er seinen Becher so heftig auf den Tisch, dass der Wein nur so spritzte. Er schien von dem prahlerischen Gehabe seines Bruders genug zu haben. Prisca ahnte, dass zwischen den beiden Männern etwas vorgefallen war, was die beiden entzweit hatte, denn obwohl Gottfried mit keinem Wort darauf einging, war doch nicht zu übersehen, dass er den Älteren mit Verachtung strafte.

»Wir sollten darüber beraten, wie wir die Sache hinter uns bringen, bevor Heinrich uns mit seinen Geschichten zu Tode langweilt. Also, Freunde?« Gottfried blickte fragend in die Runde. »Wie viele Steine haben wir?«

»Mit euren beiden sind es sechs Stück«, sagte Baudouin. »Lermond besitzt keinen, denn das hielten wir damals für zu gefährlich. Es grenzt ohnehin an ein Wunder, dass die Inquisition so lange gebraucht hat, um auf ihn und den Tempelhof aufmerksam zu werden. Aber ihr seid euch hoffentlich im Klaren darüber, dass wir den Schatz des Großmeisters ohne den siebten Stein nicht heben können.«

»Wenn Rémy St. Clair uns hängenlässt, haben wir also nichts in der Hand«, murrte Heinrich. »Einfach großartig! Dann habe ich mich ganz umsonst hierherbemüht.« Er stand auf. »Es war mir eine Freude, euch wiederzusehen, aber jetzt …«

»Setz dich wieder hin«, schnauzte Gottfried ihn an.

»Soweit mein Vater mir erklärt hat, ist zusätzlich zu den Steinen auch noch eine Reihe von Schlüsselwörtern und Zahlen nötig«, gab Prisca zu bedenken.

Hugo nickte. »Ich habe meine nicht vergessen und hoffe, das gilt auch für die anderen.« Er fuhr sich über seinen struppigen Bart, dann erklärte er mit fester Stimme: »Brüder, ich bin der Überzeugung, dass nun die Zeit gekommen ist, das Uhlenloch zu verlassen und zum Tempelhof zu ziehen.« Er wandte sich dem Kreuz an der Wand zu, und alle anderen folgten seinem Blick. Prisca spürte, wie sich eine Gänsehaut über ihre Arme und Beine legte. Obwohl sie sich fest vorgenommen hatte, nichts zu tun, was ihren eigenen Glauben in Frage stellte, war es ihr fast unmöglich, sich diesem feierlichen Moment zu entziehen. Als die Männer vor dem Kreuz in die Knie gingen, blieb sie zwar stehen, aber ihre Lippen formten das uralte Bekenntnis zu ihrem Schöpfer, das sie als kleines Mädchen auf Hebräisch gelernt hatte.

Keiner ihrer Gefährten schalt sie deswegen, auch erntete sie keinen wütenden Blick. Jeder der Männer, sogar Heinrich, schien den feierlichen Augenblick als Hingabe an etwas Höheres, vielleicht Unbegreifliches wahr- und in sich aufnehmen zu wollen.

Eine Stunde später verließen die ersten Templer das Uhlenloch.

Es war Hugo van Haarlems Idee gewesen, sich jeweils zu zweit auf den Weg zu machen. Falls die Straßen von den Bischöflichen im Auge behalten wurden, war dies weniger verdächtig. So dämmerte es bereits, als auch Prisca, die man zu ihrem Leidwesen nicht mit Primus, sondern mit Heinrich losgeschickt hatte, den Turm des Tempelhofs vor sich aufragen sah. Dass Heinrich immer noch beleidigt vor sich hin brütete, kam ihr nicht ungelegen, denn sie verspürte wenig Lust auf eine Unterhaltung mit dem großmäuligen Ritter. Was immer zwischen ihm und den anderen vorgefallen war, ging sie nichts an. Sie hatte genug damit zu tun, sich auf die Gegend zu konzentrieren.

Dies war also der Ort, den ihr Vater vor sieben Jahren verlassen hatte. Die Landschaft gefiel ihr: eine Menge Wald, dazwischen Kornfelder und grüne Seen, die verwunschen zwischen den Bäumen lagen.

Hatte Payen es bedauert, fortzumüssen, oder war er leichten Herzens gegangen? Er hatte ihr nie erzählt, wo er sich herumgetrieben hatte, bevor er an den Rhein kam. Nun kehrte sie für ihn an den Ort zurück, an dem seine Flucht ihren Anfang genommen hatte. Was sie dabei fühlte, konnte sie kaum in Worte fassen.

Als sie wenig später durch den Torbogen auf den Hof ritt und den Mann am Fenster des wuchtigen Steinhauses sah, der ihre und Heinrichs Ankunft fast ohne jede Regung verfolgte, wurden ihre Augen feucht. Rasch blinzelte sie die Tränen weg, denn ihr Gastgeber sollte nicht merken, wie sehr ihre Gefühle ihr zusetzten.

Er wartete geduldig, bis ein Knecht herbeisprang, um ihre Pferde in den Stall zu bringen, dann kam er zur Tür, um sie willkommen zu heißen. Primus war bei ihm.

Prisca überließ Heinrich die ersten Worte und nutzte die Zeit, um Lermond zu mustern. So also sah der Mann aus, der die sieben Boten ausgesandt hatte. Er verneigte sich höflich, aber die Art, wie er beim Reden die Augenbrauen hob, verriet ihr, dass er sein Herz nicht auf der Zunge trug. Sein energisches Kinn wies auf Entschlossenheit und Durchhaltevermögen hin. Prisca konnte nur vermuten, dass er hier einiges hatte erdulden müssen.

»Ihr seid Payens Tochter«, wandte sich Lermond unvermittelt an sie. Sonderbar. Obwohl ihr Haar unter der Gugelhaube nicht zu sehen war, hatte er sie sofort durchschaut. Wie das? War er ein Zauberer? Als er ihre Verblüffung bemerkte, klärte er sie lachend auf. »Verzeiht mir, aber Primus hat mir bereits alles über Euch erzählt. Es tut mir leid, dass Payen tot ist. Er war ein tapferer Mann.« Er verneigte sich wieder, diesmal aber auf sehr galante Weise. »Aber seine Tochter steht ihm in nichts nach. Darüber hinaus ist sie wunderschön.«

Prisca errötete über das ganze Gesicht. Sie hatte sich gefragt, wie der Anführer der Templer ihr entgegentreten werde, und war erleichtert, dass er sich über ihr Kommen freute. Heinrich, der hinter ihr stand, murmelte dagegen etwas weniger Freundliches in seinen Bart. Auch wenn er bislang nicht gewagt hatte, sie offen anzugreifen, lag doch auf der Hand, dass er Prisca für den dahergelaufenen Bastard eines Ordensritters hielt, der seine Gelübde mit Füßen getreten und sich den Reizen einer Verführerin hingegeben hatte.

Lermond schien den Gedanken des Ritters aufzufangen wie einen Armbrustpfeil. »Sind wir denn noch die Männer, die wir vor zehn oder zwanzig Jahren waren?«, fragte er, als sie später im Refektorium beisammensaßen. Ein Diener hatte Kienspäne und Kerzen entzündet, welche den Saal in einen honiggelben Schein tauchten.

»Ich muss euch ein Geständnis machen, Brüder.« Lermond hatte darauf bestanden, seinen alten Habit, das weiße Leinengewand mit dem kleinen roten Tatzenkreuz auf der linken Brust, anzulegen. Am Gürtel hing ein fingergroßes hölzernes Kreuz an einem Band. Nun stand er auf und faltete mit gesenktem Kopf die Hände. »Ich habe vor einigen Wochen hier an diesem Ort abgeschworen.«

Die Männer und Prisca starrten ihn ungläubig an. Keiner sagte auch nur einen Ton, bis auf Heinrich, der die Nase rümpfte und sogleich lospolterte: »Ausgerechnet Thomas Lermond, der große Tugendwächter des Ordens, verrät ihn. Darauf erhebe ich meinen Becher!« Hektisch winkte er einen Diener herbei, weil er mehr Wein haben wollte.

»Du hast uns mit deinen beschissenen Münzen in eine Falle gelockt, was? Vermutlich lauern deine neuen Freunde von der Inquisition schon irgendwo vor den Mauern auf uns.«

»Du solltest ganz still sein«, fuhr Gottfried auf, »sonst verrate ich den Brüdern, warum wir die Marienburg nicht früher verlassen konnten.«

»Ach, hol euch doch der Teufel!«

Lermond räusperte sich. »Ich habe die Entscheidung schweren Herzens getroffen, aber sie musste genau so fallen. Es gibt nämlich etwas, das viel wichtiger ist als ein Ritterorden, der de facto nicht mehr existiert. Und wir alle wissen, worum es sich dabei handelt.« Er hielt inne und schritt langsam an Baudouin, Hugo van Haarlem und Prisca vorüber, die sich eine Bank teilten. Vor den Wandmalereien mit der Geburtsszene Christi blieb er stehen.

»Ihr mögt mich für schwach halten, weil ich dem Templerorden abgeschworen habe, aber in Wahrheit tat ich es nur, um den Inquisitor loszuwerden. Ich wollte uns noch ein wenig Zeit verschaffen, aber ich spüre in jedem Knochen, dass die Bedrohung zunimmt. Dieser Adam von Pirrlingen hat sich in die Idee verbissen, dass ich etwas vor ihm verberge. Wie der König von Frankreich, der Bischof von Magdeburg und einige andere ist er hinter dem Schatz unseres Ordens her. Er wird nicht eher ruhen, bis …«

Die Tür flog auf, und ein älterer Diener eilte ins Refektorium. »Herr, vor dem Tor stehen zwei Männer, die behaupten, sie würden erwartet.«

»Sind sie dir bekannt?«, rief Baudouin misstrauisch. Er sprang sogleich auf, um aus einem der hohen Fenster zu sehen, doch es war zu dunkel, um jenseits der Mauer etwas zu erkennen.

Der Diener nickte. »Den einen habe ich erkannt, den Jungen. Der Herr Lermond hat ihn vor einigen Monaten mit einem Auftrag losgeschickt.«

Hugo van Haarlem stieß einen erleichterten Seufzer aus, und auch Primus und Gottfried sprangen jubelnd von ihren Bänken auf. Sogleich wurden die Ankömmlinge ins Haus geführt, wo sie von den Männern überschwänglich begrüßt wurden.

»Gott hat Eure Gebete erhört«, sagte Prisca an Lermond gewandt, der stumm vor Freude zusah, wie Rémy St. Clair Hände schüttelte und auf Schultern klopfte. »Er ist Euch nicht böse.«

»Es gab so manche Stunde, in der ich fürchtete, er hätte mich verstoßen«, gab Lermond zu. Sein Blick fiel auf Baudouin, der Rémy lachend Wein einschenkte und dann kräftig mit ihm auf seine Gesundheit anstieß.

»Ich habe mich nicht getraut, ihn nach Marie zu fragen.« Er lachte bitter. »So viel zu meinem Mut.«

»Marie?« Prisca hatte den Namen im Uhlenloch fallen hören, sich aber nicht weiter darum gekümmert. Nun aber verstand sie. Diese Frau hatte in Paris gelebt und sowohl Baudouin als auch Lermond viel bedeutet.

»König Philipp von Frankreich ließ Marie töten, weil sie heimlich Templern wie Baudouin half«, sagte Lermond. »Gaston hat mitangesehen, wie man ihre sterblichen Überreste in einem Sack vor den königlichen Marstall warf. Nur einem Zufall ist es zu verdanken, dass Gaston auf der Flucht vor Philipps Männern einen Blick in diesen Sack werfen und den Stein retten konnte. Baudouin hatte ihn Marie gegeben, damit sie auf ihn aufpasste.«

»Ihr seid also Payen de Gros' Tochter?« Die Stimme des siebten Ordensbruders holte sie aus ihren Gedanken. Sie klang warm und angenehm, aber auch ein wenig verschnupft und kratzig. Dieser Rémy schien sich erkältet zu haben. Sogleich musterte sie den hochgewachsenen rothaarigen Mann, und ihr Verdacht bestätigte sich, als sie in seine glasigen Augen blickte. So wie er aussah und sprach, gehörte er eindeutig in ein warmes Bett. Er brauchte Arznei, kein Saufgelage. Ihrem ärztlichen Gespür konnte sie trauen.

»Prisca von Speyer«, stellte sie sich vor. »Ich empfehle Euch, das feuchte Zeug loszuwerden, das Ihr am Leibe habt, und Euch dann auszuruhen. Krank nützt Ihr den anderen nichts.«

»Das habe ich ihm auch schon gesagt«, ereiferte sich der junge Mann, der den Templer nicht aus den Augen ließ.

»Das ist Quartus, mein …« Rémy drehte sich nach seinem Begleiter um und zuckte kurz die Achseln. »Keine Ahnung, was er ist. Jedenfalls geht er mir seit Wochen auf die Nerven. Aber ich muss zugeben, dass er zuweilen auch ganz nützlich ist.«

Prisca lächelte sanft. Der Ordensritter mochte sich noch so viel Mühe geben, mürrisch zu wirken: Dass er den jungen Quartus in sein Herz geschlossen hatte, war nicht zu übersehen. Er behandelte ihn fast wie einen Sohn, auch wenn das hieß, dass Quartus zuweilen seinen Ärger zu spüren bekam. Ihr war es mit Payen nicht anders ergangen.

»Wann wollen wir de Molays Schatz bergen?«, wandte sich Rémy fragend an Lermond. Er hustete. »Vielleicht sollten wir … gleich losgehen. Dann haben wir es hinter uns.«

Lermond wechselte einen Blick mit Prisca, die besorgt den

Kopf schüttelte. Der krampfartige Husten des Mannes und sein Ringen um Luft gefielen ihr gar nicht.

»Morgen kurz vor Tagesanbruch«, entschied Lermond mit fester Stimme. »Du solltest Prisca gehorchen. Sie versteht viel von der Heilkunde und hat in Speyer ein Spital geführt.«

Rémy wollte etwas sagen, doch ein neuer Hustenanfall verhinderte es. Auf Quartus gestützt, verließ er das Refektorium, um sich in einer der Schlafkammern hinzulegen.

»Wie viel Zeit bleibt ihm noch?«, wollte Gottfried wissen. »Seine Haut wirkt so … so dünn, fast wie Pergament.«

Prisca hätte den Männern zu gern Mut zugesprochen, aber sie wusste nicht wie. Zu Hause hatte sie genug Kranke gepflegt, um zu erkennen, wann die Lebensuhr eines Mannes ablief.

Adam von Pirrlingen hatte aus einiger Entfernung beobachtet, wie die beiden Reisenden ans Tor der Komturei geklopft hatten.

Seit er aus Magdeburg zurück war, verbrachte er fast täglich viele Stunden vor den Mauern, heimlich, während die Männer des Bischofs durch die Gegend streiften und nach verdächtigen Personen Ausschau hielten. So war ihm nicht entgangen, dass die Reiter nicht die einzigen gewesen waren, die an diesem Tag den Weg zum Tempelhof eingeschlagen hatten. Inzwischen mussten sich fast zehn Männer um den alten Lermond scharen.

Ketzer wie er, daran hegte Bruder Adam keinen Zweifel.

Bruder Adam zog die Kapuze über die Ohren, während er seinen Begleiter beobachtete, der mit seinem Langdolch einen Apfel zerteilte. Manchmal bedauerte er es, dass er keine Waffen tragen durfte. Zu gern hätte er diesem Lermond höchstpersönlich ein Schwert in den Leib gerammt. Dieser Mann hatte ihn verhöhnt, und mit ihm die heilige Inquisition, der durch sein Geständnis die Hände gebunden waren. Die Johanniter hatten sich einwickeln lassen, ebenso die alte Äbtissin. Ihr hatte er es zu verdanken, dass er den Tempelhof hatte verlassen müssen. Er aber war nicht so leichtgläubig wie diese Narren. Begriffen die denn nicht, dass Lermond ein falsches Spiel mit ihnen trieb? Dank der Blindheit der Johanniter, die ihm, Adam, in den Rücken gefallen waren, hatte Lermond nun wieder auf dem Tempelhof das Sagen. Und wie nutzte er seine neugewonnene Freiheit? Er empfing zwielichtige Gestalten.

»Templer«, raunte er seinem Begleiter hasserfüllt zu. »Ich weiß ganz genau, dass sich dort drüben Templer versammeln.«

»Der Erzbischof hat Euch fünfzig Männer geschickt, aber er warnt Euch davor, ihn länger zu vertrösten. Wenn Ihr ihn noch einmal enttäuscht, werdet Ihr seinen Zorn zu spüren bekommen. Die Nachsicht meines Herrn ist erschöpft.«

Bruder Adam wusste, worauf der Mann anspielte. Bischof Burchard hatte vor Wut getobt, als er erfahren hatte, dass seine einstige Geliebte Agnes inzwischen unter dem Schutz ihrer Verwandten in Halberstadt lebte. Viel hätte nicht gefehlt, und er wäre über ihn hergefallen wie ein Verrückter. Nachdem sein Zorn sich gelegt hatte, hatte er Boten zum Kloster der Sophie von Querfurt gesandt, die aber brüsk abgewiesen worden waren. Weder sie noch die alte Gertrud waren gewillt, Agnes herauszugeben. Wozu auch? Lebte Burchard etwa noch immer in dem Wahn, niemand wisse über seine unselige Leidenschaft Bescheid?

Adam von Pirrlingen hoffte inständig, den alten Fresssack bald nicht mehr sehen zu müssen. Immerhin war dieser mitverantwortlich dafür, dass er hier wie ein jämmerlicher Strauchdieb vor den Mauern der Komturei ausharren musste. Seine Kanzlei hatte den Vertrag entworfen, mit dessen Hilfe Lermond in die Freiheit entkommen war.

Doch nur für kurze Zeit, beruhigte sich der Mönch. Ein rückfällig gewordener Ketzer hatte keine Gnade mehr zu erwarten, sondern galt als verdammt bis in alle Ewigkeit.

In Gedanken suchte Bruder Adam sich bereits einen Platz auf dem Hof aus, wo er das Stroh für den Scheiterhaufen aufschichten lassen würde. Die Kumpane des Templers würden auch gleich mitbrennen, ob sie nun abschworen oder nicht. Aber zuvor würde er das Geheimnis aus ihnen herauspeitschen, das Lermond versteckte. Bruder Adam zitterte bei dem Gedanken an das, worauf er stoßen würde, sobald die Schmerzensschreie der Templer verklungen waren. Es musste ein Schatz von unvorstellbarer Größe sein. Daher all die Sicherheitsvorkehrungen, die der alte Lermond getroffen hatte.

Er verzog das Gesicht zu einem schmallippigen Lächeln. Der König von Frankreich und viele andere hatten da versagt, wo ihm nun der Erfolg winkte.

»Sie sind da, Bruder«, holte die Stimme des bischöflichen Soldaten ihn aus seinen Gedanken. Er deutete zur Straße, auf der sich ein ganzer Zug von bewaffneten Söldnern im Schein ihrer Fackeln vorwärtsbewegte.

»Es ist so weit!«

Von einem Triumphgefühl beseelt, stapfte Bruder Adam auf das Tor zu. Dieses Mal würde er bekommen, was er wollte.

Prisca hörte ein Poltern auf der Treppe und war sogleich hellwach. Erschrocken blickte sie auf den Schlafenden, der sich im Fieber unruhig auf seinem Strohsack hin und her wälzte. Sie hatte beschlossen, die Nacht im oberen Geschoss des Ordenshauses zu verbringen. Die folgenden Stunden waren entscheidend.

Unentwegt wechselte sie die kühlenden Umschläge auf Rémys Stirn, Armen und Beinen, um das Fieber zurückzudrängen. Quartus und Primus, die ebenso wenig schlafen konnten wie sie, liefen zwischen Brunnen und Kammer hin und her und schleppten Wassereimer, Tücher und andere Dinge herbei, um die Prisca sie bat. Doch ungeachtet ihrer Bemühungen glühte Rémy St. Clair auch im Morgengrauen noch wie ein Kohlenfeuer.

Prisca war zum Umfallen müde, hielt sich aber aufrecht. Regelmäßig kontrollierte sie Rémys Puls- und Herzschlag sowie seine Pupillen.

»Ihr müsst ihn retten«, sagte Quartus hinter ihr. Es klang streng, fast fordernd, als täte Prisca nicht ohnehin schon alles, was in ihrer Macht stand.

»Sein Leben ist in Gottes Hand«, erwiderte sie und beobachtete, wie der junge Mann sich vor dem Bett auf die Knie sinken ließ. Doch ihre Annahme, er würde für seinen Freund beten, erwies sich als falsch. Er senkte zwar den Kopf, starrte aber nur düster vor sich hin.

»Ihr ahnt ja gar nicht, was er durchgemacht hat, seit ich ihm die Münze brachte«, sagte er mit Tränen in den Augen. »Er sollte die schottischen Templer in eine Schlacht führen, weil der König von Schottland sein Land von der Unterdrückung durch die Engländer befreien will und dafür jeden Ritter braucht, der ein Schwert halten kann. Aber Rémy hat sich geweigert, weil es für ihn unerträglich gewesen wäre, seinen Eid zu brechen und Lermond zu enttäuschen.« Er lachte, was in Priscas Ohren aber eher einem Schluchzen glich. »Wir wurden nach England geschickt, um eine Prinzessin aus dem Kloster zu holen, nur um zu erfahren, dass ihr Geliebter schon vor uns dort war und sie mitnahm. Daraufhin hetzten wir ihrer Spur nach. Zuletzt schafften wir es in letzter Sekunde, ein Schiff flottzumachen und in See zu stechen, bevor die Clanleute uns massakrieren konnten. Könnt Ihr das glauben?«

Prisca zuckte die Achseln. Sie hatte noch nie von Clans gehört. Die Templer unten in der Halle hatten alle Geschichten im Gepäck, die sich unglaublich anhörten, und ihre Erlebnisse hatten tiefe Kerben in ihre Gesichter geschlagen. Baudouins Wehmut war auf Lermond übergegangen, Primus machte sich Sorgen um den Mann, auf den er in Erfurt vergeblich gewartet hatte, und die Brüder Gottfried und Heinrich sprangen sich bei jeder Gelegenheit an die Gurgel. Hugo van Haarlem schien der einzige Templer zu sein, der die Zeit des Exils ohne leidvolle Erfahrungen überstanden hatte, was jedoch nicht bedeuten musste, dass seine Seele keinen Schaden genommen hatte. Wenn nun auch noch Rémy starb …

Er hustete im Schlaf. Seine Lippen waren trocken und spröde. Fieberbläschen bedeckten die vom Bartschatten dunkle Haut, die Gottfried noch am Abend mit Pergament verglichen hatte. Prisca kratzte mit einem Spatel ein wenig Salbe aus einem Döschen und betupfte damit die geröteten Stellen. Sie duftete herb. Vielleicht verschaffte sie dem Ohnmächtigen ein wenig Linderung.

Nein, sie durfte nicht zulassen, dass Rémy in dieser Nacht starb. Ihren Vater Payen hatte sie gehen lassen müssen, doch dieses Mal würde sie gegen den Todesengel ankämpfen. Eilig ging sie zu dem Tisch, auf dem sie ihre Bücher, Heilkräuter und Arzneien ausgebreitet hatte. Der Bader vom Uhlenloch war ein wenig enttäuscht gewesen, dass sie nichts zurückgelassen hatte, doch sie hatte geahnt, dass sie ihre Schätze noch brauchen werde.

Schon wieder dieses Poltern. Türenknallen. Männerschritte, die über die knarrenden Dielen eilten. Als ob die Templer durch etwas in Aufruhr versetzt würden.

»Quartus, geh runter und schau nach, was da los ist«, trug sie dem jungen Mann auf, denn sie wollte nicht, dass er ihre Bücher sah und sich fragte, warum sie hebräische Schriftzeichen lesen konnte. Als er fort war, vertiefte sie sich in die Schriften der alten Meister, die so viel mehr von der Kunst des Heilens verstanden als sie. Sie suchte nach einem Rezept, einem Rat, irgendeinem Hinweis oder einem Versprechen zwischen den Zeilen. Hundertmal hatte sie die Bücher studiert, aber vielleicht war ihr ja doch etwas entgangen? Sie klammerte sich an diese Hoffnung, obwohl ihr Verstand ihr zuflüsterte, dass sie sich etwas vormachte.

»Wer dumm oder einfältig ist, zerstoße Betonienkraut zu Saft und lege es abends auf seine Brust. So wird er wieder zu Verstand kommen.« Ärgerlich klappte sie das Buch zu. Sie hätte im Saft der Betonie gebadet, wenn ihr das bei der Suche nach einer geeigneten Arznei für Rémy geholfen hätte, aber sie glaubte nicht an die Wirkung dieser Pflanze. Dafür, dass die in den Klöstern schon so lange bekannt war, liefen für ihren Geschmack noch allzu viele Narren durch die Welt. Sie ergriff den Schürhaken und nahm den Kessel mit Sud vom Feuer, den sie frisch aufgebrüht hatte. Der Sud enthielt geraspelte Ingwerwurzel, Blüten vom schwarzen Holunder, Eibisch und Blätter vom Strauch der Johannisbeere. Sie rührte ein paar Honigtropfen unter und flößte Rémy einige Löffel der Arznei ein. Er musste trinken. So viel er nur konnte.

»Schlaft weiter, ich bin gleich zurück«, flüsterte sie. Noch einmal erneuerte sie die feuchten Wickel, die auf dem Körper des Kranken warm geworden waren. Dann schlüpfte sie leise aus der Kammer. Sie musste auf der Stelle mit Thomas Lermond reden.

Der kam ihr bereits auf der Treppe entgegengelaufen. Er sah abgekämpft aus, sein Gesicht glänzte vor Schweiß, und unter seinen Augen saßen tiefe dunkle Ringe. Prisca fiel auf, dass er seinen Habit aus weißem Leinen gegen Waffenrock und Ringpanzer getauscht hatte. Er wirkte, als säße ihm der Tod im Nacken.

»Ich war gerade auf dem Weg zu Euch«, rief er, noch bevor Prisca etwas sagen konnte. »Wir müssen fort!« Er deutete auf eines der hohen Spitzbogenfenster, durch die der Mond schien. »Der Inquisitor ist zurück, wie er es angedroht hatte. Er hat Soldaten. Viele. Noch halten Tor und Mauer ihnen stand, aber Gott allein weiß, wie lange.« Er eilte an Prisca vorbei, die Treppe zur Turmstube hinauf.

»Wie geht es Rémy, kann er aufstehen?«

Prisca stürzte ihm mit klopfendem Herzen nach. »Nein, das ist unmöglich. Der Mann ist viel zu schwach. Wenn Gott ihm gnädig ist, wird das Fieber sinken, aber wenn er jetzt aufsteht und hinausgeht, wird er sicher sterben!«

Lermond drehte sich stirnrunzelnd zu ihr um. »Wenn er hierbleibt auch. Wir alle.«

Von fern erklang plötzlich ein dumpfes Dröhnen, das durch den ganzen Komturhof hallte. Offenbar rannten die Angreifer mit einem Rammbock oder ähnlichem Sturmgerät mit Gewalt gegen das äußere Haupttor an. Von dort war es nur ein Katzensprung über die Kirchhofmauer bis zum Ordenshaus. Als Prisca aus dem Fenster sah, schwirrte ein zischender Hagel glühender Punkte durch die Nacht. Es sah aus, als hätten Bogenschützen auf Sterne gezielt, die nun vom Himmel fielen.

»Brandpfeile«, stöhnte Lermond, als das Stroh eines Scheunendachs Feuer fing. »Gottfried und Baudouin sind zum Turm gelaufen, aber wir haben hier zu wenige Männer, um die Mauern zu verteidigen. Mit Sturmleitern werden Adams Leute sie rasch bewältigt haben.«

Er packte Prisca an den Schultern und sah sie mit einer Mischung aus Angst und Mitleid an. »Wenn Rémy nicht mit uns fliehen kann, muss er mir den Stein geben und verraten, wie er zu benutzen ist. Los, bringt mich zu ihm und weckt ihn auf!«

Prisca riss sich los. Ihre Augen blitzten, als sie trotzig die Arme vor der Brust verschränkte. »Wäre es nicht langsam an der Zeit, mir zu sagen, worin das Vermächtnis des Ordens besteht, dass Ihr so hartnäckig verteidigt?«

»Ihr wisst, dass ich das nicht kann!«

»Dann sind Eure ehemaligen Ordensbrüder für Euch nur austauschbare Werkzeuge?«, schrie Prisca den Templer an. Ihre Angst und Sorge wegen des Lärms draußen und um den Kranken im Turm verwandelten sich in Wut. Von Kindheit an war ihr beigebracht worden, dass es nichts Bedeutungsvolleres gab als das Leben, das der allmächtige Gott seinen Geschöpfen schenkt. Rette ein Leben, so rettest du die Welt, lehrte der Talmud. Dies war ein heiliger Grundsatz. Um ihn zu ehren und zu begreifen, war Prisca Heilerin geworden. Was aber war den Templern so wichtig, dass sie sogar das Leben eines Menschen opferten, um es zu schützen? Prisca ging das nicht in den Kopf. Sie dachte an Payen, dann an Rémy, der in seiner Kammer mit dem Tod kämpfte.

»Als wir dem Templerorden beitraten, gelobten wir bedingungslosen Gehorsam. Nur so sind wir mächtig geworden. Eigene Wünsche und Sehnsüchte dürfen für keinen von uns eine Rolle spielen!« Lermonds Worte klangen einstudiert und hohl wie ein Rohr, durch das der Wind pfiff.

Prisca schüttelte den Kopf. »Erzählt mir nicht, dass es Euch um den Orden geht, denn das ist nicht wahr. Dem Templerorden habt Ihr abgeschworen, das habt Ihr uns selbst erzählt. Und dass Ihr keine Wünsche für Euer eigenes Leben mehr kennt, nehme ich Euch auch nicht ab. Ich habe bemerkt, wie tief Euch der Tod dieser Frau in Paris getroffen hat. Ihr trauert um sie.«

»Ich bin verwirrt, weil ich nicht genug um sie trauern kann«, widersprach er. »Ich spüre, dass es da etwas gibt, das ich nicht über sie erfahren soll. Und dann gibt es da noch eine Frau. Ihr Name ist Agnes ...«

Lermonds überraschendes Geständnis machte Prisca Mut, nicht lockerzulassen und ihm die Frage zu stellen, die ihr geradezu auf den Nägeln brannte: »Sagt mir wenigstens, ob das, was der Großmeister Euch damals gegeben hat, eventuell die Macht haben könnte, Rémy St. Clair zu heilen!«

Er drehte sich zur Seite und gab vor, einen Sprung im Mauerwerk zu betrachten, dann aber nickte er. Bevor Prisca jedoch erleichtert aufatmen konnte, hob er warnend die Hand. »Ich will

Euch nichts vormachen, Prisca. Keiner von uns kennt die wahre Macht der Reliquie, um die es geht. Aber ich habe als junger Mann in Palästina mit eigenen Augen Dinge gesehen, die mit menschlichem Verstand nicht zu erfassen sind.« Er atmete tief durch. »Kommt, lasst uns Rémy aufhelfen, ich denke, er würde es nicht anders wollen.«

Prisca überließ es Lermond und Quartus, den geschwächten Rémy aus dem Bett zu holen und die Treppe hinunterzuführen. Sie dagegen raffte so viele Heilkräuter und Salben zusammen, wie sie tragen konnte. Dann folgte sie den Männern ins Freie.

Vor dem Ordenshaus empfing sie das Chaos. Die Glocke der Komturkirche läutete Sturm. Männer und Frauen rannten mit Eimern, Mistgabeln und Stöcken bewaffnet schreiend an ihr vorüber. Sie trieben das Vieh, das vor Angst brüllte, aus den Ställen oder suchten ein Versteck für sich und ihre Kinder. Einige Tote lagen bereits auf dem Hof: Bedienstete, die beim Versuch, das brennende Scheunendach zu löschen, von einem Pfeil getroffen worden waren. Auch der Alte, der in der Halle bediente und die Kerzen entzündete, war darunter. Vor ihm kniete ein altes Weib und bettete seinen Kopf in ihrem Schoß. Mechanisch strich sie über das weiße Haar des Toten. Ihre Hand war bereits blutig.

Prisca wollte der alten Frau auf die Beine helfen, aber die weigerte sich beharrlich, sich zu rühren.

»Wir müssen weiter«, befahl Lermond mit rauer Stimme. Prisca schulterte ihr Bündel und setzte sich in Bewegung. Hinter ihr hustete Primus, vor sich sah sie Gaston, der einen Teil von Baudouins Waffen mit sich schleppte. Der Pariser Templer schien mit seinen übrigen Brüdern noch vorn beim Haupttor zu sein.

Auf der Höhe des Kirchhofes tauchten die ersten Gruppen von Bauern auf. Sie waren aus ihren Behausungen geflohen und hofften, mit ihren Familien und ihrem Vieh innerhalb der

Mauern der Komturei Schutz zu finden. Heinrich und Hugo von Haarlem, die mit Armbrust und Streitkolben hinter zwei Schießscharten Stellung bezogen hatten, brüllten den Ankömmlingen zu, sich eine Forke zu schnappen und zum Tor zu kommen. Das knirschte und splitterte bereits heftig unter den Stößen der Angreifer. Auf dem Misthaufen krähte der Hahn.

Und dann flogen die beiden Flügel krachend wie bei einem Donnerschlag aus den Angeln und die ersten Angreifer stürmten unter wildem Gebrüll in den Hof. Siegessicher hieben und stachen sie auf alles ein, was sich ihnen in den Weg stellte. Die Bauern wehrten sich verbissen, konnten den Schwertern und Streitäxten jedoch nur Mistgabeln und Stöcke entgegensetzen. Dass sie ihren Gegnern damit hoffnungslos unterlegen waren, verwunderte niemand. Auch nicht die vier Templer, die nun ihrerseits die Waffen zogen und sich sogleich todesmutig ins Getümmel stürzten. Gottfried und Heinrich schlugen sich Seite an Seite, und es gelang ihnen, zwei der Angreifer niederzumachen. Ebenso Hugo, der ein Stück weit hinter der Mauer um sich schlug, als gälte es, mit der Sichel Ähren zu schneiden.

Prisca packte das Grauen. Während Frauen und Kinder schreiend zurück zum Ordenshaus flohen, kroch sie in einen Winkel zwischen zwei Ställen, wo sie mitansehen musste, wie sich der morastige Platz vor der Pferdetränke innerhalb weniger Augenblicke in ein Schlachtfeld verwandelte. Ein paar Söldner drangen in den Kirchhof ein, andere schlugen sich eine Schneise zum Pfarrhaus, in dem einige ältere Leute Zuflucht suchten. Nur Herzschläge später wurden Lermonds Bedienstete mit Knüppeln zur Tür hinausgeprügelt oder aus den Fenstern gestoßen. Ihre jammervollen Schreie gellten durch die Nacht. Auch die Neben- und Wirtschaftsgebäude blieben nicht verschont, wobei die Söldnerschar darinnen nicht nach Versteckten suchte, sondern plünderte, was nicht niet- und nagelfest war. Rechnungsbücher,

Urkunden und Briefe wurden zur Tür hinausgeworfen, schwere Stiefel traten sie in den Schmutz.

Auf Priscas Schulter legte sich eine schwere Hand. Es war Baudouin. Er blutete aus mehreren Wunden, die Prisca gern behandelt hätte. Aber dafür blieb keine Zeit.

»Die Komturei ist verloren«, keuchte der Ritter zähneknirschend. »Wir kommen gegen diese Übermacht nicht an.«

»Aber wo sollen wir hin?« Panisch schaute sich Prisca nach Lermond und Rémy um, doch die beiden, die sie eben noch ganz in ihrer Nähe geglaubt hatte, waren nicht mehr zu sehen. Ein Stück weiter brannten die Stallungen nun lichterloh, aber niemand achtete mehr darauf.

»Bis zum äußeren Haupttor schaffen wir es nicht, dort erwischen sie uns!« Baudouin machte Prisca auf einen ältlichen hageren Mann aufmerksam, der gelassen durch das zerborstene Tor spazierte. Er trug die Kutte der Dominikaner. Dass um ihn herum gekämpft wurde, schien ihm nichts auszumachen. Von den Bauern, die blutüberströmt vor ihm zu Boden sanken oder, von einer Meute Bewaffneter verfolgt, über die Mauer des Kirchhofs zu fliehen versuchten, nahm er keine Notiz. Stattdessen spähte er durch die Dunkelheit wie ein Raubvogel, der auf Beute aus ist. Mit einem harschen Wink jagte er zwei Männer zur Turmstube über dem Haupttor hinauf und ließ sie die Tür aufbrechen. Dahinter hatten sich der Torhüter und seine Tochter verschanzt, doch das half ihnen nichts. Sie mussten der Übermacht weichen und wurden unter Grölen die Treppe hinuntergeschleift.

Das Gelächter der bischöflichen Söldner stach Prisca wie glühende Nadeln in die Ohren.

»Es gibt noch ein zweites Torhaus, durch das kommen wir hinaus«, rief Baudouin. »Ich hoffe, Ihr könnt schwimmen?«

Schwimmen? Prisca starrte den Templer begriffsstutzig an, wehrte sich aber nicht, als er sie am Handgelenk packte und mit sich zog. Er schlug nicht den Weg zum Ordenshaus ein, wohin noch keiner von Bruder Adams Männern gelangt war, sondern rannte zu Priscas Entsetzen in die Richtung, aus der der Lärm kam. Baudouin schien auf die schreiende Menge zuzuhalten. Doch dann entdeckte Prisca den steinernen Vorbau eines Torhäuschens. Davor stand Heinrich, der eine Gruppe Flüchtender, darunter auch Gaston, Hugo van Haarlem und Primus, durch eine schmale Pforte dirigierte. Als er Prisca und Baudouin sah, nickte er kurz, dann verschwand er selbst hinter der Tür.

Prisca eilte auf den Vorbau an der Mauer zu, als sie plötzlich von Baudouins Hand gerissen wurde. Gleichzeitig nahm ihr ein kräftiger Schlag oder Tritt in den Rücken den Atem. Sie verlor den Halt und stürzte zu Boden. Ihr Bündel mit den Heilmitteln flog in den Dreck.

»Hier sind zwei von denen«, brüllte jemand hinter ihr. Sie spürte, wie sich eine grobe Hand auf ihre linke Brust legte und hörte einen überraschten Pfiff. »Das da ist ein Weib!«

Brutal riss der Kerl Prisca die Gugelhaube vom Kopf und griff dann in ihr Haar, als müsste er sich vergewissern, dass es echt war. Prisca schrie vor Schmerz auf. Sie strampelte, als sich der Söldner auf sie warf und ihr mit einem Messer den Überrock zerfetzte. Wo war Baudouin?

Aus den Augenwinkeln sah sie seinen Schatten an der Wand. Ein Koloss von einem Mann, der knurrend ein Beil schwang, drang auf Baudouin ein. Der Angreifer war stark wie Goliath, aber plump und ohne Ausdauer. Baudouin tötete ihn mit einem Schwerthieb.

Im nächsten Moment öffnete sich die Tür des Vorbaus. Hugo lief mit zornrotem Gesicht auf den Kerl zu, der sich über Prisca hermachte. Noch bevor der sein Messer erheben konnte, riss der Templer ihn von ihr herunter und verpasste ihm einen Haken, der ihn rücklings gegen die Mauer schleuderte. Er entwand ihm die Waffe und zog sie ihm mit einem blitzschnellen Schnitt durch die Kehle. Doch die beiden waren nur die Vorhut gewesen; es dauerte nicht lange, da drang ein weiterer Pulk von Bewaffneten in die Gasse ein. Diese war schmal, und da sie auf beiden Seiten von Mauern gesäumt wurde, konnten nur wenige Männer gleichzeitig hindurch. Hugo und Baudouin kämpften Rücken an Rücken, um die Eindringlinge abzuwehren, die mit Spießen nach ihnen stachen, aber sie verloren an Boden und mussten zurückweichen. Schließlich gelang es den beiden mit letzter Kraft, Prisca in das Torhäuschen zu schieben und dann selbst darin zu verschwinden.

Das Torhaus war eng und dunkel, verfügte aber über einen Eisenriegel. Die Tür bestand aus Eichenholz, doch die Eingeschlossenen gaben sich nicht der Illusion hin, dass sie den Schlägen der Angreifer so lange standhalten würde wie das Haupttor. Selbst das war von Bruder Adams Leuten aus den Angeln gerissen worden. Der Rückzug in den Vorbau verschaffte den Templern und den anderen Geflohenen also bestenfalls eine kurze Verschnaufpause. Rettung verhieß er nicht.

Prisca blickte sich erschöpft um. Ein halbes Dutzend Frauen und ältere Männer hockten mit Bündeln auf dem nackten Lehmboden. Bei jedem Schlag gegen die Tür zuckten sie zusammen, als wäre es ihr letzter Herzschlag. Einige husteten, weil sie zu viel Rauch abbekommen hatten, andere klagten über Schrammen. Rémy lehnte ein Stück weiter hinten im Raum gegen ein Heringsfass. Jemand hatte ihm einen Schafspelz um die Schultern gelegt. Sein Kopf bewegte sich von Schulter zu Schulter, und er schlotterte so heftig, dass seine Zähne klapperten. Aber wenigstens war er bei Bewusstsein. Prisca erkämpfte sich einen Weg zu ihm. Vor einer Tür im rückwärtigen Teil der Kammer sah sie Lermond und Gottfried, die sich am Schloss zu schaffen machten. Kurz darauf fiel, von erleichtertem Gemurmel begleitet, das erste Licht des Tages in den muffigen Vorbau. Die Tür war offen. Sie führte ins Freie, auf die andere Seite der Mauer.

Doch nun begriff Prisca auch, was Baudouin mit seiner Frage nach ihren Schwimmkünsten gemeint hatte, denn vor ihr lag der Klare See, eines jener Gewässer, die die Komturei wie ein Ring umgaben.

»Wir müssen den See durchqueren«, verkündete Lermond, der in eine Reihe fassungsloser Gesichter blickte. »Einen anderen Weg gibt es nicht, aber wenigstens befinden wir uns hier am Torhaus an einer der schmalsten Stellen, und hinter dem gegenüberliegenden Ufer beginnt gleich der Wald. Wenn wir uns bis dorthin durchschlagen können, sind wir gerettet.«

Eine Frau schluchzte verängstigt auf, ihre Nachbarin wies mit tonloser Stimme darauf hin, dass sie nicht schwimmen konnte.

»Warum öffnen wir nicht und bitten um Gnade?«, schlug ein Greis vor, der eine dicke Beule am Kopf hatte. »Dieser Mönch hat uns nichts zuleide getan, solange er hier auf dem Tempelhof gewohnt hat. Er wird seine Männer bestimmt zur Ordnung rufen.« Er reckte trotzig den Hals. »Wir sind es doch nicht, hinter denen der Inquisitor her ist.«

Das Geschrei und Hämmern mit Fäusten und Waffen gegen die vordere Pforte klang anders. Lermond schüttelte den Kopf. »Ich kann niemanden zwingen, uns zu folgen. Wer glaubt, dass er Adam von Pirrlingen besänftigen kann, mag von mir aus hierbleiben. Aber die Tür wird nicht angerührt, bis wir fort sind, verstanden?«

Drei Frauen und zwei Männer, allesamt aus dem Dorf, erhoben sich und wankten auf die Tür zu, die hinaus ins Freie führte, der Rest blieb sitzen, als habe er Lermond nicht zugehört. Gaston erbot sich freiwillig achtzugeben, dass sich keiner der Zurückbleibenden am Riegel zu schaffen machte.

»Rémy kann unmöglich über den See schwimmen«, wandte

Prisca aufgeregt ein. Gottfried, Hugo und Primus wateten schon in geduckter Haltung durch das Wasser. Ihre Mienen waren angespannt wie Bogensehnen. Von Zeit zu Zeit blickten sie argwöhnisch über die Schultern, als erwarteten sie jeden Moment einen Alarmruf oder bischöfliche Reiter, die zwischen den Büschen hervorpreschten. Doch vom Komturhof war nur noch wenig Kampfeslärm zu hören, die letzten Schreie verebbten. Dafür bohrten sich nun statt einer zwei schwarze Rauchsäulen in den grauverhangenen Himmel. Das Ordenshaus brannte.

»Jetzt du, Heinrich!« Lermond winkte den hochgewachsenen Ritter durch die Tür. Der ließ sich das nicht zweimal sagen und lief zum See hinunter, ohne auch nur einen Blick an Prisca und Rémy zu verschwenden.

»Der Riegel wird gleich bersten«, brüllte Gaston im vorderen Gebäudeteil. Prisca sah, wie er sich gegen die Tür warf, die unter den Schlägen der Angreifer nachzugeben drohte.

Quartus half Rémy beim Aufstehen, dann legte er sich dessen Arm um die Schulter und zog ihn unter großen Anstrengungen ins Freie. Sie hatten keine Zeit mehr. Fiel der Templer seinen Verfolgern in die Hände, würden diese kurzen Prozess mit ihm machen, so viel stand fest.

Prisca kam eine Idee. »Lermond, das Fass!«

Er begriff, was sie meinte. Mit vereinten Kräften rollten sie das Heringsfass, gegen das Rémy sich gelehnt hatte, durch die Öffnung, die glücklicherweise breit genug war, bis zum Ufer. Dort wurde es zu Wasser gelassen. Rémy wurde befohlen, sich daran festzuklammern und nicht loszulassen, was auch immer geschah. Lermond und Quartus trieben es schwimmend vor sich her und gaben acht, dass Rémy nicht daran abglitt oder zu tief ins Wasser sank. So kamen sie zwar nur langsam voran, schafften es aber bis zum gegenüberliegenden Ufer. Gottfried und Hugo sprangen sogleich herbei und halfen dem Kranken aus dem Wasser.

»Ob er es noch zur Ziegelscheune schafft?«

Hugos besorgte Frage blieb unbeantwortet im Raum stehen, denn weder Prisca noch einer der Männer mochte sich dazu äußern. Inzwischen war Rémy sogar zu schwach, um zu husten. Er murmelte unverständliche Worte vor sich hin, während Hugo ihm flink die nassen Beinlinge abstreifte und etwas Trockenes aus dem Bündel anzog, das er auf dem Kopf über den Klaren See transportiert hatte.

Derweil spähte Baudouin über den See, der ruhig vor ihm lag und die ersten sanften Strahlen der Sonne in sich aufsog. »Wo steckt Gaston?«

Er drehte sich mit großen Augen zu den anderen um. »Warum kommt er nicht, verdammt?«

Lermond holte tief Luft und sagte: »Dein Freund stemmte sich gegen die Tür. Er meinte, der Riegel würde gleich brechen. Er wollte uns einen Vorsprung verschaffen.«

Baudouin erwiderte nichts darauf, aber der vorwurfsvolle Blick, mit dem er Lermond und Quartus bedachte, sprach Bände.

»Ich verstehe nicht, warum sich keiner dort drüben blicken lässt«, brummte Hugo. »Wenn sie das Torhaus aufgebrochen und gestürmt haben, müssten sie doch auch längst die Tür zum See gefunden haben. Warum verfolgen sie uns nicht?«

»Wir sollten auf keinen Fall warten, bis sie hier sind«, entgegnete Gottfried. Auch ihm schien die Sache nicht recht geheuer zu sein. Einige Schritte vor ihm brachen ein paar Vögel aus dem Unterholz. Ein Specht trommelte auf einen Stamm ein.

»Lasst uns jetzt aufbrechen. Wir müssen den Kreuzberg erreicht haben, bevor dieser Bruder Adam unsere Spur findet.«

Gertrud von Alvensleben und Agnes hatten die Nacht im Kloster der Benediktinerinnen nahe der Stadt Spandau verbracht – Gertrud lesend und Agnes ungeduldig den Morgen erwartend. Geschlafen hatte keine von beiden. Als endlich der Fuhrknecht aus der Stadt ans Tor klopfte, der die beiden Frauen gegen Bezahlung zum Kreuzberg bringen wollte, musste er nicht lange auf sie warten.

»Ich verstehe nicht, was ihr Zisterzienser hier draußen wollt«, meinte der Mann brummig. Er deutete mit seiner Gerte zu einer Anhöhe, auf der zwischen Bäumen ein paar rötliche Mauern auftauchten. »Die Ziegelei dort oben gehört den Franziskanern aus dem Grauen Kloster, aber gebrannt wird hier nichts. Die Öfen stehen still.«

Agnes, die das einsame Gebäude sogleich wiedererkannte, drückte Gertruds Hand. Sie war viel zu aufgeregt, um zu sprechen. Hier war es gewesen. In dieser Backsteinscheuer, die einmal eine Kapelle gewesen war, hatte sie die Grabplatte des Ritters zu Nybede entdeckt.

Der Fuhrknecht knallte mit der Peitsche. Er hätte Gertrud und Agnes gern noch mehr über den Zweck ihres ungewöhnlichen Ausflugs ausgehorcht, doch als er merkte, dass keine von ihnen mit ihm reden wollte, lenkte er sein Fuhrwerk übellaunig auf die von Wagen und Pferdehufen umgepflügte Straße und hielt bald unter dem Vorwurf, der Anstieg sei zu viel für seine alte Mähre.

»Ihr solltet nicht allein hierbleiben«, riet er zum Abschied. »Habt Ihr die Rauchsäule hinter den Bäumen nicht bemerkt?« Er bekreuzigte sich flüchtig, dann spuckte er in hohem Bogen aus. »Das ist der Tempelhof, kein Zweifel. Die Tempelritter sind zurückgekehrt, um Rache zu nehmen. Nun brennen sie die Dörfer nieder, damit sie nicht in die Hände der Johanniterbrüder fallen.« Er spähte zum Waldrand hinüber. »Ich werde mich aus dem Staub machen, wenn Ihr mitkommen wollt, müsst Ihr Euch beeilen!«

Gertrud schüttelte den Kopf. »Du kannst fahren, wir brauchen deine Dienste nicht länger.« Damit drehte sie sich brüsk um, hob ihren dunklen Habit an und machte sich eilig an den beschwerlichen Aufstieg zur Ziegelscheuer.

Agnes stolperte ihr blindlings hinterher. Sie hatte furchtbare Angst vor dem, was sie auf dem Kreuzberg erwartete. Doch noch viel mehr regte sie das auf, was der Fuhrknecht gesagt hatte. Nein, Lermond hatte gewiss kein Feuer auf dem Tempelhof gelegt. Er liebte die Komturei und würde niemals etwas tun, was den Menschen, die dort lebten, schadete. Wenn es brannte, so konnte das nur bedeuten, dass sich Adam von Pirrlingen und Burchard von Magdeburg wieder miteinander verschworen hatten, um Lermond endgültig zu vernichten.

Agnes fröstelte. Obwohl Gertrud bei ihr war, fühlte sie sich fast noch einsamer als damals, als sie auf der Suche nach Else diesen sonderbaren Ort betreten hatte. Sie schrak zusammen, als sie ein Knirschen hörte, stellte aber erleichtert fest, dass es nur einige Dachziegel waren, die vom Wind verschoben wurden.

Ein letztes Mal blickte sie zurück zur Straße, auf der der Karren des Fuhrknechts nur noch als kleiner Punkt in der Ferne auszumachen war.

Dann stieß sie die Tür auf und ließ sich von Gertrud in die Dunkelheit entführen. Es roch modrig, nach irgendetwas Verfaultem und der Feuchtigkeit des Gemäuers. Weiter vorn war ein Teil des Daches eingestürzt; durch die Öffnung war ein Stück Himmel zu sehen.

»Also, wo ist dieses Grab?«

Agnes wollte es der Äbtissin zeigen, doch ihr blieb plötzlich vor Schreck fast das Herz stehen, denn an exakt der Stelle, wo sich in ihrer Erinnerung die in den Boden eingelassene Steinplatte befand, kniete eine Gestalt. Es war ein Mann, der die Kutte eines Mönchsordens trug.

Bruder Adam, stöhnte sie innerlich auf. Nun hatte auch Gertrud den Knienden entdeckt. Doch anders als Agnes, die sogleich kehrtmachen und fliehen wollte, blieb sie stehen.

Der Kuttenträger bekreuzigte sich; er hatte gebetet. Nun bemerkte er die beiden Frauen und sprang auf. Er war nicht mehr jung. Buschige graue Augenbrauen gaben seinem kantigen Gesicht einen strengen Ausdruck. Agnes' Blick fiel auf eine Satteltasche zu seinen Füßen und auf den Griff eines Schwertes. Der Mann war also bewaffnet und ganz sicher kein Klosterbruder.

»Wer seid Ihr?«, fragte Gertrud von Alvensleben. Agnes beneidete sie um ihre feste Stimme. Obwohl es sich bei dem Fremden offenkundig nicht um den verhassten Dominikaner handelte, starb sie beinahe vor Angst.

»Dieselbe Frage möchte ich Euch stellen« Der Mann bückte sich nach seinem Schwert. »Und wie Ihr seht, habe ich die Mittel, ihr hiermit Nachdruck zu verleihen.«

Mit drohender Miene kam er auf Agnes zu, die die Hand vor den Mund schlug, um nicht vor Entsetzen laut aufzuschreien.

»Ihr habt von uns nichts zu befürchten!« Gertrud klang nun nicht mehr so entschlossen, ihre Stimme zitterte. Aber sie schob sich vor Agnes. Sie war eine alte Frau, der ihr Körper manchmal böse Streiche spielte, indem er ihr vormachte, sie könnte getrost mit den Jungen mithalten. War es ihr Schicksal, an diesem sonderbaren Ort am Kreuzberg zu sterben, so tat sie das in dem Wissen, am Ende ihres Lebens noch etwas Gutes bewirkt zu haben. Obwohl sie nicht annahm, dass den Fremden das alles interessierte, breitete sie die Arme aus und erklärte ihm in knappen Worten, warum sie und ihr junger Schützling das Kloster zu Halberstadt verlassen hatten. Der Mann hörte ihr aufmerksam zu, ohne sie zu unterbrechen. Er sah zwar nach wie vor misstrauisch aus, steckte aber sein Schwert wieder ein und gestattete den beiden Frauen schließlich, sich auf einen aus Ziegelsteinen aufgeschichteten Block zu setzen.

»Ihr wollt also behaupten, dass Ihr Thomas Lermond getroffen und ihm geholfen habt?« Nachdenklich fuhr der Mann sich über das von grauen Bartstoppeln bedeckte Kinn.

»Das ist die Wahrheit!«, drang plötzlich vom Eingang her eine Stimme zu ihnen herüber. Weder der Fremde noch die Frauen hatten bemerkt, wie sich die Tür ein weiteres Mal geöffnet hatte.

»Lermond«, rief Agnes mit leuchtenden Augen, als der Templer mit gezückter Waffe aus dem Schatten trat. Hinter ihm tauchte eine Gruppe weiterer Personen auf. Männer, die sich mit letzter Kraft und fast zu Tode erschöpft in die Ziegelei schleppten. Einer von ihnen konnte nicht aus eigener Kraft gehen und wurde von zwei weiteren gestützt. Er hustete, rang nach Atem. Wie seine Gefährten war er nass bis auf die Haut, als hätte sie auf dem Weg hierher ein heftiger Regenschauer überrascht. Zuletzt schlüpfte ein hochaufgeschossener junger Bursche in einfacher Bauernkluft durch die Tür. Er schien sich draußen umgesehen zu haben, denn er nickte Lermond verstohlen zu.

»Der Tempelhof brennt. Sie werden die Umgebung nach uns absuchen!«

Der Fremde mit der Mönchskutte stieß scharf die Luft aus. »Dann sollten wir nun keine Zeit mehr verlieren, meint ihr nicht auch?«

Lermond starrte ihn an. Seine Hand wanderte hinab zu seinem Schwertgurt. Auch Heinrich, der neben ihm stand, sah empört aus und machte Anstalten, sich auf den Eindringling zu stürzen, der den Templern so dreist den Weg zum Grabmal versperrte. Noch vor Lermond zog er sein Schwert und knurrte: »Ich habe die Nase voll von Mönchen, die meinen, sie dürften mir ungestraft Vorschriften machen!«

Als der Mann die Kapuze vom Kopf zog, blieb Heinrich stehen und runzelte die Stirn. »Das gibt es nicht, dich kenne ich doch!«

»Meister Stüplin!« Primus stieß einen Freudenschrei aus. Er

drängte sich an den Männern vorbei, die den Fremden staunend anstarrten. »Großer Gott, und ich dachte, der Bischof von Magdeburg hätte Euch in Erfurt gefangen genommen.«

Stüplin schlug ihm derb auf die Schulter. »Hatte er auch, aber wie du siehst, bin ich noch am Leben. Hast du den Stein geborgen und auf ihn aufgepasst, wie ich es dir aufgetragen hatte?«

Primus nickte.

»Nun, wie es aussieht, hat der allmächtige Gott es so gewollt, dass die sieben Templer ein letztes Mal vereint wurden«, sagte Lermond. »Wobei, leider sind es nur noch sechs. Unser Freund und Bruder Payen möge in Frieden ruhen. Aber er hat mit seinem letzten Atemzug verfügt, dass seine Tochter Prisca seinen Platz unter uns Brüdern einnehmen soll, bis wir das Vermächtnis des Ordens geborgen und außer Landes gebracht haben.«

Heinrich machte eine abfällige Handbewegung, die zu verstehen gab, dass ihm das alles viel zu lange dauerte. »Wenn du nicht bald fertig bist, wird auch Bruder Rémy in Frieden ruhen, bevor er mit seinem Stein etwas anfangen kann.« Mit finsterer Miene deutete er mit der Spitze seines Schwertes auf die steinerne Grabplatte. Baudouin und Hugo van Haarlem hatten sich davor auf die Knie begeben und befreiten sie behutsam von Sand und Stroh.

»Mein Gott, warum hat hier bloß niemand rechtzeitig Feuer gelegt oder das Ding mit dem Hammer zertrümmert?«, murrte Heinrich. »Uns wäre bestimmt viel Leid erspart geblieben.«

Mit einem Ausdruck von Verachtung schritt Gottfried an seinem Bruder vorüber, um den anderen zu helfen.

»Und was ist mit diesen Frauen?«, wollte Heinrich wissen. »Sie werden alles mitansehen. Du weißt genau, Lermond, dass du das nicht zulassen darfst.« Er bewegte brüsk seinen Daumen über die Kehle, um anzudeuten, wie er das Problem zu lösen gedachte.

Gertrud legte schützend ihren Arm um Agnes.

»Die Äbtissin von St. Jacobi ist die Schwester unseres letzten Ordensmeisters, sie wird uns nicht verraten. Dafür verbürge ich mich.« Lermond schenkte Agnes einen liebevollen Blick und ein scheues Lächeln, das ihre Augen aufblitzen ließ.

»Vertrau mir«, flüsterte er ihr zu. »Was auch immer du gleich zu hören bekommst: Ich bitte dich nur, mir zu glauben, dass wir uns nicht dem Bösen verschrieben haben.«

»Wir sind so weit!«, rief Hugo van Haarlem herüber. »*Nunc aut numquam.* Jetzt oder nie, Brüder!«

Agnes hielt die Luft an. Auf Gertruds und Lermonds Geheiß trat sie zurück und ließ die Templer in einer stummen Prozession an sich vorüberziehen. Sie begriff nicht, was sich dort vorne bei der Grabplatte abspielte, spürte aber tief in ihrem Herzen, dass sie im Begriff stand, Augenzeugin von etwas ungeheuer Bedeutsamem zu werden. Der Äbtissin, die direkt neben ihr stand, ging es nicht anders. Sie drückte ihr die Hand, als befürchtete sie, Agnes würde ihr davonfliegen. Mit wachsender Unruhe verfolgten die Frauen nun, wie Thomas Lermond ein Buch aus seinem Beutel nahm, in dem sie erst auf den zweiten Blick eine prächtig illuminierte Bibelhandschrift erkannten. Damit trat er bis an den Rand des Grabmals heran und begann wie ein Priester aus dem Evangelium zu zitieren: »*Wir haben seinen Stern aufgehen sehen und sind gekommen, um ihm zu huldigen.*«

»Wir sind gekommen, um ihm zu huldigen«, wiederholten die Templer, bis auf Prisca und Rémy im Chor. Agnes lief ein Schauer über den Rücken. Was sich hier in dieser Ziegelscheuer abspielte, konnte in den Augen der Kirche nichts anderes als üble Ketzerei sein. Sie spähte zu Gertrud hinüber, deren Körper sich vor Anspannung zunehmend versteifte, und von ihr weiter zu dem Mädchen, dieser Prisca, die der sonderbaren Zeremonie mit offenem Mund folgte. Dann aber erinnerte sie sich an Lermonds Worte. Er hatte sie gebeten, ihm zu vertrauen.

»Und der Stern, den sie hatten aufgehen sehen, zog vor ihnen her«, fuhr Lermond mit tiefer Stimme fort. Er wirkte abgeklärt und so zufrieden, als lauschte er einer hübschen Melodie. Ein Mann, der mit sich und der Welt in völligem Einklang stand und den nichts aus seiner Ruhe aufschrecken konnte.

Seine ehemaligen Ordensbrüder stimmten mit ein, und so ging es noch eine Weile weiter, bis Agnes auffiel, dass Lermond gar nicht mehr aus dem Evangelium zitierte, sondern Worte gebrauchte, die ihr überhaupt nichts sagten. Sie stutzte.

»Es waren keine drei Könige, die dem neugeborenen Messias einen Besuch abstatteten, sondern sieben Männer, die sowohl tapfere Kämpfer als auch Gelehrte waren. Sie brachten dem Sohn Gottes ihre Gaben dar, aber ihre wahren Schätze bestanden nicht aus Perlen und kostbaren Edelsteinen, sondern aus ihrem geheimen Wissen. Sie kamen, um zu lehren und zu lernen. Sie brachten Wissen nach Bethlehem und kehrten mit Weisheit und neuer Hoffnung in ihre Länder im Osten zurück, denn Gott war ihnen gnädig und beschenkte sie nicht nur mit der Gabe des Erkennens verborgener Geheimnisse, sondern beauftragte die sieben Männer auch, Hüter einer besonderen Botschaft zu sein.«

Lermond drehte sich zu der Grabplatte um, beugte sich über den Stein und berührte ihn sachte mit seiner Hand. Dann sprach er ein Vaterunser in französischer Sprache. Als er fertig war, nickte er den sechs Männern und Prisca zu, die seinen Worten ungeduldig zugehört, ihn aber nicht unterbrochen hatten.

»Nun ist es so weit, wir werden die Botschaft des Herrn bergen und ein neues Versteck für sie bestimmen«, verkündete er feierlich.

Die Männer zogen ihre Steine aus Beuteln und Gürteln oder trennten den Saum ihrer Röcke auf, um sie herauszuschütteln. Rémy, der zu schwach war, um dies allein zu tun, ließ sich von Quartus helfen.

Agnes' Herz klopfte bis zum Hals. Obwohl ihr befohlen worden war, sich ruhig zu verhalten, schlich sie sich näher an die sonderbare Grabplatte heran, um zu sehen, was die Templer mit ihren Steinen vorhatten. Als sie zum ersten Mal in der Ziegelscheuer gewesen war, waren ihr in der Platte einige Vertiefungen aufgefallen, runde und mehreckige Löcher, die sich über das steinerne Gesicht und den Körper des hier einst zu Grabe getragenen Ritters verteilten. Aber sie hatte dem damals keine besondere Beachtung geschenkt. Nun beobachtete sie, wie einer nach dem anderen von Lermond aufgerufen wurde, vortrat und für seinen Stein die passende Vertiefung suchte. Die Männer konnten ihre Steine jedoch nicht einfach hineinfallen lassen. Jeder einzelne Stein schien zu einem Mechanismus zu gehören, der nur durch eine bestimmte Anzahl von Drehungen in die eine oder andere Richtung bedient werden konnte. Während die Templer mit vor Anstrengung geröteten Wangen drehten und drückten, murmelte jeder von ihnen ein Wort vor sich hin, das sich in Agnes' Ohren fremd anhörte. Prisca sprach ihres mit einer Leichtigkeit aus, die Agnes, aber auch einige der Männer erstaunte. Sie schien die Sprache – Aramäisch oder Hebräisch – als Einzige zu beherrschen. Doch auch Prisca schien erleichtert, als ihr Stein endlich seine Fassung gefunden hatte.

Der letzte Stein trug die Form eines Kreuzes. Der französische Templer küsste ihn wehmütig, bevor er sich auf die Knie niederließ. Während die anderen ihre Steine in die Augenhöhlen der Grabfigur, die Schulterpartie und an bestimmte Stellen an den Armen und Beinen gelegt hatten, war die Brust bislang ausgespart geblieben. Doch auch dort, wo sich das menschliche Herz befand, war eine Vertiefung in den grauen Stein gemeißelt worden.

Baudouin sah über die Schulter. Sein Blick suchte Lermond, der das Zögern seines Gefährten mit einem Stirnrunzeln quittierte. Agnes hielt gespannt die Luft an, aber auch die Männer schienen unruhig zu werden.

»Ich habe sie geliebt«, sagte Baudouin so leise, dass kaum einer ihn verstehen konnte. In seinen Augen glitzerten Tränen. »Ich habe mir selbst eingeredet, dass ich in Frankreich bliebe, um in der Nähe des Großmeisters zu sein und an König Philipp Rache zu nehmen. Aber das war eine Lüge, verstehst du? Ich wollte Marie nahe sein.«

»Großer Gott, auch das noch«, stöhnte Heinrich. »Vielleicht könntest du deinem liebestollen Freund sagen, dass er sich gefälligst beeilen soll, Lermond. Eure Weibergeschichten könnt ihr regeln, sobald wir von hier verschwunden sind.«

Lermond nickte. »Heinrich hat recht, Baudouin. Hier ist nicht der richtige Ort, um …«

»Aber ich bin schuld, dass du Marie nie wiedersehen wirst.«

»Nein, das glaube ich nicht«, sagte Lermond mit fester Stimme. »Ich kann dir nicht sagen, worauf sich mein Verdacht begründet, aber eines weiß ich mit Sicherheit: dass du Marie nicht auf dem Gewissen hast.« Er streckte die Hand aus, um Baudouin an seine Pflicht zu erinnern. »Nun komm schon, alle warten auf dich.«

Baudouin überwand sich. Kaum hatte er den kreuzförmigen Stein in die dafür vorgesehene Vertiefung gedrückt, da senkte sich der Stein wie eine Waage, die nur auf das entscheidende Gewicht gewartet hatte, um etwa drei Fuß. Auf der rechten Seite tauchte nun eine schmale Nische auf. Darin stand ein Gegenstand, der im fahlen Licht des Morgens golden schimmerte. Es war ein mit dünnem Blattgold überzogener Kasten, der mit einer Reihe hebräischer und griechischer Buchstaben versehen war. Lermond nahm ihn heraus und trug ihn vorsichtig zu dem Block aus Ziegelsteinen, um ihn darauf abzustellen.

Als alle um ihn herumstanden, öffnete er den Deckel. Zum

Vorschein kamen drei Schalen aus Metall sowie eine Papyrusrolle.

»Ist das alles?«, wunderte sich Heinrich. »Dafür hat Jacques de Molay sich und den Orden geopfert? Wegen dieser drei alten Schüsseln?«

Auch Prisca stand die Verwirrung ins Gesicht geschrieben, doch sie hatte inzwischen einiges von der Schrift auf dem Kasten entziffert.

»Ich verstehe nichts von euren christlichen Überlieferungen«, sagte sie nachdenklich. »Aber wenn mich nicht alles täuscht, brachten die Sterndeuter und Magier in diesen Schalen ihre Geschenke vor Jesus, den sie in jener Nacht als Messias verehrten.«

»Payens Tochter kann das Zeug lesen?« Heinrich starrte misstrauisch von den Schalen zu Prisca. »Und warum zum Teufel kennt sie das heilige Evangelium nicht?«

Lermond schenkte der Nörgelei des Mannes keine Beachtung. Stattdessen öffnete er die den Schalen beigefügte Rolle – und stieß scharf die Luft aus.

»Was steht da?« Baudouin spähte über Lermonds Schulter. Er klang ebenso ratlos wie die andern. »Nun lies schon vor!«

Lermond ließ die Schriftrolle sinken und schüttelte den Kopf. »Das ist Griechisch.« Er schaute Prisca an, die jedoch abwehrend die Hand hob. Mehr als ein paar Buchstaben konnte sie auch nicht lesen. Dafür schob sich Gertrud von Alvensleben an den Männern und Prisca vorbei.

»Vielleicht kann ich Euch helfen«, sagte sie mit einem feinen Lächeln. »Mein Griechisch ist ziemlich eingerostet, aber ich will trotzdem versuchen, den Text zu übersetzen.«

Lermond stockte kurz, dann reichte er der Äbtissin die alte Schrift.

Gertrud kniff die Augen zusammen, ihre faltigen Finger wanderten flink von Zeile zu Zeile. Sie wurde bleich. Schnappte nach Atem. Ihre Augen nahmen einen eigentümlichen Glanz an.

»Nun?«

»Ja, es sind die Gefäße der Heiligen Drei Könige. Genauer gesagt, der Magier, die vor mehr als tausend Jahren nach Bethlehem zogen. Hier steht, dass Maria die Schalen später, nach der Kreuzigung Jesu, dem Arzt anvertraut haben soll. Sie sollen schon zu ihren Lebzeiten Wunder gewirkt haben.

»Dem Arzt?« Lermond hob den Kopf. »Der Evangelist Lukas wird oft als Arzt bezeichnet, nicht wahr?«

»Der Name, der in dieser Schrift verwendet wird, lautet Abbir, der geflügelte Stier. Der, der von seinem Blute ist und die Macht hat, die drei Schalen jederzeit zu füllen, soll nicht nur ihre Macht in sich spüren, sondern auch die Linie weiterführen, aus der eines Tages ein von Gott Begünstigter hervorkommt, der die drei getrennten Wege wieder vereint.«

Gertrud rollte den Papyrus wieder zusammen und gab ihn Lermond zurück. »Offensichtlich handelt es sich um eine alte Prophezeiung. Mit den drei Wegen könnten die verschiedenen Glaubensbekenntnisse gemeint sein. Ihr Templer gehört zu den wenigen, die in Palästina alle kennengelernt haben.«

»Ich habe noch nie im Leben eine so verworrene Geschichte gehört«, unkte Heinrich. »Die Schalen sind möglicherweise Reliquien, das gebe ich gern zu. Mehr aber auch nicht.« Er schob die Unterlippe vor und sah nachdenklich zum Tor hinüber. »Viel Zeit bleibt uns nicht mehr, um zu verschwinden. Vielleicht kann die ehrwürdige Mutter, die ihre Nase so gern in Dinge steckt, die sie nichts angehen, ja für uns einen Handel abschließen.«

»Einen … Handel?«, fragte Gottfried bestürzt.

»Ja. Wir überlassen dem Dominikaner die Reliquien, damit er sie zu seinem Erzbischof nach Magdeburg bringen kann. Dafür verzichtet er auf jede weitere Verfolgung und erlaubt uns, unserer Wege zu gehen.« Er streckte die Hand nach den drei Gefäßen aus, doch da sprang Prisca ihm in den Weg. Ihre Augen blitzten gefährlich auf. Ihre drohende Haltung deutete an, dass sie nichts unversucht lassen würde, die Schalen vor Heinrich und jedem anderen, der sie unerlaubt anfassen wollte, zu verteidigen.

»Rühr sie nicht an«, zischte sie. »Ich werde nicht zulassen, dass du sie beschmutzt.«

»Was soll das, bist du verrückt geworden, Weib? Geh mir gefälligst aus dem Weg!«

Prisca dachte nicht daran, ihm zu gehorchen. Mit verschränkten Armen wandte sie sich nun Lermond zu, der einen Schritt zurückmachte und sie fassungslos anstarrte.

»Ihr wart ein Vertrauter Eures Großmeisters Jacques de Molay«, rief sie ihm mit zitternder Stimme zu. Ihre Augen wurden feucht. »Hat er davon gewusst? Und hat er meinen Vater, den Tempelritter Payen de Gros, beauftragt, sich auf die Suche nach Angehörigen des Hauses Abbir zu machen?«

Lermond zuckte die Achseln. »Es scheint fast, als wäre er fündig geworden, nicht wahr?«

»Was?« Heinrich lachte auf. »Dieses Mädchen …«

»Meine Familie lebt im Speyrer Judenviertel seit vielen Jahren im Haus zum starken Stier«, sagte Prisca leise. »Ärzte gab es unter meinen Angehörigen, seit sie das Heilige Land verlassen haben. Und ihr Beiname lautete von Generation zu Generation Abbir.« Sie wischte sich mit der Hand die Tränen aus den Augen. »Aber ich bin keine gute Heilerin. Ich konnte nicht verhindern, dass mein Vater vor den Stadtmauern von Speyer starb und Euer Freund Rémy …«

Gertrud von Alvensleben legte ihren Arm um die junge Frau. Eine Geste, aus der viel Wärme und Trost sprach. »Kannst du die Schalen neu befüllen?«, wisperte sie ihr zu. »Bist du bereit, ein Opfer zu bringen?«

Prisca schaute die alte Frau an. Wovon sprach diese Nonne? Sie hatte doch nichts, um … Jäh befreite sie sich aus Gertruds Umarmung und holte ihren Beutel, den sie vor ihrer Flucht vom Tempelhof noch mit allerlei Heilkräutern gefüllt hatte.

Gold. Das einzige wertvolle Stück, das sie besaß, war die Templermünze, doch die bestand zweifellos aus Gold.

Myrrhe. Aufgeregt wühlte sie in ihrer Tasche, bis sie einen kleinen Rest des Harzes, zu Pulver zermahlen, in einem Döschen fand.

Zuletzt wickelte sie den Weihrauch aus seinem Tuch, den ihr Bischof Emich zum Dank für die Behandlung seines Waffenknechts im Dom zu Speyer hatte zukommen lassen. Gertruds aufmunterndes Nicken beseitigte den letzten Rest ihrer Zweifel. Vielleicht war es ja wahr, und sie zählte zu den Nachkommen des Evangelisten Lukas, die einen besonderen Auftrag Gottes bekommen hatten.

Behutsam ließ sie das Gold und die kostbaren Harze in die drei dafür vorgesehenen Schalen gleiten. Ihre Gesten und Bewegungen waren dabei so anmutig und voller Würde, dass sogar Heinrich die spitze Bemerkung, die schon auf seiner Zunge lag, hinunterschluckte.

Dann trug Prisca jede der Schalen einzeln zu Rémy, dem Quartus aus einigen leeren Säcken ein Lager bereitet hatte. Der Templer sah ihr aus fiebrigen Augen zu, wie sie die Schalen um ihn herum verteilte. Es ging ihm schlecht, aber er war bei Bewusstsein.

Prisca lächelte. »Wie es aussieht, wurde mein Ahnherr Arzt genannt, weil er die Schalen der Weisen in seiner Obhut hatte. Ich wünschte, ich könnte ihn fragen, wie er damit geheilt hat. Alles, was ich vermag, ist, sie dir zu reichen, damit du sie berühren kannst.«

Quartus half Rémy, damit er sich ein wenig aufrichten und seine Hand auf das kühle Metall der Schalen legen konnte. Dankbar sah der Kranke ihn an. »Ich habe Angus und König Robert mein Wort gegeben, dass die Templer von Argyll ihm in der Schlacht zur Seite stehen«, sagte er. »Ich habe … noch nie ein Versprechen gebrochen.«

Quartus nickte. »Ihr werdet wieder nach Schottland zurückkehren, und ich gehe mit Euch. Ich lasse Euch nicht allein.«

»Du … brauchst jemanden, der auf dich aufpasst, sonst machst du nur … Dummheiten. Ich habe während der Überfahrt an meinen Vater geschrieben und ihm von dir erzählt. Seine Burg liegt in Burgund. Ob du dir … das merken kannst?«

»Vielleicht sollten wir alle nach Schottland gehen«, meinte Heinrich. »Ich hätte nichts gegen eine ordentliche Schlacht einzuwenden.«

»Die kannst du bekommen, Templer!«

Alle Blicke richteten sich auf den Eingang des Gemäuers, wo Primus, der ihn hatte bewachen sollen, von einem grobschlächtigen Kerl im Schwitzkasten gehalten wurde. Dieser musste ihn vor der Ziegelei überrascht und überwältigt haben. Nun gab er dem jungen Mann einen Stoß, der ihn zu Boden beförderte. Hinter dem Mann tauchte eine Schar Bewaffneter auf und mitten unter ihnen Adam von Pirrlingen, begleitet von Gaston.

»Gaston?«, rief Baudouin schockiert. Hinter ihm wurden Schwerter gezogen. »Ich habe so gehofft, dass du ihm entkommen bist.«

Adam von Pirrlingen verzog den Mund. »Entkommen? Aber ich bitte Euch. Euer Freund aus Frankreich hat sich freiwillig erboten, mir den Weg hierher zu beschreiben, wenn ich ihn dafür nur laufen lasse. Er schilderte mir, dass er Euch schon eine ganze Weile im Auge behalten hat, auf Befehl eines gewissen … Wie war doch gleich der Name?«

»Malak«, antwortete Gaston. »Mein Herr ist der wahre Herrscher von Paris, nicht der König. Seine Macht über das dunkle Herz der Stadt ist groß, aber nicht unangreifbar. Er hatte diesen Burschen Baudouin im Verdacht, Unruhe zu stiften. Insbesondere nachdem er es abgelehnt hat, sich Malak anzuschließen, und stattdessen vorhatte, unseren König zu töten.«

Adam von Pirrlingen schien die Erklärung amüsant zu finden. »Und dann hast du vom Schatz der Templer erfahren und beschlossen, dir deinen Teil davon zu sichern. Damit wolltest du wie ein Edelmann nach Paris zurückkehren, nicht wahr? Die Männer deines Anführers mit Geld bestechen, damit sie künftig dir und nicht mehr diesem Malak folgen?«

Gaston zuckte die Achseln. »Zugegeben, ein reichlich kühner Plan und vielleicht nicht so gut durchdacht, wie ich zunächst annahm. Darauf gebracht hat mich übrigens deine Marie.« Er grinste tückisch. »Ja, du hast mich richtig verstanden, Baudouin. Marie wollte weder etwas von dir noch von mir oder einem anderen. Sie war darauf aus, mich hinters Licht zu führen. Und das, obwohl ich ihr bei ihrem Plan half, mit deinem Stein aus der Stadt zu fliehen. Dafür musste sie bezahlen.«

Baudouin zog nun auch sein Schwert. »Aber der König …«

»Nicht König Philipp, sondern ich habe sie getötet, weil sie es gewagt hat, mich wie einen armseligen Handlanger und Laufburschen zu behandeln.« Gastons Augen verengten sich. »Genauso wie Malak, von dem ich tagtäglich Prügel bezogen habe. Der mich bei guter Laune wie einen Sohn behandelt, mir dann aber wieder den Stiefel ins Kreuz getreten hat. Er ist ein Scheusal. Aber du und deine Templerfreunde seid nicht besser.« Er zeigte auf Bruder Adam. »Von ihm erhalte ich wenigstens einen angemessenen Lohn.«

»Natürlich!« Der Mönch hob die Hände, als wollte er Gastons Worten zustimmen, doch sein Wink galt einem Waffenknecht, der ohne jede Vorwarnung seinen Spieß auf Gaston richtete. Schreckensbleich wich der zurück und versuchte, sich an den anderen Bewaffneten vorbei zur Tür zu kämpfen. Doch so weit kam er nicht mehr. Er zuckte zusammen. Ungläubig starrte er hinunter auf die blutverschmierte Spitze des Spießes, der wie eine hässliche eiserne Nase aus seiner Brust ragte. Blut schoss ihm aus Mund und Nase, seine Finger kratzten an der Tür, mit letzter Kraft hängte er sich an den Riegel. Dann brach er leblos zusammen.

»Und nun werdet ihr mir aushändigen, was ihr hier gefunden habt«, donnerte Adam von Pirrlingen. »Versucht gar nicht erst, Widerstand zu leisten. Die Bewaffneten, die ihr hier seht, bilden lediglich meinen Begleitschutz. Draußen warten noch mehrere Dutzend Soldaten des Bischofs von Magdeburg darauf, ein wenig Templerblut zu vergießen. Also reizt mich nicht.«

Weiß vor Zorn umklammerte Gottfried den Griff seines Schwertes. Wie für alle anderen war auch für ihn Bruder Adams plötzliches Auftauchen ein Schock. Doch er wollte lieber im Kampf sterben, als ihm zu gehorchen. »Ihr werdet Euch nicht an unserem Vermächtnis vergreifen, Ihr Teufel«, brüllte der junge Mann.

Sichtlich erbost wandte sich der Mönch an einen der Soldaten, der mit einer Armbrust auf die Templer zielte. »Na los, worauf wartest du? Streck den frechen Kerl nieder!«

»Nein«, schrie Heinrich. Ohne nachzudenken, warf er sich vor seinen Bruder und sank gleich darauf getroffen zu Boden. Bebend und mit schmerzverzerrtem Gesicht legte er die Hand über den Bolzen, der fingerbreit aus seinem Körper herausschaute. Blut quoll aus der Wunde und lief über Heinrichs Mantel.

»In Deckung, Brüder«, kommandierte Lermond befehlsgewohnt. »Bringt die Frauen weiter nach hinten.«

Gottfried bekreuzigte sich, dann packte er seinen Bruder unter den Achseln und schleppte ihn hinter den Stapel mit Ziegelsteinen, bevor ein weiteres Mal auf ihn geschossen werden konnte. Erst jetzt begriff er, dass Heinrich den für ihn bestimmten Bolzen abgefangen hatte.

»Warum hast du das getan?«

Keuchend spie Heinrich einen blutigen Klumpen aus. Es bereitete ihm große Anstrengungen, auch nur ein Wort zu formen, dennoch öffnete er den Mund. »Du stellst … Fragen«, flüsterte er schließlich. »Sollte ich diesem erbärmlichen Halunken erlauben, auf meinen kleinen Bruder zu schießen? Ich … ich …« Er tastete nach Gottfrieds Hand. »Es wird ganz schwarz um mich, ich glaube, es wird schon wieder dunkel. Ihr müsst fliehen, sobald es Nacht ist, versprichst du mir das? Ich bleibe noch einen Moment hier liegen, dann komme ich wieder auf die Beine.« Er hob den Kopf. »Ich habe großes Unrecht begangen, aber ich wollte den Boten nicht töten. Und der andere …«

Gottfried schloss die Augen und senkte den Kopf. Niemand sollte sehen, wie es in diesem Moment um ihn bestellt war. Schon gar nicht der Dominikaner und seine Schergen. Er drückte noch einmal die Hand seines Bruders, dann bewegte sich Heinrich nicht mehr.

»Habt ihr genug?« Die schneidende Stimme des Inquisitors hallte durch das Gebäude. »Legt die Waffen nieder und kommt raus. Dann gewähre ich euch den Tod durch das Beil.«

Lermond sah sich nach Agnes um, die an Gertruds Seite in einem Winkel kauerte. Geduckt lief er zu ihr und nahm ihre Hand. »Ich will nicht, dass dieser Mann dir noch einmal wehtut«, sagte er mit Nachdruck.

Agnes schüttelte den Kopf. »Er wird behaupten, dass die Äbtissin und ich Ketzer unterstützt haben. Um vor Burchard von Magdeburg gut dazustehen, ist ihm jedes Mittel recht. Einmal bin ich ihm entkommen, ein zweites Mal wird er das nicht zulassen.«

»Wir sind immer noch zu viert«, rief Hugo von Haarlem, der gemeinsam mit Stüplin hinter einer Bretterwand Schutz gesucht hatte. Angriffslustig hob er sein Schwert. »Nicht uns, Herr, nicht uns, sondern deinem Namen gib Ehre«, zitierte der Holländer den alten Wahlspruch des Ordens. »Wir kämpfen uns den Weg zur Tür frei. Was macht es schon, wenn wir dabei fallen? Ich dachte zwar immer, mich würde mal der Krummsäbel eines Sarazenen erwischen, aber im Leben kann man sich nicht mal den Tod aussuchen!« Mit den Augen gab der Templer Prisca zu verstehen, dass sie sich auf Zehenspitzen zu dem Loch im Dach bewegen sollte. Der Eingang wurde bewacht, doch vielleicht gelang es Prisca mit ein wenig Glück, über das Dach in den Wald zu entwischen. Sie musste das Vermächtnis des Tempels weitertragen. Keinesfalls durfte es dem Inquisitor in die Hände fallen.

Lermond begriff sogleich, was Prisca vorhatte. Sacht berührte er Agnes an der Schulter. »Du folgst Prisca hinauf aufs Dach. Wir werden die Söldner ablenken, dann habt ihr eine Chance.« Er hatte absichtlich leise gesprochen, denn Gertrud sollte ihn nicht hören. Es lag auf der Hand, dass die alte, gebrechliche Frau nicht in der Lage war, durch das Loch im Dach zu klettern. Doch die Äbtissin saß still da und starrte auf ein paar Staubflusen, die im Sonnenlicht über den Boden tanzten.

Agnes lächelte. »Seit ich dich im Wald zum ersten Mal gesehen habe, liebe ich dich. Damals hast du mich gerettet, aber wir wurden getrennt. Was dann folgte, war schrecklich für mich, weil ich allein war und nicht wusste, zu wem ich gehöre. Ich hatte nie eine Familie ...« Sie holte tief Luft. »Nun habe ich dich. Bitte zwing mich nicht, dich zu verlassen.«

Lermond beugte sich vor und küsste sie zärtlich auf die Lippen. Es war ihm egal, dass Gertrud und die Templer ihn dabei beobachteten. Von nun an war es nur noch der Moment, der zählte. Alles andere verlor im Angesicht der Bedrohung seine Bedeutung. Aus den Augenwinkeln sah er, wie Prisca sich ein Stück weiter hinten den Lederbeutel über die Schultern warf und dann über Schutt und Geröll stieg, um einen Balken zu erreichen, an dem sie sich in die Höhe ziehen konnte. Fast gleichzeitig stand Gertrud auf und bewegte sich, die erschrockenen Warnrufe der Templer überhörend, auf die Männer an der Tür zu. Sie hob ihr Gewand, als sie über Heinrichs leblosen Körper stieg, hielt aber nicht an, sondern schlug im Gehen flüchtig ein Kreuz. Etwa zwanzig Schritte vor Bruder Adam blieb sie stehen.

»Ich fordere Euch auf, dieses Possenspiel auf der Stelle zu beenden«, rief sie mit ihrer hohen Altfrauenstimme, die selten so energisch geklungen hatte wie in diesem Augenblick. »Ihr habt keinerlei Befugnisse als Inquisitor mehr.«

»Was erlaubt Ihr Euch?«, kreischte Bruder Adam. »Ich unterstehe dem Papst in Avignon.«

Gertrud von Alvensleben faltete die Hände. »Papst Clemens ist tot.«

»Ihr … lügt!«

»Keineswegs«, erwiderte die Äbtissin. »Ein Reiter brachte die Nachricht aus Frankreich, kurz bevor ich mein Kloster verließ. Was hatte der letzte Großmeister der Templer doch noch gleich prophezeit? Sagte er nicht, dass sowohl Papst als auch König noch vor Ablauf des Jahres vor dem Richterstuhl Gottes erscheinen und Rechenschaft ablegen müssten?« Sie zuckte mit den Achseln. »Was, wenn Jacques de Molay die Wahrheit gesagt hat?«

Adam von Pirrlingen wurde blass. Die Neuigkeiten schienen ihn so zu verunsichern, dass es ihm die Sprache verschlug. Doch dann bemerkte einer seiner Waffenknechte einen tanzenden Schatten an der Decke. Er deutete hinauf zum Dachgebälk.

»Herr, da oben versucht einer abzuhauen«, rief er. Der Mönch zuckte zusammen; als er dem Blick des Mannes folgte, ballte er wütend die Faust. Auch er hatte Prisca entdeckt.

»So habt Ihr euch das also gedacht! Schießt auf den Kerl! Lasst ihn nicht entkommen!«

Kaum hatte der Mönch den Befehl ausgesprochen, als er auch schon sechs Männer mit wildem Kampfgeschrei auf sich zustürmen sah. Neben ihm fiel der Armbrustschütze keuchend zu Boden. Ein Ziegelstein hatte ihm den Schädel zertrümmert. Blut und Gehirnmasse spritzten auf Adam von Pirrlingens Kutte. Die bischöflichen Söldner stießen ihn zur Seite und empfingen die Templer, die mit dem Mut der Verzweiflung auf sie zusprangen, um die Klingen zu kreuzen. Im Nu entwickelte sich ein erbitterter Kampf zwischen der kleinen Schar und ihren Gegnern. Primus hatte sich Heinrichs Schwert geschnappt, während Quartus Ziegelsteine als Geschosse verwendete. Mit geschickten Würfen gelang es ihm, die Anzahl der Feinde, die sich innerhalb der Mauern befanden, so zu verringern, dass Bruder Adam eilig ins Freie floh, um die am Fuße des Kreuzbergs wartenden Söldner zu Hilfe zu rufen.

Dort aber erwartete ihn eine böse Überraschung. Es standen zwar Männer vor der Ziegelei, einige davon sogar mit Pferden und in voller Rüstung, doch gehörten sie keineswegs zu den Truppen des Erzbischofs von Magdeburg.

»Nieder mit den Waffen, ich befehle es«, schallte die tiefe Stimme eines hochgewachsenen Mannes über den Platz, der mit gerunzelter Stirn sein Pferd auf den erschrockenen Inquisitor zulenkte.

»Was soll das?«, krächzte Adam von Pirrlingen aufgebracht. In seinem Rücken verebbte der Kampfeslärm. »Ich bin hier im Auftrag des Papstes und des Bischofs von Magdeburg, und Ihr stört den Lauf der Gerechtigkeit! Diese Männer müssen sterben!« Ohnmächtig vor Wut sah er zu, wie Lermond und seine Templerbrüder entwaffnet aus der Ziegelscheuer traten und ins Licht der Sonne blinzelten. Sie waren verschwitzt und erschöpft, einige hatten blutige Wunden davongetragen. Aber sie lebten. Auch den beiden Frauen, die kurz darauf von zwei Soldaten vor das Gebäude geführt wurden, fehlte nichts.

»In meinem Herrschaftsgebiet bestimme immer noch ich!« Der Reiter betrachtete Bruder Adam mit angewiderter Miene.

»Das ist Seine Hoheit, Markgraf Waldemar«, erklärte Andreas Stüplin mit rauer Stimme. Er blutete aus einer Wunde am Arm, schleppte sich aber mit letzter Kraft vorwärts und ließ sich vor dem Pferd des Fürsten auf die Knie sinken. »Meinen Dank, Hoheit«, sagte er. »Ich habe am Grab des Ritters zu Nybede gebetet, dass Ihr meine Nachricht erhaltet und es nicht zulassen werdet, dass die Magdeburger den Landfrieden stören.«

Waldemar von Brandenburg hob leicht die Augenbrauen. Er war ein gutaussehender Mann in seinen frühen Dreißigern, dessen sehniger Körper verriet, dass er es vorzog, ihn im Turnier oder durch Schwertkämpfe zu ertüchtigen, statt sich bei Hofe Ausschweifungen hinzugeben.

»Der Angriff auf den Tempelhof war ein schwerer Fehler, der dich teuer zu stehen kommen wird, Mönch«, sagte der Markgraf kalt. »Ich glaube nicht, dass der ehrwürdige Erzbischof von Magdeburg dich zu einem solchen Frevel ermächtigt hat.«

»Ich unterstehe dem Papst«, kreischte Bruder Adam, dem mit einem Mal klar wurde, dass Burchard ihn opfern würde, um vor den Reichsfürsten sein Gesicht nicht zu verlieren.

Waldemar von Brandenburg war ein Mann der Tat, der nur wenige Worte machte. Er befahl einem seiner Hauptleute, dem Mönch Fesseln anzulegen und ihn auf ein Pferd zu setzen. Mit einem letzten Protestschrei machte dieser kehrt, in der offensichtlichen Absicht, den Berg hinabzueilen und im Wald zu verschwinden. Doch da tauchte eine Gestalt vor ihm auf, die ihm den Weg abschnitt und ihm den Griff seines Schwertes gegen die Schläfe donnerte.

Lermond und die anderen starrten sie mit offenen Mündern an, als sähen sie ein Gespenst vor sich. Keiner rührte sich, nur Quartus schlug die Hand vor den Mund.

Der Mann, der den Mönch niedergestreckt hatte, war Rémy.

Epilog

Kloster St. Jacobi zu Halberstadt, Dezember 1314

»Wenn Ihr so schnell redet, kann ich Euch nicht folgen«, beschwerte sich die junge Nonne, die Gertrud von Alvensleben aus dem *Scriptorium* zu sich gerufen hatte, um ihr zu diktieren. Sie war der Äbtissin empfohlen worden, weil sie über eine saubere Handschrift verfügte, flink arbeitete und – was für Gertrud noch wichtiger war – als still und gehorsam bekannt war. Das waren gute Voraussetzungen, denn eine Schwätzerin konnte sie nicht gebrauchen.

Nicht für diese Arbeit.

Ein wenig bedauerte es Gertrud, die Ereignisse, die es nun schriftlich festzuhalten galt, nicht eigenhändig niederschreiben zu können, aber seit die Tage wieder länger wurden, schmerzten ihre Finger, und es fiel ihr immer schwerer, eine Feder auch nur zur Hand zu nehmen. Es war Dezember, das Weihnachtsfest stand bevor. Wer konnte schon sagen, was das neue Jahr brachte und wie viel Zeit ihr noch blieb? Dass der Bericht wichtig war, fühlte sie. Sie ließ ihn zum Gedenken an ihren Bruder Friedrich anfertigen, auch wenn sie ahnte, dass niemand diese Seiten jemals zu Gesicht bekommen würde.

»Lies mir vor, was ich zuletzt diktierte«, bat sie die junge Nonne.

»Als der König von Schottland Robert Bruce im Jahre des

Herrn 1314 bei Bannockburn gegen die Engländer in die Schlacht zog, sahen sich sechstausend seiner Krieger einer gewaltigen Übermacht von zwanzigtausend gegenüber. Sie kämpften für die Freiheit ihres Landes, doch ihre Sache schien aussichtslos. Da griff wie aus dem Nichts eine Schar unbekannter Ritter in das Geschehen ein. Sie attackierten die englischen Bogenschützen und trieben mit ihren Schwertern den englischen König und fünfhundert seiner Ritter in die Flucht. Einige der erschütterten Soldaten schwören beim Allmächtigen, die Fremden seien unter dem Banner des Templerordens zu Felde gezogen.«

Die junge Nonne hob den Blick. »Dann hat dieser Rémy St. Clair also wirklich überlebt und ist wieder gesund geworden, nachdem er die Reliquien berührt hat?« Sie seufzte. »Was für ein Jammer, dass die Schalen der Heiligen Drei Könige verschollen sind.« Sie kaute auf ihrer Lippe, eine Unart, die weder Gertrud noch die anderen Nonnen dem Mädchen hatten austreiben können. »Sie sind doch verschollen, oder wurde diese Jüdin noch einmal gesehen?«

Gertrud lächelte. Auch wenn sie sich zu Beginn ihrer Arbeit vorgenommen hatte, nichts zu verschweigen, hielt sie es für sicherer, einige Details wegzulassen. Die Bürde, die nun auf den Schultern der jungen Prisca lag, war schwer genug. Aber wenigstens hatte sie es damals, dank des Ablenkungsmanövers der Templer, geschafft, über das Dach zu entkommen. Und sie hatte die Schalen und das Pergament bei sich. Wie sie war auch der junge Primus wie vom Erdboden verschluckt.

»Es wundert mich nur, dass Markgraf Waldemar diese Frau mit den Reliquien hat ziehen lassen«, bemerkte Gertruds junge Schreiberin. »Er hat doch bestimmt davon erfahren?«

Die Äbtissin nickte vorsichtig. Baumeister Stüplin war gezwungen gewesen, ihn wenigstens teilweise einzuweihen. Er war ihm und seinem Vetter, dem Kurfürsten von Sachsen, zu Dank verpflichtet. Letzterer hatte seinen ganzen Einfluss geltend gemacht, dass Stüplin in Erfurt nicht dem Magdeburger Erzbischof ausgeliefert wurde, sondern wie Thomas Lermond dem Templerorden offiziell entsagen und dann nach Brandenburg weiterreisen durfte.

»Die Männer mussten dem Markgrafen schwören, dass sie nicht wissen, wohin Prisca von Speyer gegangen sein könnte. Das fiel keinem schwer, denn in den letzten Momenten auf dem Kreuzberg herrschte ein solches Durcheinander, dass niemand mehr die Zeit fand, sie danach zu fragen.« Nachdenklich sah Gertrud ins Kaminfeuer, das dem feuchten Raum kaum die Kälte nahm. »Vielleicht floh sie nach Frankreich, auf die Besitzungen ihres verstorbenen Vaters. Der stammte wohl aus einer vornehmen Familie.«

»Ist das nicht zu gefährlich? Denkt an König Philipp, ehrwürdige Mutter.«

Gertrud machte eine wegwerfende Handbewegung. »Ach, das weißt du noch gar nicht? Philipp IV. ist tot. Es heißt, er habe sich bei einem Jagdunfall den Hals gebrochen.« Die Prophezeiung des Templers hat sich erfüllt, fügte sie in Gedanken hinzu und verspürte fast ein wenig Ärger darüber, dass Adam von Pirrlingens Kopfverletzung ihn dahingerafft hatte, ohne dass er davon erfahren hatte.

»Vielleicht bringt sie die Schalen der Weisen zurück ins Heilige Land?«, schlug die Nonne mit leuchtenden Augen vor. »Dorthin, wo sich das Schicksal von Christen, Juden und Muslimen entscheidet.«

Gertrud nickte müde. Ein hübscher Gedanke von dem Kind. Ja, wenn sie es recht bedachte, gefiel er ihr. Das Mädchen hatte einen wachen Verstand und wusste ihn zu gebrauchen. Ein klein wenig erinnerte es sie an Agnes von Vitzenburg, von der sie erst zu Allerheiligen einen Brief erhalten hatte. Sie und Lermond hielten sich irgendwo in Flandern auf. Sie schienen glücklich zu sein, fern von den Auseinandersetzungen der Mächtigen im Heiligen Römischen Reich.

Ihre Gedanken kehrten zurück zu dem, was ihre Mitschwester gesagt hatte. Das Heilige Land. Dort hatte einst alles seinen Anfang genommen. Unter der heißen Sonne Jerusalems war der Orden der armen Brüder vom Tempel Salomos gegründet und mächtig geworden. Dort hatte sich das Blatt auch gewendet. Vielleicht verlangte das Schicksal eine Heimkehr, um Versäumtes nachzuholen, aus Unrecht Recht entstehen zu lassen. Versöhnung, Heilung der durch die Kreuzzüge geschlagenen Wunden und Frieden zwischen den Menschen, die Gott auf verschiedene Weise anbeteten. Prisca würde das Vermächtnis der Weisen und ihres Ahnherrn hüten und vielleicht so eine der größten Heilerinnen der Welt werden.

Entschlossen nahm Gertrud der Nonne das Buch aus der Hand, schlug es zu und verschloss es in einer Lade. Die Sonne versank; es wurde Zeit. Sie mussten zum Abendgebet.

Anmerkungen des Autors

Die Geschichte der sieben Templer und ihres mysteriösen Vermächtnisses im 14. Jahrhundert ist fiktiv, basiert aber auf einer Reihe historischer Begebenheiten. Wer gern wissen möchte, was sich im Jahr 1314, also kurz nach dem Untergang des Templerordens, tatsächlich zugetragen hat, welche Personen gelebt und welche Ereignisse stattgefunden haben, mag mich noch einmal ins späte Mittelalter begleiten.

Ausgangspunkt unseres Ausflugs ist Berlin-Tempelhof. Dort gab es seit dem 13. Jahrhundert eine Komturei des Templerordens, von dem der damals noch vor den Stadtmauern gelegene Flecken seinen Namen bekam. Die Quellenlage zu diesem Thema ist dünn, aber die Forschung geht davon aus, dass ein burgähnliches Ordenshaus mit Turm und eine Kirche den Mittelpunkt des Anwesens bildeten. Nach der Auflösung des Templerordens durch Papst Clemens V. im Jahr 1312 wurde die Komturei dem Orden der Johanniter übergeben, die ihn jedoch aufgrund des Widerstands der Tempelritter erst 1318 offiziell in Besitz nehmen konnten. Zuvor wurde der Tempelhof vom Markgrafen Waldemar von Brandenburg verwaltet.

Am Augustinerkloster zu Erfurt wurde 1314, wie im Roman beschrieben, noch gebaut. Fast zweihundert Jahre später wurde es berühmt, als ein gewisser Martin Luther dort um Einlass bat. Seine Universität erhielt Erfurt übrigens 1392.

Eine Gertrud von Alvensleben erscheint im 14. Jahrhundert als Zisterzienserin und Äbtissin des Klosters St. Jacobi zu Halberstadt. Ihr Bruder Friedrich war der letzte Templermeister für die deutschen und slawischen Ordensprovinzen. Es ist historisch nachgewiesen, dass Äbtissin Gertrud im Februar 1313 eine Stiftung zu seinem Gedenken vornahm. Über ihren weiteren Lebensweg ist wenig bekannt.

Die adelige Familie von Vitzenburg hat es ebenfalls gegeben, wenngleich sich in ihren Reihen keine Agnes finden lässt. Das sächsische Rittergeschlecht war entfernt mit dem Erzbischof von Magdeburg verwandt. Burchard war als Erzbischof äußerst unbeliebt, da er die Magdeburger fortwährend durch neue Steuern und harte Maßnahmen gegen sich aufbrachte. Sein Ziel war es, die Macht des Erzstifts und natürlich des Erzbischofs nach innen und außen zu festigen und jeden Widerstand im Keim zu ersticken. So soll er Bürger gefangen gesetzt und erst gegen hohes Lösegeld freigelassen haben. Im Auftrag des Papstes verfolgte er auch die deutschen Templer und zog 1310 ihre Güter ein. Allerdings musste er auf Druck des Erzbistums von Mainz einem Vertrag zustimmen, der die Sicherheit der Tempelritter gewährleisten sollte. 1325 hatte die Stadt Magdeburg genug von ihm. Auf Beschluss der Ratsherren wurde er in seiner Burg festgesetzt und dort von einem Wächter erschlagen.

Auseinandersetzungen zwischen Stadt und Bischof gab es im Jahr 1314 auch am Rhein. In Speyer musste sich der neugewählte Emich von Leiningen mit Waffengewalt den Zutritt zum Dom erkämpfen. Eine Ärztin mit Namen Prisca nennen die Register nicht, aber es ist bekannt, dass im 14. Jahrhundert jüdische Heilkundige in Speyer lebten. Bischof Emich benachteiligte die Juden seiner Stadt nicht. So ist zum Beispiel überliefert, dass er jüdischen Pfandleihern zu ihrem Recht verhalf, als sie Ansprüche gegen das Ordenshaus der Johanniter geltend machten.

Begeben wir uns nach Frankreich. Dort hatte der Templerorden nach dem Rückzug aus Palästina und einer Zwischenstation auf

Zypern sein Hauptquartier bezogen. In Paris liefen die Fäden der Macht zusammen. Das reiche Tempelviertel Ville-neuve-du-Temple galt als Stadt in der Stadt und nahm fast ein Drittel der Gesamtfläche des mittelalterlichen Paris ein. Die Templerburg war stark befestigt, ihr Turm an die 50 Meter hoch. Kein Wunder, dass dem französischen König Philipp IV., der ständig unter Geldknappheit litt, die wachsende Macht der Templer zunehmend ein Dorn im Auge war. Er plante, sich der Templer zu entledigen und ihr Vermögen einzuziehen. An einem Freitag, dem 13. Oktober 1307, ließ er in einer exakt durchgeplanten Aktion sämtliche Templer in Frankreich auf einen Schlag verhaften, auch ihren Großmeister Jacques de Molay. Nur wenige konnten fliehen. Es folgten langwierige Prozesse gegen den Orden, bei denen den Templern zahlreiche Vergehen vorgeworfen wurden, darunter die Verleugnung Jesu Christi, okkulte Rituale und Verehrung eines Götzenkopfes. Jacques de Molay und der Präzeptor der Normandie wurden im März 1314 nach ihrem Widerruf eines früheren Geständnisses auf dem Scheiterhaufen verbrannt.

Historisch ist auch der im gleichen Jahr erhobene Vorwurf gegen die drei Schwiegertöchter des Königs, in einem Turm an der Seine Ehebruch begangen zu haben. Zwei der Prinzessinnen wurden eingekerkert, wobei eine von ihnen nach der Thronbesteigung ihres Ehemannes den Tod fand. König Philipp IV. selbst starb ebenfalls noch im Jahr 1314, acht Monate nach Jacques de Molay. Papst Clemens überlebte den Templergroßmeister sogar nur um wenige Wochen. Es ist in der Wissenschaft umstritten, ob der letzte Großmeister des Ordens gegen König und Papst einen Fluch ausgesprochen hat. Tatsächlich wurde in den Archiven des Vatikans 2001 das Chinon-Pergament entdeckt, ein Dokument, in dem der Papst dem Templerorden seine Absolution erteilt und ihn vom Vorwurf der Ketzerei freispricht. Doch er war zu schwach, um sich gegen den König durchzusetzen und fürchtete seinerseits, seine päpstliche Autorität zu verlieren.

Von Paris aus geht die Reise weiter an die Weichsel, wo ehemalige Templer Zuflucht beim Deutschen Ritterorden suchten. Dieser verlegte sein Hauptquartier im Jahre 1309 von Venedig auf die Marienburg im heutigen Polen, um von dort aus einen Ordensstaat aufzurichten. Karl von Trier ist für das Jahr 1314 als Hochmeister belegt. Er musste seinen Orden durch zahlreiche Konflikte mit dem König von Polen und dem Fürsten von Litauen führen. In seine Zeit fallen auch die Vorwürfe des Erzbischofs von Riga wegen Ketzerei. Offensichtlich wurden nach den Templerprozessen auch andere Ritterorden argwöhnisch beobachtet. Hochmeister Karl von Trier musste eigens nach Avignon reisen, wo es ihm gelang, sich vor dem Papst erfolgreich gegen alle Anschuldigungen zu verteidigen.

In Schottland, das zur gleichen Zeit einen erbitterten Kampf um Unabhängigkeit von den Engländern führte, konnten sich die Templer auch nach Auflösung des Ordens offenbar länger halten als in anderen Ländern. Angeblich hielt der schottische König Robert Bruce seine Hand über die Ordensbrüder und schützte ihre Besitzungen. Vor der Rache des Papstes fürchtete sich Robert nicht, denn er war 1314 bereits wegen einer Bluttat, die sich in einer Kirche zugetragen hatte, exkommuniziert worden. Bei der berühmten Schlacht von Bannockburn im Juni desselben Jahres soll er überraschende Waffenhilfe von einigen Tempelrittern erhalten haben.

Um die Geschichte der sieben Templer erzählen zu können, war es nötig, eine Fülle historischer Quellen und Darstellungen zu Rate zu ziehen, die mir viele wertvolle Einblicke in Aufbau, Blüte und Untergang des Templerordens, aber auch in die Struktur anderer Ritter- und Mönchsorden sowie in den Alltag der Menschen im Europa des Spätmittelalters gegeben haben. Stellvertretend für diese möchte ich die Werke *Die Tempelritter. Mythos und Wahrheit* von Martin Bauer, *Der ferne Spiegel. Das dramatische 14. Jahrhundert* von Barbara Tuchman, *Alte Chirurgie* von Detlev Rüster und Walter Hansens *Die Ritter. Eine Reportage über das Mittelalter* erwähnen, die sich immer griffbereit in der Nähe meines Schreibtischs befanden.

Meiner Familie, die mich während der Arbeit an diesem Roman wie gewohnt in vorbildlicher Weise unterstützt hat und mit mir ins 14. Jahrhundert eingetaucht ist, gebührt an dieser Stelle natürlich mein ganz besonderer Dank.

Guido Dieckmann, August 2015

Guido Dieckmann
Luther
Roman
375 Seiten. Broschur
ISBN 978-3-7466-2000-8
Auch als E-Book erhältlich

Er veränderte die Welt

Zweifler, Ketzer, Reformator - Martin Luther war ein faszinierender, willensstarker Mensch, der die Welt aus den Angeln hob. Als er im Jahre 1517 seine Thesen verkündet und sich weigert, sie zu widerrufen, macht er sich mächtige und gefährliche Feinde. Nicht allein der Papst, auch der Kaiser versucht ihn mundtot zu machen, doch Luther widersteht und wird zum Volkshelden und zum Revolutionär wider Willen.

Sein hochdramatisches Leben, seinen Kampf gegen Papst und Kaiser zeigt ein großer, opulenter Film mit internationaler Besetzung, der an Originalschauplätzen gedreht wurde. Joseph Fiennes verkörpert Martin Luther in all seinen ernsten und amüsanten Facetten. In weiteren Rollen spielen Sir Peter Ustinov, Bruno Ganz, Claire Cox und Uwe Ochsenknecht.
Mit vielen Filmbildern.

Regelmäßige Informationen erhalten Sie über unseren Newsletter. Jetzt anmelden unter: www.aufbau-verlag.de/newsletter

atb aufbau taschenbuch

Martina André
Das Rätsel der Templer
Roman
759 Seiten. Broschur
ISBN 978-3-7466-2498-3
Auch als E-Book erhältlich

Das größte Geheimnis des Mittelalters

Im Jahr 1156 bringt der Großmeister der Templer einen geheimnisvollen Gegenstand aus Jerusalem nach Frankreich. Dieses Artefakt sorgt dafür, dass der Orden zu unermesslichem Reichtum gelangt - und dass für die Templer die Grenzen von Raum und Zeit verschwinden. Als der Orden 150 Jahre später verboten wird, soll Gero von Breydenbach, ein Ritter aus Trier, dieses sogenannte Haupt der Weisen nach Deutschland überführen, um den Untergang des Ordens zu verhindern. Mit ein paar Getreuen macht er sich auf den Weg, doch plötzlich findet er sich in einer anderen Zeit wieder - in einem Dorf in der Eifel im Jahr 2004.

»Martina André erzählt die Templerlegende neu und voller Überraschungen.« Rhein-Zeitung

Regelmäßige Informationen erhalten Sie über unseren Newsletter. Jetzt anmelden unter: www.aufbau-verlag.de/newsletter

atb aufbau taschenbuch